Corações
SOMBRIOS

RADEGUND
LIVRO V

A SAGA RADEGUND

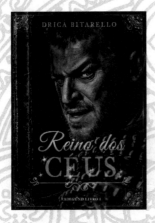

LIVRO I

LIVRO II

LIVRO III

LIVRO IV

DRICA BITARELLO

Corações SOMBRIOS

RADEGUND LIVRO V

1ª EDIÇÃO

2020

Título • **Corações Sombrios**

Copyright © 2020 por Drica Bitarello

Todos os direitos em lingua portuguesa reservados a Editora Sarvier. Nenhuma parte deste livro pode ser utilizada ou reproduzida sob quaisquer meios existentes sem autorização por escrito da autora.

Revisão • **Elimar Souza**
Projeto Gráfico • **Sara Vertuan**
Imagem • **Master1305/Shutterstock**

Dados Internacionais de Catalogação na Publicação (CIP)
(Câmara Brasileira do Livro, SP, Brasil)

```
Bitarello, Drica
    Corações sombrios / Drica Bitarello. -- 1. ed. --
São Paulo : SARVIER, 2021. -- (Radegund ; v. 5)

    ISBN 978-65-5686-011-4

    1. Romance histórico brasileiro I. Título.
II. Série.

20-49255                                    CDD-869.93081
```

Índices para catálogo sistemático:

1. Romance histórico : Literatura brasileira
   869.93081

Cibele Maria Dias - Bibliotecária - CRB-8/9427

Fanpage: https://www.facebook.com/DricaBitarello
Instagram: @dricabitarello_autora
E-mail: dbitarello.contato@gmail.com

A PÉROLA DO MEDITERRÂNEO

Sicília — ou *Siqilliya*, como os árabes a chamavam — era conhecida, no século XII, como a *"Pérola do Mediterrâneo"*. É a maior das ilhas deste Mar, separada da Calábria, ao sul da península itálica, pelos breves três quilômetros do estreito de Messina. Sua posição estratégica, a meio caminho entre o Ocidente e o Oriente, tornou-a objeto de cobiça de vários reinos ao longo da História. E fez dela o trampolim para as *"Cruzadas"* e para as invasões das Hostes cristãs no norte da África.

A ilha foi território bizantino do século VI ou século IX, quando passou ao domínio árabe. Assim permaneceu até ser conquistada pelos normandos em meados do século XI, que acabaram criando um reino de cidades semi independentes que desafiou até mesmo a autoridade papal.

Até a penúltima década século XII, a Sicília foi dominada pela casa de *Hauteville*. Os governantes mais expressivos desta linhagem normanda foram o Grande Conde Roger I, cuja clareza e inteligência moldaram uma Sicília cosmopolita e culturalmente efervescente, e seu filho, sucessor e primeiro Rei da Sicília, Roger II — ou sultão *Rujari*, como ficou conhecido entre os árabes. Ambos governaram com um grau de tolerância religiosa e cultural incomuns para o período. Cristãos, árabes e judeus integravam-se ao governo e ao cotidiano da ilha. Infelizmente, após a morte de Roger II em 1154, seus descendentes não conseguiram manter a estabilidade do reino.

Após um período turbulento de disputas e golpes de estado, o Rei William III, naquilo que muitos historiadores classificam como um erro estratégico, consentiu o casamento de sua tia Constance (filha do Rei Roger II) com Henry VI (filho do Imperador Frederick *Barbarossa*). As portas para que a Sicília passasse para as mãos da dinastia suábia dos *Hohenstaufen* foram abertas. Após outra fase de disputas pelo governo da ilha, Henry VI, Sacro Imperador Romano-Germânico e sua esposa Constance, agora Imperatriz, tomam o trono siciliano. Após a morte de Henry VI, Frederick II, seu único filho, então com três anos de idade, foi coroado Rei da Sicília em Palermo (1198) e, posteriormente, Imperador do Sacro Império Romano-Germânico (1220).

Conhecido como *Stupor Mundi* (o Espanto do Mundo, em tradução livre) devido a sua capacidade intelectual e erudição incomuns, Frederick II conseguiu retomar a antiga glória cultural da Sicília de seu avô Roger. Sendo assim, e apesar de todos os percalços, a Sicília continuava sendo a pérola do Mediterrâneo. Cosmopolita, cultural, econômica e politicamente efervescente; ensolarada e única. A principal via de acesso às terras do *Outremer*, onde *"jorravam leite e mel"*, porta para o ambicioso sonho cristão de uma nova *Cruzada*.

SICÍLIA

MAR TIRRENO

MAR MEDITERRÂNEO

MAR DA SARDENHA

ESTREITO DA SICÍLIA

REGGIO

MESSINA

ESTREITO DE MESSINA

TAORMINA

Monte Etna

CATANIA

SIRACUSA

CEFALÙ

PALERMO

AGRIGENTO

TRAPANI

MARSALA

Fortuna Imperatrix Mundi.

PRÓLOGO

MAR NEGRO, MARÇO DE 1196

O navio cortava o mar num ritmo constante, subindo e descendo ao sabor das ondas. O vento frio e úmido envolvia seu rosto e agitava os cabelos soltos. Suas mãos agarraram a amurada quando a proa se elevou um pouco mais. Logo, todo o navio baixou, golpeando a superfície escura do mar com estrépito. Gotas de água salgada espirraram sobre ele, molhando ainda mais o seu manto.

O capitão se acercou da figura alta e imponente, embora um tanto solitária, do homem de pele e cabelos claros. Os olhos gelados voltaram-se para ele sem qualquer vestígio de calor. Com um sotaque forte, cumprimentou o recém-chegado em italiano.

— Capitão...

— Mestre Brosa. Boa noite. — O capitão olhou a noite escura e as estrelas que salpicavam o céu naquele início de primavera — ao amanhecer chegaremos à Constantinopla. Seguirá conosco até Veneza?

— Não. Desembarcarei em Corfu. O Tyr estará à minha espera.

— O Tyr, da *Compagnia*[1] Svenson?

— Exatamente — Hrolf olhou para o mar. Observou a espuma branca sumir sob o navio. — À esta altura, Erik deve ter recebido minha mensagem. Avisei que viria a tempo para o embarque.

O capitão era um veneziano falante, dado a conversas. Naquela noite estava entediado, a procura de uma boa prosa que o ajudasse a passar as horas de vigília no convés. Sendo assim, prosseguiu com as indagações. Apesar da falta de disposição para dialogar que seu interlocutor visivelmente demonstrava.

— E para onde está indo, mestre Brosa?

Hrolf não respondeu de imediato. Num gesto inconsciente, tocou o pequeno saquinho de couro que trazia ao peito, atado por um cordão. A pergunta do capitão ecoou em seus ouvidos. Para onde iria? Qual seria o seu destino? Lembranças assaltaram sua mente. Imagens de olhos negros como o céu sobre suas cabeças, rasgados e felinos. O cheiro de uma mulher única.

Verdades e mentiras se misturaram, mesclaram-se às lembranças. Verdades que descobrira, mentiras que contava a si mesmo. E dor, muita dor. Fechou os olhos com força e trancou tudo aquilo no recanto mais sombrio de seu coração. Não havia mais nada. Tudo estava perdido. Até mesmo as doces lembranças.

O capitão esperava. Uma questão tão simples. Por que a resposta lhe doía tanto?

— Estou indo para casa.

PARTE I

O Fortuna
Velut luna
Statu variabilis
Semper crescis
Aut decrescis
Vita detestabilis
Nunc obdurat
Et tunc curat
Ludo mentis aciem,
Egestatem,
Potestatem
Dissolvit ut glaciem

CAPÍTULO

I

"E apesar de negardes vossa primavera durante vosso inverno, ainda assim a primavera, repousando dentro de vós, sorri."

"O PROFETA". KHALIL GIBRAN

stá certo de que não quer ficar, Hrolf?

Ele sorriu para Anne, ou melhor, Leandra, como ela se chamava agora. Os olhos castanhos fitavam-no pedindo mudamente que permanecesse na confortável casa de Einar Svenson.

— Sim, minha senhora — beijou sua mão. — Apesar de grato pela hospitalidade, tenho que partir. O Freyja estará em Palermo daqui a duas semanas e quero aproveitar sua ida para Svenhalla. Além disso, preciso conhecer a filha de Björn — sacudiu a cabeça —, quem diria que aquele desmiolado fosse se tornar um homem sério!

— Minha cunhada deu um jeito em meu irmão, Hrolf. — Gracejou Einar, ao lado da esposa — verá como ele está comportado. Estou certo de que Terrwyn cortará suas *partes* caso ele se atreva sequer a *olhar* para uma rapariga!

Entre risadas e despedidas, Hrolf demorou um pouco a deixar a residência do mais jovem dos Svenson. No entanto, não havia pressa. Tinha suficiente tempo para chegar ao porto. Conduzindo o cavalo pelas ruas estreitas, seguiu a passo até uma das muitas tavernas próximas ao porto de Veneza. Ali poderia se refrescar com um copo de sidra enquanto não chegava a hora de partir. Desmontando, desatou os alforjes da sela e prendeu o animal a uma estaca. Buscou com os olhos o navio no qual embarcaria. Avistou-o um pouco mais adiante, balançando serenamente nas águas esverdeadas.

Interrompendo o preguiçoso passeio de seus olhos, intrometendo-se em suas narinas, surgiu um suave perfume. Ele, que possuía um olfato tão ou mais apurado do que o de um lobo — e que ao estar numa cidade grande amaldiçoava esse dom, devido ao insuportável cheiro das aglomerações humanas — foi subitamente assaltado por visões de sedas e tapetes orientais. O perfume que se imiscuiu em seu sentido mais apurado era delicado, único e, sem sombra de dúvida, feminino. Sobrepujou todos os intensos odores do porto: o cheiro da maresia, dos peixes à venda, das prostitutas baratas e dos marinheiros sujos. Envolveu-o repentinamente, tragando-o para outro mundo com seus toques de jasmim e flor de laranjeira.

Hrolf olhou em volta. Por instantes, foi como se tudo tivesse silenciado à sua volta. O mundo se resumiu àquele cheiro. Estava disperso e, ao mesmo tempo, bem próximo, quase tangível. Vasculhou os arredores com o olhar. A dona de um perfume tão único devia estar por perto. Certamente podia gastar com fragrâncias como aquela, vindas de muito além de Samarcande[2] a peso de ouro. Talvez fosse a concubina de algum nobre. Seu olhar foi atraído por uma rica liteira[3] que era baixada no centro da praça, um pouco além de onde estava. Era dali que vinha o perfume.

Uma delicada mão apareceu por entre as cortinas. Dedos delgados e anéis movimentaram-se em conjunto, afastando o tecido. Logo, um par de olhos escurecidos pelo *khol* apareceu na fresta. Daquela distância não pôde definir a cor deles. Um dos homens da escolta se aproximou e falou com ela, apontando para um dos navios ancorados. A mulher argumentou e em seguida fechou a cortina de supetão, parecendo aborrecida. O soldado deu de ombros, desanimado, e caminhou na direção do píer.

Sacudindo a cabeça, como se espantasse para bem longe aquele entorpecimento, Hrolf voltou a atenção ao seu cavalo. Tinha se distraído com o misterioso perfume, mas logo retomou a atitude prática que sempre o caracterizara. Jogando os alforjes sobre o ombro, chamou um menino e lhe prometeu uma moeda para que cuidasse de sua montaria. Atravessou a porta da taverna e logo arranjou um lugar para se sentar e esperar.

MESSINA, SICÍLIA, MAIO DE 1196

O reposteiro balançava devagar, seu ritmo preguiçoso ditado pela brisa que soprava do estreito. As réstias de sol serpenteavam sobre o piso de cerâmica. Acompanhavam o vai e vem do linho grosso que protegia o interior da casa do sol da Sicília. No entanto, o gorgolejar da fonte no jardim e o arrebentar distante das ondas do mar não eram os únicos sons a quebrar a monotonia da tarde quente e modorrenta. O retinir do aço, as respirações ofegantes e algumas imprecações destoavam da preguiça reinante na *villa*[4]. A disputa amigável durava alguns minutos, mas já havia deixado os dois, homem e mulher, banhados de suor.

O largo peito do cavaleiro brilhava sob a claridade do dia, que penetrava pelas ramagens do caramanchão. Os músculos ondulavam a cada golpe da cimitarra. Os pés descalços apoiavam-se com segurança no chão frio. À frente dele, sua adversária exibia um sorriso matreiro ao se esquivar mais uma vez de suas investidas. Os olhos verdes e maliciosos, fixos nos dele, roubavam sua concentração.

— Pare de me olhar assim, Radegund!

— Por que, *sire*?

Ah, aquela voz doce e rouca não o enganava...

— Mulher terrível! — Ele tentou romper sua defesa pela direita — quer me distrair com esse olhar! Pensa que não a conheço?

Ela avançou e prendeu a cimitarra entre a espada e a adaga. Seu rosto estava a centímetros do dele. Deslizou o olhar pelo corpo másculo.

— Quem tenta quem aqui, *sire*? Não sou eu quem estou me exibindo seminua!

— Ah, quer dizer que não resiste a um peito nu e suado?

Ela gargalhou, arrepiando-o com toda aquela sensualidade levada a níveis alarmantes. Surpreendendo-o, baixou as armas e se rendeu, colando seu corpo ao dele.

— Não resisto a você, meu marido.

A cimitarra foi esquecida no chão, bem como a espada e adaga. Ao estrépito do aço batendo no piso, ela comentou, fazendo graça.

— Ah, lá se vai outro bom par de armas... mais um fio arruinado!

O braço de Mark a envolveu pela cintura, vergando-a para trás.

— Pois que se arruínem cem espadas! Há exercícios muito mais aprazíveis e interessantes do que treinar num dia de calor.

Ela se agarrou à nuca suada, enroscando os dedos nos cabelos úmidos. Sua boca o tocou no pescoço. Sentiu seu gosto. Sal e sol.

— E quais seriam estes exercícios, meu senhor?

Deitando-a na cerâmica fresca, ele sorriu.

— Tirar suas roupas e me perder dentro de você, esposa.

Sem esperar por uma resposta, Mark tomou sua boca com a paixão de sempre. Despertando nela a espera ansiosa por aquilo que sabia que estava por vir. A língua dele provou e provocou enquanto, atrevidamente, roçava-se entre suas pernas. As mãos dela brincaram com os pelos do peito e subiram até sua nuca. Aspirou seu cheiro. Cedro, sândalo, sol. Homem. Seu homem.

— Acho que não chegaremos até a cama... — ele resmungou, enquanto abria os laços da camisa de algodão.

— Quem se importa? — Mordiscou-lhe a orelha. Mark gemeu e pressionou os quadris de encontro às suas coxas.

— Ninguém — acabou de arrancar a camisa dela. Ao contato das costas com a cerâmica fresca, ela se arrepiou — além disso, o chão frio vai ajudar a aliviar este calor.

Radegund gemeu ao sentir suas carícias. Agarrou-se aos cabelos dele e arqueou-se para frente.

Envolvidos no jogo sensual, demoraram um pouco a registrar o choro do bebê, no quarto contíguo ao deles. Com um suspiro, Mark abandonou o seio com o qual brincava e deitou a cabeça no colo da mulher.

— Diabos! Será que esse garoto não quer ter uma irmãzinha?

Ainda ofegante e um pouco decepcionada, ela retrucou, o olhar perdido no caramanchão acima de suas cabeças.

— Esqueci que estava quase na hora de Luc mamar.

Mark ergueu a cabeça e sorriu.

— Bem, ele tem prioridade. — Levantou-se e ajudou-a, estendendo-lhe a mão. Entregou a ela a camisa que despira — mas fico pensando se, além do nome que herdou do monge fajuto, ele não terá assimilado também seu ciúme por você.

— Ora, homem! Você mesmo escolheu o nome de nosso filho — foi até a fonte e se sentou na beirada. Mergulhou as mãos na água e lavou-se do suor. Mark gemeu e protestou.

— Tenha piedade e pare de me tentar dessa forma, Radegund — virou as costas para não ter que olhar a água que descia pelos seios claros — assim vou roubar a refeição de nosso filho!

Rindo, ele foi até o quarto e brincou com o garotinho de cabelos pretos que berrava dentro do berço.

— Ei, rapaz, se quer ter a companhia de mais irmãos, deve deixar papai e mamãe providenciarem um — o menininho cessou o choro e passou a olhar para o pai, balbuciando e mordendo os dedinhos — estávamos tentando fazer um quando você começou a berrar — fez cócegas no pezinho do filho, que gargalhou gostosamente — está certo, eu também adoro colocar a boca naqueles... — um tapa acertou seu traseiro — ai!

Radegund tirou o filho do berço e lançou ao marido um olhar mortal.

— Não tem vergonha de tentar aliciar meu filho, ainda bebê, em suas conspirações?

— Garota, — ele esfregou o traseiro — sua mão é pesada! E eu não tentava aliciar nosso pequeno Luc — ele retrucou, enquanto tirava as roupas, preparando-se para o banho — apenas explicava a ele da necessidade de termos um pouco de tempo para fazermos mais irmãozinhos!

— Deixe de conversa, homem! — Ela ofereceu o seio ao filho, que sugou ruidosamente. Mark revirou os olhos — além disso, ele agora só mama umas duas ou três vezes ao dia. Com esses dentinhos, já começou a comer — ela acariciou os cabelos do bebezinho e falou em voz suave — não é, filhinho? Esse seu pai é muito possessivo...

Antes de se retirar para a sala contígua, Mark ainda lançou um olhar amoroso para a mulher e o filho. Se felicidade matasse, ele cairia fulminado neste instante. Descobrir o amor que sentia por Radegund, depois de tantos anos, fizera seu coração se abrir de novo. Depois de tanta dor, da perda da esposa e da filhinha, aquele sentimento fora uma bênção em sua vida. E na dela também. Ambos haviam lutado e sofrido tanto que aquela felicidade que partilhavam era mais do que merecida.

Suspirou de alegria ao pensar na família que haviam formado. Lothair e Gaetain, seus enteados, filhos do primeiro casamento de sua falecida Clarisse, já eram dois rapazes. O primeiro terminaria em breve seu tempo como escudeiro e logo seria sagrado cavaleiro, assumindo o título de Delacroix. Gaetain, o mais novo, estava há um ano no *bimaristan*[5], em Damasco, estudando para ser médico. Elizabeth, ou apenas Lizzie, filha de Radegund com Luc de Delacroix — que morrera salvando a vida da menina —, tornara-se uma linda garotinha ruiva, de encantadores olhos azuis, idênticos aos do pai. Doce e meiga, era um verdadeiro raio de sol em sua casa.

E agora havia o pequeno Luc, filho dele e de Radegund, agora com cinco meses. Mark entrou na banheira e se esfregou enquanto refletia. Lembrava-se nitidamente do momento do nascimento dele, quando, à despeito das admoestações das amas e parteiras, ficara ao lado de Radegund enquanto ela dava à luz ao bebezinho de cabelos negros como os seus. Fora uma emoção indescritível auxiliar o parto de seu filho, trazê-lo ao mundo com suas próprias mãos. Compensara todo e qualquer sofrimento que tivesse passado em sua vida.

Independente dos laços de sangue, todos eram seus filhos. Não fazia distinção entre eles. Ele dizia a Radegund que amava aquela *família de retalhos* que haviam construído e sua mulher dava boas risadas daquela definição.

Era uma pena que naquela noite eles tivessem que comparecer a uma ceia na residência do barão de Messina. Não estava nem um pouco inclinado a eventos sociais. Desejava passar a noite ao lado de Lizzie e Luc, rindo de suas gracinhas e contando histórias para que a menina dormisse em seu colo. Luc estaria no colo da mãe, certamente atracado ao seio, e logo também estaria dormindo o sono dos justos. Eles os deixariam com suas amas e depois... ah, depois levaria sua ruiva para a cama e faria amor com ela. Suspirou.

Paciência, Mark. Paciência. Ser um homem rico tem lá suas desvantagens...

CATANIA, SICÍLIA

Jamila atravessou corredor com passos ligeiros. Através das solas das sapatilhas delicadas, podia sentir o frescor do piso de mosaico. Inspirou profundamente. Os cheiros do alecrim e do manjericão, vindos da cozinha, inundaram suas narinas. Certamente Walid, o cozinheiro, iniciara bem cedo a preparação do cordeiro que marinara desde o dia anterior numa mistura de ervas frescas, azeite e especiarias. Havia também no ar, mesclado ao perfume das ervas, o aroma dos limões que cresciam no pátio interno. Jamila fechou os olhos por um segundo, imaginando-os pendendo dos galhos carregados: amarelos, gordos e opulentos. Sua boca se encheu d'água ao pensar no sumo agridoce escorrendo por seus lábios. Sorriu e prosseguiu, imersa nos doces perfumes de sua casa.

Para ela, não havia mundo sem aqueles perfumes, sem aqueles cheiros tão seus conhecidos. Eram uma fonte de aconchego e também um atestado da riqueza da casa de sua família, da qual sentira tanta falta nos últimos anos.

Seu irmão, Ghalib ibn-Qadir, herdara do pai deles um alto posto na administração de Messina. Criado no cristianismo, era tão *cristão* quanto qualquer Crente que desejasse sobreviver na Sicília naqueles tempos conturbados.

Os *Hohenstaufen* da Suábia haviam conseguido, através do casamento do Imperador Frederick com Constance, suceder os *Hauteville* no trono da ilha. Romperam assim com a política de convivência e cooperação estabelecida pelo falecido rei Roger há quase cem anos, perseguindo muçulmanos e judeus. Apesar disso, a despeito de sua origem sarracena, Ghalib, devido à sua riqueza e à proximidade de sua família com os círculos de poder, era respeitado nos dois lados do Mediterrâneo.

Nesta noite, segundo a mensagem que chegara do farol, Ghalib estaria em Messina, num jantar com o barão da cidade e outros nobres e dignitários ligados à corte de Constance. Provavelmente, dali há alguns dias, seu irmão iria até Catania para vê-la e, quem sabe, levar notícias de seu noivo, Boemund de l'Aigle. Tinha certeza de que, depois daquele tempo todo servindo na Terra Santa, Boemund finalmente lhe enviaria uma carta, ou até mesmo já teria tratado com Ghalib do casamento deles dois.

Não que ela amasse perdidamente Boemund. Não se tratava disso. Na verdade, mal se lembrava dele. Porém, estava prometida a ele desde a infância e não ficava bem para uma moça na idade dela ainda estar solteira, vivendo na casa do irmão mais velho. Ora, naquela idade as moças que conhecia estavam casadas e com pelo menos dois filhos! Pensar nisso a fez suspirar com uma pontada de tristeza. E talvez até de inveja. Lembrou-se dos cochichos das outras jovens.

A cada ano, uma ansiosa Jamila acompanhara as colegas deixando o abrigo do convento para se casarem. E a cada uma que partia, ela ouvia os sussurros e as especulações a respeito de seu interminável noivado com Boemund. Sentiu uma pontada de raiva de seu irmão. Desde que os pais haviam morrido, numa epidemia de febre maligna, Ghalib assumira o comando da família. Ou seja, o comando da vida dela.

Como o compromisso de noivado fora firmado no ano anterior à morte de seus pais, Ghalib a enviara para ser criada em um convento. Poderia assim cuidar das terras e dos negócios deixados pelo pai. Ela contava apenas oito verões naquela época. Uma criança. O convento fora seu mundo desde então. E seu irmão, apenas uma lembrança distante que as cartas curtas e formais mantinham viva em dias solitários. Em todos aqueles anos, ele jamais fora visitá-la. Mandava-lhe alguns presentes, contribuições ao convento e só. Ela mal se lembrava de seu rosto ou do som de sua voz. Se o encontrasse ocasionalmente, talvez não o reconhecesse. Na verdade, enquanto estivera no convento, teve pouco, quase nenhum contato com o mundo exterior. Ela e as outras moças eram protegidas e guardadas à sete chaves.

Jamila fazia parte de um seleto grupo de jovens *seculares*[6], ricas herdeiras mandadas para o convento para estudarem e aprenderem a costurar, bordar, tecer, fiar, cuidar das despensas, das crianças e dos doentes. Além disso, numa época de raptos e guerras, as moças ficavam mais seguras ali do que em suas casas, onde muitas vezes os homens precisavam deixá-las sozinhas para irem combater em terras distantes. O risco de voltarem e verem suas filhas casadas com algum usurpador era grande. Assim, moças como ela eram enviadas para a proteção dos braços da Igreja. Vivendo no convento, elas raramente tinham contato com pessoas de fora, principalmente com homens. Os únicos que Jamila vira, até então, haviam sido os padres e um ou dois bispos que se hospedaram por lá.

Só há alguns meses, quando finalmente seu irmão mandara buscá-la, Jamila travara contato, intrigada, com aquelas criaturas que falavam alto e que pareciam pensar somente em cavalos, guerras e cerveja. Decidira que não gostava nem um pouco deles. E rezara para que Boemund, seu noivo, e Ghalib, seu irmão, fossem pelo menos um pouquinho diferentes daquilo.

Chegando ao jardim, Jamila se sentou à beira da fonte, procurando afastar a melancolia do coração. Mergulhou os dedos na água fresca e molhou os pulsos, tentando se refrescar. Havia se esquecido do quanto podia ser quente em Catania, no verão. O convento, ao Norte de Veneza, ficava num local de clima ameno, frio até. Nada comparado àquela quentura infernal. Porém, fazendo jus ao seu temperamento sempre otimista, sorriu. Em breve reencontraria Ghalib. Certamente seu irmão ficaria felicíssimo em vê-la.

MESSINA, SICÍLIA

— Boa noite, meu senhor.

O cumprimento do criado recebeu de Mark um leve aceno de cabeça. Estava entretido com Radegund. Ao seu lado, trajando um vestido de brocado cor-de-vinho, bordado com fios de ouro, ela estava esplêndida. Adorava vê-la usando roupas coloridas, embora ela ainda preferisse os tons escuros para seus trajes cotidianos. Segundo ela, sujavam menos.

Radegund voltou o rosto para ele. As pérolas de seus brincos cintilaram sob a luz das velas de cera de abelha, colocadas nos candelabros espalhados pelo vestíbulo. O som de um alaúde, dedilhado de maneira indolente, vinha de uma sala contígua.

— O que foi? — Indagou, discreta, enquanto atravessavam o átrio perfumado por flores frescas.

— Admirava minha dama — respondeu ele —, apenas isso.

Radegund sorriu ao seu modo, curto e contido. Seus olhos, no entanto, brilharam de contentamento. Observou o marido, trajado com uma túnica verde-escuro que acentuava a tez morena e o negro dos cabelos. Havia alguns fios prateados em suas têmporas que, em sua opinião, o tornavam ainda mais charmoso. Notou, assim que entraram no salão principal, a aberta admiração das mulheres por seu esposo. Seu sorriso se alargou. Comentou num murmúrio divertido.

— Está arrebatando corações esta noite.

Ele percorreu o salão com o olhar e fez um gesto de enfado.

— Nenhuma delas chega aos seus pés — segurou a mão que pousava em seu antebraço e beijou suavemente os dedos longos —, você é a rainha do meu coração.

Depois de lançar a ele um sorriso travesso, ela comentou.

— Estamos chamando muita atenção, *messire*.

Mark notou a direção de seu olhar. Do outro lado do salão, um homem moreno, alto e elegante, de cabelos e barba negros, fitava-os com aberto interesse. Corrigindo, fitava sua mulher. Mark sorriu e se aproximou mais dela num gesto protetor.

— Ghalib ibn-Qadir. Já ouviu falar nele?

— Sim — ela acenou para algumas senhoras conhecidas que passaram cumprimentando-os. Continuaram andando e conversando em voz baixa, seguidos pelo olhar do homem moreno — sei que goza da estima do barão de Messina. E que é muito rico. Dizem que tem terras aqui e além do Mediterrâneo, negócios de todo tipo. Soube até mesmo que é um usurário[7]. — A voz dela adquiriu um toque de ironia — comenta-se também que coleciona concubinas...

— É muito bem informada, minha senhora — Mark puxou uma cadeira para que ela se sentasse. Logo se acomodou ao seu lado, de pé, com uma das mãos em seu ombro, percorrendo o salão com o olhar — alguns de nossos negócios o envolvem. Transportamos mercadorias dele em nossos navios.

Radegund olhou de novo ao redor, a visão percorrendo as pessoas que se movimentavam pelo salão sem se deter em nenhuma delas. Até que seu olhar cruzou com o do homem em questão. Notou os olhos escuros fixos nela, avaliando-a, estudando-a como a um espécime raro. Incomodada, desviou o olhar e ergueu o rosto, encarando o marido. Foi direta, como sempre.

— Não gosto dele.

Mark abriu um sorriso. Segurou sua mão.

— Nem eu — deu de ombros —, mas aqui, infelizmente, teremos que aturá-lo. Aí vem ele — apontou discretamente o objeto de seus comentários e pediu — relaxe. E sorria. Duvido que ele morda.

Ghalib ibn-Qadir, um dos homens mais poderosos de Messina, não se impressionava facilmente. Seu temperamento pragmático, acrescido por uma ambição que desde muito cedo norteara suas aspirações, afastavam-no das coisas corriqueiras, tais como mulheres, festas e amizades. Na verdade, ele comparecia a muitos eventos, e havia muitos homens que o tratavam como *amigo*, mas tudo dentro de um plano meticulosamente calculado. Cada passo que dera desde quando os pais haviam morrido — e até mesmo antes disso — fora medido e pesado com o objetivo de angariar mais poder.

Utilizando-se do respeitável nome de sua família, uma das mais tradicionais da Sicília — e que soubera se manter em sintonia com o poder vigente, mesmo depois que boa parte da população muçulmana fora massacrada[8] —, Ghalib alcançara os escalões superiores da administração da ilha. Tinha salvo conduto nas mais altas esferas do reino e inúmeros privilégios. Fortuna, poder e beleza física, aliadas à aura de mistério e dureza que o cercavam, faziam dele um cobiçado partido. No entanto, ele pouco se importava. Não tinha planos para se casar tão cedo. Não enquanto não encontrasse a mulher ideal que, em sua opinião, deveria trazer um bom dote para seus cofres, muitas terras — de preferência na França ou na Inglaterra — e o nome de alguma casa respeitável. Fora isso, pouco se importava se ela seria bela ou não. Sendo fértil e lhe dando um herdeiro saudável, estaria bem. Para lhe dar prazer, mantinha algumas concubinas, ali em Messina e em uma propriedade nos arredores de Acre.

Por todas essas razões, ele mesmo pouco compreendeu a própria reação à chegada daquela mulher. De braços dados com Mark al-Bakkar, — ou ap Anwyn, como os cristãos preferiam chamá-lo, execrando sua ascendência sarracena — ela parecia um tanto deslocada no ambiente. Não que parecesse desconfortável ou diminuída ali. Era exatamente o contrário. Majestosa como uma rainha, andava com as costas eretas, de maneira muito elegante. Seus olhos, atentos e sagazes, não perdiam sequer um detalhe do que ocorria ao redor, enquanto ela falava em voz baixa ao seu acompanhante. Certamente aquela era a intrigante esposa de al-Bakkar.

O barão mestiço, embora rico como um sultão, não era dado a amantes, como todos sabiam. Jamais fora visto com outra mulher ao seu lado que não fosse sua esposa, a igualmente rica baronesa de D'Azûr.

Ghalib ouvira falar nela, mas descontara boa parte das informações, levando em consideração que mexericos cresciam como bolas de neve. No entanto, olhando para aquela mulher que agora se sentava junto ao marido, cuja mão protetora permanecia em seu ombro, ele se perguntava se tudo o que ouvira a respeito dela não era mesmo verdade. Alguém com aquela altivez certamente teria sido capaz de enfrentar cavaleiros templários e *mamluks*[9]. E vencê-los.

Uma espécie de excitação nervosa percorreu Ghalib, intrigando-o. Nem quando dormira com uma mulher pela primeira vez — uma prostituta paga por seu pai — ele sentira tamanha ansiedade. O sangue latejou em seus ouvidos. Ele se esforçou para manter as emoções sob o férreo controle de sempre. Ostensivamente, fitou a mulher. Surpreso, constatou que a desejava, embora não a conhecesse. Olhou para al-Bakkar, ao lado dela, sorrindo para a mulher de maneira embevecida. Desprezou-o naquele instante, a despeito do que ele mesmo estava sentindo.

Como um homem que retinha tanto poder nas mãos se prostrava daquela forma diante de uma mulher? Ainda que fosse uma mulher diferente como aquela, para ele, Ghalib, elas não passavam de *bens*. Passatempos agradáveis, formas de extravasar as tensões do dia a dia. Não podia compreender que poder era aquele que a mulher exercia sobre al-Bakkar e que, aparentemente, o atingia também.

Tolice! Disse a si mesmo. Era apenas curiosidade. Talvez desejo físico. Afinal, a mulher, apesar das cicatrizes que marcavam a pele acima do decote do vestido, e do nariz que já havia sido quebrado algum dia, até que era bonita.

Percebendo que encarava abertamente o casal, o que fora notado pelos dois, Ghalib não teve outro remédio senão caminhar na direção deles, na intenção de cumprimentá-los. Justificou cada passo como uma forma de disfarçar a indiscrição de momentos antes. Nunca admitiu se tratar de um genuíno interesse pela mulher ruiva ao lado de Mark al-Bakkar.

COSTA DE PALERMO, SICÍLIA

Hrolf se apoiou na amurada do navio e divisou Palermo. Estava cansado. Pensou se não deveria ter mordido a língua quando o capitão genovês perguntara se não iria para Veneza. Desde que saíra de Constantinopla, nada ocorrera de acordo com o que planejara. Primeiro, recebera uma mensagem assim que desembarcara avisando-o de que o *Tyr* fora apanhado por uma tempestade e que ficaria no estaleiro para reparos. Acabara seguindo então para Veneza. Lá chegando, ficara mais do que o previsto na casa de Einar e Leandra, só para descobrir que o *Freyja também* estava atrasado. Para complicar ainda mais a situação, tivera imensa dificuldade em conseguir vaga num navio até Messina. Por fim, restara-lhe a opção de ir até Palermo e de lá tomar o rumo de Messina, aguardando até que chegasse o dia do embarque para a Noruega.

De certa forma, seria bom parar em Messina, pois poderia visitar Mark e Radegund. Os dois eram amigos queridos. Sentia falta deles, bem como de Ragnar, Gilchrist e de todas aquelas pessoas que representavam para ele uma verdadeira família, já que não havia mais parentes de sangue vivos. Sua mãe morrera ao lhe dar à luz. E seu pai e seu avô, que o haviam criado, também tinham partido deste mundo.

O velho Arn servira desde rapaz a Svenhalla. E assim que Hrolf manifestara aquele estranho Dom dos homens de sua linhagem, que farejavam suas presas como se fossem lobos, fora levado por Arn à presença imponente de Sven Håkonson.

Naquela época, Sven tinha três filhos: Ragnar, Björn e Einar. Os dois herdeiros mais velhos tinham poucos anos a menos do que ele. Håkonson os colocara sob sua tutela, embora ainda fosse um rapaz imberbe, para que os ensinasse a caçar e rastrear. Assim surgira a grande amizade entre ele e os irmãos Svenson. E ele soube então que Ragnar não era filho de Marit e Sven e sim, um bastardo real, colocado sob os cuidados daquela família. Permanecera servindo a Svenhalla. Os Svenson se tornaram sua única família, depois que um a um, o avô e o pai partiram para o mundo dos mortos.

Lembrou-se com carinho de quando a pequena Ulla, nascida logo depois que fora servir aos Svenson, começara a andar atrás deles. E do dia em que Håkonson entrara em sua cabana, enchendo o ambiente com toda sua altura, trazendo a pequena lourinha sobre os ombros. Vencido pela teimosia da criança, Håkonson pedira a Hrolf que treinasse a filha, antes que ela se matasse andando escondida atrás dele e dos irmãos.

Pensar em Ulla fez com que o peito de Hrolf doesse de saudade. Aquela menina era praticamente sua filha! Lembrou-se da angústia que sentira quando ela desaparecera de Svenhalla. E do alívio que fora encontrá-la, altiva e desaforada como sempre, em Cornwall. Desejou ardentemente que ela estivesse feliz na Irlanda, casada com o sisudo Gilchrist, rodeada por uma prole tão endiabrada quanto ela fora.

O homem da gávea gritou ao capitão, que respondeu do leme. A proa do navio apontou na direção do porto. Hrolf deu as costas à amurada. Caminhou devagar. Não havia pressa. Sua vida, desde tudo o que acontecera em Svenhalla, três anos antes, parecia estar em suspenso. Nem a longa viagem à Iga tivera o poder de lhe devolver a serenidade. Pelo contrário. Apenas acrescentara mais amargura em seu coração.

Descendo pela escada estreita, Hrolf logo chegou à sua cabine. Custara-lhe um bom punhado de moedas aquela espartana acomodação individual. Mas valera a pena. Não andava nem um pouco inclinado a socializar com quem quer que fosse. Fechou a porta e pendurou o manto num gancho atrás dela. Acendeu a lamparina de azeite pendurada no teto e observou-a balançar ao sabor das ondas. Começou a recolher seus pertences e a colocá-los nos alforjes. Seria madrugada quando desembarcasse em Palermo. Teria que procurar uma estalagem. Ao amanhecer arrumaria um navio que o conduzisse a Messina.

Com tudo pronto, Hrolf se deitou no catre estreito, esticando-se sobre o colchão fino. Logo adormeceu. E como vinha acontecendo desde que decidira voltar para casa, o sonho retornou.

As cerejeiras estavam lá, como ela as descrevera naquela tarde sombria em Svenhalla. Suas flores miúdas balançavam ao vento, os galhos oscilando de encontro ao céu de inverno. Seu perfume era inebriante, como a da mulher que o levara até lá. Cuja força o arrastara até aquela ilha, mesmo estando ela morta e suas cinzas espalhadas aos quatro ventos de sua longínqua Noruega.

Nihon, aquele pedaço de mundo tão distante que, mesmo pisando em sua terra pedregosa, ele ainda se perguntava se existia de verdade.

Ergueu o rosto e contemplou a tarde de inverno. Tirou uma das luvas, estendeu a mão para o alto e tocou a maciez aveludada de uma das flores. O nome dela ecoou em sua mente, acompanhando o sopro do vento, que se tornou mais forte naquele instante.

O vento arrancou as flores pequeninas dos galhos, fazendo uma chuva de pétalas cair sobre ele. Sem que percebesse, seus lábios formaram seu nome, exalando-o num gemido, condensando-o tal e qual acontecia à sua respiração à frente de seu rosto.

— Saori...

Um homem baixo e de pele amarelada aproximou-se dele. Hrolf o percebeu antes mesmo que ouvisse seus passos. Sentiu seu cheiro de ervas e remédios, trazidos pelo vento. Com o pouco que aprendeu da língua daquela terra, tanto com Saori quanto durante sua viagem até ali, conseguiu compreender que o homem falava com ele.

— Ela morreu, não foi, estrangeiro?

Lentamente, ele se voltou. O velho era encarquilhado e retorcido como uma árvore antiga. De barba e cabelos brancos, ralos e compridos, tinha algo de venerável em sua postura, ainda que estivesse vestido de forma andrajosa. Um estranho chapéu de palha cobria sua cabeça. Mas não escondia os olhos rasgados, encravados na face enrugada e que brilhavam em sua direção.

— Sim, Saori se foi — respondeu simplesmente, usando o que aprendera daquele idioma.

O velho se aproximou mais e passou por ele. A mão enrugada se ergueu e tocou o tronco nodoso da cerejeira. Uma rajada de vento fez caírem mais pétalas de flores sobre os dois. Um suspiro sofrido saiu do peito do velho. Hrolf notou a profunda tristeza que acompanhou suas próximas palavras.

— Ela cumpriu sua promessa?

Uma raiva surda sacudiu Hrolf por dentro, mas ele se controlou. Se Saori cumprira sua promessa? Se aquele velho se referia a missão que a levara a Svenhalla, sim, ela cumprira. E morrera por isso. O que mais eles queriam?

Afastou o manto para o lado. Retirou a bainha da cintura, onde carregara o pequeno sabre, dia e noite, desde Svenhalla até ali. Tomou-o com as duas mãos e estendeu-o ao ancião, com certa reverência.

— Saori morreu com honra.

O velho tocou o sabre embainhado com a ponta dos dedos. Notou a revolta e o ressentimento na voz do estrangeiro. A amargura e a saudade contidas em seus olhos da cor do gelo. Fitando-o abertamente, indagou.

— Eu acredito, filho. Mas me pergunto; você sabe quem foi Saori de Iga?

CAPÍTULO
II

"Nos velhos tempos em que era livre,
eu só queria uma espada afiada
e um caminho em linha reta até meus inimigos.
Agora, não existem mais caminhos em linha reta,
e minha espada é inútil."

A FÊNIX NA ESPADA. ROBERT E. HOWARD

MESSINA, SICÍLIA

Mark inclinou o corpo um pouco para frente. Tentou ver Radegund no outro extremo da mesa. Sua visão foi bloqueada pela rotunda esposa do barão de Messina, que mais parecia um pavão, vestida com um pesado vestido adamascado, de um tom que oscilava entre o verde estapafúrdio e o azul ofuscante. Ele sorriu e mal escutou o que a dama dizia, sentindo à distância o mal-estar de sua esposa.

De alguma forma, no tempo que separara o momento em que Ghalib se aproximara para cumprimentá-los do anúncio da refeição, o homem conseguira arranjar a situação de maneira tal que acabasse sentado ao lado de Radegund e ele, plantado junto da enfadonha baronesa de Messina.

Segurando o copo de vinho com mais força do que seria necessário, ele sorriu e acenou com a cabeça. Fingiu prestar atenção à conversa da mulher, que parecia disposta a discorrer por toda a noite sobre as vantagens da seda de *Qara-Khitai*[10] sobre a de Damasco. Sua mente, no entanto, estava voltada à Radegund e ao estranho modo como Ghalib ibn-Qadir olhava para sua esposa.

Radegund rezou para que a ceia acabasse de uma vez. Além de cansada e avessa àquele tipo de evento, tinha a nítida impressão de estar sendo manipulada. Tudo começara quando aquele homem se aproximara dela e de Mark, à guisa de cumprimentá-los.

— Al-Bakkar — o timbre grave dele, com acentuado sotaque árabe, fez com que os dois interrompessem imediatamente a conversa à meia voz que travavam. — Como tem passado?

Mark inclinou a cabeça e cumprimentou-o de forma polida.

— Ibn-Qadir. Como vai? Não sabia que estava de volta à Messina.

— O barão me chamou. Tive que vir — olhou para ela, interrogativo. — É sua senhora?

Mark estendeu a mão para ajudá-la a se levantar.

— Dama Radegund, baronesa de D'Azûr, minha esposa.

Ele fez questão de usar seu título e de enfatizar bem a palavra *esposa*, demarcando nitidamente seu território.

— Encantado, senhora.

A mão longa e fria de Ghalib tomou a dela e a levou aos lábios brevemente. Os pelos da barba bem aparada tocaram sua pele. Radegund teve que se esforçar para não puxar a mão com violência, tal foi a apreensão que a assaltou. Uma antipatia instantânea pelo homem, algo intenso e incontrolável, avolumou-se dentro dela. Lutou para se conter e sorrir de forma educada. Mark sentiu sua relutância e passou o braço em torno de seu ombro.

Seu apoio silencioso foi o bastante para ajudá-la a conter o próprio gênio, engolindo a acidez e a ironia.

— Como tem passado, *sire*? — Respondeu polida.

Ele sorriu brevemente, permitindo que Radegund notasse um lampejo de algo diabólico naquilo que mais parecia uma contração do rosto bonito do que um sorriso.

— Não sou um cavaleiro nem um nobre, como seu bravo marido, minha senhora. Pode me chamar apenas de Ghalib.

Que petulante! Àquilo ela não poderia deixar de responder.

— Não creio que fosse apropriado, senhor. Chamo pelo nome cristão apenas as pessoas muito próximas ou muito queridas para mim. Seu caso não é um, nem outro.

Sentiu os dedos de Mark apertarem seu ombro, tensos. Antes que o marido pudesse intervir, o sorriso de Ghalib se alargou enquanto ele retrucava.

— Minha senhora, sua franqueza é uma raridade hoje em dia. É a primeira mulher que diz na minha cara que não gosta de mim.

— Não disse isso. — Rebateu ela, impassível. Ele não iria engendrá-la em suas próprias palavras.

— Então — a voz de Ghalib soou macia. Os dedos de Mark pressionaram mais forte seu ombro. Quase podia ouvir os dentes dele rangendo. Na certa estava a ponto de pular no pescoço de Ghalib. Mas jamais interferiria numa briga que era dela —, posso ter esperanças de que venha a gostar de mim.

— Não creio que tenhamos tempo para isso, senhor — e arrebanhando as saias, fez um elegante meneio com a cabeça, avisando —, a esposa do marechal de Palermo está acenando para mim. Com licença — olhou para Mark, e seu olhar lhe disse tudo. *Se não sair daqui, eu o esganarei.*

— *Madame* — Mark beijou sua mão —, vejo-a à mesa do jantar.

— Sem dúvida, *messire*.

Ainda sentiu às suas costas o peso do olhar de Ghalib, que permanecera ao lado de Mark. Agora ele estava ali, plantado na cadeira ao seu lado, esbanjando cortesia, tentando de toda forma monopolizar sua atenção.

Seu desejo era sair daquele lugar. Levantar-se e ir embora para sua *villa*, abraçar seus filhos e dormir ao lado de seu marido. Porém, sua posição social a obrigava a aturar aquele tipo de coisa uma vez ou outra. Por questões políticas e comerciais, não podia simplesmente largar Ghalib ibn-Qadir — que o diabo carregasse o sujeito! — falando sozinho. Além das linhas comerciais de navegação, ela e Mark negociavam cavalos das cocheiras de D'Azûr com importantes nobres do Sacro Império. Homens que Ghalib podia influenciar. E, embora para ela, a fortuna pouco importasse, tinham filhos e centenas de criados, arrendatários e trabalhadores sob seus cuidados. As responsabilidades eram muito grandes para que apenas o lado pessoal fosse levado em consideração. Por um instante chegou a sentir saudade de sua vida de mercenária. Ao menos, naquela época, tinha a liberdade de não ter que aguentar certas situações. Ou podia resolvê-las no fio da espada.

— Senhora, aceitaria mais vinho?

A voz de Ghalib arrancou-a de novo de suas divagações. Solícito, ele segurava um jarro finamente decorado, à espera de sua resposta. Pousando a mão na borda do copo, ela negou com a cabeça.

— Não, obrigada.

Pareceu ver alguma frustração no olhar dele, que logo foi encoberta pela irritante solicitude.

— É uma mulher de poucas palavras — ele se recostou na cadeira e a encarou. De novo ela teve a sensação de estar sendo manipulada, ou observada como um animal preso numa gaiola — coisa rara em seu gênero.

Ela ergueu uma sobrancelha e inquiriu.

— Se acha que mulheres falam demais, por que se esforçou tanto para se sentar ao lado de uma?

Por um momento ele ficou desarmado. Depois, sorriu. Naturalmente a baronesa percebera sua conspiração junto ao mordomo-chefe para que os lugares fossem trocados. Ela já demonstrara, na breve troca de palavras antes do jantar, o quanto era sagaz.

— Sua franqueza é absolutamente espantosa, senhora. No entanto, sua posição e a condescendência de seu marido certamente permitem que goze de tamanha liberdade.

A fisionomia dela se fechou completamente.

— Minha franqueza pouco tem a ver com minha posição. E muito menos com o temperamento de meu marido. Esta é a minha personalidade. Sempre foi, mesmo quando eu era apenas um soldado de Edessa em Jerusalém.

Ele estreitou os olhos. Não podia acreditar que ela estivesse falando abertamente de um passado que a maioria da sociedade considerava, no mínimo, duvidoso!

— Então é tudo verdade.

Ela tomou um gole de vinho, mais para se acalmar.

— O quê?

— Serviu mesmo como um soldado em Jerusalém.

— Sim. Não só servi como soldado, como fui sagrada *chevalière* por Ibelin, como todos bem sabem. Isso não é segredo algum. E creio que um homem tão... — a pausa foi proposital, como se ela o chamasse de alcoviteiro nas entrelinhas — ...*bem informado* como o senhor já soubesse disso.

— Os rumores também sussurram que teve outro marido, antes de al-Bakkar. Um conde normando.

— Exato.

— Deixou-o?

— Ele morreu.

— Que lástima.

— Sim.

— Lastimo mais ainda por não a ter conhecido na época. — Ela não respondeu. Apenas parou a mão que segurava o copo de vinho no ar. Ghalib continuou, a voz um tom mais baixo — talvez hoje eu estivesse no lugar de Bakkar.

O copo foi colocado sobre a mesa com tal violência que gotas de vinho respingaram, manchando de vermelho o linho branco da toalha.

— Não tente usar de sua posição nesta corte para ultrapassar os limites do decoro, senhor. Não tolerarei tamanha insolência. Nem meu marido.

Cínico ele sorriu. Soltou o copo de sua mão e o afastou mais para o centro da mesa.

— Fui apenas franco, como a senhora o fez anteriormente.

Os olhos verdes dardejaram na direção dele.

— Então serei mais franca ainda, senhor Ghalib ibn-Qadir. Sua companhia agrada menos do que sua conversa. Dispenso suas atenções, bem como sua cortesia. Agradecerei se ficar longe de mim.

Antes que Ghalib pudesse retrucar, os criados recolheram os pratos e travessas vazias. O barão se levantou, dando por encerrada a refeição. Todos os convidados se ergueram, acompanhando o anfitrião. Vendo que Mark al-Bakkar se adiantava na direção da esposa, Ghalib ainda tomou a mão dela entre as suas e disse num tom petulante.

— Aguardarei ansiosamente por um próximo encontro, minha senhora.

Puxando a mão, ela rebateu.

— E eu rezarei fervorosamente para que ele não se realize.

— Está aborrecida.

— Como esperava que eu estivesse? — Radegund voltou-se para Mark e esbravejou — passei a noite sentada ao lado daquele... daquele patife, aturando sua conversa afetada. E você ainda me pergunta se estou aborrecida?

Paciente, e conhecendo o gênio explosivo da mulher, ele aproximou Baco de Lúcifer e tocou a mão que agarrava a rédea com força.

— Eu sei, minha garota. E não perguntei. *Afirmei* que estava aborrecida. Senti isso em você a noite toda.

Ela suspirou e seus ombros caíram, fazendo-a parecer subitamente cansada. Aliás, era assim que ela se sentia depois do duelo verbal com Ghalib.

— Perdoe-me, Mark. Despejei minha raiva em você.

— Tudo bem — ele puxou delicadamente as rédeas de Lúcifer e fez com que as duas montarias parassem lado a lado — venha cá.

— O quê?

— Venha cá — ele segurou sua cintura e ela se deixou puxar para sela de Baco, sendo acomodada entre os joelhos do marido. Ele deu um beijo suave no alto de sua cabeça e murmurou. — Faça de conta que é uma donzela em apuros esta noite. E me deixe ser seu paladino. Fique quietinha aqui enquanto eu a carrego para casa em meus braços.

Céus, aquilo era tudo o que ela queria! Encostar a cabeça no ombro dele e não pensar em mais nada. Esquecer a maldita ceia e o irritante Ghalib de uma vez por todas.

Baco recomeçou a andar num trote suave, seguido por Lúcifer, cujas rédeas Mark prendera ao arção da sela. Radegund acomodou-se melhor ao calor do marido e sorriu.

— Os soldados de nossa escolta vão pensar o quê de nós, *sire*?

— Escolta, bah! — Ele zombou — parece até que precisamos dela. E, além disso, quem se importa com o que vão pensar? — Roçou os lábios na testa dela — relaxe. Logo estaremos em casa. Esqueça ibn-Qadir.

No entanto, no silêncio da noite, mesmo com Radegund aninhada em seus braços, era impossível esquecer o olhar de Ghalib sobre ela ao se retirarem. Algo lhe dizia que ainda teriam problemas.

Ghalib entrou em sua *villa* muito tempo depois de terem soado as *completas*[11]. Os guardas o cumprimentaram respeitosamente, embora ele os ignorasse. Uma mistura de raiva, ansiedade e desejo fermentava dentro dele, perturbando sua frieza habitual. Sentia-se desafiado e, ao mesmo tempo, estimulado a seguir adiante nas ideias absurdas que atravessavam sua mente. Seguiu direto para seus aposentos. Atravessou a saleta íntima e parou apoiando-se na sacada, observando o mar e as luzes dos archotes acesos pelas ruas de Messina. Um movimento às suas costas fez com que se voltasse de repente. Um homem surgiu das sombras. Passada a surpresa, sorriu.

— Abdul.

A voz grave o saudou acompanhada por um discreto inclinar da cabeça morena.

— Ghalib.

— Não sabia que havia chegado.

Cumprimentaram-se com um aperto de mão e sentaram-se na saleta. Abdul estendeu um copo com vinho de tâmaras para Ghalib, que tomou um longo gole.

— Entrou tão distraído que não percebeu minha presença. É um descuido muito grande para um homem que tem mais inimigos do que estrelas no céu.

Ghalib riu com desdém.

— É um exagerado, Abdul.

— Como foi a ceia?

— A mesma de sempre.

Abdul sorveu um pouco de sua bebida e encarou Ghalib por alguns instantes. Algo no tom de sua voz e na maneira distraída como ele entrara lhe disse que suas palavras não correspondiam à realidade. Algo acontecera. Algo fora do comum que o deixara abalado.

— Você mente.

Ghalib ergueu os olhos e encarou Abdul. Ele o conhecia bem. Seu meio-irmão, filho bastardo de seu pai, ex-mercenário e há anos seu guarda-costas e braço direito, o conhecia melhor do que qualquer outra pessoa. Não era possível esconder nada de seus olhos e ouvidos perspicazes.

Ao mesmo tempo em que apreciava seu cuidado e a lealdade cega, odiava-o. Diante dele se sentia vulnerável. Talvez por isso fingisse ignorar a paixão que Abdul nutria por Amira, sua principal concubina. Talvez por isso sempre o espezinhasse, mandando que a escoltasse daqui para lá, torturando-o com a presença da mulher na qual ele jamais se atreveria a tocar. Se quisesse, poderia facilmente dispensar Amira e atirá-la nos braços de Abdul. A garota não passava de um passatempo agradável. No entanto, ele jamais faria isso.

— Tem razão, como sempre, meu bom Abdul, — terminou sua bebida e foi até a sacada, deixando o olhar se perder na noite de Messina — havia alguém lá, uma mulher.

— Uma mulher? — Estranhou Abdul. Ghalib não se abalava com nada, muito menos com uma mulher.

— Sim. Uma com a qual eu nunca havia me encontrado. Ela me deixou curioso.

— E quem seria a tal mulher?

— A baronesa de D'Azûr. A mulher de al-Bakkar.

— Ah, a famosa baronesa! — Abdul sorriu — dizem que cavalga pela praia antes do amanhecer. E que se parece com um demônio montada sobre uma besta negra que atende pelo sugestivo nome de Lúcifer. Não creio que faça seu tipo. Pelo que sei, é mais dada à vida de soldado do que à arte de agradar um homem. E nunca ouvi dizer que tenha sido vista com outro que não fosse o próprio marido.

— Ela me desafiou. A arrogante! — Virou-se para Abdul, a fisionomia carregada, sibilando — tratou-me como um pajem e disse na minha cara o que pensava de mim! Apesar disso...

— Apesar disso...?

Ghalib ficou em silêncio por muito tempo, fitando o copo vazio. Pensou em sua fortuna, em tudo o que deixara para trás, sobre tudo e todos em que pisara para chegar onde havia chegado. Sua posição não poderia ser posta a perder por uma mulher. Tinha que descobrir o que havia naquela criatura que fora capaz de transformar seus pensamentos num terreno escorregadio e pantanoso, onde tinha a sensação de estar prestes a afundar, a sucumbir a qualquer instante.

— Quero saber de cada passo daquela mulher, Abdul. As coisas não ficarão assim. Ela pagará pela afronta que me fez.

Abdul se levantou e parou diante dele. Sério e com o semblante inescrutável de sempre.

— Considere-o feito, Ghalib — inclinou a cabeça levemente — boa noite.

— Boa noite, Abdul.

Sozinho nas sombras, Ghalib sorriu.

PALERMO, SICÍLIA

Hrolf acordou com a batida de um dos marinheiros na porta da cabine. Respondeu com um resmungo e tratou de se levantar e se arrumar para o desembarque.

O sol forte da Sicília o recebeu no convés. Com as pernas apartadas para se ajustar à oscilação, acompanhou os últimos movimentos de atracação da nau. Depois, cumprimentou brevemente o capitão e desceu pela prancha, misturando-se à multidão. Horas depois, embarcava novamente, desta vez num barco rápido, cujo capitão lhe garantiu que, ainda nesta noite, aportaria em Messina.

Francamente! Estava quase virando um peixe de tanto navegar! Mas, não havia outro jeito. Mesmo chegando tarde na residência de Bakkar, estava certo de que seria bem recebido. Depois, restaria aguardar por algumas semanas pela chegada do Freyja. A saudade de casa se intensificou. Sentia falta da paisagem cinzenta de Svenhalla no inverno e de sua exuberância no verão. Do verde intenso que cobria as montanhas quando o sol estava no céu e do azul dos braços de mar que rasgavam os fiordes terra adentro. Encheu os pulmões com o ar marinho, enquanto a proa cortava o Mediterrâneo rumo à Messina. Em pouco tempo, estaria de volta ao lar.

CATANIA, SICÍLIA

Jamila dispensou a criada que terminara de vesti-la e olhou de novo para a mensagem sobre o toucador. Ghalib avisava que viria vê-la. Apenas isso. Nem uma palavra de afeto, nenhuma pergunta sobre como passava. Apenas um sucinto *"desembarcarei amanhã pela manhã"*. Teve vontade de atirar a mensagem pela janela, mas se conteve. Seu irmão era um homem muito ocupado. Desde muito cedo cuidava dela e de todos os negócios da família. Na certa, quando ali chegasse, ele a abraçaria e conversaria com ela, diminuindo a distância que os anos de separação abriram entre eles dois.

Resguardando-se em seu habitual otimismo, apanhou o alaúde e foi para o jardim, onde mandou a criada servir o desjejum. Lá, sob o sol da manhã e junto ao murmurar sereno da fonte, ela se sentia protegida e segura. Ali começaria a reconstruir seu pequeno mundo, tentando preencher a solidão com a música e com os aromas de casa. Apanhando uma uva do prato sobre a mesinha, pôs-se a pensar em Boemund.

Por mais que se esforçasse, não conseguia se lembrar direito do rapazinho a quem fora prometida ainda criança. Recordava-se vagamente de um garoto alto e espadaúdo, de seus quinze ou dezesseis anos, que parecera tão deslocado quanto ela em meio à profusão de formalidades que cercaram a cerimônia de noivado. Não conseguia se recordar de seu rosto, nem de sua voz ou da cor de seus olhos. Como ele estaria agora? Seria um belo cavaleiro, igual aos das histórias que as moças cochichavam no convento? Seria um conde, um barão, o senhor de um castelo? Ora! De que adiantava divagar daquele jeito? Ela sequer sabia por onde ele andava! Um pensamento sombrio a assaltou. Céus! Teria Boemund morrido numa daquelas inúmeras guerras nas quais os homens sempre se metiam? Desejou ardentemente que não. Seria um destino muito cruel ter esperado tanto pelo noivo apenas para ser mandada novamente para o convento.

— *Signorina*...

A criada entrou no jardim, obrigando Jamila a voltar ao presente.

— Sim, Paola.

— Devo mandar preparar algo especial para mestre Ghalib?

Jamila demorou a se decidir. Naturalmente deveriam ter um jantar adequado ao seu irmão. Mas o quê? Sempre foram tão distantes! Nem imaginava do que ele poderia gostar. Guiando-se pelo próprio paladar, respondeu à criada.

— Diga a Walid que prepare alguma caça, e também que mande alguém ao mercado para trazer enguias frescas. Peça-lhe que as prepare no mel. E que faça também alguns bolos de gengibre e tortas de amêndoas. Creio que será o suficiente para recebermos meu irmão.

— Sim, senhora.

Respeitosa, a criada se retirou. Tomando o alaúde, Jamila dedilhou as cordas preguiçosamente e depois entoou uma canção, enquanto a mente mergulhava de novo em sonhos com seu prometido Boemund.

MESSINA, SICÍLIA

O soar das *vésperas* na torre da igreja chegou até a parte alta da cidade, entrando pelas janelas abertas da *villa*. Mark fechou o volume que folheava e dispensou o guarda-livros.

— Por hoje chega, Ariel. Já trabalhamos demais.

— Perfeitamente, *messire* — o judeu curvou a cabeça numa reverência. — Devo enviar a nota de crédito ao ourives de Flandres?

— Sim. E amanhã, antes de vir para cá, passe no farol para verificar as mensagens. Brosa deve chegar hoje à noite e ficará à espera do Freyja. Quero saber se meu cunhado enviou algum sinal.

— Pois não, *messire*. Boa noite.

— Boa noite, Ariel.

Apagando as velas, Mark fechou a porta do gabinete e foi atropelado por uma figurinha pequena, envolta numa camisola branca de algodão.

— Ei — mal teve tempo de estender as mãos e amparar a queda da criança —, aonde vai com tanta pressa?

— Oh, desculpa, papai — ela arregalou os olhinhos azuis e depois falou num cochicho — eu estava fugindo da ama.

Mark se abaixou e cochichou também.

— E por que você está fugindo da ama?

— Eu ouvi dizer que vamos ter visitas, queria ficar acordada para ver quem era.

Sorrindo, ele a levantou no colo e saiu andando pelos corredores. Os cachos ruivos cheiravam à lavanda e faziam cócegas em sua face. Fitou o rostinho de Lizzie e admirou-se mais uma vez com o quanto ela se parecia com Radegund.

— Muito bem, — a voz feminina soou no fim do corredor com um toque de diversão — aí está você, senhorita Elizabeth! E para variar, conspirando com seu pai.

Lizzie ergueu uma sobrancelha, do mesmo jeito que a mãe fazia e olhou para Mark, suplicante. Ele sorriu. Não conseguia mesmo resistir ao charme daquelas duas. Mãe e filha o tinham nas palmas das mãos.

— Sossegue, garota — com o braço livre ele enlaçou a esposa e deu-lhe um beijo na fronte — Lizzie só está curiosa quanto ao nosso visitante. Quer ficar acordada.

— Deixa mamãe! Por favor!

— Oh, está bem, — ela pegou a filha nos braços — mas vamos avisar à ama. Ela está louca atrás de você. Assim, dará tempo de seu pai se lavar para a ceia e se trocar. Hrolf deve estar chegando. — Voltou-se para o marido. — Iohannes recebeu um recado do farol; a embarcação dele logo atracará.

— Ótimo, — ele deu um beijo na ponta do nariz de cada uma — encontro vocês na sala de refeições. Aguardaremos Brosa juntos.

Hrolf chegou ao fim da colina onde ficava a *villa* de Mark al-Bakkar algum tempo após as *vésperas*. Os portões eram guardados por dois homens vestidos com as cores de D'Azûr, que abriram passagem assim que ele se anunciou.

Ajeitando os alforjes nos ombros, Hrolf sorriu diante da beleza do lugar. Atravessou a alameda de conchas esmagadas que cruzava os jardins e chegou até a porta principal, onde o um homem de meia-idade o aguardava.

— Boa noite, mestre Brosa — o homem inclinou a cabeça —, seja bem-vindo. Sou Iohannes, o administrador. Queira me acompanhar. Meus senhores o aguardam.

Hrolf sorriu. Quem diria que a encrenqueira Raden e o fanfarrão Bakkar um dia estariam casados? E que, ainda por cima, fariam parte da mais alta nobreza de Sicília e da Normandia! Por Odin! Como o mundo dava voltas!

— Hrolf!

A voz rouca de Radegund o arrancou de suas divagações. Caminhando em sua direção, cruzando a sala bem decorada, ela continuava majestosa como sempre.

— Senhora — cumprimentou ele, educado e meio sem jeito. Porém, logo foi abraçado por ela.

— Deixe de formalidades, homem! Sou a mesma de sempre — afastou-se um pouco. — Como está?

— Feliz em vê-los — olhou por sobre o ombro dela, vendo Mark se aproximar com uma menina ruiva nos ombros — Bakkar! E esta deve ser...

— Eu sou Elizabeth. E você, quem é?

Mark riu e estendeu a mão para Hrolf.

— Como vai, Brosa? É uma alegria recebê-lo em nossa casa. Esta é Lizzie. Lizzie, querida, este é Hrolf Brosa, um velho amigo.

A menina levou o dedinho ao queixo e disse.

— Acho que lembro dele.

— Tem certeza, minha filha? — Indagou Radegund, surpresa.

— Hum, hum. Daquele lugar todo branco, onde tinha os cachorros. Lembra, mamãe?

— Lizzie, a cada dia você me espanta mais!

— Tem razão, pequena — falou Hrolf, divertido com a situação. Ulla também fora uma criança muito perspicaz naquela idade — nós nos encontramos em Svenhalla, há alguns anos atrás. Você era bem pequenininha, então. Fico feliz que se lembre de mim.

— Sven... o quê? — Ela abaixou os olhos e apoiou as mãos na cabeça de Mark, bagunçando seus cabelos — onde fica isso, papai? Quando eu fui lá? Podemos ir de novo? Eu queria ver os cachorros...

— Por todos os santos! — Radegund tomou o braço de Hrolf — venha, meu amigo. Vou levá-lo eu mesma aos seus aposentos. Quando Lizzie começa com esses interrogatórios, Mark leva horas até conseguir responder a todas as suas questões.

Ele sorriu e ia apanhando os alforjes do chão, quando um dos criados se adiantou. Radegund falou com ele em *sicilianu*[12] e o jovem carregou as bagagens para dentro. Logo ela se voltou para o marido, entretido com a menina.

— Volto já.

Caminhando ao lado de Radegund, Hrolf foi admirando o bom gosto da casa, que parecia ser muito clara e ensolarada durante o dia. Comunicou sua admiração à anfitriã, que respondeu sorrindo.

— Aqui é maravilhoso, Hrolf. Eu gostava muito de Delacroix, mas confesso que Messina me agrada muito mais. Vai ver, pela manhã, como a casa é fresca, apesar de tomar sol o dia todo. — Abriu a porta de um aposento amplo, do lado do nascente — reservei estes aposentos para você assim que soube que chegaria. É bem espaçoso e pega o sol da manhã. Mas se quiser dormir até mais tarde, basta que feche os reposteiros.

O criado deixara sua bagagem sobre uma arca. Ele retirou o manto e colocou nas costas de uma cadeira. Seguiu Radegund, que passou ao dormitório. Uma cama espaçosa, protegida por mosquiteiros, ocupava uma das paredes sob a janela. Do lado direito havia uma sacada fechada por uma porta de madeira, meio encoberta por uma cortina de cor clara. Sobre o piso de cerâmica, tapetes de algodão transmitiam a sensação de conforto e hospitalidade. Tudo era de boa qualidade, sem exageros. A riqueza transparecia na qualidade dos materiais e não na opulência.

— Aqui é seu dormitório — ela disse —, espero que tenha gostado.

— Tudo me parece muito confortável, Radegund. Muito obrigada! Se visse os lugares onde precisei dormir nos últimos tempos...

Ela gargalhou, comentando.

— Imagino que tenham sido muito semelhantes àqueles em que eu e Mark dormíamos em nossas andanças por aí! Mas, como temos o suficiente para comprar esse conforto, por que não usufruirmos? — Ela abriu as portas da sacada e se voltou para Hrolf — quer que lhe preparem um banho antes de cearmos?

— Eu agradeceria.

— Muito bem. Vemo-nos mais tarde, na sala de refeições?

— Por mim, está ótimo.

Radegund se aproximou, olhando-o nos olhos por alguns instantes. Foi direta.

— Você mudou, Hrolf.

O sorriso dele se apagou aos poucos. Radegund sempre fora observadora. Daquele grupo barulhento de Tiro, era a mais calada e a mais sensível, apesar do temperamento muitas vezes duro e impiedoso.

— Todos mudamos, Raden. Depois do que aconteceu em Svenhalla, nenhum de nós jamais foi o mesmo.

Ela colocou a mão em seu ombro, compreensiva.

— Sei disso mais do que ninguém, Hrolf. Apesar de todo o sofrimento, foi ali que minha vida recomeçou. Foi naqueles dias difíceis que descobri o amor de Mark — o olhar dele se anuviou ainda mais quando completou — nunca lhe disse o quanto senti pelo que houve com Saori. Lamento que tenha terminado daquela forma.

— Obrigado — foi só o que ele conseguiu dizer para, depois, abrir um sorriso amarelo e completar —, vemo-nos na ceia?

Ela demorou um pouco para responder.

— Claro. Até lá.

Quando as portas dos aposentos se fecharam, o sorriso de Hrolf se apagou novamente. A amargura em seu coração aumentou. E o fantasma de Saori se fez mais presente do que nunca naquela noite.

A manhã chegou encontrando Ghalib trabalhando em seu gabinete. Pensativo, lia mais uma vez a carta que tinha nas mãos. Abdul chegara na noite anterior, após cumprir a missão que ele lhe designara. Descobrir o paradeiro de Boemund de L'Aigle. Certamente não foram boas as notícias que ele trouxera. Mas, ao menos dera o passo inicial para estabelecer o destino da irmã.

Ao pensar em Jamila, sequer lhe ocorria a decepção que causara ao adiar a chegada à Catania, prevista para aquela manhã. Mandara um criado ao farol na noite anterior com uma mensagem comunicando o adiamento. Sua mente se concentrava apenas no rompimento daquele elo na cadeia de poder que estabelecera para si. Estranhou o fato. Estaria a sorte brincando consigo? Primeiro, uma mulher abalava suas convicções. Agora, uma notícia o obrigava a rever todos os seus planos.

— Raios!

— O que o perturba, Ghalib?

Ergueu os olhos da mesa e deparou-se com Abdul de pé, à porta do gabinete. Como sempre, silencioso como um gato. Ele não o ouvira chegar. Amaldiçoou aquela mania dele. Sondou seu rosto, tentando saber se aquela sutil nota de zombaria que percebera em sua voz se estenderia a sua expressão ou aos seus olhos. Não conseguiu perceber nada. Como de hábito, o semblante moreno e bem barbeado do meio-irmão, que facilmente se passaria por um normando, apesar do nome que trazia, não revelava emoção alguma.

— As notícias que me trouxe não são nada animadoras, Abdul — falou Ghalib, sem conseguir esconder a irritação na voz — não imaginava que L'Aigle houvesse se metido em tamanha confusão.

— A família dele apoiou o lado errado. Nada mais natural que tenham caído em desgraça. Apoiar Tancred[13] contra Constance foi uma péssima ideia.

— O problema é que isso muda tudo! — Disse Ghalib se levantando e postando-se à janela com as mãos atrás do corpo — meu pai prometeu Jamila ainda menina. Esse tempo todo ela permaneceu no convento à espera do retorno de Boemund do serviço na Terra Santa. Mandei buscá-la na esperança de casá-la e estender minha influência até o sul da França. Não contava com esse contratempo.

— Lamentável.

Ghalib virou a cabeça para trás. Podia jurar que a voz de Abdul trazia o eco de um sorriso irônico. Mas ele continuava parado perto da porta, impassível. Estava imaginando coisas... voltou-se novamente para a janela.

— Tenho que arranjar outro noivo para minha irmã.

— E o contrato celebrado entre seu pai e a família dele?

— Será rompido. Eu e os L'Aigle agora estamos em campos opostos.

— Acho que Jamila não vai gostar disso...

Ghalib virou-se de vez, com um sorriso debochado.

— Crê que eu esteja me importando em ferir suscetibilidades femininas?

— Não. Mas creio que devesse ao menos *avisar* Jamila de que, após dez anos, seu noivo não será mais o mesmo — Abdul respondeu, enquanto sentia uma profunda piedade pela meia-irmã.

— Eu a avisarei quando chegar a Catania — deu a volta na escrivaninha e sentou-se em sua cadeira. Juntou as pontas dos dedos diante do rosto e indagou — e quanto àquele outro assunto?

Abdul adiantou-se até a janela. Fez um pouco de mistério propositalmente, apenas para irritar Ghalib, que odiava esperar. Por fim, quando julgou tê-lo deixado em suspenso por tempo suficiente, falou.

— É como lhe disse. Ela cavalga ao longo da praia, antes do amanhecer. Eu mesmo a vi. Também administra pessoalmente a criação de cavalos. Fora isso, leva uma vida quase reclusa. Tanto ela quanto o marido só comparecem a eventos sociais quando é absolutamente necessário — parou um pouco, como se tentasse se lembrar de mais informações — soube ainda há pouco, no mercado, que um estrangeiro chegou ontem à casa de al-Bakkar, vindo de Palermo.

— Quem?
— Um *saqāliba*[14], um desses bárbaros de cabelos e olhos quase brancos.
— Não é o cunhado dele, o capitão Svenson?
— Não. É um tal de Brosa — deu de ombros —, alguém sem importância. Deve estar só de passagem. Devo prosseguir?
— Sim, mas de maneira discreta. Irei a Catania assim que arranjar um noivo para Jamila. Até lá, continue observando.
Abdul meneou a cabeça, escondendo um meio sorriso.
— Considere feito.

Radegund deixou Luc aos cuidados da ama e se preparou para mais um dia de trabalho. A égua que Aswad enviara do Egito precisava ser treinada e ela não gostava de confiar aquela tarefa a terceiros. Na verdade, tinha verdadeiro prazer em lidar com aqueles animais belos e indóceis, em cativá-los e em conquistar sua amizade.

Enfiou-se num par de calças velhas, colocou uma camisa de baixo limpa e, por cima dela, vestiu uma túnica gasta com a qual costumava trabalhar. Prendeu o cinto aos quadris e prendeu a ele sua bolsa com alguns apetrechos próprios ao serviço. Saía pelo corredor quando viu Hrolf, vindo do outro lado, com a aparência bem melhor do que na véspera. Cumprimentou-o pousando a mão em seu antebraço.

— Vejo que repousou, meu amigo.

Ele sorriu brevemente, tão rápido que ela se perguntou se não teria imaginado aquele sorriso.

— Sem dúvida. As acomodações não poderiam ter sido melhores.

Foram caminhando até chegar ao pátio central, onde outra fonte, revestida por cerâmica em tons de verde e azul, refrescava o ambiente.

— Já tomou seu desjejum?

— Sim. E estou satisfeito. — Ele reparou em suas roupas — vai limpar as cocheiras?

A resposta foi a conhecida gargalhada rouca de Radegund.

— Não, meu caro Brosa. Mas irei ter com meus cavalos. Gostaria de conhecer nossa criação?

— Adoraria — ele olhou em volta — e Bakkar, por onde anda?

— À esta hora, está na praia com Lizzie. Ela gosta de passear na areia e molhar os pés nas ondas. Cavalguei com eles bem cedo, mas não pude ficar porque tinha que amamentar Luc.

Hrolf sorriu ao ouvir o nome do bebê, o mesmo do primeiro marido dela.

— Ainda não vi o filho de vocês.

Ela sorriu, os olhos brilhando de contentamento.

— Ele dormiu agora, está de barriga cheia. Mais tarde eu o trarei para ficar conosco. — Ela abriu uma das portas que dava para a área lateral da grande casa — vamos?

CATANIA, SICÍLIA

Jamila se levantou tarde. Como se ficar na cama até bem depois do amanhecer fosse um ato de desafio ao irmão que a deixara plantada, esperando-o por horas. *Tola!* Disse a si mesma. *Parece até que ele se importa muito com você!*

Com os olhos ainda inchados por ter chorado, ela se abraçou aos travesseiros. Ficou olhando para o fino cortinado em volta de sua cama, que a protegia das picadas dos insetos, tão comuns no verão siciliano. Lembrou-se da decepção que se instalara lentamente em seu coração ao ver que as horas passavam e Ghalib não chegava. E quando os criados já cochichavam e o velho Walid retorcia as mãos com pena dela, a malfadada mensagem chegou do farol. Seu irmão adiara indefinidamente sua chegada. E *ordenara* que ela ficasse ali, à sua espera. Lágrimas brotaram novamente em seus olhos. Com um gemido, indagou às paredes.

— Por que meu irmão não gosta de mim? — Soluçou mais alto — ele é a única família que tenho! — Os olhos castanhos se ergueram, suplicantes — ah, Senhor! O que terei feito para ser punida assim? Sempre obedeci às irmãs, sempre fui uma aluna aplicada e obediente. Nunca fugi das missas. Por que todas as moças se casaram, tiveram seus filhos e eu não? Eu queria tanto ser feliz, ter uma família, um marido que me amasse... — o choro se tornou mais intenso, lavando o rosto delicado. Por longos minutos entregou-se à sua dor, à mágoa que feria seu coração. Depois, secando os olhos com as costas das mãos, respirou fundo e sentou-se na cama.

— Não. Não posso me entregar assim. Não sei quantas responsabilidades meu irmão carrega. Não posso julgá-lo, não é certo. — Balançou a cabeça e atirou as cobertas para o lado — a reverenda madre sempre disse que o trabalho espanta as tristezas e os maus pensamentos — o cortinado foi aberto e com passos curtos e rápidos ela alcançou o reposteiro, afastando-o, deixando-se banhar pelo sol da costa siciliana — pois muito bem, é o que farei! — Olhou para baixo da sacada de seu quarto, mirando o jardim — acho que as roseiras precisam de uma boa poda. E quando Ghalib chegar, o jardim estará bem mais bonito.

Correndo de volta ao quarto, gritou pela aia, munindo-se de seu habitual otimismo, escondendo de si mesma sua tristeza sob um radiante sorriso.

MESSINA, SICÍLIA

A semana passara veloz para Hrolf Brosa. Envolvido pelo clima de serenidade da casa de Mark e Radegund, conseguira relaxar e até mesmo partilhar da alegria que reinava naquela pequena família. Pela manhã, acompanhava o casal e Lizzie numa cavalgada pela praia. Depois, permanecia por lá com Mark, enquanto Radegund voltava para casa para amamentar o filho. Algumas vezes acompanhara Radegund aos estábulos, assistindo-a cuidar dos cavalos com zelo e conhecimento. Não fosse a saudade de Svenhalla, poderia até ficar por mais tempo, pensou ao terminar o banho.

Ergueu-se da piscina, deixando que a água escorresse pelo corpo que, embora não fosse o de um jovem, ainda era firme, com músculos enrijecidos pelo trabalho e pela vida ativa que sempre levara. Caminhou pelo fundo liso e subiu a escada de pedras, alcançando a toalha de linho que os criados deixaram sobre um dos bancos. Suas roupas estavam cuidadosamente dobradas, exalando o aroma das ervas usadas em sua lavagem. Olhou ao redor, enquanto se enxugava.

A sala de banhos era praticamente um *hammam*[15]. Sua piscina de águas tépidas era revestida por ladrilhos azuis e brancos, com algumas pinturas de peixes e plantas ao seu redor. Pelas janelas altas, entrava a luz do sol no verão e a brisa fresca do oceano. No inverno, os reposteiros certamente permaneceriam cerrados, resguardando da friagem o interior do recinto. E à noite, diversas lamparinas de azeite, que ficavam permanentemente colocadas em nichos nas paredes, poderiam ser acendidas, iluminando a ampla sala.

Mark contara que a *villa* fora comprada por ele e por Radegund quando ainda eram sócios, anos atrás, pouco depois que deixaram Tiro. A residência pertencera a uma tradicional família muçulmana, que deixara a ilha depois da queda dos *Hauteville*[16], indo para *Al-Andaluz*[17]. Sua arquitetura misturava as tradicionais linhas árabes com influências bizantinas e normandas, o que resultara num estilo curiosamente harmonioso.

Distraído, Hrolf largou a toalha sobre o banco e vestiu calções limpos. Sentou-se, enfiou as botas e amarrou seus cordões. Virou-se para o lado para apanhar a camisa e se deparou com o saquinho de couro, que trouxera preso ao pescoço desde *Nihon*[18] até ali. Toda a serenidade se evaporou. A amargura o envolveu, sufocante. Sua mão se fechou em torno do pequeno objeto enquanto lutava para controlar aquela onda que misturava raiva, dor, revolta e decepção em seu peito.

— Mestre Brosa?

O chamado de Iohannes, do outro lado da porta, arrancou Hrolf de seus pensamentos. Pendurou o saquinho no pescoço e pegou a camisa, caminhando até a saída.

— Aqui, Iohannes — abriu a porta e encarou o empregado — o que houve?

— Meu senhor quer saber se pode ir ter com ele em seu gabinete.

Hrolf enfiou os braços pelas mangas da camisa. Com o rosto enfiado no tecido, sua voz saiu abafada quando respondeu.

— Claro — a cabeça saiu pelo colarinho do traje —, leve-me até ele, por favor.

O gabinete, assim como toda a casa, era amplo e ensolarado. De uma das janelas avistava-se o estreito de Messina e o porto, onde o movimento de embarcações era sempre intenso. Mark estava sentado à escrivaninha, com um homem de meia-idade a sua frente fazendo anotações. Ao perceber sua presença, imediatamente se levantou e deu a volta em torno do móvel, sorrindo.

— Bom dia, Hrolf! Desculpe-me por não ir cavalgar hoje — apontou a mesa —, estamos remanejando os carregamentos por causa do atraso do Freyja e das avarias no Tyr.

— Sabe o que houve com Björn? — Ele indagou, sentando-se ao lado do homem, que sorriu e o cumprimentou — ele nunca se atrasou para um embarque.

— A mensagem dizia que ele havia sofrido um pequeno acidente, nada grave. Mas que precisaria de repouso. Talvez estejam aqui em uma semana.

— Sinto falta daquele desmiolado.

— E eu de minha irmã. — Mark entregou uma carta ao assistente —, isso é tudo, Ariel. Despache a carta junto com as mercadorias. O mensageiro deve levá-la à Cully, para Gilchrist O'Mulryan.

O homem assentiu e se retirou discretamente. Mark serviu dois copos com chá fresco e passou um deles a Hrolf. Depois perguntou.

— E então, aproveitando a estadia?

— Sem dúvida, sua casa é muito confortável. Agradeço por me receberem. — Tomou um gole de chá — na verdade, estou até me sentindo mimado!

— Fico feliz que seja assim. Chamei-o para convidá-lo para uma curta viagem, já que ficará por aqui aguardando o Freyja.

— Viagem?

— Sim — Mark serviu-se de mais um copo de chá e pousou a mão numa pilha de pastas de couro. — Vou à Siracusa amanhã, tenho contratos comerciais a serem fechados por lá, entre outros negócios. Não quer conhecer a cidade?

Hrolf deu de ombros.

— Bem, não tenho nada para fazer mesmo. E Radegund, também irá?

— Infelizmente não — a expressão de desolação dele foi tão grande que Hrolf teve vontade de rir — está na época da cobertura de algumas éguas. E ela supervisiona pessoalmente o trabalho. — Torceu o nariz e balançou a cabeça — trocado pelos cavalos... sabe, vou contar as horas para voltar.

Hrolf riu e retrucou.

— Falando assim, parece que passará o ano fora!

Um sorriso suave estampou-se na face de Mark.

— Não consigo ficar longe dela, Hrolf. É como se Radegund fizesse parte de mim — ele se levantou e foi até a sacada, onde ficou olhando o mar. Hrolf acompanhou-o, postando-se ao lado dele. — Faz quase dez anos que nos conhecemos. Em todo esse tempo, só nos separamos por alguns meses. E depois que nos casamos, nunca fiquei mais de um ou dois dias longe dela. — Fitou o rastreador com os olhos repletos de emoção — eu não saberia viver sem Radegund, meu amigo.

— Eu sei disso — colocou a mão no ombro do mestiço —, eu estava ao seu lado quando a arrancou daquele lago congelado. Mesmo naquela época, quando eram apenas amigos, percebi o quanto eram ligados um ao outro.

As feições de Mark tornaram-se sombrias.

— Acho que eu já a amava e não sabia. Quando lembro que quase a perdi... chega a doer aqui dentro — tocou o peito. — O amor nos fortalece, Hrolf. Mas também nos torna absurdamente vulneráveis.

Foi a vez dos olhos cinzentos de Hrolf se tornarem sombrios.

— Eu sei, meu amigo — seu olhar se perdeu na imensidão do Mediterrâneo —, eu sei.

Ghalib fitou o estreito e ergueu a mão para apanhar o copo que o criado estendia. Às suas costas, Abdul aguardava. O rosto impassível, o corpo largo bloqueando a porta, a postura séria e compenetrada de sempre. A imagem da paciência. Imaginou o meio-irmão como um cão de guarda, feroz e altivo. Tomou um gole do vinho de tâmaras e deixou que o líquido adocicado envolvesse a boca e a língua com seu sabor único. Apreciou sua textura e o seu perfume. Era o melhor, trazido de Damasco a peso de ouro. Tanto ali como em Acre, fazia questão de ter sempre o melhor, fosse à sua mesa, fosse à sua cama.

A vaga lembrança de Amira, sua concubina, veio-lhe à mente. Mas logo foi encoberta pelo brilho ofuscante da imagem da mulher de cabelos vermelhos. Bufou irritado e virou-se para Abdul. Dia após dia ele trazia informações a respeito da mulher.

— E então? — Indagou, o olhar fixo nos olhos estranhamente amarelados de Abdul. Pareciam os olhos de um gato — mais alguma notícia?

— Sim.

Abdul fez suspense propositalmente, comprazendo-se no jogo de gato e rato com Ghalib, divertindo-se com o poder que descobrira ter sobre ele. Percebera que o meio-irmão estava totalmente obcecado pela baronesa, envolvido num misto de apreciação e ódio pela criatura que o derrubara de seu pedestal.

— Ora! — Ghalib se sentou pesadamente sobre a cadeira — diga de uma vez, homem!

— Al-Bakkar confirmou a presença na casa do marechal, hoje à noite.

— Imaginei que confirmaria — retrucou Ghalib, impaciente. — Não é segredo algum que os dois mantêm boas relações. Seria de se esperar que comparecesse à comemoração do nascimento do filho do marechal.

— Você também estará entre os convidados, não é mesmo? — Abdul comentou — talvez seja a chance de encarar a tal mulher e dar-lhe o troco.

— E quanto a al-Bakkar? O que seus informantes descobriram?

— Está de partida para Siracusa. — Abdul parou diante de um aparador, examinando distraidamente uma estatueta de marfim — segundo soube, ele vai regularmente àquela cidade, e não se trata apenas de comércio...

Ghalib ajeitou-se na cadeira, atento.

— Outra mulher?

Abdul adorou o tom esperançoso na voz do meio-irmão. Se o sempre tão bem controlado Ghalib se ouvisse agora!

— Aparentemente, não — ele largou a estatueta de volta em seu lugar — soube que costuma se reunir com um grupo fixo de homens, na casa de um velho mercador. O interessante é que o mercador em questão é um muçulmano *convertido* à fé cristã...

Não passou despercebido à Ghalib o tom irônico de Abdul ao falar na conversão do sujeito. Uma série de conclusões começou a se formar em sua cabeça. Al-Bakkar era famoso pelo passado como membro dos *mamluks*, a elite do exército sarraceno. Corria a boca pequena que ele, juntamente com um beduíno, fora responsável por frustrar um atentado contra a vida do falecido Saladino. Seria al-Bakkar tolo o bastante para apoiar a ideia de uma nova rebelião em *Siqilliya*? Um brilho sombrio atravessou seu olhar. Abdul conhecia muito bem aquela expressão.

— Essa reunião se parece muito com um *mehfil*[19]...

— Ghalib — o tom de Abdul oscilou entre a gravidade e a advertência —, não há provas.

— Isso é o de menos, meu bom Abdul — ergueu-se da cadeira, animado — mande um de seus homens espioná-lo em Siracusa — ergueu a mão diante dos olhos e olhou fixamente para sua palma. — Quero al-Bakkar e a baronesa aqui — cerrou o punho com força —, em minhas mãos.

A tarde quente e o trabalho com os cavalos, que se estendera por toda a manhã, fizeram com que Radegund desejasse um banho mais do que o próprio ar que respirava. Com esse objetivo em mente, pediu que uma das criadas levasse suas roupas para a casa de banhos e, depois de uma breve olhada nos filhos, que brincavam com a ama no jardim, correu para lá. Fechou a porta e arrancou a camisa de trabalho, resmungando ao sentir seu cheiro.

— Diabos! Estou quase me transformando numa égua — jogou a camisa longe. — Que cheiro de estábulo!

Calças, meias e botas tiveram o mesmo destino da camisa; uma pilha malcheirosa perto da porta. Apressada, caminhou até a beira da piscina e mergulhou nas águas tépidas, constantemente aquecidas por um sistema de caldeiras subterrâneas; uma tecnologia deixada ali pelos antigos donos.

— Ah, que delícia! — Apanhou um sabonete do cesto, na borda da piscina, e passou a se esfregar vigorosamente.

Passou a meia hora seguinte entregando-se ao prazer de relaxar na água, embalada pelo perfume fresco do sabonete. Por fim, ensaboou os cabelos e, de olhos fechados, afundou a cabeça para enxaguá-los. Ao voltar à tona, com os fios emaranhados em seu rosto, esbarrou em algo sólido que não estivera ali antes. Perdeu o equilíbrio ao recuar instintivamente, caindo para trás.

— Mas que merda...

Um par de braços fortes amparou-a pela cintura, puxando-a ao encontro de um corpo firme.

— Continua desbocada, garota.

Conseguindo finalmente abrir os olhos e tirar os cabelos do rosto, ela encarou o marido.

— Queria me afogar?

— Mulher, estou cheio de intenções a seu respeito — foi falando e empurrando-a devagar na direção da borda — mas essa ideia jamais me passou pela cabeça.

Radegund sentiu a parede lisa às suas costas e sorriu, antecipando as *ideias* que estavam estampadas na cara sem-vergonha de Mark. Enlaçou-o pelo pescoço e brincou com seus cabelos molhados.

— Foi muito sorrateiro, *sire*. Não o ouvi entrar.

— Você estava distraída — uma das mãos deslizou da cintura dela para um seio —, fiz mais barulho do que um pato quando entrei aqui.

Ela encostou a cabeça em seu peito, aspirando o cheiro masculino e único. Fechou os olhos e deixou-se embalar pela carícia suave e pelo doce balançar que a água imprimia aos seus corpos. Lá fora, o sol declinava, lançando raios avermelhados pelas aberturas altas da sala, dando ao local um toque de magia.

— Estava cansada — sentiu o beijo delicado no alto da cabeça e retribuiu com um carinho em sua nuca —, o trabalho de hoje foi duro.

A mão dele deixou o seio e tocou sua face, fazendo-a erguer o rosto para ele.

— Quer descansar, garota?

— Com você aqui, descansar é a última coisa que desejo. — Ofereceu-lhe a boca entreaberta — beije-me e me ame. É só disso que preciso.

Palavras se fizeram supérfluas diante da avalanche de sentimentos e emoções que se sucedeu. A entrega foi completa. Deu-se totalmente a ele, ao homem que possuía seu corpo, seu coração e sua alma. Ela era parte de Mark. E ele, dela. E sem ele, ela não viveria. Entre doces sussurros e gemidos extasiados, carícias foram se intensificando até que ela experimentou um dos mais gloriosos êxtases de sua vida. Erguendo a cabeça, que apoiava no ombro dele, ela o beijou e gritou seu gozo junto da boca de Mark, seu marido e seu amor.

CAPÍTULO
III

Avaritia omnis improbitatis est metropolis.
(A cobiça é a sede de toda maldade)

ESTOBEU

noite estava quente. As pessoas procuravam o frescor dos jardins, fugindo do amontoado de corpos suados e pesadamente vestidos no interior do salão. O marechal e sua esposa paravam vez ou outra entre os convidados, trocando amenidades e recebendo os cumprimentos pelo nascimento do herdeiro de um dos homens mais ricos de Messina.

Recostado numa das colunas, no limite entre o jardim e a entrada da casa, Ghalib estava estrategicamente posicionado. O marechal jamais poderia passar por ali sem parar e conversar com ele. Estava interessado em saber um pouco mais sobre o sobrinho do homem. Um dos Saint-Gilles do Languedoc[20], uma região absolutamente estratégica. Ardiloso, cogitava a possibilidade de uma união entre Jamila e o jovem, que circulava na festa ao lado do tio. Fizera seus contatos e descobrira que o rapaz procurava por uma noiva de boa família e com um dote expressivo. Com as constantes disputas políticas da região, ele precisava manter os cofres cheios e o exército sempre pronto para defender suas terras.

Sorrindo, Ghalib deu um passo à frente, chamando deliberadamente a atenção dos anfitriões. Logo, usando de todo seu charme, envolveu a esposa do marechal, uma mulher tola e cheia de ideias românticas, com a história da irmã e seu noivado frustrado. Omitiu deliberadamente o nome do noivo e manipulou a situação de tal forma que, pouco depois, sentava-se à mesa ao lado de Marcel de Saint-Gilles, discutindo os termos do dote de Jamila.

Mark puxou a cadeira para que Radegund se levantasse. Tomando sua mão, beijou-a com carinho e avisou em voz baixa.

— Vou falar com al-Mahdia. Ele estará no Capítulo[21] de amanhã, em Siracusa. Depois iremos embora.

— Está certo. Vou procurar a senhora Dulce e me despedir. — Lançou um olhar em torno do salão. Vira o antipático ibn-Qadir mais cedo e conseguira se esquivar dele até então — só não demore.

— Nem um minuto além do necessário, minha garota.

Mark se afastou. Ela caminhou na direção da esposa do marechal. Algumas pessoas cruzaram seu caminho, fazendo com que Radegund perdesse a dama de vista. Quando conseguiu passar, notou que a anfitriã sumira. Outra leva de convidados passou pelo corredor. Para se livrar da confusão, Radegund recuou até uma pequena alcova adjacente, procurando uma saída que a levasse ao jardim. Lá poderia aguardar por Mark longe daquele abafamento.

Segurou a saia e amaldiçoou mais uma vez o infeliz que inventara vestidos e anáguas, principalmente num lugar quente como a Sicília no verão. Alcançou a porta e embrenhou-se pelos canteiros procurando um banco para se sentar. E se estivesse menos distraída, teria notado que fora seguida. Quando se deu conta, Ghalib se materializava à sua frente.

— Encontramo-nos de novo, senhora baronesa.

Passada a surpresa inicial, respondeu.

— Sim — não conseguia disfarçar a contrariedade —, parece que minhas preces não foram atendidas.

— Em detrimento das minhas, talvez — ele retrucou, sorrindo.

Após um breve silêncio, veio a réplica.

— Não me admiraria se alguém como o senhor conseguisse comprar até mesmo a Deus. Assim como já fez com seus servos nesta ilha.

— A senhora não se importa em blasfemar desta forma?

Uma sobrancelha se ergueu e o rosto dela exprimiu a mais pura zombaria.

— Tanto quanto o senhor se importa de rezar virado para Meca enquanto faz o sinal da Santa Cruz.

Apesar da raiva que brilhava nos olhos negros, ele manteve o sorriso congelado no rosto e a voz suave.

— Isso é mais uma das histórias que circula a meu respeito, — fez um gesto displicente com a mão — boatos, apenas boatos. Quanto ao Arcebispo, eu apenas atendo aos seus rogos e contribuo para as obras da Sagrada Igreja de Roma. Mas, diga-me, senhora; seu marido também não é um Crente? — Ele olhou na direção de Mark. Através do pórtico, era possível vê-lo enquanto a procurava do outro lado do salão — dizem que ele comparece a um *mehfil* em Siracusa de tempos em tempos.

Uma mão gelada apertou o coração de Radegund. Habilmente, ocultou os temores sob uma capa de arrogância. O *mehfil* a que ele se referia eram os capítulos da Sociedade, aos quais Mark comparecia quando solicitado. Como faria no dia seguinte. Com a ascensão do Papa Inocêncio, tutor do jovem rei Frederick II, que tentava a todo custo fortalecer o poderio de Roma, abalado depois de uma crise sucessória, a Sociedade da Hidra estava novamente se articulando, prevendo o possível chamado a uma nova Hoste.

Naturalmente, Ghalib desconhecia a existência da Sociedade. E interpretava as assembleias às quais Mark comparecia como reuniões dos homens da fé maometana. Siracusa era tradicionalmente reconhecida como um foco de resistência dos Crentes. Um boato daqueles, espalhado com habilidade, poderia gerar consequências catastróficas para eles e para todos os que viviam sob sua proteção. Com expressão desdenhosa, ela deu de ombros, imitando as palavras dele.

— Boatos, apenas boatos. Meu marido vai a Siracusa tratar de nossos negócios. Como deve saber, forneço os cavalos para a guarda do barão de Siracusa — sua voz soava firme e determinada. — Custo a crer que o senhor dê ouvidos a mexericos de alcova.

Um casal passou pelo pórtico, cumprimentando-os. Ambos apenas acenaram e sorriram. Inclinando-se um pouco, Ghalib falou num tom mais baixo para que só ela ouvisse.

— É impressionante sua altivez, senhora. Gostaria de saber quem realmente veste as calças em sua casa.

— O que está tentando insinuar, ibn-Qadir?

— Não me parece que seu marido saiba colocá-la no verdadeiro lugar de uma mulher.

Seu sangue ferveu. Controlando-se para não socar o nariz arrogante, foi cortante.

— Um homem de verdade não precisa se afirmar ofuscando a esposa, ibn-Qadir. Ele brilha pelo que é. O respeito que as pessoas nutrem pelo meu marido é uma conquista — ergueu o queixo, desafiante. — Já o senhor, ao impô-lo pela força, evoca apenas medo e rancor nos corações dos que o cercam.

— É assim que se conquista o poder, cara baronesa.

— É assim que se angariam inimigos, caro senhor.

Recolhendo as saias, Radegund passou por ele, retornando para o salão em busca do marido. Apesar de tudo o que enfrentara em sua vida, daquele homem ela realmente sentia medo.

Hrolf declinara do convite de Mark e Radegund para acompanhá-los à recepção na casa do marechal. Avesso a ocasiões formais, preferiu descer até a cidade e procurar por diversão numa das tavernas do porto. Talvez encontrasse um bom jogo de dados, um pouco de música e raparigas animadas. Fazia tempo demais que não estava com uma mulher. E, com os diabos, ele não era nenhum padre para se tornar um completo celibatário!

Parando sob a placa onde uma silhueta de mulher encimava o desenho de um alaúde, ele logo deduziu que ali era a taverna "Dama do Alaúde", um bom estabelecimento, segundo Iohannes informara.

Empurrando a porta, Hrolf atravessou o umbral, inclinando um pouco a cabeça para não esbarrar no batente. Vasculhando o salão com os olhos, logo encontrou uma mesa discreta, próxima a uma janela, para onde se encaminhou. Mal se sentara e uma mulher morena se aproximou de sua mesa, colocando um jarro a sua frente.

— Cerveja da casa, estrangeiro?

Os olhos cinzentos passearam lentamente pelas curvas voluptuosas da siciliana. Os cabelos eram muito pretos e estavam presos numa trança grossa, acomodada sobre um dos ombros da mulher. A blusa de algodão possuía um decote deliberadamente baixo, que deixava entrever seios fartos. A pele morena, os quadris arredondados sob as saias e os olhos castanhos formavam um conjunto bastante sensual.

— Sim, senhorita — ele colocou uma moeda sobre a mesa — e traga-me pão e queijo também, por favor.

A mulher colocou a moeda dentro do decote e se apoiou na mesa. Inclinou-se para frente, dando a Hrolf uma boa visão do que havia dentro de sua blusa.

— Só isso, meu senhor? Não deseja provar outras delícias da casa?

Ele tomou a ponta da trança e passou sobre o colo da mulher, notando que os bicos dos seios se desenhavam contra o tecido, eretos.

— Isso vai depender do cardápio que for apresentado.

Francesca mal podia acreditar em sua boa sorte. Fazia meia hora que tinha subido para um dos quartos com o estrangeiro de olhos claros e já estava quase o pedindo misericórdia. *Deixe de conversa mole, Francesca! Você está mesmo é adorando!*

Afastou um pouco mais as coxas para que ele fosse mais fundo dentro dela e gemeu ao sentir a mão grande espalmada em sua nádega. O homem sabia como fazer as coisas. Desejou que ficasse em Messina por um bom tempo. Afinal, um garanhão como aquele não aparecia em sua taverna todos os dias.

Francesca não era uma prostituta. Possuía a concessão da taverna, herança do falecido marido — que o diabo o tivesse no inferno — e dali tirava seu sustento. Permitia que suas criadas dormissem com os homens por dinheiro, contanto que elas fossem limpas e os fizessem pagar por um quarto. E ela mesma, de vez em quando, tomava um dos fregueses por amante. Um rico mercador, um cavaleiro enfadado, um nobre casado com alguma herdeira entediante. Escolhia seus homens a dedo e aquele, sem dúvida, fora sua melhor aposta.

Sentiu-o movimentar-se mais rápido dentro dela e acompanhou seu ritmo. Em pouco tempo, os dois alcançavam o clímax e o homem relaxava sobre ela. Pouco depois, ele rolou para o lado e apoiou a cabeça sobre as mãos, olhando para o teto.

— Hum, nada mau, senhor Brosa. — Ela apoiou o queixo sobre o peito largo, sentindo a respiração dele voltando ao normal aos poucos.

Ele baixou os olhos para ela e sorriu.

— Pode chamar-me de Hrolf, apenas. E o mesmo digo da senhorita — a mão desceu pelo corpo curvilíneo e apertou-lhe o traseiro —, foi muito agradável.

Trocaram alguns afagos sensuais, até que Francesca perguntou.

— Faz tempo que está em Messina, Hrolf? — A mão dela, experiente, tomou seu sexo ainda intumescido.

A mão dele acompanhou a dela, pressionando-a contra si.

— Uma semana, mais ou menos. Estou de passagem, hospedado na casa de amigos.

— Hum — a pressão da mão dela aumentou, fazendo a respiração dele se acelerar um pouco — pena que não veio aqui antes. Poderíamos ter aproveitado muito mais. — Os dois sorriram. — Quer me dizer quem são seus amigos, ou é um segredo?

— Segredo nenhum. Estou na casa de al-Bakkar, marido da baronesa de D'Azûr.

— Oh — os olhos dela brilharam de admiração e curiosidade —, dizem que, além de rico como um sultão, ele é um bom homem. E também um pedaço de mau caminho — apoiou o cotovelo no colchão e a cabeça numa das mãos — é verdade que a baronesa foi um soldado e que se vestia de homem?

— É sim, cara Francesca. E agora — ele puxou seus ombros e fez com que montasse sobre ele —, que tal continuar de onde paramos?

Sorrindo, ela foi escorregando o corpo para baixo, deslizando a boca pelo abdome rijo, bendizendo mais uma vez a *bona furtuna*[22] que colocara Hrolf Brosa em sua cama.

CATANIA, SICÍLIA

— Isso chegou hoje?
— Sim, senhorita.
Jamila largou a mensagem sobre o toucador e fez sinal para que a moça continuasse a prender seus cabelos.
— Desta vez — ela falou com a jovem através do espelho —, não vou fazer nenhum preparativo especial para a chegada de meu irmão. Deixaremos apenas um jantar pronto e os aposentos principais arrumados. Só espero que ele, finalmente, me traga notícias de Boemund.
Sorrindo, a criada assentiu e continuou a arrumar os cabelos de sua senhora.
Horas depois, chocada, Jamila tentava absorver as palavras de seu irmão. Sentada numa cadeira, vestida com todo o recato e luxo que seria de se esperar de uma rica herdeira como ela, repassava mentalmente o reencontro com Ghalib após dez anos de separação.
Os criados a avisaram do desembarque ao entardecer. De Messina à Catania, numa embarcação veloz, gastava-se poucas horas. O sol ainda brilhava quando o irmão entrou no pátio da residência de dois andares, montado num tordilho[23] tão imponente quanto ele. Ao lado dele vinha um homem que ela não conhecia. Aliás, apenas soube que o cavaleiro no tordilho era Ghalib porque ele era a imagem de seu pai. Nervosa, secara as mãos úmidas na saia e adiantara-se com um sorriso para recebê-lo.
Depois de olhar em volta do pátio, como se calculasse o valor de cada coisa e de cada pessoa ali disposta, Ghalib fixou os olhos negros nela, avaliando desde seu rosto delicado até o caimento da seda de seu vestido. Só então desmontou, passando as rédeas ao cavalariço que correra para atendê-lo.
A montaria foi recolhida enquanto Jamila, com o coração aos saltos, não sabia que atitude tomar. Torcia as mãos diante da frieza de Ghalib. Pareciam dois estranhos. Por fim, ele se dignou a olhar para ela — e não através dela — e a dirigir-lhe a palavra em tom formal.
— Jamila.
— Ghalib! Meu irmão!
Sem conseguir conter sua expansividade natural, cruzou a distância que a separava do irmão e o abraçou. Somente depois de algum tempo, ao notar o silêncio ao redor deles, percebeu que ele não retribuíra o gesto. Recuou devagar, o sorriso se apagando aos poucos. Ergueu o rosto e encontrou a frieza dos olhos negros de Ghalib. A indiferença que viu neles doeu mais do que um tapa.
As mãos dele se fecharam em seus ombros. Impondo distância, limitando a aproximação. A voz soou desprovida de emoção. Não havia nela, ou na expressão do rosto dele, qualquer indício de que estivesse feliz em revê-la.
— Trouxe notícias de seu noivado.

Jamila estremeceu e baixou a cabeça, engolindo a decepção. Falou baixo, de forma polida.

— Sim, meu irmão — apontou a entrada da casa, sem encará-lo. — Creio que o senhor e seu acompanhante queiram primeiro entrar e repousar.

Ele não se dignou a respondê-la. Voltou-se para o homem que chegara com ele e chamou.

— Venha, Abdul. O quanto antes resolvermos isso, melhor. — Passou por ela e subiu as escadas da casa. Ao chegar ao patamar, parou, como se estivesse se dando conta de algo. Voltou-se e avisou friamente — esteja no gabinete em meia hora.

E assim acabara sentada ali. Ouvindo o irmão dizer que Boemund de L'Aigle, seu prometido desde a infância, não era mais seu noivo. Por um problema político e por causa da aliança dos L'Aigle com aqueles a quem Ghalib chamava de "pessoas erradas", ela estava oficialmente noiva de um jovem cavaleiro Saint-Gilles do qual jamais ouvira falar.

Sentiu-se pequena, miserável e profundamente só. Seus sonhos estavam sendo desfeitos, arrastados como areia ao vento. Era como um peão nas mãos daquele estranho frio e insensível que nascera do mesmo ventre que ela. Como ele pôde fazer aquilo sem sequer consultá-la antes? Como pôde dá-la a outro, que não Boemund, como uma mercadoria? Ninguém perguntaria sobre seus desejos, seus sonhos, suas vontades? Uma revolta enorme a dominou, enquanto Ghalib e o homem chamado Abdul conversavam entre si, ignorando-a.

— Não vou me casar com ele. — Disse simplesmente.

A conversa entre os dois cessou. Ambos a olharam surpresos, como se só então se lembrassem de que continuava ali. Ghalib foi o primeiro a se recuperar. Sorriu com desdém e recostou-se na cadeira de espaldar alto, atrás da mesa de trabalho.

— Não pedi sua opinião, irmã. Além disso, o acordo já foi firmado.

— Não pediu minha opinião? — Ela se levantou e apoiou as duas mãos sobre a mesa, inclinando-se na direção de Ghalib — é a minha vida!

Ghalib se levantou, o cenho fechado e os olhos gelados sobre ela.

— Que diferença faz para você casar-se com Boemund ou com Marcel? Era uma criança quando nosso pai assinou o acordo com L'Aigle. Duvido que sequer se lembre dele.

— É uma questão de honra. Estou prometida a ele.

Ele quase riu. Honra? Uma criança, criada num convento, isolada do mundo e da vida, falando de honra? O que ela pensava que pagara sua estadia por aqueles anos todos no convento? Sua *honra*?

Deu a volta em torno da mesa e parou diante de Jamila, intimidando-a com o olhar e com sua altura. A jovem tinha um porte alto, como ele e o pai, mas ele ainda era maior do que ela. Saboreou o prazer de vê-la estremecer e empalidecer. Segurou seu rosto com uma das mãos e fez com que o encarasse, ignorando as lágrimas que desciam dos olhos castanhos.

— Isto não é, nem jamais foi, uma questão de honra. Você é apenas a rica herdeira desta propriedade, com um generoso dote, embrulhada num pacote — fez um amplo gesto com a mão, abarcando a sala — pronta para ser dada àquele que mais vantagens trouxer para nossa família. E L'Aigle não oferece mais vantagem alguma à manutenção de nossa posição, nesta ilha ou no *Outremer*[24] — soltou-a, e Jamila teria caído se não esbarrasse no silencioso Abdul às suas costas. Ghalib prosseguiu, cada palavra ferindo-a como uma punhalada — portanto, poupe-me de suas criancices e sentimentalidades.

Ainda estarrecida, ela tentou uma reação.

— Eu quero voltar para o convento, então. Prefiro abraçar a vida religiosa a me casar com qualquer um!

— Não se atreva a me desafiar, Jamila! O convento não é uma opção. Preciso deste casamento para reforçar minha posição ao sul da França. E você me obedecerá, por bem ou por mal.

— Nunca!

Avançando sobre ele, descontrolada, começou a socá-lo com os punhos fechados, numa patética tentativa de resistência. Abdul, temendo que Ghalib agredisse a irmã fisicamente, segurou-a pelos ombros e puxou-a para trás.

— Contenha-se, menina!

Com as narinas fremindo de raiva, desacostumado a ser desafiado, Ghalib ergueu a voz. Sentenciou claramente.

— Ouça-me bem, Jamila. *Nunca mais* tolerarei uma insubordinação desse tipo. Hoje deixarei passar. Mas se isso se repetir, não hesitarei em punir você. E quanto ao seu casamento, o *chevalier* Saint-Gilles retornará no outono para celebrar a cerimônia. Até lá, você ficará confinada aqui em Catania. Está proibida de sair de casa.

— Eu fugirei!

— Faça isso e eu pessoalmente surrarei você.

Trêmula, ainda contida por Abdul, ela balbuciou.

— Como pode ser tão cruel?

— Cale-se! Não terminei ainda. — Ele fez uma pausa e depois prosseguiu em tom ameaçador — como disse, ficará aqui. Sairá de casa apenas quando necessário, sob a escolta de Abdul.

Sentindo-se destroçada por dentro, ela gritou.

— Odeio você, Ghalib!

Com um sorriso desdenhoso, ele a mediu de cima a baixo.

— Você e metade da Sicília — fez sinal ao meio-irmão. — Tire-a daqui, Abdul. Ela me cansa.

SVENHALLA, NORUEGA

Era tarde, embora o sol do final de primavera ainda desse ao céu de Svenhalla um mágico tom rosado. Com a temperatura amena, o verde coloria a paisagem e o perfume das flores silvestres enchia o ar por toda a parte.

Fechando a janela de uma das torres, Leila segurou a saia do vestido caseiro e deixou a pequena sala, levando consigo a vela que trouxera. Terminara de guardar as roupas de inverno e agora não tinha mais nada com que ocupar o tempo. Impaciente, começou a descer as escadas.

Ragnar deveria ter chegado de Bergen há dois dias. Às vezes o mar agitado, ou um negócio de última hora, o retinham. Mas ele nunca se demorava tanto, não sem mandar um mensageiro para avisar. Empurrou a porta de seus aposentos, arrancando o toucado que usara para proteger os cabelos da poeira. Jogou-o longe e deixou a vela sobre a lareira apagada na antecâmara, indo direto para o dormitório. O silêncio no pátio lá embaixo lhe dizia que não havia novidades. Nem sinal de Ragnar. Estava começando a se preocupar.

Retirou a túnica e despejou a água do jarro numa bacia. Soltou os laços da camisa e, com uma esponja macia, começou a se livrar da poeira. Quase morreu de susto ao ser agarrada por trás por um par de mãos enormes.

— *Liten*[25]!

— Deus! — A esponja caiu de sua mão e o jarro virou, encharcando o chão.

— Não, pequena — Ragnar virou-a para ele — apenas eu, seu marido.

Passado o choque inicial, ela esmurrou seu peito, brava.

— Ora, seu cretino arrogante e sem-vergonha! Você me assustou! Onde já se viu fazer is...

A frase se perdeu sob a volúpia dos lábios que cobriram os seus, sedentos e repletos de saudades. As mãos dela subiram do peito largo, ainda coberto pelo manto de viagem, para o rosto do marido, encontrando os pelos macios da barba bem cuidada. Perdeu-se nos braços e no beijo dele e, quando se deu conta, estava sobre a cama, praticamente nua.

— Por Odin, mulher! — Ele arrancava as peças de roupa atirando-as por todos os lados — se soubesse o quanto senti sua falta...

— Quando chegou? — Ela indagou entre um beijo e outro.

— Agora — ele já estava nu, beijando a curva do seu pescoço, deslizando a mão por suas pernas — galopei na frente de todos só para vê-la. Acho que só o guarda do portão me viu passar — ele gargalhou —, deve ter pensado que eu precisava muito usar a latrina!

— Ragnar, você é louco!

Ele parou de acariciá-la e olhou-a, cheio de devoção. Sua mão envolveu a face delicada e o polegar acariciou os lábios vermelhos e inchados por seus beijos.

— Sou louco por você, minha pequenina. — Beijou-a devagar, explorando sua boca com língua, incendiando-a — estou cheio de novidades, mas nada é mais importante agora do que amar você.

— Então me ame, Ragnar. — Ela o sentiu dentro de si — também morri de saudades de você.

Horas depois, enquanto o pátio era iluminado para receber os membros da comitiva que só agora chegavam, Ragnar acariciava os cabelos castanhos da esposa, espalhados sobre seu peito.

— E minhas crianças, como estão?

— Lars e Kristin agora aproveitam o calor. Passaram o dia com Marit e a ama, colhendo flores para enfeitar o salão — ela ergueu o rosto para olhar o marido — estão ansiosos para te ver...

Ele notou a reticência da frase.

— E...?

— Estou esperando um bebê.

Ele a abraçou com força. Feliz e preocupado com a notícia. O último parto não fora nada fácil para Leila. Desde então, eles vinham tomando cuidados para que ele não plantasse mais uma semente em seu ventre. Só que era um bocado difícil se controlar algumas vezes. Tinha certeza de que a engravidara no dia em que ela o atacara na adega. Por Odin, ele quase caíra dentro de um barril de vinho!

— Já me deu dois filhos lindos, Leila. Tenho medo de que sofra com essa nova gravidez.

— Não se preocupe. Tudo dará certo.

Ele ficou em silêncio por algum tempo, brincando com seus cabelos. Depois, falou num tom mais sério.

— Demorei-me um pouco mais desta vez, pois tive um encontro inusitado em Bergen.

Leila apoiou o queixo sobre as mãos e estas sobre o peito do marido. Indagou, curiosa.

— Encontro inusitado?

— Sim. Fui procurado na corte por uma dama já bem idosa.

— Meu marido — ela pilheriou — seu charme arrasa os corações de todas as idades!

— Ora, Leila — ele riu — não se trata disso. É algo sério e tem a ver com nosso bom amigo Brosa.

— Com Hrolf?

— Sim. E creio que terei que sair no encalço dele, pois o tempo que nos resta é muito pouco.

— Céus, é algo tão sério assim?

Ele assentiu com a cabeça, antes de responder com gravidade.

— Tão sério que mudará a vida dele para sempre.

MESSINA, SICÍLIA

Radegund ajeitou-se contra a cabeceira da cama tentando achar uma posição mais confortável. Luc dormia em seu colo e Lizzie brigava com o sono, recostada nos travesseiros, quando uma das criadas bateu à porta.

— Entre — disse à meia voz, pondo-se de pé com Luc nos braços.

— Senhora — a mulher falava baixo, preocupada em não acordar o bebê —, Iohannes pediu que a chamasse. Parece que há um problema lá fora.

Uma sobrancelha se ergueu ao mesmo tempo em que ela lançava um olhar à sonolenta Lizzie, enroscada em seus travesseiros. Pediu à criada.

— Leve Luc e Lizzie para Angelina e diga a ela para colocá-los na cama.

— Sim, senhora — a moça estendeu os braços e pegou o bebê com cuidado, chamando a menina — venha, senhorita Elizabeth.

A garotinha desceu da cama, arrastando um dos travesseiros consigo. Parando ao lado da mãe, deu um sorriso.

— Boa noite, mamãe.

Radegund abaixou-se e beijou a filha nas faces.

— Boa noite, meu amor.

Lizzie passava pela porta quando se lembrou de algo e se voltou.

— Papai vai demorar a chegar?

— Não, meu bem. Ainda esta noite ele estará aqui — ergueu-se e empurrou suavemente a menina — agora vá, já passou da hora de mocinhas estarem na cama.

Depois de ver a criada e as crianças sumirem na curva do corredor, Radegund apanhou o cinturão e atou-o aos quadris. Prendeu os cabelos com um lenço e saiu do aposento. Logo chegava ao vestíbulo, onde um preocupado Iohannes a aguardava.

— Senhora, perdoe-me por perturbá-la...

— O que houve, Iohannes?

— É melhor a senhora ver com seus próprios olhos.

Intrigada, Radegund seguiu Iohannes. Saiu com ele para o pátio lateral, seguindo em direção aos estábulos. Sob suas cabeças, o céu estava quase completamente escuro, sinal de que passava muito das *vésperas*. Uma pequena aglomeração junto aos estábulos denunciou onde se encontrava o problema. Walter, o chefe dos guardas da casa, portando uma espada à cintura, adiantou-se e cumprimentou-a com uma reverência.

— Senhora, apanhamos um ladrão tentando roubar Mazin.

— Diabos!

Passando pelo soldado, pisando duro, ela entrou nos estábulos. Um rapaz era contido pelos braços por dois guardas da propriedade. Na baia ao lado estava a impaciente Mazin. A égua que Aswad mandara do Egito escoiceava e resfolegava, irritada com a agitação incomum àquela hora da noite.

Radegund afagou o pescoço da égua. Falou baixinho com ela na língua dos sarracenos, enquanto fitava o invasor. Logo reconheceu no rosto coberto de marcas de varíola o novo cavalariço, contratado há menos de um mês para ajudar na limpeza das baias.

— Walter diz que tentava roubar minha égua. Pode me explicar o que fazia aqui, rapaz?

O jovem olhou para ela sem erguer a cabeça. Pareceu-lhe um tanto dissimulado.

— Nada.

— Ora, garoto — o chefe da guarda retrucou — ninguém faz "nada" com uma égua a tiracolo!

— Pensou mesmo que poderia levar Mazin daqui? — Ela indagou, incrédula. O rapaz não respondeu. Sua fisionomia endureceu. — Diga-me, como pretendia passar pelos guardas com uma égua deste porte consigo? Por acaso iria colocá-la nos bolsos?

Os guardas riram e o olhar do rapaz cintilou de raiva.

— Ia subornar um guarda e dividir com ele o produto da venda! — Ele ergueu o rosto desafiante e olhou para ela com um misto de raiva e desdém — vocês nobres não sabem o que é passar fome e viver na pobreza. Minha família é miserável e passa necessidades. Eu ia roubar...

— Cale-se! — A voz cortante de Radegund fez até os soldados se perfilarem. — Olhe para mim garoto. Sabe quem eu sou? Sabe quem fui? — Silêncio. — Hoje posso ter tudo isso — apontou ao redor — mas sei exatamente o que é passar fome, frio, sede. Sei o que é não ter um agasalho ou um teto sobre minha cabeça. E é por isso que aqui todos os servos têm sua gleba e recebem dignamente pelos trabalhos que fazem. Se estava passando algum tipo de privação, era só dizer a Iohannes ou ao chefe dos cavalariços que procuraríamos resolver.

O jovem ficou calado, mas uma voz se ergueu no meio dos soldados.

— Ele mente, senhora.

Radegund se voltou e estudou o homem que falava. Ernoul era um dos guardas mais antigos da casa. Valeria a pena ouvi-lo.

— Fale, Ernoul.

— Esse rapaz anda de canto em canto, não tem família coisa nenhuma. Trabalha por um tempo em um lugar e depois rouba seus senhores, pois é viciado nos dados. Perde tudo o que ganha em jogos de azar.

Pelo jeito como o rapaz empalidecia e olhava para o soldado, ela entendeu que Ernoul dizia a verdade. Tomou sua decisão.

— Muito bem. Ele ficará confinado ao alojamento sob guarda. Amanhã será mandado embora com seus pertences apenas.

— Mas, senhora — o chefe da guarda protestou —, ele deve ser entregue ao *iustitiarius*[26], é um ladrão!

— Pois que aproveite a chance que estou lhe dando para mudar de vida — voltou-se para o chefe dos guardas. — Walter, cuide de tudo. Vou me recolher. Amanhã pela manhã, escolte o rapaz para fora de minha propriedade — ela voltou para o ladrão. — Eu sou capaz de guardar um rosto, mesmo que não o veja por anos a fio. Esteja certo de que, se aparecer por aqui de novo, eu o arrastarei pessoalmente até a casa do *iustitiarius*. A punição para roubo de cavalos é a forca.

Sob os olhares dos soldados, ela voltou para casa acompanhada pelo fiel Iohannes.

CAPÍTULO
IV

"Pouco me importa,
pois sendo-me impossível apontar para mais alto,
providenciarei para que o golpe atinja aquele que,
depois de Deus, provocou a minha inveja."

JOHN MILTON, PARAÍSO PERDIDO

rolf montou e apanhou as rédeas que o soldado segurava. Ao seu lado, Mark al-Bakkar continha um bocejo. O cheiro da maresia, que a brisa noturna intensificava, inundava suas narinas. O porto parecia menos malcheiroso no adiantado da noite. Manobrando a montaria, seguindo Mark, encaminhou-se para a parte alta de Messina, de volta para a casa do mestiço.

— Nossa, não vejo a hora de estar em minha cama — resmungou Mark.

Hrolf olhou-o de esguelha e retrucou.

— Não vê a hora é de estar *com* sua mulher *na* cama, não é mesmo?

O outro gargalhou alto.

— Isso é assim tão evidente?

— Levando em consideração o fato de que, em Siracusa, quando não estava ocupado, você só falava nela e nos seus filhos... — Hrolf deu de ombros — sim, é bem óbvio.

— Dois dias longe deles me parecem uma eternidade. — Mark observou o companheiro atentamente. — Já você não me pareceu muito entusiasmado em Siracusa. Pensei que fosse gostar da cidade.

— Não me leve a mal, Bakkar — ele deu um sorriso triste —, é que já não me entusiasmo mais com muitas coisas.

— Nem com certa taverneira?

— Ora, está bem informado, hein?

— Desculpe, Brosa. Mas as notícias correm em Messina. Principalmente quando envolvem alguém de fora e a mais famosa taverneira do porto.

Hrolf balançou a cabeça, achando aquilo engraçado e retrucou.

— Tudo bem. A senhora em questão foi uma companhia agradável. Consegui espantar a solidão por algumas horas, confesso...

— Mas...?

Houve um silêncio prolongado, quebrado apenas pelos sons dos cascos dos cavalos batendo sobre as pedras do calçamento. Hrolf inspirou profundamente. Desta vez pode sentir, mesclado ao aroma do mar, o cheiro das flores noturnas. Ignorou os outros odores da cidade e concentrou-se no perfume adocicado e pungente. Um aroma que combinava com a noite sem lua e com o silêncio da hora avançada. Reconheceu como sendo o perfume de jasmins e logo ao dobrarem uma esquina, ele viu as flores, derrubando-se sobre os muros de uma residência. O aroma sensual e misterioso logo o fez se recordar de uma mulher que evocava aqueles mesmos adjetivos.

— Brosa?

O tom solidário da voz de Mark o despertou daquele devaneio.

— Hã? Oh, desculpe, Bakkar. Eu me distraí.

Mark aproximou Baco da montaria de Hrolf e colocou uma das mãos em seu ombro. Mesmo na escuridão da noite, Hrolf pode ver a sinceridade em seus olhos.

— Por que não me fala sobre ela? Sobre sua viagem?

IGA, NIHON. DEZEMBRO DE 1194

Hrolf se inclinou diante do homem à sua frente e esperou pacientemente que o ancião se pronunciasse. Naquele último mês em Iga havia aprendido que um sennin[27] poderia ficar horas em silêncio, meditando acerca da resposta a uma simples pergunta. Susumu enfim ergueu os olhos e respondeu.

— Está certo do que me pede, estrangeiro?

— Preciso de respostas — ele se sentou sobre os joelhos dobrados e aceitou o chá fumegante que lhe foi passado —, sinto que há muito sobre ela que desconheço. Preciso saber quem foi a mulher que amei.

O ancião estreitou os olhos pequenos. As íris negras quase sumiram entre as rugas. Num tom de advertência, falou.

— Temos um ditado que diz "cuidado com o que deseja, porque pode conseguir."

— Preciso saber, Sussumu San. Preciso entender o que levou Saori tão longe, o que foi capaz de movê-la em direção à própria morte. — Balançou a cabeça, desolado — ela sabia que morreria e nada fez para evitar seu destino, para mudá-lo!

— Engano seu, filho — o ancião se levantou devagar, apoiando-se no cajado — venha comigo e veja o quanto Saori mudou seu destino. — Arrastando as sandálias de bambu, passou por Hrolf. Ao chegar à porta da cabana, parou e se voltou, acenando com a mão — terá o que deseja. Não me culpe depois.

O alerta dos guardas nos portões interrompeu Hrolf. Intimamente os agradeceu. Tocado pela amizade de Bakkar, começara a abrir seu coração. No entanto, não sabia se estava pronto para mergulhar nas lembranças. Preferia ficar na superfície, um lugar cômodo onde não sentia, não se emocionava, não vivia. Apenas atravessava um dia após o outro.

Mark percebeu o alívio de Hrolf ao ter sua narrativa interrompida. Desmontou devagar, observando o companheiro. Conhecia-o há anos. Sabia que aquele não era o verdadeiro Hrolf Brosa. O homem que conhecera em Tiro era alegre e sereno. Em nada se parecia com aquele sujeito fechado, taciturno e amargurado. Certamente ele se envolvera profundamente com Saori e sentira demais sua morte prematura. Mas supôs que, a esta altura, decorridos quase três anos desde o triste episódio, Hrolf tivesse refeito sua vida. Tal e qual ele e Radegund refizeram as suas.

Calados, os dois entraram na casa silenciosa e quase totalmente às escuras. Despediram-se no vestíbulo, onde apenas uma lâmpada de azeite ardia, lançando sua luz fraca sobre o ambiente. Mark ainda ficou parado, pensativo, sob um dos arcos, observando Hrolf desaparecer nas sombras do corredor.

CATANIA, SICÍLIA

Era tarde. Fazia muito tempo que Jamila ouvira o sino do campanário soar as *completas*. Contudo, não conseguira dormir, por mais que quisesse. Depois de passar por sua vida como uma tormenta, Ghalib voltara a Messina, deixando para trás seu lacaio, Abdul, para vigiá-la. E pensar que há apenas dois dias amanhecera esperançosa, aguardando o irmão do qual ficara afastada por anos e que era sua única família. Tecera tantos sonhos, imaginara o reencontro inúmeras de vezes. E nem em seus piores pesadelos adivinhara a face fria e cruel de Ghalib.

Insone, levantou-se da cama e calçou as pantufas de seda. Enrolou-se num xale fino e atravessou o aposento, abrindo as portas que davam para a sacada. Sentou-se numa banqueta e apoiou-se no parapeito, o rosto sobre as mãos. Lá embaixo, a figura solitária de Abdul surgiu das sombras e olhou para cima, parecendo fitá-la diretamente nos olhos. Maldito homem! Parecia um cão de guarda em seus calcanhares! Nem no meio da noite ele pararia de vigiá-la? Seria possível que jamais dormisse?

Aborrecida, levantou-se do banco e saiu da sacada. Deixou os aposentos e marchou até o jardim, parando diante de Abdul. Como ele estava nas sombras, Jamila não conseguia ver seu rosto, apenas a silhueta alta e de ombros largos.

— Boa noite, Jamila.

A voz suave continha uma nota de ironia, como se ele falasse com um meio sorriso no rosto. Isso a irritou ainda mais.

— Não basta o que meu irmão fez? Precisa me vigiar até de madrugada? — Deu um passo à frente, esbravejando — não terei liberdade nem dentro de minha própria casa?

— Minha cara senhorita — ele saiu das sombras. Jamila se assustou ao notar o quão próximo estava dela. O olhar penetrante estudava seu rosto com profunda atenção. — Tem toda liberdade dentro de seu lar. Só não pode deixá-lo sem minha escolta. Quanto a vigiá-la de madrugada, não se trata de uma verdade. Eu apenas estava sem sono. — Fez uma pausa e ela pode ver os dentes brancos na escuridão. Ele realmente sorria. — Parece que o mesmo aconteceu com a senhorita. Posso lhe oferecer minha companhia?

Ele estendeu a mão, num convite. Jamila o olhou com certo temor. Pouco sabia a respeito dos homens e, até seu encontro com Ghalib e Abdul, sua proximidade com eles fora totalmente breve e impessoal. Limitara-se a palavras apressadas com os guardas de sua escolta em uma ou duas ocasiões. Porém, as histórias que ouvira no convento acerca de homens bárbaros que sequestravam e sujeitavam moças indefesas ecoavam em sua mente, transformando todos eles em ameaças em potencial. Por essas razões, recuou um passo, agarrando o xale junto ao corpo, afastando-se da mão que Abdul estendia.

Notando seu receio, ele saiu das sombras para o círculo de luz que uma das lâmpadas de óleo lançava sobre o jardim.

— Sabe quem eu sou, Jamila?

— Sei que obedece ao meu irmão.

Abdul sorriu. Ela percebeu um certo desdém no gesto e em sua voz.

— Eu o *obedeço*... sim. Pode se dizer que sim. — De novo estendeu a mão e, dessa vez, pegou a dela na sua. Ela tentou retirá-la, mas ele a reteve. Com inesperada ternura, falou. — Não tema nada de mim, criança. Sou sangue de seu sangue. Estou aqui não para obedecer Ghalib, mas para *proteger* você.

— Sangue de meu sangue? Como...

Ele fez com que a jovem se sentasse num dos bancos e depois fez o mesmo. Manteve a mão delicada entre as suas, sentindo o coração se aquecer. Pela primeira vez conversava com Jamila, sua irmã.

— Seu pai se deitou com minha mãe, uma de suas concubinas. Sou um bastardo, mas, ainda assim, seu irmão.

A crueza das palavras e da revelação fez com que ela retivesse a respiração por um instante. Depois, sua voz saiu num sussurro, como se temesse ser ouvida por alguém.

— Está me dizendo que é meu irmão? E que meu pai e sua mãe o conceberam *fora* dos laços do matrimônio?

Ele deu de ombros, como se aquilo confirmasse, ou respondesse à moça. Depois de um longo silêncio, em que ambos remoeram o sentido daquelas palavras, Abdul falou.

— Não tenha medo de mim, Jamila. Sou seu amigo.

Os olhos dela encheram-se de esperança. Num tom suplicante, pediu.

— Então deixe-me ir embora, ajude-me a sair daqui e voltar para o convento. Ghalib não poderá me tirar de lá!

A mão calejada de Abdul tocou-a no rosto, secando as lágrimas. Ele sorriu de forma triste. Sua negativa soou carregada de amargura.

— Não me peça isso. Não posso fazê-lo.

Com um safanão, Jamila afastou a mão dele do rosto e se levantou do banco, pondo-se a andar impacientemente pelo jardim.

— Disse que é meu amigo! Por que não pode fazê-lo? Liberte-me, eu imploro — ela se ajoelhou à frente dele, que permanecia sentado. — Não deixe que ele me use como uma mercadoria, que me entregue a um homem que sequer conheço! Por favor!

Delicadamente, Abdul fez a jovem se erguer e sentar-se ao seu lado. Segurou as mãos pequenas entre as suas e permaneceu em silêncio por algum tempo, como a ponderar sobre o pedido.

Como dizer a Jamila que não poderia ir contra Ghalib? Como explicar a ela que enquanto estivesse aliado a ele, estaria ao lado de Amira, a mulher que amava e não podia ter? Como contar àquela menina ingênua que amava Amira desde que ela fora entregue a Ghalib pelo pai para honrar uma dívida? Como dizer a ela que se remoera dia após dia, noite após noite durante todos aqueles anos, a cada vez que Ghalib ia até Acre e entrava na propriedade nos arredores da cidade? Se ousasse se voltar contra Ghalib, jamais veria Amira de novo. Ghalib seria capaz de matá-la, ou vendê-la, só para torturá-lo.

— Não.

— Oh — ela arrancou as mãos que ele ainda segurava e gritou, entre lágrimas de raiva e dor —, você é como ele! Você não tem coração!

Ainda parado, de cabeça baixa, ele deixou que Jamila fugisse para dentro de casa. Baixinho, Abdul respondeu, tendo apenas as flores como ouvintes.

— Quisera eu não ter um, minha doce irmã. Quisera eu.

MESSINA, SICÍLIA

Depois de se lavar e ver seus filhos, Mark finalmente entrou em seus aposentos, jogando a toalha sobre uma cadeira. Caminhou pela antecâmara escura e parou sob o arco que se abria para o quarto.

Atravessada na cama de casal, colocada sob uma das amplas janelas, sua esposa dormia o sono dos justos. Um dos braços estava pendurado para fora do colchão, quase tocando o piso de cerâmica. A face serena e os lábios entreabertos faziam-na parecer uma menina, e não uma mulher de trinta anos. Vê-la assim, tão relaxada, fazia seu coração bater mais rápido. Daquele jeito não lembrava em nada a feroz lutadora que era. No sono, a determinação dos olhos verdes estava oculta e ela parecia até mesmo desprotegida. E bem lá no fundo, ela era. Talvez apenas ele conhecesse aquela faceta de Radegund, a menina órfã e solitária que ainda existia dentro dela. E a mulher doce e apaixonada, que compensava o espírito combativo.

Aproximou-se da cama enquanto atirava a camisa e os calções para o lado. Disse a si mesmo que iria apenas afagar seus cabelos e lhe dar um beijo, que não a despertaria de um sono tão sereno, que deixaria para matar as saudades depois.

Promessas, apenas promessas...

O primeiro beijo foi em seu tornozelo. Em seguida, sentiu os lábios subindo pelas panturrilhas. A língua morna acariciou-a por trás do joelho. Gemeu e suspirou, mas não se virou. Na verdade, estava morrendo de preguiça. Sentiu o colchão afundar sob seu peso e o roçar dos pelos dele em sua pele. Outro beijo, dessa vez por trás de sua coxa, elevou temperatura do quarto além do calor natural do verão. A mão áspera percorreu a curva de sua nádega até chegar à cintura. Um arrepio serpenteou pelo seu corpo, deixando-a úmida.

A mão dele alcançou seu braço, que pendia para fora do colchão. Os dedos entrelaçaram-se nos seus enquanto Mark deitava-se sobre ela. Seu peso, sua força, seu calor e sua delicadeza. A língua roçou sua nuca e ela sorriu, com o rosto apoiado de lado sobre o travesseiro.

— Mark?

— Olá, dorminhoca. Senti saudades.

— Hum, está em cima de mim, *sire*.

— É mesmo?

— Andou comendo demais durante a viagem, pelo visto.

— Está dizendo que sou um gordo barão? — Beliscou seu traseiro.

— Não disse que está gordo. Apenas... pesado. O que tem em mente, agora que me acordou?

Ele a pressionou o corpo contra o dela e beijou sua nuca.

— Vai dizer que não gosta de sentir meu peso sobre você, garota?

— Longe de mim reclamar — suspirou ao sentir uma lambida atrás da orelha. Como sentira falta dele! — Mas ainda não me disse quais são os seus planos.

A mão subiu de seu traseiro até a lateral de um dos seios.

— Quando eu estudei no *Bimaristan* — ele foi falando e acariciando seu corpo. Parecia atear fogo por onde passava — li um livro que foi trazido da Índia. Era um manual do amor — a mão parou e o tom dele foi divertido e indolente. — Tem noção de quantas formas diferentes há de se fazer isso? — Recomeçou a acariciá-la — quando entrei aqui e vi você dormindo assim, resolvi testar uma daquelas posições interessantes...

Ela respondeu com um gemido e comentou.

— Você demorou a chegar. Acabei adormecendo.

— O Capítulo foi cansativo, pensei que nunca conseguisse vir embora. Além disso, o embarque atrasou.

Ela soltou um muxoxo e ele achou graça.

— Não gosto quando fica longe.

— Nem eu — ele afastou suas coxas e encaixou-se entre elas — mas agora não quero falar nisso, nem em mais nada — colou a boca ao ouvido dela — abra-se para mim, amor. Senti muito sua falta.

Ergueu-a um pouco pelo quadril e encontrou o caminho para o jardim das delícias. Devagar penetrou no corpo de sua amada.

— Mark! — Senti-lo mergulhar dentro dela daquela forma, sentir seu corpo sobre o dela e a respiração em sua nuca, era a coisa mais erótica e estimulante que Radegund jamais fizera em toda sua vida. — Isso é...

— Bom?

— Melhor.

— Ótimo?

— Mais...

— Maravilhoso?

— Céus!

— Engraçado — ele conteve um impulso — essa conversa me deu uma sensação de *déja vu*...

Beijou-a na nuca, nas costas e depois emaranhou os dedos em seus cabelos. Moveu o corpo devagar sobre o dela, amando-a com lentidão. Deliciou-se com cada gemido e com cada suspiro. Envolveu-se com ela na espiral do prazer e, quando ambos não suportavam mais, deixou-se levar por aquela tempestade chamada Radegund. Deixou-se arrastar por aquela mulher que inebriava seus sentidos, que roubava sua razão e que, ao mesmo tempo, era seu Norte e seu esteio.

Com um longo gemido, ela se entregou junto com ele ao clímax, sentindo o coração disparado, as mãos dele unidas as suas. Todas as palavras do mundo seriam insuficientes para descrever o amor que compartilharam naquele momento.

O amanhecer encontrou Radegund aninhada nos braços do marido. Levantando-se devagar, para não o acordar, ela fez sua toalete e logo procurava por suas roupas na cômoda de cedro. A voz sonolenta de Mark soou atrás dela.

— Trouxe um presente para você — ele murmurou entre um beijo e outro em seu pescoço.

— Um presente?

— Sim. Acabei me *distraindo* ontem e esquecendo de entregá-lo — parou atrás dela, murmurando em seu ouvido —, feche os olhos.

Ela obedeceu, naturalmente. Como não obedecer à voz que escorria como mel por seu corpo e a arrepiava dos pés à cabeça?

Sentiu os dedos dele roçarem sua nuca, afastando os cabelos com delicadeza. Seu corpo todo se aqueceu. Poderia viver anos ao lado de Mark e, ainda assim, o desejo que sentia por ele continuaria intacto. Bastava que a tocasse para que se sentisse lânguida, pronta para ele.

O metal frio tocou sua pele e foi passado ao redor de seu pescoço. Percebeu algo pesar sobre o colo.

— Abra os olhos.

Ela os abriu e o encarou pelo espelho de prata polida. Seu olhar desceu pelo reflexo. No engaste de ouro, preso à corrente delicada que fora colocada em seu pescoço, repousava uma esmeralda solitária.

— Mark — tocou a pedra com os dedos e olhou para a joia. Em seguida virou-se, emocionada —, é lindo!

— Não tanto quanto minha garota — acariciou sua face, enternecido. — Quando vi a pedra, lembrei-me imediatamente de você. Geralmente as esmeraldas são de um verde mais vivo. Mas esta aqui é escura, como o musgo — fitou-a intensamente —, como seus olhos. Tão especial quanto você.

Tocando seu rosto, ela sorriu. A ternura e o amor transbordaram em seu olhar. Beijou os lábios dele delicadamente e aninhou-se em seus braços.

— Seu presente ficará sempre comigo, perto de meu coração. Eu te amo.

— Ah, garota — com as mãos entre seus cabelos, ele a fez olhar em seus olhos — eu também amo você. Hoje e sempre. — Segurou o rosto dela entre as mãos e enxergou sua alma dentro daqueles olhos — você me pertence. E eu a você.

UMA SEMANA DEPOIS...

Ghalib parou a montaria diante do caminho de conchas esmagadas que levava ao pórtico da elegante casa. Ladeando-o, dezenas de árvores frutíferas bem cuidadas. Entre elas, limoeiros carregados de frutas gordas e amarelas e laranjeiras em flor. As paredes caiadas da residência refletiam o sol forte da manhã. Era praticamente o auge do verão. O calor era intenso, mesmo bem cedo. Um criado de aparência distinta veio recebê-lo à entrada, indicando o cavalariço que cuidaria de sua montaria e mostrando a sua escolta onde se acomodar.

Viera ter com al-Bakkar pretextando negócios. Mas o que desejava, na verdade, era ver a mulher novamente. Odiava-se por isso. Amaldiçoava cada instante em que pensava nela. Ao mesmo tempo, não controlara a necessidade de encontrá-la e provocá-la, apenas para ver seus olhos faiscarem com a fúria de uma tempestade no Mediterrâneo. Era algo mórbido, insano e desvairado. Algo como testar a si mesmo.

Ghalib acreditava que aquilo resultava do fato de ter sido desafiado. Estava habituado à subserviência e ao medo que via nos olhos dos que o cercavam, mesmo dos mais poderosos. Aquela mulher e o marido, no entanto, viviam como seres à parte no estranhamente harmonioso equilíbrio de forças da Sicília. Apoiados em seu dinheiro, em sua reputação e com um misterioso respaldo que ele ainda não conseguira descobrir de onde vinha, faziam o que queriam e viviam sob estranhos padrões de relacionamento social.

Al-Bakkar não fazia uso de sua posição; era como se deliberadamente a esnobasse. Nem tampouco alardeava suas excelentes relações com os líderes sarracenos, incluindo com o falecido sultão Saladino. Ninguém ignorava também que fora um dos homens de elite de Trípoli e Ibelin, embora ele jamais aludisse ao fato. Articulado, circulava com desenvoltura nos dois mundos, mantendo um equilíbrio invejável. Possuía um caráter tão irrepreensível e perfeito que o irritava. Não havia um deslize sequer que pudesse ser usado para chantageá-lo. Nada sórdido o suficiente em sua vida que pudesse ser usado contra ele. Sua mulher também não agia diferente. Herdeira de um rico baronato, viúva de um dos mais poderosos condes da Normandia, deixara o luxo de seu castelo e fora viver em Sicília para criar cavalos, dos quais cuidava pessoalmente.

Eram todos estranhos os membros daquela família. Desprezavam o poder, o luxo e a riqueza e, em sua mente, desprezavam-no também. Sentia-se desprezado por gostar de tudo aquilo, por se sentir visceralmente ligado a todos os privilégios recebidos por direito de nascimento e por desejá-los ainda em maior magnitude. A atitude daquele casal o afetava profundamente. A despeito de todo poder e riqueza que possuía, jamais poderia comprar a paz, a harmonia e a cumplicidade de que desfrutavam. Era uma afronta, um despropósito. Absurdo maior era se sentir tão interessado pela mulher de al-Bakkar. Teria que dar um basta naquilo.

— Ibn-Qadir? Aqui?

Iohannes assentiu com a cabeça e depois falou.

— Sim, meu senhor. Ele o aguarda no jardim lateral.

— Diabos!

Hrolf voltou-se da sacada de onde estivera observando o mar ao ouvir a imprecação. Notando o cenho franzido de Mark, indagou.

— Problemas?

O mestiço deu de ombros.

— Honestamente, não sei. Ghalib ibn-Qadir está aqui. Falei sobre ele com você durante a viagem.

— Sim, eu me lembro.

Mark se voltou para o criado.

— Iohannes, sirva um refresco ao homem e diga que irei recebê-lo. — O criado saiu enquanto ele comentava com o amigo — espero que Radegund não tope com ele pelo caminho. Ela não o suporta.

— Neste caso — pilheriou Hrolf —, é melhor você ir salvar o visitante. A ruiva acaba de subir pela alameda com as crianças. Estão voltando do passeio à praia.

Apressado, Mark saiu do gabinete resmungando.

— Merda!

Definitivamente não fora aquilo que planejara para sua manhã. Depois do agradável passeio pela praia com Lizzie e Luc, subira o promontório no alto do qual ficava sua casa. Desejava apenas um bom banho e um refresco feito com os limões maduros de seu pomar. Depois, daria de mamar a Luc, o colocaria no berço e se sentaria com Lizzie para acompanhar seus progressos na leitura. Definitivamente, um encontro com Ghalib não estava em seus planos, apenas em seus pesadelos.

O som de risos infantis e a voz rouca gravada a fogo em sua mente, fizeram com que Ghalib se voltasse depressa para a entrada do jardim. Como se surgisse das trevas de seus pensamentos, a maldita mulher estava lá, apenas para o atormentar.

Num misto de desprezo e fascinação, avaliou as calças — aquele despudor! — arregaçadas até os joelhos. Os pés estavam sujos de areia, a camisa de algodão respingada de água salgada e os cabelos revoltos escapavam da trança frouxa. Nos braços ela levava uma criança e ao seu lado, uma menina ruiva, uma cópia dela, o observava curiosamente.

— O que faz aqui? — Ela indagou sem rodeios e sem esconder a repulsa que sentia.

— Senhora — ele usou um tom propositalmente ambíguo, enquanto media sua aparência de cima a baixo. — Como vai?

— Bem. Perguntei o que faz aqui.

Ghalib deu um passo à frente. Instintivamente, segurou Luc com mais força. Aquele homem a enervava, a despeito de tudo o que já enfrentara na vida.

— Vim tratar de negócios com seu marido. — Fitou os cabelos molhados — vai sempre a praia?

— Não creio que meus hábitos sejam de sua conta, senhor.

— Tudo o que acontece em Messina é de minha conta, senhora.

Uma das sobrancelhas se ergueu enquanto ela ajeitava o menino no colo.

— Não sabia que havia sido promovido a alcaide[28].

Os olhos negros brilharam de raiva. Ghalib se inclinou um pouco em sua direção. Radegund sentiu um estranho frio subir por sua coluna. Ele era da mesma altura que ela. Fisicamente não intimidava ninguém. Não era um homem visivelmente forte, como seu marido. Era esguio e elegante, um homem da cidade. Ainda assim, lhe causava uma inexplicável apreensão; talvez pelo olhar tão frio. A voz dele soou cortante e baixa.

— Não se atreva a debochar de mim, mulher — ergueu a mão e passou um dedo pela bochechinha rosada do bebê, sem deixar de encará-la. — Lembre-se do quanto o mundo é perigoso. Para uma mulher... e para uma criança.

Com a mão livre, ela segurou a de Lizzie, enquanto o braço que sustentava Luc apertou-o de encontro ao corpo. Os olhos verdes brilharam de fúria.

— Não se atreva...

— Ibn-Qadir.

A voz de Mark, vinda de trás do visitante, teve o poder de contê-la. Recuou um passo e olhou para o marido.

— Vou levar as crianças para a ama.

Mark olhou de um para outro, observando-os com atenção. Enquanto ia ao encontro de Ghalib no jardim, sentira a apreensão da mulher. E ao chegar, encontrara os dois se encarando como cães raivosos. Temia que Radegund enfrentasse Ghalib abertamente. Sabia de histórias escabrosas a seu respeito. Ele possuía espiões em cada canto da Sicília. Mandava eliminar pessoas pelos propósitos mais fúteis. E por mais dinheiro e amigos importantes que tivessem, ele preferia ficar longe de encrencas. Aproximou-se de Ghalib enquanto Radegund entrava com as crianças sem sequer se despedir. Resolveu fazer de conta que nada vira e tentar despachar o outro o mais depressa possível.

— Como vai, ibn-Qadir — Mark apertou sua mão com firmeza — o que o traz aqui? Confesso que fiquei surpreso com sua visita.

— Negócios, meu caro al-Bakkar.

— Então venha — Mark apontou a porta —, conversaremos em meu gabinete.

Noel, o antigo cavalariço, acompanhou à distância — e com muito interesse — a cena que se desenrolou entre o visitante e sua ex-senhora.

Desde que fora expulso da propriedade, ele perambulava discretamente pelos arredores na esperança de se vingar da mulher que fizera todos rirem dele. E agora que acompanhara a desavença entre ela e ibn-Qadir, estava certo de poder tirar proveito da situação.

Conhecia vários dos desocupados que trabalhavam como espiões para o poderoso usurário. Bastava-lhe fazer contato com um deles e vender seus serviços. Assim mataria dois coelhos com uma só cajadada. Iria se vingar da baronesa e conseguiria dinheiro para os dados. Desta vez, a sorte iria lhe sorrir.

CAPÍTULO
V

"As ideias perigosas são, por natureza,
venenos que, a princípio, incomodam pouco,
mas que, assim que começam a agir sobre o sangue,
queimam como enxofre..."

OTHELO, ATO 3, CENA 3.
WILIAM SHEAKSPEARE

SVENHALLA, NORUEGA

Ragnar olhou para Leila, que caminhava pelo convés em sua direção. Soltou um suspiro cansado e balançou a cabeça num gesto de desalento. Depois de inúmeras discussões e até mesmo de se ver ameaçado de ter que dormir no celeiro pelo resto da vida, ele cedera e permitira que a esposa também embarcasse rumo a Messina. Para onde, segundo a correspondência que chegara dias atrás, Hrolf havia partido.

Fora uma feliz coincidência — ou a mão do destino — que fizera com que Einar lhe escrevesse assim que Hrolf saíra de Veneza, no meio da primavera. Ao menos tinha um destino certo. Encarregara-se de enviar uma mensagem pedindo que Hrolf o aguardasse na casa de Mark al-Bakkar. Assim não haveria risco de um desencontro.

— Devia estar lá embaixo repousando — admoestou a esposa num tom carinhoso quando ela chegou ao seu lado —, os últimos dias foram muito agitados para você.

— Ragnar — ela sorriu, levando a mão até a face encoberta pela barba —, estou grávida, não doente!

— Ainda assim — ele lhe deu o braço, conduzindo-a até a amurada, observando os últimos preparativos para a partida —, nunca me esqueço de que já sofreu dois abortos. E de que seu último parto foi muito arriscado — parou e virou-se de frente para ela, pousando as mãos sobre os ombros delicados. — Não percebe que só quero seu bem? Já considero uma loucura que viaje nesse estado. Não sabe que sou incapaz de viver sem você, sua teimosa?

Com o rosto erguido, olhando-o firmemente nos olhos, ela retrucou.

— Também sou incapaz de viver sem você, meu marido. Mas nestas circunstâncias, preciso mesmo ir. A senhora Gunnhild é bem idosa e certamente não estaria à vontade apenas na companhia da aia. Além disso, ela pode precisar de cuidados especiais, já que sua saúde é tão frágil — seu dedo percorreu a testa larga, alisando as rugas que se formavam quando Ragnar estava tenso. — Fique tranquilo. Não farei nada que prejudique nosso bebê.

— Leila — ele tomou a mão dela na sua e a beijou —, não estou preocupado apenas com o bebê. Temo por você, minha pequenina — puxou-a para perto e beijou sua fronte com reverente ternura — prometa me obedecer, está bem? Se eu disser a você para ficar quietinha lá embaixo, descansando, promete que o fará?

— Se isso o deixa mais tranquilo — ela sorriu — sim, querido. Eu prometo.

Um sorriso iluminou o rosto de Ragnar e aqueceu os olhos da cor do gelo.

— Amo você, *liten*.

— Também o amo muito, meu marido.

MESSINA, SICÍLIA

Ghalib ouvia atentamente as informações que um de seus espiões trazia. Sentado em sua cadeira, com os cotovelos apoiados à mesa e as pontas dos dedos unidas diante dos lábios cerrados, digeria mentalmente cada detalhe e avaliava a utilidade de um por um. Certamente o tal cavalariço ressentido com os antigos senhores seria um bom peão naquele jogo de forças que se estabelecera entre ele e a baronesa de D'Azûr. Com um sinal, fez o homem se calar, permanecendo em silêncio por alguns instantes. Em seguida, pousou as mãos longas e bem cuidadas sobre o tampo marchetado da mesa, ordenando.

— Ponha o infeliz sob suas ordens. Quero-o seguindo todos os passos da baronesa e reportando-os a você diariamente. — Dispensou-o com um gesto de mão e chamou seu secretário. Escreveu uma nota rápida e ordenou. — Leve ao farol. A mensagem deve ser passada para Catania ainda hoje.

O sol se punha devagar, tingindo o Mediterrâneo de um rico tom avermelhado. Caminhando pelo pomar, aproveitando o silêncio do anoitecer, Hrolf se aproximou do muro baixo que delimitava a área cultivada e irrigada de um dos caminhos que levava à praia, lá embaixo. Ao longe, um sino soou as *vésperas*. Logo teria que entrar e se preparar para a ceia. Naqueles últimos dias, ele se adaptara perfeitamente a rotina da casa de Mark al-Bakkar. Cavalgava pela manhã com a família, ou às vezes, só com Radegund e as crianças. Em alguns dias, exercitava-se com Mark no pátio. Noutros, acompanhava os homens à caça, maravilhando a todos com sua precisão para localizar uma presa.

Aspirou profundamente, esperando sentir o cheiro da maresia, mesclado ao perfume cítrico das frutas que pendiam das árvores. Ao invés disso, um odor estranho trazido pelo vento, invadiu suas narinas. Seus sentidos se aguçaram, seus olhos se tornaram duas fendas estreitas e os pelos de sua nuca eriçaram-se. O cheiro de seres humanos era inconfundível, principalmente quando esse ser humano não tinha o hábito de se banhar. O odor acre de suor, misturado ao de roupas sujas chegou até ele. Hrolf avançou para além do muro, com uma sensação de alarme crescente. Claro que poderia ser apenas um lavrador voltando de sua lida na gleba. Porém, seus instintos gritavam que não.

Uma sombra furtiva moveu-se para além de uma das esquinas do muro. Hrolf não alterou seu passo, apenas prestou atenção aos sinais que a pessoa deixava pelo caminho. Teria prosseguido no encalço do misterioso visitante, se Iohannes não houvesse aparecido na saída do pomar para chamá-lo.

— Mestre Brosa?

Ainda ouviu passos apressados por detrás do muro enquanto o criado se aproximava dele.

— Pois não, Iohannes.

— Meu senhor e minha senhora o aguardam para a ceia, mestre.

Hrolf ainda lançou um olhar para o lugar onde vira a sombra, agora mergulhado no lusco-fusco do anoitecer.

— Claro, Iohannes. Vamos lá.

Radegund deixou a escova sobre o toucador e encarou o marido, brava.

— Por que ocultou isso de mim?

Mark afastou o reposteiro, deixando o sol da manhã iluminar o aposento. Mordeu a maçã que trazia na mão e sorriu para ela.

— Se eu lhe contasse ontem, depois da ceia, o que Hrolf viu, você não teria dormido direito.

— Ora, mas que diabo, Mark — levantou-se e caminhou até ele, pisando duro — parece até que sou uma pobre donzela indefesa!

Num gesto rápido, ele a enlaçou pela cintura e piscou um olho, tentando vencer sua zanga e a própria apreensão. Não gostou nem um pouco de saber que andavam rondando sua casa. Principalmente com a tensão crescente entre eles e ibn-Qadir. Porém, apesar da preocupação, procurou não pensar naquilo. Sua casa era segura e seus criados, servos e soldados sempre haviam sido leais. Sempre fora justo para com todos, assim como Radegund. Sabia que podia contar com a colaboração de todos ali na *villa* e nos arredores para protegerem sua família.

— Acalme-se, garota — ele continuou mantendo-a cativa com um braço enquanto dava outra mordida na maçã —, só quis lhe poupar um dissabor. Além disso, podia ser algum curioso, querendo ver a famosa baronesa de D'Azûr.

— Famosa! Bah! — Arrancou a maçã da mão dele e tirou um suculento pedaço, ostentando a fruta como se fosse um troféu. — Pois sim! Essa terra parece formigar de alcoviteiros! Só espero que isso não tenha nada a ver com *você-sabe-quem*.

Uma sombra cobriu as feições de Mark. Ele tomou o resto da fruta da mão dela e deixou-a sobre a mesa. Em seguida colocou as duas mãos em seus ombros e falou.

— Tire ibn-Qadir da cabeça. Ele não pode lhe fazer mal. Não é louco de tentar algo contra uma baronesa normanda.

— Mark, ele ameaçou nossos filhos!

Segurando seu rosto entre as mãos, ele foi categórico.

— Eu o mataria antes que tivesse a chance de sequer *pensar* em fazer mal às minhas crianças. E quanto a você — ele passou o polegar sobre sua boca, num gesto cheio de carinho — apenas evite confrontá-lo.

— Ele me provoca. Na casa do marechal, ele me cercou. Aqui, ele deliberadamente me afrontou, ameaçando-me sob nosso teto. E me aborrece ainda mais o fato de fazermos negócios com esse homem.

— Radegund, sabe que a situação é delicada. Veneza se torna mais poderosa a cada dia, a ponto de ter Roma nas mãos. A competição é acirrada. Não posso abrir mão de contratos importantes como o que tenho com Ghalib, mesmo detestando o sujeito.

— Nunca pensei que teríamos que vender a alma ao diabo! — Deu-lhe as costas, irritada.

— Não fale assim. Olhe para mim, garota — fez com que se virasse novamente para ele — foi-se o tempo em que éramos só eu, você e nossas espadas. Temos responsabilidades, minha cara baronesa — o uso do título foi deliberado — nosso povo, bem como nossos filhos, depende de nós. Metade dos homens com os quais negociamos não vale o pó de nossas botas. E ainda assim, precisamos fechar os olhos para isso. O sacrifício é compensado pelo bem-estar das pessoas que vivem em nossas propriedades. Aqui, em Delacroix e em D'Azûr. Além disso, trabalhamos em sociedade com os Svenson. Eles, lá na Noruega, também dependem das decisões que tomo aqui.

— Me perdoe, Mark — ela o abraçou — falei sem pensar. As responsabilidades que pesam sobre seus ombros são enormes, eu sei; não tenho o direito de julgá-lo. É que aquele homem me dá calafrios...

— Ele nada pode contra nós, garota. Fique tranquila.

Ghalib ajeitou-se na sela e encarou Abdul.

— Sua eficiência me causa admiração, meu bom Abdul.

— A maré foi favorável, Ghalib. Zarpei assim que recebi seu chamado.

Ghalib manobrou a montaria e permitiu que Abdul emparelhasse com ele. Saíram da zona portuária e entraram na região do mercado, onde o burburinho era infernal. Centenas de vendedores apregoavam seus produtos, enchendo o ar com uma cacofonia de sons e idiomas. Mulheres passavam pelos cantos das ruas, carregando jarros sobre as cabeças enquanto desviavam-se das poças de lama, dirigindo-se para as fontes públicas. Barracas serviam peixes assados, caranguejos e ostras que podiam ser consumidos por ali mesmo, a céu aberto, regados a vinho barato. Da porta de uma taverna de quinta categoria, surgiu um homem cambaleante, apenas de calções, carregando uma túnica nas mãos, franzindo o cenho sob o sol forte da manhã. Por detrás dele, uma mulher bateu a porta.

— A que se deveu essa urgência toda? — Indagou Abdul curioso, ignorando a multidão e os mendigos que esmolavam — e por que mandou Hamed ficar a postos com o barco?

Seu meio-irmão parecia absorto num ponto além do povo. A reposta foi vaga.

— Digamos que eu tenha alguns planos...

Seguindo a direção que os olhos negros fitavam, Abdul logo encontrou o motivo de tanto interesse. Do outro lado da praça do mercado, a baronesa de D'Azûr e um estrangeiro alto e louro conversavam animadamente enquanto conduziam as montarias a passo. Juntando as peças, advertiu-o.

— Ela é uma das mulheres mais ricas e poderosas do reino. E seu marido também. Erguer um dedo contra eles é um passo perigoso demais, até mesmo para você.

O outro fez um gesto de enfado e deu um sorriso escarninho.

— Abdul, Abdul... sempre tão cheio de cuidados — ergueu uma das mãos com a palma voltada para cima — tenho boa parte da Sicília em minhas mãos. Além disso — fez uma pausa e olhou diretamente para onde estava a mulher que parecia um espinho enterrado em sua pele — não farei nada demais — parou a montaria e aguardou uma figura maltrapilha que caminhava em sentido oposto alcançar aos dois. — E então?

Noel ergueu os olhos e fez uma mesura. Olhou de Ghalib para Abdul e depois falou.

— Senhor, pelo que ouvi, a baronesa fará o caminho de sempre.

— Perfeito — atirou uma moeda ao informante e voltou-se para Abdul — sinalize a Hamed e vá encontrá-lo no ponto combinado.

— O que vai fazer, homem?

Um sorriso discreto desenhou-se nos lábios de Ghalib enquanto ele olhava mais uma vez para o alvo de sua obsessão.

— Verei até que ponto chega a arrogância da dama quando o marido não está garantindo sua retaguarda.

Hrolf limpou o suor do rosto com a manga da túnica e olhou para Radegund ao seu lado, sobre a sela de Lúcifer. Atrás deles, tentando abrir caminho na multidão, vinham alguns criados trazendo a carroça com os itens que eles haviam ido buscar. Sem muito o que fazer para passar o tempo, aceitara o convite de Radegund para acompanhá-la ao mercado. Depois de terem comprado o que precisavam e de terem bebido uma caneca de sidra fresca numa barraca, chegara a hora de voltarem para casa.

— Senhor! — Exasperou-se a ruiva — neste passo chegaremos à *villa* apenas no Natal!

— Messina faz com que me lembre de Tiro — comentou Hrolf, desviando a montaria de um par de bêbados.

Ela sorriu.

— É mesmo. Só que o mercado de lá é duas vezes mais infernal! Veja — ela apontou —, é a *signora* Francesca quem está acenando? — Ergueu uma das sobrancelhas e provocou-o — já fez uma conquista, meu caro amigo?

Radegund podia jurar que as faces de Hrolf ficaram rosadas sob a pele dourada pelo sol. Com um sorriso um pouco sem graça, ele acenou de volta à mulher e respondeu.

— Uma conhecida que fiz na cidade.

— Certo — ela lhe lançou um olhar de esguelha e apontou uma das saídas da praça —, fique à vontade. Sairei por aquele lado. As carroças seguirão pela estrada, mas eu pretendo me adiantar pela praia — acariciou a pelagem lustrosa do garanhão. — Lúcifer está impaciente por um bom galope. E eu também.

— Vou cumprimentar Francesca e depois a alcanço.

— Combinado.

Radegund deu rédeas soltas a Lúcifer e sentiu o impacto dos cascos poderosos sobre a areia macia. Sorriu satisfeita. O animal respondia aos seus comandos com precisão. Galopava à beira mar, espirrando água salgada sobre seu traje. Separou-se do grupo moroso, que conduzia as compras, apenas para ter o prazer de voar sobre o lombo de seu fiel companheiro nas areias do Mediterrâneo. O sol siciliano batia em seu rosto, aquecendo-a e inebriando-a de alegria. Depois da vigorosa cavalgada, reduziu a marcha de Lúcifer até trotarem. Acariciou a crina lustrosa e sorriu.

— Ah, meu velho companheiro. Está curtindo um belo retiro, não? Nada de escaramuças, nada de guerras... Só passeios à beira mar e belas éguas para você namorar.

Sob seu corpo, o animal resfolegou e numa resposta exibicionista, balançou a crina negra como se estivesse orgulhoso de si mesmo. O vento forte jogou uma mecha de cabelo em seu rosto. Deixando que Lúcifer caminhasse a passo, ergueu a mão para ajeitá-la e sentiu algo escorregar de seu pescoço.

— Diabos! — Agarrou o colar que Mark lhe dera, impedindo que caísse. Resmungou — o fecho deve estar aberto.

Abaixou o rosto, soltou as rédeas e deixou que Lúcifer parasse, enquanto examinava a peça. Obediente, o garanhão aguardou um novo comando de sua dona.

Se estivesse mais atenta, menos concentrada no colar em sua mão, teria percebido a aproximação de estranhos. Tarde demais, ouviu um galope às suas costas. Antes que se virasse, um braço a enlaçou e ela praguejou. Lúcifer relinchou e se afastou do agressor com ela. Uma de suas mãos tentou agarrar a rédea, mas ela estava fora de seu alcance.

Viu de relance o homem que a atacava. Vestido com um albornoz, com o rosto meio encoberto por um lenço. Mais três, trajados da mesma forma, vinham atrás dele. Sacou sua adaga, girou com Lúcifer, usando apenas os joelhos. Pôde ver um bote encostado na areia. O que diabos era aquilo?

— Inferno! Não se pode elogiar, não é mesmo, Velho Rabugento? — Resmungou ela contra Deus e o destino.

Hrolf descia a trilha estreita que levava à praia, conduzindo cuidadosamente a montaria pelo terreno íngreme. Demorara-se um pouco mais do que previra conversando com Francesca. A taverneira lançara todo seu charme sobre ele, chegando a convidá-lo abertamente para partilhar de sua cama. Ele, porém, declinara do convite. Com gentileza, é claro, para não magoar a simpática mulher. Depois de conversarem amenidades, ele se despedira prometendo aparecer para tomar uma caneca de cerveja.

A primeira coisa que viu enquanto descia pela trilha foi o azul exuberante do Mediterrâneo. A segunda, foi Radegund montada em Lúcifer, armada apenas com uma adaga, empenhada numa luta desigual contra quatro agressores.

— Vamos lá, rapaz, — ele incitou sua montaria e tirou a própria lâmina, longa e afiada, da bainha —, vamos igualar um pouco as coisas.

Radegund afastou um dos homens que tentava avançar novamente sobre ela com um safanão e traçou um arco com a adaga, atingindo o outro atacante no rosto sem, no entanto, derrubá-lo. Irritada, cravou o calcanhar nos flancos de Lúcifer, mas um dos homens alcançou as rédeas caídas, detendo o animal. Lúcifer tentou escapar novamente, sentindo a agitação de sua dona, que se debatia para não ser arrancada de vez de cima da sela. Não houve por onde fugir, no entanto, pois foram cercados. O homem que tentara tirá-la da sela avançou de novo, gritando ordens em um dialeto que ela não reconheceu. Encarou-o, pois parecia ser o líder do bando.

— O que quer? — Silêncio.

O som crescente de um galope se fez ouvir. De relance, percebeu a chegada de Hrolf, que descia como o próprio deus do trovão a trilha que dava na praia. Um dos homens se separou do grupo que a atacava para interceptá-lo.

— Malditos — berrou ela, forçando Lúcifer a recuar com os joelhos —, o que querem?

O garanhão sacudia a cabeça, tentando soltar as rédeas da mão do homem que as retinha. Sons de luta vieram do lado onde ela vira Hrolf, alertando-a de que ele enfrentava o outro homem.

O que parecia ser o chefe se aproximou mais, olhando-a intensamente e resmungou algo para o outro atacante. Uma fugaz sensação de reconhecimento passou por sua cabeça, mas foi esquecida. O homem esticou o braço na sua direção. Tentou agarrá-la de novo. Ela recuou, praguejando. Outro homem chegou por trás dela e Lúcifer empinou nas patas traseiras.

Tudo foi tão ligeiro, tão repentino, que ela não pôde sequer esboçar uma reação. Apenas estendeu o braço, tentando se agarrar na crina do garanhão. Inútil. Pega de surpresa, escorregou da sela de Lúcifer e bateu com as costas na areia endurecida pela umidade. Por um momento, perdeu o fôlego. Esse momento roubado dela teria sido a fração de tempo necessária para que rolasse para o lado, escapando dos cascos de Lúcifer, que voltavam ao chão. Como se consciente do que fazia, o garanhão ainda ensaiou um recuo, mas não conseguiu impedir que um dos cascos acertasse, ainda que de raspão, a cabeça de Radegund. O mundo girou ao redor dela e, antes da escuridão tragá-la, o mesmo par de olhos negros, que pensou ter reconhecido, surgiu diante de seu rosto. Sentindo medo como há muito não sentia em sua vida, ainda gemeu antes que tudo escurecesse.

— Mark...

Hrolf enfrentava o homem que se destacara do grupo numa luta feroz. Sobre a montaria, agarrava o punho que brandia uma espada curta e tentava acertá-lo com a adaga. Pelo canto dos olhos, viu Radegund em dificuldades, tentando controlar Lúcifer. Concentrou-se de novo no seu oponente. Num golpe rápido, conseguiu arrancar a arma de sua mão.

— Quero ver sua coragem agora, cretino! — Resmungou, agarrando o outro pela túnica. Seu braço retesou-se, puxando o inimigo, para atirá-lo fora do cavalo. Seu movimento, no entanto, foi interrompido na metade.

Uma flecha traiçoeira varou seu braço. O homem aproveitou para recuperar a vantagem e desequilibrá-lo. Seu cavalo tropeçou e ele se viu lançado ao chão, tendo que rolar para o lado para não ser atingido pelo animal que também tombava.

Antes de ser atingido na cabeça, pela bota do seu agressor, viu quando as patas de Lúcifer desceram sobre Radegund.

Uma apreensão súbita assaltou Mark no momento em que saltava de Baco para o chão, no pátio de casa. Não levou nem um segundo para identificar aquela sensação. Para que o elo que havia entre ele e Radegund se tornasse vívido. Uma pressão gigantesca em seu peito o sufocou e ele viu a si próprio correndo pelo pátio ensolarado na direção da porta lateral da residência.

— Iohannes!

Houve tanta angústia em seu chamado que o criado apareceu num átimo, com a fisionomia preocupada.

— Meu senhor! Aconteceu alguma coisa?

— Minha mulher — ele passou a mão pelos cabelos, num gesto que traía todo seu nervosismo — onde ela está? Onde está Radegund?

— A dama saiu com mestre Brosa logo cedo, meu senhor. Foram ao mercado. Creio que logo estarão de volta.

Mark ficou em silêncio, ponderando sobre a resposta ao mesmo tempo em que analisava a apreensão que se tornava cada vez maior. Sentia como se estivesse sendo engolido por uma tempestade de areia, envolto na escuridão que a acompanhava, ensurdecido pelo som do vento rugindo ao seu redor. Fechou os olhos, tentando recuperar o equilíbrio, tentando pensar com lucidez. Radegund estava com Hrolf e certamente, com uma comitiva razoável. Sempre levava ao menos dois criados e mais um par de soldados quando ia ao mercado. Estava segura. Ou pelo menos, pensava estar.

— Meu senhor...?

A voz preocupada de Iohannes fez com que Mark abrisse os olhos e só então percebesse que a respiração se dava em haustos curtos e que sua pele estava coberta por um suor frio e pegajoso. Não podia ignorar os fatos. Radegund, sua Raden, estava em apuros.

— Tudo bem, Iohannes. Mande selar Nahr; Baco está cansado. Vou pegar minhas armas. Quero Ernoul e Walter prontos para saírem comigo.

— Senhor? — O criado tinha uma expressão interrogativa, imaginando que seu patrão estava preocupado com a mulher. Já o conhecia, bem como a sua esposa, há muitos anos, desde que dois mercenários empoeirados haviam chegado da Terra Santa e comprado a antiga *villa*. Na época, ele já era o administrador e cuidava da casa. Já vira a ligação que havia entre os dois se manifestar e respeitava aquelas intuições.

— Vou atrás dela, Iohannes — ele seguiu pelo corredor em direção aos seus aposentos —, algo me diz que ela precisa de mim.

Seu caminho foi interrompido por Lizzie, que vinha correndo, com a ama em seu encalço.

— Papai!

— Lizzie — ele se abaixou e abraçou a menininha — o que foi, querida?

— Desculpe, meu senhor — retratou-se a ama — ela começou a chorar de repente, e saiu correndo, procurando a mãe.

Mark olhou para o rostinho congestionado da enteada e seu coração se apertou ainda mais. Lizzie era uma criança sensível e bastante precoce.

Com cinco anos já compreendia muitas coisas que aconteciam ao seu redor, e outras, apenas intuía. Como fazia agora, parecendo sentir, assim como ele, que havia algo errado com sua mãe.

— Quero a mamãe! — Ela choramingou em seu colo.

— Meu anjo, papai vai sair para buscar mamãe, está bem? Não chore, minha princesinha. Fique com a ama fazendo companhia para seu irmão. — Passou os dedos pelas faces coradas, secando as lágrimas que desciam pelo rostinho da criança. — Daqui a pouco eu voltarei com a mamãe, combinado? — Os bracinhos de Lizzie envolveram-no pelo pescoço e ele a abraçou mais forte. Levantando-se com ela no colo, embalou-a por um instante e passou-a para a ama. — Vá, querida. Preciso sair agora.

— Não demore papai.

— Não vou demorar, meu amor.

Ghalib amaldiçoou a hora em que resolvera seguir as emoções e não a razão, que sempre lhe norteara a vida. Sempre agira com frieza, nunca se deixara levar por impulsos. E jamais se preocupara, ou se importara tanto com uma mulher como com aquela que estava estirada na areia, aos seus pés. Amaldiçoou de novo o momento em que pusera os olhos sobre ela, em que aquele sentimento corrosivo, que mesclava fascinação e ódio, se apoderara dele, tirando seu sono e o sossego. Nunca admitiria para si mesmo que a desejava, que a queria. Não pela mulher em si. Mulheres ele poderia ter qualquer uma quisesse, na hora em que quisesse. Não... talvez ele a desejasse apenas porque ela o rejeitara de forma tão evidente e aberta. Ou porque era a mulher de al-Bakkar, alguém no mesmo patamar de forças que ele, alguém a quem ele não poderia comprar ou chantagear. Nem mesmo matar sem que, para isso, mergulhasse a própria reputação num abismo, atraindo para si forças que ainda não descobrira de qual fonte emanavam. Mas que, de forma evidente, respaldavam o nobre mestiço.

Abaixou-se ao lado dela e ouviu seu coração. Estava fraco, mas presente. Olhou para as mechas ruivas tingidas pelo sangue que corria do ferimento na têmpora. Não previra uma reação dela, não daquela magnitude. Mesmo sabendo que ela fora a versão feminina de um cavaleiro, imaginou que, ao ser cercada por quatro oponentes, ela se renderia. Então, ele poderia colocar seu plano em prática.

— Senhor?

A voz de Hamed, o capitão que nas horas vagas fazia todo e qualquer tipo de serviço sujo para ele, despertou-o do transe em que mergulhara enquanto contemplava a baronesa de D'Azûr caída aos seus pés.

— O que é?

— O que fazemos com o *saqāliba*?

Ghalib olhou para onde o tal Brosa estava caído, desacordado e ferido.

— Deixe-o aí. A maré se encarregará dele.

— E ela?

Ghalib olhou para a baronesa. Observou o rosto anguloso, os cílios longos pousados sobre a face, os cabelos emaranhados, cobertos de sangue e areia. Estava cada vez mais pálida. Talvez morresse. *Não!*

O pensamento aflorou repentinamente, abalando-o com a fúria e a veemência da negativa. Justificou-o dizendo a si mesmo que não jogaria fora uma oportunidade daquelas. Um meio sorriso se formou em seus lábios. Talvez aquilo fosse melhor do que o plano original, de engendrar uma farsa e manchar o nome de al-Bakkar na Sicília. Teria a baronesa como moeda de troca. Com a adorada esposa do mestiço nas mãos, seu poder de barganha aumentaria e ele poderia tirar dele tudo o que desejasse. Olhou ao redor, fez sinal para que dois homens carregassem a mulher desacordada e ordenou a Hamed.

— Vamos levá-la conosco — voltou-se para os homens que haviam colocado a mulher no barco e que esperavam instruções. — Digam a Abdul que houve uma mudança de planos. Falo com ele mais tarde, em minha casa.

Com o olhar fixo na mulher ferida, Ghalib saltou para dentro do bote, seguido pelo capitão. Logo, a embarcação vencia as ondas serenas do Mediterrâneo.

Mark atou o cinturão com a bainha da cimitarra sobre a túnica no exato instante em que um grande rebuliço agitou o pátio. Correu para fora da casa, quase aliviado por imaginar que talvez fosse Radegund voltando com Hrolf. O que viu, no entanto, o deixou mais apreensivo do que estava.

A mancha negra passou velozmente no instante em que pisou no pátio de terra batida. Era Lúcifer, sozinho e enlouquecido, pinoteando e impedindo quem quer que fosse de se aproximar. Sua apreensão virou medo. Onde estava Radegund? Sequer podia se lembrar da última vez em que ela caíra de uma montaria. Do lombo de Lúcifer então, ela só sairia se fosse arrancada. Deus! E onde estava Brosa? Um cavalariço tentou laçar o garanhão, que escoiceou e avançou para mordê-lo. Mark foi tirado do transe e adiantou-se, comandando.

— Não — ergueu a mão e avisou —, afaste-se dele, rapaz!

Lúcifer ouviu sua voz e sacudiu a crina, como se o desafiasse. Resfolegou e bateu as patas no solo. Os olhos negros fitaram-no com uma profunda tensão. Caminhou devagar, com as mãos erguidas, como a mostrar ao animal que não lhe faria mal. As ventas de Lúcifer se dilataram e os cascos levantaram poeira. Então, ao ouvir o longo assovio que Mark dava, suas orelhas se espetaram e ele, finalmente, baixou o pescoço, aproximando-se do cavaleiro.

— Isso, garoto — a voz de Mark era suave e pausada — venha cá — sua mão tocou a cabeça majestosa e o focinho do animal — onde ela está, hein? O que aconteceu?

Mark falava com Lúcifer, acalmando-o sob os olhares de uma espantada assistência. Deslizou a mão pelo pescoço e notou a sujeira de areia e água salgada. A praia. Continuou tranquilizando o animal e ao chegar ao flanco, seu coração se apertou.

Preso ao estribo, pendia o colar que dera a Radegund, a esmeralda cintilando sob o sol.

— Não... — puxou a joia, apertando-a na palma da mão, temendo o pior — Radegund, não...

Decidido, passou o cabresto do agora calmo Lúcifer para o cavalariço e ordenou aos seus homens, já saltando no lombo de Nahr.

— Ernoul! Walter! Para a praia.

Hrolf tentou se virar na areia no instante em que a água o alcançou. Seu movimento foi impedido pela dor e pela flecha cravada em seu braço. Sua cabeça doía horrivelmente no local onde fora atingido. Tentou se levantar devagar, mesmo com o mundo rodando à sua volta. Apoiou-se no braço são e ergueu a cabeça, olhando para o local onde vira Radegund cair. Sentiu um estremecimento ao notar que aquele ponto da praia estava coberto pelas ondas, já que a maré subira rapidamente.

— Por Odin... — gemeu ele, enquanto a cabeça pendia sem forças sobre o chão. Sentia o sangue empapar suas roupas, misturando-se a água salgada e à areia. O sol castigara sua pele e agora, além dos ferimentos, sentia as mãos e braços arderem como se estivessem dentro de uma fogueira.

— Aqui, *messire*!

O grito de um homem, seguido pelo som de cavalos, ajudou a afastar o torpor que o envolvia. Em seguida, dois pares de mãos fortes o ajudaram a se levantar. Meio tonto, ergueu os olhos, lutando contra o sol do meio-dia, deparando-se com Mark al-Bakkar. Ajoelhado ao seu lado, ele colocou um cantil de encontro aos seus lábios ressecados. Depois de deixá-lo beber, ajudou-o a se sentar e indagou.

— Onde está ela, Brosa?

Hrolf olhou na direção do mar, onde Radegund estivera. Tentou se recordar de alguma coisa além da imagem dos cascos de Lúcifer descendo sobre a ruiva, mas não conseguiu resgatar nada da escuridão de sua mente. Teve que dizer a verdade.

— A última vez em que a vi — ele apontou com o queixo — ela estava ali... ela caiu...

— Onde? — Mark chegou a sacudi-lo — onde ela caiu, pelo amor de Deus?!

— Bakkar — Hrolf tentou fazer a voz passar pela garganta seca —, eu a vi ser atingida por Lúcifer — ele contou com detalhes a cena, vendo o desespero tomar conta do rosto do mestiço — sinto muito. A maré deve tê-la arrastado... — sua voz era apenas um sussurro agora — eu sinto muito.

Deixando Hrolf com os soldados, Mark cambaleou até a beira d'água, entrando no mar sem se importar com suas roupas ou com as ondas que o atingiam. Olhou ao redor, tentando achar algum sinal dela, qualquer coisa. Porém, a superfície azul do Mediterrâneo não revelou nada. Havia apenas o ir e vir das ondas, o cintilar do sol na superfície da água e o som da arrebentação, que parecia o clamor de mil vozes a zombarem dele.

— Radegund! — Seu grito ecoou através da praia, espantando os homens e as gaivotas. — Radegund!

Caminhou a esmo pela beira do mar, numa busca sem esperança. Deixou que os olhos se perdessem no horizonte, enquanto cenas de sua vida passavam por sua cabeça. Ele a via ao seu lado, com a espada em punho, galopando como uma Valquíria. Sentia seu perfume ao seu lado, quando dormiam. Ouvia sua gargalhada rouca, depois de lhe pregar uma peça qualquer. Escutava os gemidos dela enquanto faziam amor. Revia cada momento de alegria, cumplicidade, amizade, raiva, desespero e reconciliação.

— Bakkar...

A voz de Hrolf o arrancou do mundo de lembranças em que mergulhara. Caminhou pela água até chegar à areia, encontrando-se com o rastreador, que vinha amparado por Ernoul e Walter. Os soldados baixaram a cabeça ao ver seu rosto coberto de lágrimas, mas ele não fez questão nenhuma de esconder que chorava por sua mulher, por aquela que era parte dele. Deus, se ela estava morta, como *ele* ainda vivia?

— Ela está viva, Hrolf — ele balançou a cabeça e afirmou com firmeza — ela está viva. Deus! Se Radegund estivesse morta, eu saberia... — deu as costas aos homens e olhou para o mar — ela *tem* que estar viva.

CAPÍTULO
VI

Austeritas solitudinis socia et comes
(A austeridade é companheira da solidão.)

PLATÃO, GRYNAEUS, 74

CATANIA, SICÍLIA

Jamila observou, pela fresta da cortina, um dos guardas que Abdul deixara de vigília em sua casa. Sentia-se uma verdadeira prisioneira ali dentro. Não podia sequer ir aos jardins sem ser seguida por um daqueles homens mal-encarados. Sair de casa então estava fora de cogitação. Não que ela desejasse fazê-lo todos os dias. Multidões a enervavam e o céu vasto acima de sua cabeça a deixava insegura, depois de ter passado tantos anos sob o abrigo e o silêncio do convento. Mas, por Deus, ela queria ter a *opção* de sair se assim quisesse ou necessitasse fazer!

Um sorriso triste formou-se em seus lábios. Opção. Era algo que ela não conhecia. Não optara por ir para o convento. Simplesmente fora mandada para lá, como um baú velho que se coloca na torre mais alta de um castelo, cheio de roupas que já não serão mais usadas. Não optara por se tornar noiva de Boemund. Simplesmente fora dada a ele, sem ser consultada. E não escolhera sequer um outro noivo, nem abdicara do primeiro. Todas aquelas decisões foram tomadas a sua revelia. As rédeas de sua vida jamais haviam estado em suas mãos. Teria ela, algum dia, poder para decidir o que faria da própria existência? Algum dia teria nas mãos o controle do próprio destino?

Com um suspiro, largou a cortina, desejando secretamente que acontecesse algo que mudasse sua vida. Que fizesse com que seu destino fosse outro, que não obedecer aos desígnios de seu irmão.

— Oh bom Deus, ajude-me! — Ela suplicou com os olhos fixos no crucifixo sobre o toucador — livre-me desse destino que Ghalib traçou para mim!

De uma forma assustadora, e como se fosse uma resposta dos céus aos seus rogos, um estardalhaço surgiu do pátio à frente da residência. Ainda com o coração aos saltos, Jamila correu de volta à janela. Desta vez escancarou a cortina, aproximando-se da sacada.

Lá embaixo, uma pequena e empoeirada comitiva discutia com os guardas do portão. Um homem moreno e corpulento, de cabelos escuros e mais compridos do que ditava a moda parecia prestes a avançar no pescoço de um dos soldados. Ela não pode entender o que diziam, mas a altura das vozes alcançava a janela onde estava. Um dos guardas fez uma negativa com a cabeça e colocou-se nitidamente em posição de defesa. O homem virou as costas e deu alguns passos na direção da rua. Voltou-se num rompante, lançando um olhar para a casa, e diretamente sobre ela, chocando-a com a visão de um rosto marcado por cicatrizes. O choque maior veio com as palavras que ele gritou lá de baixo, em meio ao sorriso retorcido, que repuxava sua boca num dos cantos.

— Ora, vejam! Minha noiva está em casa — fez uma mesura debochada —, não me convidará para entrar, querida dama?

Jamila estremeceu intensamente. Incerta quanto ao próprio equilíbrio, teve que se apoiar com força na balaustrada para não cair. Lutou para fazer a voz atravessar a garganta subitamente apertada.

— Bo-Boemund?

— Às suas ordens, minha noiva.

MESSINA, SICÍLIA

O sol se punha lentamente no horizonte, colorindo as paredes caiadas das casas à beira mar de um tom próximo ao escarlate. Abdul se afastou da janela pela centésima vez e olhou para o outro lado do cômodo, onde a baronesa de D'Azûr jazia imóvel, assistida por uma curandeira de confiança de Ghalib. A velha mulher se ocupava em colocar sanguessugas ao redor do hematoma que escurecia a têmpora e parte do rosto da baronesa. Exasperado, Abdul balançou a cabeça e olhou para o meio-irmão, que observava tudo impassível. Caminhou até ele e falou em tom baixo.

— Pense bem, Ghalib. Isso é uma loucura! Deixe a mulher num lugar qualquer onde al-Bakkar possa encontrá-la e esqueça que ela um dia existiu!

— Não, Abdul. — Ele o encarou — cheguei naquele ponto além do meio do caminho, de onde não há mais volta. A única opção é seguir em frente. E ela — apontou a mulher sobre a cama — irá comigo.

— A cidade toda está em polvorosa. Há homens de al-Bakkar, do barão e até mesmo de Siracusa, revirando cada tijolo de Messina. Os faróis estão enlouquecidos e dizem que até Tiro recebeu o alerta! Onde pensa que tudo isso vai chegar? O que acha que vai acontecer quando os homens envolvidos nesse esquema começarem a beber demais e derem com a língua nos dentes?

Por um momento Ghalib pareceu ponderar sobre a questão. Abdul chegou a ter esperanças de que ele desistisse daquela loucura, ao mesmo tempo em que uma parte sua rezava para que ele se afundasse na lama que ele mesmo criara sob os próprios pés. Entretanto, a ruína de Ghalib poderia significar a sua e a de Amira. De um momento para outro, todo traço de dúvida que pudesse ter surgido nos olhos negros de Ghalib, foi substituído pela fria expressão habitual.

— Hamed e seus homens foram silenciados — ele sorriu desdenhosamente —, sabe que sou precavido. Quanto a ela — apontou a velha mulher que cuidava de Radegund —, é leal a mim. — Encarou de novo Abdul, com fria determinação, como se o desafiasse a contradizê-lo — assim como você o é.

Abdul assentiu ligeiramente com a cabeça.

— Certamente.

Iohannes manteve o braço de Hrolf imóvel enquanto seu patrão extraía a flecha ali cravada com impressionante habilidade. O rosto do rastreador estava suado e vermelho, tanto pela exposição ao sol, quanto pela dor de que era vítima naquele instante.

— Que inferno, Bakkar — rosnou ele, impaciente — não pode ser mais rápido com isso?

— Calma, Brosa! — Mark segurou a ponta quebrada da flecha com uma tenaz. — Se puxar de qualquer jeito vai feri-lo muito mais. — Ele girou o instrumento, fazendo o rastreador cerrar os dentes e apertar o punho livre. — Tem sorte de ser uma ponta limpa. Se fosse como a que atingiu Radegund, anos atrás...

Sua voz morreu. Iohannes encarou Hrolf, lançando depois um olhar pesaroso para o patrão. O olhar ficou perdido num ponto distante e seu rosto endureceu. Subitamente ele pareceu voltar ao presente, retomando o trabalho em silêncio até conseguir extrair a flecha, junto com uma torrente de palavrões da boca do rastreador.

Mark jogou a tenaz e o que restara da flecha numa bacia de louça e encarou Hrolf.

— É melhor tomar uns goles de vinho. Vou ter que dar uns pontos nisso aí.

— Cauterize.

— Está brincando?

— Não — foi a vez dos olhos de Hrolf ficarem frios como sua terra natal —, não estou. Se der pontos, não vou poder usar esse braço tão cedo. E tudo o que quero é sair o mais rápido possível atrás do filho da puta que me acertou e que atacou a ruiva bem debaixo do meu nariz.

— Hrolf, eu agradeço, mas...

O norueguês silenciou-o com um gesto. Ergueu a mão esquerda, mostrando-lhe a palma, onde uma cicatriz longa e fina riscava a pele de uma extremidade a outra.

— Acaso se esqueceu disso?

Mark olhou para a própria mão direita, onde havia uma marca semelhante. Depois encarou Hrolf, sério.

— Não. Eu não esqueci. Mas isso não o obriga...

— É uma questão de honra, Bakkar. E agora — ele pegou uma de suas facas, que estava sobre o criado mudo — faça-o, por favor. Temos que descobrir quem atacou sua mulher. Se a ruiva estiver viva, chegaremos a ela.

— Pois bem. Que assim seja. Mas ouça-me, Brosa, não vou falar de novo — os olhos castanhos cintilaram com um brilho quase insano — ela *está* viva.

CATANIA, SICÍLIA

Boemund tomou um longo gole de cerveja e limpou a boca na manga da túnica. Ainda fervia por dentro com as notícias que encontrara assim que desembarcara na Sicília. Maldito fosse Ghalib ibn-Qadir, aquele cretino sem palavra! Passara anos lutando na Terra Santa. E depois que sua família ficara do lado errado na disputa pelo trono do Reino da Sicília, vendera sua espada a quem melhor pagasse, tornando-se rico. Conseguira até mesmo uma porção de terras, em Chipre, como espólio de guerra. Agora só lhe faltava uma esposa respeitável, que fizesse a ponte com os poderosos barões da Sicília e o ajudassem a limpar de vez o nome dos L'Aigle na região. Diabos! Ele *tinha* até uma noiva. Só não contara com a canalhice do irmão dela! Dá-la em noivado a outro, como se o compromisso selado com ele jamais houvesse existido. Bastardo!

— E então, Boemund — indagou-lhe um de seus homens — o que fará a respeito de sua noiva?

— Não sei — grunhiu, recostando-se na parede atrás do banco —, mas não vou deixar aquela coisinha linda me escapar, isso eu lhe garanto. — Ele atraiu uma das criadas da taverna para seu colo, provocando risos em seus homens e um enorme rubor no rosto da garota. — Enviei uma mensagem ao meu futuro cunhado — ele comentou enquanto afagava as pernas moça — avisando-o de que não abrirei mão nem da minha noiva, nem de seu dote. Veremos o que ele me responderá. Enquanto isso — ele se levantou, trazendo consigo a criadinha —, vou me divertir. Cansei de olhar para as caras feias de vocês!

Sob risos e gestos obscenos que traduziam a natureza de sua diversão, Boemund subiu as escadas da taverna com a garota a tiracolo, antevendo o momento em que levaria para cama sua adorável noivinha. Só de pensar na bela jovem de cabelos castanhos, seu sangue fervia. Apenas a vira de longe, na sacada, pois os guardas não permitiram que entrasse na residência. Mas o pouco que vira o agradara, e muito. Jamila era linda, delicada e seu corpo, vestido de maneira recatada, prometia ser um jardim das delícias. Excitado, mal entrou no quarto escuro e empurrou a criada contra a porta. Meteu-se sob suas saias com um grunhido excitado e possuiu-a ali mesmo, fantasiando a doce Jamila em seus braços.

MESSINA, SICÍLIA

O sonho retornou mais vívido do que nunca naquela noite. Talvez, o estado febril em que se encontrava tivesse aberto as portas para ele. Ou talvez pela imagem de Radegund sendo atirada na areia e pisoteada pelos cascos de Lúcifer.

Independente do motivo, o sonho estava ali. Espezinhava-o, arrebentava de forma eficiente a armadura de insensibilidade pacientemente construída ao longo do último ano. Era uma armadilha de sua cabeça, um poço escuro onde as memórias o atiravam e de onde ele não podia sair. Restava-lhe apenas suportá-lo.

Ele caminhou atrás do sennin, tentando conter as próprias passadas largas para acompanhar os passos comedidos do ancião. Tudo no velho homem era venerável, respeitável, majestoso até. Falava num tom de voz baixo, embora firme. Pronunciava devagar as palavras e às vezes até as repetia em consideração à sua dificuldade para com aquele complexo idioma. Nunca se apressava, jamais se precipitava, nem interrompia uma frase sua. Neste dia ele o encontrou sob a cerejeira, diante da porta da casa de pedras onde estava acomodado. Apenas o cumprimentou daquele jeito peculiar, com o qual ele estava se familiarizando, e sinalizou para que o seguisse.

Hrolf apanhou um agasalho, calçou as luvas e saiu atrás dele, com uma espécie de frio no estômago a lhe dizer que muito lhe seria revelado naquele dia.

Depois de uma breve caminhada, alcançaram a praça da pequena aldeia, onde o idoso foi cumprimentado com reverência por diversas pessoas. Parando diante de uma casinha humilde, o sennin virou-se para ele e falou, naquele seu tom moderado.

— O conhecimento às vezes pode ser doloroso, mas nos dá a visão do todo. Só assim podemos julgar com propriedade e compreender o quão relativas são nossas verdades.

— Por que me diz isso, mestre Sussumu? — Indagou, cauteloso.

— Porque quero saber se está pronto. — Um movimento à porta da cabana atraiu a atenção dos dois. Uma jovem graciosa tateou o portal. Hrolf percebeu surpreso que ela não enxergava. Suas íris tinham uma coloração estranha, meio leitosas.

— Mestre Sussumu? — Ela indagou, vacilante.

— Sim, Yuki. E trago um visitante.

— O estrangeiro de quem falam — a moça riu suavemente e fez uma breve reverência. Em seguida, afastou-se da porta da cabana, falando — entrem, por favor.

Na penumbra, após as amenidades iniciais, ele começou a se inquietar. Um sentimento estranho, um medo vago e opressivo começou a se apoderar dele. E concretizou-se nas palavras que surgiram dos lábios do sennin.

— Yuki pergunta por que eu o trouxe. Eu disse a ela sobre Saori. — O velho apontou a moça sentada a frente deles — ela pode lhe falar sobre quem ela era.

— Faria isso, senhorita?

Yuki não fez rodeio algum. E apesar de sua expressão continuar serena e doce, suas palavras vieram carregadas de resignada tristeza.

— Sim, meu senhor. Saori de Iga era minha irmã. Foi ela quem me cegou.

Banhado em suor, Hrolf levantou e empurrou os lençóis embolados para longe. Caminhou para fora do leito e foi até a mesa, onde se serviu de um pouco de água fresca, tentando tirar o gosto amargo da boca. Seu coração ainda batia acelerado no peito e o corpo parecia moído, além de abrasado pela febre. Afastou o reposteiro e deixou que a brisa noturna refrescasse sua pele. Não se incomodou com a própria nudez. Na escuridão da noite sem lua, ninguém o veria lá de baixo. Só queria que, de alguma forma o vento varresse as lembranças, as imagens e a tristeza de sua alma. Apoiou uma das mãos no batente. Olhou para o céu noturno, amaldiçoando-se mais uma vez por ter amado uma mentira.

Em seus aposentos, já no meio da madrugada, Mark permanecia como um sonâmbulo, sem conseguir sequer se deitar na cama que partilhava com a mulher. Parecia um tipo de heresia recostar-se nos travesseiros, sentir seu cheiro nos lençóis e não a ter seu lado. Mais uma vez, entre tantas outras naquele dia infeliz, a ideia de que tudo estava perdido, de que ela estava morta, o assaltou. Na solidão da noite, mais do que nunca, o pensamento o dominou, com suas garras gélidas apertando seu peito já oprimido. Indagações recorrentes fizeram de sua mente um inferno particular. E se aquele elo que existia entre ele e Radegund estivesse rompido? E se a certeza de que ela estava viva fosse apenas a manifestação de seu próprio desejo de que aquilo fosse verdade? E se...

— Inferno! — Resmungou parando diante da cama de casal — onde você está, garota? — Seus dedos tocaram o tecido macio, arrastando-se pela superfície do algodão, até chegar à camisa embolada junto a um dos travesseiros. Sua mão se fechou sobre a peça, trazendo-a para junto do rosto. — Seu cheiro ainda está aqui, Radegund. Sua voz está em cada uma dessas paredes. E você está em mim o tempo todo. — Apertou o tecido contra a face, aspirando profundamente o aroma da mulher que tanto amava. — Esteja viva, minha garota. Pelo amor de Deus, esteja viva! Eu não saberei viver pela metade.

O som de batidas à porta custou a penetrar em seus ouvidos. Ainda entorpecido pela dúvida, caminhou pesadamente até lá para ver quem era. A ama de seus filhos, vestida com um recatado roupão, torcia as mãos, encabulada.

— *Sire*, perdoe o adiantado da hora, mas...

— Tudo bem — ele a tranquilizou —, o que houve com as crianças?

— Eles não dormem, senhor. Lizzie está agitada, chamando a mãe, e o bebê... tomei a liberdade de chamar uma ama-de-leite, mas ainda assim...

— Traga-os para cá. — A moça chegou a arregalar os olhos. Por mais diferentes que seus patrões fossem, homens nunca gostavam de cuidar de bebês. Ele repetiu a ordem suavemente ao notar sua hesitação. — Vá, Angelina, traga as crianças. Ficarei com elas.

A ama assentiu e correu para atender a ordem recebida. Minutos depois, trazia Lizzie pela mão e Luc no colo. Mark tomou o filho nos braços e deu a mão à enteada.

— Venham, meus filhos, vamos ficar juntos.

— Papai, quero minha mãe!

— Eu também a quero, Lizzie — ele acomodou o bebê no centro da cama e a garotinha ao lado dele — por isso vamos ficar os três juntinhos aqui e rezar para que a encontremos logo, está bem?

Lizzie assentiu em silêncio, enquanto Luc apenas choramingava, ainda irritado.

Com delicadeza, Mark deitou-se ao lado dos filhos. Passou o braço protetor sobre ambos, aconchegando-os junto a si, sentindo que pelo menos uma parte de Radegund estava com ele. Aquela parte que lhe daria forças, que não o deixaria duvidar, que faria com que ele revirasse o mundo do avesso até trazer sua mulher de volta para casa. Embalado pela respiração serena de Lizzie e pelos balbucios de Luc, Mark finalmente conseguiu adormecer.

Ghalib andou de um lado para o outro diante da porta do aposento. Havia dois dias que a mulher estava estirada naquela cama, sem dar nenhum sinal de que despertaria. Naquele espaço de tempo, muito pelo contrário, só fizera piorar. Tanto que, desde a madrugada, um médico estava confinado ali dentro junto com ela e também com a velha criada que a assistia. Mandara buscar especificamente aquele homem por ter como manipulá-lo e mantê-lo em silêncio a respeito de sua inusitada hóspede.

Impaciente, deu outra volta pelo corredor. Ainda não entendia o porquê de sua própria preocupação com o estado dela. Revirara no leito boa parte da noite, imaginando que, talvez, quando acordasse, ela estivesse morta. Até que, irritado e sem sono, fora para seu gabinete, onde relera a mensagem que chegara no fim da tarde anterior, vinda dos faróis. Mais aquela!

Boemund de L'Aigle voltara de Deus sabia onde para reclamar a mão da noiva. Imbecil! Quem ele pensava que era? Jamila iria se casar com o sobrinho do marechal de Messina. Isso era indiscutível. Precavido, despachou mais alguns homens para vigiar a casa de Jamila, em Catania. E assim que a baronesa de D'Azûr decidisse se viveria ou morreria, ele pessoalmente daria um jeito em Boemund de L'Aigle.

Irritado, fez meia volta, notando que o sol começava a despontar no horizonte, colorindo o Mediterrâneo e o casario à beira-mar. No mesmo instante, a porta do aposento se abriu. Um homem grisalho, um pouco encurvado e de aparência cansada saiu por ela.

O médico se aproximou receoso, conhecedor da reputação de Ghalib e de seu mau-gênio. Sem erguer a cabeça para encará-lo, começou, entre respeitoso e preocupado.

— Meu senhor...?

— Sim.

O médico permanecia parado na frente dele, hesitante.

— A mulher... descobri o motivo da febre alta. Não é somente o ferimento...

Ghalib caminhou na direção do médico, que tentou não deixar transparecer no rosto o quão apreensivo ficava diante do olhar tão frio.

— Mostre-me.

Os dois entraram no aposento, que recendia a ervas, velas e remédios. A velha que ficara ali a noite inteira, agora dormitava tranquila num divã, a poucos passos da cama. Ghalib observou, através do mosquiteiro, a mulher que continuava inerte sobre os lençóis. Toda aquela força, toda aquela energia voluntariosa fora drenada de seu corpo. Os círculos escuros sob os olhos, os lábios um tanto pálidos e entreabertos, denunciavam a imensa fragilidade e vulnerabilidade daquela que se mostrara uma formidável adversária. Ghalib quase lamentou que ela estivesse tão mal. *Quase.*

Afastou o mosquiteiro e observou-a com atenção. A fronte suada e vermelha denunciava a febre que a acometia há dois dias. O médico também se aproximou dela e tocou a ponta do lençol que cobria seu corpo. Hesitou um instante e puxou o tecido um pouco para baixo, revelando a vermelhidão que se espalhava pelo alto dos seios.

— Diga-me, senhor Ghalib. Sabe se esta mulher estava amamentando?

Apesar de surpreendido pela visão, Ghalib fez um esforço de memória. Não se interessava por essas coisas femininas. Mas se lembrava de vê-la com um bebê nos braços. Talvez ela própria o amamentasse, ao invés de usar uma ama de leite. Nenhuma excentricidade seria pequena demais no que dizia respeito àquela família.

— Acho que sim. — Deu de ombros. — Mas o que isso tem a ver com a febre?

— Vê a vermelhidão? — Ele apontou — quando a mulher não alimenta seu filho, o leite se torna um humor maligno[29] no corpo e causa febre.

— E isso é grave? — Nem Ghalib entendeu a apreensão na própria voz.

— Tentarei tratar com compressas e fazer a febre baixar. Usarei casca de salgueiro, matricária e camomila. E quanto a isso — ele puxou mais um pouco o lençol, revelando linhas finas e esbranquiçadas, antigas cicatrizes que cobriam parte do tórax e do abdome da mulher deitada no leito — o que houve com ela?

O olhar de Ghalib vagou das cicatrizes para os seios e o tronco de curvas suaves. Era uma beleza diferente, quase agressiva. Misturava o desenho de um corpo feminino com músculos poderosos e definidos. Faziam com que se lembrasse de uma vigorosa leoa. Controlou o calor que lhe subiu ao sangue antes de responder.

— Não sei.

O médico olhou de forma significativa para a mulher. Também tinha muitas outras cicatrizes; nas costas, nos braços, nas pernas, até nas mãos. Marcas de cortes, escoriações e de pontos malfeitos, como nos inúmeros soldados de que tratara. Um súbito lampejo passou pela mente do médico. Os boatos da véspera, que se espalhavam por toda Messina como fogo num palheiro, ecoaram em seus ouvidos.

"A baronesa desapareceu..."

"Al-Bakkar está como louco..."

"A mulher que foi mercenária no Outremer..."

— Senhor!

Ghalib notou o exato instante em que o médico tirou as próprias conclusões a respeito da identidade da enferma. Não respondeu ao olhar interrogativo do homem. Apenas passou por ele e cobriu a incômoda nudez da mulher. Em seguida, ainda de costas para o médico, falou numa voz desprovida de qualquer traço de emoção.

— Tem família, mestre?

— Sim, minha filha, seu marido e minha neta moram comigo, em Messina.

Ghalib voltou-se para o médico e seus olhos estavam mais frios do que nunca.

— Pois seu silêncio comprará a vida deles.

O semblante respeitável do homem empalideceu.

— Senhor! Eu não...

— Meus homens o acompanharão até sua casa e ficarão lá, caso eu necessite de seus serviços novamente. Está dispensado.

— Tome, Angelina — Mark passou seu pequeno fardo para as mãos da ama, com todo cuidado — ele dormiu.

A moça apanhou o bebê e acariciou os cachinhos negros. De olhos baixos, indagou.

— Alguma notícia, *messire*?

— Não. Nada. — Ele se voltou e olhou para o mar lá embaixo. Os pescadores recolhiam as últimas redes e o vai e vem das mulheres da aldeia pela praia era incessante. A despeito de tudo, a vida ia seguindo seu curso normalmente enquanto a dele ficara em suspenso. Parara na última vez em que estivera com Radegund. Virou-se de novo para a ama — e Lizzie?

— Está no jardim interno, entretida com seus brinquedos.

O administrador da *villa* pigarreou à porta do gabinete e pediu licença.

— Senhor...

Mark dispensou a ama com um aceno e direcionou a atenção para o antigo criado.

— Fale, Iohannes.

— Os homens estão prontos para partir. Mestre Hrolf o aguarda no pátio.

— Aquele louco! Ele ainda insiste em ir conosco?

— Sim, *messire* — o criado assentiu — apesar de ter chegado com febre das buscas de ontem, disse que irá de qualquer jeito.

Com um suspiro cansado, Mark apanhou a cimitarra e prendeu-a ao cinturão. Em seguida, calçou as luvas e avisou a Iohannes.

— Cuide de tudo. E mande alguém ao farol saber notícias do Freyja. Eles devem estar para chegar.

— Voltará hoje, senhor?

— Não sei, Iohannes. Tudo vai depender do que eu descobrir. Reze para que eu a encontre. Ou pelo menos, algo que me leve a ela, a alguma notícia dela.

Abdul aguardou com calma, e também com um toque de satisfação, que a explosão de fúria de Ghalib cedesse. Com os braços cruzados sobre o peito, recostou-se numa das sacadas do gabinete. Observava o meio-irmão descarregar a ira sobre um de seus espiões. Era extremamente prazeroso saborear essas pequenas derrotas de Ghalib. E desta vez ele fora ludibriado por um joão-ninguém, por um de seus mais reles peões. O desagradável daquilo era saber que, fatalmente, ele seria escalado para fazer o serviço no qual os outros haviam falhado.

— Suma daqui, infeliz! — Berrou Ghalib para o subordinado, que recuou de costas até quase bater na parede e depois saiu apressado — incompetentes! — Continuou o outro em sua explosão — estou cercado por um bando de incompetentes! — Fez uma pausa e bufou. Em seguida, com a voz menos alterada, chamou — Abdul!

De uma forma quase indolente, ele caminhou para dentro do gabinete.

— Sim?

— Encontre o cavalariço. Se o imbecil abrir a boca, tudo irá por água abaixo.

— E o que deseja que faça com ele quando o encontrar, Ghalib?

— Mate-o.

Assentindo em silêncio, com um meio sorriso ainda a brincar nos lábios, o guarda-costas de Ghalib tomou o caminho da rua e seguiu o rastro de Noel.

CAPÍTULO
VII

"Brilho... E a noite depois! —
Fugitiva beldade
de um olhar que me fez nascer segunda vez,
não mais te hei de rever senão na eternidade?
Longe daqui! Tarde demais! Nunca talvez!
Pois não sabes de mim, não sei que fim levaste."

A UMA PASSANTE, CHARLES BAUDELAIRE

ARREDORES DE TAORMINA, SICÍLIA

cho que temos que mudar a estratégia, Bakkar — Hrolf se sentou numa pedra e observou o sol se pondo no horizonte. — Reviramos toda a costa, fomos além de Taormina e nenhuma pista da ruiva. Ninguém sabe nada, ninguém viu nada. Nem seu corpo...

Hrolf não terminou a frase. Dois punhos o agarraram pelo colarinho e puxaram-no para cima.

— Não há corpo porque ela *está viva*, Brosa! E se não consegue enfiar isso na sua cabeça, pode voltar para Messina!

— Ei! — Ele segurou os punhos que prendiam o tecido de sua roupa, enquanto Ernoul e Walter apartavam a discussão — estou do seu lado, Bakkar! Esfrie a cabeça! Desejo tanto quanto você encontrar a ruiva sã e salva!

O outro não se conformou.

— Então pare de falar como se ela estivesse morta!

Afastando-se um pouco do mestiço, Hrolf ajeitou a roupa e retrucou, com o semblante fechado e a voz soando amarga.

— Você tem todo direito de acreditar, Bakkar. Mas eu sei o que vi e tenho meus pés bem plantados no chão! Não me restou fé, nem esperança em surpresas boas. Sinto muito pelo que aconteceu. Mas precisamos ser realistas. A possibilidade de sua mulher estar morta é um fato que você tem que aceitar. Porém, a probabilidade de Radegund estar viva também existe...

— E o que sugere, Brosa? — Interrompeu Mark, com uma ponta de acidez na voz, que Hrolf deliberadamente ignorou.

— Você é muito famoso. Seu nome e seu dinheiro espantam os ratos do submundo. Acho que as pistas sobre o que aconteceu a Radegund não estão ao longo da costa e sim, em Messina. Deixe-me investigar sozinho. Afinal, sou perito em encontrar coisas e pessoas perdidas. Essa é a minha profissão.

Mark passou as mãos pelos cabelos, deixando-os ainda mais desalinhados. Balançou a cabeça num gesto de impaciência e perguntou.

— E o que espera que eu faça nesse meio tempo? Fique sentado, de braços cruzados, esperando Radegund entrar pelos portões e dizer: *olá, Mark, cheguei*?

— Óbvio que não. — Hrolf caminhou até onde estava o mestiço e colocou uma das mãos em seu ombro — sei o quanto ama Radegund. E naturalmente não esperaria que ficasse passivo, aguardando os acontecimentos. Se assim o fizesse, eu estranharia. Não seria o mesmo homem que vi em Svenhalla, arrancando-a dos braços da morte. Por que não pede ajuda àqueles seus *amigos* influentes? Talvez seus espiões tenham alguma informação.

Mark sabia que Hrolf falava da Sociedade. Ele não havia acionado nenhum de seus contatos por se tratar de um assunto pessoal. Não queria misturar os assuntos da Sociedade com os seus. No entanto, Radegund já prestara grandes serviços ao grupo. O dinheiro de *ambos* financiava um grande número de agentes espalhados do Norte do Sacro Império ao Cairo. Ponderou sobre o assunto e tomou sua decisão.

— Pois bem, Brosa. Tem salvo-conduto para agir em Messina. Use os recursos que forem necessários — tirou seu anel de sinete e deu a Hrolf — apresente isso a Iohannes e diga-lhe que forneça os fundos que precisar. Compre, suborne, chantageie, coaja, faça um acordo com o próprio Diabo! Mas ache uma pista. Walter — o soldado se aproximou, sério —, vá com Hrolf.

O homem assentiu. Hrolf indagou a Mark.

— E quanto a você?

— Daqui até Naxos será pouco mais de uma hora a galope. Lá existe um local de onde poderei fazer alguns contatos — estendeu a mão para o rastreador — boa sorte, Brosa.

Hrolf apertou sua mão com firmeza.

— Para nós dois, Bakkar.

MESSINA, SICÍLIA

Noel esgueirou-se pela porta dos fundos da espelunca. Uma das muitas onde se ocultara nos últimos três dias. Tomou cuidado para cobrir a cabeça com o manto que roubara de um mendigo. As moedas que recebera do tal Ghalib ao cumprir o trato de informá-lo sobre as idas e vindas da baronesa haviam sido perdidas numa mão errada de dados. E agora, para piorar sua maré de azar, o maldito usurário estava em seu encalço. Se o apanhasse, faria dele comida para os peixes, assim como fizera com Hamed e seu bando.

A notícia correra por todas as tavernas malcheirosas do porto, na noite do mesmo dia em que a baronesa desaparecera e em que seu hóspede estrangeiro fora ferido. O capitão egípcio e seu bando tinham sido dopados, degolados e atirados ao mar. Um velho marujo testemunhara o assassinato, oculto sob a lona de um bote, perto de onde ancorara o barco de Hamed. Ciente de que sua vida, àquela altura, não valia absolutamente nada, Noel tratara de desaparecer, escondendo-se nos becos e vielas, misturando-se com aqueles que viviam pelas sarjetas de Messina.

Cauteloso, atravessou a rua estreita e relativamente silenciosa àquela hora da madrugada. Com a proximidade da alvorada, até os beberrões mais resistentes começavam a ceder, despencando nos arredores das tavernas. Olhando por sobre o ombro, pensou estar sendo seguido. Apavorado, apertou o passo, agarrando o manto de encontro ao corpo. Dobrou uma esquina e olhou novamente para trás, respirando aliviado por não ver ninguém. Voltou-se para frente e colidiu com uma pessoa parada, vestida com cores escuras. Sentiu apenas a mão firme e feroz fechando-se em seu pescoço, arrastando-o para um canto escuro.

— Oh, Deus! Socorro... — gemeu, sentindo as pernas tremerem.

O rosto sisudo surgiu a sua frente sob a claridade tênue da lua crescente. Reconheceu Abdul, o mais fiel lacaio de Ghalib, seu implacável guarda-costas. Contavam-se muitas histórias a respeito de sua crueldade. Seu sorriso sinistro fez os dentes claros parecerem uma fileira de pérolas, frias e agourentas. Noel teria caído de joelhos, se as garras de Abdul ainda não estivessem em seu pescoço...

Abdul, depois de perambular por um dia inteiro no submundo de Messina, finalmente conseguira o rastro de sua presa. Paciente, jogara com seus temores; perseguira e acossara o rapaz até o encurralar num beco escuro. Seus olhos cintilaram na escuridão enquanto o antigo cavalariço de al-Bakkar, finalmente livre do aperto que ele impusera à sua garganta, encolhia-se no canto enlameado. Ainda em silêncio, Abdul sacou a faca do cinturão e sopesou-a calmamente na palma da mão. Um sorriso lento formou-se em seus lábios enquanto o garoto fechava os olhos, aterrorizado, certo de que seria degolado, assim como Hamed e seus homens o haviam sido.

Noel amaldiçoou a própria cupidez e o vício nos dados. Rogou o perdão de Nosso Senhor pelo que fizera à baronesa. Com o coração ribombando no peito, ciente de que sua hora havia chegado e de que nada o salvaria daquele demônio de olhos amarelados, sentiu algo bater em seus pés. Gemeu. Na certa, o maldito o torturaria antes de matá-lo. No entanto, o tempo passou e o golpe fatal não veio. Trêmulo, abriu um olho e vislumbrou o sinistro lacaio de Ghalib encarando-o com expressão de desprezo. A voz dele soou fria, as palavras surpreendendo.

— É um rato até na hora de morrer — ele empurrou algo com a ponta da bota e só então o garoto viu a faca aos seus pés — desapareça de Messina, se quiser ficar vivo. E pense duas vezes antes de se meter de novo com pessoas como Ghalib. — Abaixou-se e pegou o rapaz pelos cabelos, olhando-o dentro dos olhos. — Caso fale algo sobre esse nosso *encontro*, eu mesmo arrancarei sua língua antes de matá-lo. Entendeu?

Ainda tonto e apavorado, Noel custou a assimilar o que acontecia.

— Si-sim... mas...?

Abdul largou-o, ergueu-se e limpou as mãos, como se o jovem fosse algo infecto demais para que o tocasse. Tirou uma pequena bolsa do cinto e jogou-a no chão, diante dele. As moedas tilintaram.

— Pegue isso. E suma. Agora.

Sem necessidade de mais incentivos, Noel agarrou a bolsa e rastejou na lama. Escorregou um par de vezes e depois sumiu nas sombras de Messina.

Com um sorriso nos lábios, Abdul caminhou serenamente para fora da viela. Apostava todo seu ouro no vício de Noel. Em breve, ele faria exatamente o que esperava que ele fizesse. Satisfeito, chegou ao porto e aspirou profundamente o cheiro da maresia. Uma complexa engrenagem fora posta em movimento. Nada poderia detê-la.

Abdul não esperava que os acontecimentos se precipitassem tão velozmente. Não esperava que aquilo que desencadeara produzisse efeitos tão rápidos. E jamais previu que os fatos tivessem consequências tão surpreendentes. Montado em seu cavalo, diante do porto de Messina, ele mais uma vez se perguntava se aquilo que chamavam de *fortuna* não estava a rir de sua ingenuidade ao pensar que poderia encaminhar os acontecimentos ao seu bel-prazer.

Enquanto segurava a mulher desacordada e febril no colo, sua mente retornava ao instante em que o mensageiro entrara na casa de seu meio-irmão, trazendo notícias preocupantes.

— Isso é impossível — grunhiu Ghalib, diante do mensageiro que acabava de chegar do gabinete do *iustitiarius* de Messina —, quem enviou esta mensagem?

— O próprio *iustitiarius*, senhor — respondeu o homem, de olhos baixos.

Lançando um olhar para Abdul, Ghalib dispensou o mensageiro com um gesto e sinalizou para que fechasse a porta atrás de si. Só então falou.

— Al-Bakkar deve ter conseguido, de alguma forma, convencer o *iustitiarius* de que estou envolvido no desaparecimento da mulher. — A resposta de Abdul foi apenas um franzir de cenho. Ghalib prosseguiu, a voz transbordando contrariedade — subestimei a influência daquele homem e superestimei minha própria posição.

— Qual é exatamente o teor da mensagem? — indagou Abdul, servindo-se de um copo de vinho — não acredito que tenha sido tão direta.

— Obviamente que não, meu bom Abdul — ele torceu o nariz e se sentou. — O *iustitiarius* apenas me informa a respeito do inquérito que foi instaurado para esclarecer as circunstâncias do ataque e do desaparecimento da mulher de al-Bakkar. Ele pede, gentilmente, que eu compareça ao quartel para, na condição de cidadão ilustre e bem informado, auxiliar na coleta de informações.

— Não vejo problema nisso.

— Mas eu vejo, Abdul. Não percebe que, em circunstâncias normais, eu *jamais* teria meu nome ligado a este incidente?

DOIS DIAS ANTES...

Hrolf fez uma careta ao mover o braço e sentir uma fisgada no ombro ferido. Equilibrou-se melhor no banco no qual faltava uma das pernas, olhando desanimado para a caneca cheia de cerveja fraca e de aparência suspeita. Em seguida, ergueu os olhos na direção do jovem que se sentara com ele. Bem, na verdade, ergueu um olho, já que o outro estava escondido sob um tapa-olho, parte de seu disfarce. Este contava também com um manto esfarrapado, calças remendadas e imundas e cabelos desgrenhados.

Sorriu de modo desafiante ao jovem. Seu rosto era repleto de marcas de varíola; ele já o vira antes na casa de Bakkar. Era o mesmo garoto que tentara roubar uma égua e que fora expulso por Radegund quando ele e Bakkar estavam em Siracusa. O mesmo cheiro que sentira na noite em que passeava pelo pomar e notara alguém rondando a *villa*.

— Perdeu tudo, garoto — ele arrastou para si as moedas de cima da mesa. — Desejo-lhe mais sorte da próxima vez.

Noel deu um lamentoso gemido e emborcou toda a cerveja de sua caneca.

— Sorte, bah! — Limpou a boca na manga da camisa puída e imunda — acho que toda a sorte da minha vida se foi há uma noite atrás.

Hrolf encheu a caneca com a cerveja do jarro e empurrou-a na direção do jovem. Sua intuição lhe dizia que ele tinha uma boa história para contar. Afinal, alguém que andava coberto de andrajos não poderia ter uma bolsa tão recheada como aquela que ele trouxera para a mesa de dados.

— O que houve há uma noite? Outra rodada perdida?

— Acreditaria se eu lhe dissesse que foi uma rodada ganha? — A voz dele soava engrolada — num minuto, eu estava lá, na lama, pensando que não tinha mais jeito, que estava tudo acabado... — fez um gesto significativo com a mão junto ao pescoço e continuou — depois, num passe de mágica, sem mais nem porque, aquele demônio me deixou ir.

— Um *demônio*? — Hrolf colocou mais cerveja para o jovem. A história, que a princípio não fazia sentido algum, o deixou em alerta.

— Sim, o demônio de olhos amarelos. Ele é sinistro. Faz tudo o que Ghalib manda...

O rastreador teve que se conter para não pular de entusiasmo. Parecia estar chegando ao fio da meada. Um cavalariço revoltado com os antigos senhores e viciado nos dados, o todo-poderoso Ghalib e sua rixa pessoal com Radegund... quase podia sentir o peixe puxando o anzol.

— Você fez alguma coisa que esse... como é mesmo o nome dele?

— Ghalib.

— Sim, fez algo que esse Ghalib não gostou?

— Há! O pior é isso! Eu fiz um favor ao maldito e a paga que recebi... — Noel balançou a cabeça e bebeu ainda mais — dizem que foi ele quem mandou dar fim a Hamed e seus homens. Não que eles fossem grande coisa, mas... era um maldito pirata honesto. Maldita a hora em me meti com essa gente...

— É, às vezes damos um mau passo, camarada. — Incentivou Hrolf.

— Sim. Se arrependimento matasse... — ele fitou seu interlocutor já com os olhos embaçados pela bebida. Incerto, foi inclinando a cabeça sobre a mesa e resmungando — eu não devia ter falado sobre a baronesa.

Hrolf permaneceu impassível até que Noel adormecesse. Depois, agarrou o rapaz pela túnica, atirou-o ao ombro, deixou uma moeda sobre a mesa e saiu da taverna com destino a casa de Mark al-Bakkar.

Noel acordou engasgando e cuspindo a água fria que fora atirada sobre sua cabeça. Esfregando os olhos e praguejando, levantou-se meio trôpego apenas para se deparar com um grande homem moreno, vestindo calções e sem camisa, parado diante dele. Ao seu lado, o seu parceiro de jogo da noite anterior. Limpo e barbeado. Sem o tapa-olho. Engolindo em seco, o cavalariço murmurou uma prece ao se dar conta de que o homem moreno e com cara de poucos amigos era ninguém menos do que seu antigo senhor, al-Bakkar.

Agarrado pelo colarinho, Noel foi erguido do chão sem dificuldade pelo homem em questão, que rosnou.

— Vou perguntar apenas uma vez. E se não gostar da resposta, vou matá-lo lenta e dolorosamente. — A mão de Mark fechou-se mais ainda no tecido da túnica e sacudiu Noel — onde está minha mulher?

Pouco tempo, paciência e uma boa dose daquilo que Mark chamava de *persuasão*, foram os itens necessários para que Noel expusesse sua participação no desaparecimento de Radegund. No entanto, para o mestiço, aquilo não era suficiente. O fundamental ele não conseguira descobrir. Depois de pressionar o rapaz de todas as formas — incluindo pendurá-lo pelos pés no alto do promontório — chegou à conclusão de que a atuação dele se limitara à venda de informações a respeito da rotina de sua mulher.

Largando o desacordado Noel sobre um monte de feno, Mark voltou-se para Ernoul.

— Tranque-o, deixe-o absolutamente incomunicável. — Limpou a mão num pedaço de pano, avisando — vou me trocar e irei ao gabinete do *iustitiarius*. Alguma notícia do Freyja?

— Está em Siracusa, senhor. Alguma mensagem?

— Não — aproximou-se de um barril e jogou água na cabeça, nos ombros e nos braços, lavando-se. Depois apanhou a toalha que o soldado lhe estendia e falou — não quero que minha irmã saiba do que aconteceu por terceiros. Embora a notícia não seja segredo, tenho esperanças de que não chegue aos ouvidos dela antes de aportarem em Messina.

Pegando a camisa que deixara num gancho do celeiro, Mark lançou um último olhar a Noel e disse com desprezo.

— Leve esse rato daqui, Walter. Antes que eu perca a cabeça e o mate.

O soldado assentiu e saiu arrastando o rapaz desacordado pelo pátio.

O cavalo de Abdul remexeu-se de novo, impaciente ao sentir o cheiro do outro animal. Coberto com um manto escuro, Ghalib aproximou-se de maneira furtiva, interrompendo as reflexões do meio-irmão. Os cavalos seguiram a passo por uma pequena distância até chegar perto de uma das embarcações ali atracadas.

— Passe-a para cá — ordenou ele.

Emparelhando seu cavalo com o de Ghalib, Abdul passou-lhe o fardo com cuidado, sem se furtar a uma advertência.

— Este é um mau passo, Ghalib.

O outro ajeitou as dobras do manto sobre a mulher desacordada e retrucou.

— É um passo calculado. Tirando-a de Messina, reduzo as chances de al-Bakkar descobrir mais alguma coisa. Depois da minha conversa com o *iustitiarius*, hoje cedo, tive a certeza de que, de alguma forma, surgiu uma conexão entre eu e o incidente envolvendo a baronesa.

— E não crê que desconfiarão de algo com essa misteriosa viagem repentina?

— Não é repentina, nem tão pouco é misteriosa. Deixei claro ao *iustitiarius* que eu iria até Chipre tratar de negócios — sorriu cinicamente —, e coloquei meus recursos a disposição para ajudar nas buscas pela baronesa.

Abdul tentou sondar onde Ghalib queria chegar com tudo aquilo. Estava tendo tanto trabalho por causa daquela mulher! O que diabos tinha em mente?

— Por que simplesmente não larga essa mulher num canto qualquer para que al-Bakkar a encontre?

— Porque não sei se ela me reconheceu, Abdul! Além disso — olhou para o rosto pálido acomodado em seus braços —, tenho planos para ela. Caso sobreviva, naturalmente.

Abdul balançou a cabeça em desaprovação ao mesmo tempo em que, no íntimo, desejava fervorosamente que aquilo fosse o início da queda de seu prepotente irmão.

— Está obcecado, Ghalib.

O outro ergueu uma das mãos.

— Chega — ele apontou o navio veloz, atracado a pouca distância. — Está tudo pronto?

— Sim. Aguardam por você.

— Pois bem. Amanhã, volte para Catania. Continue vigiando Jamila e mantenha Boemund longe dela. Apesar deste incidente, estou certo de que o marechal manterá o compromisso de noivado com o sobrinho dele.

— É tão importante assim que Jamila se case com Saint-Gilles?

— Sim. — Ghalib controlou a impaciência do tordilho, puxando as rédeas com segurança — este negócio é fundamental para que eu consolide meu poder em Messina e obtenha uma posição confortável no Languedoc.

— E quanto a al-Bakkar? — Indagou Abdul, intrigado com a calma de Ghalib, que não se dava conta de que o determinado marido da baronesa estava em seus calcanhares como um cão raivoso. E ele dificilmente largaria o osso.

— Já providenciei uma *distração* para ele. — Ghalib tocou o peito, os lábios e a fronte com os dedos — *salam aleikum*[30].

— *Aleikum as salam*[31].

Conduzindo a montaria a passo, Ghalib foi em direção ao ancoradouro. Abdul deu-lhe as costas, tentando imaginar que distração era aquela da qual ele nada sabia.

Francesca atravessava o porto envolta numa pesada capa. Era noite e a quantidade de marinheiros bêbados e encrenqueiros por ali era espantosa. E apesar de estar habituada àquele mundo sórdido, ainda era uma mulher sozinha. Se não fosse o fato de necessitar daquelas ervas para ajudar uma de suas garotas a deitar fora uma criança indesejada, ela jamais cruzaria a cidade àquela hora da noite. Virava uma esquina quando um movimento suspeito chamou sua atenção. Recuou para as sombras. Observou dois cavaleiros se aproximando da área de embarque de um navio. Seria algo comum, se um deles não estivesse levando um fardo demasiadamente grande nos braços.

Um dos cavaleiros parou e, após uma breve conversa com o outro, apanhou o fardo que este lhe passava. Francesca podia jurar que aquilo era uma pessoa. O recém-chegado, que agora levava consigo o fardo, conduziu o tordilho para o lado do ancoradouro. O outro cavaleiro deu meia volta na montaria e sumiu nas sombras de uma rua deserta. O homem com o fardo parou no ancoradouro, apeou e, depois de entregar as rédeas do animal a um marinheiro que viera recebê-lo, subiu num escaler que partiu logo em seguida.

Intrigada, Francesca ainda observou o porto por algum tempo. Depois, deu de ombros e retomou o caminho de casa. Fosse o que fosse, não era de sua conta.

Impaciente, Mark andava de um lado a outro do gabinete, tendo como espectador de sua angústia um calado e taciturno Hrolf. Sentado numa das cadeiras, o rastreador olhava o mar além da janela, em cuja superfície refletia-se a luz da lua crescente. Aquela atmosfera tensa e pesada acabou por mexer com ele, com as lembranças ruins que guardava dentro de si. O drama de Mark ao se ver separado de Radegund e a extensão de seu amor pela mulher, faziam-no se recordar da tragédia de sua própria vida. De como a única mulher que amara fora arrancada para sempre, não uma, mas duas vezes dele. A primeira, quando morrera em Svenhalla. A segunda, quando soubera quem ela realmente fora.

Temendo se afogar no sufocante mundo que as lembranças invocavam, Hrolf fez menção de se levantar da cadeira. Interrompendo seu movimento e os inquietos passos de Mark, alguém bateu à porta.

— Entre — a voz do mestiço trazia todo o peso de sua tristeza e de seu cansaço.

Ernoul apareceu trazendo uma expressão sombria no rosto.

— *Messire...*

Algo no tom de voz do respeitável soldado fez com que o coração de Mark disparasse e com que Hrolf imediatamente se colocasse ao lado dele.

— Fale, Ernoul — o soldado hesitou. Ele se impacientou, elevando o tom de voz — fale de uma vez, homem!

— Um pescador do vilarejo vizinho. Ele... — olhou para Hrolf, hesitante. O rastreador leu as palavras não ditas nos olhos do soldado e colocou a mão com firmeza no ombro do amigo mestiço. Ernoul respirou fundo e prosseguiu — é melhor o senhor vir conosco, senhor. O garoto que trouxe o recado nos aguarda no pátio.

Suando frio, Mark olhou para o rastreador que simplesmente baixou os olhos. O mestiço empurrou a mão que se apoiava em seu ombro e rosnou.

— Não.

Duas horas depois, caminhando pela areia da praia, imaginando estar no centro de um horrível pesadelo, Mark seguia o pescador até uma casa de barcos, bem perto da linha d'água. Sob a luz dos archotes, carregados pelo filho do pescador e por um dos seus soldados, abriram a porta da cabana, sendo recebidos por um cheiro nauseante.

Estacando à porta, enquanto o filho do pescador entrava e encaixava o archote num suporte, Mark o viu. O volume estava coberto por um tecido. Fora colocado sobre uma tábua larga, apoiada em cavaletes, no centro da casinha. Com um gemido, apoiou-se no batente da porta.

— Oh, Deus...

— Bakkar — a voz grave de Hrolf soou atrás dele — deixe que eu vou. O pescador, penalizado, interveio.

— Encontramos quando puxamos a rede esta tarde. Mandei meu filho avisá-lo. Eu... — o homem hesitou um pouco e depois falou num tom baixo e sentido, retorcendo o gorro entre os dedos — faz quase uma semana e... eu lamento, *messire*.

Com o mestiço sem ação parado à porta da casa, Hrolf adiantou-se e caminhou até bem perto daquilo que mais temia ver. O corpo de Radegund.

Levou a ponta do manto ao rosto, tentando bloquear o odor da putrefação e aproximou-se mais. Reconheceu as roupas que Radegund usava no dia em que foram ao mercado. Olhou o emaranhado de cabelos avermelhados, embolados com algas, areia e sem o brilho das coisas vivas. Afastou um pouco os fios do rosto, mas nem precisava fazê-lo para saber que as feições decididas estariam destruídas pelo tempo, pelo mar e pelos peixes. O rastreador sentiu o coração endurecido amolecer diante daquela desgraça. Um nó fechou sua garganta.

— Deixe-me vê-la.

A voz de Mark, embargada e incerta, soou atrás dele. Recobrando-se, Hrolf virou-se para o amigo.

— Não faça isso, Bakkar. Ela...

— Saia da frente, Brosa. Quero ver minha mulher.

Parando ao lado do rastreador, Mark olhou sem ver o corpo inerte diante dele. Tudo o que sentia, além de um enorme desespero, era dor. Fechou os olhos e baixou a cabeça tentando imaginar o que faria dali para frente. Como seria sua vida agora que ela se fora, agora que seu último fio de esperança fora cruelmente destruído?

Sem uma palavra, virou-se para sair da casinha. Encostou a cabeça na parede de madeira e tentou vencer a sensação de sufocamento que o assolava. Fechou os olhos e concentrou-se na imagem de Radegund viva, ao seu lado.

Uma espécie de grito silencioso reverberou dentro dele, ao mesmo tempo em que uma forte rajada de vento varria o interior da casa de barcos e as areias da praia, agitando as chamas dos archotes. E um lampejo súbito, uma lembrança de algo há muito esquecido, acertou-o como um raio. Num ímpeto, voltou para junto do corpo e ordenou, surpreendendo a todos.

— Tragam luz aqui. Já!

Hrolf e outros homens entreolharam-se, mas fizeram o que ele mandava.

Tomando coragem, Mark levantou a massa de cabelos embolados, expondo a nuca do cadáver.

— Bom Deus — ele quase gritou, em meio a lágrimas de alívio —, eu sabia que você estava viva, garota! — Voltou-se para os outros — não é ela.

— Como pode ter tanta certeza, Bakkar? — Indagou Hrolf, descrente. — Veja as roupas, os cabelos...

Mark apontou a nuca da mulher morta. Mulher esta que não era a sua.

— Veja, Hrolf. Aqui não há nada. E Radegund tem três pequenas cruzes tatuadas na nuca. — Diante do olhar surpreso do rastreador, ele explicou — logo que chegou à Terra Santa e lutou suas primeiras batalhas, ela as fez, ainda quando usava os cabelos curtos como os de um rapaz. Era um costume entre soldados cristãos. Uma cruz para cada batalha vencida. — Afastou-se do corpo e falou, a voz já vibrando com a raiva contida — o que eu quero saber é por que alguém se deu ao trabalho de arrumar um corpo, vesti-lo com as roupas de minha mulher e fazer-me acreditar que ela estivesse morta. E seja quem for, juro que pagará caro pelo sofrimento que está causando aos meus filhos e a mim.

O amanhecer trouxe um tom avermelhado às águas do mar, fazendo o Mediterrâneo assemelhar-se a uma enorme superfície em chamas. O casco escuro cortava as ondas, impulsionado por duas grandes velas, totalmente enfunadas pelo vento favorável. Ghalib, apoiado na amurada, comparou aquele tom de vermelho aos cabelos da mulher deitada na cama estreita, na cabine logo abaixo dele.

Durante a madrugada, na qual a embarcação navegara rumo a Chipre, ela dera os primeiros sinais de que retornaria à consciência. Ouvira os gemidos baixos e observara as contrações do rosto pálido com uma estranha ansiedade. Mesmo sentindo o sangue ferver a cada vez em que a velha criada a erguia um pouco para refrescar seu corpo, revelando a pele clara, dizia a si próprio que o que valeria mesmo a pena seria a expressão da baronesa ao despertar e ver-se em suas mãos. Teria imenso prazer em demonstrar que tinha sobre ela, enquanto ela ali estivesse, fraca e indefesa, o poder de vida ou morte. Daria tudo para ver as expressões de raiva, arrogância e desprezo cederem espaço ao medo e as súplicas que ela faria.

— *Sidi*.

Ele se voltou para mulher encarquilhada que o conhecia desde a infância. E que lhe dedicava inteira lealdade.

— Diga, Fairuz.

— Ela está despertando.

Ghalib chegou à cabine tão depressa que nem mesmo se lembraria, se lhe perguntassem, do percurso que fizera. Parando à porta, deparou-se com aqueles olhos de um tom de verde absolutamente único. Meio erguida no leito, segurando o lençol branco que contrastava ainda mais com os cabelos desalinhados, ela o encarava fixamente. Um olhar tenso, profundo, acompanhado pela respiração rápida que fazia seu peito subir e descer rapidamente. Ele deu um passo para dentro e acenou para que a velha entrasse e fechasse a porta. Caminhou decidido e arrogante até parar diante dela. Durante todo esse tempo, os olhos dela continuaram fixos nos dele. Com um sorriso lento e estudado, ele se inclinou para frente, sentou-se na beirada da cama e indagou.

— Como vai, minha cara senhora?

Ainda com o olhar fixo em seu rosto, ela piscou; uma, duas vezes. Depois recuou um pouco, até apoiar-se no tabique[32], como se o esforço para se manter sentada fosse demais para ela. Apertando mais ainda o lençol de encontro ao corpo, a voz rouca e incerta pela falta de uso respondeu.

— Bem... eu acho... — houve uma pausa na qual o olhar dela passeou ao redor e depois prendeu-se nele novamente — onde... o que... quem é você?

Ghalib apertou a mão sobre o colchão. Seus ouvidos zumbiram. Teve ímpetos de gritar. Fez um esforço tremendo para emprestar um tom calmo a voz, para conter a satisfação que ameaçava brotar em seu íntimo, para refrear o júbilo que sentia diante das infinitas possibilidades que aquela pergunta abrira.

— Como assim?

Ela lhe pareceu insegura, como se aquilo fosse um sentimento ajustável àquela mulher.

— Não me lembro... — ela terminou a frase com o balançar da cabeça, dizendo com aquilo, muito mais do que as palavras.

Ghalib sentiu, mais do que se conscientizou, da decisão tomada. Foi um impulso avassalador, um plano arquitetado pelo mais puro oportunismo. Sua mão envolveu a dela, fria e algo trêmula. Endereçou-lhe seu sorriso mais suave. E embora modulasse a voz com toda a doçura que não havia dentro dele, não conseguiu ocultar, dos atentos ouvidos da velha criada, a nota de triunfo que acompanhou suas palavras.

— Esqueceu-se de mim — apertou suavemente a mão dela, como se lhe transmitisse segurança — cara esposa?

*Sors immanis
Et inanis,
Rota tu volubilis
Status malus
Vana salus
Semper dissolubilis
Obumbrata
Et velata
Michi quoque niteris
Nunc per ludum
Dorsum nudum
Fero tui sceleris.*

CAPÍTULO
VIII

"A tristeza, insensível, nos bebe todo o sangue."

"ROMEU E JULIETA",
CENA V. W. SHAKESPEARE

dia amanheceu sob um sol plácido, meio encoberto pelas nuvens e pelos rolos fumarentos que o vento soprava do inquieto monte Etna na direção de Catania. Apesar da preocupação com Boemund e seus homens, Jamila decidira ir ao mercado naquele dia. Era impossível deixar a administração dos recursos da casa apenas nas mãos dos criados. Walid lhe confidenciara que alguns deles afanavam desde sacos de farinha até preciosas medidas de canela. Sendo assim, e para evitar maiores prejuízos, ela negociara com o chefe dos soldados uma escolta para ela e para o casal de criados que a acompanharia às compras.

Cobrindo os cabelos com um recatado toucado cor-de-açafrão, Jamila apanhou a bolsinha com as moedas e atou-a à cintura. Deu uma última ajeitada na gola bordada do vestido discreto, apenas um tom mais escuro do que o toucado, e dirigiu-se ao pátio.

— Está tudo pronto, *signorina* — informou a criada.

— Obrigada, Paola — ela caminhou até a liteira puxada por um cavalo manso e acenou ao líder da escolta — vamos logo, antes que o sol fique quente demais.

Em pouco tempo estavam em meio ao burburinho do mercado. Jamila agarrava com força a mão da criada. Paola parecia bem habituada àquele tumulto. Mostrava desenvoltura negociando os preços aos gritos, numa fala rápida e quase ininteligível, com os vendedores de peixes, especiarias e outros artigos. Um homem deu um encontrão em Jamila, que teria caído se não continuasse segurando firmemente a mão da outra mulher. Caminhavam entre as pessoas, tentando alcançar a barraca que vendia frutas, quando outro esbarrão separou as duas. Angustiada, Jamila engoliu em seco. O coração acelerou e o suor frio escorreu por suas costas. Lutou para manter a calma. Tentou enxergar a criada, olhando por entre o povo.

— Paola!

Não queria sair de onde estava, mas o fluxo intenso acabou arrastando-a para longe do ponto em que se separara de Paola. Confusa, Jamila apertou as mãos e procurou um ponto de referência no meio daquela confusão. Enxergou a placa que pendia acima de uma porta de madeira, identificando a oficina do sapateiro. Segurando as saias, tratou de rumar para lá.

— Com licença... — ao mesmo tempo em que falava, forçava a passagem entre as pessoas que apinhavam o lugar. Penosamente, ia vencendo a aglomeração, até esbarrar nas costas de um sujeito alto que cheirava a cerveja — com licença...

Sua voz morreu na garganta quando o homem se voltou. A princípio, olhou-a com um misto de irritação e surpresa. Depois, com um sorriso lascivo que desfigurou ainda mais o rosto que deveria ter sido bonito no passado, falou.

— Ora, vejam só! Se não é minha adorável noivinha. — Boemund tomou uma das mãos geladas e beijou-a de leve — veio às compras, *signorina*?

Jamila puxou a mão, mas Boemund não a soltou. Ao invés disso, passou o braço pelo dela e começou a caminhar ao seu lado. Sua estatura e a largura de seus ombros, além de sua aparência sinistra, abriam facilmente o caminho entre a multidão. A custo ela conseguiu recobrar a voz, embora soasse trêmula.

— Boemund... co-como vai?

— Sentindo sua falta, *chèrie* — a outra mão dele pressionou a de Jamila, que estava presa entre o grosso antebraço e o corpo rígido — fiquei muito desapontado quando seu irmão rompeu nosso compromisso. Desapontado e inconformado.

— Eu... eu sinto muito, Boemund — ela baixou os olhos enquanto caminhavam —, também fiquei chocada quando ele me comunicou.

Dobraram uma esquina. Apreensiva, Jamila percebeu que se afastavam do mercado, indo em direção às docas. Uma área pouco recomendável de Catania, como todas as jovens de boa família bem o sabiam. Boemund prosseguiu com a ladainha, a falsa doçura da voz contrastando com o cinismo em seu rosto.

— Lamentável, minha pequena — ele parou sob o telheiro baixo de uma hospedaria decadente e virou-se de frente para a moça — no entanto, eu gostaria de saber se você teria se casado comigo se não fosse por seu irmão.

Jamila ousou erguer os olhos e fitar Boemund. Não pôde conter um estremecimento ao estudar com atenção o rosto marcado do homem no qual o garoto que ela conhecera se transformara. Se um dia houvera beleza ali, aquela cicatriz a maculara de forma permanente. Riscando o rosto da altura da têmpora até bem perto do queixo, fazia com que um dos cantos dos lábios ficasse sempre curvado para cima, dando ao rosto de Boemund um ar de crueldade. Os olhos dele, de um tom castanho claro, fitavam os dela, a espera de uma resposta. No entanto, tudo o que ela conseguia fazer era se perguntar se realmente se casaria com aquele homem que parecia grande e rude demais. Apesar de saber a resposta, disfarçou, baixando o olhar.

— Tínhamos um compromisso, Boemund. Era meu dever honrá-lo.

— Dever este que seu irmão convenientemente esqueceu — ele tocou o queixo dela com o polegar, erguendo seu rosto — porém, minha querida, nosso encontro foi a oportunidade trazida pela *buona fortuna* para remediarmos esta injustiça.

Algo naquelas palavras, e no tom de Boemund ao pronunciá-las, deixou Jamila mais alerta do que estava. Recuou um pouco, batendo contra a parede da hospedaria.

— O que quer dizer com isso?

— Ora, *chèrie*! Não é possível que seja tão inocente! — O aperto dos dedos dele em seu queixo se tornou mais forte e seu corpo quase colado ao dela, fazendo com que Jamila prensasse as costas contra a parede. Boemund prosseguiu. — Naturalmente pretendo libertá-la de sua "prisão domiciliar". E casar-me consigo diante do primeiro padre que encontrar.

Sem lhe dar tempo para responder, Boemund arrastou-a, puxando-a pelo punho, atravessando a rua na direção da taverna.

— Venha.

— Boemund — ela fez um esforço inútil para retardá-lo —, espere! Onde vai me levar?

Ele se voltou, o rosto fechado e os olhos espelhando sua excitação.

— Esperar pelo quê? Seus cães-de-guarda a encontrarem e a afastarem de mim? De jeito nenhum, Jamila — puxando-a com força, trouxe-a para bem perto, abraçando-a de maneira indecorosa — vamos até meu quarto, na taverna. Depois que eu a fizer minha, seu irmão não terá escolha e nós nos casaremos.

— Não! — Tentou inutilmente se desvencilhar do aperto — não pode fazer isso! — Ignorando-a, Boemund recomeçou a andar, enveredando por uma viela e dirigindo-se para uma taverna de aspecto sórdido. — Boemund! Se não me soltar, juro que começarei a gritar!

— Pode gritar, doçura. Acha que aqui — lançou um olhar significativo ao redor deles — alguém vai prestar atenção nisso?

— Talvez eu preste.

A voz grave vinda de trás de Boemund fez com que os dois se virassem rapidamente. E foi com enorme alívio que Jamila viu Abdul. Parado, tinha a mão pousada no punho da cimitarra e os olhos fixos nos de Boemund. Sua aparência cansada e o pesado manto denunciavam que acabava de chegar de viagem.

— Solte-a, L'Aigle.

— Ora, ora! O principal lacaio de ibn-Qadir. — Jamila foi colocada à frente dele, exposta como um troféu — ela é minha, bastardo.

Abdul não se dignou a responder. Ao invés disso, ordenou.

— Solte-a. Ou eu irei tirá-la de você.

O corpulento cavaleiro escarneceu.

— Verdade? Você e mais quem?

— Não preciso de mais ninguém para fazer isso, Boemund de L'Aigle.

Jamila tremia de medo. Presa pelas mãos grosseiras de Boemund, via a fúria crescente estampando-se nos olhos do meio-irmão. Ela o temia, mais do que gostava dele. No entanto, ele ainda lhe dava menos medo do que o próprio Ghalib. E ficava bem longe do pavor que Boemund provocava.

Notando o olhar suplicante de Jamila, Abdul resolveu agir. Num gesto rápido, sacou a adaga e lançou-a habilmente na direção de Boemund. A arma passou de raspão ao lado da cabeça do cavaleiro, cravando-se na parede atrás dele.

Boemund sentiu o deslocamento de ar junto à orelha. Logo depois veio a sensação de queimação, avisando-o de que fora ferido. Levou uma das mãos à orelha, sem soltar Jamila.

— Maldito demônio desgraçado!

— Largue-a — Abdul tirou um punhal do cinto — ou a próxima será direto num de seus olhos. Já viu que não erro, a menos que queira errar.

Encurralado, sem seus homens para defendê-lo, Boemund empurrou Jamila na direção de Abdul. A moça teria caído, se não fosse o braço cuidadoso do meio-irmão a ampar-lá. Sério, ele indagou.

— Está bem?

Ela só conseguiu fazer que sim com a cabeça, enquanto Abdul dirigia-se a Boemund.

— Sugiro que pegue seus comparsas e suma de Catania. O compromisso de Jamila com você foi rompido, L'Aigle. Fique longe dela. Ou arque com as consequências.

Comprimindo a mão contra a orelha ferida, Boemund rosnou.

— Ainda vai ouvir falar de mim, lacaio — endereçou um olhar especulativo a Jamila — e você também, pequena.

Sem dizer mais nada, deu as costas e sumiu na esquina.

Abdul fitou Jamila, ainda muito sério, e tomou seu braço.

— Venha. Vou levá-la de volta para casa.

No coração de Jamila ficou a pergunta. Seria eternamente prisioneira da vontade de outros homens?

MESSINA, SICÍLIA

Depois de brincar um pouco com os filhos, e de lhes assegurar que logo traria Radegund de volta para casa, Mark foi se sentar no gabinete. Redigia furiosamente mensagens e mais mensagens para seus inúmeros contatos nos dois lados do Mediterrâneo. Tinha certeza de que uma trama sórdida fora colocada em movimento, separando-o de Radegund. E tudo, absolutamente tudo, apontava para Ghalib ibn-Qadir.

Depois de lacrar todas as cartas e entregá-las ao secretário, recostou-se na cadeira e fechou os olhos. A imagem de Radegund surgiu instantaneamente, dominando seus pensamentos, absorvendo-o intensamente. Revia seu sorriso contido, seu olhar penetrante. Relembrava o sabor de seu beijo e a languidez de seu corpo na calmaria que se seguia logo depois de fazerem amor, quando todas as defesas dela estavam baixas e ela era apenas uma mulher; sua mulher.

Distraído, acabou cochilando, de tão exausto que estava. Acordou ao ouvir sua voz. Antes mesmo de vê-la, toda a saudade que sentia fez seu coração bater com força contra seu peito. Correndo em sua direção, Terrwyn, mais linda do que nunca, atravessou o tapete do gabinete e atirou-se em seus braços.

— Mark! — Ela o encarou. Os olhos, castanhos como os dele, brilhando com as lágrimas contidas — é verdade?

Ele a estreitou entre os braços, sentindo um pouco de alívio em seu coração oprimido. Deu-lhe um sorriso triste, acariciou-lhe o rosto com ternura e assentiu.

— Sim.

— Oh, Deus! — Ela o abraçou de novo — não é justo! Vocês mereciam um pouco de paz.

Abraçado à irmã, Mark tentava conter a emoção. E ao erguer o rosto, deparou-se com o olhar compreensivo de Björn Svenson, seu cunhado.

— Bakkar — o capitão estendeu a mão —, sinto chegar em tão má hora. Soubemos assim que aportamos.

— Não haveria melhor hora para tê-los aqui, Björn. — Mark manteve a irmã junto de si e completou — tem sido difícil...

— E as crianças, meu irmão?

— Sentindo demais a falta dela, assim como eu. Mas eu vou encontrá-la — sua voz passou de triste à determinada —, vou achar Radegund nem que tenha que ir ao inferno para isso.

— Conte comigo, cunhado — afirmou Björn, sincero. — O Freyja ficará equipado e de prontidão, caso precise dele.

Indicando as poltronas ao casal, Mark também se sentou e reparou que o cunhado mancava um pouco.

— Soube que se acidentou. O que aconteceu?

Terrwyn respondeu pelo marido.

— Ele caiu de um dos mastros do Freyja. O cordame arrebentou e por pouco sua irmã não ficou viúva.

Pelo tom que Terrwyn usou, e pelos olhares enviesados trocados pelo casal, Mark soube que havia muito mais naquela história. Decidiu, no entanto, que perguntaria outra hora.

— E minha sobrinha, onde está?

— Fiona ficou no jardim. Lizzie não me deixou passar adiante com ela. Queria ficar com a priminha!

— Deve estar enorme. Da última vez em que estiveram aqui, ela era praticamente recém-nascida.

— Está com quase dois anos — falou Björn orgulhoso — e, modéstia à parte, é linda.

Mark sorriu e seu olhar se abrandou. Sua voz soou carregada de ternura.

— Ficamos completamente dominados por estas criaturinhas, não é mesmo, cunhado?

— Sem dúvida. E Hrolf, onde está? Não o vimos quando chegamos.

— Ele tem se empenhado na busca de pistas. Tem sido incansável. Se não fosse por ele...

Terrwyn segurou a mão do irmão e indagou.

— O que achou dele, Mark? Acha que ele já superou o que houve?

— Não sei, Terrwyn. Hrolf é um enigma. Ele é muito reservado, praticamente não fala de si. No entanto, eu o achei muito amargo, descrente de tudo.

— A vida não foi muito boa para ele, não é, meu irmão? — Ela recostou no ombro de Mark e completou, quase num sussurro — e nem para você.

A resposta de Mark foi um olhar para seu cunhado, sentado em frente a ele. A tristeza nos dois pares de olhos castanhos tocou tão fundo o coração do capitão, que ele se levantou e foi à sacada olhar o mar, temendo afogar-se em tanta desolação.

FOZ DO SOMME, COSTA DO REINO DA FRANÇA, 26 DE JUNHO DE 1196

— Venha cá, Leila. — Ragnar esticou o braço e estendeu a mão, para depois erguer os olhos dos papéis e encarar a esposa — o que a preocupa? É algo com o bebê? Ou com a senhora Gunnhild?

Aceitando a mão do marido, Leila entrou. Fechou a porta e sentou-se no banco, junto a ele. Encostou a cabeça em seu ombro e suspirou.

— Nosso bebê está ótimo e eu não sinto enjoos. É a senhora Gunnhild quem me preocupa — voltou o rosto para ele —, ela não reclama de nada, mas percebo o quanto está pálida, a cada dia mais abatida. A doença a consome por dentro. Tenho medo de que...

Ragnar largou a pena sobre a mesa, interrompendo-a.

— Ei — a voz dele foi tão suave quanto o abraço que a atraiu, colocando-a em seu colo — não fique assim. Dará tempo, você vai ver. Estamos com vento a favor, navegando à toda vela. Logo estaremos em Messina.

— Ela precisa ver Hrolf, querido. Ele tem o direito de saber a verdade. Não é possível que, depois de tudo o que ele passou, até isso seja arrancado dele. Não é justo!

— *Liten*, ouça-me — ele segurou o rosto dela com uma das mãos, olhando bem dentro de seus olhos — estamos fazendo todo o possível. Não medi esforços ou recursos nessa empreitada, pois tenho Hrolf como a um irmão. Ele atravessou o mundo para impedir que eu fosse assassinado na Terra Santa, entre todas as outras coisas que já fez por mim, por todos nós. Se for a vontade de Deus que cheguemos a tempo, então, assim será. Não se amofine com aquilo que não podemos controlar, Leila.

Ela sorriu e o beijou, seus lábios tocando os dele com a leveza de uma borboleta.

— Tem toda razão. — Olhou nos olhos dele e acariciou os cabelos claros que pareciam fios de ouro — acho que me deixei dominar pela apreensão.

Um sorriso maroto desenhou-se na face de Ragnar, enquanto ele afagava o pescoço da esposa, notando que ela se oferecia a sua mão ronronando como uma gatinha.

— Sei de um modo especial de afastar essas preocupações de sua cabeça, pequenina — murmurou ele, junto à orelha delicada de onde pendia uma pérola.

— Hum — ela encostou a testa no ombro dele, deixando que os dedos longos massageassem os músculos de seu pescoço — o que seria?

Uma das mãos de Ragnar deixou seu ombro e passou a percorrer lentamente seu corpo, descendo pela cintura, passando pelo quadril até chegar à barra da saia. Dali, ele começou a fazer o caminho inverso, dessa vez sob o tecido, espalhando um rastro incendiário sobre a pele da esposa.

Sob as nádegas, Leila sentia seu homem pronto para tomá-la e fazê-la dele, para levá-la às alturas como só Ragnar sabia fazer. Acomodou-se melhor sobre suas coxas e ofereceu a boca para o beijo dele, que colou os lábios aos dela, tentando-os com vagar. A mão atrevida chegava agora ao alto da coxa, afastando os saiotes, encontrando a umidade dela. Leila gemeu quando os dedos se moveram de um jeito indolente, quase preguiçoso, ora aproximando-a do gozo, ora afastando-a.

— Trancou a porta, querida? — Ele sussurrou enquanto mordiscava sua orelha.

— Hum, hum. — Ela abriu um pouco mais as pernas, facilitando o acesso da mão que a explorava com suavidade — mas se continuar fazendo isso, todos saberão o que acontece aqui dentro.

— Por quê? — Indagou ele, enquanto baixava o corpete do vestido com a mão que não estava ocupada. Em seguida, seus dentes capturaram um mamilo ereto e sensível, provocando-o com cuidado. Leila deu um gritinho e depois murmurou.

— Estou dizendo... oh, céus!

A mão dele se tornava cada vez mais atrevida. Agora, havia um dos dedos dentro dela, invadindo-a, revelando-a para ele. Ergueu-se, levando-a junto. Em seguida, afastando os papéis de cima da mesa, colocou-a deitada, as pernas afastadas, as saias erguidas, o corpete aberto expondo os seios aumentados pela gravidez. Pronta para ser dele. Apoiou-se nas mãos, uma de cada lado dela e encarou-a com os olhos fulgurantes de paixão.

— Se tivesse a menor noção de como parece devassa nessa posição, sobre esta mesa, mulher! — Num gesto rápido, ele soltou as próprias roupas, inclinando-se sobre ela — vai me custar um trabalhão me conter para não machucar nosso bebê.

Leila mordeu o lábio e enlaçou-o com as pernas, fazendo seu membro roçar a entrada de seu sexo. Em seguida, tomou uma mecha dos cabelos claros na mão e atraiu-o para si.

— Eu pareço uma devassa? É o senhor quem tem a expressão impudica, meu marido! Venha logo e me mostre como apagar as preocupações de minha mente.

Ele queria mergulhar nela de uma só vez. Queria vê-la gemer e gritar por ele. Queria se perder no corpo moreno da mulher que amava como a vida. Mas, ao invés disso, deslizou para dentro dela bem devagar, saboreando a visão dos olhos cor-de-mel.

— Leila, meu amor — sua boca procurou a dela, sufocando os gritos de prazer com beijos devoradores.

As pernas macias o envolveram pela cintura, uma das mãos dele insinuou-se sob as nádegas, puxando-a para mais perto, permitindo que ele mergulhasse completamente no calor dela. Movimentando-se em harmonia, embalados pelo balanço do navio, Leila e Ragnar perderam-se um nos braços do outro com a mesma paixão que os unia desde antes do casamento. E quando a tempestade de emoções amainou, Ragnar permaneceu dentro de sua mulher, acariciando o rosto suado e perguntando baixinho.

— Afastei suas preocupações, esposa?

Lânguida, ela o beijou, antes de responder.
— Totalmente, meu marido.

MAR MEDITERRÂNEO

— Oh, Deus!
Mais um espasmo acompanhou o gemido da mulher, que esvaziou o que restava em seu estômago na bacia de louça. A velha balançou a cabeça desgostosa e ajudou-a a se recompor, deitando-a depois nos travesseiros. Como se não bastasse Ghalib ter trazido a mulher doente para uma viagem daquelas, a pobre coitada ainda acordava no meio do mar descobrindo que sofria de enjoos.
— Tome isso — Fairuz segurou sua cabeça e fez com que bebesse a poção — e depois durma. Se continuar vomitando assim, vai acabar morrendo.
A mulher deixou cair novamente a cabeça no travesseiro e indagou com voz fraca.
— Onde ele está?
— Ele?
— Ele... o que disse que é meu marido.
Um brilho de contrariedade passou pelos olhos da velha, mas em sua voz nada transpareceu.
— Está com o capitão.
— Como ele se chama? O meu...
— Ghalib.
— Ghalib... — ela repetiu, tentando registrar o nome na mente vazia. Era horrível aquela sensação. Era como estar presa num abismo escuro, de paredes escorregadias de onde, por mais que tentasse, jamais conseguia escapar — e eu?
Diante da porta entreaberta, Fairuz se virou.
— O que tem você?
— Qual é o meu nome?
— Durma — ordenou impaciente, sem responder —, senão vai enjoar de novo.
Já na cabine de Ghalib, Fairuz esperou que o capitão se retirasse para só então falar.
— Ela me perguntou qual é o próprio nome. O que digo a ela?
Ghalib se levantou e parou à porta. Em seguida encarou a velha.
— Nada. Eu mesmo irei até lá.
Passando por Fairuz, a caminho da cabine, ele se deteve ao ouvir a voz da mulher.
— Joga um jogo perigoso, meu amo.
Ele sorriu e disse por sobre o ombro, antes de abrir a porta.

— Sei exatamente onde quero chegar.

Ele estava ali. Parado à porta, olhava para ela de forma insistente. Os olhos negros estudavam-na como se fosse um espécime raro, sem um pingo de calor. Faziam-na temê-lo, ao invés de gostar dele. *Seu marido.*

A palavra parecia tão deslocada, tão fora de lugar! Era algo inverossímil, esquisito; como dizer que o céu era verde. No entanto, ela estava ali, não estava? Vestida com nada mais do que uma camisola de cambraia, diante dele, partilhando de uma certa intimidade. E já que ele não parecia ser um médico, só podia ser aquilo que dissera ser. Seu marido.

— Fairuz falou-me de seus enjoos.

Ela juntou as mãos sobre o colo e olhou para ele, reclinada sobre os travesseiros. O comentário soava como uma reprimenda, como se fosse inadequado sofrer de enjoos.

— Desculpe-me — ela murmurou, acanhada —, estou dando trabalho. — Sua mão foi até a têmpora, onde havia um grande curativo — o que houve comigo?

Depois de hesitar um pouco, Ghalib caminhou até perto da cama. Sem deixar de olhar para ela, puxou um banco e sentou-se ao seu lado. Ao invés de responder ao que indagara, fez outra pergunta.

— De que se lembra, minha cara?

Se ele fosse um homem dado a sentimentalidades, naquele momento classificaria o que sentia ao ver o rosto dela como piedade. Os olhos ficaram anuviados, com uma tristeza profunda, que parecia vir de sua alma. A voz abafada disse simplesmente.

— Nada.

— Como *nada*?

— Não me lembro de nada. Sequer de meu nome.

— Laila.

O nome brotou tão naturalmente que Ghalib se chocou. Respirou fundo para conter a raiva de si mesmo por se deixar, por um segundo apenas, ser tragado pelas profundezas daqueles olhos tristonhos. E por escolher um nome que, sabia, combinava com a personalidade daquela mulher e com as trevas que envolviam sua mente[33].

— Laila... — ela repetiu em voz baixa, os olhos perdidos, como se saboreasse a palavra e tentasse adivinhar seu sabor, sua textura e suas ressonâncias. Depois, insistiu — ainda não me disse o que me aconteceu.

Ghalib estendeu a mão e tocou o curativo. Era tão interessante deixá-la naquele suspense. Era tão prazeroso exercer seu poder sobre a arrogante mulher que agora estava reduzida àquela pálida e frágil criatura sobre a cama!

Ela se encolheu com o toque. Ghalib ficou na dúvida se o recuo foi causado pela dor ou pelo medo. De qualquer forma isso o atingiu, irritando-o como a ferroada de uma abelha. Tornando sua resposta seca, quase ríspida.

— Sofreu um acidente. Uma queda do cavalo. Levou uma pancada violenta na cabeça, por isso se esqueceu das coisas. Até mesmo de mim.

— Eu... — ela retorceu as mãos, hesitante — eu sinto muito. — Olhou-o incerta — para onde estamos indo?

Ele foi lacônico.

— Para casa.

Ela parecia disposta a perguntar mais alguma coisa, porém, o navio jogou um pouco de lado e, imediatamente, uma palidez mortal, acompanhada de um suor frio, cobriu seu rosto. Fechando os olhos e encostando a cabeça nos travesseiros, ela gemeu. Aproveitando a oportunidade, Ghalib se levantou e falou.

— É melhor dormir. Amanhã nos falaremos.

Sem mais delongas, fechou a porta, deixando a mulher imersa na solidão do esquecimento.

MESSINA, SICÍLIA

Hrolf caminhou entre as mesas apinhadas de gente e, finalmente, encontrou um lugar num canto sossegado. A proprietária da Dama do Alaúde acenou para o estrangeiro, sinalizando que logo iria cumprimentá-lo. Em poucos minutos, Francesca colocava um jarro de cerveja sobre a mesa e sentava-se diante dele.

— E então, bonitão? O que vai ser hoje?

— Olá, Francesca. Acompanha-me numa caneca de cerveja?

— Faço-lhe companhia apenas — ela piscou —, tenho que ficar sóbria e atenta a esses malandros que frequentam meu estabelecimento.

— É uma boa política — ele sorriu, levando um pouco de calor às feições sempre sérias.

Francesca, que era uma boa conhecedora dos seres humanos, sabia que sob aquela dureza havia muito sofrimento. Via isso nos olhos cinzentos do estrangeiro. Sentira isso quando se deitara com ele. Naquela noite percebera, apesar dele ter sido um excelente amante, que só parte daquele homem estava com ela em sua cama. A outra certamente estaria escondida sob camadas e mais camadas de dor e tristeza. Se ela fosse outra pessoa, talvez até tentasse descobrir o que havia por baixo daquela armadura. No entanto... ela era o que era. Disfarçando o exame que fazia, Francesca cutucou os arranhões da mesa com as unhas e indagou.

— E a esposa de al-Bakkar? Alguma novidade.

— Ainda não. — Ele foi reticente. Viera ali em busca de ouvir os boatos e as conversas dos marujos bêbados. Sabia que as tavernas, independentemente de que categoria fossem, sempre eram uma prolífica central de informações — tem visto algo estranho, Francesca? Ou ouvido? Bakkar está recompensando qualquer informação.

Ela deu de ombros.

— Aqui tudo continua na mesma. Os mexericos são os de sempre. Falam que o alcaide gosta mais de seus cavaleiros do que de sua mulher, que certa dama foi vista com um jovem cavalariço, enfim... o normal em Messina. Aqui acontece de tudo, meu caro. Aliás — uma lembrança voltou à mente de Francesca —, vi algo estranho sim...

Um brilho atento surgiu nos olhos do norueguês.

— O quê?

— Há algumas noites, saí para buscar uns remédios para uma de minhas empregadas — ela relatou o que vira no porto em detalhes, só agora se dando conta das implicações daquele fato e ligando-o ao desaparecimento da baronesa de D'Azûr. Concluiu seu relato com várias indagações — acha que poderia ser ela? Que ela possa estar viva, que tenha sido sequestrada e não ter sido levada pelo mar, como estão dizendo por aí?

Levantando-se, Hrolf deixou uma moeda sobre a mesa.

— Acho não, Francesca. Tenho certeza. Bakkar certamente a recompensará pelas informações.

CAPÍTULO
IX

"Deixa-me o coração confiar no que suponho"

"SEMPER EADEM". CHARLES BAUDELAIRE

A esmeralda fria pesava na palma de sua mão, enquanto os elos de ouro enroscavam-se ao redor de seus dedos, brilhando sob a chama da única vela ainda acesa em seu gabinete. Mark olhava fixamente para as cintilações no interior da gema, indagando-se o porquê de tudo aquilo estar acontecendo com ele e com Radegund. Por que diabos eles não tinham direito a uma felicidade completa? O que fizeram de tão grave aos olhos de Deus para verem seus sonhos despedaçados daquela forma? Já haviam sofrido tanto em suas vidas, tinham lutado tanto para conquistar aquele amor!

Colocou Radegund em meu caminho. Fez dela parte de meu coração e de meu espírito. Por que tirá-la de mim agora?

A porta se abriu devagar, dando passagem a Hrolf Brosa, silencioso como sempre. Sem rodeios, o rastreador foi logo informando, arrancando-o daquele duelo íntimo com Deus.

— Encontrei uma pista, Bakkar. E muito quente.

Sob a luz da vela, um sorriso se desenhou no rosto moreno. Talvez Ele houvesse escutado suas preces.

Terrwyn atou os laços da camisola e caminhou até a cama, afastando as cobertas. Afofou os travesseiros e deitou-se na ponta do colchão, tomando cuidado de ficar bem longe do marido. Ficou quieta, em silêncio, os olhos abertos fitando a escuridão, ouvindo as ondas do mar se quebrando ao longe.

— Quanto tempo isso ainda vai durar, Terrwyn?

A voz de Björn soou atrás dela, num tom que exigia resposta. Mal-humorada, ela se virou, ficando de frente para ele, deitada de lado na cama.

— Vai durar até que me diga a verdade, Björn.

— Eu já lhe disse a verdade. Você não quis acreditar. Ainda por cima, mentiu para seu irmão hoje cedo. — Houve uma pausa desconfortável — por que disse aquilo?

Terrwyn se exasperou. Sentou-se na cama, encarando o grande vulto estendido no leito.

— E o que queria que eu dissesse a Mark, num momento como esses? Que meu marido está mancando porque machucou a perna ao cair da janela de um puteiro?

— Merda, Terrwyn! — Ele também se sentou — já disse que não estava lá em busca de prostitutas! Que diabo! Tem que acreditar em mim!

Fale baixo — sibilou ela —, não quero levar mais problemas para Mark. E não foi isso que os homens que levaram você desacordado ao Freyja me disseram. Todos o viram com a dona daquele... — a voz dela foi morrendo — e também viram quando você subiu para um dos quartos com ela. — Levantando-se da cama, Terrwyn andou de um lado para o outro do quarto — mentiu para mim, Björn. Disse que iria a terra tratar de negócios com nossos fornecedores. Oh! Não gosto nem de me lembrar! Juro que se não fosse por minha filha, eu teria desembarcado naquele dia mesmo!

— Terrwyn — Björn saltou do colchão e parou diante dela, ignorando a dor na perna convalescente — tem que acreditar em mim. Desde que nos conhecemos, não houve mais nenhuma mulher em minha vida, só você!

— Então o que fazia na sacada de *madame* Caroline?

Durante o silêncio incômodo que se seguiu à pergunta, apenas o som das respirações pesadas foi ouvido. Depois de segundos intermináveis, Björn respondeu, a voz soando cansada.

— Tratava de negócios.

Terrwyn empertigou-se em sua pouca altura. Engoliu a raiva e a mágoa que formavam um nó em sua garganta. Em seguida falou.

— Maldita a hora em que conheci você. Fique longe de mim, Björn Svenson!

Dando-lhe as costas, pisando duro, Terrwyn foi até as portas duplas e as empurrou, passando para a varanda. Tentava esconder as lágrimas. Como pudera se enganar tanto com o marido? Bem que Radegund lhe dissera, logo que conheceram Björn, que ele era um homem que não se prenderia a ninguém. Sua lua-de-mel até que durara muito! Idiota! Idiota! Ela era uma idiota por gostar tanto dele!

— Terrwyn.

A voz de Björn, vinda de muito perto, a sobressaltou. Involuntariamente, um arrepio percorreu seu corpo de cima a baixo. Ah, como se odiava por isso! Como odiava aquelas reações traiçoeiras que tinha quando ele estava perto dela. Aquela necessidade absurda de tê-lo em si, apesar da traição que lhe infligira, apesar da mágoa, apesar de tudo. Empertigando-se, e agradecendo a falta de luz que escondia sua perturbação, ela se voltou e respondeu secamente.

— O que é?

Björn se aproximou dela, encurralando-a contra a sacada. Colocou as mãos uma de cada lado dela, prendendo-a no exíguo espaço entre ele e a parede baixa.

— Não pode fugir de mim para sempre.

— Deixe-me, Björn. Eu não o quero.

— Mentirosa.

Ela podia jurar que ele sorria. O cretino sorria! Zombava dela e de sua fraqueza! Reagiu com fúria, contra si e contra ele.

— Desgraçado! — Esmurrou-o no peito, com os punhos fechados, sem conseguir fazer com que o marido recuasse. Pelo contrário. Ele a imprensou ainda mais contra a parede. E sem aviso, agarrou-a entre os braços rígidos, fortalecidos por anos na lida com o leme, o timão e os pesados cordames. Sua boca desceu pelo pescoço nu, arrepiando-a, enquanto ele dizia.

— Você se recusa a dormir comigo, Terrwyn. Foge de mim desde aquele dia. Não confia na minha palavra. Mas, diga-me — ele recuou um pouco, pegou a mão dela e, com certa rudeza até, levou até a frente dos calções, evidenciando a rigidez de seu membro — um homem que tem outras mulheres, estaria aqui, assim, ardendo por você?

Estava consciente da própria inocência, mas não podia revelar a ela os reais motivos de ter estado onde estivera. E maldito fosse aquele acidente! Não fosse seu descuido, ela jamais saberia!

— Pare — ela protestou, retirando a mão —, pare Björn!

— Não, Terrwyn — o desejo e o desespero transpareciam em sua voz — há meses que me evita. Você é minha mulher. É meu direito!

A voz dela soou gelada.

— Vai me forçar?

Afastando-se dela, como se tivesse levado uma bofetada, Björn fitou--a, incrédulo. E se defendeu usando de cruel ironia.

— Minha esposa, garanto que nenhuma das mulheres que tive precisou ser forçada a vir para minha cama. Muito pelo contrário. Todas as que lá estiveram, o fizeram de bom grado. Algumas até voltaram.

A mão dela o atingiu com toda força, estalando em sua face com a mesma intensidade da humilhação que ele acabava de impor a ela.

— Saia daqui!

Bufando, Björn procurou manter o autocontrole.

— Não, não sairei. — Em seguida, inspirou profundamente, antes de prosseguir numa surpreendente confissão — por diversas noites você me rejeitou, mulher. Em todas elas eu me vi ardendo por você, sozinho em minha cabine com uma garrafa de *akevitt*[34] por companhia — seus lábios desceram pelo pescoço dela, que se contorceu. Em seguida, a boca se aproximou de sua orelha. Ele prosseguiu, sussurrando — sabe o que um homem faz para aplacar seu desejo de forma solitária, Terrwyn? — O retesar do corpo dela junto ao dele respondeu à pergunta. — Sim, foi isso o que fiz nessas noites. Pensei em você. Desejei você. Minha esposa. Minha mulher. E você não me queria. Sabe o quanto me sentia amargo e vazio depois disso?

Quando ele ergueu o rosto e a encarou na escuridão, a voz de Terrwyn finalmente conseguiu ultrapassar a secura que pregara sua língua, sempre tão ferina, dentro da boca. Só lhe restava seu orgulho. Por ele, implorou.

— Não faça isso, Björn.

— Beije-me então, Terrwyn. Prove a mim e a si mesma que não me quer. Se não sentir nada com esse beijo, eu não a importunarei mais.

Ela se apavorou. Estaria perdida se aceitasse o desafio.

— Não. Solte-me.

— Nunca foi covarde, Terrwyn. É só um beijo.

Quando o beijo se tornou iminente, Terrwyn virou o rosto para o lado, rejeitando mais uma vez o marido.

— Não, Björn.

Magoado, o capitão se afastou dela bruscamente.

— Como queira, mulher.

Sem coragem de erguer o rosto, pois as lágrimas seriam uma prova de sua fraqueza, Terrwyn ouviu, pouco tempo depois, o som da porta do quarto se fechando. Björn a deixara em paz. Mas não era assim que ela se sentia.

A madrugada trazia para dentro de casa o cheiro da maresia e o barulho das ondas. Inquieto e insone, Mark entrou no gabinete em busca de algo para fazer. Porém, antes que fechasse a porta, um arrepio na nuca o alertou de que não estava só. Parado no escuro, esperou pacientemente por um sinal que denunciasse a presença de estranhos em sua casa. Não tardou a identificar uma sombra além da cortina que encobria a porta da varanda. Esta, curiosamente, estava aberta.

Com passos cuidadosos, foi naquela direção. Tencionava surpreender o gatuno quando, numa virada de jogo, foi surpreendido.

— *Com uma espada corto a cabeça da Hidra.*

A contrassenha fluiu automaticamente de sua boca.

— *Duas nascerão em seu lugar.*

A sombra saiu de seu esconderijo. Mais baixa do que ele alguns palmos, envolta num traje negro.

— Sua ausência foi muito sentida ontem em Siracusa, *messire.*

A voz da mulher tinha um timbre suave, modulado. Na penumbra do gabinete ele pode notar o quanto sua pele era pálida, como se refletisse e ampliasse a pouca luz que vinha dos archotes acesos no pátio, além das janelas.

— E a senhora, quem seria?

A mulher passou por ele e se sentou numa cadeira diante de sua mesa de trabalho.

— Adela de Albi, ao seu dispor, *messire.*

Mark franziu o cenho, sentando-se na cadeira atrás da mesa. Que a mulher era uma agente da Sociedade, ele não tinha dúvidas. Mas como ela entrara em sua casa e o porquê de estar ali, eram perguntas um pouco mais complexas.

— Senhora Adela — fez uma pausa, estudando-a na penumbra — a que devo a honra da inesperada visita?

— Vim para ajudá-lo, filho de Anwyn. — Aquela forma de tratamento o irritou. No entanto, nada disse, permitindo que a misteriosa mulher continuasse falando. — A Sociedade zela pelo bem-estar de seus membros, embora as necessidades do grupo estejam sempre em primeiro lugar. Porém, como o senhor e sua esposa já prestaram serviços inestimáveis à causa, toda a rede foi acionada assim que suas mensagens chegaram.

Ele acenou com a cabeça, incentivando-a.

— Prossiga, por favor.

— Pois bem, vou direto ao ponto. Até porque posso imaginar como deve estar sendo difícil para o senhor...

— Não — ele a interrompeu, amargo — a senhora nem pode imaginar. Ninguém pode. Minha mulher foi atacada, ferida e depois disso, desapareceu. Tentaram me fazer acreditar que ela estava morta. Há algumas horas, meu amigo Hrolf Brosa descobriu uma pista que aponta para um dos homens mais poderosos de Messina como sendo o autor do rapto. Só não consegui compreender ainda suas motivações. Enquanto isso... — ele se levantou, inquieto, andando pelo aposento. Adela aproveitou para admirar o físico perfeito, desenhado na penumbra. Era realmente um homem espetacular. Ele prosseguiu, irritado — enquanto isso, meus filhos choram a ausência da mãe e eu já não sei mais o que dizer a eles!

— Como ia dizendo, talvez eu tenha algumas respostas para lhe dar. Ghalib ibn-Qadir está com sua esposa. — Ele parou de andar e ficou rígido, de costas para ela, olhando pela janela. Adela prosseguiu — um de nossos espiões descobriu que um médico judeu foi atender, na casa de Ghalib, uma mulher alta, de cabelos vermelhos e com várias cicatrizes no corpo, há dias atrás. Ela estava desacordada, com um ferimento na cabeça.

O coração de Mark se comprimiu no peito. Era capaz de sentir o medo e a solidão que afligiam sua mulher.

— Radegund... — sua voz dele era quase um lamento.

— Sim, sua esposa. O homem e sua família foram ameaçados, o que justifica seu silêncio. Nossos contatos também relatam que sua esposa foi levada para Chipre.

Aí estava! O destino que o canalha tomara.

— Chipre? — Ele se voltou — por quê?

— Ghalib tem negócios por lá, além de amigos influentes.

— Pois bem — ele falou, decidido — amanhã irei para Chipre e trarei minha mulher de volta.

Adela fitou-o por um instante, mas nada acrescentou. Apenas se virou e caminhou até a porta. Parou com a mão na maçaneta e sobre o ombro, disse.

— Foi um prazer conhecê-lo. Boa sorte, filho de Anwyn.

MAR MEDITERRÂNEO

A escuridão era densa e pegajosa, como se estivesse atolada num pântano. Lutava para caminhar, para tirar os pés do chão, mas não conseguia. Tentava enxergar além do próprio nariz, mas nada via. O frio era intenso, vinha de dentro de sua alma. Deu um passo, depois outro. Uma voz cortou o ar. Então, essa voz se tornou duas, depois três... em pouco tempo, eram centenas de vozes, todas falando ao mesmo tempo, gritando, zumbindo. Parecia um tropel de cavalos. Agora, ela via. Sol. Abrasador. Ofuscante. Brilhava nas lâminas ensanguentadas, nas armaduras dos cavaleiros ao seu redor. A poeira e a fumaça cegavam-na, sufocavam-na. Uma rajada de vento levantou uma nuvem de poeira. Quando ela baixou, revelou um campo verde, coberto por flores miúdas, que se estendia a sua frente. Uma suave voz masculina falava com ela. Sentiu o cavalo se mexer entre seus joelhos. Olhou para ver quem falava com ela, mas não conseguiu vê-lo. A névoa envolveu tudo. O campo sumiu. A neve caiu sobre sua cabeça. Um abraço gelado e mortal a sufocou. Uma gargalhada sinistra soou ao redor dela. Uma mão a empurrou contra uma parede áspera. Sentiu o gosto do próprio sangue na boca. O rosto de um homem, contraído de ódio, surgiu diante dela. Sentiu-o rasgando suas roupas, machucando-a, gritando com ela. Sabia que ele ia...

— Não!

O grito soou na pequena cabine ao mesmo tempo em que seus olhos apavorados se abriam. A náusea a dominou de novo e, mais uma vez, precisou fazer uso da bacia ao lado da cama. Assim que se deitou de novo, com a camisola empapada de suor, a velha chamada Fairuz entrou na cabine, com a expressão assustada.

— O que houve, senhora? Ouvi seu grito.

— Foi um pesadelo.

Ghalib apareceu logo depois da velha, a silhueta elegante emoldurada pela estreita porta da cabine. Estava, como sempre, impecavelmente vestido e com a barba bem aparada. Sentiu-se de novo incomodada na presença dele. Supôs que fosse porque não se lembrava sequer de seu rosto, quanto mais do fato dele *ser seu marido*. Aliás, não se lembrava de nada.

Desconfortável, ajeitou-se na cama, puxando um travesseiro para cima e sentando-se recostada nele. Percebeu que o olhar de Ghalib ia diretamente para seu corpo, parando de maneira significativa na altura de seus seios. Baixou o rosto e, sem graça, tratou de ajeitar a camisola, que ficara entreaberta. Na certa tinha se revirado no leito durante o pesadelo. Ao segurar o tecido, porém, viu as marcas que cobriam sua pele naquela região. Linhas finas no vale entre os seios, várias delas. Havia também marcas nos punhos e nos antebraços, algumas simétricas. Ficou estática, por um longo tempo, olhando para as marcas como se elas fossem, magicamente, lhe contar algo sobre si mesma.

Ghalib notou que ela examinava, intrigada, as próprias cicatrizes. Previu a torrente de perguntas que viria logo a seguir e ordenou, com muita naturalidade, à velha Fairuz.

— Saia e deixe-me a sós com minha esposa.

A senhora lançou um olhar imperceptível a mulher sobre a cama. Respondeu, servil.

— Sim, amo.

A porta se fechou. Ghalib se sentou num banco ao lado da cama. Pela gaiuta[35] pôde notar que o sol subia lentamente sobre o oceano. Logo estariam em Neapolis, na casa de um de seus aliados. Esperaria que a mulher se recuperasse enquanto se divertia com a farsa. Quanto mais tempo durasse, quanto mais convencida ela estivesse, maior seria sua humilhação quando, finalmente, sua memória voltasse. Sentiu um prazer antecipado com sua vitória naquele jogo. Tinha tempo. Tinha muito tempo.

Al-Bakkar, àquela altura, teria encontrado o corpo da prostituta morta que ele lançara na costa, perto de Messina. Levaria um dia ou dois, mas as correntes certamente arrastariam o corpo até a praia. Com os cabelos ruivos e vestido com as roupas da baronesa, aliados a desfiguração causada pelo mar, a morte da senhora Radegund de D'Azûr estaria confirmada. Lamentavelmente, ele não estaria lá para ver a expressão no rosto sempre confiante do mestiço. Calmamente, sem deixar transparecer o que ia em seus pensamentos, Ghalib fitou a mulher nos olhos. Notou que ela respirava fundo, antes de indagar.

— O que aconteceu comigo?

— Já lhe disse. Um acidente.

— Não — ela tocou o próprio peito —, essas marcas, aqui e em meus braços. O que foi isso?

Inclinando-se sobre ela, tomou um dos pulsos na mão. Notou que ela novamente se encolhia sob seu toque, irritando-se com a reação. No entanto, deixou a máscara de gentileza sobre o rosto. Examinou a pele clara marcada por linhas esbranquiçadas. Havia uma marca mais profunda, que circundava todo o pulso, como se a mulher tivesse sido atada a grilhões. Pensou que não seria má ideia ter a baronesa de D'Azûr acorrentada numa cela. Mas isso seria desperdiçar uma oportunidade de derrubar al-Bakkar. E de acabar com a arrogância daquela que não se curvara diante dele e de seu poder, como toda Sicília o fazia.

Súbito, uma ideia se formou em sua mente. Quase sorriu. Era tão simples e tão perfeita, que se admirou de não ter lhe ocorrido antes. A explicação era muito lógica. Seria construída sobre mentiras verossímeis, comprovadas pelas cicatrizes e corroboradas pelo esquecimento que acometia a mulher.

Ergueu os olhos do pulso que segurava para o rosto dela, uma expressão de profunda consternação estampada na face. Emprestou suavidade à voz e disse, num tom carregado de desgosto que, por dentro dele, era puro triunfo.

— Laila, são lembranças muito tristes para você. Não creio que...

Balançou a cabeça e desviou o olhar do dela, numa perfeita encenação. Deixando no ar a explicação, estimulando-a a perguntar mais. E foi exatamente o que ela fez.

— Que lembranças? Por favor, eu lhe peço — surpreendendo-o, ela ergueu a outra mão e tocou seu rosto, fazendo-o olhar para ela. Um choque intenso o percorreu, tão impactante como se ela o tivesse estapeado. — Conte-me a verdade.

Por algum tempo seu olhar encontrou o dela. Mais uma vez aqueles olhos o fascinaram. No entanto, agora eles não carregavam mais a fúria que o provocara na primeira vez em que a vira. Ainda assim, Ghalib saboreou cada palavra que brotou de dentro de sua própria boca.

— O homem com quem foi casada antes de mim foi o responsável por isso — os olhos dela se arregalaram, aturdidos. Ele se controlou para não gargalhar — você o deixou, com a permissão do Santo Padre, pois ele era um sujeito terrível.

— Ele... fez isso? — Mostrou-lhe os punhos.

Ghalib deu um suspiro desolado e tomou a mão trêmula e fria na sua.

— Minha pobre Laila... sinto muito, mas, sim. Ele fez. Era um homem muito violento.

— Ele está morto?

— Infelizmente não — ele sorriu brandamente, tecendo sua teia de intrigas e mentiras —, ele está vivo e inconformado por tê-la perdido para mim. — Bem, *aquilo* não era uma mentira. Fez um pequeno suspense, antes de lançar sua mais alta aposta — ele também foi responsável por seu acidente e por você estar deste jeito.

A mão que segurava entre as suas tremia com intensidade. Quem diria! A insolente baronesa de D'Azûr parecia um coelhinho assustado à sua frente. Quando ela enfim falou, sua voz era apenas um sussurro.

— Como aconteceu?

— Ele a perseguiu, tentou raptá-la. Ao tentar fugir dele, você caiu de sua montaria. Chegamos a tempo, eu e meus homens, de salvá-la. Mas você havia se ferido gravemente. — Notou que ela ia fazer mais perguntas. Tratou de admoestá-la, cuidando para emprestar à voz um tom carinhosamente brando — agora chega de indagações, esposa. Descanse. Amanhã estaremos em Chipre.

Obediente, ela se acomodou sobre os travesseiros. Ghalib sorriu e se afastou da cama em direção à porta. Parou ao ouvir o chamado dela. Seu nome soava diferente naquela voz rouca.

— Ghalib — ele se voltou —, obrigada por me dizer a verdade.

Um sorriso condescendente desenhou-se no rosto dele.

— Não há de que, minha cara.

CATANIA, SICÍLIA

— Por favor, Abdul!
— De jeito, algum Jamila. Isso está fora de cogitação.

Diante do olhar impassível do irmão, Jamila deixou-se cair numa das cadeiras. Não suportava mais aquela vida de prisioneira em sua própria casa. Além disso, se fosse a Messina, poderia tentar falar novamente com Ghalib, procurar convencê-lo a romper o compromisso que ele lhe impusera.

— Abdul — ela recomeçou —, que mal haverá em irmos para a casa de meu irmão? Você não estará comigo?

— Seu irmão deu ordens para que permanecesse aqui, em Catania.

Oh, por que Abdul tinha que ser tão irredutível? Que argumento poderia convencê-lo...? Ela teve a ideia.

— Ghalib ordenou isso antes de Boemund tentar me sequestrar. — Abdul ergueu os olhos da adaga que examinava e fixou-os nos dela, em silêncio. Jamila prosseguiu — e se ele tentar de novo? E se ele vier aqui?

— Temos muitos guardas na casa, Jamila.

— Eu ouvi você dizendo aos soldados que ele tem muitos mercenários. — Ela se levantou e ajoelhou-se no chão, ao lado da cadeira dele — tenho medo dele, Abdul. No convento ouvíamos histórias horríveis sobre esses homens que lutam por dinheiro. Naquele dia, ele tentou...

Abdul notou que a jovem corava e baixava a cabeça, constrangida. Segurou sua mão e fez com que ela se sentasse novamente na cadeira.

— Jamila, mesmo que eu concorde em levá-la para Messina, seu irmão não está lá.

— Não?

— Não, ele viajou. A negócios.

— Mesmo assim. Não crê que é mais seguro em Messina do que aqui?

Abdul refletiu um pouco.

— De fato é.

— Então! Por favor, Abdul. Sinto-me encarcerada e apavorada. Ao menos sairei desta prisão. E mesmo que fique somente dentro de casa, em Messina tenho algumas conhecidas, que, assim como eu, moraram no convento.

Ele suspirou e depois sorriu. Não poderia deixar de atender à súplica contida nos olhos castanhos.

— Está bem, Jamila. Mas depois, se seu irmão se irritar com você, não diga que não avisei. Ghalib odeia ser contrariado.

Surpreendendo-o, a jovem se atirou sobre ele, abraçando-o.

— Obrigada, Abdul. Jamais esquecerei seu gesto.

Mesmo muito tempo depois da irmã ter se retirado, Abdul ficou sentindo o calor daquele abraço, talvez o primeiro carinho que recebia desde que era criança. Surpreso, percebeu que o gesto tocara profundamente seu coração endurecido. Suspirou e olhou o jardim, além das janelas. Desejou que, um dia, Amira o abraçasse assim.

CAPÍTULO X

"Da crueldade mais ignóbil
enchei-me até a saciedade."

"MACBETH", CENA 5, ATO I — W. SHAKESPEARE

MESSINA, SICÍLIA

errwyn olhou para Hrolf enquanto brincava com Luc, sentada num dos tapetes da sala. Parado na sacada, olhando o azul do Mediterrâneo, ele ainda lembrava a ela um majestoso falcão. Recordou-se de quando o vira pela primeira vez, do alto das muralhas de Delacroix, e de que fora exatamente daquela mesma forma que o apelidara. No entanto, os olhos cinzentos já não guardavam o brilho despreocupado daquela época. Desde o que acontecera em Svenhalla, Hrolf Brosa perdera a leveza. E agora que retornara de sua viagem *sabe-se-lá-para-onde*, ele parecia sombrio, quase tanto quanto Radegund fora um dia.

Luc balbuciou e agarrou a barra de sua saia, arrancando-a do devaneio. Com carinho, Terrwyn tomou o bebê no colo e acariciou seus cabelos, negros como os de seu irmão. Fiona brincava mais adiante, junto com Lizzie. A filhinha de Radegund, ciente de que era a mais velha entre as crianças, assumira o posto de *ama* dos pequeninos, dizendo à tia que "a ajudaria a tomar conta das crianças", como se ela mesma não fosse uma. Distraída com as três criaturinhas adoráveis, ela só se deu conta da presença do marido quando sua sombra se projetou sobre ela.

— Terrwyn, temos que conversar.

Sem fitá-lo e sem alterar a voz, ela respondeu.

— Já disse a você tudo o que tinha de dizer.

Exasperado ele se agachou na frente dela. Mesmo aborrecida, ela não pode deixar de reparar nas coxas que esticavam a lã das calças, nem nas mãos que se apoiavam sobre elas. Lembrar-se de como aquelas mãos tocavam cada pedacinho de seu corpo quando se amavam causou-lhe um arrepio. No mesmo instante sufocou o desejo. Nada havia mudado. Björn ainda não explicara o que fazia num bordel.

— Quando a procurei, você já havia se levantado. — Ele se sentou e pegou a filha no colo, que correra em sua direção quando se aproximara — que diabo, Terrwyn! Por que não confia em mim?

Exasperada, ela deixou que Luc engatinhasse para perto da irmã e apontou um dedo para o marido.

— Escute aqui, capitão Svenson, enquanto o senhor não me explicar, bem direitinho, o que fazia num bordel, trate de ficar bem longe de mim. Eu não divido o que é meu.

— Mas Terrwyn...

— Eu ainda não terminei.

Ele bufou e ela prosseguiu.

— Pode ter dormido com metade da população feminina daqui até Svenhalla antes de nos casarmos. Mas a partir do momento em que se tornou meu marido, perdeu este direito. Muitas mulheres podem achar normal que seus maridos tomem amantes. Mas eu não! Nem amantes, nem prostitutas, nem nada! Assim como disse que seria meu único homem, Björn Svenson, eu exijo ser a única mulher em sua vida e em sua cama. Não aceito nada menos do que isso.

— Terrwyn, já disse que não houve nada!

— Então o que diabos fazia lá?

— Isso eu não posso dizer.

Num gesto gracioso, ela se levantou e sinalizou à ama para que apanhasse as crianças. Em seguida, fulminou o marido com o olhar e sentenciou.

— Sendo assim, não dormiremos mais na mesma cama.

Ele também se levantou, obrigando-a a erguer o rosto para encará-lo.

— Você não se atreveria.

— Conte-me a verdade — ela saiu andando, completando por sobre o ombro —, ou durma no estábulo, capitão Svenson.

Björn soltou um rosnado exasperado. Ouviu uma voz zombeteira às suas costas.

— Às vezes me pergunto se ela não seria irmã da ruiva, ao invés de Bakkar.

— Cale a boca, Hrolf.

Pisando duro, o capitão saiu da sala.

Em um dia apenas, Mark al-Bakkar organizara a partida para Chipre. Não dormira mais depois da visita da misteriosa Adela. Ao amanhecer, comunicara a Hrolf e ao cunhado que precisaria partir o mais rápido possível. Como o capitão já deixara o Freyja a postos, tudo se tornou mais rápido. A presença de Terrwyn e de Fiona na casa seria providencial. Seus filhos se davam bem com a tia. Ela poderia, na sua ausência, administrar os problemas domésticos mais urgentes. Além disso, Terrwyn entendia um pouco sobre criação de cavalos e poderia dar continuidade ao que Radegund havia começado. O restante de seus negócios ficaria sob a administração competente de Ariel, seu secretário. As outras contingências que porventura surgissem estariam sob a supervisão do experiente Iohannes.

Com a mente num torvelinho, Mark sequer notou o clima estranho entre a irmã e o cunhado. Estava na hora da ceia quando foi falar com o capitão sobre a partida iminente.

— Acredita que possamos partir amanhã, Björn?

Björn analisou os diários do Freyja, bem como suas preciosas cartas náuticas. Em seguida, lançou um olhar pela janela. Observou atentamente o céu noturno estrelado, que ainda guardava matizes mais claros junto ao horizonte. Naquela época do ano, o sol se punha bem tarde na Sicília. Sentiu o vento, observou o mar e deu seu veredicto.

— Sim, creio que podemos zarpar na primeira vazante. O tempo estará bom e nesta época temos vento a favor na rota para Chipre. Pegando uma boa corrente e navegando com o mínimo de lastro, talvez possamos reduzir significativamente o tempo de viagem.

— Excelente.

— Pode contar comigo, Bakkar. — Disse Hrolf, soturno — tenho contas a acertar com o canalha que me deixou com essa cicatriz no ombro.

— Pois bem, vou deixar as coisas em ordem — ele apontou a mesa, enquanto se levantava — fiquem à vontade.

— Bakkar — a voz de Hrolf o fez se voltar —, como conseguiu a informação sobre Chipre?

Um sorriso quase diabólico desenhou-se no rosto moreno, lembrando a Hrolf o velho Mark al-Bakkar, agente de Ibelin, que conhecera num bordel em Tiro.

— Um passarinho me contou, Brosa — com um leve aceno, desejou — boa noite.

LEMESSOS, CHIPRE, 5 DE JULHO DE 1196

— E então, Fairuz?

— As roupas ficaram perfeitas, *sidi*.

Ghalib parou de desfiar as contas do *masbahah*[36] que trazia na mão e fitou a criada.

— Como ela está?

— Recuperando-se. Ainda reclama de vertigens de vez em quando, mas tem melhor aparência do que há uma semana atrás, quando desembarcamos aqui.

— Ótimo. Ela deverá estar impecável hoje à noite.

A velha lhe estendeu um pergaminho.

— Esta mensagem chegou ainda há pouco, de Messina.

Ghalib tomou o pergaminho, rompeu o lacre e leu atentamente, o cenho franzido evidenciando sua insatisfação.

— Onde Abdul estava com a cabeça? — Resmungou, atirando a mensagem para o lado — Fairuz, mande vir...

Ao voltar-se para a criada, as palavras morreram em sua garganta. Parada à porta, a baronesa de D'Azûr observava-o com olhos incertos.

Pouco a vira naqueles últimos dias. Ao aportarem em Neapolis, foram informados de que Aimery[37] estava em Lemessos. Ciente de que aquela era uma excelente ocasião para fortalecer os laços com rei de Chipre, Ghalib partira imediatamente, permitindo que as mulheres seguissem depois, num ritmo mais lento. Depois, deixara a baronesa aos cuidados de Fairuz e de sua criadagem, ocupado que estivera em atender bajuladores e em realizar as próprias bajulações junto ao Rei e seus conselheiros. Sua família sempre fora aliada dos Lusignan, desde a época em que Guy fora consorte de Sibylle, rainha de Jerusalém. Este era um bom momento para relembrar velhas lealdades. Observando-a vestindo os trajes que usaria na recepção oferecida por Eschiva, esposa de Aimery, ele sentia o mesmo choque da primeira vez em que a vira, em Messina.

A silhueta alta, mais esguia por causa da doença que a acometera, estava emoldurada pelo pórtico de mármore. Vestida em seda e brocado num tom pálido, próximo ao cor-de-rosa, pouco lembrava a figura arrogante, metida em uma túnica negra, que ele enfrentara na praia. Esta constatação causou uma reação curiosa em seu íntimo, uma espécie de revolta, mesclada a um sentimento de perda com relação àquela mulher selvagem que o instigara a cometer tantas insanidades.

Sufocando o sentimento, Ghalib deixou o *masbaha* sobre uma mesinha finamente marchetada, dispensando Fairuz com um gesto displicente. A criada olhou de soslaio para o patrão e para a recém-chegada. Logo depois se retirou, carrancuda. Olhando fixamente para a baronesa, Ghalib se aproximou e tomou-lhe a mão.

— Está encantadora, minha cara Laila. E me parece bem-disposta.

A resposta veio na voz rouca e bem modulada, acompanhada pelo sorriso incerto que, ele notara, parecia fazer parte da personalidade dela.

— Sinto-me melhor, embora não tenha me lembrado de nada. — Ela retirou a mão das de Ghalib e passou por ele, indo até a janela. O tecido flutuou ao redor de seu corpo, enquanto ela caminhava pelo piso de mármore, os aros de ouro do cinturão em seus quadris tilintando a cada passo. Falou sem se voltar — Fairuz disse que esta casa é sua...

— Nossa — ele corrigiu, já ao seu lado.

— Claro — depois de uma pausa ela retomou —, vivemos aqui?

— Não — ele deu de ombros e sentou-se no peitoril da janela, analisando as reações às suas palavras —, ficamos entre Messina e Acre.

Depois de olhar a paisagem por mais alguns instantes, ela se voltou.

— Fairuz também me disse que haverá uma recepção — ela alisou as dobras do vestido e estudou os anéis em seus dedos. Em seguida, voltou a olhar para ele — é necessário mesmo que eu vá?

— Imprescindível.

Houve um quê de decepção no rosto dela, que ele vislumbrou pouco antes que ela se voltasse novamente para a janela. Naturalmente ele não deixaria que aquela oportunidade de se exibir diante da corte cipriota com a mulher de al-Bakkar passasse em brancas nuvens. De seu plano inicial, que seria apenas o de comprometer a reputação do casal, tanto política quanto socialmente, surgira uma oportunidade muito melhor. Aquele acidente e a providencial amnésia da baronesa o levariam a uma trama muito mais ousada, onde a própria honra masculina do mestiço seria posta em xeque. Afinal, ela poderia não se lembrar de nada. Mas seria impossível que alguns nobres ali presentes não se lembrassem *dela*. E embora os alcoviteiros nada dissessem — ou indagassem — diante deles, ele tinha certeza de que o relato da presença da baronesa em Chipre, junto de Ghalib ibn-Qadir, sendo apresentada como mulher dele, chegaria à costa siciliana mais rápido do que um tufão.

O que falariam então do poderoso al-Bakkar, que perdera a mulher para ele? Imerso em pensamentos, Ghalib antegozava as possíveis reações à novidade.

Seria o mestiço classificado como sendo condescendente demais para com sua excêntrica mulher? Fariam os bufões das ruas peças sobre um nobre corno, bastardo e mestiço? Qual seria a história contada diante dos pares do reino e como ficaria a reputação do sujeito perante seus iguais?

— Fale-me sobre ele.

A voz da mulher arrancou-o de seus devaneios, obrigando-o a perguntar.

— Sobre quem?

— Sobre homem de quem fugi. O homem que foi meu marido.

Ghalib sorriu e tomou sua mão, num convite.

— Venha, vamos nos sentar aqui. Eu lhe contarei tudo enquanto não chega a hora de irmos à recepção.

Ela se virou, o olhar fixo nos olhos dele.

— Por favor, não me oculte nada.

— Querida — ele puxou uma cadeira e fez com que ela se sentasse. De pé, às suas costas, pousou as mãos em seus ombros e inclinou-se para frente, falando ao lado de seu ouvido — eu jamais faria isso.

— Ghalib aportou há alguns dias — Hrolf falou, enquanto terminava de se lavar. Olhou de forma significativa para Björn e depois completou, voltando-se para Mark —, havia três mulheres com ele. Uma velha serva, uma criada siciliana e uma dama.

Mark parou a navalha no ar, impaciente. Fitou Hrolf, parado do outro lado do aposento que dividiam na hospedaria em Lemessos. Seu olhar era pura ansiedade.

— Radegund?

Hrolf coçou a cabeça e sentou-se na cama, descalçando as botas. No fundo, tentava ganhar tempo antes de contar a Bakkar tudo o que descobrira em suas buscas. Ele não ia gostar nem um pouco.

— Desembuche logo, homem! — Exasperou-se Björn — ele vai acabar sabendo de qualquer jeito mesmo!

— Sabendo o quê?

— A dama que acompanhou Ghalib possui uma descrição muito parecida com a da ruiva. Eu diria exatamente igual. Mesma altura, cor de pele, cabelos, olhos verdes...

Mark esticou o pescoço e deslizou a navalha sob o queixo, tentando acalmar as batidas do coração descompassado. Estava perto! Ele podia senti-la, sabia que estava perto. Por que Brosa estava tão reticente?

— E daí?

— Bem — Hrolf coçou a cabeça de novo, num tique característico — a mulher em questão foi apresentada a todos como a esposa de Ghalib.

A navalha voou dentro da bacia, espirrando água e sabão para todos os lados.

— Ei! — Reclamou Björn, limpando a espuma do olho. Quando conseguiu enxergar direito, Mark enfiava a camisa e buscava a bainha da cimitarra — alto lá! — Berrou, bloqueando a saída do cunhado — onde pensa que vai?

— Vou atrás da minha mulher!

— Nem pensar, Bakkar — Hrolf apoiou Björn, colocando-se também na frente da porta —, fizemos o diabo para que ninguém soubesse que está em Lemessos. Não pode pôr tudo a perder agora!

— Ele deve ter feito algo a ela, Brosa! — Apanhou a cota de malha — dopou-a, ameaçou-a, enfeitiçou-a! Não sei! Radegund nunca seguiria esse homem de livre e espontânea vontade, dócil como um cordeiro! E jamais se faria passar por mulher dele! Ela tem nojo de Ghalib ibn-Qadir! Por Deus!

— Ele se sentou e começou a calçar as botas — se você me dissesse que ela foi vista espernando, gritando e xingando como uma louca, eu não estaria tão apavorado quanto estou ao saber que ela está ao lado deste bastardo como se fosse a coisa mais natural do mundo!

— Que seja — contemporizou Björn, tentando acalmá-lo. — Hrolf descobriu onde ela está e com quem. Mas não vai adiantar nada você irromper na casa de Ghalib e tentar arrancá-la de lá. Se ela o seguiu em paz, alguma ameaça há. E se Ghalib a matar? Ou se estiver mantendo alguém que lhe seja caro sob algum tipo de ameaça?

— Não posso ficar parado, Svenson! Minha mulher está aqui! E eu vou levá-la embora comigo!

Hrolf tentou apaziguar a situação.

— Ghalib estará numa recepção real hoje à noite. Podemos observá-lo e tentar descobrir mais alguma coisa. Além, é claro, de confirmar a identidade de Radegund. Pode ser que não seja ela.

— É ela, Brosa — afirmou Mark, com a cabeça baixa, entre as mãos — é ela, eu sei. Eu sinto.

— Pois muito bem, meu cunhado — Björn colocou a mão em seu ombro — então, vamos nos vestir para ir a uma festa.

A criada terminou de arrumar seus cabelos, colocando sobre eles um delicado véu prateado, com bordas ornadas com pequenas pérolas. Diante de seu mutismo, a discreta mulher se retirou.

Laila olhou para as próprias mãos, trêmulas e geladas. Seu coração batia rápido, uma angústia enorme se apossava de seu peito. De onde vinha a sensação de vazio? Por que sentia que não pertencia àquele lugar, àquela casa... àquele homem? Quanta bobagem! Ghalib era devotado e cuidadoso; respondia pacientemente suas indagações, por mais insistentes que fossem. Zelava pelo seu conforto e por sua saúde. E não exigia seus direitos de marido. Ao contrário, esperava sua recuperação, apesar de algumas vezes apanhá-lo observando-a intensamente.

Ainda angustiada, levou a mão ao peito. Seus dedos tocaram o pesado colar que Ghalib colocara ali. Depois de contar a ela tudo o que quisera saber sobre o homem com quem fora casada, ele a presenteara com a joia. Em seguida, a deixara com a criada para que se arrumasse para a recepção.

Um colar. Olhou-se de novo no espelho. Um lampejo rápido passou por sua mente. *Sua própria imagem no espelho. Um colar sendo colocado em seu pescoço...* esforçou-se para se recordar de algo mais, porém, sua cabeça latejou a ponto de deixá-la nauseada e trêmula.

Fechou os olhos, respirou fundo e aos poucos se acalmou. Frustrada, tocou as cicatrizes sob o decote do vestido. Tornou a olhar para as mãos. A *henna* desenhava delicados arabescos ao longo de seus dedos e em torno de seus punhos, disfarçando as cicatrizes. Mas elas continuavam lá, atestando a veracidade das palavras de Ghalib. Comprovando a maldade do homem de quem fugira.

De certa forma, era até melhor ter se esquecido de tudo. Por que, em sã consciência, desejaria se lembrar de um homem que, segundo Ghalib, a espancara e marcara seu corpo tão cruelmente?

— Senhora.

A voz de outra das criadas fez com que se levantasse e caminhasse até a porta. A jovem colocou um manto leve sobre suas costas e prendeu as pontas com um bonito broche, à frente de seu colo.

Caminhando devagar pelo corredor deserto, Laila foi ao encontro de seu marido, Ghalib ibn-Qadir.

Os acrobatas faziam piruetas e saltos mortais ao ritmo de tambores e fanfarras, iluminados pelas centenas de archotes espalhados pelo pátio. Um pouco adiante, ladeando a passagem de pedras que dava no grande *hall*, um par de engolidores de fogo arrancava sons de espanto dos lábios dos convidados.

Com a mão da baronesa pousada em seu braço, Ghalib atravessou o pórtico e cruzou o *hall*, parando para cumprimentar algumas pessoas e apresentando-a como sua esposa. Fazia isso de maneira breve, sem se alongar no assunto. Percebeu que um ou dois nobres olhavam para a mulher ao seu lado com expressão intrigada, mas em nenhum momento cometeram a indiscrição de perguntar alguma coisa.

Entrando no salão magnificamente decorado com flâmulas, flores e tapeçarias, e iluminado por inúmeras velas de cera de abelha, Ghalib venceu a distância que os separava do casal real, Aimery e Eschiva, e de seus conselheiros.

— Meu senhor — inclinou-se diante dos Reis, notando que a mulher ao seu lado o acompanhava no gesto. Em seguida, endireitou-se e elogiou a pálida e sem graça Eschiva.

— Permita-me dizer que está encantadora hoje, *madame.*

Corada com o elogio e com o olhar sedutor que Ghalib lhe lançava, Eschiva estendeu a mão fina para ser beijada. Ao completar o gesto, Ghalib tomou a palavra.

— Majestades, permitam-me apresentar minha esposa, a senhora Laila.

Um dos conselheiros de Aimery franziu o cenho, mas nada disse. Apenas ficou atento à cena. A mulher ruiva se inclinou ao ser apresentada.

— Fico feliz em saber que se casou, ibn-Qadir. Venha cear em minha mesa esta noite, para comemorarmos.

Ghalib rejubilou-se. Maior exposição do que aquela seria impossível!

— Será uma honra, majestade.

Três cavaleiros apearam diante dos portões iluminados. Cavalariços solícitos vieram imediatamente cuidar das montarias enquanto os homens, vestidos de maneira elegante, cruzavam o pórtico em direção ao *hall*. Taciturno, Mark adiantou-se e fez sinal ao mordomo para que não os anunciasse.

Discreto, caminhou pelo fundo do salão, aproveitando que o banquete se iniciara para poder procurar Ghalib no meio dos convidados. Depois de passar os olhos pelas mesas mais baixas, onde se sentava a maioria dos convidados de menor importância, ele finalmente olhou para a mesa do rei. Como um sopro, baixo e sofrido, o nome dela escapou de seus lábios.

— Radegund.

Sequer sentiu a mão de Hrolf pousar em seu ombro, retendo-o nas sombras do fundo do salão. Seus olhos estavam hipnotizados pela mulher coberta de joias e seda, sentada à esquerda de Ghalib ibn-Qadir, que conversava polidamente com a rainha.

Parecia mais magra e tinha o olhar um tanto perdido. Seus cabelos, que ele tanto amava, estavam escondidos por um fino véu prateado. As mãos brincavam distraidamente com a comida e em nenhum instante ele a viu levar um bocado aos lábios. A certa altura, viu Ghalib inclinar-se para o lado dela e tomar sua mão, beijando-a com um olhar possessivo. Ela não reagiu. Seu sangue, no entanto, ferveu em suas veias. Era a *sua* mulher!

— Mas que diabo! — Resmungou, pousando a mão no cabo da adaga.

— Bakkar — Hrolf o reteve, falando baixo — calma.

Mark olhou de novo para a mesa do rei. Silenciosa e inexpressiva, ela pousara a mão sobre a mesa e tinha o olhar perdido em algum ponto do salão. Como se atraído por um ímã, ele deu um passo à frente, colocando-se sob a luz das velas. Seu coração acelerou e o chamado formou-se em sua garganta. Antes, porém, que seu nome fosse pronunciado, ela ergueu o rosto em sua direção. Lá, do outro lado do salão, os amados olhos verdes encontraram os seus.

MESSINA, SICÍLIA

Terrwyn apeou do lombo de Mazin, a égua árabe que Radegund treinara. O pajem que a acompanhara ao mercado logo apanhou as rédeas que ela lhe estendeu e tratou de conduzir a montaria, junto com a de Iohannes, para a sombra de algumas árvores.

— Bem — Terrwyn falou para seu acompanhante enquanto retirava as luvas — agora falta pouco, Iohannes. Não aguento mais discutir preços com esses sovinas.

Iohannes sorriu.

— Decerto eles têm a mesma opinião sobre a senhora — o sorriso se ampliou, enrugando ainda mais o rosto amigável do homem que administrava a *villa* de Mark com carinho e dedicação — é uma negociante nata.

— Nem sempre tive tudo o que tenho agora, Iohannes — ela parou em frente a uma banca de frutas — muito cedo precisei aprender a economizar e a pechinchar — ela sinalizou ao dono da banca, indicando que levaria uma dúzia de figos — creio também que a convivência com os Svenson me fez uma boa negociante.

Iohannes entregou o cesto para que o homem colocasse nele as frutas e indagou.

— Seu marido é um bom negociante?

— Sim, Björn tem muita lábia — até demais, ela pensou. Depois completou — mas meu cunhado, Ragnar, é um mestre nesta arte. Seria capaz de vender um barco a um berbere.

Iohannes riu e os dois continuaram a caminhada pela feira. O dia se aproximava do fim, o sol se tornando menos quente. A brisa que vinha do mar balançava as lonas das tendas e os tecidos expostos nas bancas para a apreciação dos fregueses. Atraída por um corte particularmente bonito, ela avisou Iohannes.

— Vou até a banca de tecidos. Se quiser, pode me esperar junto aos cavalos. Não demorarei.

Assentindo, Iohannes foi concluir as compras, enquanto Terrwyn cruzava a praça, o olhar fixo na seda furta-cor. Uma das pontas do tecido fora puxada do rolo, pendendo ao sabor da brisa e dos raios de sol, atraindo o olhar dos passantes. Era um corte raro e delicado. O tom azulado lembrava a superfície do mar. Quase hipnotizada, Terrwyn estendeu a mão para tocar a peça no exato instante em que outra mão delicada, cujas unhas eram pintadas com *henna*, fazia o mesmo.

— Oh, desculpe — retirou a mão e olhou para o lado.

Uma jovem de olhos castanhos e ricamente vestida, talvez pouca coisa mais nova do que ela, a encarava encabulada.

— A senhora me perdoe. Fiquei tão encantada com o tecido, que não vi mais nada.

Terrwyn tocou novamente o delicado tecido.

— É mesmo lindo. Deve ter vindo de muito longe.

— Veio da China, senhoras — interveio o comerciante, animado com a perspectiva de lucro. Afinal, duas mulheres distintas e ricas haviam se interessado pelo mesmo tecido. Poderia até fazer um leilão! — É uma seda única e autêntica, digna das roupas de uma rainha!

Terrwyn olhou o mercador de esguelha e sussurrou no ouvido da outra.

— Creia-me, querida. Se resolvermos levar este tecido agora, sairemos daqui até mesmo sem nossas anáguas.

Jamila não conseguiu conter o riso diante do jeito franco de falar da outra mulher. Retirou a mão do tecido e deu as costas à banca, notando que a outra fazia o mesmo. O mercador olhou para as duas com um ar decepcionado. Terrwyn apresentou-se, estendendo a mão.

— Terrwyn ap Iorwerth.

— Como vai — Jamila tomou a mão dela na sua, num aperto delicado — sou Jamila bint-Qadir.

Ainda sorrindo, Terrwyn tratou de ocultar a surpresa que o nome da desconhecida causara. O homem que estava envolvido no desaparecimento de Radegund chamava-se Ghalib ibn-Qadir. Seria a moça parenta dele? A jovem a estudou, indagando.

— A senhora não é daqui, não é mesmo?

— Não, não sou. — Caminhou ao lado da outra, em direção a sombra das árvores — nasci em Gales, mas faz alguns anos que deixei minha terra. Vivi na Normandia e depois que me casei, o mar se tornou minha casa.

— Como assim?

— Meu marido é capitão de um dos navios da *compagnia* Svenson. Eu moro com ele e minha filha no Freyja.

— Que fantástico! Imagino como deve ser maravilhoso conhecer lugares novos!

— É sim — Terrwyn aproximou-se de suas montarias — e você, é siciliana?

— Sim. Vivi num convento, próximo a Veneza, por muitos anos. Diferentemente da senhora, eu conheço pouca coisa além dos muros do convento e de minha própria casa. Voltei para a Sicília para me casar.

Era impressão sua ou percebia uma nota de tristeza na voz da moça ao falar no casamento? Ignorando a impressão, Terrwyn indagou, tentando confirmar a identidade da jovem.

— Sua família é daqui?

— Sim. Mas tenho apenas um irmão. Ghalib viajou a negócios e eu... Uma voz grave interrompeu a conversa das duas.

— Jamila.

O homem que se aproximara era alto e muito sério. De cabelos escuros e barba bem aparada, parecia preocupado com a moça. Seus olhos amarelados pousaram rapidamente sobre Terrwyn. Depois se voltaram para a jovem.

— Pedi que não se afastasse, Jamila.

— Desculpe-me, Abdul. — Ela lhe lançou um olhar doce, que desarmou toda e qualquer repreensão que pudesse receber — não foi minha intenção. Venha, deixe-me apresentá-lo à minha mais nova amiga.

Terrwyn espantou-se com o fato de ser considerada amiga da moça em tão pouco tempo, mas enxergou nela uma solidão semelhante àquela que sentira quando ainda vivia em Draig Fawr. Talvez, se naquela época cruzasse com uma moça com mais ou menos sua idade, e com quem tivesse a mais ínfima afinidade, também a consideraria sua "*mais nova amiga*". Concentrando-se no homem ao lado da moça, Terrwyn sorriu com amabilidade.

— Este é Abdul Redwan. Ele toma conta de mim quando meu irmão não está aqui. Abdul, esta é a senhora Terrwyn, esposa do capitão Svenson.

— Encantado, senhora — o homem inclinou discretamente a cabeça, à guisa de cumprimento.

— Como vai? — Ela cumprimentou-o discreta e depois se voltou para Jamila — terei que ir agora. Mas poderemos nos encontrar. Gosta de cavalgar?

— Eu... — Jamila corou. Nunca cavalgara. Abdul a trouxera numa liteira — eu não estou acostumada...

A irmã de Mark logo contornou aquele problema.

— Bem, se preferir, podemos combinar uma caminhada à beira-mar, pela manhã. O que acha?

Olhando para Abdul, que assentiu com a cabeça, Jamila, respondeu sorridente.

— Está bem. Amanhã, na praia, após as *primas*.

— Estarei esperando, Jamila.

Abdul cavalgava silencioso ao lado da liteira da irmã. Examinava suas emoções, tentando encontrar as rachaduras em sua armadura de indiferença. Desde que conhecera a doce Jamila, sentia que, pouco a pouco, ela vencia sua insensibilidade. A irmã era um raiozinho de sol no meio da escuridão de sua vida. E aquele ínfimo raio de sol, aquela pequena chama luminosa, estava começando a fazer um contraste desagradável com seus dias sombrios e solitários. A inocência e a resignação de Jamila diante dos desmandos do irmão, bem como sua eterna esperança num amanhã melhor, começavam a incomodá-lo. Aquele contraste evidenciava o quão vazia, amarga e sem sentido vinha sendo sua existência.

Quem era ele, afinal? O braço longo de Ghalib ibn-Qadir, a mão que executava o serviço sujo para o meio-irmão. Por quê? Várias vezes se perguntava e a resposta era sempre a mesma. Por Amira. E também por uma espécie de lealdade estranha e sem sentido, um desejo de pertencer a uma família, a um lugar, a algo que nunca tivera.

Por que agora, quando já havia o peso de mais de trinta verões em sua vida, ele começava a questionar tudo isso? Por que agora, mais do que nunca, ele se sentia sozinho e vazio? Por que já não lhe bastava mais dormir, acordar, cumprir ordens e afogar as lembranças no vinho e no corpo de uma prostituta?

Olhou de novo para a liteira onde Jamila era conduzida. Que estranho poder teria aquela criatura inocente para penetrar num coração tão endurecido como o seu? Como se lesse seus pensamentos, Jamila voltou o rosto para cima e sorriu, com os lábios e com os olhos.

Mais uma vez, o sol penetrou no coração de Abdul.

CAPÍTULO
XI

"E aos que os ouvem, com falsa e impostora voz,
Estranhas calúnias vão contando ao seu grado."

MACBETH, ATO III, CENA I.
WILLIAM SHAKESPEARE

LEMESSOS, CHIPRE

ntes que erguesse os olhos da fatia de pão, que picara diligentemente em pequeninos pedaços sobre o prato, ela sentiu o peso daquele olhar. Ele a envolveu como uma capa de veludo, abafando as impressões ao redor, obscurecendo a visão dos tecidos finos e brilhantes, das joias e dos metais preciosos que adornavam os nobres a sua volta. Sufocou-a, roubando sua voz, plantando dentro dela ansiedade e temor. Quando reuniu coragem para erguer o rosto, ela sabia que encontraria um par de olhos predadores do outro lado do salão. Observou-os se estreitarem sob as sobrancelhas negras, assemelhando-se aos de um animal prestes a saltar sobre a presa.

O homem a olhava fixamente. Era bem moreno; a pele bronzeada denunciando anos de vida ao sol. Alto e de ombros muito largos, cabelos profundamente negros, tinha o peito amplo coberto por uma túnica de veludo escuro. Sob o tecido caro, que não ocultava sua força latente, a cota de malha fazia um contraste irônico, demonstrando que aquele homem não era como os ricos janotas que se pavoneavam ao redor do rei. Era um cavaleiro na total acepção do termo; não um herdeiro abastado que comprara suas esporas com um punhado de ouro. Aquele homem pagara com cada gota de sangue pelo poder que emanava.

Por trás do homem surgiram mais dois desconhecidos. Também muito bem vestidos, eram enormes. Embora o cavaleiro moreno fosse alto, eles ainda excediam sua altura. Louros e de cabelos longos, os dois tinham olhos claros. Um deles, que parecia ser o mais velho, tinha olhos cinzentos, gélidos, que a atravessavam como um punhal. O outro, parado com as pernas apartadas e as mãos para trás, dava a impressão de ser um general, pronto para comandar seus exércitos.

Subitamente percebeu que toda conversa ao redor cessara. Ao seu lado, Ghalib acabava de pousar a taça de vinho sobre a mesa e se erguia lentamente, sem tirar os olhos do desconhecido moreno. No silêncio que reinava no salão de Aimery, seria possível ouvir um alfinete caindo no chão. E foi em meio a este silêncio que a voz do homem trovejou, fazendo-a estremecer e seu coração disparar.

— Vim buscar a mulher que roubou, Ghalib ibn-Qadir.

Glória.

Era esse o sentimento que corria febrilmente em suas veias. Inundava-o como um rio caudaloso, engordado pelas chuvas da primavera. Ao pousar o olhar sobre o rosto contraído do mestiço, Ghalib ibn-Qadir sentiu toda a força do próprio poder. Era como pairar acima da turba, como ser um falcão escolhendo a presa.

Era como ser Deus.

Com um sorriso condescendente e o olhar temperado de falsa indolência, que primeiro passeou pelas reações dos convidados para depois se voltar para Mark al-Bakkar, Ghalib falou. A voz mansa em nada traindo as emoções turbulentas que agitavam seu íntimo.

— Posso saber a que mulher se refere, *messire*?

Mark olhou do homem que se levantara para a mulher ao lado dele. *Sua mulher.* Radegund não esboçara reação alguma à sua chegada. Ou melhor, reagira, mas não da forma que ele esperava. Ela o olhara como se olhasse um estranho. Confuso, surpreso e, porque não dizer, magoado, tentou imaginar o que diabos aquele homem fizera. Ela parecia uma sombra pálida da Radegund que conhecia e amava. Estaria drogada? Ou sob algum tipo de ameaça? Por que aquele olhar apagado, destituído do costumeiro brilho de desafio, sem aquela chama que ele sempre enxergara no fundo verde-musgo? Mesmo sob ameaça, ele o enxergaria ali. Veria a fúria ardendo no olhar dela, sentiria as emoções dela queimando dentro de si mesmo. E, no entanto, ele não sentia nada disso. Havia apenas tristeza. E medo.

Ignorando Ghalib, Mark caminhou até a mesa, subiu no estrado e passou por trás das cadeiras, arrancando sons ultrajados de alguns nobres. Sem cerimônia, parou ao lado de Radegund, que, ainda sentada, o observava com olhos espantados. Segurou seu braço, puxando-a para cima, obrigando-a a se levantar.

— Esta mulher. Minha mulher!

Pela primeira vez ela reagiu, espantando aos dois homens.

— Largue-me, senhor! — Seus olhos brilharam, ultrajados — não importa quem seja; não tem o direito de me tratar assim! Ainda mais estando diante do rei!

Chocado, Mark a encarou com uma interrogação no olhar.

— Radegund?

Soltando-a dos braços do mestiço, Ghalib puxou-a para o seu lado, ciente da audiência ao redor dos três. Aquele seria o momento de destruir al-Bakkar, de denegrir sua imagem, de arrasá-lo totalmente. No entanto, antes que pudesse abrir a boca, a voz de Aimery soou atrás deles, roubando seu momento de triunfo.

— O que está acontecendo aqui?

Colocando-se ao lado de Ghalib, que se virara de frente para o rei, juntamente com Radegund, Mark não pestanejou.

— Majestade, perdoe-me a rudeza ao invadir seu salão. Sou o atual barão de D'Azûr e este homem — apontou Ghalib — sequestrou minha esposa — puxou-a do braço de Ghalib e colocou-a ao seu lado. — Ele a mantém prisioneira. Vim para buscá-la.

Olhando para a mulher ruiva ao lado do cavaleiro, Aimery respondeu, irônico.

— Esta senhora não me pareceu estar aqui contra a vontade. E nem ibn-Qadir a tratou como prisioneira. Na verdade, ela me foi apresentada como sendo esposa dele.

— Ele mente! — Rosnou Mark, furioso, fazendo um burburinho elevar-se entre os convidados.

O rei pousou os olhos em Ghalib, que até então estava em silêncio, saboreando o descontrole do mestiço.

— Majestade, o barão de D'Azûr perdeu a esposa há pouco tempo, — ele brindou o cavaleiro com uma expressão consternada — meus sentimentos, D'Azûr. — Voltou-se para o rei e prosseguiu — creio que a dor foi tanta que ele acabou ficando desnorteado. É a única explicação que tenho para este incidente. — Audacioso, voltou-se para Mark, em voz mais baixa, pousando a mão em seu ombro — al-Bakkar, creio que seja melhor que se retire. Sabendo de seu recente infortúnio, estou disposto a relevar a ofensa que me fez.

A face de Mark transfigurou-se de ódio. Livrou-se do toque pegajoso do rival e pousou a mão sobre o punho da cimitarra. Ato contínuo, segurou com mais força o braço da mulher ao seu lado.

— Bastardo! O que fez com ela? — Observou-a em expectativa, só então notando o pavor estampado em seu rosto, sem perceber o olhar triunfante que Ghalib lançava sobre os dois. — Radegund, o que aconteceu com você?

Era ele!

Laila estremeceu dos pés à cabeça. Era o homem que vira em seu sonho, atacando-a, sufocando-a. O homem de quem, segundo Ghalib, ela fugia quando se acidentara. O homem que fora seu marido, que a ferira. Seus olhos carregados de ódio a perseguiam dia e noite desde o pesadelo. Tentou se lembrar de alguma coisa, qualquer coisa, a respeito dele. Mas sua cabeça era um espaço oco onde só havia aquilo que lhe contavam sobre si mesma. Contudo, de uma coisa estava certa. Aquele homem que a encarava e que se dizia seu marido era a alguém a ser temido. Enxergava nele uma vontade tão férrea que não duvidava que ele a arrastasse daquele salão pelos cabelos, ou que a jogasse sobre os ombros e a levasse embora, sem se importar com quem quer que fosse. Tirou forças do próprio medo para reagir.

— Solte-me! — Tentou puxar o braço — está me machucando.

— Deixe-a — Ghalib interferiu, simulando preocupação e puxando- -a pelo outro braço. Usou as palavras para alimentar ainda mais a ilusão que semeara na mente vazia da baronesa, a história de que o mestiço fora um marido violento — você já fez muito mal a ela!

— Eu?! — Indagou Mark, incrédulo. Que espécie de trama sórdida era aquela?

— Chega! — A voz do rei os interrompeu. Ambos seguravam a mulher pelos braços, como cães disputando um osso. — Vamos resolver isto de uma vez por todas. Estão arruinando a festa de minha esposa. Quem é esta mulher afinal?

— Ela é a minha esposa, majestade! — Afirmou Mark, soltando o braço de Radegund e voltando-se para o rei.

— As notícias que chegaram aqui afirmam que sua esposa morreu, D'Azûr.

— Radegund não está morta, majestade. Está diante de nossos olhos, — apontou Ghalib — ao lado deste impostor.

— E então, por que ela não se manifesta? — Indagou Aimery.

Enraivecido, à beira do total descontrole, ele indagou irônico, olhando-a diretamente nos olhos.

— Sim, Radegund. Por que não se manifesta?

Com voz melíflua, Ghalib pousou o braço sobre os ombros da baronesa, como se a encorajasse, e falou.

— Talvez nós não tenhamos dado oportunidade para que ela o fizesse, majestade.

— Tem razão, ibn-Qadir. — O rei virou-se então para o pivô de toda aquela cena — mulher, quer ter a gentileza de apontar seu marido?

Tudo o que ela queria era que um buraco se abrisse no solo e a tragasse para suas profundezas. Ou então, que pudesse mergulhar de novo na escuridão da inconsciência. Tudo aquilo seria bem-vindo naquele instante em que, apesar do medo que o homem inspirava, uma enorme piedade crescia dentro dela. E também a angústia, a dúvida e a incerteza.

Ao senti-la titubear, Ghalib aumentou ligeiramente a pressão do braço que mantinha ao seu redor, como se tentasse lhe transmitir algum tipo de segurança. Mas quem visse seu olhar de desafio para Mark, saberia que ele estava jogando ali sua maior cartada. A voz abafada da mulher cabisbaixa ao seu lado coroou sua vitória.

— Ghalib ibn-Qadir é o meu marido, majestade.

— Não!

O rugido que brotou da garganta de Mark foi seguido de um brusco puxão em seus ombros. Sacudida diante dele como se fosse uma boneca, ela o encarava com os olhos arregalados de terror.

— Olhe para mim, Radegund! *Eu* sou seu marido! Que loucura é essa, por que faz isso comigo? Responda-me mulher!

— Bakkar!

A voz de Hrolf não penetrou nos ouvidos nem na insanidade do mestiço. Ele continuava segurando Radegund pelos ombros, a despeito das armas que a guarda real apontava para ele. Sem remédio, o rastreador e Björn Svenson o agarraram, um em cada braço, e fizeram com que a soltasse.

Prontamente Ghalib a amparou, sem deixar de exibir um sorriso cruel, visto apenas pelos olhos de Mark.

— Venha, Bakkar. Se não quiser ser morto aqui, neste instante! — Admoestou-o Hrolf em voz baixa, enquanto tentava arrastá-lo de cima do estrado.

— Tirem esse homem daqui! — Ordenou o rei para Björn e Hrolf — antes que eu mande puni-lo por seu desrespeito e sua insolência.

Em silêncio, Björn olhou para Hrolf, que assentiu em concordância. Com um certeiro soco no queixo, pegou o cunhado de surpresa, deixando-o desacordado.

— Não o machuquem!

A voz da ruiva, que a tudo assistia, pálida, penetrou nos ouvidos do rastreador. Irritado com aquele comportamento inexplicável, ele rebateu.

— Seja o que diabo for que esteja acontecendo com você, ruiva, agora é tarde para pedir isso. Você já o feriu mortalmente. Fique com seu... — ele lançou um olhar de desprezo a Ghalib e depois tornou a fixar nela os gélidos olhos cinzentos, completando com ironia — *marido*.

Sob os olhares da corte do rei Aimery, Mark al-Bakkar foi carregado para fora do salão pelos dois noruegueses. Atrás deles, cedendo finalmente à tensão e a enorme tristeza que se apoderava dela, a mulher que fora o pivô de toda aquela confusão desmaiou.

LA CORUÑA, COSTA DA GALICIA

O brilho tênue do farol, que entrava pela pequena escotilha, criava estranhos jogos de luz e sombra na parede da cabine. Sentada numa cadeira, com uma das mãos pousada sobre o ventre já discretamente protuberante, Leila cochilava, embalada pelo suave balanço do navio. Ao seu lado, uma senhora idosa, de corpo frágil e feições que, mesmo com o peso dos anos, ainda eram belas, jazia adormecida sobre o leito. Sua respiração fraca e difícil denunciava a gravidade da moléstia que a acometia e que fazia com que navegassem numa velocidade alucinante, correndo contra o tempo.

Empurrando a porta com cuidado, Ragnar olhou para dentro do pequeno aposento. A réstia de luz, nascida da lâmpada que iluminava o corredor estreito, banhou a silhueta de Leila. Entre contrariado e comovido, ele abaixou a cabeça e passou pela porta, ajoelhando-se ao lado da esposa. Falou baixinho, enquanto afagava seus cabelos desalinhados.

— Pequenina, acorde.

— Hum? — Os olhos se abriram, sonolentos — Ragnar...?

— Por que dormiu aqui, meu amor? Sabe que não deve abusar...

Leila se ajeitou na cadeira, levando a mão às costas doloridas.

— Acabei cochilando — lançou um olhar à senhora no leito — a senhora Gunnhild estava tão deprimida! A pobrezinha crê que não chegará a Messina. Eu temo que esteja com razão.

— Estamos fazendo o possível. Mas essa parada em La Coruña era imprescindível. Precisávamos reabastecer os barris de água e repor nossas provisões. Amanhã partiremos. — Ele sorriu e afastou os fios castanhos que caíam sobre o rosto da esposa — tem certeza de que não quer ir à terra, antes de zarparmos?

— Não, Ragnar. Quero chegar o quanto antes a Messina.

— Pois muito bem — ele estendeu a mão para ajudá-la a se levantar — você agora vai para a cama. Onde está a aia da senhora Gunnhild?

— Pedi-lhe para preparar uma infusão, na cozinha.

— Vou mandar alguém atrás dela. A moça passará a noite aqui. E a senhora, minha esposa — ele a ergueu nos braços e saiu da cabine — vai cumprir sua promessa.

— Promessa? — Indagou ela, enquanto Ragnar caminhava pelo pequeno corredor até a cabine dos dois.

— A que me fez em Svenhalla, de me obedecer e repousar quando eu lhe pedisse. — Com o pé, fechou a porta e caminhou até a cama, sentando a esposa sobre o colchão. Em seguida, abaixou-se e tirou os sapatos dos pés delicados.

— Ficarei mimada desse jeito, meu marido.

Sorrindo, ele pegou suas pernas e as colocou sobre a cama, ocupando-se em tirar suas meias. Depois de deixá-las de lado, tirou as próprias botas e reclinou-se na cama, puxando-a para si.

— Venha cá, pequenina — com os braços estendidos, fez com que Leila recostasse em seu peito — sabe que não quero que nada de mal lhe aconteça, nem ao nosso bebê. Descanse, agora eu tomarei conta de você.

A manhã encontrou Leila ainda adormecida nos braços do esposo. Com cautela para não a despertar, Ragnar beijou sua fronte e saiu da cama, cobrindo-a com uma manta. Em seguida, lavou o rosto, prendeu os cabelos e calçou as botas. Em poucos minutos estava no convés, observando o bote que trazia de volta ao navio os marujos que haviam passado a noite em terra.

Ágil, o imediato foi o primeiro a subir pela escada de cordas. Saltando para o convés, o homem postou-se na frente dele e do capitão.

— Havia uma mensagem no farol, meu senhor.

Tirou um pergaminho do alforje, entregando-o a Ragnar. Sem demora ele quebrou o selo e leu.

— Inferno! — Aborrecido, atirou o pergaminho de volta ao imediato e ordenou ao capitão — faça essa banheira se mexer. Brosa partiu de Messina. Tenho que encontrá-lo antes que seja tarde demais.

Assentindo, o capitão começou a distribuir ordens. Em menos de uma hora, deixavam a costa de La Coruña, a caminho de Messina. Ragnar, taciturno, pensava em como daria a notícia à Leila e à dama Gunnhild, a mulher que dizia ser a — até então morta — mãe de Hrolf Brosa.

LEMESSOS, CHIPRE

Hrolf andava de um lado para o outro no quarto da hospedaria. Sentado numa cadeira, com a cabeça entre as mãos, Mark al-Bakkar parecia uma sombra do homem que sempre fora. Björn, por sua vez, recostado junto à janela, revia os acontecimentos no salão real, buscando por algum detalhe que tivesse escapado. A manhã chegara para os três homens insones, cada qual mergulhado em seus próprios pensamentos, tentando entender que loucura era aquela. Como Radegund fora capaz de agir daquele jeito? Por que o fizera?

— Fique de olho nele — falou o rastreador para Björn, apontando o mestiço.

Tenso, saiu do quarto, tentando se livrar da sensação de sufocamento que o assolava. Com passos largos, cruzou as ruas da cidade e buscou refúgio além de seus limites, longe da algazarra humana. Hoje, mais do que nunca, sentia falta de sua cabana nos arredores de Svenhalla. Sentia falta do cheiro dos bosques, dos ruídos furtivos dos pequenos animais. Tinha saudade do sorriso de Ulla, das risadas regadas a *akevitt* no calor da sauna, das conversas inteligentes com a ponderada Märit, a matriarca dos Svenson. E, porque não dizer, sentia falta de Saori.

O desespero de Bakkar o atirara de volta às recordações. Fizera-o se lembrar das próprias perdas. De certa forma, o mestiço passava por uma situação semelhante à sua. Depois da perda da mulher amada, viera a traição.

Sentando-se numa pedra, no alto de uma colina, Hrolf observou a cidade lá embaixo. Seus pensamentos vagaram entre o presente e o passado. Voltaram à cabana de pedras em Iga, onde o velho Sussumu lhe perguntara se queria saber a verdade. Mais uma vez arrependia-se de sua resposta. Deveria ter dito não.

IGA, NIHON, DEZEMBRO DE 1194

Sentado diante da jovem irmã de Saori, ele não conseguia articular um som sequer. Yuki, com a sensibilidade que só aqueles que perdem um dos sentidos são capazes de ter, logo percebeu seu choque. Erguendo o rosto delicado, falou.

— Foi há muito tempo, estrangeiro. Eu ainda era criança. E apesar do que aconteceu, foi a maior prova de amor que ela poderia ter me dado.

Sem conseguir se conter, ele retrucou, soando mais áspero do que gostaria.

— Sua própria irmã rouba sua visão e você diz isso? É louca, por acaso?

— Acalme-se — *a voz serena de Sussumu soou atrás dele* — lembre-se do que eu disse: é preciso conhecer o todo para julgar com propriedade. Você pediu para saber a verdade. Agora sente-se e ouça.

Acatando a ordem do sennin, ele se sentou de novo sobre a esteira de palha, aguardando as palavras de Yuki. Elas lhe pareceram o rumorejar de um riacho entre as pedras, cada uma delas entrando em seus ouvidos e fazendo sua mente transbordar de recordações.

— Saori era uma bela menina. Eu me lembro de acordar e vê-la pentear os cabelos durante um longo tempo, antes de tomarmos nosso desjejum. Ela passava horas se penteando... seus cabelos eram negros e macios como a seda mais fina. Eu a admirava como se ela fosse uma princesa de algum povo encantado. Saori sorria e me colocava no colo, penteando então os meus cabelos. Muitos rapazes lhe fizeram a corte, mas só quando Ishiro apareceu que ela começou a se enfeitar com fitas e a sorrir para um homem. Eles se apaixonaram. Em pouco tempo, ele estava na casa de meu pai, tratando dos arranjos para o casamento dos dois. Ishiro era um ninja[38], um guerreiro que vivia nas montanhas e desafiava o daimiô[39]. Saori, como sua esposa, jurou lealdade ao seu clã, perdendo-se para nós. Num dia, depois de muitos meses sem sabermos dela, Saori apareceu em nossa aldeia. Era outra mulher. Trajada como os guerreiros, parou diante de nossa casa e pediu perdão ao meu pai. Em seguida, olhou para mim. Eu estava observando minha irmã, fascinada com o fato dela ter se transformado de menina em mulher. Saori me estendeu a mão, afagou meus cabelos e sorriu. Eu lembro que a última coisa que vi foi o sorriso dela. E suas lágrimas.

— O que ela fez? — Indagou, ansioso.

— Soprou um pó em meu rosto. A princípio, senti uma coceira enorme, que depois se transformou em ardor. Comecei a gritar, a chorar... todos correram para me ajudar. Lembro que caí. Minha mãe me pegou no colo e chorou sobre mim. Meu pai gritou com minha irmã e ela apenas falou que aquilo era a única maneira de provar sua honra.

— Mas por quê?! — Sua revolta era latente em cada palavra — como sua cegueira provaria algo?

— Muito tempo depois eu soube que aquilo era um teste. Uma prova cruel, feita para endurecer os corações dos ninjas. Ela deveria atingir aquilo que mais amava, deveria provar sua lealdade para com o clã, cumprindo a ordem de seu mestre. Ela me atingiu, estrangeiro, roubou-me a capacidade de enxergar quando eu ainda era uma criança. Mas sua perda foi ainda maior. Naquele dia, ela perdeu a inocência, o próprio coração. Para mim, no entanto, foi uma prova de que eu era a pessoa mais importante do mundo para ela, mais até do que Ishiro.

— Não compreendo...

Voltando o rosto para ele, como se o enxergasse, Yuki respondeu.

— Não percebe, estrangeiro? Ela precisava atingir quem mais amava no mundo. Foi a mim que Saori escolheu.

MESSINA, SICÍLIA

— Inferno! O demônio maldito não sai dos calcanhares dela!

Do alto do promontório, Boemund observou o grupo que caminhava pela praia e amaldiçoou sua má sorte.

— Ora, e o que esperava, homem? — Indagou um de seus mercenários — você fez muito estardalhaço ao chegar. E ainda avançou sobre a garota em Catania. Era óbvio que o irmão reforçaria a guarda ao redor dela.

— Aquele rato miserável! — O cavaleiro cuspiu no chão e encaminhou-se para a montaria, presa a alguns passos dali — ainda vou fazê-lo pagar por ter rompido nosso compromisso. Vou reaver o dote prometido, a propriedade em Catania — lançou um olhar a silhueta delicada de Jamila, andando pelas areias da praia — e ainda terei minha doce noivinha em minha cama. Queira ela ou não.

Terrwyn caminhava ao lado de Jamila, apreciando a simpatia da jovem, que se maravilhava com as histórias sobre os lugares que conhecera viajando a bordo do Freyja. Um laço sincero de amizade se estabelecera entre as duas, que se tratavam pelo nome de batismo, apesar de terem se conhecido no dia anterior.

— Cádiz é um lugar fascinante — falava a irmã de Mark —, nunca vi cidade mais bela ao pôr-do-sol!

— Ah, Terrwyn! Como eu gostaria de viajar assim! Sinto-me tão tosca ao seu lado.

— Ora, Jamila! Por quê?

A moça sorriu, sem jeito.

— Fui mandada ainda muito pequena para o convento. E de lá saí apenas há alguns meses. Conheço tão pouco do mundo, das pessoas... — corando um pouco e baixando a cabeça, ela completou em voz abafada — vou me casar no outono e nunca cheguei perto de um homem que não fossem meu irmão ou Abdul...

Terrwyn olhou mais para frente, onde o imponente irmão de Jamila caminhava, com as mãos atrás do corpo, os olhos sempre atentos ao redor. A jovem adorava o taciturno soldado, que se transformava em outra pessoa ao lado dela. Jamila era tão doce e tão meiga que até o coração mais endurecido amoleceria em sua companhia. Bem, qualquer coração, menos o do irmão legítimo de Jamila, Ghalib.

Ela estava a par de toda a história da moça. Sozinha e ávida por ter alguém com quem conversar, Jamila confidenciara suas desventuras, deixando Terrwyn penalizada. Sua juventude podia ter sido dura em meio às dificuldades financeiras que sua família enfrentara em Gales. Mas ao menos tivera o carinho da mãe e do casal de criados que viviam com elas. Jamila, no entanto, tivera apenas a frieza das freiras do convento e um irmão insensível e calculista, que a usava como moeda de troca num acordo comercial. Que situação! Se ao menos tivesse como ajudar a moça!

— Jamila — as duas pararam ao ouvir a voz de Abdul. Sem que houvessem percebido, ele interrompera a caminhada para esperá-las. Quando o alcançaram, ele continuou — o passeio está muito agradável, mas precisamos voltar. Tenho que deixá-la em casa antes de resolver uma série de negócios de Ghalib.

— Oh, Abdul! Por favor, vamos ficar mais um pouco.

Ele balançou a cabeça, negando.

— Sinto muito. Temos mesmo que ir.

— Vá, Jamila — falou Terrwyn —, mande-me uma mensagem quando pudermos nos encontrar de novo. Gostei muito de sua companhia.

— Também gostei de nosso passeio, Terrwyn. Ficarei ansiosa por ouvir mais sobre suas aventuras a bordo do Freyja.

Terrwyn sorriu e abraçou a moça, notando que Abdul ficara repentinamente mais sério do que de costume. Despedindo-se da jovem, seguiu para o alto do promontório, acompanhada de sua escolta.

Na praia, Jamila e Abdul acompanharam com o olhar o grupo que se afastava. Quando fora apresentado a jovem estrangeira, ele não prestara muita atenção ao seu nome. Estivera mais preocupado em proteger Jamila de qualquer investida de Boemund que, segundo soubera, aportara em Messina dias atrás. Intrigado, indagou.

— O Freyja a que sua amiga se referia seria o mesmo navio que esteve ancorado aqui há alguns dias?

— Sim — Jamila concordou —, o marido dela é o capitão. Ela é irmã de um dos sócios da *compagnia* Svenson. Um nobre que vive aqui em Messina.

Em silêncio, Abdul apenas escutava. Deu-se conta da ironia do destino, que pregava uma peça em todos eles. Jamila, a irmã de Ghalib, se aproximara da irmã de al-Bakkar. O homem de quem seu irmão roubara a mulher e que tudo fizera, e ainda fazia, para destruir. Deu-se conta de que deveria afastar a irmã da simpática galesa. De que deveria avisar Ghalib daquele envolvimento. No entanto... Ele nada faria.

Ghalib que se arranjasse com as suas maquinações. Estava farto delas. Jamila, com sua fé nas pessoas e sua inocência, lançara alguma luz em sua vida. Não iria mergulhar de novo na escuridão. E quem sabe, talvez um dia os céus o recompensassem por aquela boa ação, concedendo-lhe o coração de Amira. Sentindo-se um pouco mais leve, Abdul deu o braço à jovem ao seu lado e juntos subiram a trilha que deixava a praia.

LEMESSOS, CHIPRE

Hrolf estranhou a porta do quarto entreaberta e o silêncio por trás dela. Tenso, sacou a faca da bainha e se esgueirou para dentro do aposento. Seus olhos se acostumaram à penumbra do entardecer. Notou logo que havia algo errado quando se deparou com uma forma humana largada no chão, poucos passos adiante. Depois de se certificar de que não havia mais ninguém de tocaia no ambiente, acendeu uma vela.

— Björn!

Ajoelhou-se ao lado do capitão. Tocou sua cabeça, onde um inchaço marcava o lugar onde recebera uma pancada. Ao pressionar o ferimento, Björn gemeu e despertou.

— Hrolf... onde ele está?

— Ele...?

— Bakkar — com esforço o capitão do Freyja se sentou e encarou o rastreador — Inferno! Ele aproveitou que eu estava distraído e me acertou. Estava louco! Queria ir atrás da mulher de qualquer jeito.

— Diabos! Ele perdeu o juízo de vez! — Hrolf ajudou Björn a se levantar — temos que ir atrás dele. Antes que acabe preso. Ou morto. Aimery não vai tolerar uma segunda ofensa como a de ontem. E seja o que for que o tal Ghalib está tramando, só pode significar encrenca para Bakkar.

Prendendo o cinturão com suas armas à cintura, Björn indagou.

— E quanto a Radegund?

— No momento, ela é a última de minhas preocupações.

Mark abençoou os anos em que vivera como espião de Ibelin. Graças a eles, ele agora estava dentro do palacete de Aimery, prestes a entrar nos aposentos de Radegund. Aquela que fora apresentada ao rei e a sua corte como *Laila*, a esposa de Ghalib. Lembrar daquilo fez seu sangue ferver. Pensar no maldito colocando as mãos em Radegund o deixava louco de ódio. E mais louco ainda ficava ao se recordar do momento em que ela apontara Ghalib como sendo seu marido. O que diabos dera nela? Por que parecera tão aterrorizada em sua presença? O que o bastardo fizera à sua garota? Cada passo encurtava a distância entre ele e o mistério que envolvia a presença de Radegund ao lado de Ghalib ibn-Qadir. Mais uma porta — a dos aposentos que descobrira serem os dela — e finalmente poderia saber o que a levara a agir daquela forma.

Com o coração trovejando no peito, Mark abriu cuidadosamente a porta do aposento. Embora fosse noite, não havia sequer uma vela acesa. Estava tudo mergulhado na escuridão. Caminhando devagar, chegou até o centro da sala íntima. Sua visão foi então ofuscada pelos archotes, trazidos por dois homens, que entraram pela porta atrás dele. Imediatamente levou a mão ao punho da cimitarra, enquanto encarava Ghalib. De pé atrás de uma cadeira, mantinha a mão pousada de forma ameaçadora sobre o ombro de uma nitidamente apavorada Radegund.

— Boa noite, *messire*. — Ghalib deu um sorriso debochado — eu já o esperava.

Tarde demais, Mark percebeu que seu desespero o fizera cair em uma armadilha.

O amanhecer lançava seu colorido pelos céus de Lemessos quando um fatigado Björn aproximou-se do pátio da hospedaria. Atrás dele, silencioso e atento, Hrolf estacou e colocou a mão em seu ombro.

— O que foi? — O capitão indagou, impaciente.

O rastreador aspirou profundamente o ar matinal. Maresia, oliveiras, pão fresco, cavalos... *sangue*. Antes de responder, esquadrinhou os arredores com os olhos. O lusco-fusco da aurora confundia luz e sombra. Mas ele percebeu nitidamente o fardo atirado no beco ao lado da hospedaria.

— Ali! — Berrou para Björn.

Em seguida, correu até o local. O cheiro acre e adocicado do sangue invadiu suas narinas no mesmo instante em que sua mão tocou o corpo de Mark al-Bakkar. Cuidadosamente, virou-o para cima.

— Por Odin!

A exclamação de Björn ao ver o estado em que se encontrava o cunhado traduziu também os sentimentos de Hrolf Brosa. Revolta.

Bakkar fora metodicamente espancado. Das roupas que vestia no dia anterior, restavam apenas trapos. Por todo corpo havia sangue, hematomas, esfoladuras e cortes, misturados à areia e pedaços de vegetação. Fora arrastado e jogado ali como um aviso, um exemplo. Uma mensagem clara para que partissem o quanto antes. Enraivecido, Hrolf ordenou.

— Prepare aquela banheira para nos tirar daqui. Vamos levar Bakkar de volta para casa.

— E a ruiva?

Triste, o rastreador olhou para o homem desacordado aos seus pés.

— Melhor esquecê-la. Ou os filhos dele acabarão perdendo não só a mãe, como também o pai.

CAPÍTULO
XII

"Eles aprisionaram o tigre na planície de shamu;
deixaram-no acorrentado, desarmado e de torso nu;
soaram as trombetas, comemoraram a vitória final,
e gritaram, 'o tigre está na jaula, preso como um animal!'
mas ai das cidades do rio, do planalto e de quem tudo isso lhe fez,
se o tigre escapar e voltar a caçar outra vez."

ADAPTADO DE "ANTIGA BALADA",
ROBERT E. HOWARD

MESSINA, SICILIA,
UMA SEMANA DEPOIS

Penalizada, Terrwyn olhou para o leito onde o irmão dormia um sono agitado. O Freyja aportara bem cedo no dia anterior. Fora Björn quem o trouxera numa padiola. Aos prantos, ela ouvira o relato do marido sobre tudo o que acontecera em Lemessos. Nervosa, acusara ele e Hrolf de terem abandonado Radegund à própria sorte. Porém, mais calma, admitira que ambos haviam tomado a decisão mais acertada, afastando Mark do risco iminente.

— Tia?

A vozinha de Lizzie, vinda da porta do quarto, fez com que Terrwyn emergisse de seus pensamentos.

— Olá, minha princesa. — Pegando a menina no colo, afagou os cachos desalinhados — o que faz fora da cama numa hora dessas?

Ignorando a pergunta, Lizzie respondeu com outra indagação.

— Meu papai vai ficar bom?

— Claro, querida. Vai sim.

Os olhos azuis de Lizzie fixaram-se por um longo tempo no rosto machucado de Mark. Em seguida, ela falou.

— Eu não quero que ele morra, tia Terrwyn. Minha mãe me contou que meu outro papai foi para o céu. Eu não lembro dele — o lábio inferior de Lizzie formou um beicinho — não quero que esse papai vá também. E nem que ele vá embora como minha mãe foi.

Com os olhos marejados, Terrwyn abraçou a garotinha, sem conseguir conter um gemido.

— Oh Deus!

— Por que minha mãe foi embora, tia? Ele não gostava mais de nós? Nem do Lúcifer?

Carinhosa, Terrwyn fez a criança olhá-la nos olhos.

— Escute-me, querida. Sua mãe não foi embora porque quis. Um homem muito mau a levou. Seu pai tentou buscá-la, mas esse homem mau o machucou. Quando seu pai estiver bom, ele vai buscar sua mãe e a trará de volta para casa.

Espantando as duas, a voz de Mark, ainda fraca, soou vinda do leito.

— Pode apostar nisso, minha irmã. — Lizzie saltou do colo da tia e subiu na cama, abraçando-o, enquanto Mark prosseguia — meus filhos não ficarão sem a mãe. Nem eu ficarei sem minha mulher. Radegund me pertence. Nada, nem ninguém no mundo, será capaz de mudar isso.

MAR MEDITERRÂNEO

— Ela ainda está apática, *sidi* — Fairuz retorcia as mãos, ansiosa, enquanto estudava as reações no rosto de Ghalib — desde o incidente na corte de Aimery ela vem se comportando assim. — A anciã se aproximou mais de Ghalib e o encarou, seus olhos escuros devassando a alma do homem que vira crescer — matou seu espírito, *sidi*. Seja o que for que o tenha atraído para esta mulher, não existe mais. Sua ânsia em tê-la destruiu o espírito dela.

Ghalib deu-lhe as costas, irritado. Olhou obstinadamente para o mar, despachando-a.

— Vá embora, velha imprestável! Não preciso de seus conselhos! Não preciso de nada nem de ninguém. — Bufou e apoiou-se na amurada — o que importa é que eu venci. A baronesa está aqui e al-Bakkar, a esta altura, deve estar sendo ridicularizado em toda Messina por ter perdido a mulher para mim.

Com um riso que mais parecia um debochado cacarejo, Fairuz ainda o admoestou.

— Cuidado para o feitiço não virar contra o feiticeiro, amo.

— Suma daqui mulher! Antes que eu a atire ao mar!

Agastado, Ghalib voltou-se novamente para o oceano. Maldita fosse Fairuz! Não sabia porque ainda conservava a velha faladeira consigo. Talvez fosse alguma ridícula noção de respeito; uma tola sentimentalidade ou uma estúpida nostalgia. O pior de tudo era que a anciã o conhecia tão bem que conseguira atingi-lo e irritá-lo ainda mais do que já estava ultimamente.

Impaciente, percorreu o convés com os olhos. Os marinheiros passavam ao lado dele cabisbaixos, ninguém lhe dirigia um olhar sequer. Todos o respeitavam e temiam. Até mesmo o capitão. Melhor assim. Pelo menos alguma coisa caminhava dentro da normalidade. Porém, já não podia dizer o mesmo de si próprio.

Desde a maldita noite em que al-Bakkar se atirara em suas mãos, a baronesa se trancara num mundo à parte, alheia a tudo e a todos. Naquela noite, quando os guardas deixaram o mestiço desacordado diante dos olhos dela e depois arrastaram seu corpo inerte para fora dos aposentos, Ghalib supôs que ela o agradeceria. Afinal, ele a salvara do suposto ex-marido violento. No entanto, ela simplesmente fitara fixamente a porta por onde o homem fora levado, enquanto lágrimas escorriam por seu rosto. Em seguida, saíra correndo, trancando-se em sua alcova. Fora preciso chamar um serralheiro para abrir a porta. Lá dentro, ao amanhecer, ele a encontrara desacordada junto à janela. Decidira zarpar no mesmo dia para Acre, afastando-a definitivamente de al-Bakkar. Só então ele percebera que já não seguia um plano preestabelecido. Aquele ato não mais fazia parte do ardil para minar a influência de al-Bakkar na Sicília. Nem era mais uma forma de impor seu poder sobre a insolente mulher.

De modo súbito e assustador Ghalib percebeu que seu jogo o conduzira a uma desconfortável zona cinzenta. Um lugar onde trancara as próprias fraquezas. Surpreendeu-se com o sentimento de posse em relação à mulher. Constatou que não desejava abrir mão da baronesa, como planejara desde o início. Originalmente, ele a sequestraria, destruiria sua honra e do marido e depois a entregaria a al-Bakkar com toda insolência reduzida a nada. Agora, ele a desejava. Mais do que desejara na maldita noite em que a vira pela primeira vez, nos salões do barão de Messina. Como a odiava por isso! Como a amaldiçoava por fazer dele um fraco, um tolo conduzido pelas emoções!

Sua mente se rebelou diante do que seu espírito dava como fato. Nunca! Jamais se deixaria dominar pelo desejo, jamais perderia o rumo por causa de uma mulher. Sua escalada em direção ao poder na Sicília não seria atrapalhada por nada. Chegaria à Chancelaria Real. Nada o desviaria daquele objetivo. Nem mesmo a baronesa de D'Azûr.

Num silêncio permeado de ódio, apertou as mãos na amurada. Com o olhar fixo nas ondas que arrebentavam contra o costado da embarcação, Ghalib ibn-Qadir jurou a si mesmo que a baronesa jamais o teria nas mãos. Pelo contrário. Seria *ele* quem determinaria o destino *dela*.

Encolhida atrás do mastro principal, Fairuz observou Ghalib e sorriu.

MESSINA, SICÍLIA

Adela se sentou na confortável cadeira e deixou os olhos passearem pelo corpo do homem sobre a cama. O peito bronzeado estava envolvido em ataduras. No rosto ainda havia esfoladuras e hematomas. Mas ele continuava a ser um belo exemplar masculino, daqueles que qualquer mulher teria prazer em levar para o leito.

Relaxado, com os lábios entreabertos, ele ressonava. Devagar, ela se ergueu e caminhou até a cabeceira. Na penumbra do quarto, apenas o suave farfalhar de suas roupas e o arrebentar das ondas lá embaixo rompiam a quietude. Cuidadosamente, Adela acercou-se do leito, inclinando-se sobre o homem deitado. Apenas para se ver agarrada repentinamente e atirada ao chão, tendo uma adaga encostada em sua garganta. A pressão da mão que se fechava em torno de seu pescoço a impediu de gritar. A voz do homem, fria e impiedosa, era mais afiada do que a lâmina.

— Veio terminar o serviço que aquele maldito começou?

Adela tentava conservar a frieza que a mantivera viva até agora. Desde criança, aprendera a dominar as emoções e a usar a razão em proveito próprio. Porém, na situação em que se encontrava, era difícil não se deixar dominar pelo pânico. Reunindo o pouco que sobrara de sua coragem, respondeu à Mark al-Bakkar.

— Toque em um só fio de meu cabelo e a Sociedade o esmagará.

Ela viu os dentes brancos brilharem na escuridão quando ele sorriu cinicamente.

— Não, minha senhora, eles não me esmagarão. Precisam de mim e dos segredos que carrego. Principalmente, precisam dos arquivos que Scholz me passou antes de morrer — aumentou a pressão da adaga, intimando-a — o que faz aqui? Por que se esgueirou para dentro de meu quarto a esta hora da noite?

Adela mudou a estratégia.

— Talvez para aquecer sua cama, *messire*.

Surpreendendo-a, ele se colocou de pé, trazendo-a consigo. Em seguida, empurrou-a para longe, rosnando.

— Em minha cama só há lugar para minha mulher. *Jamais* se atreva a se insinuar nela. Com ou sem Sociedade, eu a atirarei para fora daqui a pontapés se tentar. Agora, trate de dizer a que veio. Caso contrário, suma e me deixe dormir.

Adela engoliu em seco. O homem, mesmo ferido, ainda era um osso duro. E louco pela mulher. Jamais conseguiria seduzi-lo. Ah, e ele era um tipo pelo qual valeria a pena correr alguns riscos... sem querer, apanhou-se invejando a baronesa. Desgostosa com a própria fraqueza, suspirou. Aquela missão era mais trabalhosa do que qualquer outra que já cumprira. Tentando ganhar tempo, ajeitou as roupas enquanto reunia os cacos de seu orgulho. Mais controlada, falou, retomando a frieza.

— Vim oferecer uma possível solução.

— Uma solução? — Mark repetiu.

— Sim. E também trazer algumas informações acerca da baronesa.

Mark sentou-se numa cadeira, apertando a atadura que mantinha a costela trincada no lugar. Apontou a outra cadeira para que Adela se sentasse, ordenando.

— Prossiga.

— Um de nossos agentes nos reportou a cena na corte de Aimery.

— Acho fantástico como as notícias correm...

— Pombos-correios são muito eficientes, filho de Anwyn. E nossa rede mais ainda. Um dos conselheiros do rei trabalha para nós.

— E por que ele não fez nada? — Indignou-se Mark.

— Ele não tinha ordem alguma nesse sentido. Seu trabalho como espião em Chipre poderia ser prejudicado caso ele tomasse seu partido. Entenda, todos têm conhecimento de que o senhor foi *aliado* de Balian de Ibelin. E Aimery é um Lusignan, ainda que tenha se casado com uma Ibelin. Sabe muito bem que essa rixa é antiga. Jerusalém é um osso saboroso...

— Jerusalém[40] está tão distante das mãos dos cristãos quanto as estrelas do céu!

— E por hora, é melhor que continue assim. Mas, voltando ao assunto de sua esposa, nosso espião nos fez um relatório completo. Disse que a baronesa foi apresentada como esposa de ibn-Qadir e que, apesar de parecer muito pouco sociável, não demonstrou sinais de estar ali contra a vontade.

— É isso que me enlouquece! — Ele se levantou, andando pelo quarto, dando a Adela uma visão perfeita do corpo mal coberto pelos calções justos. Jamais um homem a impressionara tanto quanto o filho de Anwyn ap Iorwerth — Se ao menos ela tivesse tentado algo, se tivesse me dado um sinal...

— Ela pode estar sendo mantida sob chantagem ou qualquer outro tipo de coação.

— Não conhece Radegund, senhora. Ela é esperta demais. Teria dado um jeito de nos dizer a verdade.

— Entendo... — pausa — Ghalib partiu de Chipre. — Ele estacou, encarando-a. Adela prosseguiu — tudo leva a crer que foi para Acre, onde tem algumas propriedades. Sua mulher foi levada com ele.

— Inferno!

— Acalme-se. Temos uma proposta que talvez o ajude.

Alguma coisa estava cheirando mal. Mark fitou Adela por um longo tempo. Por que a Sociedade estava tão interessada em seu caso? Antes que pudesse perguntar, no entanto, a agente da Sociedade foi mais rápida. Retomando a palavra, fez uma sugestão desconcertante.

— Faça o mesmo que Ghalib fez com você, filho de Anwyn.

Mais uma vez aquela expressão. Mark começava a se irritar. Retrucou com sarcasmo.

— Que eu saiba, Ghalib não é casado. Logo, não posso roubar a mulher dele, como ele fez com a minha.

— Não compreendeu. — A misteriosa agente se levantou, passou por ele e sentou-se na sacada, seu rosto oculto pelas sombras da noite — atinja-o no que ele tem de mais importante. — Adela voltou-se para ele, encarando-o — ele tirou sua esposa. Tire dele o poder.

— Como?

— Ora! Pensei que fosse mais esperto, *messire*. A resposta está aqui mesmo, em Messina.

— Aqui em Messina? — Mark inclinou-se para frente, amaldiçoando a dor nas costelas trincadas — explique-se melhor, senhora.

— Pois não. Atualmente o bem mais precioso que Ghalib ibn-Qadir possui não é ouro, nem suas terras. É sua jovem irmã.

— Não estou entendendo. Poderia deixar de rodeios e explicar tudo com clareza?

— Claro. Ibn-Qadir, apesar de todo dinheiro e daqueles a quem comprou e corrompeu, é um prisioneiro das próprias artimanhas. Para que possa se expandir com total liberdade de movimentos, rompeu um antigo noivado da irmã, entregando-a a um cavaleiro de posses do Languedoc. Como sabe, aquela região possui grande valor estratégico devido às passagens pelas montanhas, para onde convergem inúmeras rotas comerciais. É uma alternativa ao monopólio dos pisanos, dos genoveses e dos venezianos, bem como uma forma de evitar as taxas em Gibraltar. Se Ghalib consolidar uma aliança na região...

— Ele ampliará seu poder e competirá com as cidades mercantes. Terá o monopólio das rotas e cobrará o que quiser pelo uso delas. Mas que filho da...

— Concordo. — Interrompeu-o Adela, para logo depois se levantar da sacada e parar de pé, diante dele — a Sociedade o apoiará, abafando todo e qualquer rumor a respeito. Tudo o que tem a fazer é raptar a moça e usá-la como moeda de troca.

Reclinando-se na cadeira, Mark estreitou os olhos e a encarou.

— O que a Sociedade lucrará com isso?

Adela deu-lhe um sorriso lento. Apoiou-se nos braços da cadeira e aproximou o rosto do dele.

— Isso importa?

— Atualmente — ele deu de ombros —, não.

— Tem algum escrúpulo em usar a garota?

Mark sustentou o olhar dela.

— Tanto quanto o irmão dela teve em sequestrar minha mulher.

Adela endireitou-se e sorriu.

— Agora sei porque é tão valioso para nós. — Fez uma mesura elegante e despediu-se, encaminhando-se para a sacada — passar bem, filho de Anwyn. Ainda nos veremos.

Ainda aturdido com o que ouvira, Mark só notou que a mulher sumira pela noite adentro quando se aproximou da sacada e a encontrou vazia. Inquieto, voltou para dentro do quarto e recostou-se na cama. Tinha muito em que pensar.

Björn olhou para Hrolf, incrédulo com o que acabara de ouvir. O rastreador apenas deu de ombros e continuou encostado ao batente da porta entre o dormitório e a saleta íntima. Desanimado, o capitão balançou a cabeça e resmungou.

— Isso é uma loucura! Só pode ter levado uma pancada na cabeça e ficado de miolo mole!

Mark parou de aplicar o unguento sobre uma das coxas e encarou o capitão.

— Tem solução melhor? — Diante do silêncio do outro, completou — foi o que pensei.

— Ainda assim — Björn se levantou. Impaciente, começou a andar pelo cômodo — essa ideia é a coisa mais estúpida que já ouvi.

— Escute aqui, Svenson — Mark também se ergueu, irritado — se não pode me ajudar, é melhor que não me atrapalhe! Já tenho problemas demais. Não vou ficar perdendo tempo convencendo-o da necessidade de agirmos assim.

— Você ficou louco!

— Não! — O soco que Mark deu sobre uma mesa fez com que várias peças caíssem no chão — mas vou ficar se não fizer nada para trazer Radegund de volta! Ghalib declarou uma guerra quando a raptou. Não teve escrúpulos em agir e eu também não terei.

Atirando as mãos para o alto, o capitão retrucou.

— Eu desisto.

Pisando duro, deixou os aposentos batendo a porta. Mark caiu sobre uma cadeira. Desanimado, esfregou o rosto com as mãos para, em seguida, encarar Hrolf Brosa.

— Concorda com ele?

Com um olhar frio, Hrolf respondeu.

— Ghalib me deixou para morrer naquela praia. Acho que me deve algo.

Mark assentiu com a cabeça.

— É justo. O diabo é saber que terei que esperar mais alguns dias para agir. Essas costelas... Inferno! Este serviço não pode ser confiado a outra pessoa. É um risco só meu.

Taciturno, Mark se levantou e apanhou uma garrafa de vinho. Verteu o líquido no copo, tomando-o de uma só vez. Em seguida, tornou a enchê-lo. Ficou com o olhar perdido na superfície vermelha da bebida, como se ali fosse encontrar soluções para todos os seus dilemas íntimos.

Hrolf temeu que o mestiço se afundasse novamente no álcool, como fizera logo após o assassinato da primeira esposa. Como se lesse seus pensamentos, Mark ergueu os olhos do copo. Havia um toque de escárnio na voz.

— Não se preocupe, Brosa. Não pretendo me embebedar. Preciso estar sóbrio para encontrar Radegund e matar o desgraçado que a roubou de mim.

— Pois bem — Hrolf se sentou perto dele — já localizei a irmã de Ghalib.

— Chegou a vê-la?

— Não. Observei a casa de longe e conversei com alguns comerciantes. Ela mora em Catania, mas está realmente em Messina. Segundo soube, é uma mocinha bem jovem, noiva de um cavaleiro do Languedoc. O infeliz virá no outono para se casarem.

Mark se levantou e andou pelo aposento. Olhou cada detalhe e em todos via uma lembrança de Radegund. A pequena arca de sândalo dada por Bharakat; uma estatueta de Jade, presente de um *sheik*; peças trazidas do Egito numa de suas escoltas... Pelo Profeta! Onde ela estava agora? Por que, afinal de contas, Ghalib a levara? O que planejava obter com aquilo? E por que ela não reagira em Chipre? Sua Raden era uma lutadora, uma guerreira! Como Ghalib conseguira arrancá-la dali e conduzi-la como uma ovelha, sem que ela causasse uma comoção?

— E então, Bakkar? — Indagou Hrolf, tirando-o daquele transe — o que fará?

Os olhos dele fixaram-se nos do norueguês. Havia um brilho diabólico sob o cenho franzido.

— Quero essa garota aqui.

— E como nós faremos isso?

Não passou desapercebido a Mark o uso do "*nós*". Agradeceu aos céus que ao menos Hrolf compreendesse a dimensão de seu desespero. Além da falta que Radegund fazia — e que chegava a causar uma constante dor física

— havia ainda seus filhos. Lizzie andava tristonha, sem querer brincar nem comer. E o pequeno Luc apenas sossegava em seu colo ou no de Terrwyn. Decidido a acabar com o sofrimento, deu sua resposta ao rastreador

— Não sei. Mas ela virá, nem que tenhamos que arrastá-la pelos cabelos.

— Tem mesmo que partir, Abdul?

— Sim, Jamila. Precisam de mim em Siracusa com urgência. Mas serão apenas alguns dias. Não tema. A segurança da casa foi reforçada. Apenas não saia.

Jamila estava verdadeiramente desolada. E se fosse sincero consigo mesmo, ele também relutava em abandonar a doçura de sua companhia. Era como deixar o único raio de sol no mais frio dos invernos. Deu-lhe um sorriso desajeitado, como se isso desculpasse sua partida.

— Sentirei falta de sua companhia. É um amigo verdadeiro, além de meu irmão.

— Meio-irmão — corrigiu ele, sem ressentimento — e bastardo.

A jovem negou com a cabeça e reiterou.

— É mais meu irmão do que Ghalib, Abdul. Tem mais carinho e cuidado para comigo do que ele, que nasceu da mesma mãe e do mesmo pai que eu. — Segurou o braço dele com um olhar suplicante — se pudesse convencê-lo a me libertar do compromisso com Saint-Gilles...

— Jamila...

— Eu imploro, Abdul!

— Está bem. Tentarei falar com ele quando voltar. Mas aviso que de nada adiantará. A aliança que Ghalib firmará através de seu casamento é fundamental. Duvido que abra mão dela.

— Não é justo.

— Eu sei, minha irmã. Eu sei.

Com um sorriso triste, Abdul jogou os alforjes nos ombros e saiu pelos portões, que logo se fecharam atrás dele.

Terrwyn observou o vai e vem do marido pelo jardim. Com as mãos para trás, Björn andava pelas alamedas cobertas de conchas esmagadas, sua impaciência quebrando o sossego do recanto. Bufou, exasperada. Ele estava lhe dando nos nervos. Mas que diabo! Que bicho o mordera?

Desde que saíra dos aposentos de Mark, no dia anterior, ele andava esquisito. E, para falar a verdade, seu irmão e Hrolf andavam mais esquisitos ainda. Estreitando os olhos, observou Björn mais uma vez. Aqueles três estavam escondendo alguma coisa dela. Podia sentir o cheiro de encrenca no ar. Inferno! E ali não havia sequer *uma* passagem secreta para que ela bisbilhotasse o que eles conversavam. Principalmente o velho Falcão e seu digníssimo irmão. Certamente era algo relacionado à Radegund. E se fosse isso, Deus os ajudasse se a deixassem de fora! Cedendo a exasperação, reclamou.

— Quer parar com isso? Daqui a pouco vai abrir um buraco no jardim!

Björn estacou, como se só então percebesse o que fazia. Olhou para a esposa, algo aturdido e resmungou.

— Será que não posso nem pensar sossegado?

— Pensar pode, capitão. Mas preferia que o fizesse sem me deixar tonta com esse vai e vem! Por que não senta o traseiro num canto e me conta o que está acontecendo?

— Com todos os diabos, mulher! Seu linguajar parece o de um marujo.

Terrwyn abafou uma gargalhada, sem muito sucesso.

— Ora, não é isso o que sou? Moro num navio e sou casada com seu capitão.

Carrancudo, ele se sentou ao lado dela.

— Não tem cumprido seu papel de esposa ultimamente.

Toda a diversão sumiu do rosto de Terrwyn, dando lugar à seriedade.

— Dê-me a verdade, Björn. E terá sua esposa de volta.

Impaciente, Björn segurou seus ombros.

— Já disse o que tinha de dizer, Terrwyn. Precisa confiar em mim.

— Como, se vejo em seus olhos que não me contou a verdade?

— A única verdade que precisa saber é esta.

Surpreendendo-a, beijou-a intensamente. Terrwyn tentou resistir, agitando-se em seus braços. Mas Björn não lhe deu trégua, sua boca exigindo total rendição. Seus braços a continham com firmeza sem, no entanto, machucá-la. E quando sentiu que os lábios dela se abriam sob os seus, teve que conter um grito vitorioso.

— Quero você, Terrwyn. Quero minha mulher, em minha cama.

— Não — ela gemeu, numa tentativa fracassada de conter as reações do próprio corpo ao marido. Diabo! Não havia nada mais inútil na face da terra. Eles eram como fogo e gelo se chocando. Quase podia ver as nuvens de calor se desprendendo de seus corpos. Tentou um argumento mais sólido. — Pare, Björn. Estamos no jardim!

Ele ergueu um pouco o rosto e lançou-lhe um sorriso maroto.

— Estão todos repousando. É a hora da sesta. — A mão atrevida se insinuou no decote dela — não vai fugir de novo, Terrwyn.

O tecido foi puxado para baixo. Sua boca deslizou sobre a pele macia do pescoço da esposa, concluindo a viagem num dos seios desnudos.

— Oh! Por Deus! Os criados...

— Danem-se os criados! — Em um gesto rápido, puxou-a, colocando-a montada sobre suas coxas — quero você, agora!

As mãos ásperas deslizaram ao longo das coxas de Terrwyn, subindo a saia. Sentia-se lânguida, pronta para o marido. Gemeu quando ele libertou o próprio sexo, roçando-o no dela. Björn fez com que seu corpo descesse sobre o dele, penetrando-a de uma só vez, fazendo-a gemer de encontro a sua boca. Não haveria tempo para preliminares. Não caberiam ali jogos de sedução. Só havia a necessidade a ser satisfeita. Dele e dela.

— Björn... — ela choramingou, sem saber se o repreendia pelo avanço, ou se implorava para que prosseguisse.

— Goze para mim, Terrwyn.

Com as mãos dele em torno de sua cintura, impulsionando-a numa cadência cada vez mais alucinante, Terrwyn mandou às favas o que lhe restava de bom senso e orgulho. Seu marido se mostrava tão apaixonado e impetuoso que dificilmente teria andado atrás de outras mulheres. Daria um voto de confiança a Björn. E rezaria para não se arrepender. Com aquela decisão em mente, abandonou-se nos braços de seu capitão.

CAPÍTULO
XIII

"Guiado por teu perfume às paragens mais belas
Vejo um porto arquejar de mastros e velas
Ainda tontos talvez da vaga alta que ondula"

"PERFUME EXÓTICO",
CHARLES BAUDELAIRE

MESSINA, SICÍLIA

O som da última badalada anunciando as *primas* ainda ecoava pelos jardins quando Hrolf Brosa chegou ao alto da trilha que levava à praia. Saltara da cama antes mesmo da aurora, ansioso por um mergulho. Agora, quando os raios de sol tingiam a cidade de um tom dourado, ele apanhava a toalha que deixara sobre um dos bancos do jardim e começava a se enxugar. Uma das criadas que passava carregando uma trouxa de roupas admirou abertamente os trajes molhados e colados ao corpo dele. Ao ver-se observado pela mocinha, Hrolf não pode deixar de sorrir, embora não estivesse com a mínima vontade de rolar no feno com uma garota que teria idade para ser sua filha.

A maturidade tinha suas vantagens, pensou. Fosse ele um jovem impetuoso, não pensaria duas vezes antes de se entregar aos prazeres que o sorriso matreiro e o corpo moreno prometiam. No entanto, ele já passara dos quarenta verões. Tinha idade o bastante para ser seletivo com o tipo de mulher que levava para sua cama. Tempo de vida suficiente para saber que o que importava era a qualidade e não a quantidade. Sendo assim, e para a decepção da mocinha, ele apenas lhe desejou um bom dia e se encaminhou para a casa de banhos, enquanto a mente se voltava para os planos de Mark al-Bakkar.

Embora Björn discordasse da estratégia do mestiço, Hrolf sabia que aquele estratagema era a única possibilidade de obterem algum resultado. Para derrubar alguém inescrupuloso como Ghalib, teriam que ser tão inescrupulosos quanto ele. Mesmo que implicasse envolver a irmã do cretino que, aparentemente, nada tinha a ver com o caso. No entanto, não havia ponto mais sensível num bastardo como Ghalib ibn-Qadir do que a própria bolsa. Se a irmã era a garantia de um acordo comercial, paciência. Bakkar faria o que fosse preciso para trazer a esposa de volta. E ele o apoiaria sem hesitações.

Sua lealdade fora empenhada à ruiva e àqueles quatro homens do grupo de Tiro há muito tempo. Um pacto de amizade, feito em meio à guerra e à incerteza. Um sorriso nostálgico desenhou-se em seus lábios enquanto abria a porta da sala de banhos. Apesar de tudo, aquele havia sido um tempo bom. Ao menos sabiam de onde viria o perigo. Podiam jogar abertamente, não era preciso agir por meio de subterfúgios.

Despindo os calções, Hrolf entrou na piscina, esfregando-se para se livrar do sal e da areia. Durante os últimos três dias, observara furtivamente a residência de Ghalib em Messina. Mantivera-se a distância, contando as sentinelas, observando os horários em que a guarda relaxava e os pontos frágeis dos muros. Concordara com Bakkar que deveriam agir à noite e aquela seria ideal. A lua, no fim do quarto minguante, não brilhava mais no céu. Seria fácil entrar na residência e tirar a garota de lá sem ser visto. Depois, ela seria levada para a *villa* e, dali, para o Freyja. Björn, apesar de relutante, acabara cedendo à pressão e concordara com a empreitada. Àquela altura, toda equipagem do navio estava a postos.

A parte mais perigosa do plano, no entanto, não era o rapto da irmã de Ghalib. E sim, o risco de Terrwyn descobrir o que o irmão, o marido e ele estavam prestes a fazer. Se aquilo acontecesse, os três poderiam se considerar os mais novos eunucos de Messina.

A porta da sala de banhos se abriu no momento em que o rastreador emergia, trazendo a brisa da manhã ali para dentro. Tirando a água do rosto, ele observou Björn, que acabava de chegar.

— Está tudo pronto, Hrolf — resmungou Björn enquanto desatava os cordões das botas — embora eu continue achando tudo isso uma grande tolice.

— Bakkar luta com as armas que tem, garoto.

O capitão deu um meio sorriso ao ser tratado daquela forma pelo rastreador. Hrolf fazia parecer que tinha idade para ser seu pai, quando a diferença entre eles era de poucos anos.

— Que seja — resmungou, despindo-se e entrando na água — quando faremos o serviço?

— Faremos? — Caçoou Hrolf, esfregando os cabelos com o sabão — não levaria você comigo nem se fosse bonito, jovem Svenson! Provavelmente faria mais barulho do que um javali bêbado!

— Ora! — Björn espirrou água no amigo — está me chamando de inútil, lobo ranzinza?

— Não, seu tolo. Mas acho que você é mais eficiente no mar do que em terra. — Sorriu para o capitão — deixe que eu trago a garota. Bakkar poderia ir comigo, mas ainda não pode ficar escalando muros. Suas costelas ainda estão ruins. E sua mulher? Desconfia de alguma coisa?

— Aparentemente, não.

— Tente mantê-la ocupada hoje à noite.

Björn abriu um sorriso maroto.

— Quanto a isso, não se preocupe. Sei bem como *entreter* Terrwyn.

Mark brincava com os filhos e com a sobrinha, junto com Terrwyn, quando Ariel pigarreou à entrada do pátio interno. Entregando Luc aos cuidados da irmã, o mestiço foi ver o que o diligente secretário queria.

— O que houve, Ariel — indagou ele ao notar que o homem torcia as mãos — aconteceu alguma coisa?

— Temo que sim, *messire* — ele tirou o barrete e coçou a cabeça — um dos malotes de correspondência extraviou-se.

— Essa não! Como diabos conseguiram essa façanha? — Indagou Mark, irônico.

— Sinto, muito *messire*. Parece que o encarregado bebeu além da conta e despachou o pacote no navio errado. Foram no Ymir.

— E agora minhas cartas estão a caminho de Constantinopla. Grande! — Bufando, o mestiço esfregou o rosto. — Deixe para lá, Ariel. Essa é a menor das preocupações. Caso haja algo urgente, você me encaminhará uma mensagem quando eu estiver fora.

— Está certo, *messire*.

Anoitecera há muito tempo. Quente e abafada, sob um céu negro e estrelado, nem toda Messina dormia. Dois homens conduziam as montarias a passo por uma rua deserta. Vestidos com roupas pretas, que os tornavam parte das sombras, permaneciam silenciosos, cada qual perdido nos próprios pensamentos. Pararam seus animais assim que entraram numa zona de residências nobres e imponentes. Em voz baixa, trocaram algumas palavras. Um deles se afastou enquanto o outro se ocultava nas sombras, a mão sobre o punho de uma afiada cimitarra.

O calor naquela noite estava insuportável. Irritada, Jamila passara horas revirando no leito até cair num sono inquieto. Sonhos estranhos e imagens desconexas misturavam-se à sensação de perigo iminente. Despertou de supetão no meio da madrugada, meio desorientada. Tinha a impressão de que alguma coisa fora do normal a acordara. Apurou os ouvidos, tentando captar algum som além dos ruídos comuns dos insetos e pássaros noturnos. Não ouviu nada. Apesar disso, sua intuição lhe dizia que havia algo diferente. Sem pensar duas vezes, levantou-se da cama, afastando os mosquiteiros. Regozijou-se com a cerâmica fria que transmitia algum frescor sob os pés descalços.

Olhou da sacada, tentando ver algum movimento no pátio ou no jardim. Estava tudo às escuras. Apenas um archote ardia junto ao muro, espalhando um pequeno círculo de luz. Pareceu ver uma sombra se movendo bem ali. Talvez fosse Abdul retornando. Alegre, saiu dos aposentos e desceu correndo as escadas laterais, abrindo cuidadosamente a porta que dava para o jardim. Abdul sempre usava aquele portão, do qual era o único a ter as chaves.

— Abdul? — Chamou ela. — É você?

Não houve resposta. Uma rajada de vento quente varreu o jardim, agitando as folhagens. Inexplicavelmente, um arrepio gelado percorreu seu corpo, fazendo-a estremecer. Algo se moveu entre os arbustos, conduzindo sua atenção naquela direção. Foi então que ela o viu.

Silencioso e sério, olhava para ela de forma fixa e insistente. Os olhos claros, cintilando à luz do archote, fizeram-na cativa quando encontraram os seus. Estática, não conseguia desviar o olhar, parecendo vítima de um poderoso encantamento. Havia naqueles olhos uma força contida, um poder retido a custo. E uma experiência que estava muito além da limitada compreensão de uma jovem como ela, criada entre as paredes de um convento.

Estudou, naqueles breves instantes, os ombros largos e os cabelos louros soltos ao redor do rosto sisudo. As sobrancelhas claras quase se uniam acima do nariz aquilino, em meio ao cenho franzido. Os lábios, apertados numa linha fina, pareciam nunca ter sorrido. Não havia qualquer traço de benevolência, piedade ou clemência. Apesar disso, ela continuava olhando fixamente para ele, supondo que o Arcanjo Miguel teria aquele mesmo rosto e aquela mesma expressão. A mais alta potestade de Nosso Senhor, seu braço vingador, devia ter aquele mesmo olhar impiedoso e gelado enquanto erguia sua espada flamejante e espalhava a ira de Deus sobre a Terra.

Quando homem deu um passo à frente, Jamila estremeceu. Independentemente de quem fosse, estava invadindo sua casa. Recuou, enquanto o estranho continuava avançando. O suor frio escorreu por suas costas, grudando o tecido fino da camisola em sua pele. Abriu a boca para gritar pelos guardas da casa. Porém, antes que o fizesse, a mão do homem cobriu seus lábios Depois de empurrá-la contra o muro, pegou um pedaço de tecido e a amordaçou. Em seguida, ergueu-a do chão. O coração de Jamila quase explodiu de pavor; pernas e braços amoleceram e todo seu corpo gelou. Estava sendo sequestrada! Todas as histórias horríveis que escutara no convento vieram em sua cabeça. Das moças que eram raptadas pelos lombardos, aqueles bárbaros, e que eram submetidas a toda sorte de privações e degradações. Debateu-se e esperneou, sem sucesso. Sua força era ridícula contra os braços que a prendiam como tenazes.

Ágil, o homem escalou o muro, segurando-a com um só braço, ganhando a rua. Rápido e silencioso, entrou com ela num beco escuro onde a montaria o esperava. Jamila estava tão apavorada que não conseguia nem se mexer. E mesmo que estivesse sem a mordaça, não gritaria. Simplesmente não tinha voz. Sua garganta estava fechada e seu coração disparado.

Com um grunhido numa língua estranha aos seus ouvidos, o homem incitou a obediente montaria e os dois se perderam noite adentro. De olhos fechados, Jamila rezava.

Hrolf aguardara pacientemente por um momento propício para entrar na casa de Ghalib. Experiente e silencioso, habituado às longas vigílias quando se achava no rastro de uma presa valiosa, espantou-se quando a porta que dava para o suntuoso jardim se abriu. Mais espantado ainda ficou quando, antes sequer de alguém surgir por aquela porta, o perfume que sentira apenas uma vez na vida — e que o impressionara a ponto de tornar-se inesquecível — invadiu suas narinas.

As mesmas exóticas imagens que o assaltaram em Veneza voltaram para assombrar seus pensamentos. Cores quentes, sedas esvoaçantes e lugares longínquos dominaram sua mente por alguns instantes, desviando-o do objetivo de sua missão. Uma ansiedade estranha percorreu seu corpo, deixando-o com os pelos da nuca eriçados. Por alguns segundos, sentiu-se transportado para um jardim distante e luxurioso, em meio ao odor dos jasmins e das rosas. Havia também um toque cítrico naquele perfume, uma promessa de sensualidade que esperava apenas o toque de um amante paciente para ser libertada.

Repentinamente, toda aquela onda mágica foi rompida pelo movimento do outro lado do jardim. A porta aberta deu passagem à graciosa jovem que, pelas feições, só poderia ser a irmã de Ghalib ibn-Qadir.

Os cabelos castanhos caíam sobre um dos ombros de forma desalinhada, formando um manto. Brincavam com a luz do archote, refletindo-a em cintilações douradas. Os pés delicados revelavam-se timidamente sob a barra da camisola recatada, embora a fina cambraia revelasse mais do corpo da moça do que seria recomendado pelo decoro. Uma das mãos estava pousada sobre o colo, como se para acalmar as batidas de um coração ansioso. Os olhos amendoados e de cílios escuros tentavam enxergar além da obscuridade do jardim. Os lábios delicados estavam entreabertos, prontos para uma indagação ou um chamado.

Por um instante ele imaginou se ela não teria ido ao jardim a espera de algum amante. Inexplicavelmente, o pensamento o irritou. Enterrou-o no fundo da mente e voltou a observar a jovem. Fez um movimento qualquer, denunciando sua presença no jardim.

— Abdul? É você?

A voz doce causou nele um estremecimento, ao mesmo tempo em que um ódio irracional pelo desconhecido chamado Abdul tomou conta dele. Uma rajada de vento soprou as folhagens no instante em que emergiu das sombras, intimidando-a com seu tamanho e seu olhar. Franziu o cenho, encarando-a, como se a desafiasse a gritar por socorro. Por longos momentos, suspensos no tempo, seus olhos encontraram os dela. Seu corpo se tornou quente. Pareceu estar vivo de novo. Vivo como um homem e não como o fantasma que se habituara a ser desde que estivera em *Nihon*.

Vozes e lembranças ergueram-se do passado como uma onda ameaçadora, tornando difícil sua respiração. Dando-se conta do risco que corria, avançou sobre a jovem. Os olhos dela abriram-se desmesuradamente e, antes de agarrá-la com um dos braços, ainda notou o tom rico de castanho de suas íris. Cobriu-lhe a boca com uma das mãos e sem demora, a amordaçou. Saltou com ela pelo muro, sentindo o corpo trêmulo junto ao seu. O coração disparado batia sob seu antebraço, passado ao redor dela como um tirante. Rapidamente alcançou a montaria e disparou pelas sombras.

Segurando-a firmemente, lutando para ignorar o corpo gracioso apertado contra o seu, tratou de modificar o rumo dos pensamentos. Porém, nada podia fazer para impedir que o perfume dela invadisse, sem pedir licença, seu sentido mais apurado. A última coisa de que precisava, no entanto, era daquela onda de luxúria que a irmã do inimigo acabava de despertar.

Mark aguardou o retorno de Hrolf sem ansiedade. Confiava plenamente no talento do rastreador. Ele mesmo não faria melhor. Murmurou uma cantilena em árabe para acalmar Nahr, que se agitou ao ouvir os cascos da outra montaria se aproximando. Com a mão no cabo da adaga, esperou. Logo, Hrolf Brosa entrava na viela onde ele se ocultara, trazendo nos braços a última esperança de reaver sua Radegund.

Sem hesitação, o norueguês lhe entregou a jovem, que foi colocada na frente de sua sela. Mark encarou a moça, que lançou a ele um olhar entre suplicante e apavorado. Sentiu-a tremer como um galho fustigado pelo vento. Em seu coração perguntou-se, pela milésima vez, por que estava fazendo aquilo com uma garota inocente. No entanto, tratou de sufocar aquela onda de piedade inútil. Estava ali por Radegund. Por ela, iria até as últimas consequências. Se o preço a pagar fosse sua consciência, que se cumprisse a sina.

Fitando seriamente a jovem, ele a fez virar o rosto para encará-lo. Falou em voz baixa, porém firme.

— Vou tirar a mordaça. Não grite, ou irá se arrepender.

A moça assentiu, enquanto lágrimas escorriam por seus olhos. Mark arrancou o tecido que cobria sua boca e indagou.

— Sabe quem eu sou?

Ela negou com a cabeça, já que o pânico roubara completamente sua capacidade de falar.

— Vou me apresentar, senhorita, para que saiba exatamente o porquê de estar sendo sequestrada. — Ela sentiu a tensão que emanava daquele homem, percebia o esforço que ele fazia para conter a raiva — sou Mark al-Bakkar, barão de D'Azûr, marido da mulher que seu irmão atacou, feriu, sequestrou e que mantém sob coação.

Um "*oh*" estrangulado partiu da garganta dela, enquanto ele e Hrolf incitavam as montarias, retornando à *villa*. Mark prosseguiu, o rosto fechado numa expressão sombria e ameaçadora. Jamila teve certeza de que deveria ter muito medo daquele homem. Mas, além do medo, ela sentia muita pena.

— Será minha refém. Eu a trocarei por minha esposa. É importante demais para que Ghalib a perca.

A voz dela saiu num sussurro, como se falasse consigo mesma.

— Meu irmão não se importa comigo.

— Ah, importa-se sim. Você é um tesouro, a chave para um acordo precioso que ele não pode nem sonhar em perder. Mesmo que não se importe com sua pessoa, ele jamais abrirá mão do próprio poder.

O homem silenciou, enquanto Jamila tentava conter as lágrimas. Procurou dizer a si mesma que chorava de medo. Mas não pôde negar que o sentimento que a feria mais profundamente era a mágoa. Mágoa por saber que era nada mais do que uma mercadoria, mágoa por saber que Ghalib se revelava cada vez mais insensível e mesquinho. Mágoa por saber que seu destino jamais estaria em suas mãos.

ACRE, 20 DE JULHO DE 1196

Os sinos anunciavam as *primas*, atestando que *Saint Jean D'Acre* era novamente uma cidade sob domínio cristão. Desde que fora retomada das mãos do sultão Saladino por Richard da Inglaterra, estava sob a jurisdição dos cavaleiros Hospitalários. Mesmo sem olhar pela janela, sabia que ao norte poderia ver a Cidadela e mais próximo, a leste, estaria o *Suq al-Abiad*, o grande bazar.

Era espantoso que soubesse tantas coisas sobre aquele lugar e que não se lembrasse de nada sobre si mesma. Sequer seu nome sabia. Chamavam-na de Laila e ela assim o aceitava. Mas não se lembrara propriamente daquele nome. A impressão que tinha era de que ele lhe fora dado como se dava nome a um animalzinho de estimação. Em verdade, era como um animalzinho que se sentia, embora Ghalib, seu marido, não lhe deixasse faltar nada. Sempre solícito, atendia às suas necessidades com presteza quase irritante.

Mesmo durante a travessia de Chipre à Acre, quando enjoara horrivelmente, Ghalib mantivera a mesma disponibilidade em atendê-la. Às vezes chegava a sentir certa revolta, um sentimento estranho que queimava repentinamente dentro dela. Uma vontade de mandá-lo às favas e de atirar o que estivesse à mão sobre ele, escorraçando-o de sua presença. Então, ela se continha, imaginando o porquê de agir daquele jeito com o homem que a tratava com tamanha gentileza. Sobrevinha-lhe, nessas horas, uma onda de melancolia, como se aquela irritação, aquele fogo interior, houvesse consumido todas as suas reservas. E então passava horas imersa num mutismo apático, olhando pela janela, fitando o vazio, sentindo uma falta inexplicável de algo que não sabia o que era. Era como se, além das lembranças, lhe faltasse uma parte essencial, mais visceral. Algo indefinível que completaria seu ser, algo sem o que não poderia viver.

— Senhora?

A voz de Fairuz, que aos seus ouvidos sempre soava como um cacarejo, arrancou-a das divagações. Virando o rosto devagar, fitou a anciã, que a estudava com seus olhos miúdos sob o pórtico da sacada.

— O que é, Fairuz?

— Meu amo a aguarda em seus aposentos para o desjejum.

Com um suspiro resignado, ela se ergueu, ajeitando as dobras do *kaftan*[41] que vestira sobre a camisola.

— Leve-me até ele.

Ghalib brincava displicentemente com as contas do *masbahah* quando ela surgiu. Amaldiçoou imediatamente a pontada de desejo que o percorreu, ao mesmo tempo em que admirava seu talhe imponente e os cabelos vermelhos atados numa trança. Levantou-se do divã onde estivera reclinado e aguardou até que se aproximasse. O gesto displicente de sua mão dispensou Fairuz, que lançou um olhar significativo em sua direção antes de sair.

Novamente ela não se aproximou muito dele. Manteve-se a curta distância sem, no entanto, ficar ao seu alcance imediato. Sabia que se desse mais um passo em sua direção, ela, como um potro arisco e precavido, recuaria dois. Sentiu raiva da desconfiança dela. E raiva de si mesmo por não fazer o que desejava. Afinal, ele a colocara na palma de sua mão. Para todos os efeitos e na cabeça vazia dela *ele* era seu marido. Poderia atirá-la sobre aquele divã, arrancar as sedas que vestia e possuí-la sem se justificar. Como ela acreditava que lhe era de direito. Seria seu triunfo final. Dormir com a mulher de al-Bakkar, ter a mulher que o afrontara e que o desafiara. Sufocou todos aqueles pensamentos e sorriu para ela, estendendo a mão.

— Está muito bem esta manhã, Laila.

Hesitante, ela colocou a mão na dele. Ghalib beijou os dedos longos e frios sem deixar de olhá-la nos olhos, desafiando-a a interromper o contato. Notou a aversão passar pelos olhos dela e quase sucumbiu ao desejo de mostrar a ela quem detinha o poder ali. No entanto, algo o impediu. Talvez tenha sido o conhecimento de que se a tomasse daquela forma, ela apenas se submeteria como um cordeiro indo ao sacrifício, agindo daquele modo estranho que fazia quando estava acuada. Afastando a mente do corpo. E ele não queria apenas aquela casca vazia. Queria o fogo selvagem que vira brilhar nos olhos dela em Messina. O fogo que o levara a loucura, que despertara um ódio insano mesclado a um sentimento que ele não ousava nominar.

Irritado, deu-se conta de que queria, na verdade, a baronesa Radegund; impetuosa, petulante, arrogante. E não a submissa Laila, que agia como uma boneca sem vontade. Desviando o rumo dos pensamentos, ajudou-a a se acomodar diante da mesa de iguarias, lembrando-se do que Abdul lhe dissera quando planejou toda aquela insensatez. Estava obcecado pela mulher.

— Os criados prepararam um farto desjejum — ele comentou, fingindo uma jovialidade que não sentia —, creio que souberam que seu mal-estar havia passado.

— Só enjoo no mar. — Ela respondeu com naturalidade — o que temos aqui?

Ele destampou as travessas e notou que ela as olhava com visível apetite.

— Cordeiro com mel, pão, tâmaras, figos e *labineh*[42]. Também temos chá de hortelãs, refresco de romãs e leite de cabra.

— Ora, temos comida para toda uma guarnição! — Ela gracejou, sorrindo.

De novo aquele lampejo. Um traço da personalidade da baronesa que aflorava na mulher que ele chamava de Laila. Ela deveria ser assim na intimidade. Deveria ter aquele traço brincalhão e provocador. Era fácil imaginá-la cochichando no ouvido de al-Bakkar, sorrindo maliciosamente, para depois soltar uma gargalhada rouca, como a que ele ouvira em Messina.

— Está com fome, esposa?

— Agora que falou — ela apanhou a faca de cima da mesa —, percebi que estou faminta.

Ghalib acompanhou o movimento das mãos ao partir o pão e acrescentar sobre ele um pedaço do cordeiro com seu molho aromático. Estava tão hipnotizado que se esqueceu de comer. Deliciada com o sabor da carne, imersa no molho espesso de mel e alecrim, ela o saboreou sem pressa. No fim, lambeu os dedos um a um, atraindo o olhar faminto do homem na direção de sua boca. Ao notá-lo, parou o gesto na metade, um dedo ainda sobre os lábios.

— O que foi? — Perguntou com a voz abafada, retraindo-se. Temerosa de ter feito algo inapropriado — fiz algo errado?

— Não! — Ghalib apressou-se a responder. Tratou de ocultar a perturbação. Sorriu e tomou um pouco de chá — claro que não.

Ela ergueu uma sobrancelha. Já havia percebido que ela sempre fazia aquilo, quando estava curiosa ou intrigada.

— Então por que me olha assim?

— Gosto de vê-la comer. Você o faz com prazer.

Ela lhe deu um sorriso tímido. Nunca sorria além daquilo, como se tivesse vergonha ou medo de sorrir. Havia sempre uma nota de contenção em cada gesto, algo que surgia naturalmente, aflorando acima de qualquer lembrança que pudesse ou não ter. Observou-a morder o lábio para depois responder, com um dar de ombros.

— Estava com fome — estendeu a mão para o prato de tâmaras. Mordeu uma com um suspiro e fechou os olhos.

Ao sentir a doçura da fruta em sua boca, foi assaltada por imagens desconexas. Uma mulher morena de cabelos escuros e olhos cor-de-mel. Pessoas ao redor de uma mesa, rindo e brindando... um nome. Abriu os olhos e sentiu uma vertigem.

Ghalib notou-a empalidecer. Num movimento rápido, estava ao seu lado, recostando-a nas almofadas do divã.

— *Habibit i*[43]... — o tratamento carinhoso saiu de sua boca antes que pudesse contê-lo — o que foi? Sente-se mal?

— *Leila*... — murmurou. Depois focalizou os olhos de Ghalib e indagou — quem é Leila?

MESSINA, SICÍLIA

Terrwyn esfregou os olhos, sonolenta, e se virou para o lado. Björn não estava ali. As cobertas estavam dobradas aos pés da cama. Um hábito de quem passara muitos anos no mar, cuidando das próprias coisas. Esticou o braço para o lado e notou que o travesseiro não guardava nenhum vestígio do calor do marido. Mal amanhecera! Estranhou que tivesse acordado tão cedo. Geralmente só o fazia quando ia ao Freyja. E se fosse o caso, ele a teria avisado no dia anterior.

Levantou-se, fez sua toalete rapidamente e se vestiu. Deu uma olhada em Fiona, que ainda dormia no quarto contíguo. Saiu apressada, quase tropeçando num Iohannes que parecia andar nas pontas dos pés.

— Bom dia, Iohannes.

O administrador deu um sorriso amarelo, visivelmente tenso.

— Ah... b-bom dia, senhora! — Girou nos calcanhares e bateu em retirada.

Terrwyn franziu o cenho. O que estava acontecendo? Caminhou na mesma direção que o criado, quando viu passar, no fim do corredor, um apressado Hrolf. Estranhou mais ainda, pois Hrolf nunca corria. O sujeito caminhava sempre a passos tranquilos e elegantes, mesmo que o mundo estivesse desabando atrás dele.

Prosseguiu de maneira discreta. Viu quando Hrolf desceu as escadas que davam na adega, no fim do corredor. O que iria fazer lá? E com tanta pressa?

Quando ele saiu de seu campo de visão, Terrwyn o seguiu escada abaixo. A iluminação fraca foi suficiente para que enxergasse quando ele abriu a porta de uma sala, de onde escapava a luz de velas. A abertura estreita permitiu que visse seu irmão. Ele estava de costas, com as mãos para trás, numa postura tensa. Ah, eles estavam aprontando alguma! Pé ante pé, aproximou-se. Quando ouviu várias vozes lá dentro, empurrou a porta de supetão.

Cinco pares de olhos a encararam. Quatro deles ela esperava ver ali. O quinto par, — de olhos castanhos, assustados e femininos — arrancou uma exclamação de seus lábios.

— Jamila?!

As reações vieram ao mesmo tempo.

— Terrwyn! — Uma pequena esperança brilhou no olhar da moça.

— Oh, senhor! — Gemeu o pobre Iohannes.

— Hã? — Björn olhou-a boquiaberto.

— Diabos! — Hrolf coçou a cabeça.

— De onde elas se conhecem? — Indagou Mark, surpreso.

CAPÍTULO
XIV

"Deixai, contudo, que o futuro o manifeste
E formai juízo a meu respeito
Apenas pelo que pretendo revelar-vos."

"MUITO BARULHO POR NADA", ATO III, CENA 1.
W. SHAKESPEARE.

que está acontecendo aqui? — Indagou Terrwyn enquanto cruzava a adega, plantando-se ao lado de uma trêmula Jamila, passando um braço ao seu redor.

Iohannes, sem saber como agir, tratou de fazer uma saída estratégica. Afinal, fora até ali apenas para verificar que providências tomaria em relação à inusitada *hóspede*.

— Svenson — rosnou Mark para o cunhado, sem desgrudar os olhos frios da irmã — tire sua mulher daqui.

O capitão, ainda surpreso, fez menção de obedecer, mas Terrwyn prontamente reagiu.

— Fique onde está, Björn Svenson — apontou o dedo para Mark — e você, não se atreva a me ignorar, meu irmão! Quero saber o que fizeram à minha amiga.

Mark avançou e agarrou seu braço, furioso como ela nunca o vira.

— Desde quando é amiga da irmã de Ghalib ibn-Qadir? Sabe o que aquele desgraçado nos fez desde o momento em que colocou os pés nesta ilha! Por que não me disse que conhecia essa moça?

— Largue-me, Mark! Não pense que tenho medo de você!

Jamila arregalou os olhos, encolhendo-se. Como Terrwyn, miúda daquele jeito, tinha coragem de desafiar o irmão? O homem era forte como um touro! Por muito menos Ghalib a atiraria do outro lado da sala com um só golpe. Deus, ele iria matá-la!

— Deixe, Terrwyn! Eu lhe imploro!

— Cale-se! — Berrou Mark, fazendo Jamila se encolher ainda mais.

— Não grite com ela! — Terrwyn berrou ainda mais alto, soltando-se dele com um safanão. — E muito menos comigo!

Björn, recobrando o senso, entrou entre o cunhado e a esposa.

— Saia daqui Terrwyn. Isso é assunto para homens.

— O quê? Ora, vá para o inferno, Björn! E que *assunto de homens* é esse que envolve Jamila? O que diabos estão fazendo... — ela parou de falar subitamente, encarando o irmão, perplexa diante da ideia que acabava de lhe ocorrer — ah, não! Não, Mark. Não me diga que você... — apontou para a moça e depois encarou os três homens — não me digam que *vocês* pensam em usar Jamila... vocês querem trocá-la por Radegund?! — Diante do silêncio dos três e dos olhares enviesados trocados por eles, ela teve certeza — onde estavam com a cabeça? Quem foi o *asno* que teve essa ideia?

— Seu irmão — respondeu Hrolf, lacônico.

— Basta, Terrwyn! — Björn assumiu o controle da situação, antes que tivesse que escolher de que lado ficaria. Os irmãos estavam a ponto de pular um no pescoço do outro.

— Por Deus, Svenson! — Mark esfregou o rosto, num sinal claro de irritação. — Leve-a daqui!

O capitão Svenson segurou a esposa pelos ombros, tentando fazê-la parar de se debater. Jamila não conseguia articular uma palavra sequer. E o estrangeiro que a raptara observava tudo com uma passividade irritante. A irmã de Ghalib chegou a pensar se o homem teria nervos, ou coração. Parecia uma estátua de pedra.

— Se fizer algo a ela — Terrwyn advertiu —, jamais vou perdoá-lo, Mark!

— E quanto a mim, Terrwyn? E quanto aos meus filhos? O que o irmão dela fez não conta? — Apontou a refém com desprezo — tudo o que eu fizer será pouco diante do que Ghalib está nos fazendo passar. E se esta mulher precisar sofrer as consequências da insanidade do irmão, eu pouco me importo!

— Mark! — Ela gemeu, horrorizada.

— Eu não me importo Terrwyn, não me importo com mais nada! — O tom de voz dele foi passando da raiva ao cansaço extremo — *nada* é mais importante para mim do que ter Radegund de volta.

Jamila compreendeu a dimensão do sofrimento daquele homem. A extensão dos atos do irmão pesou sobre sua cabeça. Como se lesse seus pensamentos, o homem que a raptara escolheu aquele exato instante para encará-la. Seus olhos cinzentos, tão gelados quanto as neves eternas sobre os montes, atravessaram sua alma. Era como se a culpasse por toda aflição que a família do barão de D'Azûr passava.

Subitamente, uma onda de simpatia apossou-se de seu coração. Simpatia e piedade. Endireitando os ombros, reuniu toda sua dignidade. Levantou-se da cadeira e ergueu a voz, surpreendendo e calando a todos.

— Terrwyn, agradeço sua preocupação comigo. Mas eu ficarei — voltando-se para o furioso mestiço, engoliu o medo e prosseguiu de cabeça erguida — meu senhor, peço perdão pelos atos de meu irmão. Prometo cooperar para que recupere sua esposa. Saiba que eu sinto muito pelo que Ghalib lhe fez.

Mesmo surpreso, Mark retrucou, amargo.

— Seus sentimentos não farão diferença. Mas é bom saber que ao menos alguém em sua família tem um pingo de honra correndo nas veias.

Mesmo diante do insulto, Jamila não baixou os olhos. Terrwyn sorriu ao notar que a moça, apesar de acuada, se mostrava de uma dignidade majestosa. Mark, mesmo a contragosto, ficou positivamente impressionado com a altivez da jovem. Björn parecia compartilhar da opinião do cunhado. E Hrolf a observava com desconfiança.

Sentindo-se exposta, analisada como um inseto, Jamila fraquejou. Suas últimas reservas de energia se esgotavam diante do escrutínio do barão e do olhar do estrangeiro. Sem que pudesse contê-los, seus joelhos se dobraram. A tensão das últimas horas cobrou seu preço, fazendo-a perder os sentidos. Não chegou a sentir os braços que a ampararam antes que chegasse ao chão.

Hrolf sentiu o cheiro de sua excitação, de sua coragem e, finalmente, do seu medo. Soube o exato instante em que ela reagiria, assim como previu o momento em que ela sucumbiria ao medo e ao cansaço. Por isso, conseguiu alcançá-la num passo, impedindo-a de cair no chão.

— Vejam só o que fizeram, seus brutos — reclamou Terrwyn, desvencilhando-se do marido e se aproximando de Hrolf e de seu fardo —, como podem ser tão cruéis?

Mark ignorou a irmã e pediu a Hrolf.

— Leve a garota ao quarto de hóspedes, Brosa. Vou organizar nossa partida.

— Vou com você, Hrolf.

— Nada disso — Björn segurou a esposa — você vem comigo.

Antes que pudesse reagir, Björn a jogou por sobre o ombro. Carregou-a pelo corredor ao som de um variado repertório de pragas e imprecações. Algumas delas nem ele conhecia.

— O que faço quando a garota acordar? — Inquiriu o rastreador, tentando ignorar o perfume suave e a maciez do corpo acomodado em seus braços. Precisava fazer uma visita à taverna de Francesca.

— Agradeço se tomar conta dela — o mestiço passou por ele com uma expressão enigmática —, sairei assim que me despedir de meus filhos. Diga a Björn que o Freyja deve estar pronto para zarpar em três dias.

— O que vai fazer?

— Procurar alguns amigos. — Mark respondeu laconicamente. Passava por Hrolf, a caminho do corredor, quando se voltou — ah, e peça a Björn para deixar minha irmã em terra.

Hrolf sorriu. Daria o recado a Björn. E Deus ajudasse o capitão quando fosse dizer aquilo à Terrwyn.

A noite estava animada na Dama do Alaúde. Francesca sorriu e acenou para uma de suas empregadas mais antigas, indicando que iria subir. Maria certamente daria conta dos fregueses enquanto se refrescava um pouco. Afinal, se chegasse algum cavalheiro interessante, precisaria estar apresentável para atendê-lo. E talvez, se o homem fosse de seu agrado, entretê-lo. Abriu a porta de seu quarto e, apenas quando chegou ao centro do aposento, percebeu de que não estava só.

— Você?

— Esperava outra pessoa?

Francesca sorriu.

— Não esperava ninguém — sinalizou com a mão —, entre. Se ficar aí no parapeito, acabará se resfriando.

— Nesse calor infernal? — A sombra vestida de preto saltou para o chão — eu duvido.

— Parece que tem predileção por janelas...

— Velhos hábitos não morrem nunca, Francesca.

— E o que a trouxe aqui? — A taverneira estreitou os olhos — está arriscando sua reputação...

Adela de Albi se sentou graciosamente numa cadeira e sorriu, os lábios vermelhos contrastando com a pele de alabastro.

— Minha missão está acima da minha reputação.

— E o que posso fazer por você?

— Embarque-me discretamente num navio rápido.

— Para...?

— Seguir um grande peixe dourado.

TRÊS DIAS DEPOIS...

Boemund esfregou o rosto, rolou na cama e olhou para prostituta que dormia ao seu lado. Puxou-a para baixo de si com um grunhido. A mulher soltou um resmungo sonolento e apartou as pernas, dispondo-se a realizar o serviço para o qual fora paga. Contudo, antes que o cavaleiro pudesse concluir seu intento, a porta do quarto foi posta abaixo. Boemund saltou da cama procurando pela espada. Porém, ainda tonto, teve o pescoço agarrado pelo irado homem moreno que invadira a taverna.

— Seu filho da puta, onde ela está?

Aturdido, Boemund tentou se livrar.

— Ela quem?

— Não minta para mim, bastardo — Abdul sacudiu-o com mais força. Voltara às pressas de Siracusa ao ser informado do desaparecimento de Jamila. Ao ser colocado a par das circunstâncias, rapidamente concluiu que somente Boemund de L'Aigle teria interesse em raptar sua irmã. Estreitou os olhos amarelados e inquiriu — onde está Jamila?

— Jamila? — O cavaleiro parecia realmente confuso.

— Sim. Jamila foi raptada, há duas noites. Encontraram rastros no jardim. Desembuche, Boemund! Ou o arrastarei nu pelas ruas, amarrado ao meu cavalo.

Finalmente recobrando o senso, Boemund conseguiu se desvencilhar de Abdul. Esfregou a garganta dolorida e apanhou o lençol da cama, descobrindo a prostituta que até então assistia a tudo com os olhos arregalados. A mulher tratou de apanhar o vestido e saiu correndo do cômodo.

— Quer dizer que minha noiva sumiu? — Indagou o cavaleiro, insolente.

— *Ex-noiva*. Onde ela está? — Abdul puxou a adaga — se fez alguma coisa a ela...

— Ei — ele ergueu as duas mãos —, eu não sei dela. Acha que se estivesse com Jamila eu estaria com uma vadia, ao invés dela, na cama?

O soco de Abdul atirou Boemund ao chão. Antes que pudesse se levantar, ele já o agarrara pelos cabelos e encostara a lâmina em seu pescoço.

— Ouça-me bem. Se eu souber que teve alguma participação no desaparecimento dela, eu, pessoalmente, voltarei para arrancar seus colhões e atirá-los aos abutres. E farei isso com você vivo.

Depois de um olhar furioso, Abdul largou o cavaleiro no chão, sumindo pela porta arrebentada do quarto.

Erguendo-se devagar, Boemund apanhou as calças e se vestiu apressadamente. Aquela poderia ser sua chance de colocar as mãos em Jamila e em seu fabuloso dote. Saiu pelo corredor e bateu na porta ao lado.

— Jacques! — Esmurrou a porta — saia de cima dessa puta e prepare os homens para partirmos.

O mercenário abriu a porta com o rosto vermelho e suado, denunciando exatamente o que estivera fazendo até então.

— O que é, chefe?

— Chega de farra. — Ele sorriu, a cicatriz repuxando o canto de sua boca — temos que caçar uma linda pombinha.

Mark entregou Luc à ama e se abaixou. Apoiou-se num dos joelhos para ficar na mesma altura que sua enteada. Lizzie encarou-o com olhos carregados de expectativa.

— Por que vai embora, papai?

— Não vou embora, minha princesinha — seus dedos acariciaram os cachinhos ruivos. Céus, ela era a imagem de Radegund! Engoliu o nó que se formou em sua garganta e forçou-se a sorrir — vou buscar a mamãe, vou trazê-la de volta para nós.

— E se você não voltar? — Os olhinhos se encheram de lágrimas. Lizzie saltou em seus braços — não quero ficar sem você, papai! O homem mau já levou mamãe embora!

Mark apertou a menina entre os braços, beijou o rosto banhado de lágrimas.

— Não chore. Vou trazer mamãe de volta para você e para seu irmão-zinho. Eu juro, minha filha.

— Eu vou cuidar de Luc enquanto você não volta — disse ela, solene.

— Ah, Lizzie — ele a abraçou novamente — você é uma bênção.

Após um último abraço, deixou que a enteada fosse para junto da ama. Ergueu-se, ainda olhando as duas se afastarem, quando seus olhos se encontraram com os de Terrwyn. Ela estava parada no fim do corredor. Desde o dia em que haviam discutido, não falara mais com ela. Passara aqueles dias fora de casa, em busca dos homens que levaria consigo para a Terra Santa. Homens que não eram os mais renomados cavaleiros da cristandade, mas que lutavam tanto, ou melhor, do que a maioria deles. E sem questionar. Homens que eram, como ele fora um dia, mercenários.

Terrwyn permaneceu onde estava, banhada pela luz do sol que entrava pelas janelas amplas. Em seus olhos ainda havia mágoa. Depois de longos instantes, durante os quais nenhum dos dois falou, ela baixou a cabeça e se voltou, pronta para ir embora. Foi então que ele rompeu o silêncio.

— Terrwyn — ela parou, mas sem se voltar. Ele caminhou até ela, colocando a mão em seu ombro — não me dê as costas, por favor.

Havia uma súplica em sua voz.

— Não concordo com o que fez, Mark, — ela se voltou, os olhos tão parecidos com os dele cravados em seu rosto — e não concordo em ficar aqui, deixando Jamila sozinha à mercê de homens que a odeiam!

— Eu não odeio aquela moça, minha irmã.

— Então por que a trata dessa forma? Ela não fez nada, Mark!

— Terrwyn, eu apenas a mantenho sob vigilância. Hrolf permanece com ela porque não posso vigiá-la pessoalmente. E Björn precisa cuidar dos preparativos para a partida.

— E por que não me deixa ficar junto dela? Por que não me deixa ir com vocês?

Mark deu um sorriso cansado e afagou a face da irmã.

— Porque sei que, se tivesse chance, você a libertaria.

— Certamente — respondeu ela sem pestanejar.

— Ah, minha irmã, Radegund a treinou muito bem — ele afirmou. Dando um pequeno passo à frente, abraçou-a — preciso de você aqui, Terrwyn. Preciso que cuide de meus filhos, de meu lar. Confio em você. Se eu souber que está aqui com minhas crianças, meu coração ficará tranquilo.

Emocionada, Terrwyn retribuiu o abraço.

— Temo por você Mark, por sua alma. Não deixe que essa amargura o domine. Lembre-se do homem que é, lembre-se de ser o homem que Radegund ama — ela se afastou e o encarou — cuide para que, no momento em que a reencontrar, você possa fazê-lo olhando-a nos olhos, sem se envergonhar de nada do que tenha feito.

Silencioso, ele permaneceu encarando a irmã por muito tempo. Então seu cunhado surgiu no corredor, quebrando aquele momento entre eles. Deu-lhe um beijo na fronte e disse, com suavidade.

— Eu me lembrarei de seu conselho, irmã.

Girou nos calcanhares e sumiu por uma das portas laterais.

— Ainda está brava comigo?

A voz suave do marido trouxe Terrwyn de volta. Encarou os olhos claros que tanto amava e relembrou o início do relacionamento deles. Sorriu ao seu recordar de tudo o que aprontara para chamar a atenção do aparentemente inatingível capitão Svenson quando chegara a Svenhalla.

Seu sorriso se ampliou ainda mais ao se lembrar de quando ele, depois que já estavam casados, confessou que ficara perturbado com a atração que ela despertara num homem com o dobro de sua idade. Björn confessara o quanto se sentira inadequado, quase um devasso. E ela ainda se perguntava, por que diabos os homens eram tão tolos?

Estendendo a mão, tocou o rosto bem barbeado. Estava quase pronto para partir. E pela primeira vez, desde casados, não embarcaria no Freyja junto com seu marido.

— Não, não estou mais brava com você.

Björn tomou sua mão e levou a palma delicada aos lábios, sem desviar os olhos dos da esposa.

— Então por que esse olhar tão cheio de tristeza?

— Por que não estarei ao seu lado, meu capitão.

— Ah, Terrwyn! — Ele a abraçou, aconchegando-a entre os braços, desejando nunca ficar longe daquela pequena e endiabrada mulher — posso suportar a saudade, mas sua raiva... desculpe-me por ter tirado você da sala daquela forma. Eu não queria que você e seu irmão chegassem ao ponto de se machucarem de um jeito que não haveria conserto.

— Não estou mais zangada — ela reiterou e ergueu o rosto, sorrindo — além disso, naquela noite mesmo você se desculpou de maneira bem... *eloquente*.

Ele sorriu e seus olhos brilharam, travessos.

— O Freyja partirá em algumas horas — ele aproximou os lábios de seu ouvido, cochichando — se estivesse brava, eu tentaria me desculpar de novo.

— Bem, sendo assim — ela se afastou e juntou o indicador e o polegar à frente dele — acho que ainda estou zangada um pouquinho assim.

O capitão puxou a esposa pelo corredor e se trancou com ela num cômodo vazio. Afinal, não poderia partir deixando a esposa contrariada.

Jamila olhou pela janela mais uma vez. O ir e vir dos criados em frente à casa denunciava algo fora do comum. Vários deles levavam baús e grandes fardos em direção às carroças paradas diante dos portões da *villa*. Confinada desde o dia em que caíra desacordada, ela pouco sabia do que se passava além das paredes do confortável aposento de hóspedes.

Hóspede! Pois sim. Não passava de uma prisão de luxo. Era verdade que não era maltratada ali. Tinha tudo o que precisava; estava bem alimentada e podia banhar-se quantas vezes desejasse. Além disso, Terrwyn fora várias vezes ter com ela — nunca sozinha — e sempre procurava distraí-la com amenidades.

O mais difícil era suportar a presença do estrangeiro e o peso de seu olhar. Ele ficava na sala contígua aos aposentos dela. O tempo todo. Mal falava com ela e, quando o fazia, era como se desse ordens a um soldado. Quando perguntava sobre os planos do senhor al-Bakkar para ela, ele a ignorava solenemente, passando a amolar com calma irritante uma das facas que trazia embainhadas à cintura. O homem era uma pedra de gelo. E mal-humorado. E irritante. E intragável.

— Tire essas roupas.

A voz carregada de sotaque fez Jamila pular. O maldito chamado Hrolf estava às suas costas e, mais uma vez, ela não o ouvira chegar. Além de todos os adjetivos que encontrara para classificá-lo, havia o que mais o descrevia: ele era sinistro. Como pode achá-lo parecido com um anjo? Ainda aturdida, balbuciou.

— O-o quê?

— Tire essas roupas — ele repetiu, encarando-a como se ela tivesse feito algo de muito errado.

— Nunca! — Ela ruborizou e recuou. A que espécie de humilhação queriam submetê-la?

Lendo em sua expressão o que suas palavras a levaram a crer, Hrolf grunhiu algo na própria língua. Jogou uma pilha de roupas aos pés dela, ordenando secamente.

— Vista isso.

Abaixando-se para pegar as peças do chão, Jamila notou que se tratavam de vestimentas masculinas. Uma calça, um par de meias grosseiras, uma camisa e uma túnica de lã barata. Reagiu de imediato.

— Não posso vestir isso! Seria indecente, imoral!

Hrolf deu um passo na direção dela. Mediu-a de cima a baixo e indagou.

— Vai vestir sozinha ou vou ter que ajudar você?

Que ultraje!

— Não se atreveria...

Sério, ele puxou uma faca da bainha. Assustando-a, virou-a de costas usando uma das mãos. Com a outra, cortou os laços do vestido num golpe rápido. A peça teria deslizado para o chão se ela não o segurasse.

— Mas, o quê...!? Como ousa?!

— Quer que eu termine de despi-la também?

Ainda segurando a frente do vestido, Jamila engoliu em seco. Balançou a cabeça numa negativa. Bufando, ele pegou as peças do chão e as entregou a ela. Jamila pegou as roupas com uma das mãos, enquanto com a outra impedia o vestido de cair. Contrariado, ele explicou.

— Vai sair da *villa* vestida de homem para não levantar suspeitas — girou nos calcanhares e foi para a porta do aposento. Parou e avisou — tem um quarto de hora para ficar pronta. Volto para buscá-la.

A porta bateu atrás dele, deixando Jamila boquiaberta, ainda com as roupas na mão.

Hrolf encostou-se à parede do corredor e esfregou os olhos. Aquilo, definitivamente, não iria dar certo. Não se a cada vez que chegasse perto da garota seus pensamentos fossem assaltados por imagens sensuais. Se ao menos aquele perfume não o perseguisse dia e noite...

O pedido de Bakkar para que a vigiasse comprovou novamente a confiança e a amizade que existia entre ele e o mestiço. Mas por Freyja, estava quase pedindo a Bakkar que colocasse outro em seu lugar. Os três últimos dias haviam destruído seu humor. Estava irritado, tenso e a ponto de chutar o traseiro do primeiro que aparecesse em seu caminho.

Para piorar, naquela noite, ele rolara por horas no colchão onde dormia, guardando os aposentos de Jamila. Quando enfim adormecera, sonhara com Saori. Um sonho estranho, onde a mulher que ele tanto amara aparecia com os olhos negros tristes e suplicantes. Ele tentava ouvir o que ela dizia, mas o som de sua voz se perdia no vento. O resultado fora um humor péssimo ao acordar, o qual ele acabava de descontar sobre Jamila.

Reconhecia que sua brusquidão nada mais era do que uma forma de manter a moça a uma distância segura. Desde que a tivera nos braços, uma estranha inquietação se apoderara dele. E o perfume dela, aquele misto de jasmins e especiarias exóticas, despertava seus instintos mais sensuais. Diabos! Era como se fosse um garoto na flor da idade, não um homem maduro! Chegava a ser indecente um homem na idade dele ficar babando por uma... uma menina! A perspectiva de passar um longo tempo confinado num navio com Jamila o desanimou. Devia ter ido visitar Francesca. Agora era tarde demais.

DOIS DIAS DEPOIS...

Terrwyn correu até o portão principal da *villa*. Saltando do lombo de Viking, o imponente Ragnar Svenson mais uma vez a impressionou. Desde a primeira vez em que o vira, na estrada que levava a Delacroix, ela ainda custava a se acostumar com seu tamanho. Mesmo sendo seu marido quase tão alto quanto o irmão. Ragnar, no entanto, além de alto, era uma verdadeira parede de músculos que os anos não tinham conseguido derrubar. Aos seus olhos ele sempre se pareceria com um *jarl*[44] *viking*. Exatamente como os das histórias que ele mesmo lhe contara, noite após noite, enquanto Mark e Leila se recuperavam dos ferimentos conseguidos na invasão à Delacroix.

— Sven!

— Ora! — Ele se inclinou para abraçá-la, erguendo-a do chão — minha cunhadinha! Que alegria ver você aqui!

— Nem acreditei quando informaram que estavam chegando! Onde está Leila?

— Vem na liteira, junto com nossa hóspede.

— Seu lacaio mencionou uma visitante — ela o observou, um pouco curiosa —, preparei dois aposentos. E meus sobrinhos?

— Ficaram em Svenhalla. Soube que o Freyja partiu há dois dias. Por que não embarcou com Björn dessa vez? Cansou-se do mar?

Só então Terrwyn percebeu que Ragnar não sabia a respeito do que acontecera à Radegund, nem do desenrolar dos acontecimentos até então. Seu olhar traiu todo seu constrangimento, pois o cunhado logo perguntou.

— O que há de errado, Terrwyn? Onde estão Bakkar e a ruiva? E Brosa? Enviei uma mensagem pedindo que me esperasse aqui. O objetivo de minha viagem é encontrá-lo.

— Ah, meu Deus! Vocês não sabem de nada, não é?

— Não sabemos do quê? — A voz de Leila soou além dos dois, enquanto seu rosto aparecia por detrás da cortina da liteira — meu marido, eu odeio andar nesta geringonça. Da próxima vez, quero minha montaria.

Ragnar estendeu os braços para descê-la.

— Pensei que detestasse montar.

— Detesto mais ainda ficar confinada nesta coisa — voltou-se para Terrwyn com um sorriso luminoso — como vai, querida?

As duas se abraçaram demoradamente. Terrwyn percebeu o abdome crescido da amiga.

— Leila! Mas você está... oh! Terei mais um sobrinho!

— Ou sobrinha — emendou Ragnar abraçando a esposa. Depois, ajuntou — vou ajudar a dama Gunnhild a descer e se acomodar. Terrwyn, poderia nos mostrar onde ficará nossa convidada?

— Claro! Venham comigo.

Depois que Ragnar ajudou a idosa e sua aia a descerem da liteira, Terrwyn seguiu em frente, acompanhada pelos visitantes e pelo séquito de criados com bagagens. Enquanto caminhava, pensava por onde começaria a contar ao casal de amigos sobre a desgraça que se abatera sobre a casa de seu irmão.

— Não! Raden não! — Leila agarrou-se ao braço forte do marido. Teria desabado no chão, caso ele não a sentasse numa cadeira. — Será possível que, depois de tudo o que esses dois passaram, eles não possam ter um pouco de paz?

— Calma, *liten*. — Ragnar acalentou-a com suavidade — e as crianças, Terrwyn?

— Estão comigo. Viemos com Fiona. Foi bom, pois Lizzie adora ficar com ela. E Luc é um bebê tranquilo, embora Mark tenha me dito que, logo no início, ele rejeitou a ama-de-leite. Radegund o amamentava algumas vezes ao dia...

Ragnar colocou a mão no ombro da cunhada, à guisa de consolo. E perguntou.

— E meu amigo, como está?

— Você não o reconheceria... — Terrwyn se sentou ao lado de Leila, abraçando-a. Desistindo de parecer forte. Radegund era sua referência, a pessoa que a acolhera quando ela estivera só no mundo. A mulher que ela elegera como modelo para sua vida. E era o amor de seu irmão. Balançou a cabeça e prosseguiu com lágrimas nos olhos — Mark está amargo, descrente e endurecido. Ele foi à Chipre atrás dela — relatou brevemente o que ocorrera, arrancando gemidos de espanto e indignação do casal — ninguém sabe porque ela agiu daquela forma. Isso tem atormentado meu irmão noite e dia...

— Pelas barbas do Profeta! — Exclamou Leila — o que terão feito à minha amiga?

— Não sei — disse Terrwyn — só sei que, desde então, Mark concebeu esse plano desesperado de raptar Jamila e trocá-la por Radegund.

— E Björn e Hrolf concordaram... — Ragnar estava incrédulo.

— Não só concordaram, como participaram. Hrolf em pessoa a sequestrou de dentro de casa. E meu marido partiu com os dois, levando a moça no Freyja. Tiraram-na daqui disfarçada de rapaz.

Ragnar encarou a esposa.

— Isso significa que terei que ir ao encalço deles. — Voltou-se novamente para Terrwyn — não entendo como minha mensagem não chegou até vocês.

— Provavelmente estava no malote que foi extraviado há alguns dias.

— Diabos! Brosa é mais escorregadio do que um salmão subindo o rio!

— Por que é tão importante encontrá-lo?

Leila foi direta.

— A dama Gunnhild afirma ser a mãe de Hrolf.

— Mas...

— Eu sei. — Interrompeu-a Leila — ele sempre acreditou que a mãe havia morrido no seu nascimento. Mas a história que ela nos contou... bem, a verdade é que temos que achar Brosa antes que ela morra.

— Notei que ela parece bem frágil.

— Sim, ela está muito doente. E precisamos achá-lo, pois ele é o único herdeiro das terras de Gunnhild.

— Pela Virgem! — Espantou-se Terrwyn — quer dizer que o velho Hrolf Brosa vai se tornar um nobre?

— Isso se conseguirmos alcançá-lo a tempo de Gunnhild reconhecê-lo oficialmente como filho. Caso contrário, as terras irão para a coroa.

— Bakkar disse para onde iriam, Terrwyn?

— Sim. Apesar de saber que Ghalib levou Radegund para Acre, ele achou mais seguro aportarem em Tiro e seguir por terra para o sul. Assim poderão sondar os arredores da cidade de forma mais discreta. Björn seguirá pelo litoral, mantendo uma linha de suprimentos e uma via de escape em caso de emergência. Meu irmão ficará na sua antiga casa na cidade...

— Claro. Jamal certamente irá gostar de revê-lo — Leila balançou a cabeça, ainda atordoada com tantas informações — isso tudo parece um grande pesadelo!

Ragnar e Terrwyn apenas acenaram em concordância.

ACRE, PALESTINA,
30 DE JULHO DE 1196

Ghalib sorriu para o homem moreno parado no vestíbulo. Seu sorriso se ampliou ao perceber a delicada mulher ao lado dele. O fino véu não escondia a pele clara, porém dourada pelo sol, nem os cabelos louros e cacheados. No entanto, eram os olhos dela que chamavam mais atenção. Eram azuis, num tom semelhante ao do lápis-lazúli, realçados pelo *khol*. Se fossem outros tempos, talvez ele cobiçasse a mulher do líder beduíno. No entanto, e para sua total irritação, seu corpo ardia por uma única mulher. A que ele tinha ao alcance das mãos, mas não possuía de verdade. A baronesa de D'Azûr. Radegund. *Não! Laila. O nome dela era Laila.*

Enxotando os incômodos pensamentos da cabeça, cumpriu perfeitamente o dever de anfitrião. Afinal, aquele era um dos mais poderosos chefes do deserto. Por uma vasta extensão de terras, a palavra daquele homem era lei.

— *Salam-aleikum*! Seja bem-vindo a minha casa, *sheik* Aswad.

Cumprimentaram-se com beijos na face, à maneira deles, e não dos *franj*[45].

— *Aleikum-as-salam*! Como vai, ibn-Qadir?

Ghalib afastou-se um pouco antes de responder.

— Bem, obrigado. Soube que o plantel que trouxe está primoroso.

— Como sempre. — Aswad tomou a mão da mulher — desta vez vim com minha esposa. Ela ainda não conhecia Acre. Trudy, este é Ghalib ibn-Qadir, um dos compradores de nossos cavalos.

— Senhora — ele tomou a mão da mulher e a beijou de modo galante — seja bem-vinda. É encantadora. E vejo que é estrangeira. Assim como a minha esposa.

— Casou-se? — O *sheik* espantou-se.

— Sim. Há pouco tempo. Minha esposa se juntará a nós no jantar. Ficarão hospedados conosco, por certo?

Aswad assentiu, ao passo que Trudy agradeceu a gentileza, falando num árabe carregado de sotaque normando.

— Agradecemos sua hospitalidade, senhor.

— Não por isso — ele bateu palmas e chamou uma criada — se aceitar, a senhora poderá se refrescar e repousar um pouco nos aposentos das mulheres. Assim eu e seu marido trataríamos de negócios e deixaríamos apenas os assuntos interessantes para o jantar.

— Seria perfeito, Ghalib — concordou Aswad. — Vá querida, nós nos veremos mais tarde.

Com uma mesura, e depois de receber do marido um beijo casto na fronte, a mulher se retirou, observada pelos dois homens. Quando ela sumiu por uma das portas, Ghalib ainda comentou.

— Creio que Laila ficará feliz em conhecê-la.

CAPÍTULO
XV

"Eu também sou razoavelmente virtuoso."

"HAMLET", ATO III, CENA 1. W. SHAKESPEARE

MAR MEDITERRÂNEO,
COSTA DE CORFU, 30 DE JULHO DE 1196

omens. Ela jamais iria se acostumar àquelas criaturas. Ou compreendê-las.

Por muito tempo estivera afastada deles. Vivera anos no convento apenas na companhia de mulheres, tendo raros contatos com os representantes do sexo masculino. Exceto pelos religiosos que às vezes apareciam por lá. Mesmo nas lembranças de infância, o convívio com os homens fora extremamente limitado. Seu pai era um homem ocupado, com quem mal se encontrava. Exceto por Walid, o velho cozinheiro, e por alguns criados e guardas da casa, ela vivera num mundo exclusivamente feminino. E agora, numa reviravolta do destino — que parecia determinado a zombar dela desde o instante em que deixara o convento — ela se via no meio de um bando de homens estranhos e barulhentos.

O taciturno al-Bakkar mal se dava conta de sua presença. E quando o fazia, aqueles olhos castanhos a fitavam de uma forma que estremecia de medo. O capitão Svenson era um pouco mais simpático. O que a assustava menos, apesar de seu tamanho exagerado e da voz que trovejava ordens da proa à popa do navio. Galante, era o único que lhe dirigia um sorriso de vez em quando. Já o tal Hrolf Brosa, que ela soube ser o mais renomado caçador e rastreador da Noruega — e Deus sabia lá onde aquele lugar ficava, se é que existia — parecia ter olhos nas costas. O barão encarregara pessoalmente seu raptor de zelar por sua segurança. Ela sabia que ele nada mais era do que seu carcereiro. Quase riu ao olhar para a imensidão do Mediterrâneo ao redor do navio. Onde al-Bakkar pensava que ela iria? Mas de certa forma era até reconfortante ter os olhos cinzentos sobre si todo o tempo. Davam a ela uma estranha sensação de segurança. Principalmente quando ficava no convés tomando um pouco de ar, sob os olhares dos marinheiros e dos mercenários contratados pelo barão. Os primeiros olhavam-na apenas com curiosidade. Já os últimos, um deles em especial, não disfarçavam a cobiça.

Agarrando a capa que colocara sobre o vestido, Jamila baixou a cabeça para se proteger do vento forte. Apesar do verão, o tempo em alto mar mudara e o vento úmido prenunciava tempestade. Ela pedira ao rastreador para subir um pouco, pois o confinamento e o balanço do navio davam-lhe enjoos. Em silêncio, ele jogara uma capa impermeável para ela e a aguardara diante da porta da cabine. Depois, a deixara ali, num canto sossegado do convés, enquanto ia falar com o capitão Svenson.

Ao ultrapassar uma onda mais alta, a embarcação adernou. Jamila perdeu o equilíbrio. Antes que pudesse se segurar na amurada, no entanto, um braço a agarrou pela cintura. Com um grito assustado, ela se voltou, acreditando que veria seu mal-humorado carcereiro ao seu lado. No entanto, seu rosto empalideceu ao encarar Seldon de Osprey, o que ela considerava o pior dentre aqueles mercenários. Ele sempre a observava de maneira lasciva. E uma ou duas vezes fizera gestos obscenos em sua direção.

— Calma, pequena. Não queremos que uma coisinha linda como você caia no mar.

O sorriso lascivo do homem causou náuseas em Jamila, que tentou se soltar do braço que a segurava.

— Já estou bem, senhor — ela tentou se afastar —, pode deixar.

Seldon olhou por sobre os ombros; todos estavam muito ocupados. O capitão Svenson conversava com o rastreador e Bakkar estava em sua cabine. Poderia se divertir um pouco com a garota. Afinal, todos ali sabiam que o mestiço pouco se importava com a irmã de ibn-Qadir. Ela era apenas moeda de troca, mais nada. Sem fazer caso do desconforto da moça, Seldon pressionou-a contra a amurada.

— Não vai me dar nem um beijo de agradecimento?

Jamila desviou o rosto antes que o repugnante soldado conseguisse beijá-la.

— Largue-me, por favor — ela suplicou.

O mercenário não fez caso, segurando seu queixo com tanta força que chegou a deixar sua pele marcada.

— Deixe disso, garota.

— Solte-me ou começarei a gritar! — Desesperou-se Jamila.

— Mesmo? E quem vai ouvi-la, diga-me? Ninguém aqui dá a mínima para você. — Caçoou Seldon, enquanto a jovem atestava a cruel verdade daquela afirmação. Não havia ninguém ali que se importasse com ela — tudo o que D'Azûr quer é trocá-la pela mulher dele, mais nada. — Ele chegou mais perto, seu mau hálito enojando-a — eu poderia levantar suas saias e possuí-la aqui e agora. Ninguém se incomodaria.

— Eu não teria tanta certeza.

Seldon congelou ao ouvir a voz do rastreador às suas costas. Ao passo que Jamila, de frente para o sinistro norueguês e surpresa com aquela veemente defesa, estremeceu. Hrolf Brosa tinha os olhos mais frios do que o de costume. O mercenário finalmente largou a moça e encarou Hrolf.

— Qual o problema, amigo? Não quer dividir a garota com ninguém?

A voz do norueguês soou perigosamente calma.

— Cale-se, Osprey.

— Ora, fale a verdade, caçador! — Seldon puxou Jamila pelo braço, exibindo-a como a uma mercadoria — vai dizer que nesse tempo todo que passou atrás dessa vadia, você não a usou nem uma vez? — De forma indecorosa, passou a mão pelo corpo de Jamila, detendo-se nos seios da moça.

Hrolf já experimentara a raiva, e até mesmo o ódio, algumas vezes na vida. A mais marcante fora o momento em que encontrara Saori caída na neve, com o corpo em frangalhos, anos atrás. Mas, mesmo então, a intensidade das emoções que experimentara não chegava aos pés da fúria que sentiu no momento em que flagrou Seldon molestando Jamila. Seria capaz de matá-lo com as mãos nuas, apesar da moça não significar absolutamente nada para ele.

Ignorando a contradição dos sentimentos, avançou sobre o mercenário e arrancou a jovem das mãos dele. Passou-a para trás de si, protegendo-a com o próprio corpo. Em seguida, agarrou Seldon pelo colarinho e rosnou.

— Vou matá-lo, cão!

O homem segurou os punhos de Hrolf, reagindo.

— Pode vir, bastardo!

O primeiro golpe foi de Hrolf, que atirou o mercenário ao chão com um soco violento. Seldon logo se recuperou e avançou sobre o oponente, agarrando-o pela cintura, rolando com ele pelo convés do Freyja.

Muda e apavorada, Jamila cobriu a boca com as mãos, como a sufocar um grito. Recuou até se apoiar ao mastro. Os marinheiros e os outros mercenários começaram a gritar incentivos e pragas aos lutadores, apostando em qual deles se sairia melhor. Atraídos pela confusão, Björn e Mark logo se aproximaram. Possesso, Björn usou sua autoridade como capitão do navio e berrou.

— Chega! Parem já os dois!

Hrolf deteve o punho no ar, mas manteve a outra mão no pescoço de Seldon, imobilizando-o sobre o assoalho da embarcação. Tudo o que queria era apertar sua garganta até vê-lo sufocar.

— Brosa — a voz de Mark al-Bakkar soava entre cansada e incrédula —, o que diabos deu em você?

O rastreador, no entanto, não se moveu. Permaneceu com o punho erguido, como se estivesse decidindo se mataria ou não o mercenário.

— Hrolf! — Björn comandou — largue-o, é uma ordem. Este é o meu navio. Faça o que eu disse.

Soltando Seldon no chão como se ele não passasse de um trapo imundo, o rastreador se ergueu e encarou Mark.

— Devia escolher melhor o tipo de homem que coloca a seu serviço, Bakkar.

— Não se meta comigo, idiota! — Rosnou Seldon, levantando-se do chão com o rosto sangrando e os trajes desalinhados. Seus companheiros assistiam tudo à distância, sem interferirem. — Sou um cavaleiro, não um reles caçador como você!

— Silêncio! — Irritou-se o capitão. — Quero saber o motivo da briga — colocou as mãos para trás e encarou os dois, que continuaram calados, olhando-se de maneira hostil.

Björn trincou os dentes. Mesmo que Hrolf fosse seu amigo, ali dentro do Freyja sua palavra era lei. A responsabilidade pela manutenção da ordem era sua. E por mais que odiasse aplicar castigos, não podia fragilizar seu comando. Mesmo que isso significasse penalizar alguém de quem tanto gostava.

— A pena para brigas dentro de um navio é o açoite — avisou.

— A culpa é dele, capitão. — Acusou Seldon. Afinal, era um mercenário, mas ainda um cavaleiro. Era sua palavra contra a de um homem comum — ele me atacou, todos viram. Eu apenas ajudei a moça a se equilibrar.

Björn olhou para Hrolf, aguardando uma réplica que não veio. Os olhos frios do amigo estavam fixos nos seus, desafiando-o a acreditar em Seldon. Ele sabia que o mercenário mentia. No entanto, se Hrolf não se defendesse, ele não poderia concluir o breve julgamento da situação em favor do rastreador. Seu silêncio diante de todos era o mesmo que uma admissão de culpa. Pacientemente, esperou por uma justificativa que não veio. Desgostoso, baixou a cabeça. Ia pronunciar a sentença quando a voz de Jamila, que fora esquecida por todos num canto do convés, elevou-se no meio dos homens.

— Ele mente, capitão!

— O quê? — Resmungou Hrolf enquanto vários pares de olhos se voltavam para a moça.

Jamila se aproximou, parando diante do capitão Svenson e de Mark al-Bakkar. Engolindo o medo, ela repetiu.

— Esse homem está mentindo — apontou Seldon. — Mestre Brosa o atacou para defender minha honra. Ele me molestou.

— Vadia! — Berrou Seldon — devia ter deixado que caísse no mar.

Björn olhou para a moça. Havia sinceridade nos olhos castanhos. Embora Bakkar a fitasse com desprezo, as marcas no rosto da garota falavam por si, confirmando suas desconfianças.

— O que foi isso em seu rosto, senhorita?

Encabulada, ela tocou as marcas doloridas e baixou os olhos.

— Esse homem... ele tentou — oh, que humilhante falar aquilo diante da tripulação inteira! — Ele tentava me obrigar... — respirou fundo e firmou a voz — ele tentou me possuir a força — engolindo a vergonha ela encarou Björn —, mestre Brosa viu e me defendeu.

O capitão encarou Hrolf, que não tirava os olhos de Seldon. Sua raiva ainda não arrefecera.

— Hrolf...?

— A moça diz a verdade — grunhiu.

— E por que, em nome de Cristo, não se defendeu? — Reclamou Björn.

— Conhece meu caráter.

O capitão assentiu.

— Sim, conheço — virou-se para Bakkar e indagou, em voz baixa —, o que me diz?

— O navio é seu, Svenson. Não vou livrar a cara do cretino, mas não me agrada açoitar um homem.

— A mim também não. Mas o que sugere?

Mark olhou para além da amurada. Dali podiam avistar o porto de Corfu, a primeira parada para reabastecimento de água e víveres.

— Coloque em votação junto a seus homens. Açoitá-lo ou colocá-lo a ferros até aportarmos em Corfu. Lá, ele seria expulso do navio.

Mesmo sabendo do risco que sua autoridade corria, Björn coçou a barba por fazer e encarou a tripulação. Pelas caras de seus homens, também estavam revoltados pelo ataque à Jamila. Conhecia-os bem. Estavam com ele há anos. Eram, em sua maioria, noruegueses. Quase todos tinham família; mulher, filhos e filhas. E todos sempre haviam sido leais a ele. Na verdade, nunca precisara recorrer àquele tipo de castigo no Freyja, pois seus tripulantes eram escolhidos a dedo.

Tomando sua decisão, comunicou-a à tripulação que, ao contrário do que temia, passou a olhá-lo com mal disfarçada admiração. Só então

Björn se deu conta do quanto valorizara aqueles homens ao considerar a opinião deles. Teria que agradecer ao cunhado mais tarde pelo conselho.

— E então? — Indagou ele aos tripulantes, após dar um tempo para confabularem — qual a conclusão de vocês?

Seldon aguardava em silêncio que a sentença fosse pronunciada. Seu olhar na direção de Hrolf, e principalmente para Jamila, espelhava todo seu ódio. Um dos mercenários, um homem alto e de pele negra, permanecia ao seu lado, montando guarda.

O imediato cumprimentou o capitão respeitosamente e comunicou o veredicto do grupo em voz baixa. Björn assentiu, dando uma tapinha amigável no ombro do imediato. Em seguida, encarou Seldon.

— Agradeça à benevolência de meus homens e de Bakkar o fato de não ser açoitado. Ficará trancado no porão até aportarmos em Corfu, onde será retirado deste navio. Entregue-me suas armas.

Seldon ainda tentou reagir, mas o mercenário negro colocou a mão em seu ombro, mantendo-o no lugar. Os outros mercenários deram-lhe as costas, acomodando-se num canto do convés. Não deviam lealdade alguma ao sujeito.

Hrolf, depois de cumprimentar Björn com um aceno, acercou-se de Jamila. Sem cerimônia, puxou-a pelo braço, conduzindo-a em direção às escadas que levavam à parte inferior do navio.

— Venha, já causou confusão demais para um dia só.

Jamila nem se incomodou com a brusquidão do rastreador. O que esperava dele? Um agradecimento? No mínimo ele a culpava por todo o episódio, descarregando nela seu desagrado. Bem que poderia ser ela a desembarcar em Corfu no lugar do asqueroso Osprey. Ficaria livre daquele bando de homens. Desanimada, obedeceu à ordem e desceu.

MESSINA, SICÍLIA

Abdul apoiou-se na amurada da pequena embarcação e observou o mar. Depois de revirar os piores antros de Messina e falar com os espiões de Ghalib, finalmente conseguira uma pista de Jamila. Como fora estúpido por não ter pensado logo naquela possibilidade!

Tudo apontava para o marido da baronesa. E embora estivesse surpreso pelo fato de um homem de reputação ilibada ter feito uso de tais expedientes, ele o compreendia e simpatizava com sua causa. Afinal, daquela vez, Ghalib fora longe demais.

Isso, porém não aquietava seu coração. Precisava resgatar Jamila. Não por Ghalib ou pelo que a moça representava para ele. Mas por si próprio. A irmã era a única pessoa no mundo que se importara com ele, com seus sentimentos e sua solidão. Mesmo Amira, por quem era apaixonado, via nele apenas o homem de confiança de Ghalib. Jamais enxergara o sentimento que nutria por ela. A doçura de Jamila conseguira tocar seu coração, fazendo com que desejasse ser um homem melhor.

O capitão gritou ordens para a tripulação e a embarcação começou a se afastar do cais. Dali até Acre, com o barco pequeno e veloz, a viagem seria rápida. Lá, contando com os recursos que o dinheiro de Ghalib podia comprar, Abdul conseguiria salvar Jamila. Tanto de al-Bakkar quanto do próprio irmão.

ACRE, PALESTINA

Trudy seguiu a criada pelo corredor até chegarem a uma porta. Com uma mesura, a mulher indicou que entrasse no aposento e fez o mesmo, dando instruções às outras moças que ali estavam.

A beleza do aposento, cujo piso de cerâmica ajudava a conservar o frescor que vinha do mar, não conseguiu, contudo, desviar a atenção de Trudy da pessoa sentada no balcão para onde se abria uma das portas-janela. Caminhou até a mulher cujos cabelos vermelhos estavam descobertos.

— Senhora...? — Indagou incerta.

A mulher soltou a pena com a qual traçava a elaborada escrita árabe sobre um pergaminho. Ergueu o rosto para ela, surpreendendo-a não pelo encontro inusitado e sim, pela expressão vaga em seu olhar.

— Sim? — Indagou Laila, se levantando.

Trudy ficou confusa. Conhecia a dama Radegund há anos, desde que ela e o falecido conde de Delacroix haviam cruzado seu caminho anos atrás. Fora a dama quem a ajudara a conquistar seu marido, junto com a também falecida dama Clarisse. Não era possível que não se lembrasse dela.

— Minha senhora, que bom a ver aqui — tomou as mãos longas nas suas —, onde está *messire* Mark?

Laila achou a mulher que a cumprimentava muito simpática. Por um instante fugaz, experimentou uma sensação de familiaridade. No entanto, por mais que forçasse sua mente vazia, não encontrou na memória nenhuma referência da estrangeira que a cumprimentava.

— Perdoe-me, creio que está me confundindo com outra pessoa. Sou Laila, esposa de Ghalib.

Trudy abriu a boca para argumentar. Porém, uma velha de olhos miúdos e sagazes, que parecia ter surgido do nada, encarou-a de forma ostensiva, deixando-a em estado de alerta. Reunindo a espertza que a mantivera viva pelos duros anos que atravessara antes de se casar com Aswad, a normanda sorriu. Vestiu uma expressão tola no rosto, disfarçando com uma risada.

— Oh, desculpe! Acho que foi isso mesmo. Acho que confundi a senhora com uma amiga! Tolice a minha — ela continuou a tagarelar — eu nunca estive em Acre, é a primeira vez que meu marido me traz até aqui. Aliás, a senhora tem uma casa linda!

— Obrigada. Não me disse seu nome — Laila falou enquanto indicava as almofadas para a visitante.

— Sou Gertrude, mas todos me chamam de Trudy.

— É um prazer conhecê-la, Trudy.

Aswad percorreu o corredor apressadamente. Uma das criadas de Ghalib fora chamá-lo, dizendo que sua esposa estava indisposta. Temendo que a viagem e o sol escaldante tivessem causado uma insolação em Trudy, ele se desculpou com Ghalib e foi ao encontro dela. Ansioso, agradeceu a criada que o levara até os aposentos de hóspedes e entrou.

— *Habibit i* — Chamou, atravessando a saleta e entrando no dormitório — Trudy, onde você está?

— Aqui, querido.

A voz soou por detrás do mosquiteiro que pendia do teto trabalhado e cercava o leito. Sorrindo, Aswad se aproximou e afastou a gaze fina. Deparou-se com Trudy entre as almofadas, trajando uma delicada combinação. Ela não parecia nada indisposta, muito pelo contrário.

— Minha ardilosa esposa — ele começou, chutando as botas de lado —, não me parece doente.

Trudy sorriu e estendeu os braços para ele.

— Talvez meu mal-estar tenha você como cura, meu marido.

Aswad sorriu e estreitou os olhos esverdeados, observando seu o rosto. Havia algo errado; notava um quê de inquietação na voz de Trudy. Inclinou-se sobre ela, roçando a boca nos lábios macios.

— O que houve? — Indagou.

— *Shh*! — Ela o abraçou, puxando sua camisa para cima — beije-me.

— Mas...

— Eu explico — ela o acomodou sobre si e gemeu alto, falando baixinho depois — temos que ser convincentes.

Aswad ergueu o rosto e sorriu, malicioso.

— Hum, eu gosto disso.

Num segundo, peças de roupa voaram para o alto, isolando marido e mulher naquele pequeno ninho de gemidos e sussurros sensuais. Porém, mesmo enlevada pelas carícias de Aswad, Trudy permaneceu atenta, até que um clique discreto foi ouvido. Rapidamente ela saltou da cama e, mesmo nua, atravessou o quarto, parando diante de um entalhe na parede. Com uma expressão vitoriosa, encarou Aswad, que saía do leito, nu e aturdido.

— Mulher! Que bicho mordeu você? Juro que não a entendo...

Rápida, ela foi na direção dele com o indicador sobre os lábios.

— *Shh*! Volte para a cama, — segurou sua mão morena e o arrastou para o abrigo do mosquiteiro — eu explico.

Rapidamente relatou seu encontro com a *esposa* de Ghalib, que era, estava certa depois de ter conversado por um bom tempo com ela, ninguém menos do que Radegund.

— Não compreendo, *habibi*. Como pode ser a leoa?

— Algo aconteceu a ela, tenho certeza — Trudy resmungou. — Fiz algumas perguntas inocentes sobre sua família, de onde ela veio, enfim, essas coisas que perguntamos ao conhecer alguém. E todas as respostas foram vagas, como se ela não soubesse o que dizer.

— E por que todo esse estratagema para me atrair até aqui? — Ele sorriu ao deslizar os olhos sobre sua nudez — não podia esperar até a hora do jantar? Quase me matou de aflição!

— Ah — ela rolou por cima dele e deitou-se sobre seu peito —, aí é que vem o melhor da história!

— Hum, se é que pode ficar ainda melhor — ele ajuntou, apalpando suas nádegas.

— Comporte-se.

— Impossível com você em cima de mim desse jeito, mulher!

— Tente. E ouça. — Ele fez uma expressão de aluno atento e Trudy prosseguiu — quando eu conversava com a tal Laila, havia uma velha ao lado dela que parecia mais um cão de guarda. Quando tentei fazer perguntas mais diretas, ela entrou na conversa, alegando que a patroa estava convalescente e que precisava descansar. Ela a levou embora e me deixou com as criadas. Logo depois, voltou e me olhou de um jeito estranho. Fiquei desconfiada e resolvi fazer de conta que estava indisposta, pedindo para chamá-lo.

— Para me seduzir?

— Não! Para que você não tivesse a mesma reação que eu tive ao ver a tal *Laila*, homem!

Aswad rolou sobre ela e indagou.

— E por que disse que tínhamos de ser convincentes? Por que pulou da cama daquele jeito?

— Havia uma abertura na parede por onde estávamos sendo espionados.

— Como descobriu isso?

— Ouvi um barulho estranho enquanto esperava por você — ela contou — um som oco, meio abafado, vindo daquele lado. Quando fui ver o que era, notei as frestas entre os entalhes. Algo muito estranho está acontecendo aqui Aswad...

— E algo muito estranho está acontecendo em meu corpo, *habibi*... — ele murmurou, sedutor.

— Aswad! — Ralhou Trudy — isso é sério.

— Isso também é sério — ele fingiu zanga — temos que ser convincentes, como você disse. Além disso, você me provocou, minha senhora. Agora, dome a fera.

Sorridente, sua esposa o atendeu.

Enquanto desempenhava o papel de anfitrião perfeito, Ghalib observava atentamente a reação dos convidados à presença da baronesa. Depois da retirada apressada do beduíno ao saber que a esposa se sentira mal, Fairuz o informara de que a visitante tivera uma estranha reação ao se encontrar com Laila. Cauteloso, resolvera aguardar até o jantar, quando todos estariam frente à frente. A esposa de Aswad, no entanto, agiu de maneira normal. Até mesmo comentou a confusão, rindo da própria tolice. Segundo ela, confundira Laila com uma amiga que não via há alguns anos.

— Que bobagem a minha! — A estrangeira concluiu — creio que estava sob efeito do sol e do calor. Tanto que acabei indisposta.

Assentindo, Ghalib observou a baronesa, que sorria levemente ao ouvir o comentário da esposa de Aswad. Ele também sorriu, servindo mais vinho à mulher. Ela era agradavelmente tola e tinha um corpo formoso. Gostaria muito de saber como acabara se tornando esposa de um chefe beduíno. Certamente seria uma história interessante. Teria Aswad comprado a mulher entre os prisioneiros cristãos, durante a última guerra? Ao expor sua curiosidade, Aswad respondeu.

— Não, eu não a comprei. Até porque, uma joia valiosa como Trudy não teria preço. Eu a conheci numa de minhas viagens além do Mediterrâneo.

— Ora, estou surpreso, *sheik* Aswad! Achei que fosse um homem do deserto, não dos mares.

O beduíno não ocultou o orgulho.

— E sou. Porém, a fama de meu plantel atravessou o Mediterrâneo. Frequentemente vendo algumas crias para os *franj*. Foi assim que conheci Trudy.

— Gostaria de ver os novos cavalos — a voz de Laila soou do outro lado da mesa, fazendo com que todas as atenções se voltassem para ela. Ghalib se espantou vendo-a finalmente se interessar por alguma coisa.

— Se o seu marido não se opuser — começou Aswad, observando-a com atenção —, talvez eu possa mostrá-los à senhora pela manhã.

— Naturalmente — concordou Ghalib com um aceno, entregando-se à fantasia de ser realmente marido dela.

MAR MEDITERRÂNEO, COSTA DE CORFU

As ondas quebravam contra o casco do Freyja num ritmo manso e constante. Ancorado próximo ao porto, o navio estava praticamente vazio. Boa parte dos marinheiros fora à terra num escaler. O capitão descansava num canto e o restante da tripulação se dividia cuidando da nau e vigiando Seldon. Jamila estava em sua pequena cabine, tendo sua porta vigiada por Hrolf. No convés deserto, dois homens ignoravam a friagem noturna. Apoiados à amurada, conversavam em voz baixa.

— Pensei que tivesse selecionado os melhores, Kamau.

— Sinto muito pelo incidente, Mahkim — o homem negro falou, olhando para o mar — Osprey é um cavaleiro competente, mas eu deveria ter me lembrado do quanto é lascivo. Não dei ouvidos aos boatos sobre ele.

— Deixe para lá. Amanhã nos livraremos dele.

— Certamente.

Mark se recostou na amurada, cruzando os braços, olhando para o convés sem nada ver. Sentia uma angústia enorme. Tudo o que queria, naquele instante, era ter Radegund ao seu lado. Sentia-se como um fantasma, arrastando-se pelo mundo vazio e incompleto. Não mentira quando dissera a Radegund que ela o completava. Que lhe pertencia. Só esquecera de dizer que também pertencia a ela. Onde estaria agora? O que estaria fazendo? Por que o rejeitara em Chipre? Estaria drogada? O que Ghalib queria dela? Sem se dar conta, praguejou alto.

— Maldição!

— Meu camarada — Kamau pousou a mão sobre o ombro do cavaleiro —, está inquieto como um tigre numa jaula. Por que não desembarcamos também e arranjamos umas brigas nas tavernas de Corfu?

Mark sorriu para ele. Kamau fora um de seus comandados, há muitos anos, no exército *mamluk*. Capturado no Mahgreb e vendido para o sultão, ele nunca perdera o bom humor. Sorridente e galante, dono de uma habilidade social invejável, o mercenário conquistava a todos com seu carisma. Depois de alguns anos junto aos *mamluks*, fugira, tornando-se mercenário e oferecendo seus serviços à rede de Ibelin. Bastara uma mensagem de Mark para que ele se apresentasse e trouxesse consigo mais três homens. Lamentavelmente, a devassidão de Seldon escapara ao julgamento de Kamau.

— Mesmo que brigasse com todos os marinheiros do porto, eu não me acalmaria, companheiro. Não posso me aquietar enquanto a dúvida permanecer em meu coração.

Observador, o mercenário afirmou, olhando nos olhos do ex-comandante através da escuridão.

— Ela não o traiu, se é isso o que o aflige. — Mark olhou para o soldado, espantado demais para falar qualquer coisa. De alguma forma, o homem percebera suas indagações mais íntimas. Dúvidas que negava a si mesmo existirem, mas que estavam lá, como um espinho em sua carne. O outro prosseguiu — ouvi Brosa dizer que ela caiu do cavalo, no dia do rapto. E quando me contou sobre o que havia descoberto, ele mencionou a história do médico que foi ver a *hóspede* de Ghalib, em Messina. — Kamau fez uma pausa e depois prosseguiu, em tom grave — já cogitou a possibilidade de sua esposa estar esquecida das coisas?

— Como assim?

— Ora! Pense homem! Afinal, quem estudou no *Bimaristan* foi você, não eu! Mais do que ninguém, sabe que essas coisas acontecem! E se a sua mulher estiver de *miolo mole*?

— Kamau!

O outro sorriu e ergueu a mão, num gesto conciliador.

— Certo, eu exagerei. Mas se ela levou uma pancada forte e se esqueceu de tudo, o tal Ghalib pode estar se aproveitando disso.

— Até aí, tudo bem — replicou Mark. — Mas o que explicaria o verdadeiro pavor que ela demonstrou ter de mim?

— Bem —Kamau deu de ombros — isso eu não sei. Mas convém que esteja aberto à todas as possibilidades.

— Obrigado, Kamau. — Aquela conversa tinha aliviado parte da angústia que corroía seu coração — eu estarei.

CAPÍTULO
XVI

"Que distingues, além disso,
No escuro do passado e no seio do tempo?"

"A TEMPESTADE", ATO I, CENA 2.
W. SHAKESPEARE

ACRE, PALESTINA

endo Trudy ao seu lado, Aswad observou a chegada de Ghalib e de sua suposta esposa. Ele não tinha dúvida alguma de que aquela mulher — apesar das sedas, das joias refinadas e das maneiras inseguras — era Radegund. Não saberia explicar como ela chegara até ali, tampouco como se envolvera naquela situação. Há muito não via Mahkim. Seu último contato fora com a própria baronesa; uma carta cujo conteúdo fora voltado exclusivamente para assuntos relativos à criação de cavalos. No entanto, se ainda guardasse dúvidas quanto à identidade da mulher, elas teriam se dissipado no instante em que ela chegou ao pátio onde os novos cavalos estavam agrupados. Tão logo colocou os olhos sobre o plantel, ela se afastou de Ghalib. Dirigiu-se a um dos cavalariços, que fazia um grande esforço para conter o reprodutor.

— Deixe-o! — A voz dela soou imperiosa e extremamente firme, espantando Ghalib e os criados, acostumados à sua presença sempre dócil e indiferente. Como se ela fosse um bibelô, o brinquedo novo de Ghalib ibn-Qadir que, segundo corria à boca pequena, sequer se lembrava da existência da bela Amira, convenientemente esquecida numa propriedade rural.

Calado, Ghalib acompanhou a caminhada resoluta da baronesa em direção ao cavalariço.

— Não percebe que assim o irrita ainda mais? — Ela reclamou, arrancando o cabresto das mãos do rapaz — calma, garoto! — Ela abrandou a voz e segurou o cabresto com firmeza — fique calmo. Está assustado com o lugar novo, não é?

Ela prosseguiu naquela cantilena, revelando uma faceta da personalidade da misteriosa Laila que ninguém vira até então; uma invejável facilidade no trato com os cavalos.

Trudy lançou um olhar discreto, porém triunfante, ao marido. Aswad acenou com a cabeça e sorriu. Em seguida, falou em voz alta.

— Os garanhões árabes são caprichosos como certas damas.

— Concordo — disse a ruiva, a voz suave para não sobressaltar o animal. Em seguida, respondeu por sobre o ombro, enquanto retinha o cabresto e afagava o pescoço do cavalo — todavia, este não é um árabe. É um berbere puro, um belo representante de sua espécie. Reconheceria um destes em qualquer lugar — ela falou, surpreendendo a si mesma com a quantidade de informações que afloravam em sua mente. Prosseguiu, quase como se certificasse de que aqueles conhecimentos pertenciam mesmo a ela — o dorso é mais curvo, a cauda mais baixa e o focinho não tem a concavidade dos árabes. Mas eles também são muito velozes e resistentes. Eram os preferidos de Saladino. — Ela se voltou para o beduíno com um sorriso — eu conheço bem os cavalos, *sheik* Aswad. E este é um legítimo berbere.

— Certamente, senhora — o beduíno devolveu o sorriso. Não lhe restava dúvida de que aquela mulher era a leoa. E de que algo muito estranho estava acontecendo com ela —, perdoe a peça que tentei lhe pregar. Eu a vi tão encantada com o animal que não resisti — em seguida, virou-se para Ghalib — sua esposa tem um conhecimento notável, além dos olhos certeiros que só um experiente criador possui.

— Sim — o dono da casa estava intrigado, olhando de maneira estranha para a mulher que afagava o cavalo — Laila é uma mulher surpreendente.

MEDITERRÂNEO, COSTA DE CORFU

Ao amanhecer, um escaler foi descido para levar Seldon de Osprey à terra. Mark olhou fixamente para o homem amarrado ao lado do mercenário chamado Bernardo. Jamila, que acabava de subir ao convés, estremeceu ao cruzar o olhar com o de seu agressor. Ficou estática, até que sentiu um cutucão às costas.

— Suba de uma vez. Não temos o dia todo.

O rastreador, para variar, estava impaciente. Sem remédio, ela terminou de subir as escadas e lhe deu passagem. Num impulso, ergueu o rosto para o céu, fechando os olhos sob o calor agradável. O vento arrancou o véu com o qual cobrira os cabelos. Os fios castanhos se agitaram, absorvendo a luminosidade do sol. Sem perceber, deixou o norueguês mais indócil do que já estava.

Hrolf Brosa tentou se lembrar de que forma ofendera aos deuses para ser atormentado daquela maneira. Um homem, àquela altura da vida, merecia paz e sossego. Agora, além de lidar com a amargura que jamais o abandonava, tinha que lutar contra os instintos que aquela criatura ingênua despertava.

O veneno da traição ainda corria em suas veias. A decepção com Saori, mesclada com a culpa por não deixar de amar uma mulher que fora tão cruel, estavam vivas dentro dele. Porém, junto com tudo isso, havia algo novo. Um sentimento que despertava e contra o qual lutava bravamente, embora, bem lá no fundo, duvidasse do próprio êxito. Sentia-se como um animal acordando após uma longa hibernação. E com o despertar, viria uma fome intensa exigindo satisfação.

Olhou para Jamila mais uma vez e sentiu o sangue se aquecer. Ele deveria ter visitado Francesca. Ou qualquer outra espelunca onde pudesse apagar o incômodo fogo de dentro das calças. Francamente! Irritado consigo mesmo, quase se rendeu ao impulso de tirá-la de seu momento de êxtase sob o sol, arrastando-a pelo braço até o outro lado do convés. Quase. Porque não foi capaz de se mexer diante da visão do rosto banhado pelo sol. Dos lábios entreabertos, como se esperassem o beijo de um amante. Ou como se ofegassem, após o sexo. Não pôde deixar de admirar a cabeleira castanha açoitada pelo vento. Nem conseguiu afastar o olhar do contorno dos seios sob o vestido.

— Senhorita!

A voz de Kamau sobressaltou aos dois por motivos diferentes. Jamila, ainda sob o efeito do ataque de Osprey, encolheu-se. Automaticamente, procurou segurança junto ao rastreador. Hrolf, por sua vez, levou a mão à faca embainhada e encarou Kamau de maneira hostil. O homem o ignorou e estendeu a mão, onde trazia o véu de Jamila.

— Bom dia, senhorita. Creio que isto lhe pertence.

Um pouco menos desconfiada, pois não via no rosto do homem nada além de simpatia, Jamila apanhou a peça e agradeceu de olhos baixos.

— Obrigada, *sire*...

— Kamau. Apenas Kamau. — Ele fez uma mesura elegante e ofereceu o braço à jovem, falando para Hrolf — Mahkim deseja vê-lo, mestre. E me pediu que cuidasse de sua preciosa hóspede.

— Com os diabos que ficará sozinho com a moça! — Rosnou o rastreador, dando um passo à frente.

— Paz, companheiro — Kamau sorriu e ergueu as duas mãos — não sou o imbecil do Osprey! Entendo que não queira abandonar a linda donzela — ele piscou para Jamila que, desacostumada ao convívio social e ao flerte inconsequente, baixou ainda mais a cabeça, corando —, eu também não gostaria se estivesse em seu lugar. É muito mais agradável a companhia de uma linda rosa do que o espinhoso convívio com os homens. No entanto, Mahkim deseja lhe falar em particular. E eu apenas cumpro as ordens daquele que me paga regiamente.

Hrolf olhou do mercenário para Jamila, que permanecia calada e quase grudada nele. Não o agradava deixar a moça sozinha com o soldado. Kamau tomou a iniciativa, acabando com o impasse. Pegou a mão da jovem e apoiou-a no próprio antebraço. Em seguida, falou com cordialidade, como se estivessem no salão do rei.

— Se não confiam em mim, vamos comigo até onde está o capitão Svenson. Eu ficarei lá com a moça e o senhor, mestre Brosa, poderá confabular com Mahkim sem temer pela virtude desta jovem adorável. — Ele baixou um pouco o rosto, sorrindo para Jamila — está bem assim, senhorita?

— Si-sim. — Ela conseguiu balbuciar.

— Ah, que maravilha! — Ele exclamou e com a mão livre deu um tapinha no ombro do rastreador — vamos, senhor! A manhã está linda e, enquanto o senhor e Mahkim discutem estratégias, eu entreterei a moça com muitas histórias. Sabia, minha jovem — ele começou, ignorando o olhar raivoso de Hrolf — que Damasco é uma cidade fascinante? Já esteve em Damasco? Não? É uma pena, porque...

Kamau saiu andando, desfiando seu monólogo enquanto levava Jamila a tiracolo. Atordoado, Hrolf os seguiu, tendo a impressão de ter sido atropelado por uma manada de cervos. Mesmo assim, ao chegar ao lado de Björn, que conversava com o imediato, teve que admitir que o mercenário nada mais fazia do que ser gentil, mantendo-se a uma distância respeitosa da moça e falando sem parar.

Afastando-se a passos largos, foi na direção das escadas, tentando ignorar um súbito sentimento de perda. Mais difícil, no entanto, foi sufocar o ciúme que sentiu ao escutar, pela primeira vez, a gargalhada de Jamila, que se divertia com algo que Kamau contava. Balançou a cabeça, espantando aquelas ideias ridículas para um homem de sua idade, e continuou a descida. Ciúme? Que piada!

MESSINA, SICÍLIA

Terrwyn franziu o cenho enquanto duas criadas observavam Leila e Ragnar se despedindo no vestíbulo. As duas mulheres cochichavam e tentavam esconder as risadinhas. Bem, a contar pelo sumiço do casal durante toda a manhã, ela tinha uma noção — para não dizer *certeza* — do que ambos estiveram fazendo. E, a julgar pela expressão satisfeita de Leila, haviam feito *bastante*. Sem querer, suspirou de saudade de Björn.

— Cuide dela, cunhadinha — falou Ragnar, com um sorriso no rosto, ao acercar-se dela. Baixando a voz enquanto a abraçava, ele assumiu uma expressão mais séria — a última gravidez foi difícil para Leila. Fique atenta, por favor.

Retribuindo o abraço, Terrwyn respondeu.

— Não se preocupe. Não deixarei que faça extravagâncias.

Afastando-se da cunhada, ele enlaçou a esposa e falou às duas.

— Vou direto para Acre. Sem mercadorias, pude encher os porões com água e víveres. Não pretendo reabastecer em Corfu, o que me dará alguma vantagem. Rezem para que eu chegue a tempo.

— Rezaremos para que vá e volte em segurança — disse Leila, aconchegando-se junto a ele — rezarei também para que ponha juízo na cabeça de Mark e para que possam trazer minha amiga de volta.

— Com tantas orações — ele pilheriou —, acabarei virando um santo!

— Querido —Leila retrucou maliciosamente, olhando direto nos olhos dele —, *ninguém* está mais longe da santidade do que você.

Para a diversão das duas mulheres, o formidável *chevalier* Ragnar Svenson corou até a ponta das orelhas.

MEDITERRÂNEO, COSTA DE CORFU

— Por Deus, Bakkar! Onde arranjou o núbio de língua comprida? — Resmungou Hrolf, entrando na cabine e servindo-se de vinho.

Mark franziu o cenho, mas depois sorriu.

— Ah, Kamau. É um velho companheiro. Suas adagas são tão afiadas quanto sua língua.

— Os deuses protejam meus ouvidos... — Hrolf se sentou e sorveu o vinho num longo gole. Ainda sentia a boca seca por ter constatado aquele sentimento de posse com relação à Jamila. — O homem fala pelos cotovelos! — Após uma pausa, indagou — queria falar comigo?

— Sim — ele se sentou junto à gaiuta e Hrolf fez o mesmo — a notícia do sumiço da moça já correu pelos faróis.

— Inferno! Qual o alcance disso?

— Chipre... — ele deu de ombros — talvez Tiro. Além disso — Mark serviu-se de mais vinho —, soube esta manhã que o homem de confiança de Ghalib partiu no encalço dela.

— Como consegue saber de tudo, Bakkar? — Hrolf indagou, surpreso — é um mago, por acaso?

— Não, meu caro Brosa. Apenas rico o bastante para plantar informantes onde é necessário — naturalmente não mencionou a influência da Sociedade. A última mensagem, enviada de forma cifrada pelo farol de Corfu, fora deles, que também o informavam da ida de um agente ao seu encontro. Pelo visto, a situação de Radegund era muito mais importante para a Sociedade do que imaginara a princípio. Só não conseguira ainda descobrir o porquê de tanto interesse. Retomando a palavra, prosseguiu — bem, em vista disso, perderemos o fator surpresa.

— Sem dúvida. Mas o que isso tem a ver comigo?

Mark se levantou e andou pelo espaço exíguo. Olhou pela pequena abertura retangular e falou, ainda de costas para Hrolf.

— Confio em você, Hrolf. É um homem honrado. Sei que sofreu e ainda sofre por Saori. Mesmo assim, deixou tudo de lado para me ajudar a encontrar Radegund.

Hrolf apenas sorveu um gole de vinho antes de responder, evitando tocar no nome da *kunoichi*[46].

— Ainda não imagino o que levou a ruiva a reagir daquela forma em Chipre — comentou Hrolf, ainda desconfiado. Sua experiência com Saori o deixara amargo e descrente com relação às mulheres.

— Kamau sugeriu que ela esteja com amnésia devido ao acidente com Lúcifer.

O rastreador coçou a cabeça. Seria possível. A pancada que ela levara, quando os cascos do garanhão a atingiram na praia, poderia tê-la deixado ruim da cabeça.

— Não havia pensado nisso.

— Nem eu — comentou Mark sem esconder o alívio, surpreendendo Hrolf. Seria possível que até mesmo Bakkar tivesse alimentado dúvidas quando à lealdade de Radegund? O mestiço prosseguiu, indo direto à razão de seu chamado — preciso de outro favor seu.

— Fale.

— Quero que leve Jamila em segurança até alguns amigos meus.

— Por quê? — Hrolf estranhou.

— Como disse, a essa altura não poderemos mais contar com o fator surpresa. Certamente, ao aportarmos em Tiro, Ghalib estará sabendo que capturei sua irmã. Ele tem muitos espiões, Brosa. E eu não me arriscarei a perder meu maior trunfo sendo descuidado.

— Mas, se ele já souber que está com ela, certamente há de desconfiar que aportará em Tiro ou Acre. Os dois portos estarão infestados de gente dele.

— Pensei nisso também. Vou desembarcá-los próximos a Sarepta, num escaler. De lá, seguirei para Tiro, despistando quem quer que esteja em nossos calcanhares. Espero que não se importe em fazer a viagem por terra. Eu lhe farei um mapa com a provável localização do acampamento dos *Banu Khalidi*[47] nesta época do ano. Assim ganharei tempo e poderei forçar Ghalib a aceitar meus termos.

— Termos? — Indagou Hrolf.

— Sim. Quero que me entregue Radegund e reconheça publicamente o rapto. — Ele estreitou os olhos, encarando Hrolf — não vou permitir nenhuma mácula sobre a reputação de minha mulher, Brosa. Diabos! — Ele bateu com a mão sobre a mesa, fazendo o vinho em seu copo respingar — ele expôs Radegund diante de toda corte de Aimery como *esposa* dele!

— Está querendo o céu, Bakkar — ponderou Hrolf — Ghalib jamais fará isso.

— Ah, fará sim. Tenho seu tesouro mais valioso. Se ele não conseguir a tão sonhada aliança com os occitanos, em pouco tempo será sufocado pelos genoveses e venezianos. Lembre-se, ele depende de terceiros para transportar suas mercadorias. Eu sou sócio de uma *compagnia* de navegação; ele não. Ghalib precisa de livre acesso às passagens dos Pireneus sem ter que arcar financeiramente com isso. Nada melhor do que um casamento para garantir as rotas para al-Andaluz, o Grande Mar e todo o Norte.

— Isso me parece um plano diabólico.

— Isso é estratégia, meu amigo. Se aquela moça imaginasse o poder de vida ou morte que tem sobre o irmão...

Hrolf não pôde conter a pontada de ironia.

— Ainda bem que ela não imagina, não é mesmo, Bakkar?

ACRE, PALESTINA

Do alto das colinas, montada num animal negro, ela contemplava os campos cobertos de florezinhas miúdas, enquanto as lágrimas pouco a pouco embaçavam sua visão. Uma saudade enorme e pungente fazia seu coração se encolher dentro do peito. Ergueu a mão para secar o rosto e a pedra engastada no anel de ouro, metido em seu anular esquerdo, faiscou sob o sol. Uma safira, em cujas laterais, sobre o largo aro de ouro, havia um brasão entalhado.

Leo rugiet, quis non timebit?

"O leão rugirá, quem não temerá?" — Era a frase gravada no interior do aro. Sabia sem vê-la. Olhou de novo para o campo e suspirou. Uma voz suave e conhecida soou às suas costas.

— Perdida em pensamentos?

Olhou para o lado e respondeu:

— Estava tão distraída que, dessa vez, não o pressenti...

Com o coração aos saltos, Laila abriu os olhos. Tentou se lembrar da pessoa com quem falava no sonho, mas não conseguia resgatar a imagem de seu rosto das profundezas de sua mente. Por mais que tentasse, a única coisa que vinha à lembrança com nitidez assustadora era o som daquela voz. Terna, firme e grave. Uma voz que enchera aquela pergunta singela de significados profundos. Carinho, amizade, ternura, preocupação e solidariedade. Estava tudo implícito naquela voz. De quem seria?

— Bom, dia senhora — a criada afastou o cortinado e sorriu para ela —, mestre Ghalib disse-nos que não a acordasse, caso a senhora resolvesse dormir um pouco mais — a moça era bem tagarela e, enquanto se desincumbia de suas tarefas, ia falando — o patrão disse que a senhora ainda não está totalmente boa e que precisa de repouso.

— Eu estou bem — ela murmurou, um pouco contrariada, apesar de reconhecer que seu marido estava apenas sendo zeloso.

— Sim, eu sei — concordou a mocinha —, mas os homens são assim mesmo. Sempre querendo dizer o que as mulheres têm ou não que fazer. — A moça pegou algumas roupas numa arca e mudou radicalmente de assunto — os convidados de mestre Ghalib partiram...

— Já? — Ela não ocultou a decepção. Havia gostado tanto da esposa do *sheik*, como era mesmo o nome dela...? Ah, Trudy! — Foram tão cedo...

— Antes do amanhecer, senhora — a criada começou a escovar seus cabelos —, mas a senhora estrangeira lhe deixou um presente — a moça largou a escova sobre o toucador e foi apanhar o pacote que deixara sobre a mesa — ela disse que era uma lembrança.

Recebendo o pequeno embrulho de tecido das mãos da criada, Laila permitiu que a moça continuasse escovando seus cabelos, enquanto desfazia o laço do pacote. Uma pequena caixa de madeira surgiu. Com um estranho pressentimento, Laila abriu a tampa marchetada e encontrou, sobre o forro de veludo, uma correntinha simples de ouro. Ao erguê-la diante dos olhos, deparou-se com uma cruz pintada de esmalte branco. O reconhecimento imediato fez com que as palavras aflorassem espontaneamente em seus lábios.

— A Cruz dos Hospitalários...

Franziu o cenho, intrigada. Por que aquilo parecia significar algo para ela? Por que a esposa do *sheik* lhe dera tão estranho presente?

— Senhora? — A moça notou sua palidez e o tremor de suas mãos — senhora, está se sentindo bem? Quer que eu chame seu marido?

— Não! — A negativa veemente espantou a moça. Ela tornou, mais calma — não, não é necessário; estou bem. — Apertou o pingente na mão e indagou de forma súbita — há um traje de montaria em meu guarda-roupas?

— Creio que sim senhora — a moça olhou para ela, alarmada —, mas a senhora não pensa em cavalgar, não é mesmo? Seu marido...

— Mostre-me a roupa, por favor.

Enquanto a moça cumpria a ordem, dada em tom suave, porém definitivo, Laila olhou-se no espelho. Impulsivamente, prendeu a correntinha ao pescoço. Quisera ela que todas as suas lembranças lhe fossem dadas de presente numa caixinha, como aquela joia. Talvez assim descobrisse porque se casara com Ghalib. Um homem que a cobria de gentilezas, mas pelo qual ela só conseguia sentir um constante temor e uma inexplicável repulsa.

— O que disse?

— *Ela* está nas cocheiras criando um alvoroço entre os cavalariços — Fairuz estreitou os olhos miúdos e deu uma risada desdenhosa — eu o avisei, amo. É um jogo perigoso.

Ghalib se irritou e largou os documentos que analisava sobre a mesa. Deu as costas à criada e olhou pela janela. Fairuz, no entanto, não desistiu. Via que seu patrão estava se emaranhando na teia daquela mulher misteriosa. Estava obcecado por ela e nem se dava conta. Se ele tivesse um coração, poderia até dizer que estava apaixonado. Como ele não possuía um, ela sabia que tudo não passava de um sentimento de posse orgulhosa levado às últimas consequências.

— Aquela mulher vai destruí-lo, *sidi*. Vai destruir tudo o que conquistou ao longo da vida. — Ela deu a volta e ficou à frente dele, oscilando o corpo como uma serpente venenosa — o que vai fazer se ela se lembrar de quem é? Se o marido aparecer aqui com os homens da lei?

— Ela renegou o marido diante do rei de Chipre — ele desdenhou, apesar de saber que, na corte de Aimery, ela ainda estava fraca e insegura. — Quanto aos homens da lei, meu dinheiro comprará a todos eles como sempre comprou, velha linguaruda!

Fairuz soltou uma risada estridente e sacudiu o dedo nodoso diante do rosto de Ghalib.

— Ela já está se lembrando...

— Não seja estúpida, mulher, — Ghalib elevou a voz — ela não se lembra de nada...

— Senhor?

A voz do criado, soando à entrada do gabinete, interrompeu a explosão de sua fúria. Reassumindo a postura fria, ele se dirigiu ao homem.

— O que é?

Com a cabeça baixa, o criado lhe estendeu um diminuto rolo de pergaminho.

— Um pombo-correio trouxe uma mensagem.

Tomando o papel nas mãos, Ghalib dispensou o rapaz com um gesto impaciente e desenrolou o bilhete. Diante dos olhos de Fairuz, seu rosto ficou lívido. E sua cólera foi descarregada sobre os objetos de cima da mesa.

— Maldito desgraçado!

Fairuz emitiu mais uma de suas risadas cacarejantes, sem fazer caso da ira do patrão.

— Começou, não é, amo?

Com os olhos negros dardejando fúria e as feições bonitas transfiguradas pelo ódio, Ghalib despejou.

— Abdul está a caminho de Acre — fez uma pausa. Fairuz pode distinguir a frieza daquele coração de gelo dominando os olhos e da voz do patrão — al-Bakkar capturou Jamila.

— Aquela menina idiota — grasnou a velha —, deixe que ele a leve!

— Não entende de nada, velha imbecil! — Ele se atirou na poltrona de couro e encarou a criada — Jamila, por direito e por testamento, possui metade de *toda* a minha fortuna, apesar de não saber disso. E tenho um casamento arranjado para ela. Um acordo que vai me trazer mais poder e estender minha influência muito além da Sicília e da Palestina. Não posso perder aquela garota, por mais inútil que ela seja.

— E o que vai fazer com a mulher do mestiço? — Pressionou Fairuz — naturalmente ele quer barganhar Jamila pela mulher.

— O que ele quer não conta — Ghalib sorriu com desprezo —, apenas a minha vontade é importante neste caso.

— Pensei que o plano fosse destruir a reputação dele, cobrindo a mulher de desonra — espicaçou a velha.

— Meus planos mudaram.

CAPÍTULO
XVII

"Desejo tudo que desejas"

HORÁCIO. SATIRAS, 9.5

cabresto estirou-se em suas mãos. O atrito do couro contra sua pele causou uma desconfortável — porém familiar — sensação de queimação. Com firmeza, ela manteve tensão suficiente para que o animal soubesse quem mandava. No entanto, não aplicou força demais, mostrando a ele o que exatamente esperava que fizesse. Paciência e gentileza funcionavam melhor do que um chicote.

— Calma, garoto — ela murmurou —, calma.

Aproximou-se do flanco direito do garanhão e, num gesto ágil, saltou sobre a sela. A sensação de pertencimento foi tão intensa que chegou a ficar um pouco tonta. Percebendo o momento oportuno para uma reação, a montaria corcoveou.

— Espertinho! — Ela sorriu, novamente atenta. Manejou as rédeas, conduzindo o berbere para o cercado — não pense que vai me derrubar, rapaz.

Sob os olhares curiosos das cavalariços e demais criados, a misteriosa esposa de Ghalib ibn-Qadir acabava de dominar o impetuoso garanhão trazido pelo *sheik*. Agora, conduzia-o a passo para dentro do cercado de treinamento.

Afagando a crina sedosa, Laila se perguntou de onde vinha aquela habilidade, aquele verdadeiro dom ao lidar com os cavalos. Fechou os olhos por um segundo e de sua mente emergiu a imagem de um homem de meia-idade conduzindo sua montaria pelas rédeas, enquanto ela, uma garotinha ainda, ria e se deliciava com os movimentos do cavalo. Abriu os olhos e teve a certeza de que aquele homem de traços serenos era seu pai. Uma tristeza muito grande se abateu sobre ela, pois, no fundo do coração sabia que ele não estava mais no mundo dos vivos, sabia que ele fora tirado dela.

— Laila!

A voz irritada de Ghalib ecoou pelo pátio. Servos baixaram a cabeça e tremeram em silêncio. Os cavalariços empalideceram. O berbere estremeceu, nervoso, e pisoteou o chão de terra batida.

Tentando ignorar o homem que caminhava de forma rígida em sua direção, Laila ergueu o queixo, orgulhosa, e deteve o avanço do garanhão afagando seu pescoço. Depois, respirou fundo e disse a si mesma que não deveria sentir aquele medo irracional do marido. Até porque ele jamais fora indelicado com ela. No entanto, ela nunca o contrariara desde que despertara no navio. Disse baixinho, sem saber ao certo se falava para o animal ou para ela mesma.

— Shh! Não tenha medo...

Por um instante, Ghalib pensou que ela se lembrara de tudo. Por uma fugaz fração de tempo, ela o olhara com a antiga altivez. Um calor repentino percorreu seu corpo, ao mesmo tempo em que o ódio despertado pelo marido dela, ao tirar Jamila de seu domínio, se tornou mais e mais intenso.

— O que pensa que está fazendo mulher? — Ele entrou no cercado e arrancou as rédeas das mãos dela — desça imediatamente daí!

O garanhão bateu os cascos no chão. Num gesto inconsciente, ela o controlou apenas com os joelhos. Embora seu coração estivesse martelando dentro do peito e sua respiração estivesse tão acelerada que contraía sua garganta, ela conseguiu falar num tom tranquilo.

— Cuidado, senhor meu marido. Ele pode escoiceá-lo.

— Desça daí, Laila — ele grunhiu entre dentes — estou ordenando.

Ela apeou do animal bem devagar, parando à frente de Ghalib. Encarou-o em silêncio, sentindo uma estranha revolta, embora soubesse que desafiara abertamente aquele que diante da lei era seu senhor.

Sem pronunciar uma palavra sequer, ele estendeu a rédea para um cavalariço, que rapidamente a apanhou e conduziu o garanhão para longe do casal. Olhando fixamente nos olhos da mulher, Ghalib esperou pelo momento em que ela capitularia, em que vergaria os ombros e velaria o olhar, submissa. Contudo, para sua surpresa, tal fato não ocorreu. A raiva o corroeu. E o maldito fascínio por ela aumentou. Segurando seu braço, arrastou-a bruscamente até chegarem ao vestíbulo. Lá, parou novamente e indagou.

— Quem lhe deu permissão para montar?

— Ninguém — ela respondeu, sem desviar o olhar — não pensei que precisasse de permissão para fazer algo em minha própria casa.

— Precisa da *minha* permissão — ele frisou, tentando recobrar a frieza — e eu não dei. Sou seu marido e deve me obedecer.

Uma fúria nascida ela não sabia de onde lhe deu coragem para elevar a voz e atirar as palavras no rosto dele.

— Um marido de quem sequer me lembro!

Ghalib trincou os dentes. Ele a odiava. Tão intensamente e tão profundamente quanto a desejava. Não podia mais se conter. Não podia mais jogar aquele jogo, representar a farsa de marido dedicado e gentil. Não mais. Não agora que ela parecia ter retomado sua personalidade, embora as lembranças continuassem enterradas nas profundezas de sua mente. Não podia mais se dar ao luxo de brincar com ela. Não quando aquela altivez fazia o fogo corroer suas entranhas como nenhuma outra mulher o fizera. Ele a teria. E esfregaria aquilo na cara de al-Bakkar.

— Eu a lembrarei, cara esposa — ele sentenciou, frio.

Segurou-a pelos braços e a beijou.

Repulsa. Ultraje. Nojo. E uma revolta extrema.

O contato da boca do marido com a sua só lhe trouxe isso. Não houve nenhuma das emoções doces e suaves esperadas num beijo. Nem tampouco paixão, arrebatamento ou prazer. Naquele instante, apesar do esquecimento, teve a mais absoluta convicção de que não amava aquele homem. Sua associação com ele — sim, associação, pois, de alguma forma, relutava em pensar na palavra *casamento* — fora originada por qualquer coisa, menos pela afeição.

Sem poder se afastar, nem querendo dar a ele o prazer que daria ao se debater, Laila fez a única coisa que poderia fazer naquele momento. Suportou o contato insistente rígida e impassível. Gélida. Inerte como uma estátua de sal.

Ela o vencia. A maldita mulher o vencia sob seu teto, mesmo estando em suas mãos! Como a infeliz conseguia exercer um poder tão grande sobre ele? Desprezou-se e odiou-a ainda mais. Afundou os dedos nos braços dela, ferindo-a. Mesmo assim, ela não emitiu um só gemido. Nem entreabriu os lábios, cedendo à pressão de sua boca. Irritado, afastou-a tão bruscamente quanto a tomou.

— Você me rejeita.

— Rejeito sua agressão — ela rebateu, tentando manter um tom de voz calmo, enquanto desejava ardentemente esfregar a boca com as mãos para apagar a impressão do dos lábios dele sobre os seus.

Estreitando os olhos negros, ele sentenciou.

— É minha mulher, quer se lembre disso ou não — chegou mais perto, tentando intimidá-la — mantive-me afastado de você enquanto convalescia. Porém, não permitirei que se recuse a cumprir seus deveres conjugais quando eu assim o quiser.

Pela primeira vez durante aquele embate, ela estremeceu, demonstrando medo. Recuou um passo, certa de que ele a arrastaria dali e a possuiria contra sua vontade. Ghalib saboreou sua reação. No fundo, era aquilo que deveria fazer. Porém, a situação criada por al-Bakkar ao raptar Jamila exigia sua atenção imediata. E não fora se entregando ao gozo dos prazeres mundanos que chegara onde estava. Haveria tempo de sobra para possuir aquela mulher. Triunfante, deu o golpe de misericórdia, lançando mais uma ofensiva destinada a feri-la e torná-la cada vez mais fragilizada e insegura.

— Por hora, não os cobrarei de você, Laila — segurou-a pelo queixo, para que ela não desviasse o olhar do dele — al-Bakkar, seu ex-marido, raptou minha irmã. Uma jovem pura e indefesa, que viveu quase toda a vida num convento — ela soltou uma exclamação de espanto e ele prosseguiu com a encenação. — Deus sabe o que aquele degenerado fará com ela! Provavelmente vá humilhá-la e feri-la, como fez com você — seu polegar roçou a face pálida da mulher. Ele lutou para não sorrir ao denegrir cada vez mais a imagem do mestiço. Mesmo que al-Bakkar aparecesse ali coberto de ouro, ela fugiria dele como o diabo da cruz — talvez até a estupre. No mínimo, o canalha vai querer barganhar. Minha irmã em troca de você. Ele a quer de volta, Laila.

Ela sacudiu a cabeça, negando, os olhos arregalados de espanto. Ghalib dissera que ela se acidentara ao fugir do tal homem. Dissera também que ela não amava o sujeito, que amava a ele, Ghalib. Mas como? Como era possível sentir tamanha aversão por alguém de quem, teoricamente, gostava tanto? E como pôde se sentir tão comovida — embora assustada —, com o homem que a reclamara como esposa diante da corte de Aimery? Mesmo agora, ao se lembrar dos olhos dele, seu coração doía no peito!

Ghalib, notando sua hesitação, prosseguiu no jogo.

— Tudo o que digo é a mais pura verdade — realmente, não deixava de ser — aquele homem não se conforma em tê-la perdido para mim. E Jamila está pagando por isso.

— Oh, Deus! — Ela era culpada pela moça estar correndo perigo.

— Mesmo depois deste comportamento repreensível, depois de sua ingratidão ao me rejeitar — ele amansou a voz e seu toque tentou ser gentil —, eu a perdoarei. E a manterei segura, longe do perigo.

Pressionada daquela forma, sentindo-se responsável pelo que acontecera à cunhada da qual não se lembrava, Laila baixou os olhos e gemeu.

— Eu sinto muito — num sussurro, pediu — me desculpe. Não sei onde estava com a cabeça...

Ah, como era gratificante tê-la assim, implorando seu perdão, como uma criança repreendida! Aproveitou para tocá-la, abraçando-a, embora sentisse que ela enrijecia ao contato.

— Como disse, vou relevar seu rompante — fez-se de magnânimo —, mas ficará confinada aos seus aposentos até a chegada de Abdul.

A mulher ergueu a cabeça e o encarou, afastando-se. Uma sombra de indignação passou pelos olhos verdes.

— Oh, mas por quê? Se me desculpa, por que vai me manter prisioneira?

— Não será uma prisioneira — não mais do que já era da própria mente vazia — é uma medida de segurança. Ficarei fora por alguns dias e não quero correr o risco daquele homem roubá-la de mim, caso resolva sair para cavalgar. Sinto, querida, mas não me parece ainda ter recuperado o total discernimento das coisas. Talvez ainda não esteja curada. — Ele suspirou, como se estivesse desolado e prosseguiu — de qualquer forma, Abdul está a caminho de Acre. Quando ele chegar, irá escoltá-la para minha propriedade, que fica a algumas milhas daqui. É um local isolado, mas seguro. Enquanto isso, eu contornarei o problema que al-Bakkar representa.

Não mencionou, naturalmente, que a propriedade era exatamente o local onde instalara Amira, sua concubina.

Cansada, ela balançou a cabeça num assentimento mudo, todas as suas forças morrendo. Apática, murmurou.

— Faça como quiser.

SAREPTA, PALESTINA, 06 DE AGOSTO DE 1196

O som dos remos mergulhando na superfície do mar marcava a cadência do coração de Jamila. Rápidos, eles moviam o bote com ligeireza, vencendo a arrebatação rumo à praia deserta.

Sentada na proa, ela podia ver o Freyja ir ficando cada vez mais distante, sua sombra recortada contra o céu salpicado de estrelas. Alguns pontos luminosos no convés da embarcação demarcavam a silhueta dos dois homens que assistiam ao seu desembarque. O capitão Svenson e Mark al-Bakkar. Deste último, ela ainda sentia o peso do olhar e das palavras duras que ele lhe dirigira.

— Brosa a escoltará até um local seguro, senhorita — ele a informou, muito sério, os olhos penetrantes parecendo engolir sua alma. Além do medo que sentia dele, havia uma enorme curiosidade em conhecer a mulher capaz de levar aquele homem a perseguir tão firmemente um objetivo. Ele prosseguiu num tom de aviso — se cumprir sua palavra e acompanhá-lo sem criar problemas, a viagem será tranquila. Caso contrário, Hrolf agirá da maneira que for necessária para levá-la até o seu destino.

— Pois não, *messire* — ela murmurou — estou ciente de haver empenhado minha palavra. — Ela ergueu os olhos e fitou o rosto obscurecido pelas sombras da noite — sei que não confia em mim, por causa de meu irmão...

— Tem toda razão, senhorita — ele interrompeu, seco.

— No entanto, *eu* saberei honrar meu nome.

— Será, realmente, melhor para você.

Após aquelas palavras frias, ele lhe dera as costas, indo conversar com o capitão. Hrolf Brosa a segurara então pelo braço, conduzindo-a até o escaler. Sem cerimônia alguma, erguera-a pela cintura, acomodando-a no pequeno barco. Em seguida, saltara ele mesmo para dentro, enquanto os marinheiros baixavam a pequena embarcação. Um segundo homem os acompanhara, dividindo com o rastreador o trabalho com os remos. Ele se encarregaria de levar o escaler de volta ao Freyja, já que não queriam deixar nenhum rastro do desembarque dos dois. Para Mark al-Bakkar, todo cuidado era pouco, em se tratando de lidar com a víbora — segundo ele o classificara — que era Ghalib ibn-Qadir.

O fundo da embarcação arrastou na areia, diminuindo bruscamente a velocidade do barco. Apanhada de surpresa, Jamila foi atirada para frente. Teria aterrissado no fundo do barco, se um par de mãos grandes não a tivesse agarrado com firmeza.

Instintivamente, Jamila ergueu as mãos no mesmo instante. E elas acabaram espalmadas no peito do rastreador. Por alguns instantes, que pareceram se congelar eternamente no tempo, nenhum dos dois se moveu. O contato casual e inesperado chocou a ambos. A Jamila, por estar de novo nos braços daquele homem taciturno, que nunca sorria, mas que, estranhamente — e apesar da raiva que lhe provocava com seus modos rudes — ainda exercia sobre ela o mesmo fascínio daquela noite no jardim. Já Hrolf chocou-se por tocar de novo os contornos macios e aspirar o cheiro dela. Não mais aquela fragrância exótica que ela trazia no corpo no dia em que a arrebatara de casa, mas apenas o odor da mulher, uma mistura de aguda feminilidade e inocência.

O cheiro dela tinha um quê de cítrico, algo que lembrava a ele o pomar da *villa* em Messina. Recordava também o aroma de especiarias picantes, exóticas e sensuais, como o cravo e a canela. De algum lugar em sua mente emergiu a ideia de que, se estimulada por um amante paciente, ela desabrocharia como uma flor exuberante, entregando-se ao prazer e correspondendo à altura.

Na escuridão da noite, os olhos cinzentos de Hrolf se encontraram com os de Jamila. Ela sentiu o coração dele bater mais rápido sob suas palmas. As mãos que a amparavam aumentaram ligeiramente a pressão. Pela primeira vez na vida, ela sentiu plenamente o efeito do contato do corpo de um homem com o seu. Os seios ficaram sensíveis, roçando o tecido da camisa de algodão. Um calor inesperado envolveu seu corpo, deixando-a na expectativa de algo que não saberia explicar. Se fosse uma moça mais mundana, chamaria aquelas sensações de *desejo*. Como não sabia o que sentia, seus lábios apenas se entreabriram levemente, como a indagar mudamente o que acontecia com ela.

Mesmo sob a luz fraca das estrelas, Hrolf notou a indagação no rosto delicado, acompanhando o movimento dos lábios tentadores. Como uma rosa, eles se abriram. Em outro tempo e lugar, se ele fosse outro homem, ele se inclinaria e roçaria sua boca na dela. Insinuaria a língua entre os lábios macios, encontrando seu interior aveludado. Exploraria cada recanto de sua boca, sugaria os lábios vermelhos e a língua tímida, beberia cada rouco gemido com que ela o brindasse. Sabia que ela estava envolvida por aquele instante mágico. O cheiro pungente de sua excitação entrava em suas narinas, agitando seu sangue. Como o macho respondendo ao cio da companheira, seu corpo reagiu. E ele despertou. Afastou-a de si, recolocando-a no pequeno assento, quebrando a poderosa magia que os envolvera. Em seguida, avisou ao marinheiro.

— Desceremos aqui. Vamos evitar arrastar o barco até a areia para não deixarmos marcas.

— Está certo, mestre — respondeu o homem, alheio à tensão que envolvia o rastreador e sua refém.

Reassumindo a postura fechada, Hrolf estendeu os braços para Jamila, ordenando.

— Vamos, antes que algum pescador com insônia resolva dar um passeio pela praia. Sarepta nada mais é do que um vilarejo. Quero estar longe daqui quando amanhecer.

Ainda desnorteada pelo que acontecera, ela se deixou carregar até a areia. Mal a colocou no chão, Hrolf voltou até o barco e apanhou os alforjes de ambos. Em seguida, apertou a mão do marinheiro e o ajudou a desencalhar o escaler, que logo se distanciou sob os impulsos dos remos.

Respirando fundo para clarear a mente, Hrolf jogou os alforjes nos ombros e olhou para a jovem de pé na areia branca. Estava vestida com um longo *kaftan* e calças masculinas, chamando pouca atenção. Decidido, apanhou um pedaço de tecido que havia separado de antemão e entregou a ela.

— Cubra os cabelos — ela o encarou de forma interrogativa e ele explicou — daqui em diante, você é meu aprendiz.

Jamila começou a prender os longos fios castanhos, mas o vento forte, vindo do mar, dificultava a tarefa. Exasperado, ele tomou o lenço de suas mãos e fez o trabalho rapidamente, lutando para ignorar os efeitos que a cabeleira sedosa causava. Terminando o trabalho, entregou a ela o mais leve dos alforjes e grunhiu.

— Vamos, não temos o dia todo.

Resignada, Jamila obedeceu.

ACRE, PALESTINA

Ventos favoráveis e uma embarcação leve faziam milagres. Abdul saltou para o píer e acenou para o capitão do barco, tomando rapidamente o caminho da residência de Ghalib, na parte mais nobre da cidade. Sabia que a notícia do rapto de Jamila já alcançara seu meio-irmão. Certamente Ghalib estaria no pior de seus humores. Sorriu ao imaginá-lo tomando conhecimento da sabotagem de seus planos grandiosos.

A *fortuna* realmente era uma dama caprichosa, que distribuía seus favores à revelia da vontade humana. Apenas a preocupação com Jamila o impedia de se sentir feliz com a situação. Embora todos tivessem al-Bakkar em alta conta quanto a sua honradez, o homem estava possesso com o sequestro da esposa e com a afronta que sofrera em Chipre. Tão possesso que fora capaz de raptar Jamila. O lacaio o cumprimentou, abrindo a pesada porta da casa. Abdul atravessou o pátio com passos rápidos e entrou por uma lateral, que dava direto no gabinete de Ghalib. Entregou os alforjes e o manto ao criado, entrando sem ser anunciado. Ghalib, que estava junto à janela, voltou-se imediatamente.

— Já não era sem tempo!
— Como vai, Ghalib? — Cumprimentou-o, imune ao seu mau-humor.
— Como imagina que eu esteja depois das notícias que me enviou?

Abdul caminhou calmamente pelo gabinete, as botas empoeiradas maculando o tapete de valor inestimável numa espécie de zombaria muda diante da irritação de Ghalib. Deteve-se diante do aparador, servindo-se de um copo do vinho de tâmaras tão apreciado pelo meio-irmão. Depois de tomar um gole, fitou a bebida dentro do copo e falou.

— Al-Bakkar está a caminho da Palestina. Provavelmente de Tiro.
— Tiro? — Indagou Ghalib, irritado.
— Sim — Abdul sorveu outro gole de vinho —, não imaginou que ele fosse tolo o bastante para vir direto para cá, não é mesmo?
— Não — Ghalib deu a volta na mesa e jogou-se sobre cadeira —, claro que não.

Imbecil! Claro que ele havia pensado nisso. Na certa comprara todos os vagabundos e marinheiros de Acre, preparando-se para dar o bote em al-Bakkar assim ele aportasse. Ghalib não estava raciocinando direito. Ainda não sabia, mas estava completamente à mercê da mulher que sequestrara. Era prisioneiro da própria obsessão.

Com passos deliberadamente lentos, encaminhou-se para um sofá de canto e apanhou o *narguilé* que ficava sobre uma mesinha circular. Calmamente, despejou a água limpa do jarro que ficava junto ao aparelho dentro do vidro esverdeado. Em seguida, escolheu um dos potes de tabaco e preencheu o aro, dispondo-o sobre o fornilho. Acendeu e fechou o conjunto, conectando os tubos. Por fim, tomou a piteira e encarou Ghalib, certo de que, após todo aquele ritual, ele estava a ponto de esganá-lo de tanta impaciência. Aspirou calmamente a fumaça refrescada pela água e soprou-a para o alto, deliciando-se com o toque de mel da mistura escolhida. Em seguida, espicaçou mais um pouco o meio-irmão.

— Já dormiu com a mulher?

Demonstrando irritação, Ghalib ergueu-se da cadeira e foi até onde estava Abdul, largando-se sobre o sofá. Apoiou o cotovelo no encosto, massageou a têmpora com dois dedos, protelando a resposta que saiu num grunhido.

— Não.

— Pelo Profeta, homem! — Abdul comentou e passou a outra piteira para Ghalib antes de prosseguir — roubou a mulher sob as barbas de al-Bakkar, arrastou-a de Messina até aqui, cutucou a fera diante do rei de Chipre e me diz que ainda não a possuiu? O que você quer, afinal?

— Ela tem medo de mim — declarou ele, sombrio.

Abdul franziu o cenho e alfinetou.

— E daí? Isso nunca foi empecilho para você — ele tragou mais um pouco do *narguilé* e continuou — além disso, seu plano não era esse? Deitar-se com a mulher dele e cobrir a ambos de desonra?

— Meus planos mudaram, eu já lhe disse em Messina. Além disso, não a quero dessa forma.

A situação era mais séria do que pensara, refletiu Abdul. Estaria Ghalib...? Não. Ele não era capaz disso.

— Como não a quer *desta forma*? Não a convenceu de que é marido dela? Que é seu direto dormir com ela?

— Não entende nada, Abdul! — Ele se levantou irritado, indo até a janela. De costas, confessou — eu a quis desde o instante em que coloquei os olhos nela. E a odiei desde o momento em que me desprezou. Mas ainda quero o que vi nela. A força que aquela mulher tem é surpreendente. É isso o que eu quero dela, é isso o que eu quero dominar. O espírito dela.

— O espírito dela está morto; você o matou quando causou o acidente.

— Não ainda — Ghalib se voltou novamente para Abdul — ele ainda está lá. E eu o dominarei. Assim, a derrota dela será completa.

Abdul sorriu entre uma baforada e outra. Céus, o estúpido era tão cego que não percebia que estava apaixonado pela baronesa de D'Azûr! Teve que cerrar os punhos para não gargalhar e sair dançando pela sala. Ghalib ibn-Qadir, o maldito calhorda que não se importava com ninguém, estava louco pela mulher de al-Bakkar!

Em silêncio, Abdul começou a ouvir os planos de Ghalib. Sua mente, no entanto, elaborava uma estratégia para derrotar definitivamente o meio-irmão e livrar tanto Jamila quanto Amira de seu jugo. E o instrumento seria a mulher de al-Bakkar.

PALESTINA, AO SUL DE SAREPTA, 07 DE AGOSTO DE 1196

Entre todas as noites em que aquilo poderia ter acontecido, por que justo naquela? Hrolf esfregou o rosto e lançou um olhar intimidante para a jovem que o encarava com ares de espanto. No meio da madrugada, sob a luz fraca da fogueira, ela desviou os olhos para o chão, a curiosidade evidente em seu rosto. Inferno! Ele deveria saber que os pesadelos jamais o abandonariam.

Sussumu tocou o tronco da cerejeira e suspirou. O vapor condensou diante dele, dando à figura encarquilhada um ar ainda mais etéreo. Ao voltar seus olhos para ele, os cabelos brancos escaparam da gola do abrigo. Nos olhos negros havia tristeza e decepção.

— Não a perdoou, filho.

— Sinto muito, Sussumu San — ele deu as costas ao ancião —, é difícil aceitar que amei uma mentira.

— Não distorça os fatos. Amou a mulher que ela era naquele momento e não a que ela foi antes de abraçar sua missão.

Ele olhou por sobre o ombro, irritado, retrucando.

— Como posso aceitar que ela tenha sido tão cruel, tão desumana a ponto de condenar a irmã a uma vida de eterna escuridão? E tudo em nome da honra! Que maldita honra era essa?

— Yuki teria todos motivos para odiá-la — a voz do sennin continuava serena — mas ela não a odiou. Você mesmo conversou com a jovem.

— Yuki é uma alma nobre. Diferente da irmã. E quanto a todo o resto? Toda devastação e morte que Saori espalhou por esta terra?

— Cada um age segundo sua compreensão, meu filho. Cada um dá o que tem. Saori tinha seu código de honra e acreditava que viver segundo ele era o caminho certo. Mas quando o marido traiu o clã e a carregou em sua desgraça, ela percebeu que a palavra honra tem vários significados. Para resgatar seus erros, ela aceitou lutar contra o Mal maior. Mesmo sabendo que seu destino seria a morte.

— Ainda assim, Sussumu...

O ancião ergueu a mão, impedindo-o de falar.

— Acha que não sei o que o incomoda tanto? — A voz era suave, mas parecia reverberar pelo ar frio, sufocando-o com sua força latente — sua busca o levou a uma verdade que foi de encontro à Saori que idealizou. Aos seus olhos, ela morreu como uma mártir. Descobrir que ela era apenas humana foi demais para você, não, meu filho?

Ele balançou a cabeça e tocou as pétalas macias que enfeitavam os galhos da árvore. Lembravam a textura da pele de Saori.

— Eu nunca havia amado, não desta forma — ele fitou a flor entre seus dedos — nunca havia partilhado meu coração com alguém. Tudo foi tão repentino e intenso... Saori entrou em minha vida como uma tempestade. Quando comecei a pressenti-la em torno de minha casa, quando comecei a seguir seus rastros, a sentir seu cheiro... era como se já a conhecesse, como se houvesse esperado a vida toda pela chegada dela. — Houve uma longa pausa antes que ele prosseguisse — quando aquela coisa a matou, eu fiquei vivo por ela, porque ela havia me pedido. Sobrevivi como um fantasma apenas para honrar a promessa que fiz a ela. Mas quando descobri o que ela fez, quando me mostrou quem ela foi... ah, Sussumu! Tudo perdeu o sentido, tudo morreu. Todo amor que havia em mim... morreu.

— Mentira. Se o amor tivesse morrido, não doeria tanto — Sussumu sacudiu o dedo diante do rosto dele, parecendo, pela primeira vez, impaciente — se não restasse amor algum, não estaria aqui se agarrando à esperança de que tudo o que descobriu não passasse de um engano. Ouça-me, filho. Saori cometeu muitos erros em sua vida. Arrependeu-se e procurou se redimir deles. O amor que viveu com você certamente fez parte desta redenção. Nada mudará esse fato. É hora de deixar o passado para trás. Liberte Saori. Liberte a si mesmo. Deixe que esse amor que sentia por ela ressurja e se renove. Permita-se amar outra vez.

— Nunca! — Ele rebateu, veemente — nunca mais.

— Nunca é um tempo que só existe para os muito cegos... ou para os muito tolos.

Dito isto, Sussumu deu-lhe as costas, deixando-o sob a cerejeira, enquanto uma rajada de vento soprava uma chuva de pétalas sobre ele.

— Foi um sonho muito ruim? — Indagou Jamila, entre insegura e sonolenta.

Depois de caminharem desde a alvorada do dia anterior até depois do pôr-do-sol, ela praticamente desmaiara de exaustão. Pouco antes do amanhecer, Hrolf a acordara com uma caneca de água e uma ração de pão adormecido, tâmaras secas e um pedaço de queijo duro. Andaram até que o sol estivesse alto, evitando deliberadamente os vilarejos da região. Passaram a parte mais quente do dia sob uma formação rochosa, que lhes proporcionara uma sombra reconfortante. Então, recomeçaram a marcha até bem depois de anoitecer, chegando, enfim, no pequeno poço cercado de pedras e poucas árvores. Exausta, ela aceitara a refeição simples e fora até a beira do poço se refrescar. Vencida pelo cansaço, adormecera na manta que ele estendera perto da fogueira. Se não fossem os gemidos dele, Jamila nunca teria acordado, tão esgotada que estava.

Do outro lado das brasas, Hrolf se remexeu sobre a manta e soltou um grunhido ininteligível. Sem fazer caso do humor azedo do companheiro de viagem, Jamila se virou de costas sob o cobertor e olhou para o céu enfeitado por miríades de estrelas. Continuou falando, como se para si mesma.

— Quando eu cheguei ao convento, era muito pequena... acho que nunca me senti tão sozinha quanto naquela primeira noite. As freiras me pareciam tristes e sombrias. Era um silêncio tão grande! Tudo tão frio e escuro, tão diferente de Catania... — a voz doce e melodiosa agia de forma hipnótica sobre Hrolf que, mesmo contrariado, não conseguia interrompê-la — eu tive pesadelos naquela noite. Chorei de saudades de meus pais, que haviam morrido. E também de Walid e da ama... — ela se virou na manta e fitou a sombra deitada do outro lado. Como ele não falasse nada, prosseguiu em seu monólogo — em minha cela havia uma janela pequena, um pouco alta para uma menina do meu tamanho alcançar — ela mordeu o lábio inferior, recordando a traquinagem inocente —, mas eu subi num banquinho e abri as folhas de madeira, só para olhar as estrelas. Desde então, todas as vezes em que tinha pesadelos, eu subia no banquinho, abria a janela e ficava olhando o céu. Imaginando que aquelas estrelas eram meus pais. Que Nosso Senhor os havia levado para junto d'Ele e que eles olhavam por mim. Meu medo passava e eu me sentia menos sozinha.

Deitado em silêncio, ouvindo a voz de Jamila, Hrolf tentava sufocar a emoção que o relato tão singelo e inocente causara. Apesar de ser uma jovem mulher, numa idade em que muitas moças estavam casadas e eram mães, Jamila era pura e ingênua como uma menina. Resguardada por anos atrás das paredes do convento, tinha uma doçura arrebatadora. Possuía também uma fortaleza de espírito que ela mesma desconhecia. Afinal, quantas pessoas teriam conseguido vencer a solidão, o abandono e a rejeição de uma forma tão serena como ela fizera? Quantos soldados valorosos, vendo-se na situação em que ela se encontrava, não teriam suplicado e tremido por suas sortes diante do poderoso al-Bakkar? No entanto, ela se portara com dignidade, assumindo o compromisso de pagar pelos erros do irmão. E quantos homens fortes e seguros não teriam reclamado e o amaldiçoado durante o longo e desconfortável percurso que haviam feito nos últimos dois dias? Jamila, porém, continuara firme. Suportara resignadamente não só o cansaço, como também seu silêncio quase ofensivo.

Inquieto com o rumo dos próprios pensamentos, ele cruzou as mãos atrás da cabeça e apoiou-a nelas, olhando para as estrelas. Sentiu um enorme vazio e tentou imaginar, como Jamila fizera no convento, que aquelas estrelas eram as pessoas que amava.

A mais brilhante delas seria Ulla, a filha de seu coração, a menina que ajudara a criar e que hoje estava casada e morando na distante Irlanda. Outra, luminosa e altiva, ele comparou a Marit Svenson, amiga e conselheira de todas as horas e mãe de Ulla. Certamente as três estrelas juntas e enfileiradas seriam os impossíveis irmãos Svenson. Aqueles rapazes que ele acompanhara desde que eram garotos e ele, apenas um jovem imberbe.

Seus olhos se fixaram então numa estrela fulgurante, cujo brilho mudava de cor continuamente. Linda, misteriosa e distante. A cada momento, aparecendo para ele de uma forma. A cada instante, uma imagem diferente. Saori. Quase podia ver seus olhos oblíquos brilhando na escuridão. Seu cheiro de mulher emergiu das lembranças e a saudade sobrepujou tudo, até mesmo a decepção. Um suspiro profundo escapou de seus lábios, sem que ele pudesse contê-lo.

— Mestre Brosa...? — Insegura, a voz baixa de Jamila cortou o ar até ele, atingindo-o como uma carícia.

— Obrigado, senhorita — ele falou, tentando controlar a voz para que a turbulência de suas emoções não transparecesse.

Surpresa, a jovem indagou.

— Por quê?

— Por tentar me confortar — ele se virou parcialmente para o lado dela. Jamila sentiu a força de seu olhar. O que ele disse em seguida pesaria por muito tempo em seu coração — embora eu seja um homem além de qualquer conforto. — Puxando a manta sobre o corpo, ele pediu com suavidade inesperada — procure dormir, amanhã será um dia cansativo.

MESSINA, SICÍLIA, 08 DE AGOSTO DE 1196.

Leila olhou para os cabelos encanecidos que escapavam do toucado da velha senhora. Sentadas sob os limoeiros, no pomar da *villa*, ela, Terrwyn e Gunnhild aproveitavam o sol da manhã, enquanto as crianças brincavam junto das amas.

O clima de Messina fizera bem à anciã, que estava menos pálida e um pouco mais forte. O ar marinho trouxera um pouco de cor ao rosto enrugado, mas que ainda guardava traços de sua beleza. Os olhos cinzentos, quase prateados, eram idênticos aos do homem que ela dizia ser seu filho. Ao seu lado, Terrwyn suspirou e olhou mais uma vez para o mar. Notara que algo além da confusão criada por ibn-Qadir incomodava a moça. Tocou-a de leve no ombro e indagou.

— O que houve, Terrwyn? Tem andado quieta e com o olhar perdido todos esses dias. Está preocupada com Björn?

Esboçando um sorriso, que não alcançou seus olhos, ela respondeu.

— Nossos homens sempre nos preocupam, não é mesmo?

— Sim — Leila retrucou, cuidadosa — e embora meu coração se aperte a cada viagem, eu confio que Ragnar sempre retornará para meus braços.

Uma sombra passou pelos olhos de Terrwyn. *Confiar*. O tempo que estava passando longe do marido, os longos dias de espera e as noites solitárias na cama vazia, minavam lentamente o voto que fizera a si mesma de acreditar nele. As dúvidas a assaltavam. E como era a primeira vez, desde que haviam se casado, que ele embarcava sozinho, elas renasciam acompanhadas pela acidez do ciúme.

Como se lesse no rosto da mulher mais jovem toda aquela gama de sentimentos, Leila retomou o bordado que fazia e encorajou.

— Por que não me conta o que a aflige, Terrwyn? Estou certa de que diz respeito ao meu cunhado.

Erguendo-se do banco onde se sentavam, Terrwyn deu alguns passos e parou junto ao tronco de um dos limoeiros. Apoiou as costas nele e baixou a cabeça, estudando a ponta das sapatilhas que apareciam sob a barra do vestido caseiro. Quando falou, sua voz soou abafada e melancólica, lembrando um pouco a Leila o jeito reservado de Radegund.

— Temo que Björn não me seja fiel.

Espantada, a sarracena a encarou. O cunhado podia ter sido o mais mulherengo dos homens, mas desde que se apaixonara, sempre se portara de forma exemplar. O que levaria Terrwyn a acreditar no contrário? Ainda movendo a agulha sobre o tecido, Leila perguntou.

— Por que diz isso, querida?

Com os olhos perdidos no mar, Terrwyn relatou todo o incidente ocorrido na França, concluindo-o com a pergunta que lhe tirava o sono há meses.

— Se ele me é fiel, como afirma, por que mentiu e foi até aquele prostíbulo?

Mais uma vez, Leila sentiu todo o peso de suas responsabilidades e de suas ações. Por tudo o que era mais sagrado! Por que todas as vezes em que a Sociedade se interpunha entre ela e a família, alguém acabava magoado? Que maldição Yosef lhe rogara ao enviar a maldita caixa de sândalo anos atrás! Controlando as emoções, Leila mandou às favas os segredos.

— Não culpe seu marido, Terrwyn. Ele estava naquele lugar por que eu pedi.

Terrwyn se aproximou rapidamente, espantada.

— Você?! Mas o que diabos...?

A outra suspirou e deixou o casaquinho que bordava de lado. Em seguida tomou as mãos de Terrwyn nas suas e confessou.

— Você deve saber, ao menos desconfiar, que eu, assim como seu irmão, faço parte de um grupo secreto.

— Não restaram muitos segredos desde o que aconteceu em Delacroix e Svenhalla... aquela história das caixas... o que isso tem a ver com Björn? Ele também...?

— Não efetivamente. Mas precisei dele para contatar uma de nossas agentes. E naturalmente, um capitão com a fama de mulherengo que Björn sempre teve não chamaria nenhuma atenção num bordel.

Terrwyn estava boquiaberta.

— Leila!

— Perdoe-me Terrwyn. Eu o usei e acabei magoando você — estava consternada. — Sei que Björn não é mais assim desde que a encontrou. Se eu soubesse que causaria problemas a vocês... — ela soltou as mãos da jovem e ergueu-se, irritada — mas que maçada! Como poderia adivinhar que Björn se acidentaria justamente no bordel de Caroline?

— Pode ao menos me contar o teor dessa missão, Leila?

A fisionomia da outra se fechou.

— Alguns rumores nos levam a crer que Chrétien D'Arcy voltou a agir.

— O bastardo que tentou assassinar Anne? — Leila assentiu — e o que ele pode estar querendo desta vez? Para todos os efeitos, Anne morreu!

— Não sei, Terrwyn. Os boatos surgiram na França. Sendo assim, Caroline deve ter despachado o alerta por toda sua rede de informantes e cada uma de suas "meninas" permanece de ouvidos bem abertos. Somente depois que um Hermes me procurar com informações, terei certeza de alguma coisa. Até então, temos que nos manter atentas. Todo cuidado é pouco quando se trata de Chrétien D'Arcy.

CAPÍTULO
XVIII

"Diante da porta de casa o cão mostra mais audácia."

PROVÉRBIO LATINO

PALESTINA, A LESTE DE ACRE,
9 DE AGOSTO DE 1196.

sacolejar da liteira tornava a decisão de Ghalib ainda mais irritante do que parecera dias atrás. Confinada entre as cortinas pesadas, tendo como companhia a velha e rabugenta Fairuz, Laila teve a absoluta certeza, mais uma vez, de que ele a punia por sua insolência. Ela pedira, implorara e suplicara que ele a permitisse montar Sirocco, o berbere ao qual tanto se afeiçoara. Ghalib, no entanto, negara veementemente o pedido, justificando que o uso da liteira, além de mais adequado a uma dama como ela, também a protegeria tanto do sol inclemente quanto de olhos cobiçosos.

E lá estava ela, sufocando naquela coisa sob o olhar venenoso de Fairuz. Pela milésima vez naquele dia afastou as cortinas e tentou respirar um pouco de ar puro. Abdul, o silencioso guarda-costas designado para escoltá-la, e que parecia gozar de grande intimidade com seu marido, olhou para ela com um meio sorriso e procurou tranquilizá-la.

— Falta pouco, senhora. Logo depois daquela curva estaremos na fazenda.

— Já não era sem tempo — ela retrucou —, estou farta de ficar fechada dentro disto.

Com um olhar significativo para a liteira, ele sorriu de forma cúmplice.

— Eu entendo.

Ela aguentou o verdadeiro suplício por mais um quarto de hora. No momento em que Abdul estendeu a mão para tirá-la da liteira, ela reparou numa linda mulher. Vestida em seda cor de cobre, descia as escadas da casa. Altiva, a morena olhou com curiosidade para os recém-chegados. Laila notou o brilho que iluminou os olhos amarelados de Abdul no instante em que ele os pousou sobre a mulher que vinha recebê-los.

— Abdul? — A voz aveludada e indagadora acompanhou o olhar da mulher, que passou do homem à sua pessoa — o que faz aqui?

Ele inclinou levemente a cabeça, à guisa de cumprimento. Respondeu de forma neutra, tentando não trair a emoção de rever Amira depois de tantos meses.

— Bom dia, senhorita Amira. Trouxe a senhora Laila, a mando de Ghalib. Ela passará algum tempo na fazenda.

— Como vai, senhorita — Laila falou, um pouco insegura. Não tinha certeza se a mulher estava feliz ou não em vê-la ali. Imaginou quem seria ela e que posição ocuparia. Não era mulher de Abdul, embora ele parecesse apreciá-la. Era solteira, pois fora tratada por senhorita pelo guarda-costas de Ghalib. Tampouco parecia ser uma criada. Ao seu lado, Fairuz olhava para ambas com evidente desprezo.

Curiosa, Amira acenou com a cabeça e voltou-se para Abdul.

— Onde está Ghalib?

— Em Acre, resolvendo alguns problemas.

— Ah... — a decepção na voz dela foi clara como o dia — e a senhora Laila? É sua esposa, Abdul?

Num movimento que pareceu a Laila ter sido calculado, ele se voltou lentamente para a mulher morena. Com um sorriso displicente, prendeu os olhos verdes aos dele. Apenas quando teve a mais absoluta atenção de Amira, pronunciou as palavras, saboreando sílaba por sílaba, em alto e bom som.

— Não, Amira. A senhora Laila é a esposa de Ghalib.

Há muito tempo Amira se acostumara a ter Ghalib como o centro de sua vida. Entregue a ele em pagamento a uma dívida do pai quando era pouco mais do que uma menina, a princípio rejeitara suas atenções. Ele, no entanto, soubera seduzi-la com tudo que ela nunca tivera na vida. Conforto, luxo, joias e uma bela casa onde ela não era uma serva e sim, a patroa. E como ele não fosse um velho decrépito e sim um homem jovem e belo, ela acabara sucumbindo ao seu charme, tornando-se sua concubina.

Com o passar dos anos, começara a crer, apoiada no fato de ele não haver se casado ou sequer falado no assunto, que ele a tomaria por esposa, elevando sua condição social. E apesar de saber que ele tinha amantes eventuais tanto em Messina quanto em Acre, ela se mantivera segura quanto ao seu lugar no coração dele. Afinal, era a única que ele mandara instalar numa de suas propriedades e a quem mantinha como a uma sultana.

Deparar-se com aquela novidade no quintal de sua residência chocou--a e enraiveceu-a de tal maneira que ela, transtornada, não conseguiu dizer nada. Apenas encarou a mulher, cujos fios vermelhos escapavam do véu delicado. Em seguida, girou nos calcanhares, batendo em retirada para dentro de casa. Abdul ainda sorria do rompante de Amira quando se voltou para Laila.

— Receio que Amira não tenha apreciado sua presença, senhora. E embora a casa pertença a Ghalib, aconselho-a a se manter longe da moça por enquanto.

— Quem é ela, Abdul? — Indagou ela, curiosa, aceitando o braço que ele oferecia enquanto caminhavam na direção da casa.

— A concubina de seu marido — ele disse, olhando-a nos olhos.

Estranhamente, Laila surpreendeu-se, não sentia nada diante daquela informação. Não sentia ciúme, raiva, mágoa ou rancor pelo fato de seu marido tê-la alojado sob o mesmo teto da concubina que, até então, ela sequer imaginara existir. Balançando a cabeça, tentando organizar os pensamentos, ela retrucou.

— Saberei ouvir seus conselhos, Abdul.

Deixando-a no vestíbulo com uma criada, Abdul pediu licença e se retirou para seus próprios aposentos, imaginando onde seu último movimento conseguiria levá-lo.

Amira entrou direto pelos aposentos que Abdul costumava ocupar quando estava na fazenda. Os olhos verdes como esmeraldas reluzindo com o ódio de uma deusa ofendida, as narinas fremindo, os lábios vermelhos trêmulos. O meio-irmão de Ghalib parou o movimento de levar o copo aos lábios pela metade e a acompanhou com o olhar. Ela parou a menos de um passo dele e sua mão o atingiu no rosto violentamente.

— Como pôde fazer isso comigo? — Gritou — como pôde trazê-la para cá?

Ele sequer piscou. Encarou-a somente. E para a suprema irritação de Amira, retomou o gesto interrompido, bebendo um demorado gole de seu vinho. Por dentro, fervia com a paixão proibida pela concubina de Ghalib. Precisava se refugiar na postura distante para não se atirar sobre ela e possuí-la sobre os tapetes que cobriam a cerâmica branca e preta do chão. Por um segundo imaginou-a arregalando os olhos de surpresa quando ele a agarrasse pela nuca, emaranhasse os dedos em seus cabelos e cobrisse sua boca com a dele. Tentou adivinhar se ela se debateria quando ele metesse a língua entre seus dentes, quando a deitasse sob ele no chão frio e erguesse suas saias de seda, imiscuindo-se entre suas pernas, liberando o desejo que o consumia há anos. Suas pupilas se dilataram e ele, enfim, piscou. Amira recuou um pouco, como se esperasse ser agredida de volta. Mal sabia ela... afastou o copo dos lábios e respondeu simplesmente.

— Foram ordens de seu senhor Ghalib.

— É só isso o que sabe fazer? Cumprir ordens?

Pousando o copo sobre a mesinha, ele a encarou.

— E o que eu deveria fazer? Tem alguma sugestão?

Sentindo-se fraca e derrotada, Amira se jogou sobre um divã, abraçando os joelhos, emburrada. Será que ela imaginava o quanto parecia desejável daquela forma?

— Não é justo! — Ela gemeu — todos estes anos eu estive aqui, à disposição dele...

— Talvez tenha estado disponível demais.

Furiosa, ela se levantou e o enfrentou.

— Como ousa me julgar? Justo você que abana o rabo a cada ordem que ele dá, como um maldito cão?

— Entendeu muito bem o que eu quis dizer quanto a — o olhar dele percorreu o corpo moldado pela seda de forma deliberadamente apreciativa, fazendo-a se sentir quase nua — *disponibilidade.*

— Ora, seu... — a mão se ergueu de novo para estapeá-lo. Abdul, porém, foi mais rápido, agarrando seu punho.

Irritada, ela tentou se soltar. Entretanto, ele ignorou seu aborrecimento. Manteve-a segura, os olhos fixos nos dela, devorando-a. Amira, vendo-se alvo de seu escrutínio, ficou momentaneamente sem ação. Jamais esperaria uma reação de Abdul, o homem que sempre parecera uma sombra, uma parte do patrimônio de Ghalib ibn-Qadir. Não conhecia essa faceta dele. Não conhecia o *homem* Abdul, nunca notara aquele brilho de desafio e arrogância em seu olhar. Ele lhe causava um certo medo. Ameaçava o equilíbrio e a previsibilidade de seu mundo.

A súbita percepção de Abdul como uma pessoa, como um homem, causou uma reação estranha em Amira. De uma hora para outra, ela se tornou consciente da mão áspera que ainda segurava seu punho. Também notou o quanto ele era alto e elegante. Sentiu o cheiro dele, diferente do de Ghalib. Enquanto este último sempre rescendia a água perfumada, Abdul cheirava a suor, couro e sol. Esse odor entrou pelas narinas dela, evidenciando de maneira irritante a superior masculinidade dele sobre a de Ghalib.

Notando a respiração acelerada e a gama de sentimentos que passavam pelos olhos dela, Abdul imediatamente largou seu punho. Não podia correr o risco de sucumbir às próprias emoções. Não agora. Ainda era cedo demais. Primeiro, tinha que fazer com que Amira enxergasse a verdadeira face de Ghalib.

Porém, não pode conter um pensamento triunfante. Ela não era totalmente indiferente a ele como homem. Mais do que nunca, teria que ser paciente, cuidadoso. A derrocada de Ghalib teria que ser definitiva, construída passo a passo. Só então, quando ele não fosse mais um empecilho, quando tanto ela quanto Jamila estivessem livres, ele mostraria a Amira a força de sua paixão. Para recuperar o controle da situação, sorriu com falso desdém.

— As verdades doem mais do que pensamos — ele deu as costas e abriu a janela da sacada, como se a dispensasse. Por sobre os ombros, alertou-a — tenha cuidado, Amira. Até o cão mais manso e fiel morde quando é provocado.

A porta batendo com estrondo atrás dele foi a resposta que recebeu.

TIRO, PALESTINA

Mark saiu da banheira de cobre e puxou a toalha que o criado deixara sobre um banco. Secou-se de forma displicente e enrolou o tecido nos quadris, ficando despido a fim de escapar do calor infernal do mês de agosto. Passando as mãos pelos cabelos molhados, caminhou até a porta-janela que dava para um dos jardins reservados da antiga residência de Leila e Ragnar.

Olhando para a pequena fonte revestida de cerâmica, deixou as lembranças fluírem livremente. Pedira a Jamal que reservasse aqueles aposentos. O antigo criado de Leila, e seu atual administrador em Tiro, prontamente ordenara aos serviçais que organizassem tudo para ele e sua comitiva. Em pouco tempo fora instalado no aposento que usara quando escoltaram Leila de Jerusalém. O mesmo em que, numa noite de tempestade, Radegund entrara como um vendaval e lhe pedira o esquecimento.

Naquela época tudo o que podiam dar um ao outro era conforto físico. Mas, desde então, já existia aquele vínculo invisível entre eles. Ele fora capaz de perceber, à distância, sua angústia e seu desespero. Sentando-se no chão, olhou para o pedaço de céu que aparecia por sobre a fonte. Onde estaria ela? O que fazia neste exato instante? Teria, realmente, perdido a memória?

Fechou os olhos e recostou-se no batente, concentrando-se no rosto dela. Relembrou cada traço. As maçãs do rosto altas, o nariz imperfeito depois de algumas fraturas, a boca bem desenhada que às vezes sorria meio de lado, principalmente quando ela lhe pregava alguma peça. Seus olhos escuros surgiram em sua mente. Aqueles dois poços de emoções vivas, onde ele, mais do que ninguém, aprendera a ler a alma dela.

— Onde você está, garota? — Murmurou como numa prece, os olhos fechados, as mãos cerradas ao lado do corpo — volte para mim.

PALESTINA, A LESTE DE ACRE

A caixa de marfim que Laila segurava caiu no chão sem que ela percebesse. Tampouco ouviu o barulho das joias preciosas se espalhando pelo piso de cerâmica. Seu coração trovejava no peito e uma mão invisível oprimia sua garganta. Subitamente, seus olhos se encheram de lágrimas e os soluços vieram sem que pudesse contê-los. Uma ânsia estranha, uma enorme sensação de perda tomou conta dela. Seus joelhos se dobraram e ela ocultou o rosto nas mãos, chorando desesperadamente sem saber o porquê.

SIDON, PALESTINA

A noite se mostrava promissora para Boemund de L'Aigle. Tivera ótima sorte nos dados, a taverna era razoável e duas raparigas bem-apanhadas não paravam de disputar sua atenção. Além disso, o vinho servido ali era aceitável e barato. O que mais poderia desejar? Jamila em sua cama, talvez. Mas para isso, precisaria achá-la. O movimento à entrada do estabelecimento chamou sua atenção.

Um homem com cara de poucos amigos cruzou a porta baixa e observou por alguns instantes o ambiente enfumaçado. A túnica puída e a bainha da espada um pouco rota denunciavam a posição de cavaleiro sem posses. Provavelmente um mercenário à procura de um senhor que oferecesse casa, comida e algumas moedas como soldo.

Boemund voltou a atenção do recém-chegado para os dados de osso em suas mãos. Chacoalhou-os algumas vezes e os lançou sobre a mesa. Por um instante apenas o som dos pequenos cubos batendo na madeira engordurada foi ouvido. Logo em seguida, uma cacofonia de urros, risadas e palavrões juntou-se ao grito de satisfação do cavaleiro de L'Aigle.

— Bem, meu camarada — disse ele ao seu último adversário —, a sorte não lhe sorriu hoje. Passe para cá minhas moedas!

— Bah! Tome logo — rosnou o homem desdentado pagando a aposta — desisto de jogar com você, *franj*! É capaz de me levar até as calças.

Ainda contando o produto da noite, Boemund teve a atenção novamente voltada para o estranho que chegara à taverna instantes atrás. Parado diante de sua mesa, ele olhava cobiçosamente para sua bolsa.

— Quero ver se sua sorte é maior do que a minha — lançou o desafio. Puxando uma cadeira, antevendo seus lucros, Boemund convidou.

— Seja bem-vindo, camarada! Quem sabe você não vai ser o homem que mudará a maré?! — E estendendo a mão para ele falou — sou Boemund de L'Aigle. E o senhor, como se chama?

— Osprey — o sorriso no rosto do homem tinha algo de falso, reparou Boemund — Seldon de Osprey. Qual será o jogo?

PALESTINA, 10 DE AGOSTO DE 1196

Sentada sob uma tamareira, trajada como um rapaz, Jamila olhou desanimadamente para o animal que o rastreador trazia pelo cabresto. Vindo atrás do homem, num passo ondulante e meio preguiçoso, o bicho parecia debochar dela. Vendo a cara de espanto de sua acompanhante para o camelo que comprara de uma caravana que também cruzaria o Litâni, Hrolf sorriu.

— Não se preocupe — falou ao se aproximar dela —, a criatura não morde. Mas convém ficar longe de sua cabeça. Às vezes eles cospem.

— Cospem?

— Sim — ele prosseguiu no trabalho de amarrar os alforjes nas ancas do animal —, são temperamentais.

— Os dois se darão bem, então — resmungou Jamila bem baixinho, esfregando o pé na terra avermelhada, notando o quanto estava imunda. Céus, nunca estivera tão suja em toda sua vida!

Para seu supremo constrangimento, Hrolf respondeu, olhando-a por sob a barriga do camelo.

— Não sou temperamental, senhorita, apenas não me agrada a missão que me foi confiada.

Jamila sentiu o rosto arder de constrangimento. Como se não bastasse o homem ter escutado seus resmungos, ele ainda dizia com todas as letras o quanto era indesejada até mesmo como refém. Será que não haveria no mundo ninguém que gostasse dela? Sua fisionomia se tornou subitamente triste e os olhos marejaram. Evitando que o rastreador a visse chorar, levantou-se e caminhou na direção oposta a ele, de encontro à margem do rio. Mal dera dez passos quando seu braço foi agarrado.

— Aonde pensa que vai?

Para não deixar que ele visse seu rosto molhado de lágrimas, ela o manteve obstinadamente voltado para o lado oposto enquanto respondia.

— Dei minha palavra que não fugiria — quase não conseguia esconder o tremor na voz — além disso, para onde eu iria?

Notando algo de errado com a moça, Hrolf rodeou-a e a encarou.

As lágrimas sulcando o pó do rosto delicado fez outra rachadura em sua couraça de indiferença. Antes que pudesse evitar, seus dedos tocaram a face molhada. Sua voz suavizou um pouco.

— Por que chora?

— O senhor ainda pergunta?

Baixando a mão que a tocava, ele disse com simpatia, embora seu rosto continuasse sério.

— Hrolf.

Confusa, ela indagou.

— O quê?

— Pare com esse "senhor" para cá e "Mestre Brosa" para lá — ele tomou o braço dela e a levou até a beira do rio, fazendo-a se sentar numa das pedras. Em seguida, concluiu sua frase — vamos passar um bom tempo atravessando esse vale até nosso destino. Esse tipo de formalidade é dispensável — encarou-a interrogativamente — a não ser que faça questão.

O sol escolheu aquele momento para fazer a superfície do Litâni cintilar, lançando cacos de luz dourada sobre o rosto de Hrolf. Os olhos se assemelharam a dois poços prateados, circundados pelos cílios claros. Com a luminosidade forte, ele apertou levemente os olhos, acentuando as pequenas linhas ao redor deles, fazendo as sobrancelhas louras se aproximarem. Sem saber exatamente o porquê, Jamila sentiu o coração acelerar dentro do peito. Para disfarçar, baixou os olhos. Fitando o rio, respondeu.

— Não, não faço questão alguma. Pode me chamar pelo nome, mes... Hrolf.

Maldição! Por que disse a ela para chamá-lo pelo nome? De onde viera aquela ideia idiota? Lágrimas! Claro! Só podiam ser elas. Lágrimas no rosto de uma mulher faziam aquilo com qualquer homem!

Agora parecia um lobo espreitando a presa. Tudo porque ouvira seu nome sendo pronunciado com o adorável acento da voz dela. Uma mistura do que falavam em Veneza com o jeito siciliano. Dava a impressão de que ela saboreava os sons, da mesma forma que testaria o paladar de um vinho raro. E depois que ela o pronunciou timidamente, veio o cheiro inebriante que só Jamila possuía. Doce, picante, exuberante como uma flor ao sol. Lutando para quebrar aquele encanto, Hrolf desceu até a margem do rio e encheu o cantil, entregando-o a ela.

— Use para lavar o rosto e se refrescar um pouco. Apenas não descubra seus cabelos.

— Obrigada — ela estendeu a mão e segurou o recipiente, tocando sem querer os dedos nos dele, corando novamente.

Afastando-se, ele lhe deu privacidade para se lavar, embora pouco pudesse ser feito além de aliviar o calor. Apenas quando chegassem ao caravançará[48], algumas milhas adiante, ele poderia arranjar um banho decente para ambos. Por hora, teriam que aguentar o desconforto da poeira sobre o lombo do camelo. Era melhor assim. Se Jamila, empoeirada e vestida como um moleque era uma tentação, o que seria de sua sanidade ao vê-la limpa, graciosa e perfumada como a delicada flor que ela era?

PALESTINA, A LESTE DE ACRE

Laila olhou desanimadamente para o véu que a criada deixara sobre a cama. Tinha certeza de que, quando foi para a sala de banho, ele estava intacto e perfeito. Era o terceiro com o qual acontecia a mesma coisa. Ergueu a peça, examinando-a. Metodicamente estraçalhado. Atirou-o longe e sentou-se na beirada da cama com a cabeça entre as mãos.

Desde o momento em que chegara ali, aqueles ínfimos e irritantes incidentes vinham acontecendo com uma constância impressionante. Se acreditasse em *djinn*[49], diria que tudo seria obra deles. Mas, como Abdul a prevenira a respeito da animosidade de Amira, estava certa de que mãos muito humanas eram as responsáveis pelos desfalques em seus trajes.

Oh, que inferno era aquele no qual fora atirada? Sem lembranças, sem saber quem era de verdade, hostilizada pela mulher que era amante de seu marido, em cuja casa fora hospedada!

Ruídos do lado de fora da janela arrancaram-na daquela onda de autocomiseração. Erguendo-se, afastou o reposteiro e espiou o pátio por entre as frestas das gelosias. Ghalib acabava de chegar.

Respirando fundo, vestiu-se e procurou outro véu numa das arcas. Porém, ao fazer menção de prendê-lo sobre a cabeça, olhou-se no espelho de prata. Viu refletida em sua superfície uma estranha de olhos grandes e perdidos. Seu olhar baixou para a pequena joia que reluzia em seu colo. Desde o dia em que o ganhara da esposa do *sheik*, ela não tirara mais o pingente do pescoço. A pequena cruz esmaltada se tornara uma espécie de amuleto, uma frágil ponte que, se cruzada, talvez a levasse até suas lembranças. Tocou-a com a ponta dos dedos e fechou os olhos. Parecia vê-la sobre o peito de um homem, presa numa corrente atada a um pescoço largo e moreno. Mentalmente seu olhar se ergueu, mas ela não conseguiu ver o rosto do homem que trazia a cruz no peito.

Desistindo de forçar a memória, olhou outra vez para o véu que pegara. Lá fora, no pátio, o som de cavalos e vozes lhe dizia que deveria sair e receber seu marido. Amassou o tecido entre os dedos e desprezou a peça, atirando-a ao chão, como se assim pudesse devolver a Ghalib a afronta que ele fizera ao mandá-la para aquela casa. Reunindo toda sua dignidade, saiu para encontrar o marido.

Ghalib saltou da sela para o chão, entregando as rédeas ao cavalariço. Cruzou o pátio com os olhos fixos no pórtico de entrada, esperando ver a única pessoa que não estava no pátio para recebê-lo. No lugar dela, veio Amira que, nesse momento, não parecia mais a mesma aos seus olhos.

A beldade morena sempre fora uma espécie de adorno caro que ele conservava para satisfazer sua luxúria. Relutante no início, quando era apenas uma adolescente, ela fugira de suas atenções. Apreciador de um bom jogo, ele a tentara com tudo aquilo que a jovem pobre nunca tivera. Roupas, joias, criados, conforto e atenção. Logo vencera a resistência dela, tirando sua virtude e fazendo de Amira sua principal concubina.

Desde essa época também notara os olhares de Abdul na direção da garota. Percebera como ele a devorava com os olhos, como sempre bebia cada palavra que ela dizia, por mais tola que pudesse ser. E seu prazer em dormir com ela se tornara ainda maior, pois lhe dava um poder sobre o meio-irmão que até então não lograra ter. Abdul sempre fora o espinho enterrado em sua pele, a prova concreta do deslize do pai, uma mancha em sua família. E ainda assim, tinha aquela aura de debochada arrogância, aquele ar de superioridade que o irritava e que o fazia torturá-lo com a presença da mulher que Abdul não poderia ter.

Mesmo agora podia notá-lo nas sombras do pátio, observando Amira, espreitando-a enquanto ela ia ao seu encontro, com as sedas esvoaçando ao redor do corpo curvilíneo. Apenas para provocá-lo, enlaçou a jovem pela cintura e, antes que ela abrisse a boca para falar qualquer coisa, beijou-a de forma deliberadamente rude e possessiva.

Sob o beiral do telhado, Abdul cerrou os punhos, lutando contra a vontade de arrancar Amira dos braços de Ghalib. Ele sabia. O maldito sabia que ele amava aquela mulher de maneira quase insana. E justamente por isso o provocava. Testava-o para ver até que ponto iria sua lealdade. E Amira, tola e jovem demais para saber que não passava de um objeto, acreditava que era amada pelo infeliz sem coração.

Bastardo arrogante! Não entraria em seu jogo. Por mais que desejasse acabar com ele naquele instante, não o faria. Fora paciente durante todos aqueles anos. Não colocaria tudo a perder agora. Logo, Ghalib se enredaria na teia que ele mesmo criara. Em breve, al-Bakkar saberia exatamente onde estava sua mulher. E então, que os céus ajudassem Ghalib ibn-Qadir, seu irmão. Porque *ele* não moveria nem uma palha.

Amira conseguiu chegar ao pátio antes de Laila. Estava bela e perfumada, como Ghalib gostava de encontrá-la sempre que vinha, ou que mandava Abdul levá-la para Acre. Ao se apressar na direção dele, temeu que ele não a quisesse mais, tamanha foi a indiferença com a qual ele apenas passou os olhos por ela, como se ela fosse apenas parte da mobília. Mas quando ele a agarrou de surpresa e esmagou sua boca com aquele beijo, Amira soube que Laila, a esposa saída sabia-se lá de onde, não partilhava a cama de seu senhor.

— Seja bem-vindo, senhor Ghalib.

A voz rouca e firme ecoou pelo pátio, causando um silêncio tão grande que até os insetos eram ouvidos. Ghalib interrompeu a exibição no mesmo instante. Amira, ainda em seus braços, abriu os olhos e espiou por sobre o ombro. Abdul sorriu brevemente, de forma zombeteira.

A mulher de cabelos vermelhos estava parada sob o pórtico, fitando o casal com uma das sobrancelhas erguidas. Altiva, com os ombros eretos, aguardava que Ghalib se pronunciasse.

Erguendo a cabeça ao ouvir a voz da baronesa, Ghalib enrijeceu. Amira, decepcionada, tentou retê-lo, envolvendo-o pela cintura. Mas recebeu um olhar frio de volta, que nada tinha a ver com o homem que a beijara instantes atrás.

— Saia — disse ele, esquivando-se de seu toque.

— Mas, Ghalib...?

— Saia de cima de mim, Amira, eu já disse — rosnou, repelindo-a, colocando-a de lado como um objeto usado. Em seguida, deixou-a para trás, caminhando na direção da estrangeira.

Enciumada, Amira cerrou os dentes, contendo-se para não fazer uma cena no meio do pátio. Sabia o quanto Ghalib odiava demonstrações temperamentais. Várias vezes ele a repreendera na frente dos criados após um rompante qualquer. Não daria à mulher o gostinho de vê-la rebaixada. Mais tarde, quando Ghalib fosse ao seu quarto, ela tomaria satisfações dele. Orgulhosa, ergueu o queixo e refugiou-se no pomar atrás da casa.

Ignorando Amira, Ghalib parou diante da mulher que mais odiava no mundo E da que mais desejava. A baronesa de D'Azûr. Ela continuava a olhá-lo daquele jeito insuportável, como se ele fosse um servo. Detestava sua altivez, aquela arrogância natural que fora ressurgindo no decorrer de sua convalescença. Ao mesmo tempo, desejava que ela tornasse a demonstrar o espírito combativo do qual era possuidora. Apenas para ter o prazer de domá-la, de submetê-la aos seus caprichos.

— Senhora — ele meneou a cabeça e tomou a mão dela na sua — como tem passado?

— Bem — ela respondeu, encarando-o de forma estranha.

Aproximando-se mais dela, fez menção de beijá-la. No último instante, porém, ela baixou a cabeça, permitindo apenas um beijo discreto em sua fronte. No mesmo instante a mão dele pressionou a dela com mais força.

— Lembre-se do que falei em Acre sobre seus deveres conjugais.

Recuando, ela olhou nos olhos dele. Negros e frios. Um arrepio percorreu sua espinha e uma lembrança daquele olhar espocou em sua mente. Foi rápida, porém intensa. Soube instintivamente, naquele exato instante, que Ghalib não era quem dizia ser. Controlando-se, resolveu prosseguir em seu papel e assim, tentar descobrir alguma coisa. Sobre ele e sobre si mesma.

— Ficar sob o teto de sua amante faz parte desses deveres?

Ele sorriu ao ouvir aquilo.

— Enciumada?

— Não — ela respondeu secamente — apenas curiosa.

— Curiosa?

— Sim. Afinal, declarou-me sua completa devoção e, no entanto, mantém uma concubina. Não me parece uma atitude coerente com um homem que se diz tão apaixonado. — Ela estreitou os olhos e, pela primeira vez naquele tempo todo desde que a sequestrara, Ghalib reconheceu Radegund, a baronesa de D'Azûr — a não ser, meu senhor, que tenha me faltado com a verdade.

Ghalib não se fez de rogado.

— Vou desculpá-la, pois sei que se esqueceu de muitas coisas, incluindo a existência de Amira. — Ele tomou seu braço e conduziu-a para dentro da casa enquanto falava — eu a mantenho aqui porque não tem família, muito embora meu relacionamento com ela tenha acabado. Porém, a pobrezinha ainda tem esperanças de que eu retome nosso... *convívio*. — Parando no vestíbulo, ele a encarou. Indagou cinicamente — diga-me, cara esposa, devo mandar Amira embora daqui?

— E para onde ela iria?

Ele deu de ombros.

— Isso não é problema meu.

Rígida, ela respondeu, pronta para voltar aos seus aposentos.

— Deixe-a, então.

— Isso quer dizer que minha esposa me perdoa e que me concederá seus favores novamente?

Com fria dignidade, ela rebateu.

— Isso quer dizer que existem muitas coisas mal explicadas entre eu e o senhor. Com licença.

Observando-a se afastar pelo corredor, com a saia de musselina clara ondulando ao seu redor, Ghalib precisou se conter para não a arrastar para a própria cama e possuí-la imediatamente. Cerrou os punhos e inalou o ar com força. *Ela* estava lá. Estava de volta. O fogo nos olhos dela brilhava novamente, queimando-o. Ele a teria. Não haveria mais espera. Esta noite a mulher de al-Bakkar seria sua.

Abdul ficou parado sob a romãzeira apenas para observar Amira. Bela e orgulhosa, ela andava de um lado para outro do pomar. O véu que cobria seus cabelos caíra. Ela resmungava em voz baixa uma série de pragas contra a baronesa e também contra seu meio-irmão. Deu um passo à frente. Ela estacou e olhou para ele, irritada.

— O que foi? Veio debochar de mim, seu cínico? Está se divertindo?

Ele sorriu, os dentes brancos aparecendo por entre os lábios generosos.

— Talvez.

Amira avançou para ele, furiosa, com os punhos cerrados.

— Ora seu...!

Ágil, ele segurou seus punhos, deliciando-se com a pele macia sob as palmas de suas mãos. Sentiu os ossos delicados dela e os esforços que ela fazia para se soltar dele. Seu sorriso virou uma risada debochada.

— Recolha as unhas, pequena tigresa. Seu senhor a humilhou, não eu.

— Solte-me, maldito! Não passa de um lacaio de Ghalib, cumprindo suas ordens como um cão. — Ela sibilou e depois ajuntou, cruel — talvez também role e se finja de morto quando ele manda!

Tarde demais ela percebeu que havia ido muito longe. As mãos de Abdul seguraram seus punhos com mais força e todo o corpo dele enrijeceu. À contragosto ela notou o quanto ele era forte, embora seu porte fosse elegante. Também notou as pupilas negras se dilatando no meio das íris amareladas. A respiração de ambos se acelerou. A tensão se tornou mais do que palpável. Quando ele falou, sua voz soou ameaçadora aos ouvidos de Amira.

— Tenho me fingido de morto há tempo demais, mulher.

Mantendo os punhos dela seguros junto ao peito com apenas uma das mãos, Abdul segurou-a pela nuca, emaranhando os cabelos escuros entre os dedos, assaltando sua boca com um beijo impetuoso. Amira arregalou os olhos e se debateu, porém, jamais seria páreo para os braços habituados à lida com as armas e os cavalos.

Mantendo sua cabeça imobilizada, insistiu até que ela entreabrisse os lábios, invadindo então sua boca com a língua. Neste momento, sentiu que Amira suspirava, surpresa com o contato. Soltou seus punhos e envolveu-a pelas costas, ainda mantendo seus braços presos entre seus corpos. Colou-se a ela, deixando-a sentir seu calor e todo seu desejo. Sua boca devastou a dela, forçando-a a dar mais, a capitular sob sua força. Percebeu o exato instante em que ela amolecia em seus braços, em que cedia à pressão de sua língua e correspondia ao beijo. E nesse momento, propositalmente retrocedeu.

Afastou seus lábios dos dela e fitou o rosto afogueado. Os olhos estavam cerrados e a boca entreaberta e ofegante. Por uma fração de segundo ele a contemplou para, logo em seguida, vê-la abrir os olhos, aturdida. Um lento e cínico sorriso surgiu na face de Abdul enquanto seu olhar percorria deliberadamente o caminho da boca macia até as mãos dela, que agora se espalmavam em seu peito. Consciente de que se rendera a ele, Amira recuou, apavorada com as próprias reações. Ele permitiu que ela se afastasse alguns passos.

— Ainda crê que eu seja dócil como um cão, Amira?

— Seu, seu... demônio desgraçado! — Ela gritou, enraivecida, sem poder conter as lágrimas. Sem entender as emoções estranhas que sentia. E para se defender, atacou — odeio você! Vou contar tudo a Ghalib e ele vai esfolá-lo vivo!

— Não, Amira — ele balançou a cabeça, falando como se falasse a uma criança birrenta. Ergueu o indicador e balançou na frente dela — você não vai fazer isso. Além disso, seu senhor não é homem o suficiente para me esfolar vivo. Geralmente, *eu* sou incumbido deste tipo de serviço.

— Eu não o suporto! — Ela avançou com as unhas prontas para marcar sua face. Ele a segurou e falou bem perto de seu rosto, fazendo-a estremecer.

— O que você não suporta é saber que seu Ghalib não é homem suficiente para você. Não suporta a comparação, agora que conheceu um homem de verdade.

Com um grito de frustração, ela se desvencilhou dele. Recuou dois passos. Aos tropeços, saiu correndo do pomar, acompanhada pela risada zombeteira de Abdul.

PALESTINA, VALE DO LITÂNI

O silêncio da noite era quebrado apenas pelo crepitar dos gravetos na fogueira e pelo som do rio, que corria um pouco mais além. Abrigados perto de alguns arbustos, Jamila e Hrolf terminavam de comer em silêncio. Ele caçara um tipo de lebre e a preparara num espeto improvisado. Jamila comera com gosto, embora a carne do animal fosse um pouco dura. Para beber, havia apenas água fresca.

— Terminou?

A voz dele, quebrando a quietude, sobressaltou-a.

— Como?

Ele apontou o prato de metal.

— Terminou de comer?

— Sim.

— Dê-me seu prato. Vou lavá-lo no rio e aproveitar para encher os odres de água.

Ela percebeu que ele lhe dava tempo e privacidade para cuidar das necessidades do corpo. Levantou-se e, após alguns minutos, voltava de trás dos arbustos. Percebeu que ele retornava da margem do rio. Se ao menos ela pudesse entrar nas águas do Litâni e tomar um banho! Expôs sua ideia, mas Hrolf negou.

— Sinto muito. A correnteza é forte e poderia arrastá-la.

— Está bem — ela concordou, resignada, e se deitou na cama que ele preparara. Quieta, ficou olhando para o céu salpicado de estrelas. Algum tempo depois, notou que ele cessara suas atividades e se sentara recostado a uma pedra. Tinha o olhar perdido num ponto além do fogo.

Jamila o contemplou através das chamas. O rosto sério estava voltado para o fogo. Quando um graveto estalava, centelhas incandescentes subiam e eram arrastadas pelo vento, para logo depois, morrerem na escuridão da noite. Nesses momentos, a luz amarelada fazia os olhos brilharem de modo quase sobrenatural. Com a cabeça apoiada num cotovelo, ela permaneceu observando-o por um tempo tão longo, e de maneira tão absorta, que teve um sobressalto quando escutou sua voz grave.

— Por que me olha de maneira tão insistente?

— É um homem triste, Hrolf — a afirmação feita de supetão. De forma tão calma que revirou a alma de Hrolf pelo avesso. Espantou até a própria Jamila, que levou a mão aos lábios e arregalou os olhos, arrependida. Na certa, ele a mandaria se meter com a própria vida. Apressou-se em se desculpar — sinto muito, eu não queria...

— Não se desculpe — ele ergueu uma das mãos e continuou — foi sincera no que disse — pausa — e sim, é verdade. Trago muita tristeza em meu coração.

Ela esperou que Hrolf dissesse mais alguma coisa, qualquer coisa. Mas ele não disse nada. Ficou parado, girando nas mãos uma de suas facas, olhando para a fogueira como se ali encontrasse todas as respostas do mundo. Nos olhos cinzentos havia, além da tristeza, uma enorme amargura. Naquela noite, Jamila não conseguiu dormir.

Laila observou a velha Fairuz comandar um batalhão de criados num vai e vem interminável pela antessala de seus aposentos. De vez em quando, a fiel escudeira de Ghalib lançava para ela um olhar desdenhoso, que ignorava solenemente.

Horas depois de o deixar no vestíbulo, fora informada de que seu marido jantaria em seus aposentos. Isso a colocara em estado de alerta, como se algum perigo espreitasse em sua soleira. Mesmo assim, deixou que as criadas a banhassem, vestissem e penteassem, cobrindo-a com as sedas mais caras e joias delicadas. Seus cabelos foram tratados com atenção especial pelas mocinhas tagarelas, que tomavam as mechas vermelhas entre os dedos e suspiravam maravilhadas com aquele tom raro. E no meio daquela azáfama, Laila permanecera quieta, o olhar perdido e a mente fervilhando de pensamentos.

Sua vida parecia um vaso quebrado que ela tentava, a custo, remendar. Porém, faltavam muitos cacos, partes essenciais que ela não encontrava na escuridão do esquecimento. Partes essas que haviam sido toscamente substituídas por Ghalib e que, agora, mais forte e lúcida, ela não conseguia encaixar ao todo.

O sol começava a declinar no horizonte quando a última das barulhentas mocinhas deixou seu quarto. Lançando um olhar indiferente à porta, ela flagrou o sorriso mordaz de Fairuz. Ignorou-a e tornou a olhar pela janela. O sol baixo entrava pelas gelosias, desenhando arabescos sobre ela e sobre o chão polido. O tom amarelado sobre seus cabelos lembrava a luz e o calor do fogo. Foi ali que Ghalib a encontrou.

— Está perfeita, minha cara esposa.

Ele ficara o dia inteiro pensando naquele momento. Desde o instante em que tomara sua decisão, até agora, quando entrava nos aposentos dela, ele saboreara antecipadamente seu prazer e seu triunfo. Depois desta noite, ele teria roubado aquilo de mais precioso que al-Bakkar possuía. E teria a arrogante baronesa em suas mãos. Repetiu para si mesmo, mais uma vez, o quanto a odiava. Entoou de novo, como numa ladainha, aquela justificativa para a própria excitação, mascarando a emoção estranha que sentia agora ao se deparar com ela à luz do entardecer.

Lentamente, ela se voltou. Seus olhos fitaram diretamente os dele. Sorriu para ela, que manteve a expressão neutra. No entanto, ainda havia um quê de desafio nos olhos verdes. Que prazer teria em domá-la... e que vitória seria quando ela se lembrasse de quem realmente era. Vestindo sua melhor máscara de fidalguia, ele avançou pelos aposentos amplos, parando à frente dela.

— Está realmente encantadora nestes trajes — elogiou, tomando sua mão.

Realmente a roupa de seda vermelha a deixava belíssima. Apesar do tom dos cabelos, a cor a favorecia, contrastando com a pele clara. Os bordados dourados marcavam as mangas, a barra e o decote do traje, que fora cortado como um *kaftan*. Pela abertura do colo, atada por cordões de seda, entrevia-se a camisa de baixo, de fina cambraia.

— Obrigada, senhor — ele disse apenas, retirando a mão que ele segurava entre as suas. Em seguida, sentou-se e indagou — fez boa viagem?

— Razoável. — Ele bateu palmas e os criados entraram com as travessas — espero que não se importe de nós mesmos nos servirmos — sorriu para ela de modo significativo — esta noite eu não quero ser interrompido.

TIRO, PALESTINA

Kamau meteu a cabeça por entre as folhas de madeira e chamou em voz alta.

— Mahkim! Venha depressa!

Saltando da cama, onde se deitara não havia nem uma hora, exausto após dias de investigações por Tiro e seus arredores, Mark enfiou uma camisa e nem se preocupou em calçar as botas.

— O que houve? — Indagou, passando as mãos pelos cabelos.

O mercenário o conduziu pelo braço, levando-o até a ala dos criados.

— Você não vai acreditar.

Passaram pela cozinha e foram direto aos aposentos da criadagem. Lá, se depararam com o mercenário chamado Bernardo conversando com um menino maltrapilho. Assim que viu Mark, o cavaleiro se ergueu, respeitoso.

— *Signore*, conseguimos mais do que uma pista, — deu um leve empurrão no menino, dizendo — vamos, rapaz. Não precisa temer *sidi* al-Bakkar. Dê o recado que veio trazer.

— Recado? — Indagou Mark.

O menino começou a falar em árabe.

— *Sidi* al-Bakkar, meu amo manda dizer que terá um aliado caso a moça não seja molestada. E que sabe onde está sua esposa.

— Repita isso, filho — disse Mark, agachando-se para olhar nos olhos do garoto — onde ela está?

— Não sei, *sidi*. Mas meu amo disse que será seu aliado. Falou que deve manter a moça segura. E longe do irmão.

— O quê?

Kamau cruzou os braços e sorriu, irônico.

— Ora, ora. Ao que parece, ibn-Qadir tem outros inimigos.

— Sim, Kamau — Mark falou, com os olhos fixos no pequeno mensageiro. — E pretendo tirar o máximo proveito disso.

PALESTINA, A LESTE DE ACRE

Laila não pôde negar que tudo estava delicioso. Cada um dos pratos servidos no jantar fora preparado de modo primoroso. Além disso, o vinho de tâmaras, adocicado e encorpado, combinava muito bem com os sabores e aromas picantes da comida. Tensa, bebera um pouco demais e agora sentia a cabeça leve.

A conversa de Ghalib fluía naturalmente. Bem vestido, sem ostentação, ele sabia ser encantador quando queria. Sem fazer alusão alguma aos recentes atritos entre eles, conduzira o assunto habilmente, falando sobre as novidades de Acre, suas terras e sobre a paixão dela, os cavalos. Quando o assunto se esgotou, ela começou a ficar inquieta. Sem saber o que fazer, começou a se levantar, mas se sentiu um pouco zonza, cambaleando. Prontamente foi amparada por Ghalib.

— Acho que bebeu vinho demais.

— Também acho — ela concordou, se afastando em direção à sacada —, preciso de um pouco de ar fresco.

Sem intenção de lhe dar trégua, Ghalib foi atrás dela, vendo-a se apoiar na balaustrada e inalar profundamente o ar da noite. Pelo caminho, foi apagando as velas, deixando o aposento na penumbra. Aproximou-se de suas costas e tocou as mechas vermelhas. Notou que ela se retraía, mas ignorou-a, continuando a apreciar a textura dos fios.

— Laila, esperei muito tempo para tê-la novamente.

Voltando-se, ela começou a formular uma desculpa.

— Ghalib, eu...

— Não — ele ergueu uma das mãos — não fale nada.

Ela estremeceu e recuou um passo, encontrando a balaustrada atrás de si. Ghalib parou diante dela e olhou-a nos olhos.

— Não fuja de mim — seus dedos ergueram seu rosto —, prometo ser paciente com você.

Sem saber o que fazer ou o que pensar, com a mente embotada pelo álcool, ela permitiu que ele se aproximasse e afagasse seus cabelos. Tensa, respirou profundamente, dizendo a si mesma que era casada com ele e, portanto, ele tinha o direito de reclamar a posse de seu corpo. Apesar das dúvidas, da cena com Amira e de toda confusão em sua cabeça, não podia negar que Ghalib sempre fora atencioso. Cuidara dela durante sua doença e tivera enorme paciência, esperando todo aquele tempo para estar com ela como marido e mulher.

Ghalib tocou seu rosto. Notou que apesar da tensão, ela parecia mais receptiva naquela noite. Decidiu abrandar o fogo que o consumia e o prazer antecipado que o cegava. Resolveu que se aproximaria devagar. Como se ela fosse uma gazela arisca. Deixaria que se acostumasse com ele, com seu toque e com seus beijos. Sempre soubera seduzir uma mulher, suas amantes nunca tinham reclamado de suas habilidades. Teria paciência e, certamente, seria recompensado. Afastou-a da balaustrada, conduzindo-a pela mão até chegarem à saleta onde jantaram. Abraçou-a gentilmente e acariciou suas costas, fazendo com que reclinasse a cabeça em seu ombro.

— Relaxe, minha cara.

Ela se inquietou ao som de sua voz. Ergueu o rosto e ele aproveitou o momento. Seus lábios procuraram os dela. Beijou-a devagar, estudando suas resistências. Abraçou-a com mais intensidade, notando que ela relaxava aos poucos. Sua boca traçou o caminho pela face dela, até tocar a ponta da orelha, sussurrando.

— Querida... esposa.

Ela ainda murmurou um protesto. Algo não estava certo. Não conseguia se sentir à vontade.

— Ghalib, eu...

— Shh... — ele a interrompeu, baixando o tecido vermelho sobre um ombro — não diga nada. Deixe-me tocá-la. Já faz tanto tempo...

Ela se sentiu insegura, mas permitiu que ele continuasse. Afinal, era seu marido. Embora não se lembrasse dele e as dúvidas a consumissem, estava presa àquele compromisso.

Os lábios dele se moveram de novo sobre os seus. Permaneceu tensa, estática, passiva. A boca desceu pelo seu pescoço indo até o ombro desnudo. Algo dentro dela se revoltava, mas sua razão dizia que Ghalib tinha aquele direito. Afinal, era seu marido. Fechou os olhos e resolveu se entregar a ele. Subitamente, a imagem do homem de olhos castanhos aflorou em sua cabeça, fazendo-a se sentir inexplicavelmente suja sob as mãos de Ghalib. Involuntariamente, começou a tremer. Então, sem aviso, a tempestade irrompeu dentro dela.

— Não! Largue-me! — Debateu-se e o empurrou — não me toque — gritou histericamente.

— Laila...?

Esfregou a boca com a mão e ordenou. Aos gritos. Descontrolada.

— Saia! Saia daqui! Saia agora! — Ghalib deu um passo à frente, espantado e aturdido com a reação inesperada. Estendeu a mão para tocá-la, mas ela reagiu como se escapasse do bote de uma serpente, os olhos brilhando de maneira insana — não me toque! — Seus gritos traduziam um verdadeiro horror a ele — não chegue perto de mim! Saia! Saia!

Apanhado de surpresa, ele não conseguiu fazer nada além de dar meia-volta e sair apressado, batendo a porta. No centro do aposento, Laila se ajoelhou no chão, apoiando-se no divã. Chorou amargamente, rogando a Deus que não a deixasse enlouquecer.

Ghalib atravessou os corredores sem ver por onde passava. O sangue latejava em seus ouvidos, o corpo fervia de desejo e raiva. Seus passos o levaram onde já estivera vezes sem conta. Com a liberdade de quem era o dono de tudo e de todos, abriu a porta e fechou-a em seguida. Cruzou o aposento com passos largos, atirando longe a camisa. Afastou o mosquiteiro da cama e subiu no colchão, deitando-se sobre o corpo adormecido de Amira. Ela acordou assustada, se debatendo e o empurrando.

— O quê...?

— Quieta.

Ela estremeceu ao reconhecer sua voz.

— Ghalib?

As mãos dele puxaram a camisola, expondo as pernas nuas.

— Esperava por outra pessoa? — Perguntou, precisando ferir alguém para extravasar a raiva.

Ela se encolheu, magoada. Defendeu-se.

— Sempre espero por você — sentiu a mão dele entre suas pernas — apenas por você.

— É assim que tem que ser.

Notou que ele se despia apressadamente sobre seu corpo. Passou a mão por seus ombros e sentiu sua tensão. Deslizou a boca por seu pescoço, na curva do ombro largo. Procurou a boca dele com a sua e foi retribuída com um beijo duro.

Ghalib afastou as pernas de Amira e a penetrou. Mesmo sentindo-a se contrair, não parou. Afundou-se nela, esgotando sua fúria, sua frustração, sua impotência diante de Laila. Quase a possuíra! Quase a fizera sua definitivamente! E, maldito fosse ele, por que recuara? Investiu com mais intensidade dentro de Amira, que gemeu.

— Ghalib — uma estocada forte fez com que se calasse. Recuperou-se e prosseguiu — o que deu em você?

Segurando-a de encontro à cama, ele colou a boca à dela e retrucou.

— Cale-se, Amira.

Num ímpeto nascido da frustração, prosseguiu investindo. Amira, que desde seu retorno se ressentira de sua distância, agarrou-se ao momento, na ilusão de que finalmente Ghalib voltara para ela.

Quando ele chegou ao clímax, desabando sobre ela, Amira o aconchegou junto a si. Embalou-o carinhosamente e, ainda que estivesse frustrada por não ter atingido o prazer, sentiu uma felicidade agridoce. Independentemente do que Abdul dissera — e do que fizera —, e mesmo sabendo que por trás dos olhos fechados de Ghalib, ela representava apenas uma sombra pálida da misteriosa Laila. Dentro dela, naquele instante, Ghalib era seu novamente.

No corredor, Abdul balançou a cabeça, triste. Chegava de uma ronda, quando vira Ghalib entrar no quarto de Amira. Numa tortura auto imposta, ficou parado, esperando que ele saísse. O tempo passou. A noite virou madrugada. Ghalib não saiu. Imaginar Amira nos braços dele fez um gosto amargo subir à sua garganta. Naquele momento, se pudesse, mataria Ghalib. No entanto, se fizesse isso, Amira o odiaria para sempre.

Encostou-se à parede, oculto nas sombras, os olhos fixos na porta do quarto. Seu peito se apertou e os punhos se fecharam. Respirou fundo várias vezes até recuperar a frieza habitual. Sentiu algo molhado em seu rosto, percebendo então que chorava. De raiva de Ghalib. E de tristeza.

CAPÍTULO
XIX

"Não, eu é que não nasci
Sob a influência de um planeta versejador,
Nem sei namorar em termos festivos."

"MUITO BARULHO POR NADA". ATO V, CENA 2.
W. SHAKESPEARE

VALE DO LITÂNI, PALESTINA, 11 DE AGOSTO DE 1196

Jamila, com o rosto meio encoberto pelo lenço, observava fascinada a desenvoltura do norueguês ao tratar com o encarregado do caravançará. O homem sabia falar todas as línguas do mundo, inclusive a dos sarracenos. Depois de uma demorada negociação, ele finalmente se dirigiu a ela.

— Consegui dois quartos, mas tive que dizer que você é uma moça para justificar o pedido. O homem insistia em colocar meu aprendiz junto comigo. — Ele se abaixou e apanhou os alforjes de ambos — apresentei-a como minha irmã mais jovem — embora, pensou ele, o homem obviamente não tivesse acreditado naquilo, já que eram tão diferentes quanto a noite do dia — uma criada vai preparar o banho e levará roupas limpas ao seu quarto.

— Nem acredito — Jamila bateu palmas, controlando a vontade enorme de rodopiar de felicidade —, um banho! Vou poder tomar banho, lavar meus cabelos e vestir roupas limpas!

Deus! Se ele soubesse que um simples banho a deixaria tão feliz... era como se ela tivesse ganhado um presente. Seus olhos brilhavam de contentamento e o sorriso dela seria capaz de derreter uma geleira. Ou até mesmo um coração empedernido. Como o dele. Sem perceber o que fazia, sorriu para ela.

Ela nunca vira um sorriso mais bonito do que o dele. Nem os sorrisos dos anjos ao redor da Madona, nos vitrais do convento, eram tão belos. Talvez porque ele nunca sorrisse. Ou então porque, quando ele sorria, as ruguinhas em torno dos olhos se aprofundassem, deixando-o mais humano. Também poderia ser porque o sorriso espantava a tristeza permanente de seu olhar, iluminando-o. Embevecida, ficou parada diante dele, contemplando-o como se o próprio São Miguel Arcanjo tivesse descido dos céus para falar com ela.

Para Hrolf o tempo parou naquele instante. Ficou estático no meio do salão da hospedaria, observando os olhos de Jamila. Eram tão expressivos, tão inocentes e tão luminosos! Para alguém que carregava tanta dor como ele, eram um bálsamo, uma espécie de linimento que curaria todas as feridas. Durante os dias em que caminhara lado a lado com ela, conhecera um pouco de sua alma doce e resignada. Jamila sempre encontrava um jeito de contornar a tristeza. Apesar de tudo o que sofrera — e que ainda sofria — ela encontrava beleza na vida, pintando tudo ao seu redor com as cores de seu coração bondoso. Se ao menos ele pudesse receber um pouco daquela luz...

Como um viajante sedento que enxerga um oásis, deu um passo à frente, os olhos presos aos dela. Jamila compartilhou a mudança sutil na forma de se verem, pois entreabriu os lábios como se fosse falar. O olhar dele foi atraído para a boca pequena. A imagem dele mesmo tocando-a com sua própria boca, iniciando-a naquele contato íntimo entre um homem e uma mulher, o arrancou do momento de enlevo.

O que lhe dera na cabeça? Jamila era uma menina! Por todos os deuses! Ele tinha que protegê-la, não podia alimentar pensamentos lúbricos a seu respeito! Tenso, afastou-se, desviando o olhar.

Jamila notou o exato instante em que as sombras anuviaram o olhar de Hrolf. Foi quando a expressão sisuda substituiu o sorriso maravilhoso. Num tom baixo, mais áspero do que o habitual, ele a admoestou.

— Apresse-se, ou acabará sem tempo para seu banho.

Baixando a cabeça, ela se voltou para as escadas, seguindo atrás da criada que a esperava. Mentalmente se perguntava o que fizera para aborrecê-lo desta vez. Olhou por sobre o ombro e viu que ele a observava com uma expressão estranha. Continuou subindo, repleta de dúvidas. Talvez mais tarde perguntasse que bicho o mordera.

PALESTINA, A LESTE DE ACRE

Laila acordou, demorando alguns instantes para se orientar. Estava enrodilhada sobre o divã, perto da mesa onde haviam jantado. Dormira ali mesmo, exausta após a tempestade emocional que a sacudira. Repentinamente, as lembranças da noite afloraram em sua mente, aumentando a angústia. A maneira como se sentira ao ser tocada pelo marido, a repulsa e a raiva que explodiram dentro dela, lhe diziam que, ou ele mentira descaradamente, ou ela estava mesmo enlouquecendo. Esticando o corpo dolorido pela má posição em que adormecera, levantou-se e tocou a sineta, chamando a criada. Logo, Fairuz apareceu à porta, com o sorriso debochado de sempre.

— Onde está Nuriel? — Indagou.

— Eu atenderei a senhora — disse a velha de maneira desdenhosa.

— Pensei que ela fosse minha criada pessoal.

Fairuz parou diante dela e estreitou os olhos miúdos.

— Era, não é mais. Meu amo também deu ordens para que a senhora não saia daqui nem fale com ninguém. Apenas comigo ou com ele.

— O quê?! — Ela exclamou e caminhou apressadamente até a porta, seguida pela risada cacarejante de Fairuz — onde está Ghalib? — Dois guardas bloquearam sua passagem. Indignada, voltou-se para a velha — o que significa isso?

— Significa, mulher, que meu amo está tornando a raciocinar.

Empertigando-se, Laila apontou a porta.
— Saia daqui, bruxa! Posso me vestir sozinha.
Insolente, Fairuz ensaiou uma mesura.
— Como queira... *senhora*.

Ghalib esfregou as têmporas e tentou se concentrar na mensagem que recebera. Aquilo era estranho demais. O que o infeliz poderia querer com ele? O que ele teria e que seria de seu interesse? Não era a imbecil de sua irmã, por certo. Jamila, ele estaria cansado de saber, era refém de al-Bakkar. Recostando-se na cadeira, sorveu um gole do chá que o criado trouxera. Mal pousara a caneca sobre a mesa, quando Fairuz entrou com uma expressão triunfante no rosto.
— E então? — Indagou, brincando com o *masbahah*.
— Ela não gostou nem um pouco, amo.
— Ótimo — as contas correram com mais pressa pelo cordão — ela deve aprender quem manda aqui. — Inclinando-se para frente, alertou a criada — eu a quero presa e incomunicável. Tire dela o tinteiro, as penas e os papéis; e também o tabuleiro de xadrez. Deixe-a enlouquecer sem ter o que fazer. Até que implore por minha companhia — a mão apertou as contas do *masbahah* com força — ela pagará por mais esse insulto. Por bem ou por mal, eu hei de submetê-la!
— Agora está voltando a ser meu amo — Fairuz apreciou —, pensei que ela o tivesse tornado um fraco.
Ghalib socou a mesa com força, esbravejando.
— Não sou fraco! Não me chame assim, velha! Ou eu a chicotearei!
A criada cacarejou outra risada insolente em resposta. Mais calmo, Ghalib indagou.
— Onde está Abdul? Preciso dele aqui.
— Foi caçar.
— Caçar?
Fairuz deu de ombros.
— Foi o que me disseram. Saiu logo cedo.
— Muito bem. Agora vá — dispensou-a com um gesto — quando Abdul chegar, mande-o falar comigo.
— Certamente, amo.
Ainda observando as contas correrem sob os dedos, Ghalib resmungou para si mesmo.
— Vou dobrá-la, mulher... eu vencerei.

VALE DO LITÂNI, PALESTINA

Hrolf passou a mão pelo rosto recém-barbeado, aliviado após se banhar e colocar roupas limpas. Impaciente, esperava Jamila descer. O estalajadeiro informara que a os *Bannu Khalidi* estavam acampados num poço perto dali. Com sorte, ele e Jamila poderiam chegar até eles antes que escurecesse completamente. Fora para junto dos *al-Khalidi* que o mestiço o enviara para ocultar Jamila.

Andando de um lado para o outro, somente percebeu a presença de Jamila quando o perfume dela o atingiu. Virou-se repentinamente, quase colidindo com ela. Livre das roupas masculinas e da poeira, vestida como uma camponesa, ela estava ainda mais adorável. Os cabelos castanhos estavam caídos nas costas, meio encobertos por um lenço cor de terra. As roupas simples de algodão assentavam muito bem no corpo curvilíneo. Procurando parecer o mais natural possível, ele falou.

— Barganhei nosso camelo e algumas moedas por um bom cavalo — apontou o caminho, dando-lhe passagem. Prosseguiu caminhando atrás dela, tentando ignorar o suave ondular dos quadris — como não sabe montar, irá junto comigo.

— Aonde? — Ela indagou, protegendo os olhos do sol baixo do entardecer.

— Ao acampamento de uma tribo beduína, perto daqui.

— Oh, será bom ter com quem conversar — tarde ela percebeu a gafe e tentou consertar — isto é, não é que você... bem, não é como se...

— Tudo bem, Jamila — ele a ajudou a montar — eu sei que não falo muito e que tenho sido péssima companhia — ele montou atrás dela e incitou o cavalo — às vezes, nem eu me aguento.

Ela tentou sem sucesso abafar uma risada.

— Está rindo de mim? — Ele indagou, sem nenhum traço de aborrecimento na voz.

— Desculpe — ela olhou para trás e quase se arrependeu. Eles estavam tão perto! Estranho que se sentisse tão bem. Há poucos dias atrás, morria de medo dele. Agora se sentia segura em sua presença. Disfarçou e olhou para frente —, é que foi bem engraçado o que você falou.

O cavalo começou a descer uma encosta, obrigando Jamila a se ajeitar na sela, recostando-se nele. Dizendo a si mesmo que estava apenas prevenindo uma queda, ele a envolveu pela cintura. Para se distrair daquele contato, continuou falando.

— Um dos chefes dos *Banu Khalidi* é um velho amigo de Bakkar e conhecido meu. A esposa dele é normanda. Mas não tenho certeza absoluta se nós os encontraremos por aqui. O *sheik* Aswad é tão inquieto quanto o vento. Está sempre viajando, negociando seus excelentes cavalos.

— Um chefe beduíno casado com uma normanda? — Ela ficou curiosa. Como que duas pessoas tão diferentes, e de mundos tão diversos, haviam se encontrado e se tornado marido e mulher?

— É uma história comprida — ele respondeu quando ela externou sua curiosidade — tudo começou num lugar chamado Delacroix...

— Pelo Profeta!

Aswad se afastou do círculo de pessoas ao redor da fogueira. Caminhou até os visitantes, que chegavam escoltados pelas sentinelas do acampamento.

— *Sheik* Aswad — Hrolf o cumprimentou do alto da montaria com um aceno respeitoso. Afinal, aquele homem era o equivalente a um príncipe entre sua gente.

— Hrolf Brosa!? — Aswad abriu os braços num gesto expansivo — o que diabos faz perdido por aqui, homem? Cansou-se daquela terra fria feito o inferno?

Descendo da sela, Hrolf o cumprimentou com um aperto de mão, antes de responder.

— Quase isso. Estou longe da Noruega há tanto tempo quanto você — ele se virou e ajudou Jamila a descer da montaria —, esta é a senhorita Jamila bint-Qadir.

O espanto de Aswad foi ainda maior.

— Irmã de Ghalib ibn-Qadir?

— Sim... — Hrolf respondeu intrigado — por quê?

— Senhorita — Aswad meneou a cabeça —, seja bem-vinda ao meu acampamento. — Voltando-se para Hrolf, ele indagou — recebi uma estranha mensagem de Mahkim, falando sobre uma encomenda que deveria ser guardada comigo. Acaso *vocês* seriam essa encomenda?

— Não exatamente — disse o norueguês olhando a moça de soslaio — é uma história bem longa, Aswad.

— Bem, então sugiro que venham à minha tenda e descansem. Depois vocês me contarão tudo — apontou o caminho ao rastreador, comentando — Trudy ficará feliz em revê-lo.

— Eu disse a você homem! — Exclamou Trudy ao ser colocada a par dos acontecimentos — a dama Radegund está encrencada. De novo.

Hrolf e Aswad riram, apesar de tudo. Todos sabiam da tendência da ruiva em se meter em confusão.

— Tem razão, *habibit i* — ele concordou, galante — como sempre. — Voltou-se para o rastreador e prosseguiu — nós a vimos na casa de ibn-Qadir, em Acre.

— Estiveram na casa dele? — O rastreador ficou curioso.

— Sim. E foi obra do acaso. Ou do destino, se preferir — o beduíno explicou. — Eu fui entregar os cavalos que ibn-Qadir me encomendou. Como Trudy não conhecia Acre, eu a levei comigo. Ela e a leoa acabaram se encontrando.

— Vocês conversaram com ela? — Quis saber Hrolf — como ela está?

Desta vez, foi Trudy quem falou.

— Ghalib nos apresentou a ela como se fosse sua esposa.

Hrolf balançou a cabeça e olhou para Jamila.

— Como ele fez em Chipre. Diabos! Ela deu algum sinal, mandou alguma mensagem?

— Ela... — o beduíno esfregou a mão no rosto, consternado e encarou a esposa — sinto muito Brosa. Trudy conversou bastante com ela, a sós. Segundo me contou, Radegund não se lembrava dela. Aliás, sequer se lembrava do próprio nome. — Fez uma pausa — ela não se lembra de Mahkim, nem dos filhos. Não se lembra de nada, nem de ninguém. E no jantar que ele nos ofereceu... sinto muito. Ela realmente crê que é mulher de Ghalib.

— Meu Deus — gemeu Jamila num canto da tenda —, como meu irmão foi capaz de fazer isso? — Chocada, ela olhou para Hrolf, os olhos brilhantes de lágrimas — eu não sabia... não imaginava que ele pudesse ter ido tão longe... Oh Deus!

— Calma, querida — consolou-a Trudy, abraçando-a — não tem culpa do que seu irmão fez.

— Também acho — ajuntou Aswad —, mas compreendo a atitude de Mahkim. Podem ficar o tempo que for necessário em meu acampamento. Considerem-no a casa de vocês.

— Eu agradeço, Aswad. Mas deixei nossa bagagem no caravançará. Teremos que voltar lá de qualquer forma.

— Não esta noite! — Exclamou o beduíno — já que estão aqui, fiquem. Amanhã terei a visita do chefe de outra família e faremos uma festa. Depois, mandarei alguns de meus homens escoltá-los de volta ao caravançará.

Dando de ombros, o rastreador assentiu.

— Tudo bem. Não iremos a lugar algum enquanto Bakkar não se comunicar conosco.

— Será perfeito! — Interveio Trudy, pegando Jamila pela mão — venha querida. Vou levá-la até minha tenda para que se refresque antes da refeição.

Jamila olhou para Hrolf e, apenas quando o norueguês assentiu, ela acompanhou a esposa do *sheik*. Hrolf seguiu a jovem com os olhos, mal notando que Aswad o observava com interesse.

TIRO, PALESTINA

Kamau aguçou os ouvidos e esperou. Tinha certeza de que ouvira um galho estalando no canto do jardim. Encostou-se à parede e aguardou pacientemente. Saíra para tomar um pouco de ar, já que o calor de agosto estava insuportável. Mal podia esperar pela estação das chuvas. Outro galho estalou e, dessa vez, foi acompanhado por um resmungo. Havia um intruso por ali. Caminhou devagar até ficar sob uma das janelas dos aposentos de Mahkim. Ergueu os olhos e, no mesmo instante em que notou os galhos da trepadeira se agitando, algo macio despencou e caiu em cima dele, acompanhado por uma imprecação.

— Inferno!

No chão, envolvido numa confusão de pernas e braços, seus e do intruso, Kamau custou a conter o invasor.

— Ei — reclamou — quer parar de se debater?

— Saia de cima de mim, cão!

A voz feminina fez com que o núbio ficasse estático.

— O que diabos...?

Não pôde terminar a frase, pois um pé pequeno, porém certeiro, o atingiu no peito.

— Ai!

— Largue-me, brutamontes!

A mulher se levantou e tentou correr para longe dele. Kamau foi mais rápido, agarrando seu tornozelo, fazendo-a cair sentada no chão. Rindo, ele exclamou.

— Se é uma admiradora de Mahkim, sugiro esquecê-lo — agarrou a outra perna que se debatia e puxou, fazendo-a cair de costas —, meu camarada é fiel à esposa.

— Ora, vá para o diabo! — Uma mão o acertou na orelha, deixando um zumbido desconfortável em seu ouvido.

— Mulher, você é perigosa!

Atraídos pelos ruídos nos jardins, alguns guardas da casa apareceram, munidos de archotes. O que deu a Kamau uma breve visão de sua inimiga. Uma mulher de estatura mediana, vestida com calças e uma espécie de *kaftan* negro sobre a pele muito clara. Não pôde, porém, continuar olhando, pois ela jogou um punhado de terra em seu rosto.

— Diabos! — Ele espanou a terra, lutando às cegas para retê-la — geralmente as garotas que caem em meus braços me beijam, e não me batem!

— Eu morreria antes de beijá-lo, senhor — ela continuava sacudindo as pernas tentando, em vão, se soltar — melhor seria beijar um sapo!

Kamau finalmente conseguiu abrir os olhos e enxergar sua presa. Sorriu, achando tudo muito divertido.

— Posso coaxar, se a senhora quiser.

— Ora... insolente! — Outro punhado de terra foi atirado na sua direção. Desta vez, ele conseguiu desviar a tempo.

— Posso saber o que diabos está acontecendo aqui?

A voz de Mark interrompeu a discussão da dupla. Kamau se ergueu e estendeu a mão para a mulher. Ela se livrou dele com um safanão, tentando recuperar um pouco da dignidade perdida. Espanando a poeira das vestes, encarou o mestiço que, por fim, a reconheceu.

— Ora, vejam. Visitas. — Fez uma breve mesura — como vai, senhorita Adela?

— Nunca fui tão insultada em toda a minha vida! — Adela de Albi andava de um lado para outro do gabinete, enquanto Mark e Kamau tentavam manter a seriedade diante da situação inusitada — meus superiores serão informados disso, *messire*. Escreva o que estou lhe dizendo! — Sacudiu o dedo diante do nariz impassível do mestiço.

— Sinto muito, senhora — Mark retrucou — mas foi seu hábito de não usar portas que causou a confusão.

— Sem dúvida — completou Kamau —, pensei que fosse um gatuno, ou algum inimigo de Mahkim. Embora jamais tenha visto um ladrão tão charmoso quanto a senhora — finalizou o mercenário com uma piscadela.

— Ora! Ponha-se em seu lugar seu... — sacudindo a cabeça, exasperada, Adela desistiu de concluir a frase. Ao invés disso, encarou Mark — temos que conversar, *messire*. Em particular.

— Se me dão licença, preciso ir dormir — interveio Kamau, antes de tomar a mão de Adela de forma sedutora — lembre-se, dama. Ainda posso coaxar, se a senhora assim o quiser.

Galante, beijou sua mão e saiu do gabinete com um largo sorriso, deixando a furiosa Adela para trás.

Mark não percebeu que amanhecia. Com a cabeça fervilhando após a conversa com Adela, ficara no gabinete, sentado na cadeira que Yosef de Tiro ocupara anos atrás. Agora compreendia exatamente a razão de a Sociedade se interessar pelo incidente envolvendo Radegund. Como se isso não bastasse, ainda havia mais uma ameaça sobre suas cabeças. Chrétien d'Arcy. Tenso, inclinou-se para frente, juntando as pontas dos dedos diante do rosto e apoiando os cotovelos sobre a mesa de cedro. Depois de muito refletir, tomou sua decisão. Tomou a pena, mergulhou no tinteiro e começou a escrever uma mensagem a Einar Svenson.

VALE DO LITÂNI, PALESTINA

O dia no acampamento beduíno passara rapidamente na percepção de Jamila. Eram tantas coisas novas, tantas pessoas e costumes diferentes, que mal conseguia assimilar as novidades. Trudy, a esposa do *sheik*, passara o dia em sua companhia. Durante a manhã, enquanto os homens cuidavam de seus afazeres, Jamila conhecera os filhos de Trudy, um casal de crianças adoráveis. Depois que as crianças foram deixadas com a ama, ela e a normanda percorreram o acampamento, supervisionando os preparativos para a festa daquela noite. Entre uma atividade e outra, fora presenteada com um lindo traje bordado em seda alaranjada que Trudy insistira para que usasse na comemoração.

Afastando o pano da entrada da tenda, Jamila suspirou. O sol baixava devagar enquanto os homens faziam suas preces. Enchiam o ar com sua língua melodiosa, louvando a Alá. Havia pouca diferença, segundo Trudy, entre as palavras recitadas pelos sarracenos e aquelas escritas na Bíblia. Talvez apenas a forma como cada um louvava ao Criador — cristãos e maometanos — diferisse um pouco.

Voltando para dentro da tenda, ela apanhou o traje novo e esfregou o rosto no tecido macio. Já estava usando a camisa que Trudy lhe dera para colocar por baixo da roupa. Mais cedo ela fora banhada pelas servas e seus cabelos lavados com essência de rosas. Teve o corpo dolorido da viagem massageado com óleo perfumado pelas solícitas criadas. Com prazer e curiosidade, enfiou-se dentro do traje. O tecido escorregou pelo seu corpo como uma cascata, suave e frio.

— Está linda!

A exclamação de Trudy, vinda do outro compartimento da tenda, fez com que corasse.

— Obrigada. Nunca vesti algo tão belo — comentou.

— Aposto que Hrolf não tirará os olhos de você — comentou Trudy, observando a reação da moça às suas palavras.

— Eu... — ela ficou confusa — ora, Trudy, ele nunca tira! Acho que pensa que vou fugir a qualquer momento.

Trudy a encarou, incrédula.

— Jamila, ele olha para você como um lobo faminto. Não é possível que não tenha percebido!

De alguma forma, aquela afirmação aqueceu o coração de Jamila.

— Ele olha para mim... — a moça parecia realmente desconcertada.

— Jamila, sente-se aqui comigo — ela apontou as almofadas macias e sentou-se sobre as pernas dobradas — não tem mesmo ideia do que está acontecendo, isto é, da atração que desperta em Brosa?

Jamila negou com a cabeça e se acomodou ao lado de Trudy. A normanda segurou suas mãos, olhando-as nos olhos.

— Diga-me, querida. O que sabe sobre os homens?

— Eu... — ela baixou os olhos e deu de ombros — eu cresci num convento, ao norte de Veneza. Morei lá até poucos meses atrás... para falar a verdade, vi mais homens desde que fui raptada do que em toda minha vida até então.

— Pelas barbas do Profeta — exclamou Trudy —, quer dizer que você não sabe... *nada?*

A jovem apenas a encarou. Se ela perguntava acerca de seu conhecimento sobre os relacionamentos entre os casais, a resposta era praticamente nada.

— Sei que os homens se casam com as moças e que, para fazerem filhos nelas, há dor. E que deverei me submeter ao meu marido para ser uma boa esposa aos olhos de Nosso Senhor, só não sei o que isso significa exatamente.

A normanda estava boquiaberta. A moça estava numa idade em que muitas mulheres estariam casadas e com um par de filhos. No entanto, era completamente inocente.

— Não é bem assim, Jamila. — Trudy sorriu e apertou as mãos dela nas suas — pode existir muito prazer entre marido e mulher. Basta que se amem. Não tenho como explicar como as coisas funcionam agora, mas posso garantir uma coisa. Hrolf não é indiferente a você como mulher. E para quem conhece a história dele...

— Ele é um homem triste — interrompeu-a Jamila — eu gostaria de saber o porquê.

Trudy suspirou e se levantou, desconfortável.

— Não vou entrar em detalhes, pois a história não me pertence. Mas Hrolf nem sempre foi assim. Quando eu o conheci, há alguns anos atrás, ele era um homem sereno e descontraído. A perda da mulher que ele amava o deixou assim, amargo.

— Oh! E de que ela morreu? Ficou doente?

— Não, querida — a fisionomia da normanda pesou — Saori foi barbaramente assassinada.

ACRE, PALESTINA

Ghalib encarou o homem à sua frente. Pensou em como usá-lo — e às informações que ele trouxera — em benefício próprio. Além dele, sentados numa das mesas da hospedaria, estavam alguns dos homens que o acompanharam até ali, incluindo um mercenário que fora expulso por al--Bakkar de seu navio, um tal Seldon de Osprey. Recostando-se no espaldar, Ghalib sorveu um gole do vinho de qualidade inferior e estudou Boemund de L'Aigle demoradamente.

Apesar de ser um cretino, o cavaleiro propunha um acordo útil nas atuais circunstâncias. Naturalmente, não pretendia honrar *sua* parte no esquema. E Boemund era um verdadeiro asno por acreditar que ele o faria. Porém, pouco se importava. L'Aigle era um sujeito inferior e ninguém faria caso dele se fosse se queixar do rompimento do acordo. Afinal, o que era a palavra de um mercenário, cuja família caíra em desgraça junto ao papa, contra a dele, um dos mais ilustres filhos de Messina?

No fim das contas, seu retorno apressado a Acre, após o recebimento daquela curiosa mensagem, renderia bons frutos. Recuperaria a irmã, eliminaria al-Bakkar e ficaria com a baronesa.

— Muito bem, L'Aigle — começou ele, depois do prolongado silêncio — não vou dizer que seus termos me agradem...

— É pegar ou largar, Ghalib — interrompeu Boemund. — Eu poderia simplesmente ir atrás dela sem dizer nada.

— Claro, claro — contemporizou Ghalib, fazendo seu papel — pois bem, aceito o acordo. Você me traz Jamila *inteira* — frisou bem, afinal, de nada lhe serviria aquela parva desonrada — e elimina al-Bakkar. Como recompensa, eu lhe darei minha irmã em casamento, junto com a propriedade em Catania mais um belo dote.

— É um homem generoso, Ghalib — o cavaleiro sorriu, repuxando a cicatriz que deformava seu rosto.

— Prefiro dizer que sou prático, L'Aigle — respondeu o outro, levantando-se e cobrindo a cabeça com o capuz da *djellaba*[50] — só mais uma coisa — relanceou o olhar sobre os homens de Boemund — não confio no tal Osprey. Sugiro que se livre dele depois que sua utilidade cessar.

Boemund tomou um gole de cerveja e retrucou.

— Parece que temos mais afinidades do que pensamos, ibn-Qadir.

Com um aceno, Ghalib deixou a hospedaria. Logo al-Bakkar estaria fora de seu caminho. Depois disso, a baronesa — *não, Laila* — não teria mais para quem voltar.

CAPÍTULO
XX

"O inimigo do meu inimigo é meu amigo".

PROVÉRBIO POPULAR.

TIRO, PALESTINA,
12 DE AGOSTO DE 1196

rmão?

Björn piscou e encarou o sujeito pouco mais alto do que ele parado no vestíbulo. As diferenças entre os dois eram muito pequenas, apesar de não serem irmãos de sangue. Era um fato curioso, com o qual ambos estavam mais do que acostumados.

— Se soubesse que ficaria me olhando com essa cara de peixe morto, teria me disfarçado — pilheriou Ragnar, apesar do cansaço. — Vai ficar aí me encarando, homem de Deus?

— Que diabo — o capitão o abraçou — o que faz aqui, Ragnar?

— É uma história comprida, Björn — falou, depois de corresponder ao abraço. Sentia muita falta do irmão — onde estão Bakkar e Brosa?

— Bakkar está no quartel do marechal. Brosa, a essa altura, deve estar no acampamento de Aswad, no vale do Litâni, a leste daqui.

Cansado, Ragnar deixou-se cair numa das cadeiras.

— Mas que merda... nunca vi alguém mais escorregadio do que Hrolf Brosa!

— Do que está falando? O que veio fazer aqui? — Questionou Björn, sentando-se diante dele.

— Estou atrás de Hrolf. Por pouco não o alcancei em Messina. Cheguei dias depois que o Freyja zarpou.

— Atrás de Hrolf? Por qual motivo? — Björn estava cada vez mais confuso.

— Irmão, depois que eu tomar um bom banho e comer alguma coisa que não seja biscoito duro e seco — Ragnar foi se levantando — eu juro que conto tudo em detalhes. — Enveredando pelo corredor, chamou o administrador — Jamal, meu velho, ainda sobrou um quarto para mim nesta casa?

Mark e Björn ouviam, aturdidos, a história contada por Ragnar. Durante a ceia tardia, os dois foram colocados a par de sua corrida para levar Hrolf de volta a Messina, para que conhecesse a mulher que dizia ser sua mãe.

— Mais essa agora — o mestiço esfregou os olhos — parece que, mais uma vez, o mundo resolveu cair sobre nossas cabeças, Sven. Teremos que ir atrás de Hrolf.

— E quanto à moça? — Indagou Ragnar — vai trazê-la para cá também?

— Posso deixá-la escondida com Aswad. Além disso — relanceou o olhar para trás, certificando-se de que não havia criados por perto —, preciso encontrar Radegund e voltar para Messina rapidamente. Parece que D'Arcy voltou a agir.

— Então era verdade — exclamou Björn.
— O quê? — Indagou Ragnar, curioso.
— Leila me deu uma incumbência — ele relatou o incidente no bordel — eu estava esperando a comunicação de Caroline quando soubemos de Radegund.
— Inferno! — Ragnar socou a mesa e se levantou, irritado — Leila está grávida e sozinha em Messina! Por que ela não me disse que suspeitava que D'Arcy tinha voltado à ativa? E se ele for atrás dela?
— Ele não tem motivos para isso, Sven — tranquilizou-o Mark. — Além disso, eu já mandei avisar seu irmão em Veneza. Afinal, o que D'Arcy sempre quis foi colocar as garras em Anne Marie.
— Eu sei disso — o norueguês se voltou, sombrio —, mas não posso me esquecer de que Leila foi a responsável pela farsa que o levou a crer que Scholz estava morta. Aliás, não só ele, como também a Sociedade. Temo que o perigo possa vir de ambos os lados.
— Bem, agora não há nada que possamos fazer — concluiu Mark, se levantando — melhor dormirmos. Amanhã partiremos atrás de Brosa.

VALE DO LITÂNI

Hrolf tomou um gole do vinho não-fermentado de tâmaras. Como os dois chefes eram muçulmanos, não havia álcool. Melhor assim. Relanceando o olhar para Jamila, que ria e conversava com as mulheres, tendo Trudy como intérprete, agradeceu a ausência de bebidas que pudessem confundir seu raciocínio. A beleza dela já funcionava como um narcótico sobre seus sentidos.

O tecido alaranjado caíra com perfeição sobre suas curvas, deixando-a muito parecida com uma das mulheres da tribo. Os cabelos castanhos e fartos estavam parcialmente cobertos pelo lenço, em cuja barra havia uma fieira de continhas brilhantes. A cada passo que ela dava, os pés calçados em pantufas bordadas apareciam. Tomando mais um gole do sumo adocicado, ele aceitou por cortesia a comida que era colocada à sua frente, sabendo que sua fome era bem outra.

As mulheres se aproximaram da fogueira. Trudy inclinou a cabeça diante de Aswad e do chefe visitante. Os beduínos bateram palmas e riram. Um alaúde surgiu de algum lugar e, para espanto do rastreador, Jamila se sentou num tapete perto dos dois chefes, recebendo o instrumento das mãos de uma das mulheres. Com um sorriso, Trudy a incentivou. Em seguida, sentou-se ao lado do marido.

Jamila relanceou o olhar em torno da fogueira e seus olhos encontraram os de Hrolf. O sorriso dela foi como um soco no estômago. Num segundo, todo seu mundo virou de cabeça para baixo. Ele a desejava. Com todas as suas forças, com cada fibra de seu corpo. Ele a queria, apesar de tudo. Que espécie de homem era ele?

Seu olhar provavelmente traiu seu espanto e seu desagrado, pois logo ela baixou o rosto e começou a afinar o instrumento. Dedilhou uma canção suave, enquanto, pouco a pouco, as vozes no acampamento silenciavam. A melodia tomou forma e depois, com a voz mais doce que ele já ouvira, Jamila começou a cantar.

Era estranho que, depois de tantos anos, se lembrasse da canção. Ouvira a mãe cantá-la algumas vezes quando era criança. Uma canção de seus ancestrais árabes sobre o amor. Talvez a magia daquela noite tivesse resgatado as palavras de sua memória. Talvez fosse o olhar que Hrolf Brosa lhe dirigira instantes atrás, antes de se fechar novamente em sua concha. Ou então, aquela estranha conversa com Trudy. Não importava. A música estava ali, vibrando dentro dela. Cada nota, cada verso. Transbordava de seus dedos para as cordas do alaúde. E de seus lábios para os ouvidos de Hrolf.

Oh pequena estrela!
Os olhos de meu amor brilham mais do que você.
Quando me olham, vejo todo o céu
Não apenas sua luz solitária.
Oh pequena estrela!
Estou só na noite fria
Sem os olhos de meu amor para me aquecer.
Onde está minha rosa,
Onde está minha flor?
Teu perfume me acompanhará onde eu for.

— Veja como ele a observa — sussurrou Aswad no ouvido da esposa — parece que vai devorá-la com os olhos.

Trudy observou Hrolf discretamente.

— Eu acho que ela corresponde à atração, só que ainda não sabe disso.

— Como assim? — O beduíno não entendeu nada.

— Ela é ingênua demais, marido — explicou rapidamente sua conversa com a moça —, mas sinto que gosta dele, apesar de estarem campos opostos. Poderíamos dar um empurrãozinho...

— Trudy — ele a advertiu em voz baixa —, Mahkim não vai gostar nada disso. A moça é refém dele. Não pode se envolver com Brosa.

— Ora, homem! Ela não é uma *coisa*! E pelo que percebi, o irmão pouco se importa com ela. Quem sabe esta não é a chance de fazermos ambos felizes? Ou vai me dizer que não notou o quanto Brosa está amargo?

Aswad suspirou, vencido. Quando Trudy metia algo na cabeça, não podia fazer nada. Ela sempre acabava por convencê-lo. Mas bem que poderia tirar vantagem disso...

— O que tem em mente?

Ela lhe contou seu plano.

— Hum — ele tomou um gole de chá — está bem. Mas tem uma condição.

— Condição? — Estranhou Trudy.

— Sim — ele sorriu zombeteiro e cochichou em seu ouvido, fazendo-a corar.

— Oh! É um pervertido, meu marido — ela fingiu zanga e depois sorriu — e um aproveitador.

— No amor e na guerra vale tudo, minha pérola.

Sorridente, Trudy pediu licença e foi colocar seu plano em ação.

Alguma coisa acontecia, percebeu Hrolf, despertando subitamente do transe em que a canção de Jamila o lançara. A música terminara e Jamila sumira. Olhou em volta, apreensivo. Onde estava ela?

— Brosa — chamou Aswad.

Hrolf se aproximou de onde estavam sentados o *sheik* e seu ilustre convidado.

— Chefe Aswad — ele meneou a cabeça, cumprimentando a ambos. Após as apresentações formais, o beduíno convidou.

— Sente-se conosco. As mulheres prepararam uma homenagem ao nosso visitante.

Sem remédio a não ser aceitar o convite, Hrolf se acomodou ao lado deles, resignando-se a procurar Jamila depois. Afinal, para onde ela iria à noite e no meio do nada?

Os primeiros sons do *derbake*[51] foram ouvidos. Depois, a melodia da *nay*[52] encheu o ar. As mulheres da tribo acercaram-se da fogueira. Sob as palmas dos homens, incluindo Aswad, elas iniciaram uma dança ao redor do fogo. Com os cabelos parcialmente soltos e descobertos, giravam e trocavam passos, ora de braços dados, ora separadas umas das outras. Era uma dança alegre, em ritmo vibrante. Então, para total surpresa e desespero dele, Jamila materializou-se entre elas. Alegre e descontraída, com as faces coradas, acompanhava os passos simples com desenvoltura. Hrolf engoliu em seco e sentiu o corpo esquentar.

Fascinado, olhava para a mulher à sua frente. Sim, *mulher*, não uma menina, como insistia em dizer a si mesmo. Ali, Jamila não era mais a jovenzinha que arrancara do jardim em Messina. Era uma mulher, uma linda mulher que ria e dançava em torno da fogueira junto com as outras da tribo. Sorrindo alegremente, esquecida de que ainda era uma cativa — sua prisioneira — ela girava, fazendo o vestido de seda flutuar em torno das pernas bem torneadas. Seus cabelos estavam soltos. Um lenço amarrado no alto da cabeça os impedia de cobrirem seu rosto. Os olhos brilhavam à luz do fogo. O corpo delicado ondulava tal qual as chamas da fogueira.

O ritmo cadenciado e primitivo do *derbake* entrou no sangue de Hrolf, fazendo-o latejar em suas veias. Devorou Jamila com os olhos. O traje alaranjado fazia com que parecesse uma chama viva, pronta para consumi-lo. Sentiu o desejo se apoderar de seu corpo com força semelhante à de um vulcão que há muito estivera adormecido. Irritado com a própria reação, esperou pacientemente até que os músicos silenciassem os instrumentos, tentando se concentrar em qualquer coisa que não fosse Jamila dançando. De supetão, ergueu-se e parou diante de Aswad.

— Sinto muito não ficar até o fim da festa, mas preciso voltar ao caravançará.

— Mas... — Aswad olhou para Trudy, do outro lado da fogueira. Depois, voltou a atenção ao rastreador — tão cedo? Fique mais um pouco, homem!

— Sinto muito — retrucou, sério — mas preciso ir. Pode haver uma mensagem de Bakkar à minha espera.

Jamila, que voltava para junto do chefe de braços dados com Trudy, ouviu o fim da conversa. Indagou decepcionada.

— Estamos indo embora?

— Sim — respondeu secamente —, pegue suas coisas.

Ela ainda olhou dele para o casal de anfitriões, como se buscasse socorro. Depois, com os ombros vergados, deu-lhe as costas e foi na direção da tenda. Naquele momento, Hrolf se sentiu o mais cruel dos homens. E o mais perdido também.

A cavalgada de volta ao caravançará foi feita no mais absoluto silêncio. Magoada, Jamila viera sentada ereta na sela à frente de Hrolf. Ele, por sua vez, lutava para manter as mãos longe do corpo da moça. Como se não bastasse o desejo que o consumia, ainda havia o perfume que se desprendia de sua pele. Rosas e jasmins. A mistura daqueles aromas com o odor da própria Jamila ameaçava enlouquecê-lo de vez.

Assim que avistou a hospedaria, Hrolf saltou do cavalo e fez o resto do percurso a pé, puxando o animal pelas rédeas. Já dentro do prédio, depois de entregar a montaria ao cavalariço, despachou Jamila com secura.

— Suba e vá dormir. Amanhã sairemos cedo.

Não esperou que ela respondesse ou perguntasse algo. Virou as costas e saiu para verificar se havia alguma mensagem.

Sozinha em seu pequeno quarto, Jamila caiu sentada sobre a cama. O que fizera desta vez? Por que Hrolf a tratara daquele jeito? Durante a viagem até ali eles tinham começado a se entender. Ele até sorrira para ela, deixando de lado as maneiras ásperas. Ela até mesmo se esquecera da realidade, de que era uma refém de al-Bakkar. E no acampamento... nunca estivera tão feliz em sua vida! Por que ele a trouxera de volta tão de repente, afrontando o *sheik* e sua tribo com tamanha falta de cortesia? Ela sequer se despedira de Trudy...

Pensar na normanda fez com que relembrasse a conversa com ela. Seu coração se acelerou. Trudy dissera que Hrolf estava interessado nela. Jamila notara o olhar dele enquanto dançava. Tão intenso que estremecera e corara. Será que a achava bonita? Tolice! Disse a si mesma. Era uma moça boba demais para sua idade. Um homem vivido como Hrolf jamais repararia nela. Além disso, não passava de um espólio de guerra.

Levantou-se da cama e olhou pela janela. A noite estava tão linda! O céu, imenso e estrelado sobre sua cabeça fazia com que se sentisse a única pessoa na Terra. Uma solidão profunda, aliada à um sentimento de insignificância, tomou conta dela. Gostaria tanto de ter alguém com quem conversar. Com quem compartilhar as dúvidas e as alegrias daquela noite. Curiosamente, apesar das mudanças bruscas de humor, a primeira pessoa em quem pensou foi Hrolf Brosa.

Estaria ele sem sono também? Agitado e estranhamente ansioso como ela? Sentiria a mesma solidão que ela sentia? Num impulso inexplicável, saiu de seu quarto e caminhou pelo corredor até parar diante do quarto dele. Antes que perdesse a coragem, bateu à porta.

Hrolf não acreditava nos próprios olhos. Jamila estava parada na soleira. Os cabelos desalinhados e o traje alaranjado compondo uma imagem intensamente sedutora. Meio sem graça, ela deu um passo à frente e entrou, caminhando até a janela. Atordoado, Hrolf fechou a porta e esperou, olhando para as costas dela. O que diabos Jamila fora fazer ali?

— Eu não consegui dormir — disse de maneira inocente, antes de se voltar — estava me sentindo sozinha.

Vá embora! Por tudo o que é mais sagrado, vá embora!

Ele suplicava mentalmente, implorava a ela que não confiasse nele, na sua integridade. Ele mesmo não confiava! Não via nada além dos seios moldados pela seda. Não sentia nada além do cheiro embriagador dela. O que diabos aquela menina pensava estar fazendo, entrando em seu quarto àquela hora da noite? E se ele não fosse um homem íntegro?

E você é?

Respirando fundo, ordenou.

— Saia daqui, Jamila.

Confusa, ela o encarou. Não entendeu que por trás da aspereza da voz, ele escondia o desejo insano que corroía sua vontade.

— O que eu fiz? — Ela perguntou, magoada — por que está com raiva de mim?

Raiva dela? Por Odin! Estava com raiva de si mesmo! Mais alguns minutos ali e ele a seduziria. Deu um passo à frente, assustando-a com a aspereza de sua voz.

— O que quer de mim, garota?

Ela tentou responder, a voz incerta.

— Eu... — intimidada, não conseguiu articular nenhuma outra palavra.

— Por que veio até aqui? — Ele repetiu.

Os olhos castanhos, muito abertos, o encararam aturdidos. O que fizera de errado dessa vez? Por que estava tão furioso com ela?

— Responda, Jamila — Hrolf deu mais um passo, parando muito perto dela, toda tensão da noite explodindo, voltando-se contra a razão de seu desassossego — o que esperava vindo aqui vestida dessa forma, depois se exibir daquele jeito no acampamento?

Trêmula, ela recuou. Seus olhos percorreram os ombros que esticavam a camisa de algodão, o peito que subia e descia rápido e o pescoço tenso. Ergueu o rosto e deparou-se com os olhos dele, dois poços gelados encravados sob as sobrancelhas louras. A barba de por fazer ocultava parcialmente a pele dourada, contornando a boca apertada numa linha fina. Podia ver as narinas dele fremindo de raiva.

Não estava preparada para enfrentá-lo. Iludira-se, alimentando um sonho tolo, encorajada pela conversa de Trudy e pela própria solidão. Deixara sua carência cegá-la para a dura realidade. Hrolf não passava de seu captor, do homem que a mantinha refém até o momento de ser trocada pela baronesa de D'Azûr. E agora, pagava o preço por sua ingenuidade. Ele aguardava sua resposta, tenso e calado.

— Eu... — Oh, Deus! Por que sua voz parecia entalada na garganta? — Eu queria ficar perto de você...

A fisionomia dele se fechou de tal forma que pensou que ele fosse agredi-la. De certa forma, foi exatamente isso o que ele fez. Empurrou-a contra a parede rudemente e segurou seus ombros, colando seu corpo ao dele. Não havia calor, não havia carinho, nenhum gesto de ternura. Só ressentimento.

— Foi para isso que veio? — Sua mão puxou o decote do vestido para baixo, enquanto ele falava, a voz propositalmente áspera — veio para se oferecer a mim? — Jamila se encolheu, enquanto Hrolf prosseguia na estratégia de magoá-la — é isso o que quer, Jamila? Pensa em comprar sua liberdade com seu corpo?

— Não! — Ela se debateu, tentando afastá-lo, apavorada — não! Não é isso! Pare! Solte-me, Hrolf!

Afastando-se o suficiente para encará-la, ele rebateu, irônico.

— E se eu não parar, Jamila? O que vai fazer? Veio aqui se oferecer. Olhe para você — apontou o traje desalinhado, o tecido que moldava cada curva, deixando-a exposta à avidez do olhar dele. Inferno! Ela tinha que ser tão tentadora? Tinha que ter aquele brilho de inocência nos olhos castanhos que o faria morrer por um olhar dela? — Tudo em você pede isso. O que fará se eu erguer suas saias e a possuir, aqui e agora?

As lágrimas molhavam o rosto delicado enquanto o queixo tremia, na inútil tentativa de conter os soluços. Jamila se perguntou, chocada, que espécie de fera despertara no coração do norueguês para ser tratada assim, como a mais baixa das mulheres.

— Deixe-me ir — as palavras saíram num fio de voz — eu imploro.

Depois de encará-la por um longo tempo, os olhos estreitos congelando-a no lugar, Hrolf simplesmente estendeu a mão para o lado e pegou o manto que deixara sobre a cadeira. Passou sobre as costas dela, ocultando a visão de seu desalinho. Abriu a porta e a arrastou pelo corredor, até parar diante da porta do quarto dela. Sem uma palavra, abriu a porta e a empurrou para dentro do cômodo. Numa voz baixa, onde vibrava toda a fúria que lutava para conter, avisou.

— Da próxima vez que agir como uma prostituta, eu a usarei como tal — ignorou o soluço que escapou da garganta dela e prosseguiu. — Troque-se e durma. Sairemos ao amanhecer.

A porta foi fechada com força, isolando-a atrás dela. Com passos largos, Hrolf chegou ao próprio quarto e trancou-se lá dentro. Apertou os punhos. Abriu e fechou-os várias vezes, andando de um lado ao outro do aposento, que parecia pequeno demais para ele. Seu sangue fervia. A imagem de Jamila dançando ainda o tentava.

— Não — disse a si mesmo —, não.

As lembranças de Saori e a missão confiada por Bakkar misturavam-se em sua cabeça. Traição, amor, honra, perda, angústia. Com um rosnado, chutou longe a cadeira, espatifando-a contra a porta. Numa tentativa de descarregar sua fúria, esmurrou repetidas vezes a parede, até que os nós dos dedos estivessem esfolados e o desejo adormecido.

PALESTINA, A LESTE DE ACRE,
13 DE AGOSTO DE 1196

Ghalib recostou-se na cadeira e tentou ouvir com atenção o que Abdul dizia. Sua mente, no entanto, estava presa às maquinações envolvendo Boemund e ao desejo de dobrar a mulher aprisionada em sua casa.

Fairuz relatava tudo o que ela fazia. Mesmo esquecida de quem era, ela continuava arrogante. Recusava os serviços da velha criada e se mantinha num mutismo irritante. Mas ele a dobraria, ah se dobraria! Ele a faria comer em sua mão. E quando acabasse com al-Bakkar, ela não teria mais ninguém para defendê-la. Talvez ele até se casasse de verdade com ela. Herdeira de vastas propriedades, riquíssima e de boa aparência, seria uma excelente aquisição para seus cofres e, porque não, para sua cama. Mal via a hora em que ela imploraria que ele a libertasse. Aí então ele apresentaria suas condições. Humilde, ela capitularia e se entregaria a ele de bom grado; dócil como uma mulher deveria ser. Mas não apática. Imaginou-a em sua cama, nua e à sua espera...

— Ghalib?

A voz de Abdul pareceu vir de muito longe, atraindo-o de volta ao presente.

— Sim?

— Perguntei o que faremos a respeito dos salteadores. Um dos arrendatários foi atacado e toda família dizimada, — Abdul estudou o semblante do meio-irmão — não prestou atenção em nada do que eu disse?

— Sim — mentiu ele — mas agora tenho outros assuntos para resolver. Não posso me ocupar do ataque a uma fazendola nos confins de minha propriedade. Vou precisar de você amanhã.

— Para...?

Ghalib sorriu diabolicamente.

— Preparei um ardil para al-Bakkar.

Tentando manter a calma, Abdul se sentou numa das cadeiras diante da escrivaninha. O que aquele louco estava tramando desta vez?

— Um ardil? Poderia ser mais específico?

Rapidamente, Ghalib o colocou a par de sua trama com Boemund, levando Abdul a se levantar indignado.

— Não pode estar falando sério! Como prometeu entregar Jamila àquele porco?

— Acalme-se, meu bom Abdul — a voz de Ghalib soava melíflua —, o fato de eu ter feito a promessa não quer dizer que eu vá cumpri-la, não é mesmo?

Abdul interrompeu os passos pesados e perguntou.

— O que, exatamente, pretende fazer?

— Lançarei uma isca para que al-Bakkar venha correndo para Acre. Enviarei a ele uma mensagem, dizendo que trocarei a baronesa por Jamila. Quando ele aparecer, Boemund dará cabo dele.

— E depois? O que fará com Boemund? Se não vai entregar Jamila a ele, como vai silenciá-lo? Matar um cavaleiro cristão, ainda que um medíocre e desgraçado como ele, é um crime grave demais até mesmo para você.

Ghalib estreitou os olhos e encarou Abdul, saboreando as palavras que diria, antecipando sua reação.

— Boemund ganhará um prêmio de consolação. Darei a ele algum dinheiro, a vassalagem de um punhado de terras em Chipre e uma esposa — sorriu e encarou seu interlocutor. — Pensei em Amira. Estou farto dela.

Abdul ficou parado no meio do gabinete encarando Ghalib. Enquanto as palavras ecoavam em sua cabeça, ele mentalmente se via sacando a adaga da bainha e enterrando-a no coração do meio-irmão. Sentia a resistência da carne e dos ossos reverberando em seu próprio punho, enxergava o medo e a surpresa nos olhos negros. Vezes sem conta a cena se repetiu. Em todas elas, ela terminava com um grito angustiado de Amira, que surgia atrás dele chamando-o de assassino. Respirando devagar, contendo a fúria que ameaçava corroê-lo, destruindo todos os planos cuidadosamente arquitetados, Abdul apenas indagou.

— Qual será minha participação nisso tudo?

Ghalib teve ímpetos de cumprimentar Abdul por seu sangue frio. Afinal, estava farto de saber que o bastardo desejava Amira. No entanto, ele nada deixara transparecer. Mantivera-se impassível como sempre. A certa altura Ghalib chegou a se perguntar se seria seguro continuar confiando nele. Afinal, alguém capaz de dissimular e esconder tão bem o que sentia era uma ameaça a ser considerada. Porém, sua arrogância habitual logo o fez descartar a possibilidade. Afinal, e apesar de tudo, Abdul tinha seu sangue e era leal a ele. Como um cão. Erguendo-se da cadeira, pôs-se a andar pelo aposento, dissertando acerca de seus planos para um silencioso Abdul.

Amira correu às cegas pelos corredores, cobrindo a boca com as mãos para que seus soluços não fossem ouvidos. Apenas quando chegou aos seus aposentos que ela se permitiu chorar. Encostada à porta fechada, abraçou os joelhos e deu adeus às tolas ilusões, soluçando amargamente.

Após voltar a sua cama, há duas noites, Ghalib a entregaria a um homem que ela jamais vira. Como se ela nada significasse. Ouvira acidentalmente a conversa dele com Abdul. Cada uma das palavras que ele dissera estava cravada em seu coração: estava farto dela, como se ela fosse um móvel usado e inútil.

Sentia-se perdida, confusa. Todo seu mundo se esfacelava como se fosse feito de areia. Desde que fora dada a Ghalib, sua vida se resumira a ele, a servi-lo e a agradá-lo, a estar à disposição dele. Não sabia fazer mais nada além disso. Perguntou-se por que nunca se interessara em saber como era o mundo além daquelas terras, por que nunca pensara que aquele momento poderia fatalmente chegar? A verdade era clara, mas dolorida demais. Enganara-se propositalmente. Sabia que jamais voltaria à pobreza. Jamais olharia para a casa humilde e para o quarto cheio de crianças onde dormira. Jamais abandonaria as sedas pelo algodão cru e áspero. Jamais cogitara aquelas possibilidades... até agora. De que lhe valia todo luxo e conforto se sequer era considerada gente? Se era tão... descartável?

Em meio ao desespero, sua mente se voltou para Abdul. Ele a alertara quanto à sua *disponibilidade*. Pelo Profeta!! Na verdade, ela *rastejava* atrás de Ghalib, recolhendo avidamente as migalhas de atenção que ele lhe dispensava. Abdul não pronunciara a palavra que a definia, mas ela ouvira as entrelinhas. *Prostituta*. Não passava de uma prostituta. Talvez por isso ele a tivesse beijado no pomar. Certamente a imaginava acessível e capaz de dividir-se entre ele e Ghalib. Ou então, sabia que Ghalib se cansara dela. Se ao menos o homem a quem Ghalib a entregaria fosse ele...

Amira arregalou os olhos, desconcertada. De onde viera aquele pensamento? Lembrou-se claramente do beijo dele. Da invasão em sua boca, da avidez e da fome que ele a deixara vislumbrar sob o exterior indiferente. Será que, ao contrário de Ghalib, Abdul a enxergaria de outra forma? Como uma mulher e não como parte da mobília da casa? Não. Tolice. Não podia confiar em Abdul. Apesar de parecer interessado nela, não podia se esquecer que ele conhecia os planos de Ghalib e não os contestara. Não refutara a ideia de entregá-la ao tal Boemund. Aceitara tudo com absoluta naturalidade.

E agora? O que faria? Não tinha como fugir. Sem família — pois já estavam todos mortos —, sem posses, sem ninguém para ajudá-la, para onde iria? Para as ruas, prostituir-se? A sordidez da ideia fez com que estremecesse, nauseada. Precisava de uma saída. Precisava escapar àquele destino. Precisava ter a chance de uma escolha. Como um raio, o pensamento espocou em sua mente. *Laila*! A mulher estrangeira, a *esposa* de Ghalib. Ele a citara na conversa. E também a um tal al-Bakkar, que seria tirado do caminho. Ah, tinha certeza de que havia algo de muito podre naquela história! Ouvira claramente Ghalib chamar Laila de "baronesa". Também ouvira algo sobre trocá-la por Jamila. Tinha que haver uma conexão entre aquilo tudo. E a chave era Laila.

Levantando-se do chão, Amira começou a andar de um lado para o outro, pensando em como driblar a vigilância dos guardas e de Fairuz para falar com a misteriosa mulher.

VALE DO LITÂNI, PALESTINA

Jamila virou-se na cama ao ouvir a primeira batida na porta. Uma pontada no baixo ventre fez com que se encolhesse e escondesse a cabeça sob o travesseiro. Outras batidas, mais fortes, ribombaram em sua cabeça dolorida.

— Vá embora — ela gemeu de forma inaudível.

Ah, que mal-estar! Sua noite fora péssima depois do que acontecera. Chorara por um bom tempo e só conciliara o sono bem tarde, perto do amanhecer. Para piorar tudo, acordara daquele jeito. Suas pernas pesavam, seu ventre estava inchado, sua cabeça latejava, seu estômago estava embrulhado e havia a sensação de algo úmido entre as pernas.

— Ah não — ela gemeu de novo —, não aqui, não agora, não nessa situação!

Uma breve olhada para a mancha na camisola confirmou suas desconfianças, ao mesmo tempo em que a porta do quarto se escancarava. Um carrancudo Hrolf Brosa irrompeu a sua frente.

— Está surda?

A voz áspera foi a gota d'água para Jamila. No convento, as colegas e as freiras estavam acostumadas com o humor dela naqueles dias. Ela se transformava numa fera. Sua doçura se tornava fel e sua língua, mais venenosa do que a de uma víbora. Todas se afastavam dela e a deixavam curtir aqueles três ou quatro dias de azedume. Deixavam-na sozinha com suas cólicas e suas dores-de-cabeça insuportáveis. E o maldito desgraçado a acordava aos berros, depois de tê-la humilhado e agredido, quando tudo o que fizera fora se sentir sozinha! A resposta brotou de sua garganta num ímpeto irrefreável.

— Vá para o inferno, Hrolf Brosa! — Berrou. E sem lhe dar tempo para uma resposta, sentou-se na cama, enrolada na manta, descarregando sua fúria em cima do rastreador — estou farta de suas grosserias, de seu humor variável e de seu azedume. Eu não estou me sentindo bem e não vou me arrastar pelo deserto atrás de você! Nem morta! E se seu senhor al-Bakkar me quer tanto assim, vá lá e diga a ele que venha até aqui me buscar! Agora vá embora! Uma mulher tem o direito de passar pelo seu período em paz!

Boquiaberto, Hrolf observava Jamila esbravejando, com os cabelos desgrenhados, enormes olheiras e os olhos brilhantes de fúria. Custou a registrar as palavras que ela dizia, parecendo um parvo diante da pequena fera enraivecida. Abriu a boca para responder, mas ela simplesmente o empurrou porta afora e bradou:

— Desapareça da minha frente!

A madeira encontrou o batente com tal força que pedaços de reboco esfarelado choveram sobre ele. Ele estático, abismado, olhando para a porta que acabava de ser batida na sua cara com a boca aberta. Depois de algum tempo, deu um suspiro cansado e bateu em retirada, admitindo a derrota. Podia enfrentar tudo naquela vida, menos uma mulher em seu período mensal.

PALESTINA, A LESTE DE ACRE

Amira apurou os ouvidos e esperou até que os passos do guarda se distanciassem pelo corredor. Tomando coragem, afastou as cobertas, agradecendo pela primeira vez na vida o fato de Ghalib não a ter procurado em sua cama naquela noite.

Devagar, abriu uma fresta da porta e espiou o corredor deserto. Esgueirou-se sorrateiramente pelas sombras até chegar ao ponto em que a passagem se dobrava, sob um arco. Observou o guarda continuar a ronda até sumir na outra curva, mais além. Aquela era sua chance! Tirou do robe a chave que roubara do gabinete de Ghalib e abriu a porta dos aposentos de Laila. Fechando-a cuidadosamente, atravessou a saleta e parou na entrada do dormitório.

A luz fraca dos archotes do pátio refletia suavemente no metal esmaltado, enquanto a peça girava para um lado e para o outro numa dança interminável. Laila olhou fixamente para a pequena cruz que pendia da correntinha. Sua cabeça girava como a pequena joia, dando milhares de voltas sem sair do lugar. Apesar dos sonhos, das sensações e das impressões que experimentava vez ou outra, ainda não sabia quem era ou o que fazia ali. A única — e irônica — certeza que tinha era a de não ter certeza de mais nada em sua vida.

Um som discreto às suas costas fez com que se afastasse das gelosias, voltando-se devagar. Por um instante temeu que fosse Ghalib vindo reclamar seus direitos sobre ela. Naqueles dias de confinamento ela passara a se sobressaltar a cada movimento diante de sua porta, temendo que ele entrasse em seu quarto e a forçasse a recebê-lo em sua cama. Porém, era sempre a insuportável Fairuz que aparecia trazendo comida, roupas e água para sua higiene. Para seu alívio — e estranhamento — quem a procurava no meio daquela madrugada insone era Amira.

— Como entrou aqui? — Perguntou, intrigada.

A moça caminhou em sua direção, pedindo.

— Por favor, fale baixo — sua voz tinha um quê de aflição — vim escondida. Se me descobrirem, nem sei o que Ghalib me fará.

Prendendo a pequena joia ao pescoço, Laila observou o rosto de Amira.

— Esteve chorando — constatou —, o que aconteceu?

— Estive — Amira confirmou —, mas isso não vem ao caso agora. Eu vim para ajudar você.

— Ajudar-me? — Aquilo era estranho demais. Seria algum ardil de Ghalib? — Você me detesta desde o dia em que cheguei aqui, Amira. Acha que roubei Ghalib de você, que o afastei de sua cama...

— Eu sei, Laila — ela a interrompeu — me perdoe. E me escute. Se estou aqui agora foi porque descobri quem Ghalib é de verdade. — Sem querer, começou a soluçar — ele é um monstro!

Penalizada, a ruiva tocou o rosto da moça.

— Amira, o que aconteceu?

Aproximando-se mais de Laila, Amira segurou suas mãos e a encarou, tentando se controlar. Temia ser apanhada ali.

— Ouça-me. Não temos muito tempo.

— Está me assustando...

— Cale-se e me escute, Laila — exasperou-se a moça —, ou seja, você quem for. — Tomou fôlego e prosseguiu antes que fosse interrompida novamente. — Ghalib mentiu para você. Ele mentiu o tempo inteiro a respeito de você e de sua identidade. Não sei exatamente quem você é, mas sei que não é esposa dele, nunca foi!

— Como...? — As mãos de Laila estavam geladas entre as de Amira.

— Eu o ouvi, *Laila*. Seu nome, certamente, não é esse. Eu escutei Ghalib se referindo a você como "*a baronesa*". Ele se aproveitou de sua falta de memória para se vingar de você por algum motivo que não entendi qual foi. Ele é horrível!

— Não! — Gemeu a ruiva. Sua cabeça parecia a ponto de explodir. Seria possível que tivesse outra vida que não aquela? Outras pessoas que estivessem sentindo sua falta? Uma família, um marido, filhos? Deus! Seria crueldade demais!

— Tem que acreditar em mim — Amira começou a soluçar. — Eu o ouvi dizendo a Abdul que vai me dar a Boemund de L'Aigle se ele trouxer Jamila de volta. Ele disse — ela soluçou, ferida, arrasada — que eu era como um... animal de estimação... que podia ser dada, que já estava... usada.

Mesmo aturdida, Laila ainda teve forças para raciocinar.

— Amira, obrigada por me contar tudo. Mas não sei como poderei ajudá-la. Estou presa aqui!

— Eu também não — confessou a outra —, mas acho que sabendo com quem está lidando, será mais fácil descobrir alguma coisa. Além disso — sua voz vibrou com a raiva contida —, Ghalib prejudicou a nós duas. Nada mais justo do que nos aliarmos contra ele. Tenha certeza de que farei o que estiver ao meu alcance para tirá-la daqui. E para que ele pague pelo que fez!

DOIS DIAS DEPOIS...

Pelas gelosias, Laila espiou o pátio lá fora. Mal amanhecera e a movimentação intensa se instalara diante da ampla casa. Duas carroças e uma liteira — a mesma em que ela viera de Acre com Fairuz — estavam prontas para partir. Uma pequena e bem armada escolta perfilava-se nos portões enquanto Ghalib, parado ao lado de Abdul sob os archotes do alpendre, observava tudo com um meio-sorriso nos lábios.

Como se fosse atraído por seu olhar, ele se voltou para a janela de seus aposentos. Como se soubesse que ela estava lá, embora não pudesse vê-la no lusco-fusco da madrugada. Laila estremeceu, sentindo um frio súbito. Apertou o xale de caxemira ao redor do corpo e recuou, distanciando-se da janela.

Aquela partida repentina certamente teria relação com os planos que Amira mencionara. Gostaria muito de falar novamente com a moça. Mas, pelo visto, ela não conseguira driblar a vigilância de Fairuz e dos guardas.

Espiando de novo pelas frestas, Laila teve uma surpresa. Uma mulher, vestida com uma de suas roupas e com a cabeça coberta por um véu, entrava na liteira auxiliada por Abdul. Quando a mulher se sentou dentro do pequeno veículo, ela pode ver quem era. Amira olhava diretamente para sua janela.

Laila deixou o corpo escorregar até o chão, apertando a cabeça entre as mãos. Sua única aliada naquela casa estava indo embora. Ghalib ia junto, deixando-a confinada naquele lugar para enlouquecer. Naturalmente, ela poderia acabar com a tortura se pedisse a ele que fosse ter com ela. No entanto, não estava disposta a pagar aquele preço. Nunca! Agora que sabia que Ghalib mentira para ela, não permitiria que ele se aproximasse. Teria que dar um jeito de sair dali e descobrir quem era. Sozinha. E quando ele voltasse, esclareceria definitivamente as coisas entre eles.

TIRO, PALESTINA

Mark segurou com força a mensagem que acabara de receber. Leu e releu várias vezes as palavras escritas na caligrafia árabe com um capricho quase doentio. Deteve-se na parte em que o nome de sua mulher era citado.

"...*a baronesa de D'Azûr, Radegund de Gombault...*"

— E então, Bakkar?

A pergunta de Ragnar fez com que erguesse os olhos da mensagem e fitasse diretamente as íris pálidas do norueguês. Mark se lembrou do quanto aqueles olhos extremamente claros o enervavam quando eles se conheceram, no gabinete de Ibelin, há mais de dez anos atrás. Mal sabiam que se tornariam praticamente irmãos. Estendendo o pergaminho para o amigo, comentou.

— O bastardo propôs um acordo. Trocar Radegund pela irmã dele, em Acre.

— Quando?

— Daqui a três dias.

Ragnar se sentou numa das cadeiras e olhou para a mensagem que tinha nas mãos. Em seguida, encarou de novo o mestiço.

— Isso não é tudo, não é mesmo?

— Você lê as coisas na minha cara, Sven. — Gracejou Mark, mostrando outro papel — meu aliado misterioso avisou que tudo não passa de um embuste, uma trama para me matar.

— Maldito filho da puta! — Rosnou Ragnar, erguendo o corpanzil e começando a andar de um lado para o outro — espero que ele não tenha encostado um dedo na ruiva!

— Sven — Mark se levantou e parou ao lado do amigo, que ainda rosnava impropérios. Ragnar tinha um carinho especial por sua mulher —, só o fato de saber que ela tem alguém que gosta tanto dela como você, me deixa aliviado. Sei que, se algo me acontecer, Radegund jamais ficará sozinha.

— Ora! Nada vai lhe acontecer, homem! Deixe de conversa — reclamou o outro — sabe que gosto daquela encrenqueira como se fosse minha irmã. Além disso, nós juramos tomar conta dela. Ou será que se esqueceu?

— Jamais me esqueceria daquilo — Mark pareceu desconfortável — só não diga isso diante dela — encarou Ragnar — ela nunca soube.

— Nunca contou nada a ela? Eu pensei que... — Ragnar estava surpreso — mesmo antes de ficarem juntos, vocês sempre foram tão amigos, jamais tiveram segredos... diabos! Por quê?

Um sorriso amarelo se desenhou no rosto moreno. Sentando-se diante do amigo, ele foi sincero.

— Quer saber mesmo? Por que eu nunca teria coragem de fazer o que ela pediu naquela noite.

— Nossa promessa não se resume a isso.

— Mas faz parte. E eu simplesmente não seria capaz. — Levantou-se, desconfortável e desconversou — vamos falar sobre coisas práticas, Sven. Com nosso aliado misterioso, creio que frustraremos os planos de Ghalib e traremos Radegund de volta para casa. — Tocou uma sineta e aguardou a chegada de Jamal — mande chamar Björn, Kamau e os outros. Vamos começar a agir.

O administrador assentiu e foi cumprir as ordens. Ragnar se sentou diante do amigo, sorrindo como um menino que acabara de ganhar um presente.

— Finalmente um pouco de ação! — Tirou o cantil com *akevitt* do cinto, destampou-o e o ergueu — *skål*[53]*!*

CAPÍTULO XXI

"Nem todas as paredes do inferno e da morte
Tornarão proibido o homem que é meu lar."

"A CANÇÃO DE BÊLIT", ROBERT E. HOWARD

VALE DO LITANI, PALESTINA

amila aceitou a tigela de caldo que a esposa do estalajadeiro trouxera e convidou, ávida para conversar com alguém.

— Não se sentar um pouco e me fazer companhia, Miriam?

— Oh, obrigada senhorita — a mulher se sentou num banquinho, perto da janela — a senhorita é tão distinta...

— Bobagem, Miriam — a jovem provou um pouco do caldo e lambeu os lábios — hum, está uma delícia! Ainda bem que o enjoo horrível e a dor-de-cabeça passaram. — Ela fez uma careta — nos dias do meu período eu fico péssima!

— Há! O seu *irmão* que o diga! — A mulher piscou um olho, cúmplice — a senhorita colocou mesmo o grandalhão para correr com o rabo entre as pernas!

Ao se lembrar de seu ataque de fúria, Jamila corou. Comportara-se como uma verdadeira selvagem. Se bem que Hrolf merecera cada uma de suas palavras ácidas. Afinal, ele a maltratara primeiro. Agora estavam quites. A esposa do estalajadeiro prosseguiu num tom conspiratório.

— Cá para nós... ele não é mesmo irmão da senhorita, é? Vocês são amantes?

Jamila engasgou com a sopa. Respondeu apenas quando parou de tossir, negando veementemente.

— Não! Claro que não! Mestre Hrolf não é meu amante! Ele... é meu protetor.

— *Protetor*, hein?

Ah, meu Deus! Tinha que ter se expressado tão mal?

— Não *esse* tipo de *protetor* que você está pensando, Miriam. Ele realmente me protege. É uma espécie de ...escolta. Não sou amante dele — reforçou.

Apesar da vergonha, Jamila se sentiu um tanto afogueada ao pronunciar aquela palavra. Lá no fundinho de sua mente brotou uma pergunta incômoda, o eco de uma voz que há muito pouco tempo despertara. O som da própria feminilidade, da consciência de si mesma enquanto mulher, não mais como menina. *E se fôssemos amantes? Como seria?*

A espevitada Miriam notou seu embaraço. Notou que a moça ficara muda, com os olhos perdidos. Há! Claro que ali havia a faísca de uma paixão. Com a incorrigível tendência que as mulheres felizes na cama e no casamento têm de tentar unir casais, foi logo dando sua opinião.

— Hum, é uma pena... — alisou a saia e olhou de soslaio para Jamila — pois ele ficou indócil esses dias. Rondava a porta de seu quarto como um cachorro chutado e sempre me perguntava da senhorita. — Mudou o tom de voz para um cochicho — acho que ele tem uma quedinha pela senhorita.

Jamila mordeu o lábio e deixou a tigela vazia sobre a mesa. Indagou em voz baixa, no mesmo tom conspiratório da outra mulher.

— Acha mesmo?

— Posso apostar que sim. E a senhorita?

— Eu?

— Sim! Não tem vontade de experimentar aquele homem enorme em sua cama?

— Oh, céus! — Se constrangimento matasse, ela estaria fulminada — eu não saberia nem por onde começar!

Além disso, ele já deixou bem claro o que acha de mim, pensou, amargamente, ao se lembrar da noite em que voltaram do acampamento. Seu coração doía até agora por causa daquilo. Miriam a estudou com atenção enquanto arrumava a cama.

— A senhorita nunca...?

— Miriam, eu vivi num convento. Não sei nem me aproximar de um homem, quanto mais fazer outras *coisas* que os casais fazem. A esposa do *sheik* me disse que essas *coisas* são boas, mas eu não faço ideia de como elas sejam!

A mulher terminou de afofar o travesseiro e coçou a cabeça. Depois, aconselhou-a.

— Olhe, se quer saber, acho que o estrangeiro gosta da senhorita. Quanto a essas *coisas*... bem, não tenho como lhe ensinar. Elas acontecem naturalmente entre um casal. Mas eu lhe garanto uma coisa; os beijos são o primeiro passo.

Depois de dizer isso com ares de sabedoria, Miriam apanhou a tigela vazia e se despediu com outra piscadela, deixando Jamila extremamente interessada e curiosa para saber como se davam as tais *coisas*.

Hrolf parou no meio do corredor estreito e cumprimentou a esposa do estalajadeiro.

— Bom dia, senhora. Como está a senhorita Jamila?

Miriam sorriu de um jeito matreiro.

— A senhorita está bem melhor. Não quer ir vê-la? Ela já se aprontou e fez o desjejum.

Hrolf pensou um pouco e resolveu aceitar a sugestão da mulher. Afinal, de nada adiantaria evitar aquele encontro.

— Obrigado, senhora. Tenha um bom dia.

Indo direto até a porta de Jamila, Hrolf parou e passou a mão pelos cabelos, ajeitando-os. Depois, esfregou o rosto recém-barbeado e esticou a túnica limpa. E quando se deu conta do que fazia, aprumando-se todo como um pavão que exibe as plumas, praguejou baixinho em sua língua. Bateu à porta e aguardou a resposta.

— Quem é?

A voz doce, que ele não ouvia há dois dias, causou um arrepio que percorreu sua coluna de alto a baixo. Respirando fundo, ele respondeu em tom brando.

— Sou eu, Hrolf. Posso entrar?

A porta se abriu. Jamila surgiu, ainda abatida, mas parecendo melhor. E claramente surpresa com sua presença.

— Mestre Hrolf — ela permaneceu no limiar, sem lhe dar passagem.

— Gostaria de entrar. Posso?

Sem dizer nada ela, recuou e esperou.

— Feche a porta, por favor, Jamila. Preciso falar com você em particular.

Ela empurrou a porta e passou a tranca. Depois, sentou-se calmamente num banco e juntou as mãos sobre o colo, como se estivesse na igreja ouvindo o serviço de domingo. Hrolf pareceu sem jeito. Coçou a barba inexistente e depois de um silêncio constrangido, despachou.

— Desculpe-me — o queixo de Jamila caiu sem que ela pudesse fazer nada. Esperava que ele viesse ali com mais ordens e admoestações, mal-humorado como sempre, reclamando de seu recolhimento e do atraso na partida deles. Nada a preparara para um pedido de desculpas da parte do orgulhoso Hrolf Brosa. — Não precisa ficar me olhando como se eu fosse a própria Virgem Maria! — Ele se sentou, carrancudo, sobre a cama estreita — sei reconhecer meus erros e admito que fui muito rude com você — Jamila continuava boquiaberta — perdoe-me por tudo o que eu disse. Eu estava fora de mim.

Depois de um longo e constrangido silêncio, com toda naturalidade do mundo, ela indagou.

— Por quê?

— Por que o quê? Por que peço desculpas? Ora, se acabei de...

— Não — Jamila o interrompeu, serenamente —, por que estava fora de si naquela noite?

Foi a vez de Hrolf perder a ação. Como dizer a ela que estivera louco de desejo? Como explicar que, se não tivesse agido daquele jeito, ele a teria seduzido? Deu de ombros.

— Eu não sei explicar, Jamila.

Ela se levantou do banco e sentou-se ao lado dele, seu cheiro penetrando em suas narinas, o calor do braço delicado junto ao seu causando uma revolução dentro de seu corpo faminto. Sem olhar para ele, e brincando com as próprias mãos de forma mecânica, ela começou a falar.

— Eu fui ao seu quarto porque me senti muito sozinha. Queria conversar. Não pensei que fosse ficar tão zangado comigo. Tudo o que vi e vivi naquele acampamento foi tão mágico, tão diferente... aquelas pessoas festejando, alegres... Trudy e seu marido pareciam tão felizes! Sabe que eu nunca vi um casal feliz como eles? Quando me contou a história deles, eu não acreditei. Mas quando eu os vi juntos... — ela olhou para ele pela primeira vez. Hrolf mergulhou nas profundezas daqueles olhos castanhos — diga-me, o amor é sempre assim, tão belo?

— Não — ele foi sincero —, o amor dói muito.

Jamila olhou para as mãos grandes, unidas sobre as coxas cobertas pela calça rústica. Tocou os dedos dele com meiguice e perguntou.

— Seu coração ainda dói por ela?

— Jamila... — seus dedos apertaram os dela.

Hrolf desviou o olhar para a paisagem além da janela. Um menino correu atrás de uma cabra. O estalajadeiro gracejou com a esposa. Um cavalo resfolegou e um rangido dissonante anunciou a chegada de uma carroça. Um longo suspiro antecedeu a confissão:

— Minha dor não é pela morte de Saori, como todos pensam. Ou melhor, não é *apenas* pela sua morte física, e sim, pela morte de um ideal. Descobri coisas ruins a respeito dela e, mesmo assim, não consegui tirá-la de meu coração. — Ele voltou a fitá-la — que tipo de homem sou eu, que ainda ama uma assassina?

A mão delicada deixou a sua e tocou seu rosto. No olhar de Jamila, Hrolf não viu piedade, apenas compreensão. E luz.

— Acho que ideais morrem todos os dias — ela falou devagar — e vão sendo substituídos por outros. Talvez a única coisa que não morra seja a felicidade que vivemos.

Como alguém tão inexperiente, tão inocente, podia ser tão sábia? Hrolf olhava para Jamila com um misto de respeito e surpresa. Como ela podia ser tão doce, tão meiga com ele, depois do que a fizera passar?

— Jamila, eu não mereço sua simpatia. Mais uma vez, peço que me perdoe.

Ela deu de ombros e olhou para os próprios pés. Depois de um longo silêncio, falou.

— Ainda não me disse o porquê — insistiu, de cabeça baixa. — Qual a razão de ter brigado comigo daquele jeito?

— Realmente não sabe? — Ele perguntou e, em seguida, fez com que erguesse o rosto, tocando-a sob o queixo com as pontas dos dedos.

Ela era tão linda! Havia tanta ternura naqueles olhos, tanta esperança! Jamila negou com a cabeça, os olhos muito abertos, na expectativa da revelação.

— Vou lhe dizer. — Devagar, Hrolf aproximou o rosto e roçou os lábios nos dela, colhendo um suspiro abafado. Falou sem se afastar, num sussurro que mais parecia uma carícia — se eu a deixasse ficar lá, eu a beijaria. Não como faço agora. Mas de outra forma, mais intensa e profunda. Eu arrancaria aquele vestido de seu corpo, a deitaria em minha cama e faria de você uma mulher. Eu estava fora de mim porque a desejei desde o minuto em que coloquei os olhos em você. Apesar de saber que não tenho esse direito. Você é uma moça bem-nascida, feita para se casar com um jovem que cuide de você, que lhe dê filhos e um lar.

Ah, se ele soubesse o quanto aquilo a feria! O quanto amaldiçoava sua condição de "moça bem-nascida" e aquela fortuna que a transformava numa mercadoria em leilão! Sem querer, Hrolf havia tocado num ponto muito doloroso, remexendo a ferida em seu coração. Lembrava a ela que não tinha escolha além de obedecer aqueles que controlavam sua vida.

Jamila recuou de forma brusca. Hrolf deixou que se afastasse, interpretando o gesto como um sinal de que a moça se assustara. Maldição! O que fizera?

— Jamila — ele começou, incerto — desculpe. Eu não devia ter dito essas coisas, ou tê-la tocado... você é...

Ele não pôde concluir a frase. Erguendo-se ela o encarou.

— Eu sou o quê? Uma refém? Uma propriedade? Um osso disputado por dois cães raivosos? Não sou uma coisa para pertencer a alguém! — Ela bradou — eu sou uma *pessoa*! Estou cansada de ser tratada como se fosse menos do que um cavalo, de ser mandada de cá para lá, de estar sempre obrigada a cumprir os desejos de outros e não os meus!

Levantando-se também, Hrolf ficou de frente para ela. Foi honesto e direto, como sempre.

— Não posso mudar isso, Jamila. Não está em minhas mãos. Eu gostaria, juro a você. Mas não posso... — ele ergueu as mãos e deixou-as cair, num gesto de impotência — eu não queria fazer o que fiz com você, mas entenda. Se eu não a expulsasse de meu quarto naquela noite, o que teria acontecido seria irreversível. E você se arrependeria amargamente depois de ter se entregado a um homem como eu. Além disso, estaria traindo a confiança que Bakkar depositou em mim. Estou aqui para garantir sua segurança, não para me aproveitar de você.

Reunindo uma coragem que não sabia que possuía, Jamila deu um passo à frente e tocou o rosto dele. Abriu um de seus luminosos sorrisos e confessou.

— Se eu me entregasse a você, seria por escolha própria. E ao menos *isso*, ninguém tiraria de mim.

Hrolf cerrou os punhos ao lado do corpo e inspirou profundamente. Aquele toque suave poderia levar um homem a cometer qualquer desatino.

— Jamila, por favor... — ele fechou os olhos e praticamente implorou — afaste-se.

Surpresa com o poder da própria feminilidade sobre aquele homem inabalável, Jamila não recuou.

— Aprendi a gostar de você — ela confessou, a voz vibrando com uma emoção indefinível — tive medo no início, depois raiva..., mas agora eu...

— Não — a mão dele tocou gentilmente seus lábios. — Não fale, Jamila.

Os olhos castanhos mais uma vez prenderam os dele. Os lábios dela moveram-se sob os dedos calejados, num pedido sussurrado, que farfalhou como o vento entre as tamareiras, ecoando nos ouvidos e no coração do rastreador.

— Beije-me de novo, por favor.

Que os Deuses me ajudem! Foi o último pensamento coerente de Hrolf antes de tomar Jamila nos braços e atender àquele pedido. Ainda assim, beijou-a delicadamente, apenas roçando os lábios sobre os dela, abraçando-a cuidadosamente para não a assustar com a intensidade de um homem maduro como ele. Entregue, Jamila suspirou de encontro a sua boca e ergueu timidamente os braços, espalmando as mãos em seu peito. O coração de Hrolf disparou. O que restava de seu autocontrole começou a ruir, esfacelando-se, virando pó. Mais um pouco e ele a deitaria naquela cama e a tornaria dele. Felizmente, foi salvo por batidas insistentes na porta e pela voz do estalajadeiro.

— Mestre Brosa! Há mais um mensageiro lá embaixo a sua procura!

Afastando-se de Jamila, ele acariciou os cabelos castanhos e sorriu ternamente.

— Arrume suas coisas, temos que partir.

Ele se encaminhou para a porta, mas parou ao ouvir a voz dela.

— Hrolf...

— Não, Jamila — disse sem se voltar. — Eu só a faria sofrer.

Ela se voltou somente quando a porta se fechou, os olhos marejados e o coração despedaçado. Ele tinha razão. O amor doía.

Do lado de fora, Hrolf encostou-se à parede. Esperou até conseguir se recuperar da emoção que ameaçava sufocá-lo. Depois, lembrou-se de que não falara a Jamila sobre o que realmente o levara até seu quarto. O motivo da partida rápida e da mudança de destino. Rezou para não a chocar muito ao revelar para onde estavam indo desta vez.

PALESTINA, A LESTE DE ACRE

O latido dos cães despertou Laila do cochilo que dera no início da tarde. Logo depois, um alarido de vozes estranhas encheu o ar, deixando-a alerta. Correu até a janela e o que viu a apavorou. *Franj!* Quatro deles. Malvestidos e desgrenhados, desmontavam no pátio. Um dos cavalariços correu até o grupo e foi derrubado com um soco. Por onde passavam, viravam baldes, espantavam os cães e espalhavam a desordem. Onde estavam os guardas de Ghalib? Ela retorceu as mãos, nervosa.

Tentou ver mais alguma coisa, mas os homens ganharam o alpendre e sumiram dentro da casa. Assustada, recuou e apertou os braços em torno do próprio corpo. O que eles queriam ali? A porta de seus aposentos foi destrancada e Nuriel passou por ela, os olhos arregalados. Logo em seguida, trancou-a por dentro e começou a arrastar uma cadeira para bloqueá-la.

— Nuriel... o que está acontecendo?

— Depressa, senhora! Estão atacando a casa. São desordeiros. Soldados cristãos renegados. Ajude-me aqui!

Imediatamente Laila correu para ajudá-la. Arrastaram um divã e o encostaram à cadeira, bloqueando a porta. Em seguida, ao ouvirem os gritos vindos do outro lado, recuaram e se encolheram num canto.

— Oh, Piedoso! — Gemeu a moça — faça com que não nos encontrem.

— Calma, Nuriel — a voz da ruiva soou trêmula de medo — vamos ficar bem quietas.

O tempo passou devagar. O calor sufocante fazia com que o suor escorresse por dentro de suas roupas e sob os cabelos. Laila tampou os ouvidos com as mãos para não escutar os gritos, os pedidos de clemência e as risadas cruéis. Sua boca estava seca, seu coração parecia que ia saltar do peito e ela tremia tanto que não sabia se conseguiria ficar de pé. Nuriel, ao seu lado, gemia e chorava baixinho. Quando ouviram pancadas na porta, ambas se encolheram ainda mais.

— Quem está aí dentro? — Indagou a voz masculina lá fora. Seguiram-se mais pancadas. Depois de forçar a porta por algum tempo, o homem falou — abram!

Laila e Nuriel entreolharam-se. A ruiva fez que não com a cabeça e segurou as mãos da moça. As duas rezaram, enquanto um machado rompia a madeira ricamente lavrada.

— Ora, vejam — o homem barbudo e desgrenhado, com uma túnica manchada de sangue, encarou as duas cativas. — Que bela surpresa ficou guardada para o final! — Ele as rodeou e parou diante de Nuriel — alcançaria um bom preço no mercado, minha jovem.

Um dos arruaceiros se aproximou, emborcando um odre de vinho.

— Podemos experimentar a mercadoria, meu senhor?

— Logo — voltando a atenção para a mulher ruiva, ele sorriu — você não é uma nativa. Normanda...? Inglesa...? — Tocou o rosto dela, sujando-o de sangue. O cheiro agridoce penetrou nas narinas de Laila, enjoando-a — perdeu a língua, mulher? — Bruscamente, puxou seu braço. Ao fazer isso, o decote do vestido desceu um pouco, revelando a pequena cruz em seu colo. A mão do homem se fechou sobre a joia. Num puxão, rompeu a correntinha. — Uma cruz hospitalária. Que curioso. O que temos aqui? A amante de um daqueles monges santarrões?

Laila ouviu as gargalhadas dos arruaceiros e lançou um olhar discreto ao redor. Onde estavam as outras criadas? Onde estavam os cavalariços e o mordomo? Onde estaria a maldita Fairuz? Conseguiu forçar a voz através da garganta contraída pelo medo.

— Por favor, senhor. Leve o que quiser, mas não nos machuque. Não machuque minhas criadas.

— Ora, que comovente — debochou o homem, brincando com o pingente roubado — está com medo que eu a violente, minha senhora?

A resposta de Laila foi um estremecimento. Deus, me ajude! Implorou em pensamento. O homem prosseguiu.

— Não farei isso — ele gargalhou diante da expressão de alívio das duas mulheres —, minhas preferências são outras. Já meus homens...

Só então Laila viu os três outros soldados que haviam chegado. Um deles se ocupava em importunar Nuriel, enquanto os outros lançavam olhares lascivos sobre ela.

— Por favor...

— Lembrem-se — avisou o homem aos seus camaradas — quero as duas inteiras para que possamos ter um bom lucro com elas.

— Não! — Laila lutou para se desvencilhar do homem que a agarrava, enquanto o chefe do bando saía da casa para satisfazer sua lascívia com os cavalariços. Desesperada, viu Nuriel ser atirada ao chão sob as risadas dos dois soldados que disputavam qual seria a primeiro a violá-la. Esperneou e se debateu, tentando se livrar das mãos que puxavam suas roupas — não!

— Sossegue, mulher — o homem a empurrou de encontro à mesa e começou a desafivelar o cinto — fique quietinha. Você vai gostar.

O grito de Nuriel chegou até ela. Angustiante, desesperado. As risadas tornaram-se mais altas. Os grunhidos do homem que violava a criada a deixaram nauseada. O soldado que a encurralava começou a soltar os cordões da calça. Seus olhos passaram das mãos dele, atrapalhadas com os nós, para a bainha onde pendia a espada.

Nuriel gritou. Um dos homens gargalhou e incentivou o outro. Laila fixou os olhos no punho da espada. O homem a empurrou sobre a mesa e tentou afastar suas pernas. Num impulso, sua mão se fechou no punho da espada, puxou-a da bainha e mergulhou-a no peito do agressor.

— Não — gritou. E através dela, a morte chegou.

Os outros soldados nunca saberiam de fato o que realmente lhes acontecera. Houve apenas o brilho do metal riscando o ar e o sangue jorrando ao redor do homem que estuprava a criada. Seu corpo decapitado caiu para um lado. Surpreso, seu colega encarou Laila e abriu a boca num balbucio. Ela apreciou o prazer do metal quebrando a resistência de sua carne, enquanto os olhos perplexos tomavam consciência de cada milímetro da lâmina que varava seu abdome, saindo pelas costas. Assim como o companheiro, ele tombou sem vida.

Horrorizada, Laila olhou para o sangue ao redor, para os homens mortos e para Nuriel. Estava no chão, desacordada. As roupas rasgadas e as coxas abertas e ensanguentadas atestavam toda a degradação de que fora vítima. A espada pesou em sua mão, caindo no chão com um som estridente. Só então teve noção do que acabara de fazer. Um lampejo súbito fez sua visão escurecer. Por um mísero instante não viu mais nada. A náusea intensa fez com que se dobrasse e vomitasse. Sua cabeça latejava. O suor frio empapava seu corpo. Uma avalanche de imagens a arrebatou. Sons, cores e cheiros... recordações que preencheram sua mente vazia. Chocada, deu-se conta de que sabia o que era ser humilhada daquela forma. Sabia o que era ter o corpo maculado pela brutalidade do estupro. Tanto quanto sabia cobrar com aço o preço por tal injúria. Estremeceu. Cambaleando, Radegund se apoiou na coluna da cama. *Radegund*. Não Laila.

Com as recordações, veio a consciência da trama sórdida de Ghalib ibn-Qadir. O ataque na praia, o homem de olhos negros que a derrubara da sela de Lúcifer, todas as mentiras, os dias e noites de angústia, o cativeiro naquela fazenda distante. RADEGUND. *Aquele* era o seu nome. O nome pelo qual o estrangeiro a chamara. O homem que ela temera. Que ela renegara. Uma explosão de dor e reconhecimento se expandiu dentro dela. A fúria jorrou cristalina pelos seus lábios na forma de um grito. Aquele homem. Seu marido. Sua metade. Seu amor.

— Mark — ergueu o rosto, como se clamasse aos deuses uma explicação para aquela brincadeira de mau gosto. — Mark! — As paredes reverberaram seu ódio, sua revolta, sua dor. Em meio ao caos, ao sangue e à morte, recobrava suas lembranças. E descobria que talvez perdesse para sempre o homem que era sua vida. — MAAAARK!

TIRO, PALESTINA

Kamau desviou o golpe um instante antes da lâmina atravessar o corpo de Mark.

— Mas que diabo, homem! O que deu em você — esbravejou.

O restante dos homens reunidos atrás da casa também estranharam. No meio de uma luta com o núbio, o mestiço ficara estático, com o olhar perdido, ignorando o ataque de Kamau. Ragnar franziu o cenho. Conhecendo aquela expressão vaga, indagou.

— Bakkar? O que sente?

Os olhos castanhos se voltaram para o norueguês, um tanto perdidos. Só então Ragnar percebeu o quanto ele estava pálido. O suor escorria abundantemente pelo seu rosto. A voz dele era apenas um sussurro.

— Radegund. Eu... — sacudiu a cabeça e olhou ao redor, vendo exatamente tudo o que estivera ali antes. Sem mudança nenhuma. Mas ele ouvira. Ouvira claramente a voz angustiada chamando seu nome. A dor dentro dele dizia que ela estava sofrendo, agora mais do que nunca. Focalizando novamente Ragnar, que se aproximara junto com Björn, falou mais baixo — ela precisa de mim e eu nem sei onde ela está...

— Calma, Bakkar — Björn pegou a cimitarra que caíra no chão — estamos com tudo pronto. Partiremos antes do amanhecer. Vamos acabar com Ghalib e seus planos. Nós vamos encontrá-la. Agora é uma questão de tempo.

— Sinto que algo muito grave aconteceu — disse Mark, aproximando-se de um barril para se lavar — preciso encontrá-la o quanto antes. Não aguento mais esta agonia!

— Mahkim — chamou Kamau —, um mensageiro chegou.

Rapidamente o mestiço se enxugou e foi ter com o rapaz, que o esperava no portão.

— E então?

O papel foi entregue em suas mãos. Ele examinou a caligrafia rebuscada que vira na mensagem anterior. Franziu o cenho.

— Diga ao seu senhor que concordo com os termos.

— Ele quer uma prova de que o senhor honrará o acordo.

Dando um passo à frente, Mark agarrou o mensageiro pelo colarinho e rosnou.

— A única prova que aquele canalha precisa é a minha palavra. Não tenho prova alguma de que minha mulher esteja bem, ou sequer viva! Diga a ele que estarei lá em três dias. É tudo o que ele precisa saber.

Tropeçando nos próprios pés, o mensageiro saiu correndo. Mark reuniu-se aos outros e chamou.

— Vamos para o gabinete. Temos que nos organizar.

PALESTINA, A LESTE DE ACRE

— Renaud! John!

Lançando um olhar para o rapazinho atirado ao chão, Arnulf ajeitou a túnica e pegou as armas. Saiu do estábulo e correu os olhos pelo pátio arruinado. Notou que um silêncio mórbido se instalara ao redor. Ouvia-se apenas o barulho do vento levantando a terra seca e o resfolegar dos cavalos. Precavido, sacou a espada e caminhou para a casa, onde deixara os homens se divertindo com as mulheres. Esperava que os imbecis as deixassem apresentáveis. Do contrário, não lucrariam nada com elas. Subia a escada quando o sol do entardecer refletiu numa superfície polida. Teve tempo somente de se jogar no chão e rolar sobre a areia do pátio. Quando se ergueu, com a espada na defensiva, encarou uma visão inusitada.

A mulher ruiva, que antes parecera uma coelhinha assustada, empunhava a espada de John. Coberta de sangue, tinha os cabelos desgrenhados e a roupa destruída. Porém, o que mais assustava nela eram os olhos. Faiscantes, injetados e carregados de um brilho que reconheceria em qualquer lugar. O brilho da morte.

De alguma forma, a vítima se transformara em algoz. Em silêncio, ela o mediu, avaliando-o assim como ele a avaliava. Como um raio, iniciou o ataque, quase arrancando um pedaço de seu braço. Rápido, Arnulf se esquivou e contra-atacou. Sua lâmina foi agilmente bloqueada. O combate evoluiu entre esquivas, ataques, contra-ataques e suas imprecações. A mulher, no entanto, lutava em silêncio. Dela ouvia-se apenas a respiração acelerada. Embora evidentemente mais fraca, ganhava terreno sobre ele. Inferno! A essa altura tinha certeza de que seus homens estavam mortos.

— Ficou zangada, pequena? — Provocou, tentando acabar com aquele controle enervante. Ela não respondeu — não gosta de homens? — O fio da espada passou de raspão pelo rosto dele, abrindo um corte — cadela! — Urrou — vou acabar com você, vadia!

No entanto, por mais que tentasse, não conseguia abrir um de seus flancos. A mulher o exauria sem dar sinais de dor ou cansaço. Maldita! Não seria morto por uma vagabunda qualquer. Olhando por sobre o ombro, viu que estavam perto dos cavalos. Num golpe baixo, estendeu a mão livre para trás e, agarrando a alça de um balde, atirou-o sobre ela. Para se desviar, Radegund teve que se abaixar e rolar para o lado, dando a Arnulf a chance de saltar sobre a montaria.

Quando se levantou do chão poeirento, a ruiva ainda lançou um olhar aos animais amarrados ao alpendre. Não. Agora não iria atrás do desgraçado. Ele fora na direção do poente. Saberia onde achá-lo. Mataria o bastardo e pegaria de volta algo que era seu. Então...

Olhou para a espada em sua mão. Depois, sentindo-se observada, girou a cabeça para o lado a tempo de ver Fairuz. Imunda, coberta de penas e excrementos, ela emergia do galinheiro onde se escondera. De forma insana, Radegund gargalhou. Aos olhos da criada a mulher se assemelhou ao próprio demônio, que se divertia no meio do pátio avermelhado pela luz do poente.

— Está em seu lugar, velha! No meio das galinhas.

— Meu amo vai matar seu homem. E eu vou rir de você! — Retrucou Fairuz, encolhida.

— Antes disso, eu o esfolarei vivo. — Ela deu as costas à criada, afastando-se em direção aos cavalos — seja útil e ajude os que estão lá dentro.

— Você não pode sair daqui assim — a velha resmungou.

— Tem razão. — Radegund parou, mas não se voltou — não posso ir *assim*. Vou me limpar, trocar essas roupas e apanhar provisões. Mais tarde partirei.

Pasma, Fairuz observou a caminhada da mulher até que ela sumisse no interior da casa. Agora não haveria mais volta. O que ela previra aconteceria. Aquela mulher seria a ruína de Ghalib.

ACRE, PALESTINA

Amira deixou que Abdul a ajudasse a sair da liteira. Achou que suas mãos demoravam um pouco mais em sua cintura. Mas assim que ele as retirou e recuou, distribuindo ordens para a comitiva, ela se perguntou se não fora apenas sua impressão. Parada ao lado da liteira, sentia-se só como nunca se sentira em sua vida. Tinha a exata noção do que fora tramado pelas suas costas e temia não ter nenhuma oportunidade de escapar àquele destino. Se ao menos houvesse alguém em quem pudesse confiar!

Abdul voltou ao seu campo de visão. Nunca reparara no quanto era bem-apessoado. Alto e de porte vigoroso, movia-se com elegância e segurança. As maneiras sérias e o hábito de falar pouco o tornavam um mistério. Sob o véu que ocultava parcialmente seu rosto, Amira acompanhou seus movimentos. Notou as mãos grandes desatarem o alforje da sela do cavalo e depois jogá-lo ao ombro. Em seguida, ele acariciou o flanco do animal e passou as rédeas ao cavalariço. Depois, olhou para ela e sorriu, como se soubesse que o observara durante todo aquele tempo. Sem jeito, Amira baixou a cabeça e corou. Ele se aproximou e tomou seu braço, surpreendendo-a quando não a conduziu para dentro do palacete que era a casa de Ghalib na cidade e sim, para o alojamento dos criados.

— Venha comigo e não fale nada.

Assustada, temendo que os planos de Ghalib para ela já estivessem sendo colocados em prática, Amira resistiu. Ele intensificou o aperto.

— Não faça uma cena, mulher. Confie em mim.

Depois de entrarem na construção baixa, Abdul continuou até entrarem num pequeno aposento. Soltou-a e fechou a porta, sem se preocupar em acender uma lamparina. Os dois ficaram imersos na penumbra. Tensa, Amira esperou. Abdul foi breve e objetivo.

— Ghalib tem planos para você — ele fez uma pausa —, planos com os quais eu não concordo.

— Como? — Indagou ela, espantada. Abdul se insurgiria contra Ghalib? Justo ele?

— Ele quer dá-la a L'Aigle em troca de Jamila.

— Eu sei — murmurou, hesitando em revelar que ouvira a conversa entre ele e Ghalib.

Sentiu o calor das mãos dele em seus braços. Ergueu a cabeça para encará-lo, mas pouco via de seu rosto no escuro.

— Sabe? Como assim?

— Eu escutei a conversa de vocês... — Abdul sentiu-a estremecer e ouviu seus soluços — como ele pôde fazer isso comigo? Depois de tudo...

Cedendo à pressão dos últimos dias, Amira chorou sentidamente. Abdul a envolveu num abraço reconfortando-a. Embora triste, ela notou o quanto ele era caloroso. Sempre o vira como um homem frio e distante, um mero executor das ordens de Ghalib. No dia em que a beijara no pomar, ela acreditou que ele fizera aquilo apenas para humilhá-la. Mas agora... sentia- -se reconfortada e segura junto dele. Poderia ficar ali para sempre...

— Eu a avisei, Amira — Abdul falou suavemente, afagando seus cabelos — você esteve disponível demais para ele, não se deu o devido valor. — Com as pontas dos dedos, ergueu o rosto dela. Apesar da escuridão, Amira sentiu o calor de seu olhar — mesmo na sua condição, uma mulher deve se valorizar.

— O que eu podia fazer, Abdul? — Ela indagou, chorosa.

— Enxergar além da boa vida e do luxo que Ghalib lhe deu — ele falava de forma carinhosa, sem acusá-la — ver que ele a tratava como uma coisa, não como uma pessoa. — Ver o que estava diante de seus olhos, ele se absteve de dizer — de certa forma, tudo o que está acontecendo, será bom para você.

— Como pode dizer que pode ser bom para mim ser dada, ou vendida, como um cavalo? — Ela se revoltou, enxergando o sorriso de Abdul na escuridão — está zombando de mim, não é mesmo? Está se divertindo às minhas custas!

Os punhos pequenos passaram a esmurrá-lo no peito, enquanto Abdul sorria, sem fazer caso daquilo. Seu único movimento foi estreitá-la ainda mais em seus braços.

— Criança tola. Ainda tem muito que aprender sobre a vida. — Uma de suas mãos reteve as dela de encontro ao seu peito — não estou zombando de você. E tampouco vou permitir que Ghalib faça o que planejou. Mas, para isso, terei que confiar em você. E você em mim. Foi por esta razão que a trouxe aqui, enquanto Ghalib se reúne com Boemund. Provavelmente, ele só virá amanhã.

— Ele não está aqui?

— Não. Separou-se de nós na entrada da cidade e me deixou para escoltá-la. Você não notou porque cochilava dentro da liteira.

Ela se sentiu subitamente insegura. Ele fora olhá-la enquanto dormia.

— Você... me viu?

— Sim, eu fui ver você. Estava linda, enrodilhada sobre as almofadas como uma gatinha — havia diversão na voz dele. — Agora, preste atenção. Faça de conta que não sabe de nada, aja naturalmente. Quando for o momento, eu a levarei embora em segurança e darei meios de refazer sua vida. Livre de Ghalib e de quem quer que seja.

Não disse a ela o quanto custava dizer aquilo, nem o quanto custaria deixá-la livre para escolher seu caminho. No entanto, e como a amava muito, teria que dar a ela a escolha que não tivera e que a deixara a mercê de Ghalib.

Estranhamente, a perspectiva da liberdade não deixou Amira radiante. Sentia-se vazia, triste e amedrontada. Imaginara que Abdul... não. Tolice. Ele a beijara, mas não passara de provocação. Mesmo agora, sozinhos e naquele clima de intimidade, ele não fizera nada além de confortá-la. Surpresa, compreendeu que tinha esperado pelo beijo dele. *Desejava* que ele a beijasse de novo da mesma forma que havia feito no pomar. Ignorando o que ia na cabeça dela, Abdul recuou até a porta. Avisou-a de forma grave.

— Vá para seus aposentos e espere por um sinal meu. Ghalib deve continuar a crer que sou leal a ele e que você ignora seus planos.

— E quanto a Laila?

— O que tem ela?

— Eu... contei a ela o que ouvi.

Abdul sorriu.

— Ótimo. Eu não teria feito melhor.

O silêncio se prolongou, tornando o ar denso ao redor deles. Depois de um longo tempo parado diante da porta, Abdul pousou a mão na tranca e reiterou.

— Vá para seus aposentos, Amira. Deve confiar em mim, mas nem tanto.

Custando a entender o significado daquela frase, Amira permaneceu estática, olhando para o vulto parado à porta. Quando finalmente decifrou as entrelinhas do que dissera, uma intensa emoção tomou conta dela.

Não queria sair dali. Não queria ir para seus aposentos, nem se deitar na cama onde entregara seu corpo a Ghalib tantas vezes. Onde ele a *usara* tantas vezes. Não queria sair do pequeno quarto onde a penumbra escondia quem ela era, a vergonha de ser pouco mais do que uma prostituta. Não queria deixar a escuridão que a protegia, nem a presença do homem que surpreendentemente passara a representar para ela conforto e segurança. Não no sentido material e sim, no sentido emocional. Ali, longe do mundo, oculta pela ausência da luz, era apena Amira, uma mulher.

Seu coração bateu mais depressa. A presença de Abdul preencheu seus sentidos. Antes que percebesse o que fazia ou dizia, caminhou até onde ele estava e tirou sua mão da tranca da porta. Em seguida, procurou seus olhos através da escuridão e confessou.

— Não quero ir para meus aposentos — apertou a mão calejada entre os dedos — e não quero que você se vá.

PARTE III

*Sors salutis
et virtutis
michi nunc contraria,
est affectus
et defectus
semper in angaria.
Hac in hora
sine mora
corde pulsum tangite;
quod per sortem
sternit fortem,
mecum omnes plangite!*

CAPÍTULO XXII

"Para além do deserto, das miragens e dos oásis,
Existirá para mim uma terra da promissão
Onde chegarei um dia como Moisés chegou a Canaã
Após vagar quarenta anos no Sinai?
Ou correrei toda a minha vida atrás do sonho
E leva-lo-ei irrealizado, para o outro mundo? "

"DE ANABELA À ZULEICA: À PROCURA DO AMOR".
MANSOUR CHALLITA

bdul inspirou profundamente, apegando-se às razões para sair correndo dali. Ghalib poderia chegar. Um criado bisbilhoteiro poderia tê-lo visto entrar no aposento com ela. Seus planos poderiam ir por água abaixo. Ghalib poderia mandar matar a ele e a Amira... sua mão envolveu os dedos macios. A outra segurou o queixo delicado e ergueu o rosto de Amira. Colou seu corpo ao dela, empurrando-a suavemente contra a porta fechada. Sua boca tomou a dela e sufocou todas as dúvidas.

Amira nunca fora beijada daquela forma. Nunca experimentara aquela posse primitiva, onde os lábios de um homem tomavam sem pedir, devoravam sem pudor e exploravam sem reservas. A língua dele brincava com a sua, tocando-a e recuando, num jogo de perseguição e fuga. A outra mão agora passeava por seu corpo, ajustando-a a ele, incendiando sua pele de um jeito que não conhecia. Seu queixo continuava firme entre os dedos ásperos, como se ele temesse um recuo seu. Ele não a feria, no entanto. Apenas a dominava com aquela masculinidade que parecia emanar de todos os seus poros. Gemeu de encontro à boca de Abdul. Aconchegou-se mais ainda a ele. Envolveu-o pela nuca e mergulhou os dedos nos caracóis negros. Foi a vez do homem gemer. Um gemido rouco, baixo e longo, como o rosnar de uma fera recém-desperta.

— Amira — ele mordiscou sua boca e saboreou sua língua com a dele — não se atreva a jogar comigo. Se não for para ir até o fim, diga agora.

— Não estou jogando — ela suspirou quando a mão dele tocou seu seio por cima das roupas — eu o quero, Abdul. Quero fazer a *minha* escolha esta noite. E escolho você.

O desejo ameaçava irromper de uma só vez, como uma tempestade. Abdul lutou inutilmente para controlar o sentimento represado há tanto tempo. Foi tragado, inexoravelmente arrastado por ele. Sua mão deixou o rosto de Amira e puxou a saia do vestido para cima. Sua coxa meteu-se entre as dela, provando para a mulher que o homem já estava pronto para torná-la dele.

— Abdul — ela gemeu enquanto seu decote era baixado — eu o quero.

As mãos dela procuraram os laços da calça. Desajeitadamente, soltaram os nós, permitindo que tocasse seu sexo. Um gemido escapou dos lábios de Abdul.

— Por Deus, Amira! — Espalmando uma das mãos na porta atrás dela, ele se inclinou para frente e a beijou, enquanto se deixava tocar. A mão delicada percorria seu membro, espalhando um torturante calor por seu corpo. — Pare, mulher.

Sua voz soou ríspida, fazendo Amira recuar.

— Eu não o agrado?

Segurando-a de encontro ao corpo febril, ele retrucou.

— Até demais.

Outro beijo devastador mostrou a Amira a intensidade do desejo dele. Abandonada em seus braços, foi levada até a cama estreita, mal percebendo suas vestes sendo arrancadas e atiradas longe. Ouviu o farfalhar de roupas para, logo depois, Abdul se juntar a ela no leito.

— Gostaria de ir devagar, de saborear seu corpo, cada pedacinho dele... — ele murmurou junto aos seus lábios — mas a fome que sinto não me permitirá ir tão longe. — Suas mãos espalmaram-se sobre as coxas macias, afastando-as. Como queria que não estivesse tão escuro... queria vê-la.

— Oh! — Amira sentiu suas mãos se aproximando de seu sexo, deixando-a ainda mais úmida — venha, Abdul. Agora. Não quero que seja devagar. Venha!

Deitando-se sobre o corpo dela, Abdul posicionou-se e a penetrou. Amira gemeu longamente. Ele a preenchia perfeitamente, de uma forma que nunca sentira ao estar com Ghalib. Como se seu corpo estivesse mais sensível, mais pronto com ele. Afastou mais as coxas e permitiu que ele aprofundasse a investida. Surpreendendo-a, Abdul parou naquele instante. Ergueu-se um pouco, de maneira que a silhueta de seu corpo se recortou contra a penumbra. A voz soou possessiva e apaixonada. Suas palavras reverberaram dentro dela, como se mil sinos tocassem ao mesmo tempo.

— Hoje e agora, você é minha. E mesmo que venha a escolher outro homem para partilhar sua vida, esta noite você jamais esquecerá.

— Abdul, eu não quero...

— Shh. Não fale, Amira — doía dizer aquilo, mas era preciso. Amira teria que ser *livre* para escolhê-lo. Não queria que ela o fizesse porque era sua única opção. Queria seu amor, não uma gratidão que a escravizasse tanto quanto o dinheiro de Ghalib — um dia você compreenderá.

Dito isso, começou a investir dentro dela, marcando-a com seus beijos, apossando-se de seu corpo e, mal sabia ele, de seu coração. Sem saber, dera a Amira o maior presente que ela poderia desejar. A liberdade de guiar o próprio destino. Libertando-a, ele a capturara. E enquanto se entregava ao êxtase que os arrebatava a alturas indescritíveis, Amira jurou que conquistaria o bem guardado coração de Abdul.

PALESTINA, AO SUL DO LITANI

Jamila há muito adormecera, embalada pelo ritmo constante do cavalo. Envolvendo-a melhor com o manto, Hrolf deteve o animal e olhou ao redor. A noite estava mais fria do que o habitual e uma névoa estranha encobria o fino crescente, ainda baixo no céu. Observando a paisagem com atenção, ele percebeu uma silhueta escura mais adiante que, pela regularidade das formas, não poderia ser algo natural. Depois de mais um quarto de hora de cavalgada, confirmou suas suspeitas. Tratava-se, pelo visto, de ruínas da época dos romanos, muito comuns por toda a Terra Santa. Cuidadosamente, Hrolf desmontou, trazendo Jamila consigo. Em seus braços, ela despertou.

— Onde estamos? — Ela indagou, sonolenta, olhando ao redor.

— Em algum lugar à leste de Tiro.

Como se aquilo ajudasse, suspirou Jamila.

— Posso andar — ela falou, quando ele caminhou na direção do que antes fora uma construção sem soltá-la.

Ignorando-a, ele a deixou no chão apenas quando estavam sob o abrigo das ruínas. Voltando-se para a saída, recomendou.

— Espere aqui e evite tocar em qualquer coisa. Pode haver escorpiões ou outros animais peçonhentos. Vou cuidar do cavalo e trazer nossos alforjes.

Ela assentiu. Depois que ele se afastou, enrolou-se melhor no manto. O vento aumentara, tornando-se mais frio. Olhando pelas aberturas do que fora o teto da construção, notou a lua crescente encoberta por uma névoa alaranjada. Sentiu medo. Nunca vira algo assim. Uma lua avermelhada era sempre mau-agouro, prenunciava o derramamento de sangue.

Imediatamente, seus olhos procuraram por Hrolf na escuridão lá fora. Teve a súbita consciência do risco que ele corria ao seu lado. Seu irmão era poderoso, tinha aliados em toda parte. E se tudo o que ouvira dele até agora fosse verdade, se ele a encontrasse com Hrolf, o rastreador seria um homem morto. As lágrimas desceram diante do pensamento sombrio. Pensar em Hrolf Brosa morto doía mais do que poderia imaginar. Como seria o mundo sem aquele homem calado e de maneiras reservadas que aprendera a amar?

A consciência que sentia por ele fez suas pernas dela fraquejarem. Sentada sobre os joelhos dobrados, ignorando a aspereza do solo, Jamila abafou um gemido e chorou sentidamente. Como pudera se apaixonar por ele? Por quê? Sabia que, no fim daquela jornada, seu destino seria ser devolvida às mãos do irmão e depois, entregue ao tal noivo que ele arranjara. Se ao menos tivesse uma chance de fugir daquela sina! Escapar estava fora de cogitação. Além de ter dado sua palavra a al-Bakkar de que não o faria, para onde ela iria? Se fugisse, como poderia ficar com Hrolf? Ele era leal ao amigo, jamais o trairia, ou à própria honra, por sua causa.

— Oh, Deus! — Soluçando, não notou que Hrolf chegava. Preocupado, largou os alforjes e correu até onde ela estava.

— Jamila — segurou os ombros delicados enquanto procurava seus olhos —, o que houve? Está machucada?

Ele queria dizer que sim. Estava ferida, sim, em seu coração! E doía tanto, causava tanto sofrimento, que não conseguia sequer falar.

— Jamila, pelos deuses, o que houve? — Ele estava aflito.

— Pode me abraçar? — Ela pediu baixinho — por favor.

Acreditando que ela estava apenas assustada, Hrolf atendeu ao pedido. Sentou-se ao lado dela e envolveu-a pelos ombros, acariciando os cabelos castanhos.

— Tudo bem, Jamila. Não tenha medo. Eu não quis assustar você com a história dos escorpiões — ele interpretou a atitude dela e prosseguiu —, quis apenas que tomasse cuidado. O perigo de verdade está lá fora — ele avisou.

Ela ergueu o rosto molhado para ele. Ah, se ela soubesse o quanto era linda! O quanto queria beijá-la neste instante!

— Por quê?

— O ventou aumentou muito. Teremos uma tempestade. Precisamos ficar aqui.

— Aqui? — Ela perguntou, ainda fungando. Melhor que ele pensasse que seu choro fora apenas por medo, e não pela consciência de um sentimento impossível de se concretizar.

— Sim. Vou acender o fogo e trazer o cavalo para cá.

Recostada nele, Jamila se sentia no paraíso. Não queria, no entanto, ser um estorvo.

— Diga-me como posso ajudá-lo.

Hrolf olhou para ela e sorriu. Seria tão fácil deitá-la no chão e amá-la à luz do fogo. Seria tão doce saborear sua boca e seu corpo, ensinar a ela os prazeres que um homem e uma mulher poderiam desfrutar... antes que fizesse uma tolice, deixou o próprio manto com ela e se levantou.

— Vou preparar um archote. Com ele, você poderá procurar alguns gravetos para acendermos uma fogueira.

Assentindo, Jamila se levantou e espanou o pó das roupas. Alguns minutos depois, os dois se entretinham com seus afazeres, enquanto o vento rugia cada vez mais forte lá fora.

ACRE, PALESTINA

A taverna enfumaçada acolheu mais um visitante tardio. Com a chuva torrencial — e fora de época — que caía lá fora, todos os vagabundos da cidade haviam escolhido lugares como aquele para passar a noite. Ciente da curiosidade que causava nos presentes, continuou andando até encontrar uma mesa vazia, num canto mal iluminado. Sentou-se de costas para a parede. Colocava os pés sobre a mesa quando o taverneiro, malcheiroso e desdentado, a interpelou.

— Rameiras lá em cima. Cobro metade do que ganhar pelo uso da cama.

— Acho caro. As rameiras deveriam pagar apenas um terço disso.

— Escute aqui, vagabunda — ele começou, mas foi interrompido pela ponta da espada encostada em sua garganta — hã?

Uma moeda apareceu sobre a mesa.

— Cerveja — engolindo em seco, o taverneiro pegou a moeda e recuou, mas parou quando a ponta de espada espetou seu traseiro. Voltou-se para xingar a mulher ruiva vestida de homem, mas recuou ao se deparar de novo com a lâmina afiada. — Há jogo por aqui? Dados?

— Lá nos fundos.

A mulher se levantou. Só então notou que ela era bem maior do que ele. Recuou até encostar-se à parede enquanto ela passava.

— Leve a cerveja para lá.

Radegund estendeu a mão, recolhendo as moedas de mais um incauto. Quando servira na Terra Santa, a maioria dos camaradas evitava jogar contra ela. Sua sorte era famosa. Dificilmente perdia uma rodada nos dados. Dando-se por satisfeita com o dinheiro que amealhara, apanhou o albornoz que alguém perdera para ela. Pagou a bebida ao taverneiro e se encaminhou para a saída. Estacou no meio do caminho ao notar um sujeito de quem precisava cobrar uma dívida.

— Parece que vou matar dois coelhos numa noite só — resmungou, deixando o albornoz num canto, caminhando sem pressa na direção de um conhecido bem recente.

Arnulf pousou a caneca sobre a mesa engordurada. Ergueu os olhos, disposto a ver de quem era a sombra que caíra sobre ele. Mal completou o movimento e uma lâmina afiada encostou-se em seu peito.

— Tem algo que me pertence.

Mesmo acuado, Arnulf usou de valentia. Mediu as roupas masculinas e desdenhou.

— Ora, parece que você não gosta mesmo de homem.

O silêncio ao redor dos dois se tornou sepulcral. Exceto pelo taverneiro, que resmungava sobre o pagamento de futuros prejuízos ao seu estabelecimento. Do lado oposto do salão, um velho soldado de uma perna só olhava para ambos com franca curiosidade.

— Quero o que roubou de mim, cão — ela estendeu a mão livre.

Arnulf se lembrou da correntinha que tomara dela. Inferno! Se soubesse que o assalto àquela maldita fazenda no meio do nada fosse causar tantos prejuízos, teria passado ao largo com seu bando. No entanto, não estava disposto a entregar a joia que, apesar de não ser extraordinária, valia pelo ouro de que era feita. Enfiou a mão na dobra da túnica e puxou a corrente com a pequena cruz, balançando-a diante do rosto. Em seguida, colocou-a sobre a mesa, ganhando tempo.

— Pronto.

Radegund olhou para a joia. Voltou a encará-lo.

— Sua adaga — estudou-o de cima a baixo — e suas botas.

— O quê? — Berrou Arnulf, vermelho de raiva, quase sem poder se mover sob o fio da espada. A mulher era louca!

— A título de indenização. Ande. E sem surpresas.

Radegund recuou um passo, afastando a lâmina o suficiente para que ele tirasse o calçado. Rosnando impropérios, Arnulf começou a descalçar as botas. Tirou um pé e, ao passar para o outro, sacou um punhal do cano da bota, tentando cravá-lo no abdome dela. Rápida, ela o atingiu no peito com um dos pés. A ponta da espada parou entre as pernas de Arnulf, a milímetros de seus genitais. Pálido, ele implorou.

— Não... por favor.

Um sorriso diabólico estampou-se na face da mulher. Os olhos frios prenderam os dele, apavorados.

— Hoje cedo eu pedi um favor e ele foi negado. Não me sinto muito generosa.

— Não... — Arnulf balbuciou.

— Lamento.

A lâmina atingiu seu alvo. O urro assustador do homem, ao ter as partes íntimas decepadas, ecoou no silêncio da taverna, seguido de grunhidos e ânsias de vômito. Logo, ele caiu para trás, desacordado. Sem fazer caso da plateia, Radegund apanhou as botas e torceu o nariz ao sentir o cheiro delas.

— Ainda por cima, vou ter que limpar essa merda antes de usar — deu de ombros e pegou a correntinha de cima da mesa — paciência. — Antes de sair, atirou outra moeda ao estalajadeiro. — Para pagar pela sujeira.

Antes que qualquer um dos homens lá dentro fechasse a boca, ela desaparecia na noite chuvosa.

PALESTINA, AO SUL DO LITANI

Um trovão ribombou lá fora, fazendo as paredes de pedra estremecerem. Sob a luz da fogueira, Hrolf observou Jamila se encolher mais ainda sob o manto.

— Tem medo de temporais?

Ela negou, mas fechou os olhos com força quando outro trovão ecoou. O rastreador sorriu e contornou a fogueira, sentando-se mais perto. Estendeu a mão e segurou a dela, transmitindo-lhe segurança. Aquilo era o máximo que ousava fazer, o mais perto que podia chegar sem cair na tentação de envolvê-la em seus braços, dando vazão ao que sentia. Sua resistência quase foi por água abaixo quando um raio, caindo muito perto, causou um estrondo e um forte clarão. Antes que pudesse reagir, Jamila se atirava sobre ele, apavorada.

— Calma, é só um temporal.

Ela concordou com um gesto, mas continuou agarrada a ele, escondendo o rosto em seu peito. Hrolf estava perdendo a batalha contra o próprio corpo. O cheiro inebriante daquela doce criatura minava sua resistência numa velocidade assustadora. Se permanecesse com ela nos braços, não responderia por si.

Com a desculpa de avivar o fogo, desvencilhou-se dela. Afastou-se alguns passos, agachando-se diante da fogueira. Olhou em torno, observando as paredes de pedra. Estavam sozinhos como se fossem os dois únicos seres na face da terra. Subitamente, recordou-se de uma situação semelhante, quando ele e uma mulher estiveram isolados do mundo pela inconstância do clima.

Naquele dia, uma tempestade de neve o atirara nos braços de Saori de Iga, a mulher que fora seu amor e sua perdição, seu paraíso e seu inferno. Ainda que a recordação dela o atormentasse, eram os olhos de Jamila que lentamente vinham substituindo a imagem da estrangeira em seus sonhos. No entanto, sua amargura permanecia. Fermentava e o consumia, alimentada por tudo o que vira e ouvira em Iga. Mesmo que ele e Jamila fossem livres, o que poderia oferecer àquela jovem de coração tão puro?

— Hrolf.

O chamado o sobressaltou. Olhou para o lado. Não notou quando se aproximara.

— Fique tranquila, estamos seguros aqui dentro.

Ela se sentou ao lado dele e confessou.

— Tento pensar assim, mas é mais forte do que eu — baixou a cabeça e comentou — deve me achar muito tola. Afinal, é só a chuva.

— Não, Jamila. Não acho que seja tola. — Ele se sentou com as pernas cruzadas e olhou para o fogo — todo mundo tem direito a sua cota de medos.

Jamila olhou o perfil dourado pela luz do fogo. Admirou os fios louros que pareciam feitos de ouro, o nariz aquilino, os cílios longos e claros que protegiam os olhos cinzentos. Notou que eles olhavam para um ponto indefinido, além da fogueira, enquanto os dedos brincavam com o saquinho de couro que ele trazia ao pescoço e que nunca tirava de lá. Percebeu que o peito dele subia e descia num suspiro que tinha um quê de dolorido. As palavras saíram impulsivamente.

— Isso pertenceu a ela?

Hrolf voltou-se lentamente para Jamila. A princípio não compreendeu bem sua pergunta. Depois, ao notar a direção do olhar dela, baixou os olhos para a bolsinha.

— De certa forma...

Jamila desviou o olhar para o fogo e tomou coragem.

— Ela era uma pessoa ruim quando a conheceu?

— Não. Ela era uma mulher extraordinária.

Alguém com quem jamais poderia competir, Jamila pensou. Depois de um longo silêncio, em que apenas a chuva e os trovões eram ouvidos, ela voltou à carga.

— Como então ela se tornou tão má depois de morta?

Hrolf ficou tão desnorteado com a pergunta que não soube respondê-la. Diante de seu silêncio, Jamila prosseguiu, devassando sua alma com sua sábia inocência.

— Trudy me contou sobre ela, sobre como morreu. Não acredito que...

Desconfortável, ele se levantou e se afastou, apoiando-se na parede do outro lado. Respondeu melancolicamente.

— Eu também não acreditei. Não acreditei quando vi a irmã dela. Sua cegueira foi causada por Saori em nome da honra de um clã. Lutei para não acreditar em tudo o que descobri, mas não consegui! — Ele terminou a frase com a voz elevada, expondo a dor que sentia — como acreditar que a mulher que se sacrificou, que lutou sabendo que morreria, pudesse ter um coração tão negro? Como não enxerguei isso nela? Como eu pude amá-la?

Jamila também se levantou. Parou diante dele, enrolada no manto. Como um homem como ele podia ser tão obtuso? Mais uma vez, não conseguiu conter as palavras que escaparam de sua boca.

— Vocês amaram um ao outro. Isso basta. Não a conheci, mas acredito que tenha lutado e morrido pelo que acreditava. Se não aceitar isso, nunca se libertará dessa tristeza.

— Quem não compreende é você, Jamila. A mulher que conheci era uma mentira. A verdadeira Saori era inescrupulosa. Concedia favores sexuais em troca de informações. Extorquia, intimidava, roubava e matava como quem faz o desjejum. Era uma mercenária cruel, capaz de cegar a própria irmã por ordem do clã de matadores ao qual pertencia!

— Não, Hrolf. Creio que esteja enganado — retrucou Jamila quando ele concluiu o desabafo. O quanto aquilo custara ao orgulho dele? — Pelo que Trudy me contou, a mulher que conheceu e amou era a verdadeira Saori. Livre das obrigações do clã, guiada pela consciência, pelo desejo de se redimir, de fazer o bem. Ela morreu para impedir um mal maior. Morreu com honra, pela bondade de seu coração.

— Não viu o que eu vi, Jamila. Os homens mutilados, as crianças órfãs... Ela se impacientou.

— Sabe o que penso? Que o problema não é Saori. É você. Ela não precisa de perdão. É você quem precisa. Não se perdoa por ter amado alguém como ela. Pensou que ela fosse perfeita, Hrolf. Mas até onde sei, não existe perfeição, não neste mundo. Lamento que seja assim. Que seu coração esteja tão preso ao orgulho que o deixe cego. — Ela o encarou firmemente, rezando para que compreendesse o que não tinha coragem de dizer abertamente — enquanto estiver atado a esse sentimento, será incapaz de enxergar aquilo que está bem diante de seus olhos!

Depois de despejar tudo isso em seus estupefatos ouvidos, Jamila lhe deu as costas, enrodilhando-se junto ao fogo. Ele ficou parado no mesmo lugar, ouvindo a chuva e o eco das palavras de Jamila em seu coração.

ACRE, PALESTINA

Amira ergueu o corpo, apoiando-se no cotovelo. Olhou ao redor, procurando por Abdul. Por um instante que pareceu a eternidade, temeu que ele fosse como Ghalib. Que a tivesse usado para seu prazer para depois sair no meio da noite, deixando-a como uma peça de roupa usada. No entanto, ao erguer os olhos, viu que ele estava lá. De costas para ela, com um lençol enrolado em torno dos quadris, sua silhueta se recortava contra a claridade dos archotes lá fora. Enquanto ele olhava a noite, perdido em pensamentos, Amira aproveitou o silêncio para tentar colocar os sentimentos em ordem.

O que acontecera entre eles fora maravilhoso. Apesar da impetuosidade de Abdul no leito, em momento algum ele deixara de ser carinhoso ou de se preocupar com seu prazer. Novamente a comparação com Ghalib era inevitável. Agora percebia o quanto se enganara. Nunca amara Ghalib. Apenas se acomodara à situação, àquela troca de favores. E como não conhecia nada além daquilo, imaginara que o que sentia por ele era amor. Agora percebia que era apenas medo de perder sua segurança. E agora? O que sentia por Abdul? Gratidão? Amor? Teria ela, naquele curto espaço de tempo, se apaixonado por ele?

Lembrou-se de todas as vezes em que a escoltara. Em que fora atencioso e gentil sem, no entanto, demonstrar qualquer interesse especial por ela. Ainda que sempre mostrasse preocupação com seu bem-estar e com sua segurança, muito mais do que Ghalib jamais demonstrara. Talvez ele sentisse algo além de atração física por ela. Talvez, se ela conquistasse o coração dele, ele não a mandasse embora. Decidida, ela se levantou sem fazer barulho, resolvida a começar sua conquista naquele instante. Atravessou o quarto e colou-se às costas de Abdul, envolvendo-o pelo tórax largo, moldando o corpo nu ao dele.

— Pensei que tivesse me deixado — ela sussurrou, com a face repousando em suas costas.

Uma das mãos de Abdul cobriu a sua. Sob seus dedos, percebeu que o coração dele se acelerava. Ele não estava indiferente ao seu toque.

— Vim olhar a noite — ele respondeu. — Está chovendo.

— Acho que foi por isso que senti frio — ela comentou, brincando com os pelos que recobriam o peito largo.

Voltando-se para ela, Abdul envolveu seu rosto com as mãos e sorriu.

— Talvez eu possa aquecê-la.

Amira se derreteu sob o efeito de sua voz. Em seguida, foi arrebatada por um beijo experiente, feito para roubar cada pedacinho de sua razão. A língua de Abdul brincou com a sua, explorando sua boca. As mãos desceram para sua cintura, colando cada parte de seu corpo ao dele.

Inflamada pelo beijo, Amira deslizou as mãos pelas costas largas, deleitando-se com seu calor. Ao ouvi-lo gemendo contra sua boca, soube que estava no caminho certo. Continuou com os carinhos, deslizando ousadamente a mão entre ambos, procurando o sexo que latejava contra seu ventre. Excitado, ele deixou que ela o acariciasse, mas não por muito tempo.

— Venha — sua voz traduziu sua ansiedade.

Conduziu-a até a cama e deitou-a sobre ela. Depois de um olhar possessivo, colocou-se entre suas pernas. Numa única investida, penetrou-a, mergulhando profundamente na mulher pela qual daria a própria vida. Parou dentro dela e respirou fundo.

— Amira — pediu ele, na penumbra do quarto — olhe para mim.

Ela obedeceu, embora tê-lo dentro de si a entorpecesse. Abdul a estimulava de uma forma que ela jamais sentira. Tudo era prazer, tudo era satisfação plena. Com muito custo, conseguiu focalizar o rosto dele.

— Diga — sussurrou ela.

— Sempre estarei aqui.

Antes que ela pudesse pensar no significado daquela frase, ele recomeçou os impulsos, calando a vontade que tinha de gritar que a amava mais do que tudo. Amira teria que vir a ele de livre e espontânea vontade, Só depois que o fizesse, ele confessaria seu amor. Teria que ser dele de coração e alma. Não se contentaria com outro sentimento, só com o amor pleno de Amira.

Embalado por esses pensamentos, ofereceu a ela todo carinho de que era capaz. Elevou-a até o ápice do prazer e depois se atirou com ela lá de cima, os dois unidos, alçando um voo que terminou no estremecer simultâneo de seus corpos saciados e exaustos sobre o leito. No meio da noite, os gemidos de ambos se perderam no eco distante dos trovões.

Lá fora, a chuva continuava a lavar *Saint Jean d'Acre*.

CAPÍTULO
XXIII

"Quero morar em teu coração,
Morrer no teu colo e ser
Sepultado nos teus olhos."

"MUITO BARULHO POR NADA", ATO V, CENA II.
W. SHAKESPEARE.

PALESTINA, AO SUL DO LITÂNI

O frio agora era mais intenso, mais cortante. Tudo ao redor estava tão enregelado quanto seu coração. Era como se a vida estivesse suspensa no tempo, dentro e fora dele. Observou longamente a imobilidade dos cristais de gelo, que transformavam as cerejas e as flores que restavam nos galhos em frágeis esculturas. Um toque de mãos menos hábeis arrasaria toda aquela beleza. Suspirou e baixou a cabeça. Sua busca chegara a um amargo fim. Viera em busca de paz, mas fora atirado num mar de rancor e auto recriminação. Restava-lhe apenas partir.

A respiração se condensou em uma nuvem esbranquiçada diante de seu rosto. O vento frio soprou a sua volta, anunciando a neve que logo recomeçaria a cair. Fechou a gola do casaco forrado de peles e se preparou para partir. Atrás dele, o silencioso Susumu o observava. Seus olhos miúdos e atentos, que jamais perdiam detalhe algum, estavam cravados nos seus, dando a entender que conhecia cada um de seus pensamentos. Antes que abrisse a boca para dizer algo, ele passou ao seu lado e ficou observando a cerejeira congelada. De costas, começou a falar.

— Elas congelam, mas não perdem a beleza, nem a majestade que a natureza lhes deu. — Depois de uma longa pausa, voltou-se e prosseguiu serenamente — assim foi com o coração de Saori, meu filho. Ele estava congelado, preso sob uma couraça de frieza com a qual ela o revestiu para resistir a tudo que sofreu.

Nesse ponto, ele argumentou.

— Ela escolheu seu caminho, Susumu. Seguiu Ishiro porque quis!

— Saori seguiu Ishiro porque o amava. Assim como você seguiu a lembrança dela até aqui. Você a seguiu até aqui porque a amava — o ancião se sentou sobre uma pedra e contemplou os galhos congelados — acredito que ela precisou de muito pouco tempo para descobrir quem Ishiro era de verdade. Um homem com uma ambição daquele tamanho não tem como ocultar seu verdadeiro caráter por muito tempo. Mas então, já era tarde. — Afirmou o sennin — ela pertencia ao clã, empenhara sua honra. Só lhe restava seguir em frente. E quando Ishiro traiu os seus e foi morto, ela ficou sozinha. Expulsa do clã, abandonada, execrada nas ruas, apontada por todos como a mulher do traidor. Restou apenas um destino para ela. E mesmo assim, mesmo como mercenária, ela manteve sua honra, ao seu modo. Quando nós a procuramos, sabíamos que ela precisava desesperadamente de um objetivo, de algo que a ajudasse a resgatar a si mesma diante da própria consciência. Algo que a redimisse de seus erros. Eu tinha a mais absoluta certeza de que ela conseguiria.

Deixando toda a raiva que sentia explodir, ele esbravejou.

— *Você e seus companheiros a enviaram para a morte! Sabiam que o que ela enfrentaria não era deste mundo!*

— *Nós a enviamos porque sabíamos que ela teria forças para fazer o que teria que ser feito* — *retrucou Susumu, sem se abalar, em tom definitivo. Depois, prosseguiu.* — *Entenda, estrangeiro. A mulher que amou não era boa nem má. Era apenas humana. Você jamais terá paz enquanto seu orgulho falar mais alto do que seu amor. Seu coração jamais se libertará se continuar exigindo dela a perfeição. E o espírito dela não descansará, não poderá ir ao encontro de seus ancestrais, enquanto estiver atado a este mundo pelas suas lembranças. Liberte-a, meu filho. Liberte-se.*

Jamila sacudiu Hrolf.

— Acorde — debatendo-se e resmungando palavras desconexas, ele não a atendeu. Angustiada, sacudiu-o com mais força — Hrolf, acorde!

Sobressaltado, ele abriu os olhos. Custou a focalizar a moça inclinada sobre ele. Seus cabelos estavam soltos sobre os ombros, os lábios entreabertos e o olhar preocupado. Hrolf se sentou sobre a manta revirada. Passou a mão pelos cabelos antes de falar, ainda desorientado. Sonhar com sua última conversa com o *sennin* era o que menos precisava. Por que tinha a impressão de que as palavras de Susumu ainda ecoavam ao seu redor?

— O que houve, Jamila?

— Eu ia perguntar o mesmo — ela se sentou sobre os joelhos, encarando-o — estava sonhando?

— Sim.

— Com ela?

— Não exatamente.

— Você ainda a ama? — Indagou Jamila impulsivamente.

Apanhado de surpresa, Hrolf não conseguiu responder. Ficou olhando para ela, observando como a luz avermelhada das brasas aquecia sua figura delicada. As sombras tornavam seus contornos mais pronunciados, evidenciando a curva dos seios sob a camisa fina com que dormira. Teria aquela jovem tola e insensata alguma noção do quão transparente era o tecido? Ainda pensando na pergunta que ela fizera, Hrolf cometeu o erro de desviar o foco para os olhos de Jamila. Presos ao seu rosto, expressavam a ansiedade por sua resposta. Exprimiam também um sentimento ao qual ele não tinha direito. Baixou o olhar e negou com a cabeça.

— Não, Jamila.

Sentiu a mão dela em seu rosto, tão delicada quanto um sopro. Recuou e a encarou novamente, mudo. Jamila também não disse nada, apenas baixou a mão e o observou, a expressão doce e inocente. Seus olhos prometiam a salvação. Para ele, no entanto, seriam a perdição. O silêncio se prolongou, ensurdecedor. Hrolf engoliu em seco, ouvindo as palavras não ditas, lendo no rosto de Jamila o sentimento que inundava seu próprio coração. Um sentimento que não era justo, não era certo. Jamila era tão jovem, tão cheia de vida! O que vira nele? O que sua alma sombria e amargurada teria para dar a ela? O que ele, um rastreador da distante Noruega teria para oferecer a uma moça como Jamila? Suas mágoas, sua dor, sua tristeza? Que esperanças teriam em meio à disputa da qual ela e Radegund eram os pivôs?

— Isso não pode acontecer, Jamila — ele murmurou quando conseguiu fazer a voz passar pela garganta seca — afaste-se, eu lhe peço.

Ela balançou a cabeça e chegou mais perto dele. A voz suave envolvendo-o acima do som da chuva lá fora.

— Hrolf, olhe para mim.

— Jamila... — ele suplicou.

— Olhe e diga o que vê — Ela insistiu com mais veemência — apenas uma menina, é isso?

— Por favor, Jamila, isso não nos levará a nada...

Ela se levantou irritada, erguendo-se diante da fogueira como uma miragem, uma espécie de espírito das areias. A camisa cobria seu corpo até um pouco abaixo dos joelhos. Indignada, ela parecia não se importar por vestir apenas aquilo. Sua postura era digna. Sua voz traduzia sua mágoa. Despejou sobre ele uma torrente de sentimentos em forma de palavras.

— Sabe o que vejo quando me olho no espelho? Vejo uma mulher de quase vinte anos, não uma menina. Uma mulher que esperou dez anos por um noivo que mal conheceu. Que sonhou em ter família e filhos. Que sonhou com um irmão que jamais a amou. Vejo alguém que em pouco tempo conheceu mais da vida ao seu lado do que em toda sua existência até agora. Eu vejo uma mulher que, pela primeira vez na vida, sabe o que é o amor. — Ele fechou os olhos ao ouvir aquilo, como se sentisse dor. Jamila prosseguiu — Eu o amo! Eu o amo e não vou negar o que sinto. Eu não o amo porque quero. Eu o amo, quando na verdade, deveria odiá-lo! Você me sequestrou, me arrastou sob o sol e por todos aqueles vales e colinas até aqui. Você brigou comigo e me hostilizou o tempo inteiro. E naquela noite em que procurei sua companhia, acusou-me de me oferecer a você em troca da minha liberdade. Apesar disso, Hrolf, você também me deu muito. Através de você eu percebi quem realmente era meu irmão. Você impediu que aquele homem me violentasse, ainda que eu fosse apenas uma prisioneira. Você me levou ao acampamento de Aswad e foi lá que eu vi que o amor existe de verdade. E que é possível que floresça mesmo entre pessoas tão diferentes. Você também me deu sua confiança quando contou o que ia em seu coração. Você me consolou, me confortou e apaziguou meus medos. E embora eu tivesse vários motivos para odiá-lo, você me deu inúmeros outros para amá-lo.

Ele estava chocado demais, perplexo demais. Seu coração estava prestes a saltar do peito. Por que, em nome dos deuses, fora se apaixonar por aquela garota de olhos doces e coração tão puro. E por que o destino a fizera se apaixonar também? Se não fosse correspondido, talvez conseguisse sufocar seus sentimentos. Mas agora... o que faria? Levantando-se, parou diante dela, sabendo que precisava afastá-la definitivamente. Precisava que enxergasse a impossibilidade daquele sentimento florescer.

— Jamila, você não sabe o que está dizendo. Como pode me amar depois de tudo o que fiz? Você mal me conhece! Além disso, ao meu lado, ainda é, sim, uma menina. Tenho mais que o dobro de sua idade e muitas lembranças que não gostaria de ter. Que futuro eu lhe daria? Você tem a vida pela frente e eu estou envelhecendo. O que seria de você daqui a dez, vinte anos, quando eu estivesse me sentindo muito velho para sequer acompanhá-la numa ida à feira? O que sentiria quando visse suas amigas com seus maridos jovens e vigorosos e você de braços dados com um velho com idade para ser seu pai? Isso se eu ainda estivesse vivo...

— Não diga isso — ele gritou para, em seguida, atirar-se em seus braços. Não suportava sequer imaginá-lo morto — eu imploro, não diga isso.

— Jamila — ele notou as lágrimas que desciam pelo rosto meigo e a abraçou com força, sentindo a maciez do corpo contra sua pele. Devia ter dormido totalmente vestido, ao invés de ficar só com as calças. Devia, aliás, ter usado uma armadura — Jamila, não chore.

Ela ergueu o rosto e pediu.

— Beije-me como disse que faria, naquela manhã, no caravançará. Não sou uma menina. Sou uma mulher. E amo você. Ainda que não me ame...

O indicador dele tocou seus lábios, silenciando-a. A confissão foi feita num sussurro.

— O problema é que eu amo você, Jamila.

Antes que ela conseguisse atinar para o que ele dizia, Hrolf perdeu a batalha contra o bom senso. Apertou-a nos braços e tomou sua boca num beijo intenso, deixando fluírem livremente os sentimentos que, agora percebia, haviam sido despertados por um inebriante perfume, ainda em Veneza. E apesar de ter certeza, em meio ao beijo, ele perguntou se ela estivera lá, naquela época.

— Sim — ela murmurou, os lábios colados aos dele, as pernas trêmulas — minha comitiva parou no porto. Eu usava o perfume que foi de minha mãe. Levei-o comigo às escondidas, quando fui para o convento. Era para me lembrar dela. Meu pai o trazia de um perfumista do Egito, exclusivamente para ela.

Destino. Sorte. Sina. Fado. *Fortuna.* Hrolf suspirou de encontro à boca rosada. A vida era um jogo dos deuses, que riam e se divertiam às custas dos homens. Ele fora envolvido por imagens sensuais e misteriosas ao ser tocado por aquela fragrância, muito antes que conhecesse a doce mulher que o desatinaria. Apesar da curiosidade dela, calou suas perguntas com mais um beijo. Moveu a boca sobre a dela, mordiscando seus lábios de leve. Sua consciência, no entanto, gritava que parasse. Que se afastasse dela.

— Jamila, não podemos.

— Por favor, Hrolf — ela recuou um pouco, os lábios inchados e trêmulos —, não negue o que vejo em seus olhos. Não negue o que sentimos.

— Eu não tenho o direito de tocar você, Jamila. Não me pertence.

— Eu sei — seus olhos se anuviaram de tristeza —, sei que sou apenas uma refém. Que não passo de uma mercadoria. Mas hoje, aqui e agora, sou apenas a mulher que o ama. Dê-me esta noite, Hrolf. Quando me devolverem a Ghalib, serei entregue a um homem que não conheço. Serei novamente uma prisioneira. Nunca tive e acho que jamais terei escolhas em minha vida. *Hoje* eu posso fazer uma escolha. Posso escolher a quem entregar meu coração e meu corpo. Eu escolho você. Quero que me ensine como é o amor entre um homem e uma mulher. Quero que me torne mulher, Hrolf. É tudo o que peço. É tudo o que pedirei.

Ele a encarou, sério. Ela tinha noção da dimensão do que propunha?

— Não haverá volta, Jamila.

— Eu sei.

Capitulando, ele baixou a cabeça. Antes de tomar sua boca novamente, murmurou.

— Que os deuses tenham piedade de nós.

ACRE, PALESTINA

O som da água pingando dos beirais encobriu o ruído das botas aterrissando nas pedras do pátio. Dali, seus passos a levaram para dentro das cocheiras, onde o cheiro da palha fresca e dos cavalos causou uma enorme sensação de familiaridade. Esgueirando-se nas sombras, aproximou-se das baias e foi passando por cada uma delas, procurando aquele que viera buscar. Antes que chegasse diante da última das baias, a graciosa cabeça do berbere apareceu, os olhos espertos a encarando, as ventas dilatadas reconhecendo seu cheiro.

— Sirocco — chamou baixinho — está feliz em me ver? — Estendeu a mão e acariciou o focinho, murmurando palavras doces enquanto saltava dentro da baia. Retirou os arreios de um gancho na parede e acariciou a barriga do animal — vamos passear, garoto?

Sirocco resfolegou baixinho, estremecendo de prazer, antecipando o passeio que daria. Paciente e cuidadosa, ela colocou os arreios e os ajustou. Em seguida, abriu a trave e conduziu o garanhão para fora da baia. Apanhou uma das selas num canto e, depois de ajeitar uma manta sobre o dorso de Sirocco, selou-o. Quando estava ajustando a barrigueira, percebeu a súbita tensão do animal. Devagar, com a mão no punho da espada, foi se levantando. À porta, um homem bloqueava sua passagem.

— Saudações, Laila — o homem deu um passo à frente e parou sob a luz da única lamparina acesa — ou devo dizer, senhora Radegund?

Pierce coçou a perna de pau e amaldiçoou a sensação. Como podia sentir coceira numa perna que não tinha mais? Tomou outro gole de cerveja e observou o corpo do tal Arnulf ser retirado da taverna. Em seguida estreitou os olhos e afirmou para o companheiro ao lado.

— Estou dizendo, eu a reconheci.

— Não é possível, Pierce. Todos dizem que morreu. E para mim, ela nunca passou de uma lenda.

— Bah! Lenda! Eu lutei na mesma tropa que a sua *lenda* — desdenhou — ela era de carne e osso. E com um coração frio como gelo — Pierce tomou outro gole de cerveja e limpou a boca na manga da túnica — é ela, tenho certeza. Reconheceria aquele olhar frio em qualquer lugar. *Al-Ahmar*, o Demônio Vermelho, voltou.

PALESTINA, AO SUL DO LITÂNI

Hrolf envolveu Jamila em seus braços, roçando os lábios nos dela, provando-a devagar. Ela tinha gosto de inocência. Tinha também o poder de o inebriar como um entorpecente. Era como o *banj*[54] que os homens da Terra Santa fumavam em seus cachimbos de vidro e que os deixavam além da realidade. Jamila era assim.

— Abra-os, Jamila — ele murmurou contra sua boca.

— Hum?

— Seus lábios. Abra-os para mim — pequenos beijos foram distribuídos pelo rosto delicado —, deixe-me beijá-la de verdade, como disse que faria. Deixe-me beijá-la como se beija uma mulher.

Inebriada pela voz dele e pelo toque das mãos gentis, ela obedeceu. Foi invadida pela língua exigente que explorava sua boca. Tudo era novo e intenso. Jamais se sentira tão feminina, tão mulher. Estava absolutamente entregue. As mãos experientes tocavam-na sem pressa. Por onde passavam, deixavam um rastro de calor. Sentia a aspereza das palmas em seus ombros, depois em suas costas e finalmente em seus quadris. Indo e vindo numa cadência entorpecente como o ritmo dos tambores dos beduínos. Seus joelhos fraquejaram sob o peso das emoções. O braço firme a amparou, enquanto uma das mãos espalmadas descia de seu pescoço até seu colo. Jamila inclinou a cabeça para trás, encarando os olhos cinzentos por detrás das pálpebras semicerradas. Sob os dedos dele, sua pulsação aumentou.

— Linda — ele se inclinou sobre ela, vergando-a sobre seu braço, a mão chegando a um seio — absolutamente linda.

Jamila arquejou. Os lábios dele tocaram seu pescoço, beijando a artéria que saltitava sob a pele sedosa. O mamilo intumesceu-se sob a palma da mão dele, desafiando-o a tocá-la sem o obstáculo das roupas.

— Hrolf — choramingou ela, surpresa com as reações do próprio corpo, ansiando por algo que viria e que não tinha certeza de onde iria levá-la.

— Se me pedir, eu pararei agora — ele afastou os lábios do pescoço dela e murmurou junto ao seu ouvido — caso contrário, irei em frente e a farei minha. Eu a tornarei mulher.

— Faça-o.

Ele havia tentado de todas as formas resistir à tentação. Mas aquele último pedido, feito sob a súplica do olhar obscurecido de desejo, derrubou definitivamente sua resistência. Abandonando o que restava de bom senso, implorou aos deuses por uma segunda chance. Espantando-se com o tremor das próprias mãos, Hrolf baixou lentamente a camisa que ela vestia, empurrando o decote pelos ombros delicados, expondo a pele suave de Jamila. O olhar doce, preso ao seu, fez todas as perguntas de uma só vez. A confissão sussurrada o cativou irreversivelmente.

— Tenho medo.

Sorrindo ternamente, ele se deteve e simplesmente a abraçou, ignorando os apelos do próprio corpo, cuja fome só seria aplacada dentro dela. Abriu seu coração, dizendo com toda honestidade.

— Também tenho medo, Jamila. Nunca estive tão apavorado em toda minha vida. Parece que estou prestes a saltar da beira de um abismo.

Ela sorriu, adoravelmente confiante.

— Vamos saltar juntos, então.

Assentindo, ele a deitou sobre a manta em que dormira. Os cabelos se espalharam ao redor dela. A luz mortiça das brasas colocou um tom avermelhado sobre a pele sedosa. Os olhos de Jamila, muito abertos, estavam fixos nos dele, expondo toda a insegurança que ela sentia. Sob o decote da camisa ele podia ver os seios arfando no ritmo de sua respiração.

— Serei cuidadoso, prometo — ele a tranquilizou, inclinando-se — confie em mim.

A mão dela tocou seu rosto, sentindo a aspereza da barba por fazer. Dali, correu para cima, mergulhando nos cabelos dourados.

— Eu confio, Hrolf. Mas é que — baixou os olhos, encabulada — não sei o que devo fazer.

Ele sorriu enternecido, amando-a ainda mais. Tão doce, tão sincera e tão meiga! Seu toque delicado era uma benção. Fechou os olhos, saboreando seus carinhos, enquanto dizia.

— Faça o tiver vontade, o que seu corpo e seu coração desejarem.

Abriu então os olhos e focalizou-a de novo. Lentamente, percorreu o pescoço e o colo com uma das mãos, enquanto a outra se apoiava no chão ao lado dela. Seus dedos percorreram o decote até chegarem aos laços da camisa, desfazendo-os com apenas um gesto. Jamila suspirou em expectativa enquanto ele prosseguia, sempre devagar, sempre cuidadoso. Puxou a camisa para baixo até expor os seios, que se ofereciam a ele como um delicado manjar.

— Como você é linda, Jamila — ele sussurrou, inclinando-se para beijá-la — não tem nem ideia do quanto eu a quero, do quanto eu a amo.

— Hrolf — ela gemeu um instante antes de sentir a boca novamente invadida pela língua experiente que brincava com a sua. Desejou fazer o mesmo. Tímida, moveu a própria língua de encontro à dele.

— Isso, pequena — ele aprovou — faça assim. É assim que um homem e uma mulher se beijam.

Embriagada pelo beijo, Jamila sobressaltou-se ao sentir os dedos dele sobre o mamilo nu, tocando-a tão levemente quanto uma pluma. Gemeu de novo e se perdeu no calor que se propagou de seu seio para todo o corpo. Involuntariamente, apertou as coxas, tentando aplacar a estranha palpitação que crescia na junção entre elas.

Hrolf traçou delicados círculos em torno do pequeno bico rosado. Estimulou-o pacientemente, ignorando o próprio corpo em chamas. Tudo valeria à pena se conseguisse dar a Jamila a mais doce das noites, se conseguisse levá-la ao ápice do prazer. Nunca iniciara uma mulher nas artes do amor. Mas queria que fosse especial para ela, um momento mágico e terno, que ela jamais esqueceria. Ouvindo-a gemer e percebendo sua pele arrepiada, soube que estava agindo corretamente. Começou então a traçar uma trilha de beijos a partir do pescoço dela, descendo por seu colo, até alcançar o mamilo que se oferecia aos seus lábios. Tomou-o com cuidado, enquanto suas mãos continuavam a afagá-la carinhosamente.

— Hrolf... — ela se contorceu.

Suas mãos crispadas o agarraram pelos ombros, transmitindo a ele a doce agonia que sentia. Seu corpo estava febril. Mil sensações novas e desconcertantes a atormentavam. E ela não sabia o que fazer, não sabia como agir para aplacar aquela espécie de fome que as carícias despertavam.

— Diga, meu amor — ele pediu, deixando de provocá-la por alguns instantes, fitando o rosto afogueado.

— Ajude-me — ela suplicou — eu...

— Quer me tocar? — Ele perguntou, tomando uma das mãos e beijando cada um dos dedos.

— Sim — ela ofegou — mas não sei...

— Seu corpo sabe — ele se ergueu um pouco, expondo o peito largo e pousando a mão delicada sobre ele — deixe que ele a conduza.

Jamila o tocou devagar. Tateou seu peito, seus ombros, seu pescoço. Deslizou os dedos sobre seus lábios e acompanhou cada gesto com o olhar, descobrindo seu poder como mulher, quase o fazendo sucumbir. Antes que perdesse o controle por completo, Hrolf terminou de despi-la. Ajoelhando--se ao seu lado, fez o mesmo.

Agora, ambos estavam nus. Ele agradeceu pela pouca luminosidade, que não deixaria que ela visse que estava pronto para ela. Não queria assustá-la com sua evidente excitação. Inclinou-se sobre ela, que estendeu os braços num convite mudo. Tão confiante e tão inocente que seus olhos marejaram. Não merecia o amor puro de Jamila, mas era incapaz de negar a si mesmo aquela tentação.

Beijou-a ternamente, pressionando o corpo contra o dela, apertando-a entre os braços como se tivesse medo daquele sonho acabar repentinamente. Foi então que sentiu a mão dela tocando-o sob o pescoço e se lembrou. Ergueu um pouco o tronco e abriu os olhos. Viu que ela segurava a bolsinha de couro que trazia sempre atada ao pescoço. Havia uma pergunta nos olhos castanhos, que ele respondeu assentindo em silêncio.

Emocionada, Jamila retirou a bolsinha, passando o cordão por cima da cabeça dele, depositando-a no chão, ao lado do leito improvisado. Em seguida, o enlaçou pelo pescoço, dizendo.

— Obrigada.

Emocionado, ele respondeu com um beijo, enquanto suas mãos passeavam de novo pelo corpo dela. Iam e vinham tocando os seios, as costas, a curva de sua cintura. Cuidadosamente se aproximou dos pelos macios logo abaixo do ventre. Jamila estremeceu e o encarou, apreensiva. Sorrindo, ele roçou os lábios nos dela.

— Confie — murmurou.

Sua mão chegou onde queria. Na carne macia que ocultava o segredo da feminilidade dela. O local que guardava sua virgindade, que em breve tomaria. Colhendo cada suspiro dela, acompanhando cada reação, separou as dobras úmidas e pôs-se a estimulá-la sem pressa, apenas para ouvi-la gemer alto e atirar a cabeça para trás, num frenesi de prazer.

— Ah, Jamila — ele ocultou a face em seu colo, enquanto a tocava com gentileza — como é bom ver você assim!

Sabia que dava a ela seu primeiro orgasmo, que apresentava a ela o mais primitivo dos prazeres. Observou-a se entregar à sensação, enquanto o próprio sexo reclamava a satisfação de estar dentro dela. Não conseguia esperar mais. Quando as ondas do gozo se acalmaram, ele voltou a tocá-la no rosto e a beijá-la. Carinhosamente, afastou suas coxas e colocou-se entre elas.

— Jamila, olhe para mim — pediu quando ela abriu os olhos esgazeados de desejo — não tenho como evitar o desconforto. Dizem que é assim para todas as mulheres na primeira vez.

— Vai doer muito? — Ela indagou.

— Se dependesse de mim — ele disse, entre beijos — não doeria nada. Serei delicado, mas...

— Venha — ela pediu — eu não me importo. Quero ser sua.

O último vestígio de razão foi varrido da mente de Hrolf. Dali para frente, só passou a existir Jamila e seu corpo acolhedor. Com carinhosa insistência, forçou a entrada do sexo dela até que se abrisse para ele. Mergulhou na carne palpitante de Jamila e parou ao ouvir o grito de dor. Imediatamente a envolveu, abraçando-a com todo afeto de que era capaz. Por mais maravilhosa que fosse a sensação de estar dentro dela, por mais imperioso que fosse o desejo de se mover num galope desenfreado que o ergueria até a satisfação plena, Jamila era mais importante. Seu conforto, seu prazer e sua alegria eram tudo para ele. Naquele instante, experimentou a plenitude do que chamavam de amor. Doou-se integralmente a ela, permitiu que ela levasse o tempo necessário para acomodar seu corpo dentro do dela, esperou pacientemente até que os soluços parassem. E quando ela se contorceu, projetando-se para frente, oferecendo-se a ele, soube que podia, enfim, prosseguir em sua escalada em busca do prazer para ambos.

Depois da dor inicial, quando sentira algo se romper na parte baixa de seu corpo, Jamila teve ímpetos de pedir a Hrolf que parasse, que a deixasse quieta. Já ouvira sobre a dor, sobre o desconforto da primeira vez de uma mulher. Mas nunca pensara que seria daquele jeito, que sentiria uma queimação tão forte, que machucasse tanto. Porém, Hrolf notou sua angústia. Abraçou-a com tanto amor que ela se sentiu novamente segura. Aos poucos, a dor cedeu, dando espaço para uma ânsia diferente, para o desejo de se mexer sob o corpo dele. Uma vontade louca de agarrar-se mais a ele e afastar ainda mais as pernas. Jamila gemeu e projetou os quadris de encontro aos dele.

A resposta que recebeu foi um beijo devastador, acompanhado dos impulsos longos que o levavam para dentro dela, preenchendo-a, acomodando aquela parte dele que a deflorara. Teve vontade de ver e tocar aquele ponto do corpo dele, mas a vergonha não deixou. Ao invés disso, atirou a cabeça para trás e abriu mais as pernas, acomodando as coxas fortes e os quadris estreitos que se chocavam com os seus. Gritou e gemeu alto, todo o corpo estremecendo sob o efeito de uma explosão furiosa que nascia do ponto em que seus corpos se uniam e se expandia por todo seu ser.

— Hrolf! — Gritou, suplicando por ele, por seu amparo naquela jornada.

— Eu sei, Jamila — ele mergulhou ainda mais fundo nela segurando suas coxas, escondendo o rosto na curva de seu pescoço — deixe que venha. Eu irei com você.

As unhas dela enterraram-se em seus braços. Sua boca tomou a dela, momentaneamente esquecida da ternura, assaltando-a com todo seu desejo. Sua carne ferveu dentro de Jamila. Não havia mais como se conter. Cingiu-a pela cintura, trazendo-a mais para baixo de si, cobrindo-a completamente com seu corpo. Deu um último impulso dentro dela e permitiu que seu gozo jorrasse livre, gritando no auge do êxtase o nome da mulher que libertava sua alma.

— Jamila...

ACRE, PALESTINA

— Saia do meu caminho.

Abdul deu um passo à frente, mostrando as mãos nuas à baronesa. Fora uma feliz coincidência resolver, após Amira ter ido dormir, olhar novamente pela janela. Vira a sombra furtiva galgar os muros e saltar dentro do pátio. A princípio imaginou ser um ladrão comum. Porém, ao entrar nas cocheiras e perceber o vulto que afagava o indócil Sirocco com familiaridade, soube imediatamente de quem se tratava. Caminhando devagar, os olhos fixos na espada que ela empunhava, falou.

— Parece-me que se recordou de quem é na verdade.

— Você sempre soube — Radegund afirmou, os olhos fixos nos de Abdul.

— Eu sei de praticamente tudo, minha senhora. Sou os olhos e ouvidos de Ghalib ibn-Qadir. E também seu braço direito.

— Acredito então que Ghalib perderá um dos braços esta noite — rebateu ela, calmamente, apontando a arma para o peito dele.

— Ah — ele sorriu e colocou a mão na ponta da espada, encarando-a — ele não sabe ainda, mas já o perdeu. — Ela franziu o cenho, intrigada, mas não o atacou, apesar de manter a espada erguida. Abdul prosseguiu, estudando a lâmina — Ghalib está como aqueles homens senis que, apesar de terem braços e pernas, não têm mais controle sobre eles. — A expressão dele mudou, tornando-se dura — seu marido está a caminho de Acre porque *eu* enviei informações sobre seu paradeiro. E ele só a localizou em Chipre, porque *eu* deixei seu antigo cavalariço vivo quando Ghalib me mandou matá-lo.

— Noel — exclamou ela boquiaberta —, o que ele tem a ver com isso?

— Ele a entregou nas mãos de Ghalib naquele dia, na praia.

A lâmina se afastou do corpo de Abdul, enquanto ela perguntava, surpresa.

— Está me dizendo que traiu Ghalib? — Uma das sobrancelhas se ergueu — pensei que fosse leal a ele.

— Ghalib também pensa. E espero que continue a pensar por algum tempo. — Abdul passou por ela, dando-lhe as costas num gesto de estudada displicência. Afagou Sirocco, que permanecia agitado — é muito ousada, senhora baronesa, vindo aqui roubar o berbere bem debaixo do nariz de Ghalib. — Ele se voltou, surpreendendo Radegund com o tom zombeteiro — eu a admiro. Além disso, — afagou novamente o focinho do animal — aquele idiota jamais saberia apreciar uma joia como esta.

Radegund deu a volta e continuou a ajustar os arreios de Sirocco.

— O que quer de mim, Abdul Redwan?

Ele a encarou por cima do dorso do cavalo.

— Quero que ache seu marido. E que não permita que ele entregue Jamila a Ghalib.

— Mark a sequestrou mesmo? — Ela perguntou — não era mentira daquele porco?

— Não. Mas acredite, senhora — ele passou pela frente de Sirocco e completou — minha irmã está muito melhor com al-Bakkar do que com Ghalib.

— Irmã? Então você...?

— Meio-irmão — ele deu de ombros — o que não vem ao caso. Além disso — Abdul tomou as rédeas e estendeu para ela — quero que tire Amira das garras dele. Ele fez um acordo com o ex-noivo de Jamila, um sujeito sem escrúpulos. L'Aigle mata seu marido e fica com Amira. Bem, na verdade, Ghalib prometeu Jamila a ele. No entanto, pretende ludibriá-lo também.

— Meu Deus — ela balançou a cabeça, incrédula —, ele é louco. Pensa que pode jogar com a vida das pessoas. O que ele fez em Chipre...

— Ele está apaixonado pela senhora e sequer sabe disso. — Abdul afirmou sem rodeios — o problema é que Ghalib não tem limites. Ele manipula a tudo e a todos. Usa e descarta as pessoas com toda facilidade. — Ficou calado um bom tempo alisando o focinho de Sirocco. Depois, tornou a falar — quero sua palavra de que tanto Jamila quanto Amira ficarão a salvo de Ghalib.

Radegund estudou-o longamente. Enfim, afirmou.

— Amira... você a ama.

— Sim. E agora chegou a hora libertá-la, bem como a Jamila.

Ela montou no animal e ele o conduziu pelas rédeas até a porta.

— E você?

— Não se preocupe. Apenas não diga a ninguém que eu a ajudei. Nosso sucesso depende de Ghalib acreditar em minha lealdade. — Ele devolveu as rédeas a ela, avisando — depois de amanhã seu marido virá a Acre trocá-la por Jamila. Encontre-o antes disto. Eu enviei uma mensagem para ele, mas preciso ter certeza de que não cairá na armadilha de Ghalib. Pelo bem de Jamila e de Amira, vocês dois têm que ficar a salvo.

— É um homem de coragem, Abdul.

— E a senhora é uma mulher única, dama. Vá, darei um jeito nos portões.

Sacando a espada, ela sorriu, diabolicamente animada.

— Os portões não serão problema. Apenas tire seus homens do meu caminho. Ou eles morrerão antes do tempo.

Pressionando os joelhos nos flancos do garanhão, fez com que ele girasse o corpo e partiu em direção a porta, passando pela abertura estreita e espalhando o caos pelo pátio. Quando Abdul alcançou o exterior da construção, ela desaparecia pelos portões com uma gargalhada, deixando um rastro de barris tombados e o telhado que protegia a guarita da sentinela desabado sobre os estupefatos guardas. Recuando para as sombras, ele compôs sua melhor expressão de surpresa e correu na direção dos guardas para cumprir seu papel de fiel escudeiro de Ghalib.

PALESTINA, AO SUL DO LITÂNI

Hrolf avivou o fogo e observou Jamila dormindo sobre a manta. Foi até a outra câmara das ruínas e verificou a montaria. Em seguida, estudou o tempo lá fora. Ainda chovia forte, não havia sinal de que a tempestade amainasse tão cedo. Não sabia se agradecia aos deuses pelo tempo que passaria preso com Jamila, ou se os amaldiçoava.

Tinha consciência de que, no final daquilo, cada um teria que seguir seu próprio destino. Ela, uma rica dama da Sicília. Ele, um homem do povo que passara da idade de se casar. Por mais que a amasse, não tinha um futuro a oferecer. Não um que ela merecesse. Resignado, voltou para dentro das ruínas e a encontrou despertando. Ela adormecera em seus braços, exausta. Ele ficara ao seu lado velando seu sono, observando-a respirar tranquila, com os lábios entreabertos e a expressão de doce abandono.

— Que bom que está aqui — ela o brindou-o com um sorriso sonolento.

Agachando-se ao lado dela, Hrolf enroscou o dedo num dos cachos sedosos e indagou.

— Pensou que eu a deixaria?

— Assustei-me quando acordei e não o vi — confessou, esfregando o rosto nas costas da mão dele.

Levantando se, Hrolf remexeu nos alforjes e apanhou uma das vasilhas que usavam para cozinhar.

— Volto já.

Ela o observou desaparecer pela abertura de pedras. Voltou minutos depois, com a vasilha cheia de água e um pedaço de tecido nas mãos. Intrigada, aguardou que ele se aproximasse e se ajoelhasse ao seu lado.

— Posso cuidar de você? — Perguntou.

— Cuidar? De mim?

Estendendo os braços ele a ajudou a se sentar, maravilhando-se com a maneira como os cabelos escorriam pelos ombros dela, formando um manto sedoso. A manta desceu, revelando seu colo. Carinhosamente, ele puxou o tecido para baixo e trouxe Jamila mais para perto.

— Sim — Depositou um beijo em sua testa e afastou a coberta— veja — ele tocou as coxas sujas de sangue — é natural, mas não precisa ficar assim.

— Deixe — ela tentou se desvencilhar, encabulada. Mas ele segurou sua mão, encarando-a com aqueles olhos cinzentos que prometiam o céu.

— Permita-me, Jamila — colocando-a em seu colo, ele começou a passar o pano umedecido na água fresca em suas coxas — não há nada mais certo neste mundo do que uma mulher deixar que seu homem cuide dela.

O contato com a água fria arrepiou a pele de Jamila. Seus mamilos endureceram. Tímida, ela puxou a ponta da manta sobre o peito, ocultando dele a reação de seu corpo. Ah, mas estava tão bom! Era tão gostoso ser tocada daquela forma!

Notando o embaraço dela, Hrolf agiu com naturalidade, embora fosse difícil ficar indiferente a ela. Seu corpo reagiu ao cheiro de Jamila mesclado ao seu. Procurou se controlar. Afinal, depois de tê-la deflorado, não poderia tê-la de novo. Ela certamente estaria dolorida, precisando de um tempo para repousar...

— Hum — ela gemeu e escondeu o rosto em seu peito.

Imediatamente ele parou.

— Estou machucando você?

Erguendo a face corada para ele, Jamila o encarou com os olhos brilhantes e a respiração ofegante.

— Não — sussurrou —, estava bom. Eu estava sentindo — ela mordeu o lábio e desceu a mão timidamente, apontando o local de onde uma estranha agonia brotava — aqui... estava... gostoso.

Deixando de lado o pano, Hrolf deitou-a sobre a manta e colocou-se ao lado dela. Soltou a mão que ainda segurava a coberta e desnudou seu colo.

— Jamila — beijos delicados foram espalhados pela face e pelo colo dela — não quero machucá-la. Se a tomar de novo, estarei sendo um bruto.

— Sei que não vai me machucar — ela retrucou, os olhos presos aos dele — eu quero tanto que me toque, que me faça sentir novamente o que senti.

Sorrindo, ele afagou seus cabelos e depois deslizou os dedos por seu colo, até chegar aos seios.

— Quer que a toque assim? — Ela assentiu com a cabeça e ele prosseguiu, apertando delicadamente um mamilo entre o polegar e o indicador — e assim?

— Oh! — Ela mordeu o lábio inferior e suas mãos procuraram o corpo dele, puxando-o para mais perto — sim. Eu quero. E quero tocar você — ela baixou os olhos, tímida e falou baixinho — quero ver você.

Compreendendo a curiosidade dela, ele estendeu a mão e a ajudou a se levantar. De pé, ambos se entreolharam, antes que ele soltasse os laços da calça e se desnudasse diante dela. Sentindo-se subitamente encabulado, ele prendeu a respiração e olhou para Jamila. Não tinha o corpo de um jovem, mas nunca fora um homem de excessos. Ao menos em seu corpo só existiam cicatrizes. Não tinha marcas das doenças que acompanhavam os homens devassos. Ainda assim, ficou inseguro, desejando que Jamila o apreciasse.

Jamila acompanhou cada movimento de Hrolf. Observou a agilidade dos dedos dele ao desfazerem o laço que prendia a calça. Percorreu com os olhos as longas e poderosas pernas. E deteve-se naquele ponto que se erguia entre os pelos claros no vértice entre elas. Pulsante e vivo, orgulhosamente ereto. Um enorme rubor cobriu sua face. Precisou que tomar coragem entes de prosseguir no exame. Percorreu seu caminho, estudando o abdome e o peito largo, recoberto por alguns pelos louros. Seu olhar subiu, passando pelo pescoço até chegar ao rosto dele. Nos olhos de Hrolf havia expectativa, desejo e amor. A vontade de tocá-lo era intensa. Ergueu a mão, deslizando os dedos sobre uma cicatriz formada por três linhas irregulares e paralelas, no flanco dele.

— O que é isso?

Os dedos longos roçaram os dela, enquanto ele explicava.

— Uma contenda com um lobo.

— Oh! — Ela subiu os dedos e acariciou a marca irregular perto do ombro — e essa? Outro lobo?

— Não — ele sorriu, divertindo-se com as próprias recordações —, os moleques Svenson.

Jamila prosseguiu timidamente. E embora sentisse o sexo latejando, não fez movimento algum para tocá-la, temendo assustá-la.

— Nunca pensei que fosse assim — ela falou, uma das mãos em seu peito.

— Assim o quê? — Indagou Hrolf, sem entender bem o que ela quisera dizer.

— Que o corpo de um homem fosse tão diferente — a mão dela deslizou pelo abdome dele — e tão bonito.

Hrolf engoliu em seco. A mão delicada descia, aproximando-se perigosamente do ponto em que todo desejo se concentrava. Involuntariamente, gemeu. Jamila recuou, indagando.

— Fiz algo errado? Eu...

— Não — apressou-se em dizer, para depois ajuntar, mais tranquilo — não fez nada errado. Eu estava apreciando. Muito.

Mais segura, ela voltou a tocá-lo, acompanhando o movimento das mãos com o olhar. Ao chegar perto do membro que se erguia, inchado e pulsante, ela hesitou. Depois de ouvi-lo suspirar, tocou-o devagar. Sentiu sob os dedos a pele quente e acetinada da extremidade. Deslizou-os ao longo da carne rígida, até chegar aos pelos macios. Depois, fez o caminho inverso. Quando chegou ao fim dele, a mão de Hrolf envolveu a sua. Ao olhar para ele, notou seus olhos obscurecidos, fixando-se em seu rosto com expressão faminta.

— Jamila — ele chamou com a voz rouca, antes de abraçá-la e tomar sua boca com voracidade. Não conseguia raciocinar, ou ponderar se seria certo tomá-la outra vez. Jamila parecia não se importar, sujeitando-se ao seu beijo e correspondendo-o.

— Hrolf — ela gemeu quando ele sugou seio — me ame de novo!

Ela nem precisaria pedir. Hrolf deitou-a novamente sobre a manta. Com as mãos e com a boca, estimulou cada pedacinho de seu corpo e regozijou-se com os toques tímidos que ela espalhava pelo seu. Ardeu de desejo quando ela, insegura e curiosa, envolveu de novo seu sexo, acariciando-o devagar. Quase gritou de prazer quando ela o pressionou um pouco mais.

— Preciso ter você agora, pequena — ela falou de encontro à sua boca entreaberta— e não sei se conseguirei me conter. Se serei tão delicado quanto fui antes. Pelos deuses, Jamila! Está me deixando louco!

Trêmula, ainda sem conhecer direito as próprias reações, ela suplicou.

— Por favor — suas pernas se afastaram automaticamente para que ele se encaixasse entre elas — eu sinto tanta vontade...

— Eu sei, meu amor — ele forçou a entrada no corpo dela, percebendo-a úmida de encontro ao próprio sexo — vou acalmar sua vontade — devagar começou a penetrá-la — amei-a antes como a uma donzela — ele parou e fitou-a nos olhos — agora eu o farei a uma mulher.

Jamila sentiu orgulho de si mesma. Era uma mulher. A mulher dele, nos braços dele e sob seu corpo vigoroso. Estava à beira do êxtase. E quando Hrolf começou a ir e vir dentro dela, tomando-a com exigência, entregou-se completamente, gemendo, gritando e se movendo sob ele. Com a entrega dela, totalmente abandonada ao prazer, Hrolf venceu os últimos resquícios de receio. Não a feria e sim, a satisfazia. Satisfeito ao vê-la atingir o clímax, intensificou os movimentos até chegar ele mesmo ao auge do prazer. Com um grito rouco, despejou dentro dela, em espasmos quase dolorosos, sua alma e sua semente.

CAPÍTULO
XXIV

"Ao espírito desejoso nada andará bastante rápido".

ALBERTANO DA BRESTIA,
"LÍBER CONSOLATIONIS"

ARREDORES DE RAS EL-AIN, PALESTINA, 16 DE AGOSTO DE 1196

Ragnar esfregou o rosto, tirando os cabelos molhados da frente dos olhos. Recolocou o elmo, fitou os dois homens ao seu lado e especulou novamente se o plano daria certo. Kamau parecia pensar o mesmo, pois mediu o companheiro deles de cima a baixo.

Montado em Nahr e usando roupas que pertenciam a Mark al--Bakkar, o mercenário genovês chamado Bernardo parecia pouco à vontade. E embora tivesse quase a mesma estatura e fosse fisicamente parecido com ele, quem o visse de perto logo saberia que não se tratava do mestiço. Até porque, Bernardo carregava a bainha da cimitarra do lado esquerdo do corpo, e não do direito, como o canhoto Bakkar o fazia.

Grunhindo uma praga, misturada a um pedido de ajuda aos deuses de sua terra, Ragnar fez sinal para que prosseguissem a marcha pela velha estrada romana. Paralelamente à via de pedras, corria o antigo aqueduto que saía das fontes artesianas de *Ras el-Ain* para abastecer Tiro. Com a chuva intensa, a água corria velozmente, transbordando em alguns pontos. Por sorte o céu clareava na direção do mar, indicando que talvez tivessem um dia sem chuva, embora o calor abafado o fizesse pensar exatamente o contrário. De qualquer forma, queria apenas chegar à Iskandarouna e encontrar os homens que Bakkar convocara.

A esta altura, ele e Björn deviam estar a meio caminho de Acre. O mestiço partira de madrugada. Oculto sob a lona de uma carroça, embarcara no Freyja, que zarpara no meio do temporal. A intenção deles era apanhar Ghalib com as calças na mão, frustrando a cilada armada para matar Bakkar. Bernardo, ele e Kamau, junto com os beduínos que Aswad enviaria, serviriam de distração para Ghalib, enquanto Mark estaria livre em Acre para resgatar Radegund. *Se* ele a encontrasse. Caso isso não acontecesse, ou se Ghalib tivesse feito algum mal a ruiva, ele nem sabia o que poderia acontecer.

Pensando nesta hipótese, desejou que Hrolf resolvesse sumir com a moça que haviam raptado, a tal Jamila. Ela seria o alvo da fúria do mestiço, caso Radegund sucumbisse. Afastando os pensamentos ruins da cabeça, Ragnar concentrou-se na estrada. Em breve chegariam a Iskandarouna. De lá, dariam o próximo e deliberado passo em direção a emboscada de Ghalib ibn-Qadir.

PALESTINA, AO SUL DO LITÂNI

Jamila se recostou em Hrolf, embalada pelo ritmo ditado pela montaria. Um dos braços dele a apertou de encontro ao peito, enquanto um beijo era depositado no alto de sua cabeça. Suspirou satisfeita e fechou os olhos, evitando pensar que em poucos dias estariam separados para sempre.

Por que a vida era tão injusta? Por que não tinham direito de serem felizes, compartilhando o sentimento precioso que descobriram nos braços um do outro? Estaria pagando pelos pecados de seu irmão? Exausta pela noite em claro, adormeceu nos braços de Hrolf. Despertou horas mais tarde, quando ele parou a montaria sob uma figueira solitária.

— Acorde, pequena — ele murmurou em seu ouvido — hora de descansar o cavalo e comermos alguma coisa.

Sonolenta, Jamila se espreguiçou e virou-se para ele, encantando-o com um sorriso. Em seguida, olhou para o céu.

— Será que ainda vai chover?

— É provável que sim — ele desceu e a ajudou a fazer o mesmo, retendo-a em seus braços por mais tempo do que o necessário — vamos descansar um pouco. Se não cair outro temporal, calculo que chegaremos em Tiro ao anoitecer.

— Tiro? — Ela indagou, sentando-se numa pedra à sombra.

— Sim — ele respondeu, lacônico, subitamente reservado.

Calado, Hrolf começou a descarregar e a cuidar do cavalo. Isso deu a Jamila alguma privacidade para se aliviar. Em pouco tempo partilhavam uma refeição de frutas secas, pão adormecido e vinho. Depois de comerem, Jamila o ajudou a recolher os pertences e deixar a bagagem pronta para a partida. Apanhando um cobertor, Hrolf começou a limpar uma parte do solo para que descansassem um pouco.

— Apenas por uma hora — disse, abaixando-se para remover uma pedra arredondada de seu lugar — assim o cavalo descansa também e...

A dor aguda fez com que Hrolf interrompesse o que dizia, puxando subitamente a mão que segurava a pedra. Antes visse o ferimento, empalideceu, os olhos fixos no ponto onde estivera mexendo, a outra mão apertando com força a ferida. Um pequeno animal rastejava, saindo de baixo da pedra. Preocupada, Jamila correu para o lado dele e olhou para o mesmo lugar.

— Oh, meu Deus! É...

— Um escorpião — esmagou-o com a bota. Depois, grunhiu, sentindo a mão latejar de dor — pegue minha faca.

— Mas...

— Agora — gritou.

Jamila obedeceu e aguardou. Hrolf estendeu as costas da mão machucada, mostrando o local da ferroada, vermelho e inchado.

— Faça um corte aqui, depressa.

Trêmula, ela obedeceu, embora tivesse vontade chorar ao ser obrigada a machucar o homem que amava. O sangue escorreu quando Hrolf pressionou ainda mais a ferida, forçando um fluxo mais abundante. A dor era intensa. E ele sabia que o pior estava por vir. Só pedia aos deuses para que aquele veneno não fosse mortal. E se fosse, que conseguisse ao menos levar Jamila em segurança até Tiro. Depois disso, morreria em paz.

— Ouça-me com atenção — ele a encarou, pálido — recolha o bicho com um pedaço de pano e embrulhe-o nele. Se acharmos um curandeiro, ele poderá saber como tratar disso. Depois, junte nossas coisas e prenda ao cavalo. Consegue fazer isso?

— Darei um jeito — ela afirmou, determinada, contendo o choro.

— Eu sei — ele ergueu a mão e mostrou a ela. — Isso vai piorar. Vamos sair daqui agora, enquanto consigo montar e encontrar o caminho. Não sei quanto tempo me resta de consciência. Escute com atenção. Tiro fica a oeste daqui, na direção do poente. Se eu não conseguir...

— Não! — Jamila agarrou-se a ele, começando a chorar — você vai conseguir! Nós vamos conseguir!

Pragmático e temendo pela segurança dela, afastou-a e olhou em seus olhos.

— Preste atenção, Jamila. Sua vida depende disso. Se eu não conseguir, deixe-me no meio da estrada. — Ignorou os soluços dela e prosseguiu — entre em Tiro e procure por Isabella, a veneziana, na cidade baixa. Todos a conhecem. Conte tudo a ela e ela a ajudará.

Depois disso, o tempo adquiriu uma estranha perspectiva para Jamila. Era como se estivesse dentro e fora de seu corpo ao mesmo tempo. Fez tudo de forma mecânica, ouvindo as instruções que Hrolf dava ao mesmo tempo em que o observava e rezava pela vida dele. Viu que ele mantinha a pressão sobre a mão ferida, lutando para retardar o efeito do veneno, evitando se disseminasse pelo corpo. Depois do que pareceu uma eternidade, ele a ajudou a montar e subiu atrás dela, incitando imediatamente o cavalo a um galope veloz. A Jamila, só restou se agarrar a ele e rezar.

ACRE, PALESTINA

A baronesa de D'Azûr saltou agilmente o muro do quintal, carregando as peças que roubara, ganhando a rua. Desapareceu assim que dobrou a esquina, antes que a dona percebesse a falta das roupas no varal. Andando mais devagar, ajeitou o turbante improvisado e seguiu na direção da igreja. Sempre num passo moderado, passou pela porta principal e caminhou pela lateral do prédio até encontrar uma entrada secundária. Com uma faca forçou a fechadura e entrou, fechando a porta sem fazer barulho. Depois que os olhos se habituaram à falta de iluminação, percorreu os corredores até achar o que queria. Subiu as escadas estreitas de dois em dois degraus até chegar ao alto da torre. Certa de que não fora seguida, trancou a porta e pôde, enfim, descansar.

Abdul olhou para Amira, do outro lado do pátio. Não se atreveu a falar com ela, nem a olhá-la por um tempo maior do que olharia para um soldado qualquer. Ao invés disso, montou e aguardou que subisse na liteira. Assim que ela cerrou as cortinas, deu ordem à comitiva para partirem. Num trote regular, cruzaram os portões da residência e ganharam a rua. Sobre a montaria, ele repassava mentalmente cada um de seus passos até ali. Movera a todos como peças em um tabuleiro de xadrez. Agora era o momento do golpe final. A hora em que Ghalib ibn-Qadir pagaria por tudo que fizera. A hora em que Jamila e Amira finalmente estariam livres. E se Deus realmente existisse, ele talvez sobrevivesse para ver este dia chegar.

Amira mordeu o lábio e lançou um olhar a Abdul antes de cerrar as cortinas da liteira. Ele estava tão imponente sobre o cavalo, parecia tão distante... apertando as mãos, esforçou-se para não chorar. Ainda de madrugada, ao deixá-la em seus aposentos, ele pedira que confiasse nele. E avisara que, a partir daquele momento, a trataria como antes, ou seja, com polida indiferença. Tudo para que não levantassem suspeitas. Insegura, ela se recordou da noite passada nos braços dele, da forma como a amara. Aquilo não podia ser fingimento, não podia ser um ardil para envolvê-la ou enganá-la. Ele sentia algo por ela. E ela *precisava* confiar nele. Abdul não era como Ghalib. Com o coração acelerado, Amira sentiu a liteira sacolejar e se movimentar. Fechando os olhos, rezou para estar certa ao confiar nele.

ISKANDAROUNA, PALESTINA

O burrico se aproximou da casa de adobe seguido por um bando de crianças saltitantes, que foram enxotadas pela figura encarquilhada montada sobre o animal. Ghalib coçou a barba bem aparada e estreitou os olhos, reconhecendo a pessoa que saltava para o chão com agilidade admirável para a idade que possuía. Às suas costas, ouviu a risada de Boemund de L'Aigle.

— O que faz aqui? — Indagou secamente, encontrando-a no meio do terreno.

— Ela se lembrou, amo — Fairuz foi dizendo, com o dedo em riste — lembrou-se e vai destruí-lo.

Com olhos arregalados e o coração trovejando, Ghalib agarrou os ombros da velha e grunhiu.

— Repita.

— Ela sabe quem é. — Fairuz emitiu uma de suas risadas irritantes — matou três homens e fugiu da fazenda.

— Que homens? Do que fala?

Rapidamente ela contou o ocorrido, omitindo a parte em que se escondera no galinheiro. Atrás deles, Boemund ouvia tudo com atenção e curiosidade. Quando Fairuz concluiu o relato, Ghalib largou os ombros magros. Saiu pisando duro, parando além do poço no centro da aldeia. O sol quente erguia o vapor da terra úmida, transformando a paisagem numa pintura ondulante. Viu uma mulher montada num cavalo, ao longe, mas a imagem se desvaneceu completamente num instante. Uma miragem. Fruto de sua obsessão pela baronesa.

Maldita mulher! Ghalib apertou as mãos ao lado do corpo. Desnorteado, isolado de tudo e todos pela fixação na mulher de al-Bakkar. Não. *Laila era dele*. Ele a salvara. Ele a protegera. Até de si mesma. Ela era dele para que ele a destruísse, acabando com a própria fraqueza. Ele a odiava. *Ele a amava*.

— L'Aigle — gritou, voltando-se para o centro da aldeia —, reúna seus homens.

O cavaleiro correu até ele, um odre de vinho numa das mãos.

— O que deu em você, homem?

— Mudei meus planos — ele informou, passando pelo outro com se ele não fosse ninguém. — Alcançaremos Abdul no caminho.

— Caminho? — Indagou Boemund, dando meia volta e seguindo Ghalib até onde deixaram as montarias.

— Já disse, L'Aigle — ele finalmente parou e o encarou, transtornado — reúna seus soldados. Temos que apanhá-la antes que chegue a al-Bakkar.

Fairuz cobriu o rosto com a ponta do albornoz, protegendo-se da poeira. O bando de Boemund e os soldados de Ghalib partiam em disparada pela estrada. Tolo! Seu amo era um tolo por sair no encalço daquela filha dos infernos! Melhor seria se a tivesse deixado morrer. Como se arrependia de não a ter matado quando ainda parecia uma ratinha, frágil e indefesa. Agora nada poderia fazer. O destino de todos fora selado. Ghalib queria a mulher de cabelos vermelhos. Moveria céus e terras para capturá-la e roubá-la de vez do homem dela. E se no fim de tudo não pudesse tê-la, ele simplesmente a mataria.

RAS EL-AIN, PALESTINA

A mão de Ragnar se ergueu subitamente, fazendo com que os cavaleiros se detivessem atrás dele. As montarias se ressentiram da parada brusca, resfolegando e batendo os cascos no chão.

— Ficou maluco? — Indagou Kamau, finalmente contendo seu animal.

— Não — grunhiu o norueguês sem olhar para o companheiro. Estava concentrado, esquadrinhando cada palmo da estrada a sua frente. Algo estava errado. Sua intuição dizia isso. E ela não falhava. Se assim fosse, não teria ganhado a vida durante anos como sentinela avançado de Ibelin.

— Então o que houve? — Perguntou Bernardo, também se aproximando — não há nada adiante além de pedras.

O pio de um falcão em pleno voo pontuou as palavras de Bernardo. Ragnar protegeu os olhos do sol forte e olhou para o céu, observando a majestosa ave voando em círculos bem acima deles. Abriu um sorriso e encarou os companheiros.

— Aswad está aqui.

— Ei, nortista — zombou o genovês olhando ao redor — acho que o sol cozinhou seus miolos. Não há nada aqui!

Ragnar encarou o mercenário.

— Já disse, o beduíno e seus homens *estão* aqui.

— Onde? — Exasperou-se Kamau — não vejo ninguém, nenhum som, nenhum movimento...

Ragnar balançou a cabeça e adiantou a montaria, falando alto.

— Chega de brincar, Aswad. Já pode fazer sua entrada triunfal.

Para espanto dos mercenários, as pedras ao redor da estrada ganharam vida. Atirando os mantos cor de terra para o lado, vários homens de pele escura que tinham estado, até então, camuflados na paisagem, começaram a aparecer. Por trás de uma rocha surgiu um homem montado num berbere, erguendo o braço para que o falcão que os sobrevoara pousasse graciosamente.

— Continua esperto, Svenson — exclamou o beduíno, premiando a ave com um petisco enquanto se aproximava.

— É isso o que mantém minha cabeça em cima do pescoço, Aswad.

— É verdade. Como vão, rapazes?

— Enganou-nos direitinho, homem — exclamou Kamau, estendendo a mão para o recém-chegado — como vai?

— Casado e com filhos.

— Mahkim me contou. — Kamau sorriu e apontou o companheiro que, ao contrário deles, não servira ao sultão — este é Bernardo, ele veio de Gênova.

— *Sheik* Aswad — o soldado inclinou a cabeça num gesto de respeito.

— Seja bem-vindo — ele o observou — é realmente parecido com Mahkim. Espero que Ghalib pense o mesmo.

ACRE, PALESTINA

A perna inexistente de Pierce coçou furiosamente, sinal de que ia chover. De novo. Amaldiçoando o clima esquisito, ele manquitolou até seu lugar preferido da taverna, onde gastava parte das moedas que ganhava ajudando num estábulo de aluguel no *Suq al-Abiad*. Acomodou-se no banco e esfregou de novo a perna de pau. Pediu uma caneca de cerveja, bebericando calmamente, acenando para um ou outro conhecido. Apesar de não ser muito tarde, lá fora escurecia rapidamente, as nuvens densas se ajuntando no céu.

Dois homens, muito altos e fortes, passaram pela porta do estabelecimento. O maior deles, nitidamente um estrangeiro dos reinos frios do Norte, grunhiu algo para o taverneiro, que logo arranjou uma mesa vazia. O que chamou a atenção de Pierce, no entanto, foi a sensação de conhecer o outro homem, o de pele morena. Barbudo e com um turbante na cabeça, ele se vestia com desleixo, mas andava como um nobre. O porte sob as roupas mal-ajambradas não o enganava. Aquele homem era qualquer coisa, menos o que queria parecer. De onde diabos o conhecia?

Björn girou a caneca de cerveja entre as mãos e encarou Mark.

— Faça uma cara melhor. Somos dois camaradas em busca de diversão, esqueceu-se?

— Não estou me divertindo — rosnou o mestiço. — Quero minha mulher.

— Para isso, vamos ter que fazer amizades, jogar, fingir de bêbados, essas coisas... ora, que diabo! O espião aqui foi você, não eu.

Torcendo o nariz, o mestiço esvaziou a caneca e se levantou.

— Se é isso o que quer...

Passando entre as mesas, Mark foi até os fundos da taverna, onde os jogos de dados prendiam a atenção dos fregueses. Aguardou sua vez e fez sua aposta. Soprou os cubos de osso e deu três batidinhas com o punho fechado sobre a mesa, antes de lançá-los. Da mesma maneira que Radegund fazia quando jogava. *Para dar sorte,* ela dizia.

— Que diabo! — Um homem resmungou do outro lado da mesa — ele faz como aquela mulher. Se tiver a sorte dela, estamos perdidos!

Antes que alguém fizesse outro comentário, a mão de Mark agarrara a túnica do sujeito, erguendo-o no ar.

— Que mulher?

Atônito, o homem olhou ao redor, em busca de socorro. A estatura e a largura do estranho, no entanto, intimidavam qualquer um. Atraídos pela confusão, Björn e Pierce chegaram ao mesmo tempo na parte de trás da taverna.

— Vamos, estou esperando — vociferou o mestiço — que mulher é essa?

— Al-Ahmar, o demônio em pessoa — grasnou Pierce, expondo a boca desdentada ao sorrir —, ...al-Bakkar.

— Inferno! Dormi demais!

Radegund esfregou os olhos e esticou as pernas, espreguiçando-se. O céu lá fora estava nublado e escuro, prenunciando um temporal. O vento entrava pelas aberturas da torre, trazendo a umidade e o cheiro do mar. Precisava se apressar caso quisesse sair de Acre naquela noite. Agora que tinha dinheiro, armas, um cavalo e roupas, e que descansara bastante, poderia cavalgar a noite toda se fosse preciso. Tudo o que importava era encontrar Mark antes que Ghalib o fizesse.

Sentada no chão de pedras, tirou a túnica e vestiu a camisa que roubara. Em seguida, recolocou a túnica sobre a peça, embora não cheirasse muito bem. Ah, o que não daria para mergulhar na piscina de sua casa, para lavar os cabelos com sabonete de ervas e depois dormir em sua cama macia nos braços de Mark...

Pensar nele fez seu coração se apertar. Na última vez em que o vira, ele fora levado à força de seus aposentos, em Chipre. E só Deus sabia porque Ghalib o deixara vivo. E o que fizera... por Deus! Ela o rejeitara, o rechaçara e escolhera Ghalib diante da corte de Aimery! Apreensiva, parou de atar os cordões das botas. Ela o conhecia, conhecia seu homem. Mark era o sujeito mais generoso de toda a Cristandade, e além dela. Mas também era orgulhoso e guardava as mágoas para si. Sabia o quanto o machucara ao rejeitá-lo.

E se Mark não a quisesse mais? E se o magoara a ponto de tudo entre eles — amor, amizade e respeito — ter morrido? Suportaria viver sem ele; sem sua presença, sem seu carinho, sem seu amor? E seus filhos? O que seria deles naquele caos que assolava suas vidas?

Não, Mark jamais a deixaria, jamais duvidaria de sua lealdade. Ele tinha sequestrado a irmã de Ghalib para trocá-la por ela. Era sinal claro de que a amava e a queria junto dele, apesar de tudo. Se estava mesmo a caminho de Acre, como Abdul dissera, bastaria que o encontrasse e contasse que perdera a memória, sendo facilmente manipulada por Ghalib. Decidida, acabou de se aprontar e abriu a porta do quartinho. Mesmo assim, enquanto descia as escadas, a dúvida ainda espalhava sombras em seu coração.

Atônito, e ainda segurando o jogador pela roupa, Mark encarou Pierce.

— Quem é você? E como sabe quem sou eu?

Pierce soltou uma risadinha e deu de ombros.

— Se não tivesse aberto a boca, eu não o teria reconhecido. Liguei sua voz ao seu nome. Está atrás daquela sua amiga, não é?

Imediatamente Mark largou o homem no chão e avançou sobre o veterano. Björn, porém, entrou entre os dois e conteve o cunhado.

— Calma aí, Bakkar! Como o homem poderá falar com suas mãos apertando seu pescoço?

— Sábio conselho, estrangeiro. — Resmungou Pierce esfregando a garganta — ei, você não é aquele outro...?

— Não — Björn olhou por sobre o ombro — sou irmão dele.

— Bem, se me pagarem uma cerveja, conto tudo o que quiserem saber.

Mark bufou e encarou Björn.

— Não tenho tempo para cerveja, quero saber onde está Radegund.

— Esfrie a cabeça, homem! Vamos ouvir o que o perna-de-pau tem a dizer.

A contragosto, Mark anuiu e os três foram se sentar numa das mesas. Pierce logo apanhou uma caneca de cerveja e sorveu um gole, molhando a garganta para contar sua história.

ARREDORES DE ACRE, PALESTINA

Abdul avaliou Ghalib enquanto digeria suas palavras. Sua mente fervilhava, trabalhando rapidamente em busca de uma alternativa. Maldita fosse a velha fuxiqueira! Por que não morrera no ataque a fazenda? Bem, ao menos soube como a baronesa conseguira se libertar. Agora, teria que fazer um lance arriscado. A segurança de Amira e Jamila dependia, por hora, da sua própria integridade. Precisava se manter vivo e conservar a confiança de Ghalib em sua lealdade até que elas estivessem a salvo. Depois disso, o que quer que lhe acontecesse não importaria. Sendo assim, relatou a Ghalib o roubo de Sirocco. Se não o fizesse e o fato chegasse aos ouvidos dele, levantaria suspeitas.

— Infelizmente, cheguei tarde — ele finalizou sua história distorcida — os guardas não conseguiram deter a ladra. Mas confesso que nunca imaginaria se tratar da baronesa. Da última vez em que a vi, ela continuava mansa como uma ovelha — fez uma pausa, estudando a expressão de Ghalib — e agora, o que fará?

— Se ela está com Sirocco, não será difícil de achá-la. Afinal, basta que procuremos por ele. Ela estará onde o animal estiver.

— Isso se já não tiver saído da cidade — intrometeu-se Boemund.

Abrindo a cortina da liteira, Amira olhou para os homens agrupados em suas montarias e indagou a todos e a ninguém.

— O que houve? Por que paramos?

Cínico, Ghalib dirigiu seu cavalo até bem perto dela. Olhando de soslaio para Abdul, apenas para observar sua reação, puxou-a para sua própria sela.

Apanhada de surpresa, ela pode apenas se agarrar nele, até estar acomodada entre o homem e o arção. Sentiu-se enojada com o contato, mas refreou o desejo de se afastar dele.

— Sentiu minha falta, Amira? — Indagou ele com um sorriso malévolo.

— Sim, claro — ela retrucou — já disse que sempre espero por você.

— Boa menina — ele segurou sua nuca, beijando-a rudemente, exibindo-se. Satisfeito, ouviu as risadinhas de Boemund e seus homens. Decidido a espezinhar Abdul, já que por enquanto não poderia extravasar sua fúria sobre a baronesa, ergueu o rosto e fitou L'Aigle — vê Boemund, que joias tenho em casa? Uma mulher ávida e mansa como uma gatinha — ele olhou direto para Abdul — e um lacaio fiel como um cão. — Girando bruscamente a montaria, ainda com Amira nos braços, ele ordenou, saindo a galope — para Acre.

Partindo atrás do grupo, Abdul se controlou. Sua vontade era matar Ghalib naquele instante, apenas pelo fato de ele estar tocando em Amira. Breve, muito em breve, ele acabaria com a empáfia do irmão.

Radegund amaldiçoou a chuva que começava a cair. Aquilo retardaria seu avanço. Cavalgar à noite pelas trilhas escuras já era complicado, debaixo de chuva, então... Sirocco resfolegou assim que a viu. Ela o deixara dentro da antiga necrópole. Um animal valioso como ele chamaria muita atenção. Agora, encoberta pela noite e pela chuva, conseguiria sair da cidade. Mas não poderia ir longe, não enquanto não descobrisse onde Mark estava.

Pense, mulher!

Ela acariciou o focinho de Sirocco. Havia uma trilha oculta entre o mar e as rochas, a mesma que usaram quando deixaram Jerusalém, anos atrás. Era um bom lugar para se esconder e usar como base na busca por Mark. Seria arriscado passar por ela com aquela chuva. Se fosse apanhada na torrente de um *wadi*[55], estaria morta. Porém, nada seria pior do que cruzar o caminho de Ghalib novamente.

Decidida, montou no berbere e o conduziu entre os velhos túmulos de pedra. Logo chegava às ruas, agora infestadas de marinheiros, prostitutas e bêbados. Desviou o animal de um par deles, tão tontos que pareciam dançar na sua frente. Sorriu e ia retomando o caminho quando o som de cascos logo atrás atraiu sua atenção. Um arrepio percorreu sua coluna antes mesmo que se voltasse. Três soldados a cavalo desciam a rua num trote rápido. Ao vê-la, aceleraram a marcha e gritaram para que parasse. Naturalmente, ela fez o contrário. Esporeou Sirocco, gritando.

— Voe!

Mark percorreu as ruas próximas ao porto, tentando imaginar para onde Radegund fora. Se ao menos tivesse alguma noção das condições em que se encontrava! Segundo Pierce, ela criara muita confusão na taverna e matara um homem, não se sabia bem por qual motivo. Isso ao menos provava que, em parte, ela voltara ao normal. Mas, além disso, não sabiam mais nada. Ela desaparecera do lugar da mesma forma como aparecera.

— Não há nenhum conhecido de vocês em Acre? — Indagou Björn — alguém a quem ela recorresse?

— Não. Se ainda fosse em Tiro...

A confusão numa rua adiante interrompeu as palavras de Mark. E com o coração aos saltos ele assistiu à passagem de um veloz berbere, perseguido por um trio de soldados bem armados. Inclinada sobre o pescoço do cavalo, uma mulher alta e imponente, que se mesclava ao animal, tal a graça e a destreza com que o montava, fez com que ficasse paralisado.

Imaginara, durante aqueles meses, o momento em que a reencontraria. Pintara em sua mente a imagem dela correndo em sua direção, com os cabelos emoldurando o rosto, os olhos brilhando emocionados ao vê-lo e os braços abertos à sua espera. Deveria saber que com Radegund nada era como se esperava que fosse. E com os diabos, por que aquela mulher parecia ter nascido para criar confusão? Saindo do transe, ele começou a correr na mesma direção que os cavalos.

— Atrás dela, Svenson!

A Björn só restou correr atrás dele.

Abdul viu os três mercenários de Boemund passarem num galope desenfreado, perseguindo a baronesa de D'Azûr. Fora muito azar terem topado com ela assim que chegaram à cidade. Por sorte, Ghalib separara-se deles, indo procurá-la com Boemund do outro lado de Acre. Isso lhe daria tempo para tirá-la do alcance dos soldados.

Tomou outra rota, por entre as vielas apertadas e escuras, fazendo a montaria saltar agilmente sobre os inúmeros obstáculos. Conseguiu chegar a uma rua paralela à que a baronesa percorria. Esporeou ainda mais o cavalo e ganhou vantagem sobre ela. Então, desviou por uma transversal e saiu na outra via, exatamente na frente de Radegund.

Sirocco empinou nas patas traseiras. Enquanto lutava para se manter sobre a sela, Radegund puxava a espada da bainha, preparando-se para a luta. Quando as patas do garanhão aterrissaram no chão, Abdul gritou.

— Vá por onde eu vim! Vou despistá-los.

Sem esperar outro convite, entrou pela rua de onde saíra o misterioso Abdul, enquanto ele retomava o galope por onde ela passara anteriormente. Ao dobrar a esquina ainda foi possível ouvi-lo gritar aos soldados que a perseguiam para que fossem atrás dele. Conservando a espada desembainhada, Radegund conduziu Sirocco até finalmente ultrapassarem aos portões de Acre.

— Viu para onde foram?
— Norte — falou Mark —, mas os perdi de vista. — Seu grito expressou toda sua frustração — inferno! Ela estava ao meu alcance e eu a perdi!
— Vamos alcançá-la, Bakkar — tranquilizou Björn, afastando a água que corria sobre o rosto — estou certo disso.
— Temos que fazê-lo antes que Ghalib ponha as mãos nela — ele conteve a montaria, que batia os cascos no chão sentindo sua tensão — vá para o Freyja, Svenson. Zarpe assim que for possível.
— O que tem em mente?
— Tenho um palpite. Se conheço bem a cabeça dela, acho que sei onde vai se esconder.

Depois de passar as instruções ao cunhado, Mark se despediu e desapareceu sob a chuva. Cada instante era precioso. Cada passo o levaria mais perto de Radegund.

TIRO, PALESTINA

Jamila apertou ainda mais os braços em torno de Hrolf, lutando para não o deixar cair. Se isso acontecesse, não teria meios de recolocá-lo na sela. Fraco e febril do jeito que ele estava, seria incapaz de fazê-lo sozinho.

Quando percebeu que logo ficaria inconsciente, Hrolf trocara de lugar com ela, colocando-a a garupa, entregando-lhe as rédeas da montaria. Explicou como conduzir o animal e atou-se ao arção. Depois disso, ela lutara para controlar o cavalo e manter seu corpo febril entre os braços. Aliviada, passou pelos grandes portões da cidade, ignorando o esplendor de Tiro tamanho o estado de tensão em que se encontrava.

Assim que encontrou um guarda, indagou onde ficava a casa de Isabella. Depois de receber um olhar espantado do homem, ouviu as explicações de como chegar ao local. E assim, ali estava ela, diante da casa luxuosa de dois andares, cercada por tamareiras e jardins bem cuidados. Pelos balcões e janelas escapavam a luz de muitas velas e os sons de risos e música. Quando passou pelos portões e avançou pela alameda de terra batida que levava à entrada principal, um criado se aproximou para recebê-la.

— Pois não?

Exausta, Jamila repetiu o que Hrolf a mandara dizer.

— Diga a senhora Isabella que a remessa de al-Bakkar chegou.

O homem assentiu e entrou na residência. Esperou o que pareceu uma eternidade, com Hrolf inconsciente curvado sobre o pescoço do cavalo. Seus braços estavam em frangalhos, suas costas doíam miseravelmente e as pernas pareciam ter o peso do chumbo. Além disso, estava encharcada e faminta. Porém, agradecia a Deus pela chuva, pois ao menos resfriara o corpo febril de Hrolf.

O homem enfim voltou, seguido por uma mulher voluptuosa, vestida com trajes caros e coloridos. Ao se aproximar deles, falou com o sotaque dos venezianos.

— Venha, minha jovem, entre pelos fundos.

O criado apanhou as rédeas das mãos de Jamila, adivinhando que ela não teria mais forças para conduzir o animal. Levou-os para trás da casa, onde dois criados aguardavam. Isabella, que os seguira todo o tempo, deu então uma boa olhada na dupla.

— O que houve?

— Ele foi picado por um escorpião.

— Por Deus, menina! Por que não disse antes? — A mulher deixou a postura desconfiada de lado, distribuindo ordens — depressa, tirem-no do cavalo e tragam-no para dentro — os criados se adiantaram e Isabella completou, apontando Jamila — e você vem comigo.

Exausta, ela permitiu que um dos criados a tirasse da sela. Seus joelhos vergaram e Jamila caiu, inconsciente.

— O homem está muito mal, Bella.

— Eu sei, Nur — a dona da casa olhou para o homem que era assistido pela curandeira —, mas não pretendo deixar que morra. Ele é amigo de al-Bakkar. Lembra-se dele?

A mulher negra deu uma olhada no estrangeiro. Seu rosto, muito inchado e avermelhado, conservava parte das feições bonitas. Ele fora banhado e colocado no leito para ser tratado. Sua respiração era difícil e a febre, alta. Um dos braços estava muito inchado e a mão que recebera a ferroada estava arroxeada.

— Ele me é familiar — Nur comentou —, mas passam tantos homens por aqui... e a moça que veio com ele?

— Estava exausta. Está dormindo no quarto ao lado. Coloquei um guarda na porta. Ela é preciosa para al-Bakkar.

Nur encarou a dona do bordel mais tradicional de Tiro.

— E isso é tudo o que vai me dizer, não é Bella?

Levantando-se da poltrona, a mulher passou os braços pelos ombros da moça e piscou.

— Sim, minha querida. Isso é tudo. Quanto menos souber, melhor para você. Agora desça. O salão precisa de supervisão.

Nur acariciou ternamente o rosto de Isabella e sorriu.

— Mais tarde eu volto. Vai me esperar acordada?

— Como sempre, minha linda.

Jamila revirou na cama macia e gemeu. De olhos fechados aspirou o suave perfume de ervas que os lençóis exalavam, estranhando o fato de estar tão confortável. Subitamente, abriu os olhos e sentou-se na cama, olhando ao redor, atordoada. Onde estava? Onde estava Hrolf? O quarto decorado luxuosamente e em cores fortes era totalmente estranho. O cheiro de incenso e velas de cera de abelha estava no ar, assim como o som de música, risadas e da chuva caindo pelos beirais. Pouco a pouco sua mente foi clareando. Ela se lembrou que estava na casa da tal Isabella.

Afastou as cobertas macias e saiu da cama, sentindo uma leve tontura. Percebeu então que vestia uma roupa levíssima e diáfana, que mal escondia seu corpo. Uma espécie de camisa íntima bem longa, com uma abertura frontal que ia até os pés e era fechada por um laço. Junto à cama, encontrou um par de chinelinhos macios, forrados de seda. Procurou um vestido para substituir aquilo, que devia ser uma roupa de dormir, mas não achou nenhum. Por fim, apanhou uma manta de cima da cama e jogou-a sobre o ombro. Em seguida, abriu a porta e foi em busca de Hrolf.

— Senhorita — a voz de um homem fez com que Jamila se voltasse assustada —, a senhora Isabela a aguarda no outro quarto.

— Oh — ainda se sentia perdida, mal vira o guarda — obrigada.

Ia recomeçar sua caminhada pelo corredor, quando uma das inúmeras portas se abriu e um homem saiu de lá ajeitando as calças. Ao vê-la, ele abriu um sorriso lascivo e foi em sua direção.

— Vejam só! Isabella guarda um tesouro aqui em cima! — Ele estendeu a mão e tentou puxar a manta que Jamila segurava com força — quanto custa essa coisinha linda?

A mão pesada do guarda empurrou o freguês inconveniente.

— Afaste-se, dela homem. É uma hóspede de Isabella, não uma de suas garotas. Agora que teve sua diversão, desça.

O homem deu uma risadinha e se afastou dizendo.

— É uma pena, querida. Você e eu poderíamos nos divertir muito.

Jamila se encolheu atrás de seu defensor. Que espécie de lugar era aquele? Conduzida pela mão firme, porém gentil, do guarda, ela entrou no outro aposento, tão luxuoso quanto o seu. Seu olhar foi atraído imediatamente para o homem deitado na cama. A manta com que se cobria foi esquecida enquanto corria e se atirava de joelhos ao lado do leito.

— Hrolf! Hrolf, fale comigo!

Isabella lançou um olhar à curandeira e ao guarda, que imediatamente saíram do aposento, deixando-as à sós. Seus olhos negros estudaram atentamente a siciliana enquanto afagava o rosto avermelhado de Hrolf Brosa.

Quando al-Bakkar lhe enviara a mensagem, pedindo que recebesse o norueguês e sua refém, ela prontamente atendera. Além de ter sido um de seus clientes mais generosos, ele fora também um de seus companheiros na rede de espiões de Ibelin. Estava a par do rapto de Radegund e dos motivos que levaram Brosa e a moça até sua casa. Mas jamais esperava ver a afeição e o carinho que a jovem dedicava ao rastreador. Na verdade, as lágrimas e o olhar dela traduziam muito mais do que isso. Estavam carregados de amor.

— Ele vai ficar bom? — Perguntou a moça com voz sumida.

— Vai depender dele, meu bem — respondeu Isabella com simpatia — achamos o escorpião que guardou e isso ajudou muito. A curandeira disse que, na maioria dos casos, aquele tipo não é mortal. Mas causa muitas complicações. A pior delas é a febre. De qualquer forma, mesmo sobrevivendo, Brosa ficará fraco como um bebê por alguns dias.

— Oh, meu Deus! — Jamila segurou a mão dele e encostou-a em seu rosto. Estava tão quente! — Hrolf — disse baixinho entre soluços, esquecida da presença de Isabella. Tudo o que importava era o homem inerte sobre a cama — lute! Lute, meu amor. Eu estou aqui, ao seu lado. Não morra, eu imploro! Posso suportar ser separada de você se souber que ficará vivo, que estará bem, que voltará para sua terra e para os amigos que tanto ama. Pense em Ulla; você ainda não conheceu seu filho. Lembra? Você me contou que quer vê-lo. E em sua velha amiga, Marit. Ainda tem que contar a ela sobre lugares que conheceu. Também tem que saber como estão o capitão e seus irmãos. — As lágrimas escorriam pelo rosto de Jamila comovendo até mesmo a endurecida Isabella com aquele desabafo — lute Hrolf! Lute, eu lhe peço. Não me deixe! Não haverá estrela alguma no céu que me conforte se você partir deste mundo.

O choro sentido da moça encheu o quarto, sobrepujando os sons festivos que vinham do salão lá embaixo. Discreta, Isabella permitiu que ela chorasse todas as suas lágrimas, imaginando o quão difícil fora a jornada daquela menina. Depois de muito tempo, levantou-se e colocou as mãos no ombro da moça, que soluçava baixinho.

— Venha, criança. Sente-se aqui comigo e coma alguma coisa.

Erguendo o rosto inchado, Jamila limpou as lágrimas e agradeceu.

— Obrigada, senhora. Se não fosse por sua ajuda...

— Esqueça — Isabella a ajudou a ficar de pé — tanto Brosa quanto al-Bakkar são velhos amigos. Venha comer.

Obediente, Jamila sentou em frente a uma mesinha, onde fora disposta uma bandeja com frutas frescas, pão, mel, queijo e sidra. À visão da comida, seu estômago roncou e sua boca encheu-se de água. Apesar da preocupação com Hrolf, alimentou-se bem, comendo devagar cada bocado, reunindo forças para ficar ao lado dele o quanto fosse necessário. Enquanto comia, estudava disfarçadamente a mulher que os abrigara. Por fim, resolveu satisfazer sua curiosidade.

— Que lugar é este? — Indagou.

— O melhor bordel de Tiro, criança. — Explicou Isabella, entre lacônica e divertida.

Jamila engasgou com a sidra. Ao recuperar a voz, gaguejou.

— Bor-bordel? Isto é, uma... um...

— Casa de tolerância, prostíbulo, puteiro... — a mulher deu de ombros — existem inúmeros nomes.

Jamila corou com as palavras cruas, mas ainda ensaiou uma questão.

— E a senhora...?

— Já fui — antecipou Isabella, o sorriso aberto após o choque da moça. — Hoje me ocupo em administrar meu estabelecimento. Fique tranquila, menina — levantou-se e tocou o ombro de Jamila — aqui em cima estará protegida. Ninguém lhe fará mal. Agora sugiro que fique um pouco com Brosa, tenho que cuidar de minhas obrigações. Se precisar de algo, peça ao guarda. Ele é de confiança.

Jamila assentiu, ansiosa para voltar para o lado de Hrolf. Isabella se despediu e saiu do quarto. Sozinha, Jamila se sentou na cama larga e colocou a cabeça de Hrolf no colo. Ficou acariciando seus cabelos durante um bom tempo. Até que, cansada e saciada pela refeição, adormeceu recostada aos travesseiros.

CAPÍTULO XXV

"Creia em botões verdes despertos na primavera,
No outono que pinta as folhas com fogo sombrio;
Creia que mantive meu coração honrado
Para que um só homem o tivesse, em desvario."

"A CANÇÃO DE BÊLIT", ROBERT E. HOWARD.

NORTE DE ACRE, PALESTINA

Sirocco ultrapassou a barreira de rochas calcárias, percorrendo a descida íngreme que terminava na praia. Atenta, Radegund o conduziu com firmeza até que estivessem seguros na areia. Mantendo um trote leve, seguiu observando as rochas, tendo o mar bravio do outro lado, até chegar ao seu destino. Virou a montaria naquela direção e pôde, finalmente, saltar para o chão.

— Enfim, Sirocco — afagou o focinho do animal, levando-o para a proteção de uma pequena gruta escavada na pedra. — Aqui ficaremos secos. E terei o topo das rochas como posto de observação.

O berbere balançou a cabeça, com se concordasse com a companheira. Radegund agradou seu focinho novamente e começou a retirar a sela. Depois de soltar o freio e esfregá-lo com um punhado de mato, prendeu-o a uma raiz resistente que descia pela rocha.

— Só para o caso de você se assustar com os trovões, parceiro.

Dito isto, galgou as pedras até o topo da elevação e observou os arredores através da cortina de água da chuva. Era impossível enxergar muito longe. Mas todo cuidado era pouco quando se estava sendo perseguida como uma raposa nos campos. Satisfeita, desceu o barranco e entrou em outra gruta, um pouco menor e acima daquela onde acomodara Sirocco. Não havia vestígios de uso, o que provava sua teoria de que poucos conheciam aquela trilha. Melhor assim. Algum tempo depois, conseguiu um conforto razoável com a manta e a sela. Estava exausta, desejando ardentemente um bom banho, comida quente e um pouco de calor, mas não se atreveria a acender uma fogueira. Aquilo poderia significar a diferença entre a liberdade e o cativeiro.

Aproximando-se da saída da gruta, apoiou-se na rocha, observando o mar e a chuva lá fora. Tinha que encontrar Mark o mais rápido possível. Algo lhe dizia que ele estava por perto. Aquela velha sensação, o antigo elo que os unia, vibrava ao seu redor com a mesma tensão que a tempestade que ora desabava. Tinha que chegar a ele, antes que Ghalib a encontrasse. Não podia cair nas mãos daquele monstro novamente. Só de se lembrar de seu toque e do modo como a beijara, ela se sentia nauseada e suja. Em meio às lembranças desagradáveis, as dúvidas voltaram a assaltá-la. Como confessaria aquilo a Mark? O que ele diria? Como reagiria ao saber que Ghalib chegara muito perto de dormir com ela?

Como ele a enojava! Só se sentira assim, tão maculada, quando fora estuprada. Era uma sensação sufocante, de asco e sujeira. Como se estivesse coberta de lama até a alma. Agitada, caminhou para fora da gruta, andando pela areia. A tensão de tudo o que acontecera irrompendo num choro convulsivo. Arrancou a túnica pela cabeça, ficando só de calça e camisa. Com o rosto voltado para cima, deixou que a água caída do céu lavasse sua alma de tanta amargura.

Depois que a montaria escorregou pela segunda vez, Mark apeou e seguiu a pé, conduzindo-a pelas rédeas. Descia devagar pela trilha estreita e enlameada, observando o mar furioso lá embaixo. Tentava enxergar alguma coisa, mas a chuva era tão forte que não via um palmo adiante do nariz. Puxou um pouco mais o capuz do manto sobre a cabeça, evitando que a água entrasse nos olhos. Um raio muito próximo causou um estrondo ensurdecedor, fazendo sua montaria se agitar e relinchar. E como mágica, outro relincho atravessou a chuva em resposta.

Estático, ele aguardou. Outro raio lançou sua luz sobre a areia branca, um clarão prolongado que lhe deu uma visão ampla do terreno mais à frente. E como se invocada por suas lembranças, a imagem da mulher na areia, sob a tempestade, fez seu coração falhar uma batida. Sua voz falseou e ao invés do grito que pretendia dar, apenas um sussurro saiu de sua garganta.

— Radegund...

Um arrepio na nuca a alertou de que não estava só. Devagar baixou os braços, aproximando lentamente a mão do punho da espada. Seu coração acelerou. Mentalmente se recriminou pelo descuido, por se expor em terreno aberto. E ao mesmo tempo em que a lâmina corria ligeira para fora da bainha, iniciando um círculo mortal para encontrar quem quer que fosse, a súbita noção de quem estava ali aflorou em sua mente.

Atirando-se no chão e rolando para o lado a tempo de desviar do golpe fatal, Mark logo se colocou de pé, cara a cara com Radegund. Ainda com a espada em punho, como se não acreditasse nos próprios olhos, ela o encarou por trás da cortina de água que os cegava.

— Mark... — a voz foi mais um sopro, um gemido estrangulado.

— Radegund — ele estendeu as mãos e falou devagar, como se acalmasse um animal selvagem — sou eu. Baixe a arma.

Estática, ela o encarava. Não conseguia falar, se mover ou fazer qualquer coisa além de olhar para o rosto coberto pela barba escura, para os cabelos encharcados e para os olhos que tanto amava. Tinha tanto a dizer a ele! Imaginara tantas coisas para este momento! Mas nada lhe vinha à cabeça. Era como se tivesse medo de fazer um gesto e Mark desaparecer de sua frente, como uma miragem. Repentinamente, começou a tremer. O punho da espada escapou de sua mão no mesmo instante em que ele cobria a distância que os separava. Apertou-a nos braços com tanta força que poderia parti-la em duas.

— Radegund — suas mãos envolveram o rosto querido fazendo-a olhar para ele — Raden, minha garota.

Tocando seu rosto, ela estudou cada traço, percorrendo as linhas com as prontas dos dedos, afastando os cabelos molhados dos olhos dele.

— É você. Meu Deus, é você — os soluços irromperam no meio das palavras, sacudindo-a com violência — Mark...

Os lábios dele cobriram os dela. Provou sua boca, beijando-a longamente, sentindo o gosto salgado das lágrimas, sem saber se eram as dela ou as suas. Radegund se afastou um pouco, querendo ver o rosto adorado, precisando tocá-lo, certificar-se ainda uma vez de que ele era real.

— Mark... — a mão dela correu dos cabelos para a face coberta pela barba — pensei que nunca mais fosse vê-lo de novo.

— Ah, garota! Eu também...

Abraçado a ela, Mark fechou os olhos e saboreou o som de sua voz, os contornos de seu corpo, o cheiro de sua pele e a textura de seus cabelos. Notou que ela emagrecera, que tremia dentro de seu abraço e que se agarrava a ele como se temesse que fosse fugir dela. Recuando um pouco, deu outra olhada nela. Fitou-a nos olhos e viu todo o medo e todo desespero de Radegund refletidos ali.

— Você está bem? — Ela fez que sim com a cabeça, sem conseguir desviar os olhos dos dele. Mark franziu o cenho — está ferida? Doente? — Ela negou com a cabeça — o que foi? O que tem, mulher? Fale, pelo amor de Deus!

Baixando a cabeça, ela soube que aquele era o momento da verdade.

— Perdoe-me.

— Perdoá-la? — Ele a segurou pelos ombros — do quê? Por quê?

— Em Chipre... — ela ergueu os olhos atormentados para ele — o que fiz...

— Não vamos falar nisso.

— Não — ela recuou, aflita —, tem que me ouvir. Ghalib me usou. Aquele maldito desgraçado me usou! — Agora ela esbravejava — ele me atacou na praia, mentiu para mim quando acordei sem saber quem era. Disse que era meu marido, contou mentiras a seu respeito. E eu caí como uma idiota!

— Radegund — ele quis interrompê-la, apesar de sua cabeça, de repente, ter começado a ferver com uma série de suposições as quais ele se recusara a examinar. Agora, começava a temer que o estrago que o maldito siciliano fizera em suas vidas fosse bem maior. Suspeitando que havia muito mais por trás daquela angústia toda, Mark inspirou e soltou o ar bem devagar antes de perguntar — o que está tentando me dizer, Radegund?

Com as mãos apertadas junto ao corpo, ela começou a falar.

— Ele me enganou, Mark. Manipulou as poucas lembranças que eu tinha... — ergueu os olhos para ele — distorceu tudo para me fazer acreditar que era mulher dele...

A onda de ciúme que o assolou foi tão intensa, que Mark não se atreveu a tocá-la, temendo feri-la. Se Ghalib estivesse ali, na sua frente, seria capaz de trucidá-lo com as mãos nuas. E por que ela estava arredia daquele jeito? A não ser... Mark cerrou os dentes. Encarou-a e, por um longo tempo, apenas a chuva preencheu o silêncio cheio de reticências.

— Diga-me o que ele fez, garota. Ele... — as palavras, ditas em voz baixa e contida, ficaram no ar.

— Não — a afirmação foi breve, seca.

Tudo o que ela temera desde que recuperara a memória era a desconfiança que via naquele olhar. O receio de que ele não acreditasse aumentou. Apesar de tudo o que tinham vivido, ele ainda era um homem.

Mark se sentiu perdido. Deus, por que apesar de toda saudade, havia tantas dúvidas? Por que aquele ciúme corrosivo? Justo dentro dele, que lutara e esperara tanto para revê-la? *Posse*. Nunca imaginara que sentiria aquilo. *Radegund era sua*. Ghalib ousara tocá-la, atrevera-se a tomar *seu* lugar na vida *dela*.

— Nesses meses todos, está me dizendo... não tenha medo de me contar. Sei que não tem culpa de nada...

Culpa? De ter sido sequestrada, quase morta e depois de ter ficado à mercê de um louco? Radegund explodiu, exasperada.

— Inferno! Ele não me tocou!

— Acalme-se, por favor — ele estendeu a mão, mas ela a recuou — só queria saber se ele... merda, Radegund! — Dessa vez ele a segurou pelos ombros e a encarou. — Ele a forçou, de alguma forma?

— Não! Já disse que não! Enfie isso na sua cabeça! — Ela gritava — quantas vezes vou ter que repetir para que entenda? — A voz dela foi morrendo, assumindo um tom mais baixo, mais melancólico — apesar de tudo, apesar dele ter tentado eu... eu não conseguia... eu não permitia. Era algo...

— O que ele tentou com você? — Suas mãos se fecharam com mais força nos ombros dela — diga-me. O que ele fez?

A tensão tornou-se tão densa, tão palpável, que ameaçou sufocar a ambos.

— Não quero falar nisso, Mark.

— Eu tenho o direito de saber.

— E eu tenho o direito esquecer!

O rosto moreno se fechou. Falou de maneira amarga.

— Esqueceu-se esse tempo todo.

Um tapa vibrou na face dele. E a resposta que deu a ela foi um beijo que concentrava todos os seus sentimentos conflitantes. Alívio e desespero. Esperança e angústia. Amor e raiva. Ignorando os movimentos que Radegund fazia para se soltar dele, Mark simplesmente manteve a esposa entre os braços, continuando a beijá-la. Apagaria de sua memória tudo o que vivera naqueles meses com Ghalib, independentemente do que fosse. Afastando os lábios dos dela, beijar sua face, os olhos e o pescoço, enquanto dizia.

— Você é minha, Radegund. Minha mulher, minha companheira, minha amante — parou um instante e olhou fixamente nos olhos dela — minha metade. Por mais irracional que seja esse sentimento, eu me ressinto, sim, por ter sido apagado de sua memória durante todo esse tempo.

— Mark...

— Por favor, cale-se e me escute — ele abrandou a voz, enquanto acariciava o corpo dela — quando eu a vi ao lado daquele homem, no salão, quando você me rejeitou daquele jeito, como se eu fosse...

— Ghalib me fez acreditar naquilo! E depois...

As mãos paralisaram nos lados do corpo dela, enquanto a chuva desabava ao redor e as ondas arrebentavam violentamente na praia.

— Depois o quê?

— Eu tinha lapsos de memória... antes daquele dia, eu sonhei, entre outras imagens confusas, com aquela noite, em Svenhalla. Na noite em que você... — ela respirou fundo, tocando num assunto doloroso — na noite em que brigamos e você...

— Na noite em que eu quase a violentei — ele completou.

— Sim. Ele me disse você era responsável pelas cicatrizes em meu corpo. E que eu me acidentei fugindo de você. — Seu tom se tornou uma súplica — eu não lembrava de nada, Mark! Era tudo misturado na minha cabeça! Eu estava confusa, sozinha, perdida! Ele...

Ela teria coragem de ir até o fim? Fechou os olhos, desejando que tudo aquilo fosse apenas um pesadelo. Desejando que, ao abri-los, estivesse deitada em sua cama, em Messina, ao lado do seu marido, livre de qualquer desconfiança. A mão dele tocou sua face, forçando-a a abrir os olhos e encará-lo.

— Continue.

— Numa noite ele veio a mim — sentiu a pressão da mão dele aumentar — eu estava assustada. Mas achava que era minha obrigação recebê-lo. Afinal, era meu marido.

— Seu marido sou eu.

— Que diabo! Ali eu não sabia, homem! — Impacientou-se ela, para depois tornar, num tom cansado — enfim, ele e aproximou. Tentou ser paciente, gentil. Beijou-me e...

— E...?

— Eu comecei a tremer. Fiquei descontrolada e o mandei embora aos gritos. Foi quando ele me prendeu e não me procurou mais. Foi isso. Era isso o que queria saber? Se dormi com ele? A resposta é não! Nunca! Mesmo sem memória, a cada tentativa dele, algo em meu coração gritava que não, que não era certo. Que eu não pertencia a ele.

A voz dele soou firme.

— Você me pertence.

Os olhos dela perderam-se nos dele. Estavam marejados e inseguros. Um pedido mudo brilhava no fundo deles. Respondendo àquele apelo sem palavras, Mark inclinou-se sobre ela, tomando os lábios entreabertos, sentindo o sabor dela misturado ao da chuva. Soltou seus ombros e passeou as mãos por seu corpo, relembrando cada curva da mulher amada.

— Quero você — murmurou ele — preciso fazer amor com você. Agora, neste instante. Preciso de você Radegund, mas só o farei se você assim o quiser.

— Por Deus! — Ela o abraçou apaixonadamente — é o que mais quero! Mostre-me que pertenço a você, assim como é meu, Mark. Me ame. Todo esse tempo, toda essa distância...

— Não podemos ficar aqui, mulher — ele avisou, mas não fez menção de soltá-la. — Está chovendo a cântaros!

— Dane-se — ela gritou, tão enfurecida quanto o céu sobre eles — deixe que chova, que o mar nos arraste... pouco me importo!

Ele sorriu. Contudo, afastou-se um pouco. Em seguida, levantou-a do chão, falando.

— E morrer com uma febre dos pulmões, justo agora que posso ter dias e noites na cama com minha ruiva? Nem pensar!

— Tudo bem, mas eu já sei andar... — ela resmungou, agarrada ao pescoço dele, enquanto se afastavam da areia.

— Eu sei disso.

— Então por que está me carregando?

— Porque estou com vontade — olhou-a nos olhos —, porque não quero soltar você nunca mais.

Logo encontrou a abertura da gruta onde ela se ocultara. Colocou-a sobre a manta e deitou-se sobre seu corpo, abraçando-a com força. Num impulso, confessou.

— Quando fui procurá-la na praia em Messina, e pensei que o mar tinha levado você, eu quis morrer. Se não fossem nossos filhos, eu teria me atirado no mar e deixado que me levasse também.

— Mark, querido...

— Eu amo você, Radegund. Amo demais. É um amor tão grande que, quando não está comigo, eu fico vazio, oco, meio morto. Acho que no dia em que me deu a mão e me tirou de Hattin, você aprisionou minha alma com você. E vai levá-la consigo para sempre.

Radegund forçou-se a falar, a voz embargada denunciando sua emoção.

— *Sire*, se carrego comigo sua alma, tem a minha em suas mãos — ela tocou a face morena e ele depositou um beijo na palma de sua mão, aconchegando-se ao seu calor — mesmo na escuridão do esquecimento, eu me sentia incompleta. Sentia falta de uma parte de mim que estava além das lembranças. Faça amor comigo, agora. Complete-me.

Inclinando-se sobre ela, Mark beijou-a devagar, saboreando os lábios dos quais sentira tanta saudade. As mãos dela o envolveram pelo pescoço, os dedos emaranhando-se nos espessos cabelos negros. Suspiraram juntos, afastando as bocas apenas para se olharem nos olhos, comunicando-se mudamente.

— Minha garota — sussurrou ele enquanto afastava sua camisa.

— Meu amor — gemeu ela, arqueando o corpo contra dele, agarrando-se a ele como se tivesse medo de serem separados novamente — abrace-me, fique bem junto de mim...

Ele notou a pontada de desespero na voz dela, sentindo a angústia que ainda a corroía

— O que foi? Estou aqui, estamos juntos...

Ela fechou os olhos e encostou a testa na dele.

— Eu sei, mas ainda tenho medo. Tenho medo de perdê-lo de novo, tenho medo do que aquele homem possa fazer conosco — com os olhos fixos nos dele, ela confessou — desde a minha juventude, quando... aconteceu *aquilo* comigo, eu nunca mais tive medo de nada, Mark. Mas de Ghalib eu tenho medo. O poder que ele teve sobre mim, sobre minha vida... isso me paralisa. Faz com que me sinta fraca e insegura.

— Acalme-se — ele a abraçou com força, aconchegando-a junto ao peito — estou aqui. E você não é fraca, nem medrosa. Eu entendo seu receio. Mas estou aqui, do seu lado. Ele não pode mais tirar você de mim. Nunca mais.

Com um beijo, ele selou sua afirmação. Cuidadoso, recomeçou a acariciá-la, tirando a camisa molhada que cobria seu corpo.

— É tão linda! — Ele murmurou, fazendo-a corar. Sua mão tocou os ombros e desceu até chegar entre os seios, onde seu coração parecia que ia saltar do peito — queria tanto amá-la devagar, garota! Mas estou com tanta saudade...

— Minha saudade é igual à sua. Venha para mim. Agora.

Impetuosos, arrancaram o que restava das roupas, emaranhando-se na manta, rolando um sobre o outro, numa onda de ansiedade e urgência. Sem abandonar seus lábios, Mark procurou as coxas entreabertas com as mãos. Tocou-a no centro de sua intimidade, percebendo-a úmida. Sem esperar, guiou-se para dentro dela, enquanto de sua garganta escapava um som primitivo que resumia tudo o que sentia.

— Radegund... — era tudo o que podia dizer, o nome dela. Estava em casa, estava inteiro. Sem que pudesse se conter, chorou enquanto a amava.

Impulsionando-se dentro do corpo dela, afagou-a com a paixão nascida do desespero. Meses de dor e agonia culminaram em cada um dos movimentos de seus quadris de encontro aos dela. Correspondendo a ele, Radegund o abraçou, sôfrega e carente, entregando-se completamente ao homem que era mais do que seu marido. Era um pedaço de seu ser.

O clímax se aproximava. Tal qual a tempestade lá fora, ele rugiu furioso; o tigre faminto, a leoa impetuosa. Como duas forças da natureza se chocando, alcançaram o êxtase pleno. Suas bocas unidas, suas mãos entrelaçadas, seus corpos úmidos da chuva e do suor. Não mais separados, não mais incompletos. Eram de novo, um só.

ACRE, PALESTINA

Amira torceu as mãos, apreensiva. Fora mandada para casa com um guarda a escoltá-la assim que entraram na cidade. Desde então, não vira sinal algum de Ghalib ou Abdul. Para piorar as coisas, a maldita Fairuz estava de volta à Acre. Com aquela mulher ali, ela não poderia sequer se encontrar com Abdul.

Nervosa, recostou-se num divã e acabou adormecendo. Acordou horas depois, com o alvoroço no pátio. Correu até o balcão e viu o tal Boemund e seus homens desmontando. Procurou por Abdul entre o grupo, mas não conseguiu vê-lo, nem Ghalib. Onde estariam? E o que o mercenário estava fazendo ali? Boemund escolheu aquele momento para erguer o rosto deformado na direção em que ela estava. Seu olhar cruzou com o dele, fazendo-a estremecer. O sorriso que ele lhe endereçou, repleto de crueldade e luxúria, fez com que recuasse e corresse até a porta, trancando-a à chave e encostando uma pesada cadeira contra a maçaneta. Com Abdul fora de casa, não poderia confiar em ninguém.

Boemund entrou na casa de Ghalib enquanto se desfazia do manto e do gorro de couro. Atirou os dois sobre um criado e, com ares de dono da casa, foi caminhando sala adentro, jogando-se numa poltrona sem se importar com os trajes ensopados que estragavam o tecido da forração.

Sabia que Ghalib estava aprontando alguma, sentia isso em seus ossos. A promessa de entregar Jamila em troca de sua colaboração era boa demais para ser verdade. Porém, para um cavaleiro sem importância como ele, que não possuía terras nem um título, o que conseguisse seria lucro. Se pusesse as mãos na bela concubina e num punhado de terras, seria uma bela recompensa. Por falar nela, onde estaria?

Aceitando com um sorriso o vinho que o criado trazia, Boemund sorveu um longo gole, decidido a descobrir onde ficavam os aposentos de Amira.

— É inútil forçarmos os animais — Abdul tentou chamar Ghalib a razão —, temos que voltar!

— Preciso apanhá-la, Abdul — Ghalib esbravejou — ela não pode chegar a al-Bakkar antes de mim!

Abdul manteve-se impassível, embora intimamente comemorasse o sucesso de sua jogada. Conseguira tirar a baronesa do caminho de Ghalib. Agora rezava para que ela alcançasse o marido o mais rápido possível. E sabendo que era uma mulher honrada, tinha certeza de que ela encontraria uma forma de livrar Amira e Jamila das garras daquele louco. Depois disso, ele e Ghalib acertariam suas diferenças.

— Pois bem, — falou para o meio-irmão — vamos retornar e nos preparar para uma busca mais longa. Debaixo dessa chuva ela não irá longe.

— Está certo — Ghalib girou a montaria — vamos voltar. Trocaremos os cavalos e apanharemos provisões e mais armas. L'Aigle deve ter voltado também, o imbecil. Antes do amanhecer quero estar de volta à estrada. Aquela mulher não vai conseguir escapar de mim. Esporeando a montaria, Ghalib saiu a galope, sem se voltar para ver se Abdul o seguia.

NORTE DE ACRE, PALESTINA

Mark retornou à gruta e jogou a sela no chão, sacudindo a água que escorria dos cabelos.

— Parece um cão se sacudindo desse jeito, *sire* — disse Radegund apoiada num cotovelo, reclinada sobre a manta estendida no chão.

Uma pequena fogueira ardia no fundo da gruta, protegida num buraco, onde não poderia chamar atenção. Sua claridade avermelhada banhava os cabelos desalinhados, conferindo a ela uma aura pagã e indomável. Teria noção do quanto estava linda e tentadora daquela forma?

— Adoro quando me elogia, garota — ele gracejou. E colocando a outra manta no chão, comentou — só Deus sabe como meu cavalo não fugiu. Eu simplesmente o larguei na chuva e esqueci de tudo!

— É um dos nossos? — Ela perguntou, observando-o embevecida. Como aqueles momentos tolos, em que ficava apenas observando seus movimentos em atividades banais, lhe pareciam importantes agora!

— Sim — respondeu Mark, revirando os alforjes que trouxe nos ombros — ele e Nahr vieram nos porões do Freyja.

— Então está explicado — ela falou, enquanto se sentava e começava a desembaraçar os cabelos com os dedos.

— O quê?

— O fato de ele não ter fugido. Naturalmente foi bem treinado.

— Como é convencida!

— Ah, é? — Ela ergueu uma das sobrancelhas — E pode me dizer, *sire*, se conhece alguém que os treine melhor do que eu?

— Gilchrist — ele provocou.

— Oh, está certo... — ela torceu o nariz — mas Gil não conta, pois tem o poder de encantar os cavalos. Além disso, foi ele quem me ensinou muita coisa.

— Eu sei, garota — ele chegou perto e se agachou ao lado dela, tocando-a com os dedos molhados — sabe que ainda não acredito que a encontrei? Tenho vontade de ficar olhando para você pelo que nos resta da noite, para ter certeza de que não é um sonho. — Ele observou que ela tentava desfazer os nós cabelos e pediu — deixe-me fazer isso.

Acomodando-se entre suas coxas, ofereceu a cabeleira a ele e suspirou de prazer ao sentir as mãos hábeis desembaraçando-a com delicadeza. Fechou os olhos e perguntou, com uma nota de tristeza na voz.

— E meus filhos?

Mark suspirou antes de falar, enquanto os dedos separavam os fios avermelhados.

— Lizzie estava sentindo muito a sua falta. Ela pressentiu que havia acontecido algo errado com você, naquela tarde. — Ele relatou o episódio, fazendo com que as lágrimas brotassem dos olhos dela — Luc não tem como saber o que se passa, mas rejeitou a ama de leite logo no início...

Nesse momento, ela escondeu o rosto entre as mãos e chorou sentidamente. Sem demora, os braços dele a envolveram.

— Não chore, não fique assim. Logo estaremos com eles, em nossa casa.

— Ah, Mark, — ela ergueu os olhos — ele me roubou o direito de alimentar meu próprio filho! Nesse tempo todo, eu não os vi crescer, não estava lá para acalmar os pesadelos de Lizzie, não vi aquelas bobagens que os bebês fazem e que tornam as mães tão tolas — com a tristeza, veio também a raiva — ele me tirou tudo! Até a mim mesma.

— Não pense em Ghalib agora — ele envolveu seu rosto com as mãos — não deixe que ele se interponha entre nós outra vez.

— Eu sonhava com você — ela confessou —, sonhava e não sabia quem era. Depois, eu o temi, por causa das mentiras que ele me contou. Mas eu o quis ao meu lado, mesmo assim. Quando foi atrás de mim, em Chipre, eu tive medo. Mas também tive vontade de ir embora com você. Eu me perguntava como podia sentir isso, já que ele me fez acreditar que você me agredia...

Mark ficou sério, sua voz traindo sua emoção.

— Só ergui minha mão contra você uma vez em minha vida, e ainda assim, isso quase me fez perdê-la para sempre. Se soubesse o quanto aquilo ainda pesa em minha consciência...

— Não, meu amor — ela o calou com um beijo — ali não era você. Era sua raiva, sua dor e aquele demônio que estendeu sua influência sobre todos nós. Naquela mesma noite eu o perdoei Mark, do fundo de meu coração. Eu o amo incondicionalmente, com suas qualidades e com seus defeitos. Minha fé em você permanece inabalável.

— Radegund, você é a mulher mais maravilhosa que já andou sobre a terra. — Acariciou seu rosto, reverente — a mais linda e a mais corajosa.

— Hum — ela sorriu — vai me deixar convencida, *sire*.

— Isso você já é. Convencida, intratável, teimosa... — ele retomou a tarefa de desembaraçar seus cabelos.

— Ora... — ela estava pronta para retrucar.

— O que foi? — Ele esfregou a face barbada em seu pescoço, arrepiando-a — estou mentindo?

— Hum, não — ah, mordidinhas em sua nuca eram jogo sujo... — de jeito nenhum.

— Adoro quando você fica assim tão cordata...

ACRE, PALESTINA

— Perdeu alguma coisa, L'Aigle?

Boemund deu um pulo para trás, deixando cair o punhal com o qual tentava forçar a porta dos aposentos de Amira. Abdul caminhou devagar até parar bem perto dele, sustentando seu olhar. Quando chegou bem perto, fitou significativamente a porta trancada e depois o cavaleiro. Aguardou sua resposta.

— Não — Boemund deu de ombros — apenas tentava achar meus aposentos — uma risada debochada acompanhou suas palavras — afinal, depois de tomar tanto vinho... — fez um gesto vago e mudou de assunto — vocês demoraram um bocado a chegar.

— E você se apressou um bocado para vir para cá.

Alargando ainda mais o sorriso que distorcia sua face, Boemund apontou para a porta.

— É por que aqui há coisas mais interessantes. Muito mais do que ficar cavalgando na lama e embaixo de chuva atrás de uma louca que roubou um cavalo.

Calado, Abdul sondou seu rosto. Durante um bom tempo permaneceu num silêncio enervante. Depois, com um chute, lançou o punhal caído até os pés de Boemund.

— Vou lhe dar um conselho, L'Aigle. Ghalib é muito cioso do que é dele. De sua casa — fez um gesto amplo apontando em volta — de seus cavalos e de suas mulheres. Se quiser manter o acordo que tem com ele, é bom se lembrar disto.

— Claro, com certeza — disse o cavaleiro, abaixando-se para pegar a arma e metendo-a no cinto — boa noite, Redwan.

— Boa noite, L´Aigle — desejou Abdul com falsa mansidão na voz, observando o outro até que sumisse pelo corredor. Quando não ouviu mais seus passos, falou baixinho, junto à porta.

— Pode abrir. Ele foi embora.

Imediatamente a porta se abriu. Amira se atirou em seus braços.

— Ainda bem que chegou!

— Acalme-se — ele a abraçou por alguns instantes, mas logo a afastou —, não podemos ser vistos assim.

Amira, no entanto, ignorou sua ordem, agarrando-se a ele em busca de proteção.

— Por favor, Abdul! Abrace-me, só mais um pouco — ela ergueu os olhos para ele — tive tanto medo daquele homem!

Apesar do perigo ele a estreitou num abraço, ignorando as roupas molhadas e enlameadas. Amira lhe ofereceu os lábios e ele aceitou, dizendo a si mesmo que seria só um beijo, um carinho para acalmá-la, para assegurá-la de que a protegeria. Quando deu por si, já estava dentro dos aposentos dela, imprensando-a contra a porta fechada, insinuando uma das coxas entre as dela, sorvendo com beijos cada gemido que ela dava.

— Amira, isso é loucura — ele grunhiu, mas não teve forças para recuar.

— Eu sei — ela gemeu quando ele envolveu um de seus seios com a mão —, mas eu preciso de você. Não me rejeite.

— Eu nunca faria isso, Amira — ele puxou para cima a barra da camisola que ela usava — jamais!

Sem necessidade de outras palavras, ele soltou os laços das próprias roupas e levantou-a contra a porta maciça. Num movimento rápido, estava dentro dela, impulsionando-se dentro de seu corpo, beijando-a com loucura, fazendo-a atirar a cabeça para trás e morder os lábios para não gritar.

Com um desejo nascido da necessidade e do risco, ele a amou de forma impetuosa, indo cada vez mais fundo dentro dela, até que os dois explodissem num clímax arrebatador, que esgotou todas as suas forças.

Boemund voltou novamente para as sombras e sorriu, retorcendo ainda mais a face desfigurada. Então o misterioso Abdul, tão cioso de seus deveres para com o patrão, era, na verdade, amante da concubina de Ghalib...

A forma como ela se atirara nos braços dele assim que se ficaram a sós não deixava margem a dúvidas. Ele corneava Ghalib bem debaixo de seu teto e, a julgar pela intimidade da mulher e pelos ares de propriedade com os quais ele a defendera, aquilo acontecia há algum tempo. O mercenário lambeu os lábios, como se antecipasse um belo banquete. Sacou o punhal e sopesou-o nas sombras. Saberia usar aquela informação a seu favor quando fosse oportuno.

CAPÍTULO
XXVI

"E sempre foi assim,
O amor não conhece a sua própria profundidade,
Até a hora da separação."

"O PROFETA". KHALIL GIBRAN

TIRO, PALESTINA

Jamila aconchegou-se aos travesseiros e tentou acomodar melhor o peso em seus braços. Abriu os olhos e percebeu que ainda estava recostada na cama, com cabeça de Hrolf em seu colo. Olhou pela janela entreaberta e viu que a manhã começava a surgir. Todo o barulho da noite anterior fora substituído por um silêncio modorrento. Tocando a testa de Hrolf com os lábios, Jamila se assustou.

— Deus! — Ela depositou a cabeça loura sobre os travesseiros e se levantou, ajeitando as roupas — está queimando!

Correndo pelo aposento, Jamila abriu a porta e chamou o guarda, que cochilava sentado no chão.

— Senhor — ela o sacudiu pelos ombros —, acorde!

— Senhorita — o homem saltou de pé, prontamente alerta —, o que houve?

— Preciso de ajuda! Hrolf está ardendo em febre!

— Volte para o quarto, senhorita. Ninguém deve vê-la. Eu trarei a curandeira.

As horas passaram rapidamente para Jamila. Uma interminável sucessão de cuidados com Hrolf, que parecia cada vez mais fraco e debilitado. Ele ardia em febre e sua mão e seu braço estavam cada vez mais inchados e avermelhados. Ele se debatia e delirava, dificultando o tratamento. Na metade da manhã, a curandeira finalmente deixou a cabeceira de Hrolf e dirigiu-se a ela.

— Fique ao lado dele e lhe dê essa poção a cada hora — ela lhe entregou um frasco.

— E a febre?

A mulher a encarou, os olhos miúdos e simpáticos.

— A febre vai queimar o veneno do corpo dele. Vai durar o dia todo, mas vai passar.

— Quer dizer que ele vai ficar bom? — Jamila indagou, esperançosa.

— Quer dizer que ele está lutando — a mulher olhou para o paciente estendido no leito — quanto a ficar bom, dependerá da força de vontade dele.

Aflita, Jamila sentou-se ao lado do leito e tocou o rosto amado. Sem que percebesse, as lágrimas começaram a escorrer por sua face. Aproximando-se de Hrolf, depositou um beijo suave em seus lábios ressequidos e segurou uma das mãos entre as suas.

— Fique comigo, Hrolf. Lute. Por favor!

Como em resposta a sua súplica, sentiu um aperto quase imperceptível em suas mãos. Esperançosa, ajoelhou-se ao lado dele e rezou fervorosamente.

NORTE DE ACRE, PALESTINA

Mark saltou do rochedo e limpou o pó das mãos nas calças. Radegund estendeu o cinturão com a bainha da cimitarra para ele e indagou.

— Nada ainda?

— Nem sinal do Freyja — ele acabou de atar o cinturão ao quadril e a encarou — a tempestade deve tê-lo atrasado.

Ela começou a descer a encosta onde haviam subido, enquanto perguntava.

— Por que o mandou exatamente para cá?

— Intuição — ele respondeu — lembrei dessa trilha e imaginei que, se não queria ser encontrada, viria por aqui. Pedi a Björn que viesse pela costa e procurasse por meu sinal.

Os dois chegaram à areia da praia, onde as montarias os aguardavam pacientemente. Radegund comentou, enquanto agradava Sirocco.

— Não gosto disso; não gosto de ficar parada aqui sabendo que Ghalib está atrás de nós.

— Acho melhor irmos mais para o Norte, perto daquele poço. Lembra-se?

— Sim — ela saltou sobre a sela —, talvez encontremos alguma caça por lá.

Mark chegou a abrir a boca para responder, mas o resfolegar nervoso de seu animal silenciou a ambos. Com a mão no punho da espada, Radegund o encarou. Rápido, ele montou e girou a montaria, varrendo os arredores com o olhar. Ela aproximou seu cavalo e sussurrou.

— Não gosto disso. Está tudo muito quieto. — Sirocco escavou o chão e agitou a crina, nervoso — ele pressente alguma coisa.

— E eu também — resmungou Mark entredentes. — Fique alerta.

Controlando Sirocco, ela sacou a espada e manteve-se ao lado de Mark. O outro cavalo resfolegou de novo e relinchou baixinho. Ao longe, outro animal respondeu.

— Inferno — praguejou Mark ao mesmo tempo em que, no alto da trilha que dava na praia, recortadas contra a luz do sol ainda baixo, várias silhuetas montadas bloqueavam o caminho.

Apertando as mãos suadas contra o couro das rédeas, Radegund fez Sirocco recuar um passo ao reconhecer o cavaleiro à frente do grupo. Um murmúrio abafado escapou de sua garganta.

— Ghalib.

A visão da mulher lá embaixo, montada sobre o berbere, teve o poder de ofuscar momentaneamente qualquer outra imagem aos olhos de Ghalib. Ela continuava imponente, majestosa e arrogante como sempre. Segurava as rédeas do garanhão com uma das mãos e na outra trazia a espada desembainhada, pronta para enfrentá-lo. Sentiu o sangue ferver nas veias, de ódio e desejo.

Adiantando a própria montaria, começou a descer a encosta lentamente, sem jamais afastar os olhos dela. Obviamente notara al-Bakkar ao lado dela empunhando a cimitarra, fulminando-o com os olhos, pronto para retalhá-lo. Naturalmente não chegaria perto o suficiente para lhe dar a chance de fazê-lo. Puxou as rédeas a uma distância segura do casal, que o observava em silêncio.

— Vejo que encontrou o que perdeu — falou cinicamente, encarando o mestiço.

— Eu não *perdi* minha mulher — retrucou Mark, contendo o garanhão que se agitara ao perceber sua tensão — você a atacou e sequestrou. O que tinha em mente, Ghalib? Pensou que fosse sair impune?

— Sempre saio, al-Bakkar — ele sorriu e conduziu o cavalo de um lado para o outro, sem deixar de olhar para a mulher sobre o berbere — sabe, é uma pena que sua esposa tenha declinado de minha hospitalidade. Ela foi uma companhia — houve uma pausa durante a qual ele lançou um olhar insinuante de um para outro — maravilhosa. Não é mesmo, *Laila*?

Radegund explodiu.

— Não me chame por este nome, bastardo!

— Chegou a hora de acertarmos nossas contas, Ghalib — grunhiu Mark, avançando sobre o siciliano com a cimitarra em punho.

Ghalib, no entanto, fez a montaria recuar e apontou para o alto da encosta, dizendo.

— Se fosse você, al-Bakkar, baixaria a arma. Avance e sua preciosa baronesa servirá de alvo para meus arqueiros.

Mark olhou na mesma direção que o inimigo e pode ver que ele não mentia. Arcos de longo alcance estavam assestados na direção de Radegund. Dos arcos, ele olhou diretamente para ela, que devolveu o olhar, aflita. Não! Não havia chegado tão longe para perdê-la! Detendo a montaria, ele encarou Ghalib.

— O que quer?

Ghalib não se fez de rogado.

— Tudo — ele falou enquanto passava a uma distância segura de Mark e colocava-se ao lado de Sirocco — a começar por Laila.

— Meu nome é Radegund — ela sibilou entre os dentes cerrados.

— Como queira, senhora — ele zombou e ergueu o braço — agora, passe-me as rédeas do *meu* cavalo.

— Nunca — ela fez menção de desferir um golpe com a espada, mas Ghalib fez um gesto negativo com a cabeça, dizendo.

— Nem pense nisso, minha cara — ele olhou por sobre o ombro — se um de vocês fizer qualquer movimento hostil, o outro pagará com a vida. Agora, as rédeas.

A contragosto ela passou as rédeas de Sirocco para as mãos dele, que não perdeu a oportunidade de segurar os dedos gelados entre os seus, numa carícia repugnante.

— Muito bem — ele começou a puxar Sirocco, enquanto chamava, debochado — Agora, al-Bakkar, tenha a bondade de nos acompanhar.

Radegund evitou olhar para Mark. Se o fizesse agora, acabaria perdendo o controle. Fitou as costas de Ghalib, que ia um pouco à frente dela. Seria tão fácil enterrar a adaga nas costas dele. Ou cortar seu pescoço. Se estivesse sozinha, ela o faria. Mas havia Mark. Atrás dela, desarmado, ele vinha na própria montaria, escoltado por um cavaleiro com uma cicatriz no rosto e um outro, ainda mais mal-encarado. Diversos homens bem armados os acompanhavam, montados e a pé, enquanto Ghalib continuava a conduzi-los pela trilha, Deus sabia para onde e com que intenções.

Adiante, onde o caminho se alargava e se tornava quase plano, ela viu, surpresa, a chegada de mais alguns cavaleiros. Entre eles, Abdul Redwan. Sem demonstrar qualquer reação, ele se aproximou de Ghalib e falou algo em voz baixa. Ghalib concordou com um aceno e lançou um rápido olhar para ela. Em seguida, reiniciaram a marcha, deixando-a cada vez mais apreensiva.

TIRO, PALESTINA

Jamila acabou de atar os laços do vestido simples de algodão e suspirou. Finalmente conseguira se banhar e vestir uma roupa decente. A peça transparente a constrangia, embora nos aposentos em que ela e Hrolf foram instalados só entrassem mulheres.

A criada que a ajudara no banho saíra para se desfazer da roupa suja, pedindo que a esperasse ali, na sala de banhos. No entanto, a espevitada mocinha certamente se distraíra pelo caminho, pois fazia tempo que a esperava. Impaciente e preocupada com Hrolf, Jamila saiu sozinha da sala de banhos. Com certeza não seria difícil chegar aos aposentos em que estavam, apesar da infinidade de portas e corredores que a casa, quase um palacete, possuía.

Determinada, começou a caminhar, procurando se localizar. Ouviu vozes, indicando que, apesar de ainda estar cedo, a casa de Isabella jamais dormia completamente. Confusa, localizou um corredor que lhe pareceu ser o de seus aposentos. Contou as portas e, mesmo incerta, escolheu uma delas, abrindo-a e passando por ela. Tarde demais, percebeu que errara o caminho.

Seldon pousou o copo sobre a mesa e piscou várias vezes, imaginando se não bebera demais. Focalizou de novo a beldade que saíra por uma das portas e que olhava para as pessoas ao redor com ares de incredulidade. Era bom demais para ser verdade!

Desde que L'Aigle o largara em Tiro, com a desculpa de que deveria vigiar os movimentos dos homens de al-Bakkar, tudo o que fizera fora percorrer as tavernas e bordéis da cidade, desde os mais sórdidos até aquele ali, o mais elegante estabelecimento de Tiro. E se não fosse o fato de ter vindo mais cedo neste dia, para continuar as rodadas de jogo com alguns colegas, ele jamais suspeitaria que encontraria a refém de al-Bakkar dentro de uma casa de tolerância. O mestiço era bem esperto. Ninguém suporia que a moça estaria guardada num lugar daqueles. Mas, se al-Bakkar era esperto, ele era um homem sortudo.

Levantando-se, foi ao encontro dela que, apenas neste instante, percebeu sua presença. Começou a recuar pela porta de onde saíra. Rápido, ele a alcançou. Segurou-a pelo braço, impedindo-a de fugir. Com um olhar apreciativo para seu corpo, comentou.

— Eu disse que nos encontraríamos de novo, doçura.

ARREDORES DE ACRE, PALESTINA

— Desça mulher — ordenou Ghalib ao chegarem no pequeno acampamento — e com cuidado. — Ele olhou por sobre o ombro — isso vale para você também, al-Bakkar.

Mark olhou para Radegund, impotente. Saltou para o chão e logo foi cercado pelos homens de Ghalib, entre eles o tal Abdul. Em silêncio, ele o fez caminhar à frente do grupo, seguindo-o de perto, indo na direção de uma tenda. Num sussurro quase inaudível, ele falou.

— Vá em frente, aperte o passo — obedecendo, mesmo sem saber onde aquilo o levaria, Mark acelerou o ritmo. Abdul o imitou, ambos se afastando do resto dos guardas ao contornar uma antiga cisterna de pedras. A oportunidade não foi desperdiçada. — Vou ajudá-los — falou Abdul rapidamente — confie em mim.

Mark parou na frente da tenda, como se aguardasse alguma ordem de seus captores.

— Não tenho opção, não é mesmo?

— Não — Abdul o empurrou sem gentileza pela entrada da tenda e o seguiu — onde está Jamila?

— Segura.

Abdul fez com que se sentasse no chão e prendeu suas mãos com uma corda.

— Quero-a longe de Ghalib — ele passou um objeto para as mãos de Mark segundos antes dos outros guardas entrarem na tenda — esconda isso.

Levantando-se, Abdul lançou um olhar de desprezo ao prisioneiro e avisou aos guardas.

— Vigiem-no, mas não toquem nele — vestiu uma máscara de crueldade e escarneceu — Ghalib pretende se divertir um pouco antes de matá-lo.

— Sente-se — convidou Ghalib.

— Estou bem de pé.

Acomodando-se numa cadeira de espaldar, que parecia tão deslocada quanto a tenda de luxo no meio do acampamento, ele observou sua presa. Seu olhar passeou por cada detalhe da mulher parada a sua frente. Percorreu as ondas vermelhas e desalinhadas que cobriam as costas e caíam ao redor do rosto. Demorou-se nos seios marcados sob a camisa masculina e continuou a inspeção pelas pernas longas apertadas nas calças justas.

— Não tem pudor algum, andando por aí vestida desse jeito? — Ele a repreendeu, com ares de proprietário.

— Estamos aqui para discutir meus trajes? — Devolveu Radegund.

— Não — Ghalib se levantou, irritado, parando diante dela —, mas me agradaria mais se estivesse vestida como gente, minha cara Laila.

— Já disse que meu nome é...

A mão dele segurou seu pescoço, cortando a resposta no meio.

— *Laila*. Para mim será sempre Laila — sua voz se transformou num sussurro insinuante — não percebe que fomos feitos um para o outro?

— Solte-me — ela tentou soltar a mão que a segurava, mas Ghalib a imobilizou, dobrando seu braço às costas e apertando a mão em seu pescoço.

Atrás dela, mantendo-a junto ao corpo, continuou sua ladainha, murmurando em seu ouvido, lutando contra o desejo de arrancar suas roupas e tomá-la naquele instante. Provaria a si mesmo que era mais forte que seus impulsos, mais forte do que ela. Somente quando a tivesse submissa, implorando pela vida do mestiço, ele lançaria o golpe final, possuindo-a.

— Não, Laila. Não vou soltá-la — sua boca percorreu o pescoço alvo, fazendo-a estremecer de repulsa — tenho você onde sempre quis. Quando a vi, pela primeira vez em Messina, eu a desejei. Mas você me desprezou, lembra?

Ah, como ela se lembrava! Como se odiava por ter ido àquele maldito jantar! Antes tivesse ficado nas cocheiras, cuidando dos cavalos! Ele prosseguiu, falando junto ao seu ouvido, a mão acariciando suavemente seu pescoço. Para ela, parecia o toque de uma serpente, frio e odioso.

— Eu nunca quis me casar, nunca encontrei uma mulher à altura de minhas ambições. Mas você, Laila... ah, você é diferente de tudo o que vi em minha vida. Você é capaz de me levar à loucura, de me fazer arriscar minha posição na Sicília, meu nome e minha fortuna. Eu a quero, ao mesmo tempo em que a odeio tanto que poderia matá-la com minhas próprias mãos — ele foi mais longe, deslizando a boca por sua face — eu amo você, Laila.

TIRO, PALESTINA

Jamila tentou recuar, mas Seldon foi mais rápido, detendo-a.

— Onde pensa que vai?

— Solte-me — ela puxou o braço, mas ele o segurou com mais força. Tapou sua a boca, empurrando-a para um dos corredores.

— Onde está seu protetor, o nortista intrometido? — Ele perguntou, olhando para os lados, enquanto a conduzia pelas passagens da casa — ele está aqui com você?

Com os olhos arregalados e sem poder gritar por socorro, Jamila negou veementemente com a cabeça. Ele não podia achar Hrolf, não podia descobri-lo ali! Doente e indefeso como estava, Seldon o mataria sem pestanejar.

— Está aqui sozinha? — O mercenário indagou, desconfiado.

Ela assentiu, recebendo um sorriso maldoso de volta.

— Melhor ainda. Terei menos trabalho para levá-la embora.

Apavorada, Jamila se debateu tentando se libertar. Cruel, Seldon torceu seu braço até que lágrimas de dor escorreram por sua face.

— Coopere e não farei isso de novo — ele a empurrou até saírem por uma porta lateral, perto das cocheiras — seu irmão vai ficar muito feliz em ter você de volta. E ainda passarei a perna em L'Aigle. O filho da puta pensou que poderia me tapear, mas eu sei que ele quer o ouro de Ghalib todo para si.

Seldon retirou um lenço do pescoço e a amordaçou. Depois, empurrou-a até as cocheiras e arranjou um pedaço de corda, com o qual atou seus pulsos. Em seguida, atirou-a sobre o cavalo e montou atrás dela, tocando-a de maneira acintosa. Deu uma risada e incitou o cavalo a partir.

— Seja boazinha. Logo estaremos em Acre — a montaria foi conduzida por ruas desertas, onde não havia ninguém para socorrê-la — e apesar de eu achar você uma beldade, o ouro e as terras que receberei valerão bem mais do que seu corpo.

Sem esperanças, Jamila apenas rezou para que Hrolf conseguisse se curar. Levaria para sempre as lembranças do primeiro e único amor de sua vida.

ARREDORES DE ACRE, PALESTINA

Ghalib era louco! Completamente louco!

A mente de Radegund trabalhava desesperadamente para encontrar uma saída, uma solução qualquer, ao mesmo tempo em que suas pernas tremiam ao se recordar de tudo o que Ghalib fora capaz para mantê-la consigo. Temia ao imaginar o que mais ele poderia fazer. Se não pensasse em algo, ele mataria Mark, tinha certeza. Talvez matasse até mesmo seus filhos.

Deus! Ela precisava reagir! Precisava controlar o pânico que sentia. *Ele não tem mais o controle sobre você!* Disse a si mesma, esforçando-se para se soltar e acabando por empurrá-lo para longe. Enojada, gritou.

— Não me toque, maldito! Eu o odeio! Eu o desprezo — limpou a face onde ele a beijara —, eu tenho nojo de você!

A fisionomia do siciliano se transformou numa máscara de fúria. Aproximando-se, apertou seus ombros com força.

— Vai desprezar o meu amor?

— Você não tem a mínima ideia do que seja amor!

— Isso é por causa de al-Bakkar? — Ele indagou, a voz se elevando — diga-me, o que ele tem que eu não tenho? O que um maldito bastardo sem berço tem que eu, um dos mais ilustres filhos da nobreza da Sicília, não tenho?

— Ele tem tudo o que você não tem! Ele é *tudo* o que você jamais será! — Ela despejou, os olhos irradiando fúria — você jamais passará de um verme ignóbil, rastejando no charco de sua maldade. Mark está acima de você em tudo, Ghalib. Mesmo que ele fosse filho da mais baixa das prostitutas com um marinheiro bêbado, ele ainda seria muito mais homem do que você!

Subitamente, a face de Ghalib se transformou. Uma serenidade mórbida tomou o lugar do ódio insano. No olhar, entretanto, ainda ardia o fogo da loucura. Soltando-a, ele falou calmamente.

— Pois muito bem, senhora. Se todo o empecilho é este ser tão perfeito, eu o removerei do nosso caminho.

Segurando-a pelo punho, arrastou-a consigo até o lado de fora da tenda, sob os olhares curiosos dos homens que haviam escutado suas vozes exaltadas. Ao avistar Abdul, ordenou.

— Traga al-Bakkar.

Lançando um olhar furtivo para a baronesa, Abdul girou nos calcanhares, tentando imaginar o que Ghalib tinha em mente.

Não tardou para que Radegund descobrisse que, quando as coisas estavam ruins, sempre havia um jeito de se tornarem piores. Sob seus olhos arregalados, viu Mark ser conduzido por soldados bem armados, com as mãos atadas atrás das costas, até perto da velha cisterna, no centro do acampamento. Ghalib deixou-a, então, sob a guarda do homem que tinha uma cicatriz e de outro, caminhando na direção de Mark. Num gesto covarde, golpeou-o atrás dos joelhos, derrubando-o. Em seguida, agarrou-o pelos cabelos e forçou sua cabeça sobre a borda da cisterna. Nesse momento, ela teve consciência do que Ghalib planejava.

— Não — avançou, mais foi contida pelos guardas —, não... — gritou desesperada.

Ghalib encarou-a por sobre os ombros, o olhar maldoso.

— Logo, minha querida, não haverá mais obstáculos entre nós.

— Ghalib — Abdul ainda intercedeu — isso é loucura!

O siciliano o encarou, ameaçando-o com a espada.

— Afaste-se, ou começarei a pensar que é um traidor, meu bom Abdul.

Mark, com a cabeça segura por um soldado sobre a pedra áspera, olhou para Radegund, a vários passos de distância de onde estava. Daquele ângulo, ela parecia mais alta e mais bela ainda. Também parecia uma fera indomável, agarrada por dois brutamontes que tentavam contê-la. Sem desviar o olhar, ele continuou tentando cortar as cordas com a lâmina que Abdul lhe dera. Porém, o tempo era curto demais, as cordas grossas demais e a lâmina pequena demais. Tudo era demais, até a infinidade de coisas que queria dizer a ela. Que ainda queria viver com ela. Não era justo. Não poderiam acabar assim, nas mãos de um louco. Ainda queria fazer outro filho em sua garota. Queria ver Luc dar seus primeiros passos. Queria ver Lizzie se transformar numa mulher. Queria ver Gaetain exercendo a medicina e Lothair sagrado cavaleiro.

A espada de Ghalib foi erguida. O sol se refletiu na lâmina, ofuscando seus olhos, cegando-o momentaneamente. Seus ouvidos captavam os gritos de Radegund, suas pragas e suas súplicas. Seu coração sentia todo o medo dela. Apertou a lâmina entre as mãos, machucando-se. Sem querer, soltou-a, deixando-a cair, junto com suas últimas esperanças. Milhões de imagens passaram por sua cabeça, uma miríade de sentimentos aflorou de uma só vez. Depois, em meio a uma calma mórbida, pensou se encontraria, do outro lado, com Luc e Clarisse.

Ghalib falou alguma coisa, mas ele não ouviu. Apenas esperou o golpe fatal. Em sua mente, havia um único pensamento, ecoando ali e para onde quer que fosse quando estivesse além daquela vida. Ecoaria para sempre.

Eu amo você, Radegund.

Ghalib lançou um último olhar à mulher, antes de erguer espada. Sentiu o poder embriagá-lo como um vinho poderoso. A sensação correu por suas veias e o deixou com vontade de gargalhar. Com um sorriso triunfante, começou a baixar a lâmina, que teve seu trajeto interrompido quando um golpe seco espalhou uma dor súbita por seu braço. O punho trabalhado escapou de sua mão. O aço retiniu sobre a pedra, causando faíscas. Mark rolou para o lado, a lâmina atingindo seu rosto, provocando um corte superficial.

Um som parecido com trovões rugiu ao redor de Ghalib, que só então se deu conta de que estava caído no chão, com uma flecha no braço. Além do som dos cavalos e dos gritos ululantes dos beduínos que atacavam seus homens, uma gargalhada se elevou. Um cavaleiro louro, de tamanho descomunal, brandia seu machado como um louco.

— Eu sempre disse que a ruiva o faria perder a cabeça, Bakkar!

Abençoado fosse Ragnar Svenson. Radegund rezaria em cada um dos dias que lhe restavam invocando o nome de seu amigo, dirigindo a ele cada um de seus agradecimentos e pedindo a Deus que o conservasse tão preciso como fora neste dia.

Aproveitando o fator surpresa, desferiu um golpe com o cotovelo num dos guardas que ainda a segurava, quebrando seu nariz. O outro, o homem com a cicatriz, foi atingido entre as virilhas e caiu de joelhos. Livre, correu na direção de Mark, ajoelhando-se ao lado dele.

— Está bem? — Perguntou, procurando algo com que cortar as cordas. Acabou por encontrar a pequena faca e rompeu as amarras.

Solto, ele rolou sobre o próprio corpo. Ainda deitado no chão, fitou-a com olhos amorosos, ignorando o pandemônio instalado ao redor dos dois.

— Pensei que nunca mais fosse vê-la — falou, segurando suas mãos.

Radegund custava a acreditar que ele ainda estava vivo.

— Eu também — ela murmurou, abraçando-o emocionada.

Uma sombra se abateu sobre os dois, interrompendo o reencontro. Radegund preparou a defesa, mas Mark a conteve, levantando-se em seguida. Encarou Kamau, parado atrás dela.

— Ele é amigo.

Radegund se voltou, colocando-se ao lado de Mark, que automaticamente a enlaçou, mantendo-a perto. O sorriso franco estampado na face bonita, embora cansada, do mercenário de pele negra, disse tudo o que ela precisava saber.

— Os amigos de meu marido são meus amigos.

— É uma honra, senhora — respondeu Kamau com a galanteria habitual, como se estivesse num salão e não no campo de batalha — vou tirá-los daqui.

A fisionomia de Mark endureceu.

— Quero Ghalib.

Os três olharam ao redor procurando pelo siciliano, ignorando a luta que começava a se definir com a retirada dos homens de Ghalib. Para surpresa deles, não havia sinal dele.

— Ele... ele sumiu, — esbravejou a ruiva, inconformada — ele estava aqui há pouco. Maldito covarde filho da puta — ela chutou o chão —, quero arrancar os olhos dele! Quero esfolá-lo vivo!

Kamau espantou-se com sua ferocidade. Encarou Mark, que apenas deu de ombros, acalmando-a.

— Sossegue. Logo colocaremos as mãos naquele verme — voltando-se para Kamau, pediu — preciso voltar à praia e sinalizar ao Freyja.

— Bernardo foi fazer isso. Fique com sua mulher. Deixe que nós cuidamos do resto.

Exaustos, os dois continuaram abraçados, aceitando de bom grado a sugestão de Kamau.

TIRO, PALESTINA

— E então?

A curandeira juntou seus apetrechos ao de deixar a cabeceira do doente, respondendo.

— O homem tem uma força inacreditável — lançou um último olhar por sobre o ombro, avaliando Hrolf, que dormia tranquilo e sem febre — e uma vontade férrea. Logo vai acordar.

A dona do bordel suspirou aliviada. Depois, sorriu para a curandeira e lhe deu algumas moedas.

— Obrigada, minha amiga. Al-Bakkar ficará feliz em não ter que enterrar o amigo. E uma certa mocinha não precisará mais chorar sobre o leito do homem.

As duas se encaminharam para a porta ao mesmo tempo em que ela se abria, dando passagem a uma criada esbaforida.

— Ela se foi, senhora!

— Ela quem? — Indagou Isabella, espantada.

— A siciliana! — Gemeu a jovem, aflita — um homem a levou daqui.

— Jamila? — Isabella segurou a moça pelo braço — quando? Como?

— Ainda há pouco. Uma das meninas viu o homem sair com ela pelos fundos.

Isabella balançou a cabeça, aflita. Mais aquela! Que maçada! O que diria a al-Bakkar?

— Ela viu quem era o sujeito?

A jovem assentiu antes de dizer.

— Um daqueles mercenários que estavam jogando hoje cedo. Não sei o nome dele, nem ela.

— Isso será fácil de descobrir — resmungou Isabella, se adiantando para a saída.

— Quando descobrirem... — a voz masculina vinda do outro lado do aposento fez as três mulheres se voltarem subitamente.

A visão do homem enorme e nu, um pouco cambaleante, mas de pé, as deixou boquiabertas. Tanto por aquela miraculosa recuperação quanto pelo esplendor de seu corpo. Encarando Isabella com os olhos repletos de uma fúria gélida, ele repetiu.

— Quando descobrirem quem foi, eu matarei o cretino pessoalmente.

CAPÍTULO
XXVII

"Mas o nosso amor era mais que o amor
De muitos mais velhos a amar,
De muitos de mais meditar,
E nem os anjos do céu lá em cima,
Nem demônios debaixo do mar
Poderão separar a minha alma da alma
Da bela que eu soube amar."

ANABEL LEE, EDGAR ALLAN PÖE.

COSTA DA PALESTINA,
18 DE AGOSTO DE 1196

Mark parou na porta da pequena cabine e deu uma olhada em Radegund. Por sorte ela dormia tranquila, livre dos enjoos que sofria no mar graças a uma poção arranjada pelo cozinheiro. Fechando a porta, evitando fazer barulho, caminhou até a cama e sentou-se na beirada, acariciando seus cabelos. Parecia um sonho. Radegund estava ali, junto dele.

As últimas horas haviam sido um tanto confusas. Ao longo delas, deixara as rédeas da situação nas mãos diligentes de Ragnar e Aswad. A cooperação de Kamau e Bernardo também fora essencial. Os dois mercenários acabaram de render os homens de Ghalib, encarregando-se, junto com uma escolta de beduínos, de trancafiá-los nos porões do Freyja.

O capitão Svenson lamentou ter demorado, creditando o atraso a uma avaria no mastro principal, atingido pela tempestade da outra noite. No entanto, assim que o sinal de fogo e fumaça fora enviado por Bernardo, o navio lançara um escaler, trazendo o próprio Björn a bordo com um grupo de homens prontos para a luta. Por fim, depois de tudo terminado, eles embarcaram no Freyja e partiram em direção a Tiro, onde Hrolf Brosa deveria estar aguardando por notícias junto com Jamila.

Mark pensou novamente no pedido de Abdul. Manter Jamila longe de Ghalib. Mas o que diabos faria com a garota? Por que o tal Abdul queria a moça longe do irmão? Segundo Radegund contara, Abdul a ajudara em mais de uma ocasião, facilitando sua fuga. E também lhe pedira a mesma coisa. Que mantivesse Jamila, e também uma concubina de Ghalib chamada Amira, em segurança, longe do siciliano. Se ao menos pudesse entrar em contato com Abdul! Mas sequer sabia o que fora feito do homem de confiança de Ghalib. Ambos haviam desaparecido no meio da confusão.

Cansado de tantas suposições, Mark tirou as botas, preparando-se para se deitar. Ao amanhecer estariam em Tiro e só então poderiam definir claramente o que fazer dali para frente. Agora, só tinha uma coisa em mente. Ficar junto de Radegund.

Radegund virou-se no leito, aconchegando-se a uma fonte de calor que não estivera ali antes.

— Que bom que veio se deitar — ela falou, sonolenta, de olhos fechados.

— Estive conversando com Sven e o capitão — ele respondeu, trazendo-a para dentro de seus braços — eles também foram descansar um pouco.

— Ainda não entendi direito como diabos Ragnar veio parar aqui — ela resmungou, alisando o braço que a envolvia.

Mark aspirou o perfume dos cabelos dela antes de satisfazer sua curiosidade.

— Tem a ver com Brosa. Ragnar vem no encalço dele desde Messina — ele resumiu a história da mãe de Hrolf — com toda essa confusão, os dois ainda não se encontraram.

— Minha nossa! Quer dizer que Hrolf ainda não sabe de nada? E que essa suposta mãe dele está em nossa casa, com Leila e Terrwyn?

— Exatamente. Agora — Mark a fez voltar-se de frente para ele —, o que acha de se calar e me dar um beijo de boa noite?

Ela afagou seu rosto e tocou o corte feito pela espada de Ghalib.

— Ainda parece um sonho que esteja aqui com você — sua voz estava embargada — pensar que Ghalib quase o matou... quando eu o vi ali, com a espada sobre sua cabeça, eu...

— Shh! — Ele a calou com um delicado beijo, abraçando-a com força — não vamos nos lembrar mais disso.

— Não. Preciso falar, preciso dizer... — seus dedos tocaram as linhas do rosto dele, traçando-as com delicadeza — eu não suportaria, Mark. Perder Luc foi como ter meu coração arrancado. Se eu perdesse você também... eu perderia a mim mesma; minha alma, minha vida. Será que não sabe que não posso viver sem você?

— Eu também não vivo sem você, minha garota — os dedos longos percorreram o caminho que ia da têmpora até o pescoço esguio — meu pensamento, naquele instante em que achei que tudo havia chegado ao fim, foi de que eu a amaria mesmo depois de morto.

— Eu te amo, Mark. Nada mais vai me separar de você. Nunca mais.

TIRO, PALESTINA

— Acha que vai dar certo, Bella?

Isabella olhou para Nur. Estava enroscada no divã, com a cabeça em seu colo, parecendo uma linda gata negra. Ela era uma das mulheres mais belas de sua casa. Era também sua confidente, sócia e amante embora, naquele mundo em que elas viviam, não houvesse lugar para amor ou exclusividade. Suspirando, a dona do bordel deu de ombros.

— Só posso rezar para que dê — ela soltou uma risada divertida —, embora eu não creia que Deus ouça as rezas das prostitutas.

— Esquece-se de Madalena, Bella? — Lembrou Nur — o próprio Senhor olhou por ela!

— Bah, uma tola arrependida! — Isabella deu um muxoxo e se levantou, fazendo com que Nur se sentasse para acompanhá-la com o olhar — o que nos importa é a tal poção fazer efeito e Brosa dormir um pouco mais. O homem é teimoso como uma mula! — Isabella verteu um pouco de vinho num copo e passou-o à companheira — imagine! Querer sair daqui daquele jeito, quando mal se aguentava nas pernas!

— Foi muita esperteza sua colocar a poção na comida dele — Nur sentou-se sobre as pernas e arregalou os olhos — viu como ele come com apetite? Nossa! Fiquei pensando se ele fará outras coisas também com aquela... voracidade!

As duas gargalharam e Isabella, depois de controlar o riso e sentar-se ao lado de Nur, falou.

— Ele é um verdadeiro garanhão, mas pertence à mocinha. Não é para nosso deleite. E ela também pertence a ele.

Os olhos de Nur, que sempre fora uma romântica aos olhos da parceira mais experiente, nublaram-se de tristeza.

— Essa história não vai dar certo, Bella. Eles estão em lados opostos. Além disso, ela é rica e nobre. E ele é um homem do povo.

Isabella sorriu de forma condescendente e deu algumas batidinhas na mão da moça antes de responder.

— O mundo dá voltas, minha cara Nur. Al-Bakkar também era *só* um soldado, bastardo e mestiço. Veja onde ele chegou.

As duas permaneceram em silêncio, bebericando o vinho, mergulhadas cada uma em seus pensamentos. Nur se levantou e foi até a janela, notando que a manhã não tardaria a chegar. Batidas na porta interromperam a tranquilidade de ambas.

— Quem pode ser a essa hora? — Indagou Isabella enquanto Nur ia atender. Após uma breve troca de palavras em voz baixa, ela voltou com uma mensagem nas mãos.

Isabella quebrou o lacre e sorriu.

— Al-Bakkar está de volta. O Freyja aportou.

ACRE, PALESTINA

Abdul manteve o semblante impassível — embora sorrisse por dentro — ao ver Ghalib se contorcer de dor enquanto Fairuz trocava o curativo em seu ombro. Um escravo de cabeça raspada mantinha os olhos baixos enquanto segurava diligentemente uma bandeja com os apetrechos que a mulher usava. Calmamente, tomou todo o conteúdo de seu copo, saboreando o vinho de tâmaras, enquanto o meio-irmão praguejava contra a ama e o resto do mundo.

— Vai ficar aí me olhando? — Resmungou o siciliano para Abdul.

— E quer que eu faça o quê, Ghalib? Chore?

— Quero que vá atrás deles! — Berrou, afastando a mão de Fairuz — chega, bruxa velha! — E voltando a falar com Abdul, ordenou — quero Jamila de volta. Ao menos isso. Al-Bakkar não cumpriu a parte dele no acordo.

Abdul quase gargalhou. *Al-Bakkar* não havia cumprido a parte dele?

— E qual seria a parte dele — ironizou Abdul —, ser morto por você?

Ghalib torceu o nariz e estendeu a mão para Fairuz que, apesar de silenciosa, mantinha-se atenta a cada palavra. Solícita, a velha entregou a ele um copo do vinho encorpado. Depois de tomar um gole, ele falou.

— Seria perfeito, não vê meu bom Abdul? Com al-Bakkar fora do meu caminho, a mulher seria minha. E Jamila estaria de volta, pronta para ser entregue ao noivo que arranjei. — Abdul sentou-se para ouvir os planos grandiosos de Ghalib. Daquilo dependeria seu sucesso — quando Jamila parir um herdeiro de Marcel de Saint-Gilles, eu terei o controle de Toulouse e das passagens do Languedoc.

— Não estou entendendo. Como *terá* o controle?

Ghalib reclinou-se na cadeira e estudou o líquido escuro em seu copo, erguendo-o contra a luz.

— Acha que minha irmã sofrerá com uma viuvez prematura?

— Ghalib — aquilo foi demais até para quem estava habituado a ouvir os delírios megalomaníacos daquele louco —, isso é uma insanidade! Não pode estar planejando casar Jamila com o rapaz apenas para matá-lo!

— Por que acha que fiz tanta questão de regatar Jamila? — Indagou Ghalib, cinicamente — naturalmente não foi por adorar minha irmãzinha. Jamila é a porta que me levará ao poder, Abdul. Controlando Toulouse e colocando o condado sob meu jugo, através do título que um filho de Jamila herdará, cairei nas graças de Roma. Como sabe, Toulouse é uma pedra no sapato do papa...

Fairuz e o escravo saíram do gabinete enquanto Abdul, incrédulo, encarava Ghalib.

— Você está completamente louco!

— Ora, Abdul! Deixe de tolices. Afinal...

Uma confusão no corredor que levava ao gabinete interrompeu Ghalib. O alarido das vozes tornou-se mais alto, sendo acompanhado pelo som de luta. Abdul foi o primeiro a chegar ao limiar do gabinete, escancarando a porta, surpreso com o que via.

Em meio à confusão na qual alguns guardas da casa, Boemund de L'Aigle e outro homem estavam metidos, surgiu uma jovem delicada e de aparência exausta. Desvencilhando-se do grupo, ela se atirou sobre ele, gritando seu nome indisfarçável alívio.

— Abdul!

— Jamila?

Os olhos negros acompanharam a sombra de Fairuz até que ela desaparecesse no fim do corredor. Cuidadosamente, esgueirou-se por uma das portas de serviço e subiu a escadaria estreita que dava no cômodo sob o telhado. Um lugar atravancado de coisas velhas, onde ninguém ia. O esconderijo perfeito. Trancando a porta, o jovem escravo caminhou até o fundo do aposento, onde havia uma gaiola com alguns pombos. Agradou os animais e escolheu um deles, o mais veloz e esperto. De uma sacolinha oculta atrás da gaiola tirou um diminuto pedaço de papel e uma pena. Anotou rapidamente a mensagem cifrada e prendeu-a na pata do animal. Depois de acariciar a cabeça emplumada, o rapaz se aproximou da janelinha.

— Voe depressa, pequenina — sussurrou à ave ao soltá-la no ar —, vá até Adela.

Jamila soluçava entre os braços de Abdul que, colhido pela surpresa, não teve como disfarçar aos olhos de Ghalib o alívio e a ternura que nutria pela irmã. No entanto ele sabia, pelos olhares especulativos que tanto Ghalib quanto Boemund de L'Aigle, que entrara no gabinete logo atrás de Jamila, lançavam sobre ele, que aquela demonstração de afeto poderia colocar tudo a perder. Para ele, para Jamila e para Amira. E ele não havia chegado tão longe para ver tudo ruir agora. Sendo assim, retirou forças de dentro de si para recobrar a frieza habitual e afastar Jamila com delicadeza, admoestando-a em voz neutra.

— Acalme-se, menina — ele olhou diretamente nos olhos dela, advertindo-a — onde está seu decoro?

— Abdul...? — Será que até ele a abandonara?

— Chega dessas sentimentalidades tolas — a voz de Ghalib, áspera, arrasou as esperanças de Jamila.

De olhos baixos, ela se voltou para o irmão, indagando intimamente a Deus se era pecado detestar alguém que possuía seu próprio sangue e amar tanto o homem que cometera o crime de raptá-la.

— Ghalib, meu irmão — ela falou sem encará-lo.

— Como veio parar aqui? — Ele perguntou, sem rodeios, parado diante dela.

— *Eu* a trouxe para você — interrompeu Seldon, que forçara a entrada no gabinete. Cheio de si, o mercenário encarou Ghalib, lançando um olhar para L'Aigle, que bufava de raiva. Paspalho! Tentara enganá-lo e fora passado para trás. Agora o ouro de Ghalib seria dele — encontrei-a em Tiro, onde L'Aigle me deixou para vigiar os passos de al-Bakkar.

Ghalib estudou atentamente o rosto do mercenário. Conhecia tipos como ele. Ratos do submundo, metidos a espertos, prontos a ludibriar quem quer que fosse para levar vantagem em tudo. Não estava interessado em se associar à gente daquela laia, que se vendia ao inimigo por um punhado de ouro. L'Aigle era previsível e, de certa forma, tinha origem e um nome a zelar, ainda que estivesse em desgraça atualmente. Osprey, no entanto, era perigoso. Esperava uma grande recompensa pela façanha de trazer Jamila de volta. Naturalmente, daria ao mercenário a recompensa devida. Mas não a que ele esperava receber.

Com um sorriso condescendente, Ghalib passou por Jamila, ignorando-a completamente e parou diante de Seldon. Para Abdul, que conhecia aquele sorriso como ninguém, as intenções dele eram claras como a água. Impassível ele aguardou, fingindo não ver a expressão desamparada de Jamila.

— Sou muito grato por ter trazido minha irmã de volta, meu caro Osprey. Saberei ser generoso — pousou a mão no ombro do mercenário, num gesto que simulava camaradagem —, certamente será recompensado por sua coragem. Porém, deve entender que quero alguns momentos a sós com minha irmã antes de conversarmos sobre o que lhe agradaria receber em troca de um favor tão grande — fez sinal a Fairuz, que estava no corredor aguardando suas ordens. — Fairuz, instale o *chevalier* Osprey nos aposentos de hóspedes e atenda suas necessidades. Cuide também para que ele receba uma refeição e seja servido com nosso vinho mais especial — deu dois tapinhas no ombro do soldado e sorriu para a velha criada — afinal, ele merece.

Fairuz assentiu. Esperou que Seldon se retirasse e o seguiu.

Abdul olhou para a porta do gabinete. Estava certo de que seria a última vez que veria Seldon de Osprey vivo. Voltou-se para Jamila, que permanecia parada num canto. L'Aigle, por sua vez, olhava para a moça como um cão olharia para um osso. Ghalib o eliminaria da mesma forma fizera com Osprey? Ou ainda tinha planos para usar a ele e sua força de mercenários contra al-Bakkar?

— Bem — Ghalib sentou-se em sua cadeira, atrás da mesa de trabalho — agora que está tudo resolvido, podemos finalmente nos concentrar no que importa. Afinal, como conseguiu escapar de al-Bakkar, Jamila?

Exausta, ela fitou o irmão, respondendo num tom apático.

— Foi um acaso. Aquele homem me viu no local onde estava escondida.

— E que local era esse?

— Um prostíbulo.

— Como? — Ghalib arregalou os olhos e depois bateu no tampo da mesa, gargalhando — ora, ora! Tenho que admitir, al-Bakkar é uma raposa esperta! Eu mesmo não teria ideia tão brilhante. — Voltou a se concentrar na irmã — ele a deixou lá sem nenhum guarda, não havia alguém dele para vigiá-la?

— Não — apressou-se em responder, pensando em Hrolf. Ghalib nunca poderia saber dele, ou o mataria. E como ele estaria agora? Estaria bem, teria se curado? Fez uma prece mental para que estivesse vivo.

— E se não havia guardas, por que não fugiu antes, irmã? — Indagou o siciliano com empáfia.

Pela primeira vez, uma nota de irritação surgiu na voz de Jamila.

— E para onde iria, meu irmão? Acaso se esquece de que passei a vida no convento e de lá, fui direto para Catania? Eu mal sabia onde estava.

Estudou-a atentamente, tentando entender porque Jamila parecia tão diferente. Havia certa altivez que não notara antes.

— É verdade — concordou com ela. Reclinou-se na cadeira e prosseguiu — bem, agora que resolvemos isso, vamos ao que realmente interessa.

— E o que seria, Ghalib? — Indagou Abdul, sentando-se numa cadeira e fingindo ignorar Jamila. No íntimo rezava para que ela se mantivesse firme. Sabendo os movimentos de Ghalib, ele poderia ajudá-la a escapar definitivamente do jugo do irmão.

— Os planos acerca dos quais discutimos anteriormente — disse Ghalib, referindo-se ao casamento que arranjara para a irmã.

Boemund, esquecido num canto, ouvia tudo atentamente. Observava Jamila, que recuara até uma janela e estava perdida em pensamentos. Apesar de vestida com uma roupa surrada, ela era uma beldade. Os cabelos desalinhados caíam em ondas suaves até sua cintura. Ela não tinha com que os cobrir como mandava o decoro, mas ele os preferia assim, soltos. Sob o vestido não havia nada, pois conseguia notar cada contorno do corpo dela. Excitado, pensou se Ghalib o cumpriria a promessa de lhe dar terras e a mão da jovem em casamento. Certamente seria um prazer tê-la se contorcendo sob ele na cama. Desviou a atenção da moça e procurou ouvir o que Ghalib e Abdul diziam.

Jamila deixou de prestar atenção no irmão e em Abdul, sentindo-se mais só do que nunca. Mais uma vez se arrependeu de ter se aventurado sozinha pela casa de Isabella. Se não tivesse feito aquilo, ainda estaria ao lado de Hrolf. Talvez até conseguisse convencer al-Bakkar a livrá-la do irmão, quando ele retornasse para Tiro. Agora que libertara a esposa, pelo que ouvira o irmão dizer num resmungo aborrecido, não haveria necessidade de mantê-la como refém. Talvez então ela pudesse ser livre. E se deixasse a imaginação voar ainda mais longe, talvez pudesse ficar com Hrolf.

Suspirando, deixou o olhar se perder na paisagem além da janela. Seu corpo guardava as sensações que Hrolf lhe apresentara, o prazer que sentira tornando-se dele. Ainda sentia o sabor de seus beijos e o calor de suas mãos. A saudade apertou seu coração. Jamila reprimiu as lágrimas com valentia. Para afastar as lembranças e evitar cair no choro diante do irmão insensível, tentou ouvir o que os homens falavam, percebendo que falavam dela. Olhou para Ghalib, exausta e incrédula. Depois de tudo o que passara, ele sequer perguntara como ela estava. Contentara-se em olhá-la com superioridade, como se ela fosse um ser insignificante, tecendo sua vida e seu destino sem consultá-la. E agora vinha a gota d'água para seus nervos à flor da pele. Em meio ao seu interminável monólogo, pôde distinguir nitidamente as palavras do irmão.

— ...além de todos os transtornos que fui obrigado a suportar por causa do maldito al-Bakkar, terei que aumentar dote desta infeliz. Afinal, toda Sicília soube do sequestro. Certamente haverá especulações a respeito de sua honra.

Abdul franziu o cenho, ao passo que Boemund se levantou da cadeira, furioso.

— Você me prometeu sua irmã!

— Caso matasse al-Bakkar. — Ghalib explicou, ainda ignorando Jamila — como não o fez, receberá apenas o pagamento pelos serviços prestados.

Carrancudo, Boemund lançou um olhar a Jamila, que parecia petrificada, parada um pouco atrás de Abdul. Este, impassível, manteve-se em silêncio. Como se algo explodisse dentro dela, Jamila se aproximou e parou diante da mesa do irmão, olhando-o fixamente. Depois de alguns instantes, Ghalib se calou e indagou grosseiramente.

— O que é?

— Não vou me casar com Marcel de Saint-Gilles — a voz dela soou mecânica, desprovida de emoções.

Ghalib se ergueu, furioso, estacando diante dela.

— Vai fazer o que eu mandar. E apesar de eu ter que gastar mais com seu dote, os fins justificarão os meios.

Abdul se levantou e encarou os dois. Jamila estava a ponto de ter um colapso.

— Não — a moça falou, olhando nos olhos do irmão. Estava farta. Ghalib não controlaria mais seu destino. Não a entregaria a um estranho para satisfazer seus planos de grandeza — não vou me casar, Ghalib. E nem todo ouro que dê a ele apagará a verdade.

Ghalib franziu o cenho, ao passo que Jamila se empertigou. Abdul notou que o sorriso que surgiu na face dela se assemelhou ao sorriso diabólico do próprio irmão. Ela possuía algum trunfo. E que Deus a ajudasse se fosse o que ele estava pensando. Antes que conseguisse descobrir um modo de fazê-la se calar, Jamila esfregou a verdade na cara de seu estupefato irmão.

— Acha que Marcel ficará com mercadoria estragada, Ghalib? — Ela ergueu a voz, altiva — nem todo ouro do mundo poderá apagar o fato de que não sou mais uma donzela. E se me obrigar a me casar com ele, juro que direi isso em alto e bom som diante de todos no dia do casamento!

Depois de um silêncio opressivo, Ghalib indagou, num tom baixo e cortante, os punhos cerrados ao lado do corpo.

— Quem a estuprou?

O sorriso de Jamila se alargou. Ela saboreou um triunfo que, Abdul percebeu, poderia custar sua vida.

— Não. Não fui estuprada. Eu me deitei com um homem por livre e espontânea vontade — ela falou pausadamente, deliciando-se com a palidez que cobria o rosto de Ghalib. Pontuou com a afirmação — e gostei.

A reação de Ghalib foi rápida. Jamila só se deu conta do que acontecia quando caiu no chão, logo depois que mão dele atingiu seu rosto com toda força.

— Vagabunda! — Rosnou ele, avançando de novo sobre ela. Puxou-a para cima e desferiu outro golpe, arrancando sangue de seu nariz, fazendo-a cair de joelhos — quem é ele? Com quem se deitou, sua meretriz?

— Nunca vai saber — desafiou Jamila, apesar da dor.

— Sua puta! — Cego em sua fúria, Ghalib a acuou num canto, espancando-a

Saindo do estupor, Abdul entrou no meio deles.

— Solte-a, Ghalib! — Agarrou-o pelos ombros, mas não conseguiu evitar que ele a acertasse novamente, fazendo-a bater contra a parede e cair desacordada. Atônito, Abdul berrou para o outro homem — L'Aigle, seu imbecil! Faça algo de útil! Tire-a daqui! Leve-a embora!

— Solte-me, Abdul! — Ghalib estava enlouquecido — vou matar a vagabunda!

— Morta ela não valerá nada —Abdul usou os únicos argumentos que Ghalib entendia — deixe-a.

Boemund saiu do estupor e passou pelos dois, erguendo Jamila do chão e saindo com ela do gabinete, passando pelos apavorados criados que escutavam tudo.

— Por aqui — chamou uma mulher com o rosto coberto por um véu —, depressa!

Ele reconheceu Amira, a concubina de Ghalib. Porém, ainda atordoado com a cena que presenciara, obedeceu sem pestanejar. Seguiu-a até um pequeno aposento.

— Deixe-a aqui — Amira falou —, vou cuidar dela.

— E o que eu ganho com isso? — Indagou Boemund, colocando Jamila sobre a cama, esperando alguma vantagem ao prestar um favor à Amira.

— Sua cabeça sobre o pescoço — fuzilou-o com os olhos enquanto se colocava entre Jamila e ele — se tentar tomar liberdades comigo, eu me queixarei a Ghalib.

Atrevido, o cavaleiro puxou o véu de seu o rosto e chegou mais perto dela.

— E eu posso dizer a Ghalib uma coisinha ou duas sobre você e Abdul, o sinistro.

Por um instante, Amira ficou surpresa. Recuperando-se, empurrou Boemund, sacando um punhal e colando à barriga dele.

— Tente. Será sua palavra contra a minha.

Sorrindo, Boemund fitou a lâmina afiada e voltou a encarar a mulher que o ameaçava.

— Por hora, vou deixá-la, senhorita — ele percorreu o corpo de Amira com o olhar — mas voltarei para cobrar a dívida.

Depois que ele saiu, Amira suspirou aliviada e trancou a porta. Olhando o rosto ferido de Jamila, rezou para que Ghalib não desse ouvidos às intrigas de Boemund. Ou corria o risco de ter um destino pior do que o da moça.

TIRO, PALESTINA

Ragnar observou as pálpebras de Hrolf tremerem para depois se abrirem, revelando os olhos cinzentos que conhecia desde garoto. Por um instante o rastreador o encarou, confuso. Em seguida, como se impulsionado por uma mola, sentou-se na cama, arrancando risadinhas das criadas.

— Mas que diabo...?

— É bom ver você também, Hrolf — gracejou Ragnar, apanhando o lençol que caíra no chão — mas acho melhor se cobrir, ou as garotas de Isabella não o deixarão sair daqui nunca mais.

Carrancudo, Hrolf obedeceu, prendendo o lençol à cintura e se levantando, embora ainda estivesse meio zonzo.

— Onde está Jamila?

Ragnar olhou por sobre o ombro, deixando que Isabella respondesse.

— Ainda não sabemos para onde foi levada — informou, aproximando-se de Ragnar — mas descobrimos quem a raptou.

— E quem foi? — Resmungou Hrolf procurando por suas roupas.

— Um tal Osprey — falou Ragnar, taciturno, observando Hrolf —

Bakkar disse que você saberia quem é.

— É claro que sei — Hrolf enfim achou suas calças — o bastardo! Björn devia tê-lo afogado! Se ele tocou num fio de cabelo de Jamila...

Ragnar cruzou os braços e recostou-se na parede, lançando um olhar para Isabella. A dona do bordel devolveu o olhar e assentiu com a cabeça, como se confirmasse alguma coisa. Em seguida, retirou-se do aposento, levando consigo as criadas, deixando os amigos a sós.

— Sentimos sua falta, Hrolf — começou Ragnar num tom brando — todos nós.

Hrolf parou de se vestir e ficou olhando fixamente para a camisa em suas mãos. Na afirmação de Ragnar ele captara diversas perguntas. Por que desaparecera? Por que não mandara notícias? Por que abandonara a tudo e a todos? Terminando de se vestir, Hrolf se aproximou daquele que fora um de seus pupilos. Um rapazinho solitário, traído pela noiva que, assim como ele, deixara sua terra para curar o coração partido. Ragnar encontrara o amor de sua vida. Encontrara também a paz com as próprias lembranças e com a irreversibilidade de ser filho bastardo de um rei. Embora há muito tivesse aberto mão de seus direitos. Tudo pelo amor de Leila. Ele encontrara na sarracena muito mais do que uma esposa. Ele encontrara em seu amor a paz, a serenidade e a redenção.

— Sinto muito por deixá-los sem notícias — colocou a mão no ombro de Ragnar — percorri um longo caminho até chegar aqui — depois uma pausa, Hrolf franziu o cenho, como se só então lhe ocorresse algo. — Mas o que diabos *você* está fazendo *aqui*?

Ragnar sorriu, fazendo duas covinhas aparecerem acima do cavanhaque.

— Pensei que nunca fosse perguntar, meu camarada.

O aposento permanecia quase do mesmo jeito que ela se lembrava. O piso de mosaico colorido, as portas duplas que davam para um jardim interno, a arca de cedro aos pés da cama, as cortinas de linho e os tapetes de lã de carneiro. Cobrindo a cama larga, apenas a colcha era diferente, tecida em motivos coloridos e geométricos. Sobre o toucador, o conjunto de jarra e bacia de prata também era desconhecido.

Sentando-se na beirada da cama, ela se deixou levar pelas lembranças de tudo o que acontecera desde que entrara ali pela primeira vez. Havia tanto tempo, tantas coisas tinham mudado em sua vida! E, no entanto, ali estava, de volta ao ponto de partida. No mesmo aposento em que, numa noite distante, buscara alívio para o sofrimento nos braços de Mark.

— Também senti as mesmas coisas quando entrei aqui — falou ele, parado na soleira.

— As lembranças parecem vivas — ela retrucou com o olhar distante — é como se tudo tivesse acontecido ontem.

Fechando a porta, Mark avançou pelo quarto, largando o cinturão com a cimitarra sobre uma cadeira. Agachou-se diante dela e a encarou.

— Sven foi buscar Hrolf. E Jamal quer saber se você vai jantar.

— Ainda estou um pouco enjoada — ela correu os dedos pelos cabelos dele e depois de alguns instantes de silêncio, falou — há mais deles.

— Mais do quê? — Ele perguntou, habituado com aquele jeito dela de saltar de um assunto para o outro de repente.

— Fios brancos — acariciou as têmporas dele, onde o negro fora substituído pelo prateado.

— Acho que é você quem me deixa de cabelos brancos — ele se levantou e se sentou ao lado dela, entrelaçando os dedos de suas mãos — o tempo passou para todos nós. No entanto... — ele deu de ombros, sem concluir a frase.

— É como se não tivesse passado — ela completou, voltando o rosto para ele — tenho medo de perder você.

— Por que diz isso? — Ele a abraçou, beijando seus cabelos.

— Porque sei que não acabou — ela se afastou um pouco e ergueu o rosto para poder olhá-lo nos olhos — Ghalib não desistirá. Ele é obcecado. O poder, sob todas as formas, é seu objetivo. Ele virá atrás de nós — suspirou — além disso, há a questão da irmã dele...

Desconfortável, Mark se levantou e passou a andar pelo aposento.

— Kamau e Bernardo estão atrás de pistas. Prometi a Abdul que garantiria a segurança da moça e não posso falhar.

— Abdul e Amira se arriscaram por mim — Radegund falou, levantando-se também e parando atrás dele — tenho uma dívida com eles. Quero livrar Amira de Ghalib. E quanto a Jamila — ela fez com que Mark se virasse de frente, encarando-o em silêncio para depois dizer — eu peço a Deus para que ela esteja em segurança...

Sério, ele sustentou seu olhar, ouvindo cada uma das palavras que Radegund não dizia. E nem precisaria. Estava escrito nos olhos dela. Era o eco do que Terrwyn lhe dissera quando deixara Messina.

— Eu também não me perdoarei, pode ter certeza. Se algo acontecer à moça, carregarei este peso em meu coração pelo resto de meus dias.

CAPÍTULO XXVIII

"O amor a seduziu e longe a fez
Ceder o coração."

"PARA ANACTÓRIA", SAFO.

vento marinho imprimia um ritmo indolente às folhas das árvores causando um agradável murmurar. Sentadas sob as sombras do pomar, Leila, Terrwyn e Gunnhild observavam o estreito, cada qual mergulhada em suas cismas íntimas.

— Faz muito tempo que eles partiram — a voz suave de Gunnhild cortou o silêncio. Voltou os olhos cinzentos para Leila — queria tanto conhecer meu filho!

Leila se levantou devagar, pousando a mão sobre o ventre arredondado pelos cinco meses de gravidez. Sentou-se na beira do divã onde a mãe de Hrolf passava as tardes em seu canto predileto, sob os limoeiros.

— Logo eles voltarão, tenho certeza. A senhora passará bons momentos com seu filho.

— A senhora vai se encantar com Hrolf, — ajuntou Terrwyn, procurando animar a idosa — ele é um homem de muito caráter. Todos o querem bem.

— Obrigada, minhas queridas, por tentarem animar essa velha ranzinza — Gunnhild sorriu, embora em seus olhos houvesse dor — eu gostaria que tudo tivesse sido diferente.

— Como assim? — Perguntou Leila.

— Quando eu conheci Arn, o pai de Hrolf, eu logo soube que ele era o homem de minha vida — os olhos claros se iluminaram e ficaram perdidos nas lembranças. — Apesar de ele ser apenas um caçador e eu a filha de um nobre, me apaixonei por ele. Arranjava um jeito de cavalgar pelas terras que pertenciam a Sven Haakonson só para vê-lo. E ele retribuía meu sentimento, embora à distância. Sempre me deixava guirlandas de presente, presas aos pinheiros. Ou dava um jeito de colocar, por onde eu passaria, uma pele de coelho ou lontra, já bem curtida, pronta para ser usada.

— Que lindo! — Suspirou Terrwyn com olhar sonhador.

A mãe de Hrolf prosseguiu, o rosto iluminado rejuvenescendo, transformando-a naquela ingênua menina apaixonada.

— Um dia, uma tempestade me surpreendeu na floresta. Escureceu muito rápido e acabei me perdendo. Arn surgiu e me ajudou, levando-me para a cabana onde morava. O pai dele não estava em casa, tinha saído com o senhor Haakonson atrás de um lobo que andava atacando o gado. Começamos a conversar. Ele me deu uma caneca de leite aquecido com mel para espantar o frio. Quando nos demos conta, já havia acontecido. Eu me tornei mulher nos braços de Arn. Depois disso, nos encontramos às escondidas várias vezes, até o dia em que minha aia desconfiou que eu estava grávida. Meu pai tentou me forçar a dizer quem era o pai da criança. Ameaçou me bater, me casar com o primeiro que aparecesse... enfim, fez de tudo, mas não cedi. Minha barriga cresceu e meus passeios acabaram. Presa em casa, consegui convencer uma serva a levar um recado a Arn, contando o que acontecera. Meu pai decidira me mandar para o convento em Nidaros. Lá eu teria a criança, que seria dada a uma família qualquer. Um dia antes de minha partida, o senhor Haakonson em pessoa apareceu em nossa casa. Com um punhado de prata convenceu meu pai a entregar meu bebê a ele. — Secou uma lágrima que rolou por seu rosto e prosseguiu — muitos anos depois, no convento, eu soube que ele levou meu filho para ser criado pelo pai e pelo avô. Como meu pai já havia morrido, escrevi ao meu irmão, pedindo notícias. Mas soube que ele e a família de Haakonson eram inimigos.

— Por quê? — Indagou Terrwyn.

Leila interveio, permitindo a Gunnhild refazer-se um pouco das emoções que revivia.

— O irmão da senhora Gunnhild era o pai de Karin, a ex-noiva de Ragnar.

— Aquela traidora... — Terrwyn começou, mas conteve-se a tempo — oh, desculpe, senhora. Ela era sua sobrinha.

— Tudo bem, minha filha. Sei que ela não foi uma boa pessoa — a dama a tranquilizou e depois concluiu — bem, quando minha sobrinha morreu, a propriedade ficou sem herdeiros. Fui comunicada da herança e decidi que, se alguém tinha direito às terras, esse alguém seria meu filho com Arn.

— E então a senhora procurou Ragnar na corte — concluiu Leila.

— Exato. Apesar da doença, eu saí de Nidaros e fui ao rei reclamar a herança para meu filho. Acabei encontrando com um dos filhos de Haakonson em Bergen. Descobri que meu filho estava vivo e se chamava Hrolf. Consegui convencer o rei, mas recebi um ultimato. Se Hrolf não reclamar a herança até a festa de Todos os Santos, tudo irá para a coroa.

— Isso nos dá pouquíssimo tempo — comentou Leila.

— Espero que eles voltem logo — falou Terrwyn, taciturna — todos eles.

Em silêncio, as duas mulheres concordaram com ela.

TIRO, PALESTINA

Hrolf observou os jardins lá fora, balançando ao sabor da brisa que vinha do mar. As pessoas iam e vinham pelas ruas. As nuvens continuavam a correr no céu. O sol prosseguia em seu declínio, rumo ao poente avermelhado. Tudo permanecia do mesmo jeito, embora, dentro dele, tudo houvesse mudado.

— Compreende agora o que vim fazer aqui? — Falou Ragnar com a mão em seu ombro.

Hrolf se voltou para ele e retribuiu o gesto.

— Obrigado — seus olhos espelhavam a emoção e gratidão —, obrigado por ter vindo de tão longe, mesmo sabendo que poderia não me encontrar.

— Uma vez você também saiu da Noruega atrás de mim Hrolf, mesmo sem saber se me encontraria. E com isso, salvou minha vida. — Ragnar balançou a cabeça e deu um tapinha amigável nos ombros do amigo, que chegou a cambalear. Aquele moleque não sabia a força que tinha? Hrolf sorriu.

— Está certo. Mas agora — seu semblante se anuviou — tenho que achar Jamila.

— Como? — Ragnar estranhou — não vai embarcar para Messina? Não ouviu o que eu disse? Sua mãe está a sua espera! Não temos muito tempo!

Hrolf o encarou, determinado.

— *Primeiro*, vou encontrar Jamila, garoto. *Depois*, eu volto para Messina.

Coçando o cavanhaque, Ragnar franziu o cenho. Uma ideia ocorreu, mas ele a descartou. Depois, retomou-a. Seria possível? Rodeando o aposento, mexendo a esmo nos objetos e olhando de soslaio para o rastreador, ele tentou parecer natural.

— Kamau falou que a moça é bonita — estudou a reação do outro, que parou de arrumar os alforjes para escutá-lo — e bastante simpática.

Hrolf cruzou os braços e olhou para Ragnar.

— Desembuche logo, Svenson. Pare de andar à minha volta como um caranguejo. Pergunte o que quer perguntar.

Com um sorriso amarelo, Ragnar se rendeu.

— Eu não sei ser sutil, não é mesmo?

— Nem um pouco.

— Bem, sendo assim... — ele acomodou o corpanzil numa cadeira, que rangeu sob seu peso — tem algum interesse especial nesta moça, já que parece aflito para ir atrás dela?

Hrolf respondeu honestamente.

— Eu me apaixonei por ela — o silêncio se prolongou enquanto Ragnar o encarava. — Feche a boca, garoto.

— Desculpe — ele sacudiu a cabeça e apoiou os cotovelos sobre as coxas, inclinando-se para frente — estou surpreso. Depois do que aconteceu em Svenhalla...

— Garanto que não está mais surpreso do que eu. E agora, depois do que me contou sobre minha mãe... — Hrolf se sentou diante dele, esfregando o rosto com as mãos — parece que a história está se repetindo.

— Talvez possa haver um final diferente...

— Não vejo como. Jamila, além de pertencer a outro mundo, está no meio de uma guerra entre o irmão e Bakkar.

— Eu sei disso. Mas há algo que você ainda não sabe.

— E o que seria?

— A ruiva e Bakkar têm um acordo com o tal Redwan, o homem de confiança de Ghalib. O compromisso de libertar tanto Jamila quanto uma moça chamada Amira, uma das concubinas de ibn-Qadir. Sendo assim...

— Não ponha caraminholas a cabeça — irritou-se Hrolf —, sequer sabemos para onde aquele ordinário a levou. E mesmo que Jamila fique livre do irmão, o que acontecerá depois? Além disso, terei que voltar à Noruega, não é mesmo? Se minha mãe se sacrificou fazendo essa viagem mesmo doente, não tenho como negar seu desejo de me reconhecer como filho. Devo isso a ela, assim como a meu pai.

— Não vê homem, que isso é algo a seu favor? — Retrucou Ragnar — assim que for reconhecido, a diferença social entre vocês deixará de existir.

— Há tantas coisas entre nós, Ragnar — disse Hrolf, parecendo cansado — há um abismo nos separando. A começar pela diferença de idade...

Ragnar ergueu-se da cadeira, irritado, e colocou o dedo no nariz do amigo.

— Só existe o abismo que você mesmo está cavando, sua mula! Deixe de ser cego. Quer diferença maior do que a que existia entre eu e Leila? Ou entre Aswad e Trudy? E o que importa a diferença de idade? Björn tem quase o dobro da idade de Terrwyn e é feliz com ela! Sabe o que penso?

— Não e nem quero saber — resmungou o rastreador.

— Mas vai escutar! Você está morrendo de medo. Sofreu uma vez e não quer sofrer de novo.

— Cale a boca, Svenson.

— Não, Hrolf. Não vou me calar. Só porque sua história com Saori não teve um final feliz, não quer dizer que com Jamila será do mesmo jeito.

Ragnar não viu o punho vindo em sua direção. Só sentiu o soco que Hrolf desferiu em seu queixo. Depois, voltou-se para ele, sorrindo.

— Há! Está voltando ao normal, velho?

— E vou lhe dar outra surra, pirralho!

Ragnar atirou o manto para o lado e acenou com as duas mãos para o amigo, provocando-o.

— Pago para ver.

— Desculpe pela confusão, Isabella — Ragnar resmungou através do lábio partido e inchado.

Como resposta a dona do bordel esfregou sem dó uma compressa em seu rosto, arrancado mais um gemido. Do outro lado da sala, ouviu-se o coro de risadinhas de criadas e prostitutas.

— Vocês homens não têm um pingo de juízo — ela pegou outra compressa e jogou sem gentileza nenhuma sobre a face do rastreador — e ainda por cima, fizeram uma bagunça enorme no meu estabelecimento.

— Eu assumo os prejuízos — rosnou Hrolf.

— Não, eu assumo — Ragnar retrucou — eu provoquei.

— Cale a boca, moleque — resmungou Hrolf tirando a compressa de cima do olho roxo.

— Venha me calar, lobo ranzinza!

— Chega — berrou Isabella —, quero *os dois* fora daqui, seus desmiolados! E podem dizer a al-Bakkar que da próxima vez em que me pedir para cuidar de seus amigos, que sejam adultos e não garotos briguentos!

Amuados e sem jeito, os dois se levantaram. Cambaleantes, tomaram o rumo da saída. Isabella cruzou os braços e manteve-se séria até que os homenzarrões cruzassem a soleira. Batendo a porta atrás deles, ela finalmente se deixou cair numa poltrona, entregando-se às risadas.

— Que situação — Ragnar gemeu do lado de fora, segurando as costelas, olhando para Hrolf —, expulsos do bordel! Só passei por isso quando era garoto...

— Ora! Você não dava sossego às pobres garotas. Vivia no cio! As moças precisavam descansar.

Ragnar gargalhou e passou o braço sobre o ombro do rastreador, que se encolheu, dolorido.

— Lembra-se daquela vez...

Recordando antigas aventuras, tomaram o rumo de casa.

ACRE, PALESTINA

Abdul percorreu o corredor com passos rápidos e silenciosos. Não compreendia porque Amira o chamara com tanta urgência. Seria algo relacionado à Jamila? Desde que Ghalib a espancara, não conseguira ver a irmã, ocupado em conter a reação dele ao ver seus planos irem por água abaixo. Era irônico vê-lo derrotado por uma mocinha ingênua. Diabos! O que Amira queria? Ela sabia que não podiam se arriscar com Ghalib em casa. Parou diante dos aposentos dela e apurou os ouvidos. O silêncio era absoluto. Olhou em volta antes de girar a maçaneta, entrando no aposento às escuras. Fechou a porta e esperou que os olhos se acostumassem com a escuridão.

— Amira — chamou baixinho — estou aqui.

Do outro lado do aposento, soou a voz dela, baixa e tensa.

— Abdul.

Caminhando naquela direção, ele foi falando.

— O que houve, Amira? Por que me chamou? Ghalib está em casa, sabe que é arriscado...

— Ela sabe que é — as palavras de Ghalib soaram como um trovão na escuridão, fazendo o coração de Abdul falhar uma batida. Ao mesmo tempo, archotes foram acesos. Sob a luz das chamas ele pôde ver Amira, cujo rosto estava riscado por lágrimas, sob a ameaça da adaga de Ghalib. Este completou, sinistramente — ela sabia tanto do risco que teve que ser *persuadida* a chamar você e confirmar as suspeitas que nosso camarada L'Aigle levantou.

Abdul foi cercado por Boemund e alguns soldados. Mesmo surpreso, procurou manter o controle, enquanto sua mente buscava uma solução.

— Deixe-a — disse calmamente, sem tirar os olhos dos de Ghalib.

Este quis saborear a vitória, tripudiando sobre o meio-irmão que, apesar de tudo, mostrava-se irritantemente calmo. Como ele o odiava! Como detestava aquela calma, aquele ar de superioridade mesmo em face da mais fragorosa derrota, mesmo quando ele o provocava abertamente. Maldito traidor!

— Eu sempre soube que você a queria, Abdul. Pensa que nunca notei como olhava para ela? — Ele afastou um pouco Amira, pondo-a de lado para poder olhá-la nos olhos. Manteve-a segura por um dos braços, dizendo — e você, rameirazinha ingrata? Devo mandá-la de volta à lama de onde saiu? Ou entregá-la como prêmio ao meu bom amigo L'Aigle?

Amira arregalou os olhos enquanto Boemund sorria em antecipação. A orgulhosa morena estaria debaixo dele ainda esta noite, querendo ou não.

Abdul olhou de Ghalib para o mercenário. Se pudesse acabar com ele agora mesmo, o faria sem pestanejar. Mas seria impossível fazê-lo sem arriscar a vida de Amira. Porém, mesmo com seus planos arruinados, ele não permitiria que aquele porco tocasse em Amira. Deslizando o punhal que trazia sob a manga da túnica, Abdul o lançou na direção do francês.

— Eu o avisei L'Aigle. Só erraria enquanto quisesse errar.

A única resposta do surpreso Boemund, ao ter a lâmina cravada no coração, foi o balbucio estranho que escapou de sua boca em meio aos estertores da morte.

Voltando-se para meio-irmão, Abdul rosnou.

— Agora somos só nós dois, Ghalib.

Agindo depressa, o siciliano puxou Amira novamente, usando-a como escudo, ameaçando-a com a adaga.

— O quanto ela vale para você, Abdul?

— Lute como um homem ao menos uma vez em sua vida miserável — vociferou o outro.

No entanto, contrariando Abdul, Ghalib ordenou aos guardas.

— Prendam-no — percebendo a hesitação dos homens em desarmar aquele que sempre os comandara, Ghalib reiterou — agora. É uma ordem! E você, maldito — ele olhou direto nos olhos amarelados de Abdul, que o encaravam destemidos — reaja e ela morre.

Amira soluçou alto quando Abdul foi desarmado e suas mãos atadas atrás das costas. Em seguida, ela foi empurrada contra um dos soldados, que a segurou desajeitadamente. Quando ela se aprumou, observou Ghalib se aproximando de Abdul. Não se conteve e gritou, indignada.

— Covarde! Agora que ele está preso, você chega perto dele! Não passa de um frouxo!

— Pare de gritar como uma mulher da feira — desdenhou o siciliano sem desviar os olhos de Abdul — eu não sou homem de me engalfinhar no chão por uma prostitutazinha como você.

— Você sequer é um homem — ela gritou, tentando desviar a atenção de Ghalib.

— Não adianta, Amira — ele sorriu diabolicamente — pode me provocar à vontade. Essas tolices não me atingem. Além do que — ele lançou um olhar desdenhoso por sobre o ombro — se eu não fosse homem, você não teria ficado tão satisfeita e por tanto tempo em minha cama.

— Seu porco nojento!

Ignorando os xingamentos de Amira, Ghalib agarrou Abdul pelos cabelos, vergando sua cabeça para trás.

— Foi bom Abdul? Valeu a pena jogar tudo fora para se enfiar sob as saias dessa vagabunda? — Ele estudou o rosto do outro atentamente, irritando-se com seu silêncio — ou será que foi mais longe do que isso?

Foi a vez de Abdul sorrir, apesar da situação.

— O que acha, imbecil? Como pensa que aquele cavalariço escapou em Messina? Acaso crê que eu falharia se quisesse *mesmo* matá-lo? — O puxão se tornou mais forte e o embate de forças cada vez mais mortal — *eu* guiei cada passo que você deu rumo à própria derrota, Ghalib. Mesmo que me mate agora, você está liquidado. — Abdul saboreava todo o ultraje e todo ódio que via no rosto de Ghalib — *eu* disse a al-Bakkar onde estava a mulher dele. *Eu* contei a ele da emboscada que você armou. *Eu* ajudei a baronesa a fugir daqui com Sirocco. Eu *pessoalmente* despistei seus homens quando eles a perseguiram pelas ruas de Acre. Pode me matar, Ghalib. Mate-me e eu o esperarei no inferno, que é para onde al-Bakkar o mandará quando vier buscar minha irmã e Amira!

— Desgraçado! — Ghalib soltou sua cabeça e o atingiu com um soco no estômago — maldito desgraçado!

Uma sucessão de golpes atingiu Abdul, que permanecia de mãos atadas, preso entre dois guardas. Amira, impotente, gritava e chorava implorando que Ghalib o deixasse em paz. Mais irritado ainda, o siciliano prosseguiu, desforrando sua raiva sobre o meio-irmão, atingindo-o sem piedade em vários pontos do corpo e do rosto, até acertá-lo, por fim, entre as pernas, fazendo-o se dobrar de dor. Completando a humilhação do homem a quem um dia confiara a própria segurança, ele o atingiu com chute num dos joelhos, fazendo-o cair no chão.

Ofegante, secando o suor do rosto, Ghalib sentenciou.

— Não vou matá-lo agora, verme. Você merece um destino bem pior. Você vai morrer bem devagar. Vai para o inferno, com certeza; e vai chegar lá bem antes da morte alcançar você — e para os guardas, ordenou — amarrem-no e joguem-no numa carroça. Nós vamos dar um passeio.

Jamila despertou e abriu os olhos, obtendo um sucesso parcial, já que um deles estava muito inchado. Passou a língua sobre os lábios ressecados e sentiu dor ao tocar um corte. Pouco a pouco lembrou o que acontecera. As imagens invadiram sua mente enquanto lágrimas desciam por seu rosto. Tentou se levantar. Com muito custo conseguiu se apoiar na parede onde a cama fora encostada. A fraca luminosidade de uma vela iluminava o aposento limpo e simples. Onde estaria? Quem a levara até ali?

— Que bom que acordou, senhorita — um jovem de olhos escuros, vestido como escravo, saiu das sombras e estendeu a mão num gesto de paz. — Fique tranquila, senhorita. Está segura aqui. Ao menos por enquanto.

— Quem é você? — Indagou ela baixando o rosto, envergonhada das marcas que certamente havia nele.

— Meu nome não importa. Foi a senhorita Amira quem a socorreu. Embora...

A reticência na voz do escravo fez com que Jamila ficasse atenta.

— Embora o quê?

O rapaz se sentou num banquinho, estendendo uma caneca de água fresca para ela.

— Beba, é apenas água — ele falou ao perceber seu olhar desconfiado. Depois prosseguiu, enquanto ela sorvia o líquido devagar — seu irmão acaba de descobrir que mestre Abdul, bem como a senhorita Amira, o traíram.

A caneca caiu das mãos de Jamila, que levou a mão à boca, abafando um grito.

— Oh, meu Deus! Abdul! Ele...?

— Ainda não — o jovem balançou a cabeça —, mas não tenha esperanças a respeito dele. Foi levado desacordado para o pátio. Não sei qual será seu destino.

— Onde estou?

— Na ala dos criados. Eu a retirei dos aposentos para onde a senhorita Amira a levou, enquanto estavam todos envolvidos na confusão com mestre Abdul. Estará segura aqui, ao menos enquanto Fairuz não a descobrir. Ela faz as vezes de olhos e ouvidos de seu irmão.

Jamila estudou o jovem com atenção. Embora trajado como escravo e de cabeça raspada, ele não era simplório e tampouco tinha a subserviência de um cativo. Sorrindo sob o escrutínio da jovem, ele falou.

— Sou um espião. E para aqueles para os quais eu trabalho, é fundamental mantê-la longe de seu irmão e do casamento que ele arranjou.

— Eu não vou me casar com Marcel — ela retrucou.

— Eu sei — o moço falou —, mas ibn-Qadir tem muitas formas de pressionar o marechal de Messina para que seu sobrinho se case consigo, mesmo que não seja mais virgem. Bem, vou tentar ajudá-la, mas, se for descoberta, não terei como protegê-la. Preciso sustentar minha posição nesta casa até que minha missão seja concluída. Fui claro?

Ela assentiu, não entendendo muito bem o que ele queria dizer com aquilo, mas satisfeita por ter ao menos um aliado. Ainda perguntou.

— E Amira e Abdul?

— Sinto muito. Não posso fazer nada por eles. — O rapaz se levantou e caminhou na direção da porta — deixei comida e água. Ao amanhecer voltarei. Não se preocupe em abrir a porta para mim, pois tenho uma chave. Se alguém bater, não responda. Não serei eu.

Com isso, o falso escravo saiu pela porta e fechou-a atrás de si. Jamila ficou só com seus pensamentos, que se dividiam entre Hrolf e Abdul.

TIRO, PALESTINA

— De onde saiu isso? — Indagou Mark enquanto Radegund erguia, satisfeita, sua cota de malha.

O capitão deu de ombros.

— Veio no baú que Terrwyn pediu para colocar no Freyja e entregar à Radegund quando a encontrássemos. Achei que fossem roupas.

Preocupado, Mark observou a mulher tirar os objetos de dentro do baú até conseguir apanhar sua espada. Lançou um rápido olhar para Ragnar e Hrolf, que acabavam de chegar em péssimo estado, e depois para ela.

— Nem pense nisso, Radegund — falou ele prevendo suas intenções.

— Nem pense em quê, *sire*? — Rebateu ela experimentando o fio da lâmina, sem sequer olhar para ele.

Mark avançou até ela e tirou a arma de suas mãos.

— Não vou deixar que se coloque ao alcance daquele desgraçado.

Pela primeira vez ela se dignou a encará-lo. E o fez com frieza assustadora.

— Não se atreva a me dizer o que fazer. Tenho um acordo com Abdul e vou cumpri-lo. Jamais falto com minha palavra.

— Sei que não está fazendo isso só por causa do acordo, Radegund. Eu a conheço muito bem.

A resposta que obteve foi o silêncio dela, embora implorasse com o olhar para que desistisse, para que confiasse a ele o que a angustiava tanto. Quando o silêncio se tornou quase palpável, ela simplesmente baixou a tampa do baú com estrépito e arrancou a arma das mãos dele, dizendo.

— Vou dormir.

Saiu pisando duro no mesmo instante em que Kamau e Bernardo chegavam. Percebendo o clima desconfortável, o mercenário genovês pigarreou, chamando a atenção de Mark que, até então, permanecera olhando para a porta por onde a ruiva desaparecera.

— Nosso homem foi para o sul — informou Bernardo sem rodeios — encontramos a pista dele. Levava uma pessoa consigo, na montaria, quando passou pela hospedaria na estrada.

— Jamila — Hrolf falou, levantando-se — vou atrás dela.

— Acalme-se, homem — rebateu Ragnar, puxando-o de volta — ainda não sabemos exatamente para onde Osprey a levou.

— Eu descubro — resmungou o rastreador, desvencilhando-se do amigo.

— De qualquer forma, temos que nos organizar — contemporizou Kamau servindo-se de vinho —, seja para onde for que a moça tenha sido levada, não creio que nos seja devolvida de bom grado.

Concordando com o soldado, Hrolf se sentou e teve início uma longa conversa sobre como fariam para libertar Jamila e a moça chamada Amira.

Ainda irritada, Radegund entrou no aposento às escuras e bateu a porta. Se Mark pensava que a deixaria em casa como uma donzela indefesa estava redondamente enganado. Ora, que diabo! Parecia até que ele não a conhecia! Quantas vezes haviam combatido lado a lado? Francamente! Atravessou a sala íntima e entrou no dormitório, só então se dando conta, pelo movimento das cortinas, de que a sacada estava aberta. Franziu o cenho e apurou os ouvidos. Jamal sempre ordenava aos criados que fechassem tudo ao entardecer, evitando a entrada de insetos, principalmente na época do calor.

O vento elevou a cortina, que se moveu como um espectro, baixando até voltar a sua posição normal. Sua visão habituada ao escuro distinguiu a sombra furtiva se movendo à esquerda, em sua direção. Ficou imóvel, até que o invasor estivesse ao seu alcance. Num movimento rápido e preciso, jogou o corpo para o lado e o atingiu com uma das pernas, jogando-o no chão. Apenas um baque surdo foi ouvido. Nenhum outro som, nenhuma imprecação, nada. E logo o invasor estava de pé, demonstrando tanta agilidade quanto ela. E para sua surpresa, veio o contragolpe; um pé que se elevou e por pouco não a atingiu no queixo. Bem, já que ele queria brigar...

Rápida, saltou sobre sua presa, rolando com ela sobre o conjunto de mesa e cadeiras que ficava a um canto do aposento. Os corpos engalfinhados derrubaram os móveis, que caíram com estrondo no meio a uma confusão de braços e pernas.

— O que foi isso? — Ragnar ergueu-se de um salto, sendo imitado pelos companheiros.

— Parecia algo caindo... — comentou Bernardo.

— E veio lá de dentro! — Mark apressou-se pelo corredor, tendo os outros em seu encalço.

Björn foi o único a se lembrar de pegar uma lâmpada da parede antes de seguir o grupo.

Mark empurrou as portas do aposento com a adaga em punho. Kamau colocou-se ao seu lado no mesmo instante em que algo — ou melhor, alguém — era atirado sobre ele. Por fim, Björn chegou com a lâmpada, iluminando o ambiente.

No meio do quarto Radegund limpava o sangue de um corte no lábio, rosnando ao encarar o invasor, cujo rosto agora enxergava.

— Quem é a vagabunda?

Kamau baixou os olhos para a mulher pálida e de cabelos negros, totalmente desalinhada, que caíra sobre ele. Abriu um sorriso ao comentar.

— A senhora realmente não sabe usar as portas, não é mesmo?

CAPÍTULO

XXIX

"Terei que acreditar
Que o fantasma incorpóreo da morte está amoroso
E que o monstro magro e abominado
Te guarda nas trevas,
Reservando-te para ser teu amante?"

ROMEU E JULIETA, ATO 5, CENA 3.
WILLIAM SHAKESPEARE.

dela de Albi olhou para a baronesa de D'Azûr. A mulher estava sentada do outro lado da mesa, entre os irmãos noruegueses, enquanto o marido andava de um lado para o outro com as mãos atrás das costas. A agente da Sociedade conteve um suspiro ao olhar de soslaio para Mark al-Bakkar. E estremeceu ao voltar os olhos para a ruiva, que parecia saber exatamente o que passava pela sua cabeça desde o instante em que pusera os olhos no marido dela.

Desviando o olhar, Adela deu de cara com a expressão debochada do irritante Kamau. Recostado à parede, o soldado núbio a observava com um meio sorriso nos lábios. Empinando o queixo, Adela olhou para frente novamente, apenas para se ver alvo do escrutínio da baronesa. Cansada daquele jogo de gato e rato, resolveu falar.

— E então, filho de Anwyn — Mark se voltou prontamente —, vai ficar aí andando de um lado para o outro ou vai agir? Esta aliança entre ibn-Qadir e os Saint-Gilles não pode se concretizar.

Mark respondeu com outra pergunta.

— Há mais alguma coisa em jogo além das passagens do Languedoc, não é mesmo?

Radegund estreitou os olhos ao perceber que a visitante, que parecia devorar seu marido com os olhos, empalidecia. Antes que a mulher pudesse responder alguma coisa, especulou.

— Ghalib é fiel a Roma. Já Toulouse e seus aliados são independentes. Sabe-se que rejeitam a autoridade da Igreja, ensinam os pobres a ler, acolhem judeus e se recusam a recolher o dízimo[1] — Radegund se levantou e encarou Adela. — São uma verdadeira pedra no sapato do papa — ela apoiou as mãos sobre a mesa e olhou direto nos olhos de Adela. — E pela natureza das atividades da Sociedade, eu não me admiraria nem um pouco se sua espinha dorsal estivesse bem no meio daquele enclave nas montanhas.

— É impossível que saiba disso sem ser um dos nossos! — Ergueu-se a outra, furiosa.

Radegund recuou com um sorriso satisfeito.

— Eu não sabia — o sorriso se alargou, mas os olhos permaneceram frios enquanto a sobrancelha se erguia, desafiadora — até agora.

Mark se aproximou de Adela, carrancudo.

— Você nos usou todo esse tempo para chegar a Ghalib. Por quê? Por que a Sociedade simplesmente não mandou alguém para eliminá-lo?

— Não é tão simples assim, *messire*. Ibn-Qadir é um homem muito influente, amigo dos Lusignan e, por consequência, da Ordem do Templo. Sua morte repentina poderia levantar suspeitas de nossos inimigos.

— D'Arcy.

— Exatamente.

---

1   Ver nota de fim nº60 — "bons hommes

Um silêncio pesado dominou a sala, enquanto as duas mulheres continuavam se avaliando. Para Radegund estava bem claro o interesse da agente em seu marido. E pelo jeito, ele já a conhecia, pois a tratara com certa familiaridade. Mark teria que explicar direitinho por que não contara sobre ela. Radegund franziu o cenho. Ora, mas que diabo! Estava com ciúmes. Era só o que lhe faltava!

— Enquanto ficamos aqui discutindo intrigas, Jamila está correndo perigo nas mãos de Ghalib — reclamou Hrolf, irritado — temos que fazer alguma coisa!

— Com montarias descansadas alcançaríamos Acre ao amanhecer — sugeriu Ragnar.

— Poderíamos entrar pelo lado da antiga necrópole, a guarda é relaxada naquele ponto — Radegund completou — de lá será fácil chegar à propriedade de Ghalib. Os muros são fáceis de escalar. Eu e você, Sven, poderíamos subir por eles com uma mão nas costas. Daí...

— Radegund, já falamos sobre isso — interrompeu-a Mark —, não quero você ao alcance daquele bastardo.

— Ah, é mesmo? — Ela se aproximou dele, encarando-o — e pretende deixar para trás a única pessoa que conhece a casa de Ghalib por dentro? É essa a sua estratégia?

Mark bufou enquanto fitava os olhos faiscantes. Diabo de mulher teimosa! Não percebia sua angústia? O medo de perdê-la de novo? E ainda por cima, o encostava na parede!

— Ela tem razão — Hrolf interveio, prático. — Seu conhecimento é essencial para nosso sucesso.

Depois de se encararem em silêncio por algum tempo, Mark pediu.

— Sven, você e Brosa podem providenciar tudo para nós?

— Claro — falou Ragnar, se levantando, seguido por Hrolf.

— Vou alertar a tripulação — falou Björn, acompanhando os dois. — Assim que o mastro for reparado, eu o levarei para Acre. Nosso transporte de volta está garantido.

— Ótimo. Agora, peço licença a todos — ele olhou para Radegund, que continuava parada a sua frente. — Eu gostaria de conversar com você. A sós.

Girando nos calcanhares, ela saiu da sala, as costas rígidas de tanta tensão. Indo atrás dela, Mark se preparou para uma verdadeira batalha.

ACRE, PALESTINA

— Amarrem-no bem — ordenou Ghalib quando o inconsciente Abdul foi atirado na traseira da carroça — ele não pode escapar. E quanto a ela — apontou Amira —, tragam-na para mim.

— Não! — Amira se debateu até se soltar dos guardas que a retinham. Lançou-se sobre Abdul, agarrando-se a ele — eu vou ficar com ele!

Ghalib olhou-a com desprezo. A vagabunda tivera todo luxo e conforto que seu dinheiro pudera comprar. E agora, ao invés de implorar sua piedade — coisa que obviamente não tinha, pois aquilo era para os fracos — ela se bandeava para o lado do maldito traidor, um reles bastardo, seu lacaio.

— Pois muito bem — falou cinicamente —, já que quer tanto ficar com ele, ambos terão o mesmo destino.

Dito isso, deu-lhes as costas e montou sobre o tordilho, sinalizando aos homens que pusessem a carroça em movimento. O chefe da guarda o interpelou, indagando.

— Para que direção, senhor?

Com um sorriso diabólico, Ghalib olhou por sobre o ombro. Amira estava no fundo da carroça, com a cabeça de Abdul no colo.

— Para além dos muros, às velhas cisternas romanas.

Incitou a montaria, partindo na frente no grupo.

Jamila escutou a movimentação intensa no pátio. Porém, do aposento onde estava não havia como saber o que acontecia lá fora. Por que tanta agitação àquela hora da noite? Estava preocupada com Abdul. Dependia do escravo que se comprometera a ajudá-la para saber o que acontecia além das paredes daquele quarto.

Sentando-se na cama estreita, deixou o pensamento correr livremente, evocando a imagem de Hrolf. Onde estaria? Como estaria? Seus dedos procuraram automaticamente o saquinho de couro que ele tirara do pescoço na noite em que a amara. E que ela, obedecendo a um impulso, atara sobre o próprio colo. Ele ainda estava ali, aproximando-a dele, fazendo com que se recordasse do cheiro do homem que amava, do toque dele em seu corpo e do calor dos lábios dele sobre os seus. E se nunca mais o visse? E se sequer pudesse lhe dizer adeus? Ajoelhando-se junto à cama, Jamila uniu as mãos e rezou.

— Doce Virgem Maria, olhe por meu amor, olhe por Hrolf. Sei que pequei ao me deitar com ele fora dos laços do sagrado matrimônio, mas eu suplico seu perdão. Eu o amo e sei que o amor é bendito aos olhos de Nosso Senhor. E se meu castigo por esse pecado for ter que me casar com outro, eu aceito. Mas eu rogo, Senhora, permita-me vê-lo, são e salvo, mais uma vez.

TIRO, PALESTINA

Mark entrou em seus aposentos e observou Radegund ajustando as correias de suas proteções. Mesmo notando sua chegada, ela não se dignou a olhar para ele. Apenas prosseguiu na tarefa de organizar seu equipamento.

— Fique — ele pediu suavemente.

Ela interrompeu o movimento de colocar uma das adagas na bainha. Respondeu sem encará-lo.

— Não.

Ele deu mais um passo, colocando-se sob a luz das velas acesas sobre a mesa de canto.

— Por favor, Radegund...

Ela jogou uma luva sobre a cama e o encarou, exasperada.

— Não insista, Mark. Você *precisa* de mim lá! Eu conheço o lugar, sei como entrar e sair daquela casa. Aliás, por falar em entrar e sair de casas — cruzou os braços e o encarou — pode me dizer como aquela mulherzinha sabia exatamente onde eram seus aposentos?

Ainda perdido pela mudança brusca de assunto, ele indagou.

— Mulherzinha?

— A *talzinha*-de-Albi. — Ela ergueu uma sobrancelha — você a conhecia?

— Sim. Ela me procurou logo que você sumiu. Ajudou-me a encontrá-la.

— Não gostei dela.

Mark a estudou com atenção. Depois, sorriu, maroto.

— Não acredito que esteja com ciúmes...

Radegund ficou vermelha e lhe deu as costas, andando até a janela.

— Há de convir que não é todo dia que encontro uma mulher no quarto de meu marido — ela deu de ombros e completou num resmungo, como se falasse consigo mesma. — A bem da verdade, já topei com muitas mulheres em seu quarto, mas isso foi *antes* de você ser meu marido.

— Você está com ciúmes — ele repetiu, como se estivesse diante de um dos mais fascinantes enigmas da criação —, está com ciúmes *de mim*! — A resposta foi um grunhido. Cansado de falar com as costas de Radegund, ele foi até ela e a abraçou. — Se tivesse descoberto este traço de sua personalidade antes, eu a teria provocado só para vê-la fazer esse beicinho.

Olhando por sobre o ombro, ela retrucou.

— Não estou fazendo beicinho. E não estou com ciúmes — aquilo era uma mentira deslavada. — E pare de jogar esse seu charme barato para cima de mim.

— Ah, está com ciúmes, sim — Mark fez com que ela girasse em seus braços, colocando-a de frente para ele — e eu estou adorando isso. — Ele franziu o cenho — e meu charme não é barato. Nasci assim.

— Cretino convencido — ela resmungou e tentou recuar. Acabou dando com a parede atrás de si.

Mark sorriu. Ela tentou a sair pelo lado, mas um dos braços dele bloqueou a passagem. Ao tentar escapar pelo outro lado, foi barrada da mesma forma.

— Não tenho tempo para joguinhos, *sire*!

— Nem eu, garota — a voz muito suave colocou-a em alerta.

— Então deixe eu acabar de arrumar minhas coisas. Logo vamos partir.

— Eu sei. Mas antes disso — ele chegou tão perto que ela podia sentir sua respiração morna sobre o rosto — vou mostrar a minha mulher que seus ciúmes são infundados.

— Não estou com ciúmes — ela teimou enquanto ele começava a acariciar o lóbulo de sua orelha com a língua — eu estava aborrecida com você.

— Hum... — a língua evoluiu num ponto extremamente sensível, arrepiando-a — adoro quando fica aborrecida. Mas por que estaria?

— Por que me tratou como se eu... oh! — Ela arquejou quando uma das mãos acariciou o seio por cima da túnica. Respirou fundo e tentou se lembrar onde interrompera sua argumentação —, tratou-me como se eu fosse uma donzela indefesa.

— Nós dois sabemos que não é uma donzela — desceu a boca por seu pescoço — e tampouco indefesa. — O colarinho da túnica foi afastado e ele ergueu o rosto para falar, olhando em seus olhos — mas sabemos também que eu não quero perdê-la.

— Não me peça para ficar — ela sussurrou —, não me peça para ficar longe de você.

— Quero que fique a salvo — ele roçou os lábios no dela, ameaçando beijá-la e recuando no último instante.

— Só estou a salvo junto de você, Mark — ela resmungou, inclinando a cabeça para trás para que os lábios sedutores percorressem seu pescoço —, diga que concorda.

— Você é capaz de tentar um santo, mulher teimosa — Mark retrucou, afastando os cabelos do rosto dela apenas para olhar nos olhos baços de desejo — e sei que, eu concordando ou não, você irá de qualquer forma. Mas não quero que deixemos esta casa aborrecidos um com o outro.

Pela primeira vez ela sorriu, suave e timidamente, tocando-o na face com uma das mãos.

— Eu também não — murmurou —, brigar com você me não me agrada.

— Prometa manter distância de Ghalib — ele pediu, sério.

— Como...?

— Apenas prometa, está bem?

Rendendo-se, ela falou.

— Prometo.

— Assim está melhor — ele roçou de novo os lábios sobre os dela — muito melhor.

— Vamos nos atrasar, *sire* — ela replicou.

— Eu nunca me atraso — ele puxou a barra da túnica para cima — essa é a especialidade de Sven. Além disso — encarou-a com um sorriso malicioso — nós temos que trocar essas roupas, não é verdade?

A brisa fria tocou a pele de Radegund. Passou as mãos por trás do pescoço dele, afirmando.

— Você tira minha sanidade, Mark.

— Pensei que fosse exatamente o contrário — ele passeou as mãos ao longo do tronco desnudo, parando pouco abaixo dos seios, onde seus polegares a tocaram de leve, fazendo-a gemer baixinho.

Radegund colou o corpo ao dele, sentindo sua excitação. A ansiedade cresceu, antecipando o prazer que compartilhariam.

— Perco a razão quando você me toca — afirmou, enroscando os dedos em seus cabelos.

— Que bom — sorrindo, ele a empurrou devagar até a cama —, isso significa que posso fazer o que quiser com você enquanto estiver fora de si.

Deitou-a sobre o colchão macio e empurrou as coisas que ela organizara sobre a cama, derrubando tudo no chão.

— Mark!

— Depois eu ajudo você a arrumar — murmurou, arrancando camisa e jogando-a longe — agora preciso de espaço para amar você. E faz tempo que não consigo fazer isso em cima de uma cama tão macia.

Ela estendeu os braços, acolhendo-o, sentindo o coração bater mais rápido quando os seios sensíveis foram comprimidos sob seu peito. A diversão deu lugar à fome que os arrebatava. A boca de Mark encontrou a dela e sua língua a invadiu, conquistando todos os espaços a que se dava direito. Dessa vez ele não pediu, apenas tomou posse dela. Procurando o cós da calça, empurrando-a para baixo enquanto grunhia.

— Diabos, garota! Às vezes eu realmente gostaria que estivesse usando saias!

Radegund ergueu os quadris, permitindo que ele arrancasse a peça, que foi atirada longe. Vendo-a nua sobre a cama, com os cabelos desalinhados, os seios arfando e o rosto afogueado, ele a encarou e deslizou a mão ao longo de uma das pernas, sem jamais deixar de olhar nos olhos dela.

Enfrentando seu olhar sem pestanejar — embora seus olhos estivessem a ponto de revirar nas órbitas — ela sentiu o toque chegar cada vez mais perto do centro de sua feminilidade. Quando os dedos tocaram os pelos macios, ela mordeu o lábio inferior, ainda sem desviar o olhar do dele. Porém, quando um dos dedos a invadiu, ela não suportou. Gemeu e arqueou o corpo, enquanto por trás de suas pálpebras fechadas mil luzes espocavam.

— Amo você — ele murmurou, aprofundando a invasão em seu corpo — amo estar dentro de você e sentir o quanto gosta de me ter assim, dentro do seu corpo.

— Pare com isso, Mark — ela pediu quando conseguiu falar — vai acabar me matando!

— Matá-la? — Ele retirou o dedo de dentro dela e espalhou sua doce umidade dobras rosadas, afagando-a com leveza — Radegund, nem a cavalaria do sultão foi capaz de fazer isso...

Ofegante, ela se apoiou nos cotovelos e resmungou.

— Cínico.

Mark apenas sorriu e voltou à carga, desta vez começando a beijá-la no abdome, logo acima do umbigo.

Sob as calças sentia o membro dolorosamente ereto; pronto e reclamando pela satisfação de se enterrar no corpo de sua mulher. Mas queria mais dela. Queria vê-la se derreter, queria ver Radegund transformada em puro fogo, para só então possuí-la. E sabia que ela pagaria com a força de seu desejo cada um daqueles pequenos tormentos que ele lhe infligia.

Quando ele prosseguiu seu caminho, indo do umbigo até seu sexo, espalhando beijos molhados por sua pele, Radegund soube exatamente onde Mark queria chegar. Era sempre como uma pequena disputa, uma guerrinha para ver quem capitularia primeiro. E dessa vez, como ele a apanhara desprevenida naquela tola onda de ciúmes, estava levando vantagem.

Se bem que ela não poderia chamar de desvantajoso o fato de ter Mark entre suas pernas, lambendo-a daquele modo. Não. Aquilo estava mais para uma vantagem beeeem grande...

Uma onda de gozo a arrebatou, apagando qualquer pensamento. Um longo espasmo percorreu seu corpo, enquanto seus dedos agarravam os cabelos de Mark puxando-o para cima.

— Agora! — Ela ordenou e implorou ao mesmo tempo.

— Já? — Divertiu-se ele, embora soubesse que não resistiria muito tempo.

— Não me provoque!

Mark afagou o bico rosado de um seio com a língua, fazendo exatamente o contrário.

— Quem está provocando aqui?

— Mark! — Exasperada, ela desatou os laços das calças dele. O membro excitado saltou fora do confinamento. Segurou-o em uma das mãos, fazendo-o se contorcer.

— Mulher, não brinque com fogo...

— Oh, mas eu adoro brincar com fogo — aumentou a pressão sobre a pele acetinada — aliás, está se parecendo mais com ferro em brasa. O quanto ainda vai aguentar, *sire*?

Mark segurou seu punho.

— Nada — grunhiu —, não vou aguentar nada se continuar assim — seu sorriso foi diabólico — e então vou ter que começar tudo de novo.

— Não teremos tempo — ela replicou docemente.

— Sendo assim, você vai ser uma boa menina e vai tirar a mão daí agora!

A resposta que conseguiu foi um sorriso malicioso, seguido de um movimento de vaivém que quase o fez gozar. Respirou fundo e recuou, acabando de tirar a calça. Em seguida, puxou-a pelas pernas.

— Dessa vez você me paga, sua encrenqueira.

— Não adianta me elogiar — ela estendeu os braços. Suas pernas o envolveram pela cintura, enquanto o sexo rígido encontrava o caminho para dentro dela — ainda vai ficar me devendo uma.

— Lembre-me disso quando voltarmos — enterrou-se até o fim em seu calor, fazendo-a arquejar —, pagarei minha dívida com prazer.

Radegund atirou a cabeça para trás, deixando que Mark ditasse o ritmo. Retribuiu cada estocada dele erguendo os quadris, permitindo que fosse mais fundo dentro dela. Mark acelerou as investidas, sentindo que o clímax chegaria. Cobriu a boca da mulher com a sua, invadindo-a com a língua da mesma forma como invadia seu sexo. Em meio ao beijo que consumia a ambos, foi arrebatado com ela num gozo alucinado. Trêmulos, suados e exaustos, permaneceram unidos, momentaneamente isolados da realidade que os esperava além das quatro paredes.

ACRE, PALESTINA

A carroça sacolejava sobre as pedras da estrada antiga. Alguns guardas seguiam à frente carregando archotes ao lado de Ghalib. Confiante, ele sequer se dignava a olhar para trás. Isso, e o fato de ainda ser noite, dava a Amira alguma vantagem. Abdul estava agitado, em breve despertaria.

— Onde...? — Ele tentou abrir um dos olhos enquanto balbuciava a pergunta.

— Shh! — Amira o calou, sussurrando — fique quieto.

— Amira — ela pode ver a sombra de um sorriso nos lábios machucados — onde estamos?

— Não sei — ela respondeu baixinho — é uma estrada. Ele está nos levando a algum lugar... — nesse ponto a voz dela falhou, traindo seu desespero — oh, Abdul! O que vamos fazer?

Ele se acomodou melhor no colo dela. Apesar de tudo, era bom estar aninhado em seu colo, ouvindo seu coração bater junto ao ouvido. Não se arrependia de nada que fizera, nada. Tudo fora pelo bem de Jamila e dela. Seu único receio era não conseguir salvá-la de Ghalib

— Tente se lembrar se ouviu algo — ele pediu —, qualquer coisa que indique para onde está nos levando.

— Eu não sei — ela tentou disfarçar as lágrimas —, ele falou em cisternas... cisternas romanas.

Amira sentiu o corpo de Abdul enrijecer.

— Olhe em volta — ele pediu. — Olhe e diga o que consegue ver.

Ela obedeceu e descreveu rapidamente o pouco que conseguia enxergar. Abdul permaneceu calado por algum tempo. Inspirou fundo antes de falar.

— Ouça-me com atenção, Amira, sem me interromper. Estamos ao norte da cidade, na estrada romana. Há um ponto em que terão que reduzir a marcha, uma descida íngreme e estreita. Você vai saltar da carroça neste ponto e correr o mais rápido possível. Há alguém atrás de nós?

Ela esticou o pescoço e fez que não com a cabeça, temendo os planos de Abdul.

— Graças aos céus Ghalib é um imbecil arrogante — ele comentou. — Pois bem, corra Amira. Vá na direção do poente até chegar à estrada. Siga à sua margem, para que não a vejam. Se acompanhar a estrada, chegará à Tiro. Lá encontrará facilmente a baronesa e al-Bakkar.

— Mas, e você? Não posso deixá-lo, não *vou* deixá-lo!

Ele voltou o rosto para ela e tentou sorrir.

— Pode e vai Amira. Não tenho como fugir — deu de ombros —, estou amarrado e minha perna está quebrada — ao notar que ela começava a chorar, pediu suavemente — não chore. Não mereço suas lágrimas.

— Por favor, tem que haver um jeito...

— Eu sei exatamente o que Ghalib planeja fazer comigo. Se estiver ao meu lado, ele fará o mesmo com você. Quando ele me atirar num daqueles poços, quero você bem longe daqui.

— Ele... ele vai fazer o quê? — Ela se apavorou.

— As cisternas — ele recostou no colo dela, sentindo-se cansado demais. Todo seu corpo doía terrivelmente — ele já se livrou pessoas indesejáveis assim... o lugar é deserto, os poços são muito antigos, estão secos. É uma morte lenta. Quando o sol está pino, praticamente cozinha quem está lá dentro. À noite, o frio é congelante... quem tem sorte morre rápido. Às vezes, na queda. Outros sobrevivem por muitos dias...

— Oh, Abdul — ela gemeu e tentou levantá-lo, numa inútil tentativa de levá-lo consigo — você tem que fugir comigo!

— Não posso, querida — a voz dele carregava uma sombria resignação —, creio que estou pagando por todos os pecados que cometi em nome de Ghalib. Acha que eu mesmo nunca atirei alguém num desses poços? Mas você, Amira... você pode alcançar a liberdade. Vai ser difícil, mas você é uma mulher corajosa, eu sei.

— Não fale assim — ela segurou o rosto ferido entre as mãos —, você não vai morrer!

— Eu amo você, Amira — ele confessou, surpreendendo-a — amo você desde que coloquei meus olhos nos seus pela primeira vez, muitos anos atrás. Amei você em silêncio por todo esse tempo e odiei Ghalib a cada vez em que ele a tocava. Ele descobriu meu amor por você e me atormentou com sua presença sempre que possível. Eu amo você e em nome desse amor eu a libertei dele. Não deixe que tudo tenha sido em vão. Não deixe que ele vença. Fuja! — Abdul fez uma pausa e depois avisou — no cano de minha bota direita há uma faca. Pegue-a e leve-a consigo.

— Eu posso cortar suas cordas! — Ela se animou.

— E de que adiantaria, meu amor, se não posso correr? Pegue-a e fuja. Procure a baronesa. Ela honrará a palavra empenhada e cuidará de você e de Jamila.

Ela ficou olhando para o rosto do homem que estava a dando a vida pela dela. Do homem que a amava tanto. Por que só agora descobria esse amor? Por que fora tão tola, tão cega a ponto de não ver que Abdul era um homem muito melhor do que Ghalib? Queria ter mais tempo. Queria ter a chance de unir sua vida a dele, de lhe dar filhos, de serem felizes um ao lado do outro. Soluçando baixinho, acalentou-o nos braços.

— Eu o amo, Abdul. Descobri isso na noite em que fizemos amor pela primeira vez. Eu só queria ter mais tempo para viver esse amor!

A carroça começou a reduzir a marcha, inclinando-se ao iniciar a descida íngreme.

— Chegou a hora, Amira — Abdul avisou, controlando a emoção —, pegue a faca e fuja.

— Não — ela teimou, num fio de voz.

— Vá! Vá embora, pelo amor de Deus!

Obedecendo, ela deitou a cabeça dele cuidadosamente e apanhou a arma. Num impulso, cortou as cordas.

— Amira... — ralhou ele, mas a abraçou, apesar da dor lancinante e dos braços amortecidos.

— Shh — ela o silenciou com um beijo suave e segurou suas mãos, esfregando-as na própria face, num gesto de adeus — eu voltarei.

— Não... — ele implorou enquanto ela se arrastava discretamente para o fundo da carroça.

— Eu juro.

Na escuridão, ele viu a sombra de Amira sumir pela lateral do veículo. Conformado, deitou a cabeça no piso duro e fechou os olhos, pronto para ir ao encontro de seu destino.

ISKANDAROUNA, PALESTINA

As montarias voavam sobre as patas num galope desenfreado. O som dos cascos sobre a estrada quebrava o silêncio da madrugada e calava as aves noturnas. Sobre um árabe de pelagem cinza, Hrolf pouco via da estrada a sua frente, deixando o animal seguir o ritmo dos outros. Com o rosto protegido da poeira por um lenço, seguia alheio, os pensamentos dirigidos exclusivamente para Jamila. Recordava-se de cada detalhe de seu rosto, de seu corpo e de seu cheiro inebriante. E preocupava-se com o destino de ambos. Apenas Ragnar sabia do que acontecera entre ele e a moça. Não houve tempo para informar Bakkar. E ele nem se esforçara em fazê-lo. Em parte, para resguardar o nome da moça. Em parte, porque sua cabeça girava num turbilhão de dúvidas. Agora então, com a inesperada notícia de que sua mãe estava viva, de que teria que voltar à Noruega com urgência, ele se sentia encurralado.

De um lado, estava o amor por Jamila, um sentimento que queria cultivar e ver florescer, apesar de todas as dificuldades que enfrentariam. Do outro, havia o sacrifício de uma mulher idosa e doente, que cruzara o oceano para encontrar o filho que julgara perdido para sempre. Não havia como desprezar aquilo. Porém, de uma coisa estava certo. Não deixaria que Jamila ficasse sob o jugo do irmão. Ele a tiraria daquela casa, nem que para isso tivesse que matar o maldito siciliano com as próprias mãos.

— Logo vai amanhecer — comentou Ragnar na primeira pausa que faziam.

Radegund parou de esfregar um suado Sirocco e olhou para o horizonte além das colinas.

— Estamos bem perto de Acre — voltando-se para Mark, sugeriu — acho melhor entrarmos pelo outro lado. A porta de *Saint Jean* é muito movimentada. Quanto menos gente nos vir, melhor será.

— Tem razão — Mark ajeitou os arreios de Nahr — é menos movimentado do outro lado. A casa dele fica onde exatamente, garota?

— Um pouco além do *Suq al-Abiad* — ela explicou —, é bem perto da Cidadela dos Hospitalários.

— Muito bem — ele estendeu o cantil para a esposa, deixando que ela matasse a sede primeiro, enquanto falava — vamos procurar o escravo que Adela disse estar infiltrado na casa. Ele estará à espera de alguém, depois do pombo-correio que enviou. Bernardo — o genovês se voltou para ele — quero que cubra os portões e garanta nossa retirada.

— Entendido.

— Sven, você e Radegund são os melhores em escalar muros — ele colocou a mão no ombro do amigo e olhou do norueguês para a ruiva — cuide bem de minha mulher. Eu e Brosa vamos entrar pelo portão das cozinhas, como Radegund orientou.

— Muito bem — Hrolf falou, montando em seu animal —, é melhor irmos. Nós os pegaremos enquanto ainda fazem o desjejum — incitou a montaria a um trote lento, enquanto aguardava os outros. Adiantou-se alguns passos até que, trazido pelo vento, um cheiro diferente chegou às suas narinas. O cavalo também captou o odor, pois dilatou as ventas e resfolegou baixinho.

— Calma, rapaz. Eu também senti — fez a montaria avançar devagar, enquanto farejava o cheiro tão deslocado naquele lugar deserto. Um pequeno movimento, além de um grupo de rochas, fez com desse um curto galope e encontrasse o que procurava — Rápido! — Gritou, desmontando — acudam aqui! É uma mulher!

Segurando a forma feminina que quase caíra sob seu cavalo, Hrolf aguardou a chegada do resto do grupo. Ao vê-lo segurando a mulher, Radegund logo apeou de Sirocco. Agachou-se ao lado deles, afastando com as mãos os cabelos imundos e desgrenhados.

— Amira!

CAPÍTULO

XXX

"Rezai para que vença a boa causa.
Se algum dia eu voltar,
Será para trazer-vos doce alívio."

"REI LEAR", ATO 5, CENA 2.
WILLIAM SHAKESPEARE

TIRO, PALESTINA

amau desviou a cabeça de um jarro que voava em sua direção. Em seguida, encarou sua oponente com um sorriso matreiro.

— Isso é o melhor que a senhora sabe fazer?

— Ora seu... — Adela bufou a bateu os pés no chão. Em seguida, vermelha de raiva, ergueu o punho cerrado e esbravejou — saia da minha frente, idiota! Não pode me manter aqui contra a minha vontade!

— Minha senhora — começou ele, com toda fleuma — Mahkim, meu velho camarada, contratou-me para servi-lo — ele desviou a cabeça de outro objeto que ela atirara em sua direção. Passado o perigo, continuou — ele me paga regiamente, por sinal. Mas, mesmo que não o fizesse, um pedido dele para mim seria uma ordem — ele parou e olhou para o vaso de porcelana chinesa nas mãos dela — eu não jogaria isso se fosse a senhora...

— Para o inferno, cretino! — O vaso voou, espatifando-se na parede atrás de Kamau, seus cacos se juntando a inúmeros outros — ou me deixa sair daqui ou não restará vaso algum nesta casa!

— É uma pena que a senhora não tenha gosto pelo belo — ele examinou um conjunto bandejas — veja, por exemplo, este magnífico exemplo da arte persa...

— Eu não quero saber de arte! Eu tenho uma missão a cumprir!

Kamau colocou uma das bandejas que examinara no lugar e cruzou os braços poderosos sobre o peito recoberto por um gibão de couro rígido. Em seus punhos havia braceletes de ouro, nas orelhas reluziam argolas do mesmo metal. Seu sorriso, embora divertido, não chegava aos sagazes olhos escuros.

— Sinto muito, senhora. Mas enquanto Mahkim não retornar, deve permanecer aqui. Meu camarada não ficou muito satisfeito com sua interferência em seus negócios, embora eu ignore a natureza deles.

— Não vou ficar aqui — ela vociferou, avançando sobre ele, embora parecesse ridículo uma mulher de seu tamanho querer ultrapassar o paredão que o corpo do mercenário formava diante da passagem. Porém, havia outras *armas* para vencer a resistência do homem. Mudando o tom, adoçou a voz e pediu — por favor, senhor, eu preciso ir embora, ou perderei meu navio.

Kamau conteve a vontade de rir da sua mudança de atitude. A diabinha pensava que poderia seduzi-lo com aqueles cílios longos batendo sobre os olhos claros... bem, ela poderia seduzi-lo, sim. Mas só se ele quisesse. No entanto, seria interessante se divertir um pouco às custas dela. Quem sabe assim a *"senhorita-entradas-espetaculares"* parasse de demolir a casa e lhe desse algum minuto de paz.

— Lamento, senhora — ele fez um ar consternado — se estivesse ao meu alcance...

Adela viu brilhar sua grande chance. Finalmente o asno hesitava na convicção de mantê-la ali. Seria apenas questão de lançar algumas palavras doces e de fazer um afago no orgulho do homem. Muito fácil. Por que não pensara nisso antes?

Kamau notou o exato instante em que as engrenagens começaram a funcionar dentro daquela cabecinha linda. Com certeza se tratava de uma mulherzinha esperta, mas ele era muito mais. Estava habituado a lidar com cortesãs, damas da nobreza, jovens donzelas e prostitutas. Conhecia as mulheres como ninguém e sabia o quão complexas eram suas mentes. E o quanto elas poderiam ser engenhosas sob a aparência de fragilidade que transmitiam. Sendo assim, resolveu dar corda à Adela para que ela se enforcasse. E ela não perdeu tempo.

— Sinto muito por meu descontrole — ela falou brandamente —, é que eu levo muito a sério meus deveres...

— Assim como eu, senhora — ele se solidarizou.

Adela chegou mais perto, numa atitude entre suplicante e sedutora.

— Adela, somente Adela — estendeu a mão e tocou no braço forte, mantendo os cílios baixos. Kamau teve que se conter para não rir, embora seu toque fosse realmente tentador — esqueça as formalidades... — ela ergueu os olhos muito azuis para ele e usou seu timbre mais sedutor — Kamau.

Um sorriso largo surgiu no rosto dele, os dentes brancos destacando-se na pele escura. Os olhos castanhos sorriram junto, com um brilho maroto que só agora, bem de perto, ela enxergava.

— Claro... Adela — ele pegou a mão delicada na sua e levou aos lábios, num beijo galante — sem formalidades. Até porque, não creio que lançamento de vasos faça parte de protocolo algum, por mais bizarro que possa ser.

Ela prendeu a respiração quando os lábios dele tocaram as costas de sua mão. Uma onda de intenso rubor, não premeditado, espalhou-se em suas faces muito pálidas. Disfarçou a reação com uma desculpa.

— Sinto muito pelos vasos — puxou a mão devagar enquanto ele tornava a encará-la — e quanto a minha saída desta casa? Será que você não poderia nem ao menos reconsiderar, Kamau?

— Hum — ele coçou o queixo com ares pensativos. Depois de deixá-la numa longa expectativa, sorriu e disse em tom zombeteiro — não.

— Não?! — Os olhos azuis se arregalaram. Primeiro de espanto. Depois de decepção. E por fim, de raiva — ora, seu cretino, estúpido, arrogante!

— Ah, agora está melhor — ele conteve as mãos que tentavam estapeá-lo — sem *nenhuma* formalidade!

Tentando se soltar, Adela acabou perdendo o equilíbrio, chocando-se com o mercenário. Kamau, por sua vez, deu um passo para trás. Tropeçou num pequeno degrau e acabou caindo, trazendo junto sua oponente. Na confusão da queda, Adela tentou escapar. Kamau segurou seu pé. Ela chutou e o acertou na testa. O mercenário revidou agarrando o outro pé. Adela desferiu um sonoro tapa que o acertou na têmpora. Kamau segurou sua mão e prendeu uma das pernas dela sob um joelho. Irada, Adela mordeu a mão que segurava a sua, ao que ele respondeu imobilizando-a debaixo de si.

— A senhora é uma mulher muito perigosa — ele esbravejou —, quase arrancou meu dedo!

— Saia de cima de mim, seu brutamontes!

— Não, não sairei! Toda vez em que nos encontramos, eu acabo apanhando. E, francamente não estou acostumado a isso. — Ele prosseguiu, ignorando a mulher que se debatia e resmungava impropérios — as mulheres costumam me beijar, não me bater!

— Eu já disse que prefiro beijar um sapo — vociferou ela.

— Ah, é? — Ele estreitou os olhos. O brilho malicioso neles dando a Adela a sensação de ser uma mosca presa na teia de uma aranha — pois eu acho que, para preferir beijar um sapo, a senhora nada deve entender de beijos. Ou jamais foi beijada como deveria ser.

Antes que pudesse replicar, Kamau se inclinou sobre ela. Seu rosto cobriu seu campo de visão instantes antes da boca generosa tomar a sua. E foi com enorme surpresa que ela, depois de se debater e tentar se afastar, começou a apreciar o toque insistente e incrivelmente suave para um homem do tamanho dele. Seu corpo automaticamente se aqueceu, deixando-a consciente do contato entre seus corpos. Os lábios dele a provocaram até que ela os entreabrisse. A língua encontrou o caminho até a sua, provocando-a até que um gemido escapasse de sua garganta.

Assustada, Adela recuou, ao mesmo tempo em que abria os olhos e encarava o olhar divertido do mercenário.

— E então — ele baixou a guarda, rolando para o lado dela — eu o sapo?

Perturbada, ela se levantou, acertou o ponto entre suas pernas e saiu correndo. Antes de sumir pelo corredor, gritou por sobre os ombros.

— O sapo!

ARREDORES DE ACRE, PALESTINA

— Não, Radegund — Mark explodiu — esqueça!

— Você não tem escolha — ela tentou manter calma — *nós* não temos escolha!

A discussão entre Radegund e Mark durava alguns minutos. Desde que Amira conseguira articular frases coerentes e contara o que acontecera, ela iniciara aquela batalha com o marido. Sua proposta era se separarem naquele ponto, indo um grupo em direção às cisternas. O outro, conforme o plano original, seguiria para Acre e tiraria Jamila da casa de Ghalib. O problema em sua sugestão era o fato de que ela, Hrolf e o genovês invadiriam a casa de Ghalib. Ao passo que Mark e Ragnar seguiriam com Amira para as cisternas.

— Não vou deixar que enfie a cabeça na boca do leão, mulher — ele esbravejou.

— Eu tenho as condições necessárias para entrar naquela casa, Mark. Ao passo que você precisará de alguém hábil para descer às cisternas. Sabe que eu não posso fazer isso; não conseguiria carregar Abdul, ele é quase de seu tamanho. Ou seja, só nos resta Sven. Além disso, para Hrolf será fácil farejar a moça dentro da casa.

— Vocês estarão expostos — ele argumentou. — E se Ghalib estiver de volta mais cedo do que a moça acredita? E se encontrar você lá?

— Será uma ação furtiva, Bakkar — interveio Hrolf —, não pretendemos anunciar nossa presença do alto das ameias.

— E eu darei cobertura a eles — completou Bernardo, com tranquilidade.

Mark balançou a cabeça. Encarou Ragnar, que se ocupava em dar água à Amira.

— Não olhe para mim — o norueguês se esquivou —, a mulher é sua.

Resignando-se, ele se voltou para Radegund.

— Está certo. Faremos como sugeriu. E que Deus nos ajude.

Ghalib rangeu os dentes ao ver que Abdul se mantinha calado, mesmo depois de ter sido metodicamente espancado. O maldito não falaria. Não entregaria Amira, a vagabunda. Pior para ele. Olhou para o horizonte, onde o sol se erguia. Depois, encarou o homem jogado aos seus pés. Com a ponta da bota fez com que ele virasse de costas no chão. Calcando o pé em seu peito, tripudiou sobre o meio-irmão.

— Pode até ficar calado, meu caro Abdul. Para mim tanto faz — aumentou ainda mais a pressão apenas para ver o outro se contorcer de dor — mais cedo ou mais tarde eu pegarei a rameirazinha. E depois que a fizer passar pelas mãos de todos os meus soldados, eu a jogarei no mesmo buraco em que estiver seu corpo, para que ela apodreça junto com o amante!

Retirando o pé de cima de Abdul, ele ordenou aos guardas que o arrastassem até uma das cisternas e o atirassem lá dentro. Depois de ver o serviço concluído, montou em seu animal e ordenou a retirada. Ao ser indagado pelo chefe da guarda quais seriam as ordens, ele sorriu, diabólico.

— Para Acre. Agora que eliminei esse verme, chegou a hora de acertar as contas com minha irmã.

ACRE, PALESTINA

Hrolf desviou de uma poça de lama e dejetos e continuou caminhando, lutando para ignorar o odor característico das aglomerações humanas. Lançou um olhar furtivo para o outro lado da rua, onde a pessoa coberta por um albornoz parava para examinar as mercadorias de uma barraca. Com um movimento muito sutil de cabeça, Radegund apontou a viela adiante, para onde ele se encaminhou sem pressa. Minutos depois, nas sombras do beco deserto, surgiu Bernardo, disfarçado de mercador. Atrás dele veio Radegund.

— No fim do beco há um muro. Saltando por ele, estaremos nos fundos da residência de Ghalib.

— Tem certeza de que passaremos despercebidos, *signora*? — Indagou o genovês, preocupado.

— A essa hora o movimento se concentra do outro lado da casa. Hrolf poderá entrar pelo portão destinado aos serviçais. Eu irei pelo extremo oposto, por trás do estábulo.

— Ficarei de olho nos guardas.

— Isso é vital, Bernardo — afirmou o rastreador — mais do que a entrada, nossa *saída* com Jamila precisa ser garantida. Não sabemos em que condições vamos encontrá-la — finalizou, sombrio.

— Podem contar comigo.

Sem mais delongas, saltaram o muro e prosseguiram na execução do plano.

ARREDORES DE ACRE, PALESTINA

— É aqui? — Indagou Ragnar, puxando as rédeas.

Na garupa de Mark, uma fatigada Amira assentiu, olhando para as velhas construções de pedra, lá embaixo.

— Creio que sim. Não tenho como ter certeza. Estava escuro e eu pulei da carroça bem antes desse ponto.

— Muito bem — Mark a ajudou a descer e entregou um fardo e uma faca a ela — esconda-se naquelas rochas. Saia dali apenas quando eu ou Sven viermos buscá-la. Apesar de parecer deserto, Ghalib pode ter deixado guardas para trás.

Assentindo, Amira apertou a trouxa contendo o odre de água e comida contra o peito. Em seguida, estendeu a mão e tocou a perna do mestiço.

— Salve-o, eu lhe imploro.

— Faremos o possível, moça.

Tocando as montarias, os dois partiram, deixando Amira para trás recitando todas as preces que conhecia.

A luz ofuscante vinha do alto e com ela, o calor escaldante. Não sabia o que falava mais alto aos sentidos. Se era a dor na perna quebrada. Ou a dor das queimaduras em sua pele. A dor em suas costelas partidas? Talvez a dor no corte em sua cabeça. Dor, dor, dor. Tudo era um mar de dor. Uma parte dele rogava para que sua vida cessasse e, com ela, cessasse também a dor. Outra parte, menos lógica e racional, agradecia que ainda sentisse dor. Era um sinal de que não chegara ao limiar da morte quando, diziam os entendidos, o corpo parava de sentir. E ele não queria parar de sentir, não queria morrer. Não ainda. Não sem saber se Amira estava bem, se estava a salvo. Não sem saber de Jamila. Então, apesar da dor e do sol que castigava a cisterna, entrando por sua abertura e cozinhando sua pele ferida e exposta, ele decidiu que era melhor viver. Que era melhor suportar a dor e ter certeza de que ainda estava vivo. Mesmo que estivesse sozinho como talvez nenhum outro homem na cristandade estivera. Encarando os próprios pecados, ele sorriu. Nessa hora, a dor era a própria vida.

Uma figura majestosa se desenhou contra o sol. Vinha do alto, como se voasse em sua direção. Ah, que tolo engano! Mesmo que seu corpo ainda fosse capaz de sentir dor, o anjo da morte chegava para buscá-lo. Estendeu suas asas sobre ele, e ele nada pode fazer. A mão forte do anjo tocou a sua. Ele gemeu, imprecou e blasfemou, mandando o anjo do Senhor voltar para o lugar de onde viera. Não! Não queria ir! Vá embora! Não queria morrer ainda!

Era inútil, no entanto, lutar contra um enviado dos céus. E quando o grande anjo o arrebatou consigo, uma última e imensa dor o rasgou de cima a baixo. Abdul pensou que a mesma dor do nascimento — aquela pela qual os bebês choravam —, era também a dor da morte. Depois, não pensou em mais nada.

ACRE, PALESTINA

As sombras proporcionadas pelos muros da residência de Ghalib ofereceram abrigo mais do que eficiente para Hrolf e Radegund. Depois, ultrapassando a parte da casa que se encontrava quase deserta — pois as atividades da manhã se concentravam na extremidade oposta, onde ficavam as cozinhas — os dois se esgueiraram junto aos muros de pedra, com o sol acima e às suas costas. Sendo assim, quem olhasse naquela direção seria ofuscado pelo sol forte, dificilmente enxergando a dupla que seguia na direção da construção principal.

— Estamos dentro — sussurrou Radegund assim que alcançaram a penumbra no interior da casa.

— Onde estamos exatamente? — Indagou Hrolf, jogando para as costas o capuz do manto.

— Na ala de hóspedes — ela avançou lentamente, os passos suaves não fazendo som algum sobre o piso de mosaico — temos que achar nosso contato. Sem ele, será difícil encontrar a moça no labirinto de cômodos que é esta mansão.

Hrolf parou junto dela. Olhou bem dentro de seus olhos antes de confessar.

— É muito importante para mim encontrá-la, ruiva. Mais do que posso explicar.

Algo em seu tom de voz, mais do que em seu olhar, levou-a a compreender o que aquelas palavras queriam dizer. Um arremedo de sorriso surgiu nos lábios de Radegund, enquanto calor e amizade transpareciam em seus olhos.

— Eu não conheço a moça, Hrolf. Mas se ela foi capaz de apagar aquela amargura de seu espírito, então ela realmente vale todo nosso esforço.

Sentindo-se encorajado, o rastreador prosseguiu em voz baixa, enquanto avançavam devagar.

— Eu lutei contra esse sentimento mais do que tudo neste mundo. Ele ia contra minha honra, contra meu dever de protegê-la, contra o fato de ter prometido a mim mesmo não me envolver com mais ninguém. Mas no fim... — ele balançou a cabeça e ela sorriu — eu acabei apaixonado por uma menina.

— Se com isso você quer dizer que está velho demais para amar, esqueça — ela parou e perscrutou o corredor vazio logo adiante. Como ele também não farejasse nada de anormal, prosseguiram, ela continuando a dizer em voz baixa — nunca somos velhos, ou novos demais. E nunca estamos tristes, amargos ou desesperados demais, nem nossos corações despedaçados o suficiente para evitar que o amor nos alcance e faça nossa vida recomeçar.

Foi a vez de o rastreador sorrir e afirmar.

— Foi assim com você e Bakkar.

Ela assentiu.

— Foi assim comigo e com Mark. Aliás — olhou por sobre o ombro —, ele já sabe?

Antes que ela desse mais um passo ou que ele pudesse responder, Hrolf segurou-a pelo braço, puxando-a de encontro à parede. Com um gesto de cabeça, apontou o corredor que se bifurcava à frente. Gesto que foi prontamente compreendido pela ruiva, que sacou a adaga e esperou. Hrolf farejara algo. Cheiro de gente, com certeza. Pena que pelo cheiro não soubesse se era amigo ou inimigo.

Um rapaz de cabeça raspada e olhos escuros, vestido com roupas humildes, surgiu adiante. Andava de maneira furtiva, olhando por sobre os ombros. Caminhava exatamente na direção em que estavam e o encontro seria inevitável. Num acordo tácito, saltaram sobre o jovem. Hrolf cobriu imediatamente sua boca, enquanto Radegund encostava a arma em seu pescoço. O prisioneiro não esboçou reação, apenas levou a mão ao pescoço bem devagar, olhando nos olhos da ruiva. Puxou dali um pingente igual aos outros que ela vira em pescoços bem conhecidos.

— Deixe-o — disse à Hrolf.

O jovem foi libertado e imediatamente falou.

— Com uma espada corto a cabeça da Hidra.

— Duas nascerão em seu lugar — ela devolveu.

O rapaz inclinou a cabeça. Quando falou, sua voz trazia um toque de impertinência.

— Presumo estar diante da baronesa de D'Azûr...?

— Presumiu certo.

— Ouvi falar na senhora. E o senhor — ele estendeu a mão para Hrolf —, deve ser o famoso mestre Brosa.

— Exato. Onde está Jamila? — Indagou sem rodeios ao apertar a mão do rapaz.

— Eu a retirei da casa assim que a concubina e seu amante foram descobertos — fez um sinal para que o seguissem e continuou a explicar — a senhorita Amira tentou ajudar a senhorita Jamila. Mas o *franj* chamado L'Aigle a entregou a ibn-Qadir por não lhe conceder os mesmos favores dos quais o irmão bastardo de Ghalib desfrutava. Acabei escondendo a irmã de Ghalib para que Fairuz não a encontrasse.

— Velha dos infernos — grunhiu Radegund.

— Tenha cuidado, senhora baronesa — o rapaz advertiu — aquela mulher é perigosa. Idolatra Ghalib cegamente. Temi que envenenasse a moça apenas para se vingar dela.

O espião os conduziu para uma passagem secreta, através da qual, explicou, poderiam alcançar a ala dos criados e o esconderijo de Jamila. O único problema seria não poderem transportá-la em segurança antes que escurecesse.

— Como assim, *transportá-la*? — Perguntou Hrolf, apreensivo — Jamila está doente?

O rapaz lançou um olhar preocupado a eles e acenou pedindo silêncio. Em seguida, atravessou com eles uma passagem disfarçada por tapeçarias. Tirou uma chave de dentro das vestes e abriu com ela uma porta baixa, deixando que Hrolf e Radegund entrassem primeiro. Havia uma pessoa encolhida, enrolada numa manta de algodão cru, num catre junto à parede. A claridade que entrava pela janelinha no alto do cômodo era pouca, mas foi suficiente para que pudessem ver as marcas que a ira de Ghalib deixara no rosto da moça.

— Jamila — em um instante Hrolf estava ajoelhado diante dela, acariciando o rosto machucado. Ao mesmo tempo em que seu coração transbordava de amor, fervia de fúria ao constatar a crueldade com que fora tratada pelo próprio irmão. Irritado, rosnou — juro por todos os deuses que vou matar aquele cão!

As pálpebras inchadas tremeram, abrindo-se parcialmente.

— Hrolf... — a voz dela saiu fraca, escapando pela boca cortada, em cujo canto havia uma marca roxa.

— Estou aqui — ele falou baixinho, tocando levemente os lábios dela com os seus.

Um sorriso suave apareceu no rosto de Jamila, enquanto lágrimas desciam de seus olhos.

— Eu sabia que você viria me buscar — a voz saía num fio, mas sua expressão era de alívio e felicidade. Hrolf estava vivo. Estava ali. Nada mais havia a temer.

Hrolf a ergueu do colchão, sentando-se no catre com ela no colo. Acalentou-a carinhosamente, deixando que chorasse baixinho e esgotasse toda sua angústia.

Depois de conceder aos dois alguns instantes, Radegund indagou.

— O que houve com ela?

O espião fechou a porta e respondeu.

— O irmão a espancou depois que ela o enfrentou — ele repetiu aquilo que revelara parcialmente na mensagem enviada à Adela. — Ela foi muito corajosa. Mas Ghalib não se detém diante de nada — fez uma pausa e encarou Radegund, já que o rastreador estava alheio a tudo que não fosse a moça em seus braços. — Esperem por mim aqui. Só eu tenho a chave deste cômodo. Voltarei à noite para conduzi-los em segurança. Antes disso, será impossível escapar com a jovem sem que sejam vistos.

Assentindo em silêncio, Radegund deixou que o rapaz saísse. Embora não a agradasse ficar confinada, não poderiam se arriscar. Hrolf, por sua vez, sequer notou a saída do espião. Para ele, naquele momento, só existia Jamila.

Embora o calor do corpo de Hrolf fosse aconchegante e nos braços dele esquecesse boa parte da humilhação que sofrera, Jamila sabia que teria que encarar, pela primeira vez, a baronesa de D'Azûr. A mulher que seu irmão arrancara do marido e dos filhos, que enganara, usara e fizera sofrer. Presa a um sentimento de honra ditado pela pureza de seu coração, Jamila voltou lentamente a cabeça na direção da ruiva. Recostada de lado na porta fechada, ela trazia o rosto severo erguido na direção da janelinha, espreitando o sol que baixava lentamente no céu.

Hrolf acompanhou a direção dos olhos castanhos e percebeu o constrangimento da amada. Acariciou seus cabelos e, quando Jamila voltou o olhar preocupado para ele, fez um sinal com a cabeça, aprovando mudamente suas intenções, fossem elas quais fossem. Isso deu segurança à moça para romper o silêncio.

— Minha senhora... — começou ela em voz incerta.

Radegund, que estivera perdida nas próprias cismas, se voltou com expressão interrogativa.

— Sim?

— Quero pedir seu perdão — Jamila falou, olhando nos olhos da imponente mulher que se aproximava —, quero que me perdoe por tudo o que Ghalib fez. Eu sinto muito.

Radegund estudou a jovem em silêncio. Via-se que era uma pessoa honrada. Assumia um ônus que era única e exclusivamente de seu perverso irmão. Seus olhos brilhavam com a limpidez de uma alma honesta e pura. Uma alma que não fora corrompida pela sordidez do sangue de Ghalib ibn-Qadir.

Quando tanto Jamila quanto Hrolf já se incomodavam com o silêncio prolongado, Radegund se abaixou. Encostando um dos joelhos no chão, tomou uma das mãos da moça nas suas.

— Sou eu quem peço desculpas por você ter sido metida nesta confusão. Mark estava desesperado. Mas tenho certeza de que ele não lhe faria mal algum.

— Senhora...

— Não — a ruiva a interrompeu — por favor, escute-me. Não deve me pedir perdão pelos atos de seu irmão. Você foi tão vítima dele quanto eu. Além disso — ela se levantou, a expressão tensa e o olhar sombrio. Um olhar que Hrolf conhecia, mas que Jamila, por nunca ter visto, temeu — eu jamais perdoarei Ghalib. Ele me tirou algo que jamais será restituído. A essa altura, Luc deve estar ensaiando seus primeiros passos, e isso — ela ergueu e deixou cair os ombros num gesto de impotência — eu perdi. Minha filha, sem dúvida, deve estar treinando seus primeiros pontos no bordado. Eu não estive lá para vê-la. Meu filho teve que ser alimentado por outra mulher, e eu jamais poderei senti-lo em meu seio novamente — suas mãos crisparam ao lado do corpo enquanto a voz se tornava ainda mais dura. — Por meses eu perdi a mim mesma. Meu nome, minhas lembranças... até sobre o amor que tenho por meu marido Ghalib tripudiou. Sinto muito, Jamila. Mas a única coisa que seu irmão receberá de mim será minha espada enfiada em seu coração.

Triste, a jovem ocultou o rosto no peito de Hrolf. O rastreador olhou para Radegund, num misto de aborrecimento e preocupação. Erguendo o queixo, ela enfrentou o olhar dele com firmeza. Até que, balançando a cabeça, Hrolf voltou a se ocupar de Jamila. Voltando ao seu posto em frente à porta, Radegund observou de novo o céu lá fora, à espera do retorno do espião.

Amira cabeceou na sela e foi amparada pela mão enorme do norueguês. Sobressaltada, olhou para trás, deparando-se com o sorriso amigável e compreensivo do homem que a conduzia cuidadosamente consigo sobre a montaria.

— Com todo respeito, senhorita — ele começou, um pouco constrangido — se quiser, pode se recostar em mim. Está muito cansada.

Tímida, Amira assentiu com a cabeça.

— Obrigada, senhor.

Mas não fez o que o cavaleiro sugeria. Ao invés disso, olhou para além dele, tentando enxergar, na penumbra do entardecer, a padiola improvisada que era rebocada por al-Bakkar. Deitado sobre ela, numa imobilidade preocupante, jazia Abdul, coberto pelo manto do próprio mestiço.

Foram horas apreensivas desde que chegaram ao velho grupo de cisternas até então. Primeiro, os dois cavaleiros esquadrinharam toda a área de maneira furtiva, procurando por homens de Ghalib. Depois de eliminarem dois guardas armados, passaram a vasculhar as cisternas até localizarem aquela onde Abdul fora atirado. Em seguida, segundo o relato do norueguês, ele e al-Bakkar discutiram a melhor forma de resgatar o prisioneiro. O próprio Svenson, usando uma corda resistente e toda sua habilidade, descera à cisterna e trouxera Abdul sobre os ombros.

Amira se lembrava do instante em que eles foram ao seu encontro, na estrada, carregando o corpo inconsciente de Abdul embrulhado no manto do mestiço. E quando o colocaram no chão, não conseguira conter o grito de pavor ao perceber a extensão de seus ferimentos.

Vestido apenas com a cinta de linho que cobria suas partes íntimas, ele tinha marcas por todo o corpo. Desde inúmeros hematomas, que manchavam de roxo o rosto, as costas, as pernas e os braços, passando por cortes — tantos que era mais fácil saber onde não estava cortado — até chegar às escoriações, que atestavam que, depois de toda brutalidade a que fora submetido, ainda fora arrastado pelo solo pedregoso antes de ser atirado na cisterna. Por último, a perna esquerda estava dobrada num ângulo estranho, evidentemente quebrada.

Sem recurso algum à mão, limparam-no com um pano umedecido em água e cobriram-no novamente. Os dois cavaleiros improvisaram então a padiola e agora, lá estavam eles, a caminho de Acre, temendo a cada passo um confronto com Ghalib e seus homens. E a cada um daqueles passos, Amira rezava fervorosamente para que Abdul sobrevivesse.

Bernardo se ocultou na fenda do muro e teve ímpetos de gritar de frustração. Nada podia ser pior para a baronesa e mestre Brosa do que a comitiva que subia lentamente a rua na direção da residência de Ghalib ibn-Qadir. À frente dela estava o siciliano em pessoa. Não havia tempo nem maneira de os avisar da chegada de Ghalib sem denunciar a presença deles na casa. E ele sozinho não tinha como enfrentar o grupo armado. Sendo assim, teria que apelar para a esperteza.

Decidido, o mercenário se esgueirou ao longo do paredão até entrar num beco. Dali seguiu correndo até a outra rua, onde haviam escondido os cavalos. Sem hesitar, atirou longe o manto e descobriu a cabeleira negra. Pegou as rédeas de Sirocco e falou com ele em voz suave.

— *Bambino*, vai ter que ser bonzinho. Sua dona está encrencada.

Como se compreendesse, o berbere sacudiu a crina, mantendo-se dócil enquanto o mercenário ajustava os estribos. Em seguida, Bernardo saltou para a sela e instigou o animal a um galope desenfreado. Passou a toda velocidade pelo beco, parando no alto da rua no mesmo instante em que a comitiva de Ghalib alcançava os portões da casa. Manteve-se propositalmente de costas para o sol e fez questão de empinar o garanhão, chamando a atenção sobre si. E teve certeza de que seu ardil funcionara quando o siciliano berrou.

— Al-Bakkar! Atrás dele!

Enfim, sua semelhança com o mestiço valeria de alguma coisa. Sorrindo, Bernardo esporeou Sirocco e disparou pelas ruas de Acre, com Ghalib e seus homens em seu encalço.

O ruído na fechadura colocou Radegund e Hrolf em alerta. Deixando Jamila sobre a cama, o rastreador se colocou ao lado da ruiva com a faca na mão. Mesmo o agente da Sociedade garantindo que apenas ele possuía a chave, ambos ficaram à postos. Logo a porta se abriu e o rapaz entrou com a fisionomia apreensiva.

— Ghalib voltou e saiu em perseguição ao filho de Anwyn.

— Mark? Impossível! — Retrucou Radegund.

— Os criados contaram que, ao chegar, ele se deparou com um homem moreno montado no berbere que a senhora roubou, bem no fim da rua. E que ele e seus soldados saíram no encalço dele.

— Bernardo — exclamou Hrolf, olhando para ela com um meio sorriso. — O sujeito está arriscando o pescoço para tirar aquele demônio do nosso caminho.

— Então chegou a hora de sairmos daqui — completou Radegund — temos que aproveitar a chance.

— Ainda não escureceu, senhora — advertiu o agente — é perigoso!

— Precisamos arriscar. — Hrolf estendeu a mão para Jamila — vamos, pequena?

A moça se apoiou na mão do rastreador, mas, ao ficar de pé, perdeu o equilíbrio. Foi amparada por Hrolf sob o olhar preocupado da ruiva e do espião.

— O que houve? — Ele indagou enquanto a ajudava a ficar de pé.

— Meu pé — Jamila gemeu —, não consigo apoiá-lo no chão.

Sem hesitar, o rastreador ergueu-a nos braços e encarou Radegund.

— Estarei em suas mãos, ruiva.

Compreendendo o que ele queria dizer, Radegund soltou o albornoz no chão e sacou a espada e adaga. Em seguida, apontou a porta ao rapaz.

— Mostre-nos o caminho.

CAPÍTULO
XXXI

"O que foi que eu fiz
Para tua língua vibrar contra mim
Com esse ódio todo?"

"HAMLET", ATO 3.
WILLIAM SHAKESPEARE

amila agarrava-se à frente da túnica de Hrolf enquanto recitava mentalmente todas as orações que conhecia. Pensar que o irmão poderia flagrar a fuga deles gelava seu sangue. Temia pouco por si. Ghalib precisava dela viva. Mas o perigo que pairava sobre a cabeça de Hrolf e da baronesa era enorme. Não podia ser a responsável pela morte de nenhum dos dois.

— Precisamos avançar mais rápido — disse a ruiva ao espião —, a qualquer momento Ghalib descobrirá o engodo e voltará. Ele é um maldito bastardo, mas não é estúpido!

— Não podemos, senhora — ele ergueu a mão para que parassem de novo. No corredor adiante passou um guarda fazendo a ronda — Ghalib é um homem cheio de inimigos. Sua casa é infestada de sentinelas. Se não atravessarmos os corredores com o máximo de cuidado, não conseguirei tirá-los daqui.

Lançando um olhar para a janela às suas costas, ela constatou que a tarde chegava ao fim. Pensou em Mark e na missão de resgate da qual ele e Ragnar se incumbiram. Em seguida, seguiu seu caminho.

— Ouçam — sussurrou o rapaz ao ouvir o tropel no pátio. Voltando-se, ele constatou — Ghalib retornou.

— Inferno — resmungou a ruiva para depois segurar o jovem pelo braço — para onde está nos levando?

— A saída por trás da estrebaria . Há um portão oculto. Mas agora... — o espião balançou a cabeça — não podemos atravessar o pátio. Não com Ghalib aqui! E não há outro caminho. Não podemos retornar, os guardas agora estão por toda parte!

— Tudo bem... — ela olhou para Hrolf, que adivinhava seus pensamentos.

— Nada disso! Nem pensar, ruiva. Não vamos nos separar.

— Ouça-me — ela começou e olhou para Jamila, encolhida nos braços dele —, só há *uma* chance de sair daqui. Eu vou dar a vocês essa chance. Vou tirar Ghalib do caminho.

— Senhora, por favor — pediu Jamila — não vá!

— Tenho contas a acertar com seu irmão, moça — ela se voltou para o escravo, ignorando a carranca de Hrolf — quando Ghalib vier atrás de mim, leve-os à saída.

Dando as costas para o pequeno grupo, ela caminhou resolutamente pelo corredor, intimamente rogando o perdão de Mark por quebrar a promessa que fizera.

Ao chegar à porta que dava para o pátio, em cujo centro havia uma verdadeira azáfama de homens, mulheres, cavalos e cães, Radegund simplesmente parou. Deixou os braços ao longo do corpo, as armas em punho, olhando diretamente para o homem que trajava um gibão de couro sob a túnica elegante e bem cortada. O silêncio foi se espalhando ao redor do siciliano à medida que as pessoas notavam a mulher ruiva na soleira de Ghalib ibn-Qadir.

Ghalib não saberia dizer o que conduziu seu olhar para a porta principal. Se foi o silêncio repentino a sua volta. Ou se foi o arrepio que percorreu sua nuca. Intuição, diria Fairuz. Quando o fez, foi atravessado pelo olhar da mulher que odiava e amava com o mesmo fervor.

Por um momento permaneceu parado, as rédeas da montaria ainda nas mãos, a respiração subitamente curta e o coração acelerado. Ninguém se movia ao seu redor. Talvez sequer respirassem, como se estivessem diante de uma verdadeira aparição. Como se o simples fato de respirarem fosse fazê-la desaparecer. Apenas quando viu o sorriso lento e cínico se formando na face dela, ele reagiu. Atirando as rédeas para o lado, saltou do cavalo, sacou a espada e avançou na direção dela, ordenando.

— A baronesa é minha — encarando-a, ele afirmou —, não sairá daqui esta noite, minha senhora.

Erguendo uma sobrancelha de modo insolente, ela retrucou.

— Talvez nenhum de nós dois saia, meu senhor.

Depois, surpreendendo a todos, correu para dentro da casa. Depois de uma breve hesitação, em que custou a crer no que acontecia, Ghalib partiu em seu encalço.

Aproveitando a confusão instalada no pátio, Hrolf levou Jamila para a saída. Seguiu o jovem escravo, esgueirando-se com ele pelos cantos já escuros do pátio, onde as luzes dos archotes não os alcançavam. Tenso, o rastreador mantinha Jamila segura consigo enquanto todos os seus sentidos permaneciam em alerta. Só respirou aliviado quando, depois de passarem por trás da estrebaria, o escravo abriu uma porta oculta e lhes deu passagem.

— Daqui sairá no beco onde jogam o lixo da casa.

— Radegund...?

— Tentarei ajudar a baronesa — o rapaz afirmou — agora vão! Depressa!

— Sven.

Ragnar puxou as rédeas imitando Mark, que subitamente parara seu animal.

— O que houve?

Mark olhou para ele com expressão sombria. Sem explicação, desmontou e falou para o norueguês.

— Atrele a padiola a sua montaria. Sei que está com muito peso, mas não posso ir com vocês até o Freyja.

— O que houve, homem de Deus? — Perguntou Ragnar, ao saltar do lombo do cavalo.

— Radegund — Mark encarou o amigo. Nos olhos castanhos o norueguês viu um enorme medo —, estou com um pressentimento muito ruim.

Ragnar apenas assentiu, compreendendo. Em silêncio, os dois trocaram a padiola de um cavalo para o outro. E com um aperto de mão apenas, Mark partiu a galope pela estrada, sem olhar para trás.

Bernardo voltou às imediações da casa do siciliano assim que conseguiu despistá-lo. Logo encontrou o rastreador e a jovem que tinham ido resgatar. Quando não viu a baronesa junto deles, começou a se preocupar. E quando Hrolf contou porque ela não viera, o mercenário explodiu.

— Santa Mãe de Deus! Essa mulher é louca?

— Às vezes penso que sim — falou o rastreador, acomodando Jamila sobre a sela do cavalo trazido pelo genovês — tudo bem com você?

— Sim — ela assentiu —, mas estou preocupada com a baronesa.

— Eu também — ele se voltou para Bernardo. — Tire Jamila daqui, leve-a ao Freyja. Vou tentar ajudar Radegund.

Bernardo assentiu, tomando as rédeas de Sirocco. Jamila inclinou-se na sela e tocou o rosto de Hrolf.

— Tenha cuidado.

— Terei — disse ele beijando a palma de sua mão. — Agora, vá com Bernardo.

Radegund prosseguiu pelos corredores da casa de Ghalib, tentando afastá-lo ao máximo da saída principal e de seus homens. Acima de tudo, tinha que ganhar tempo para que Hrolf e Jamila chegassem em segurança ao navio. Forçando uma das portas, invadiu um aposento. Logo notou se tratar do gabinete de trabalho do siciliano. Atravessando a sala, ocultou-se nas sombras e esperou.

Ghalib interrompeu a corrida e passou a caminhar devagar, atento a cada ruído, a cada sombra a sua volta. Todas elas zombavam dele, escarneciam de sua busca, riam do sentimento que transformava seu corpo numa caldeira que destilava amor e ódio. Apertou o punho da espada e cerrou os dentes. O punho livre crispou-se ao ponto das unhas se cravarem na palma de sua mão. Ela não sairia dali. Ele não permitiria. Laila era a única mulher que estava a sua altura. Tinha que mostrar isso a ela. Precisava fazê-la enxergar isso. Al-Bakkar não estava à altura dela, era um bastardo, mestiço, filho de um cavaleiro pobre de uma terra perdida chamada Gales com uma mulher do povo.

Chegando à ala principal, notou a porta de seu gabinete aberta. Entrou com cuidado, pronto para contra-atacar caso ela o aguardasse nas sombras. Laila era esperta. Uma mulher ardilosa e terrível. Melhor seria se a matasse. Ou não. Sua mão apertou com mais força o punho da espada enquanto seus pensamentos se misturavam, confusos. Chegou perto da mesa e ali, com a pederneira, acendeu uma lamparina. A chama banhou o gabinete com sua luz mortiça, delineando num dourado ondulante a silhueta da culpada por todos os revezes que vinha amargando até então.

— Laila — ele falou, sua voz cortando o silêncio da sala num tom aveludado.

— Ghalib — o olhar dela varava a escuridão, cravando-se nele como punhais afiados.

— Vejo que voltou a mim espontaneamente — ele deu um passo na direção dela — seria isso um sinal?

— Só se for um sinal de que vai morrer.

— O que é isso, minha querida? — Ele a admoestou docemente — onde está a mulher cordata que confiou tanto em mim?

Radegund trincou os dentes. Ele a irritava. Deliberadamente a provocava. Respirou fundo e não respondeu. Ghalib prosseguiu, rodeando-a enquanto ela começava a sair de trás da mesa, dando a volta na sala.

— Sei quem você é de verdade — ele estendeu a mão, apontando —, sei que sob essa dureza existe uma mulher frágil e insegura.

— Ficaria inseguro também se não se lembrasse de quem é, Ghalib. Quanto a ser frágil — ela sorriu com frieza —, os inimigos que mandei para o inferno discordam.

Um ar de amuo passou pelo rosto do siciliano, ao mesmo tempo em que ele baixava um pouco a espada. Sua voz soou profundamente suave quando ele disse as próximas palavras.

— Fique comigo. Baixe suas armas e me estenda a mão. Prometo não ferir você — sorriu de forma mansa. Seu olhar foi quase terno — você foi feita para mim, Laila. Ao meu lado chegará muito longe. Em breve eu deixarei de ser apenas um conselheiro do reino e me tornarei um conde. Quando minha irmã se casar com Saint-Gilles, terei Toulouse nas mãos. E tendo Toulouse, Roma estará aos meus pés.

Radegund apurou os ouvidos, incentivando os devaneios de Ghalib. Tudo o que a mulher da Sociedade dissera, a tal Adela, ele estava repetindo naquele instante. Precisava saber exatamente o que ele planejava.

— Toulouse pertencerá à Jamila e ao marido.

— Toulouse será minha, escreva o que eu digo. Marcel é jovem, mas qualquer um pode morrer a qualquer momento, seja numa batalha, numa estrada ou até numa briga de taverna. Então — ele passou a mão pelas lombadas dos livros sobre a estante, num gesto displicente — quem tomará conta da pobre viúva e de seu filho? Eu, naturalmente, seu único parente vivo.

— Por isso Jamila é tão importante.

— Evidentemente. Pense — ele se inclinou para frente, ao passo que ela recuou — ao meu lado, você seria quase uma rainha.

— Você é louco — ela murmurou.

— Eu não sou louco! — Berrou o siciliano, mudando radicalmente o comportamento, varrendo com a lâmina da espada tudo o que havia sobre a mesa — não me chame de louco!

Só houve tempo para que Radegund preparasse a defesa. Ghalib a atacou, suas lâminas se batendo na penumbra. O encontro de aço contra aço lançou faíscas pelo ar. O ruído estridente das espadas misturou-se aos das respirações de ambos. Ao redor deles tudo era derrubado ou servia de alvo para a fúria de Ghalib. Saltando sobre uma cadeira, Radegund se esquivou do golpe endereçado ao seu peito. Recuou na direção da porta, rebatendo os ataques de Ghalib.

— Você recusa tudo o que eu ofereço — ele rosnou, enquanto a golpeava —, você tripudia sobre meu amor!

— Você não ama ninguém. Não tem ideia do que seja amar.

— Maldita!

Atravessando a porta, Radegund alcançou o corredor, deparando-se com os guardas da casa. Como não viam seu senhor retornar ao pátio e nem a mulher, resolveram entrar e procurar por ambos. A ordem veio imediatamente.

— Cerquem-na! Prendam-na!

Radegund viu os homens avançarem em sua direção. Archotes foram acendidos e o corredor iluminado lhe dizia que suas chances de voltar viva por ali eram inexistentes. Ghalib, à frente da pequena guarnição, sorria como um cão raivoso.

— É um covarde, Ghalib — ela falou, dando um passo para trás, recuando até a janela que havia no fim da galeria. Embainhou a espada e chutou para cima um candelabro alto, pegando-o no ar com a mão livre. Girou-o, posicionando-o horizontalmente à sua frente como se fosse um bastão — e também é muito pouco esperto.

Agilmente, saltou sobre parapeito logo atrás. Os dois homens que avançaram para ela foram varridos pelo castiçal, usado como um bastão de luta. Em seguida, empurrou com um pé a gelosia da janela, que despencou lá embaixo. O castiçal foi atirado sobre Ghalib, que caiu no chão. A adaga encontrou seu lugar na bainha quase no mesmo instante em que a mulher saltava no pátio, muitos pés abaixo, e corria para a estrebaria. Da janela, Ghalib berrou.

— Fechem os portões!

— Inferno! Inferno! — Resmungou ao trancar a porta da estrebaria por dentro — pense Radegund! Como vai sair daqui?

— Não vai, mulher.

A última pessoa que Radegund esperava — ou desejava — ver na sua frente era Fairuz.

— Saia da minha frente. Não tenho por hábito matar velhas como você, por mais intragáveis que elas sejam.

— Você o destruiu — Fairuz olhava para ela com ódio — eu o avisei que você seria a destruição dele, mas ele não me ouviu...

— Eu não destruí ninguém — Radegund rebateu ao mesmo tempo em que procurava nas baias por uma montaria — Ghalib afundou na própria ganância. — A porta da estrebaria começou a ser forçada por fora e ela esbravejou — maldição!

— Eles não tiveram tempo de trazer os animais para dentro — Fairuz cacarejou uma risadinha e pegou uma lamparina da parede — está tudo vazio. Está num beco sem saída, mulher.

— Sempre há uma saída — a ruiva afirmou.

— Dessa vez não haverá — disse a velha com olhar sombrio — para nós, não haverá.

Antes que a ruiva pudesse esboçar uma reação qualquer, Fairuz atirou a lamparina sobre o feno seco. A peça se quebrou, espalhando o óleo e o fogo, que lambeu a palha como uma língua sinistra.

— Louca!

A velha se colocou entre a porta e ela, sacando um punhal de dentro da roupa. A ruiva hesitou. Lutar com homens era uma coisa, contra uma velha — ainda que louca — era bem diferente. Seu momento de dúvida, no entanto, custou caro. A porta da estrebaria foi arrombada. A lufada de ar que entrou de repente empurrou as labaredas na sua direção, obrigando-a a recuar para o fundo da construção. Fairuz pulou sobre ela, os olhos querendo saltar das órbitas. Sua mão ergueu o punhal e o impacto jogou Radegund no chão. A lâmina desceu e o grito de Fairuz entrou em seus ouvidos ao mesmo tempo em que a lâmina rasgava sua carne.

— Morra, bruxa!

Ghalib aguardava impacientemente que seus homens derrubassem as portas da estrebaria, quando começou a sentir o cheiro de palha queimada. Logo, por debaixo da porta, começaram a sair rolos espessos de fumaça. Só podia ser um ardil daquela mulher...

— Mais depressa — gritou para os homens que tentavam arrombar a porta.

Quando uma das portas cedeu, ele pode ver as chamas lá dentro e a mulher que recuava para o fundo do prédio. Notou também Fairuz que, em seu andar meio trôpego, avançava na direção da baronesa com um punhal na mão erguida.

— Fairuz — ele chamou — Fairuz! Pare!

O siciliano não percebeu que seus pés o levavam para dentro do prédio em chamas. Não percebeu que seus homens, receosos e cuja lealdade era devida apenas ao seu dinheiro, ficavam para trás. Não percebeu que as labaredas atingiam as vigas no teto e perigosamente, se aproximavam do telhado. Tudo o que viu foi a velha ama saltando sobre a baronesa e baixando a arma sobre ela.

— Não!

Hrolf acabava de chegar diante dos muros da residência de Ghalib, para onde voltou trazendo um rolo de corda, quando um garanhão suado parou a poucos passos dele. E antes mesmo que o animal se aquietasse, Mark al-Bakkar saltou ao seu lado.

— Radegund?

— Lá dentro — ele falou simplesmente — Ghalib nos interceptou.

— Por Deus!

Hrolf aspirou o ar e franziu o cenho.

— O que foi?

— Fumaça. Vem lá de dentro.

— Temos que entrar de algum jeito — o mestiço correu para os portões e colou os ouvidos à madeira — há muito barulho lá dentro e os animais parecem agitados. Ouça como relincham.

Mal acabou de dizer isso e uma pequena sombra apareceu numa portinhola. Hrolf reconheceu o espião que os ajudara. O rapaz nem deixou que os dois falassem.

— Depressa — ele fechou a portinhola e abriu o portãozinho que ficava ao lado do portão principal — estão todos ocupados em apagar o fogo.

Mark e Hrolf entraram e se depararam com a confusão instalada no amplo pátio da residência. Soldados dividiam-se entre o trabalho de acalmar os cavalos e levá-los para dentro de um cercado, enquanto outro grupo, ajudado por servos e escravos, tentava a apagar o fogo que alcançava o telhado da estrebaria.

— Onde está Radegund?

O rapaz olhou para o homem de quem tanto ouvira falar, o filho de Anwyn ap Iorwerth, o cavaleiro mestiço que transitava entre cristãos e sarracenos com a mesma desenvoltura. Seu olhar transmitiu a ele medo e preocupação.

— Na estrebaria.

— Não!

O coração de Mark apertou-se de tal forma que seu peito doeu. O mestiço correu na direção do prédio em chamas, empurrando as pessoas à sua frente. O calor do fogo podia ser sentido de longe. Os baldes de água passados adiante por uma fila de homens e atirados sobre as chamas eram um esforço ridículo frente à velocidade com que o fogo se espalhava.

— Radegund!

Seu grito afastou alguns criados que observavam a cena. Seus passos o levaram até bem perto do incêndio, até que as mãos firmes de Hrolf o detiveram e o arrastaram para longe do fogo.

— Não vai entrar lá!

— Largue-me, Brosa! Largue-me! Ela está lá dentro!

— Não há como entrar — ele segurou o mestiço com mais firmeza e olhou nos olhos dele — não tem como tirá-la de lá.

O som da primeira viga do teto desabando pareceu o rugido de uma besta, sepultando as esperanças que ainda restavam de alguém entrar na estrebaria sem ser incinerado. Ou sair dela. Pálido, Mark balançou a cabeça numa negativa muda e gritou em desespero.

— Radegund...

Ghalib alcançou Fairuz e Radegund em poucas e largas passadas. Arrancou a velha de cima da mulher caída no chão e virou-a para ele. Sorrindo, Fairuz mostrou o punhal coberto de sangue e sibilou.

— Está livre dela, amo. Livre.

— Desgraçada!

O olhar de surpresa que se estampou na face da velha durou pouco tempo. Logo, ela estava caída num canto, atirada por uma bofetada de Ghalib. E ali mesmo Fairuz deu seu último suspiro, com um fio de sangue a escorrer pela boca. Tremendo, Ghalib ergueu a ruiva pelos ombros e notou que ela contraía o rosto de dor.

— Laila, Laila meu amor. Aguente. Não morra.

— Vamos morrer os dois, Ghalib — ela sentenciou, em voz fraca.

— Não, não deixarei que morra — ele olhou ao redor e encontrou o que queria — fique quietinha aqui.

Radegund pensou que estava no inferno, lugar para onde certamente fora mandada depois de trazer tanto sangue nas mãos. Era quente; ela podia ver e sentir o fogo ao seu redor. E dentro de seu corpo, mais precisamente na parte baixa de seu abdome, era como se houvesse mais fogo, era como se queimasse por dentro e por fora. Pousou uma das mãos sobre o lugar em que o punhal entrara e sentiu o sangue escapando do ferimento, quente e viscoso. Sua vida fugindo entre seus dedos. Algo foi colocado ao redor de seu corpo, algo frio e molhado. Na frente de seus olhos embaçados, surgiu a imagem odiada de Ghalib. Instintivamente, se encolheu.

— Fique longe...

— Quieta Laila. Fique quieta.

Ghalib levantou-a nos braços, provocando um grito de dor. Olhou para o fogo e depois para a mulher que carregava.

— Vou tirar você daqui. Desta vez você vai saber que apenas *eu* amo você de verdade.

Sem mais explicações, enrolou-a na manta que encharcara com a água dos cochos. Fechou-a completamente sobre a cabeça e o corpo da mulher e caminhou de encontro às labaredas.

A visão grotesca que atravessou o fogo e caiu de joelhos no pátio ficaria por muitos anos impressa nas mentes de todos os presentes. Mas ninguém guardaria na lembrança sentimentos tão contraditórios quanto Mark al-Bakkar.

O homem com o corpo em chamas deixou cair o fardo que carregava e tombou para o lado, ao mesmo tempo em que dois soldados com mais presença de espírito abafaram o fogo que o consumia. Simultaneamente, Mark conseguiu se soltar dos braços de Hrolf e arrancar a manta que cobria sua mulher.

— Radegund — ele a segurou contra si — fale comigo, garota!

No rosto pálido e sujo de fuligem, dois olhos verdes se abriram, confusos. E a mão ensanguentada tocou o rosto dele.

— Mark...

— Meu Deus — ele segurou a mão dela — onde? Onde está ferida?

— Aqui, Bakkar — falou Hrolf, que ele nem vira se aproximar, colocando um pano sobre o ferimento, fazendo a ruiva gritar de dor.

— Onde está... Ghalib?

— Shh! Esqueça-o. — falou Mark, aconchegando-a nos braços.

— Quero saber... — ela balançou a cabeça, tentando ordenar os pensamentos que se embolavam devido à perda de sangue — leve-me até ele.

Ele não conseguia enxergá-la direito. Seus olhos queimavam como fogo, assim como todo seu corpo. Era como se ainda estivesse no meio das chamas. Respirar parecia piorar tudo e ele considerou que era melhor não o fazer. Mas assim que ouviu a voz dela, bem perto, tudo — até a dor — deixou de existir.

— Por quê?

Quase não podia falar. Sua boca não obedecia sua mente, que também estava embotada. Mas tinha que falar. *Laila precisava acreditar!*

— Eu disse... — ele arfou e o ar custou a entrar em seus pulmões. Lutou por cada golfada que lhe queimava as entranhas — eu amo você, Laila.

O corpo de Ghalib ibn-Qadir estremeceu e o que restou de seus olhos se abriu, fitando Radegund, a baronesa de D'Azûr.

— Fui capaz de tudo... por você. De matar... — ele tentou erguer a mão para tocá-la, mas não conseguiu, pois ela se encolheu nos braços do marido. Ele deixou cair a mão no chão, admitindo a derrota — ...e de morrer.

Apesar disso, um arremedo de sorriso estampou-se no que restou do rosto devastado do siciliano. Um último estremecimento precedeu seu derradeiro suspiro que, para muitos ali presentes, representava a fim da tirania. Sem conseguir lançar sequer um segundo olhar para o corpo inerte, Radegund pediu.

— Leve-me para casa, Mark.

MAR MEDITERRÂNEO, 30 DE AGOSTO DE 1196

As gaivotas disputaram um gordo cardume que se deslocava bem perto do casco do Freyja. Seus gritos quebraram o silêncio do amanhecer e sua avidez ao mergulhar nas águas em busca dos peixinhos prateados fez com que o capitão Svenson sorrisse. Enrolado em seu casaco impermeável, que protegia da friagem e da umidade das madrugadas no mar, ele observou os primeiros, de seus muitos passageiros, subir ao convés.

Jamila — que se recuperara dos ferimentos sofridos — caminhava devagar, seguida de perto por Hrolf Brosa. A esta altura todos sabiam do envolvimento do rastreador com a moça. E embora surpreso, Bakkar apenas sorrira com condescendência e falara qualquer coisa sobre Deus escrever certo por linhas tortas.

A morte do irmão deixara Jamila num estado de tristeza profunda durante dias. Lamentava por Ghalib ter sido tão cruel por toda a vida. Porém, confortava a si mesma com o fato de que, em seus últimos instantes, o irmão tivesse praticado uma ação nobre, salvando a baronesa das chamas. Além de ter que lidar com a morte de Ghalib — e com todas as consequências legais do fato — Jamila ainda precisou de toda sua força para ficar ao lado de Abdul, a única família que lhe restara. Björn perguntava-se se a moça não teria, de alguma forma, um dom especial dado por Deus. Ou talvez aquilo fosse apenas a bondade de seu coração. Sua abnegação em permanecer ao lado do homem que parecia mais morto do que vivo só se equiparava à perseverança da moça chamada Amira, que também o acompanhara incansavelmente. Talvez as preces de ambas tivessem sido atendidas. Talvez o médico sarraceno — pago por Bakkar a peso de ouro — fosse realmente muito competente. Talvez houvesse segundas chances para todos. O que importava? A verdade era que Abdul Redwan despertara na manhã anterior, depois de jazer no leito por todos aqueles dias, perguntando pelas duas, Jamila e Amira.

Já Radegund continuava de cama — embora estivesse fora de perigo — e deixando o marido louco. Bakkar permanecera à cabeceira da mulher nos primeiros dias, quando a febre causada pelo ferimento profundo em seu abdome a deixara prostrada. O médico os informara que, se o punhal tivesse atingido meio palmo para o lado, a essa altura o mestiço seria viúvo pela segunda vez. Essas palavras haviam reforçado a ordem de Bakkar para que Radegund não se levantasse daquela cama de maneira nenhuma. Dissera até mesmo que iria amarrá-la ao leito se ela se atrevesse a desobedecê--lo. E essa seria uma cena que pagaria para ver, pensou o capitão, sorrindo.

— Pensando em coisas engraçadas, irmão?

Björn voltou-se para Ragnar, que caminhava em sua direção, os cabelos compridos açoitados pelo vento. De todos eles, era o único que parecia ser capaz de manter o bom humor, mesmo diante das maiores adversidades.

— Nem tanto — ele apertou sua mão — como estão as coisas lá embaixo?

Ragnar espreguiçou-se, parecendo maior do que era. Depois esfregou a barba por fazer e debruçou-se na amurada.

— Fui ver Redwan. Amira contou que ele passou a noite bem, apesar das dores.

— Ela já contou a ele? — Indagou Björn, preocupado.

— Creio que não. — Ragnar inspirou profundamente e soltou o ar devagar — e Hrolf?

— O que tem ele?

— Ele parece feliz, não é mesmo? — Os dois olharam na mesma direção, observando o rastreador apontar os cardumes para uma risonha Jamila.

— Bem — o capitão coçou a cabeça e recostou-se à amurada, de costas para o mar — diante do que vi em Messina e de como ele está agora... foi uma mudança radical.

— Não sei o que será desses dois quando chegarmos. Ele vai ter que voltar à Noruega e não creio que Jamila possa deixar Messina tão cedo. Tudo o que ibn-Qadir possuía agora pertence a ela. Suas responsabilidades serão enormes.

— Não quero ver Brosa sofrer de novo — disse Björn, taciturno —, ele não merece. Mas, infelizmente, este será um problema com o qual os dois terão que lidar. — Mudando de assunto, ele deu uma batidinha nas costas do irmão — já fez seu desjejum? Estou morrendo de fome!

O vento forte agitou os longos cabelos castanhos, atirando-os sobre o rosto de Jamila. Antes, porém, que ela os ajeitasse, Hrolf adiantou-se e carinhosamente afastou os fios sedosos, segurando seu rosto entre as mãos. Seus olhos encontraram os dela, transbordantes de amor.

— Fica linda com os cabelos soltos — disse, atraindo-a para si — olho para eles e lembro-me daquela noite, a caminho de Tiro...

Jamila corou e baixou os olhos. Com um dedo sob seu queixo, ele a fez erguer de novo o rosto. Encabulada, ela murmurou.

— Fico sem jeito quando fala assim... — sua voz baixou, tornando-se um sussurro — e penso em coisas impróprias.

— Nada é impróprio entre os que se amam, Jamila — ele afirmou, abraçando-a — porém, se eu fizesse com você, aqui e agora, metade do que tenho imaginado este tempo todo em que estamos distantes um do outro — ele sorriu, maroto e a afastou um pouco para poder encará-la — aí sim, seria realmente algo *muito* impróprio.

— Hrolf!

Sem resistir ao encanto de Jamila, que estava mais vermelha do que uma romã, ele a conduziu até um canto do convés, atrás de uma pilha de velas dobradas. Longe de olhos curiosos, tomou sua boca num beijo carregado de frustração por não poder deitá-la em sua cama e amá-la. E como não podia fazê-lo — como não poderia despi-la devagar e saborear cada pedacinho de sua pele, como não poderia tocar cada secreto recanto de seu corpo com as mãos — ele a amou com os lábios e a língua, demonstrando em seu beijo cada um dos pensamentos que passavam por sua cabeça naquele momento.

Jamila gemeu e moldou-se ao corpo dele. Segurou-se nos braços fortes e deixou que sua boca fosse explorada pela língua experiente. Cada investida trazia em si uma onda de desejo, uma fome que ele contivera naquela primeira noite juntos, mas que agora, e só então, a deixava entrever. Sua necessidade estava na forma como seus lábios comandavam os dela a se abrirem. Estava na maneira como suas mãos passeavam por seu corpo, e na forma como a mantinha presa junto a ele, deixando que sentisse sua excitação.

Afastando-a um pouco, ele a encarou, as pupilas dilatadas escurecendo o cinzento de seu olhar. Sua voz, rouca e baixa, fez um estremecimento percorrer o corpo de Jamila.

— Seu gosto me embriaga, minha pequena — ele aspirou o perfume de seus cabelos e tentou se acalmar — seu cheiro me excita e sua doçura me transforma no mais louco dos homens — afastando-a suavemente, ele sorriu — vá, meu amor. Ou acabarei realmente fazendo algo muito impróprio para ser feito sobre um convés, em pleno amanhecer.

Com uma ousadia que ela não saberia dizer de onde saíra, Jamila ficou nas pontas dos pés e segredou em seu ouvido, após beijar levemente sua boca.

— Eu o esperarei em minha cama, esta noite.

Antes que Hrolf se recuperasse do espanto, ela já havia descido novamente.

Abdul remexeu-se no leito, tentando achar uma posição mais confortável. No entanto, nenhuma parecia ser suficientemente boa para acomodar a perna que doía terrivelmente. Agora que estava melhor, ele queria se levantar da cama e andar um pouco pelo convés. Estava farto do confinamento e da imobilidade forçada. Amira e Jamila, no entanto, sempre diziam que era cedo, que ele ainda teria que ficar de cama mais alguns dias. Porém, quando dissera a Amira pela enésima vez que se sentia disposto o suficiente para ficar de pé e caminhar, ela negara seu pedido. Nervosa, começara a mexer nos objetos da exígua cabine.

— O que houve, Amira? — Indagou, tentando se sentar no leito — o que está escondendo de mim?

— Eu... — ela retorceu as mãos, nervosa — ...nada! Não estou escondendo nada.

Os olhos baixos, fitando o chão, deram a ele a certeza de que ela mentia. Afastando as cobertas, Abdul colocou as pernas para fora da cama. Em meio a vertigem causada pela imobilidade forçada, teve uma visão perfeita daquilo que ninguém dissera a ele. A perna que fora quebrada por Ghalib contrastava nitidamente com a que permanecera sã. Percebia claramente que o osso não pudera ser colocado no lugar de maneira correta. Seu joelho permanecia inchado e avermelhado, além de lhe ser impossível dobrá-lo. Agarrando os lençóis com força, sentiu a vertigem aumentar, suando frio. Furioso, perguntou.

— Quando iam me contar?

— Abdul, nós... — Amira se atrapalhou com as palavras — quando estivesse melhor... eu e Jamila achamos... nós íamos falar...

— Quando? — Berrou ele — quando ia me dizer que fiquei aleijado?

Num instante Amira estava ajoelhada diante dele, tomando as mãos crispadas nas suas.

— Não, meu amor, não diga isso. Você vai ficar bom!

— Eu já vi homens feridos demais na vida, Amira, para saber que uma lesão dessas nos deixa coxos para o resto da vida.

— Por favor, Abdul, tenha calma — pediu delicadamente, tentando fazê-lo se deitar novamente.

Ele, porém, irritado, a afastou.

— Como pode me pedir calma? Como acha que me sinto — apontou para a o joelho deformado — assim?

Triste, ela estendeu a mão tentando tocá-lo, mas Abdul recuou.

— Para mim você ainda é o mesmo homem que me salvou.

Ele baixou a cabeça e balançou-a devagar, num gesto de negação.

— Era preferível ter morrido a ficar vivo assim — seus olhos amarelados ergueram-se para ela —, o que vai ser de mim Amira, agora que sou meio homem? Vivi minha vida inteira lutando, me deslocando de um lado para o outro, trabalhando. E agora? O que farei? De que viverei?

— Jamila disse que não lhe faltará nada... — retrucou Amira, entrelaçando os dedos nos seus.

Amargo, Abdul desvencilhou-se dela, conseguindo enxergar apenas um futuro sombrio, onde seria um estorvo na vida da mulher que amava. De que valeria seu sacrifício para libertá-la se a condenasse a viver ao lado de um bastardo aleijado?

— Eu não quero a piedade de Jamila! — Bradou, decidido a afastá-la definitivamente — e não quero sua piedade. Não quero que tenham pena de mim! E não quero você aqui! Agora saia!

— Abdul!

— Saia, Amira! Saia! Saia e me deixe em paz!

Radegund observou Mark e suspirou. Fazia dias que ele estava emburrado, irritado como um touro num cercado. Mais precisamente, desde que ela acordara. Aliás, depois de ficar abraçado a ela por um bom tempo, ele lhe dera um enorme sermão quando ela sugeriu que queria se levantar da cama. Ameaçara até amarrá-la ao leito, como se isso tivesse algum cabimento. E agora, todos os dias, quando ficava na cabine fazendo companhia a ela, ele a olhava com aquele jeito taciturno, que em nada lembrava o homem que conhecia há tanto tempo. Irritada, Radegund recostou-se nos travesseiros e cruzou os braços, bufando. Ele não levantou os olhos do livro que lia, até que ela repetiu o gesto pela terceira vez de forma bastante enfática.

— O que é, Radegund? — Indagou Mark, finalmente se dignando a encará-la.

— Quer me dizer que bicho mordeu você?

Calado, ele a encarou por algum tempo. Ainda estava pálida, mas não tinha mais o aspecto macilento dos primeiros dias, quando a perda de sangue e a febre quase a levaram do mundo dos vivos. No entanto, o contraste da pele branca com os cabelos vermelhos ainda era gritante. Maldição! Por que não o escutara? Por que se arriscara tanto? Atirando o livro sobre a mesa, ele cruzou o espaço exíguo até a cama e sentou-se na beirada. Em seguida, desabafou.

— Você não cumpriu a promessa que me fez, Radegund. Prometeu que ficaria longe de Ghalib e se colocou nas mãos dele.

Boquiaberta, ela o encarou. Depois franziu o cenho e sentenciou.

— Eu fiz o que precisava fazer.

— Não! Você não fez o que precisava. Você fez o que sempre faz. Você sempre vai às últimas consequências. Fica cega de raiva e pouco se importa em como vai sair das enrascadas em que se mete! — Bufando, ele se levantou e prosseguiu em seu desabafo — até hoje, conseguiu se safar. Mas dessa vez, esteve muito perto...

— Estive perto de morrer, mas não morri — ela teimou.

— Deixe de ser insolente, mulher! — Mark esbravejou, perdendo a compostura — será que não pensa em nada? Em ninguém?

— Mark, eu...

Ele não a deixou prosseguir.

— Sabe como me senti quando soube que estava no meio das chamas e que não poderia fazer nada para tirá-la de lá? — Diante do silêncio atônito dela, Mark se ajoelhou ao seu lado, abrandando a voz — por que, Radegund? Por que tem que estar sempre a um passo do abismo? Por que tem sempre que flertar com a morte?

Desviando o olhar, ela afirmou em voz abafada.

— Ninguém vive para sempre.

Num ímpeto que espantou a ambos, Radegund foi arrancada do leito e acomodada no colo do marido, que tomou sua boca de forma furiosa. Para ela, não houve escapatória. Fisicamente enfraquecida, apanhada de surpresa naquela tempestade emocional, pode apenas submeter-se à força daquele beijo. Ali estava o homem que Mark trazia sempre muito bem enterrado dentro de si. Um sobrevivente como ela, alguém que tomava sem pedir. Era isso que ele fazia naquele instante. Despejava sua fúria naquele gesto, capturava seus lábios e os faziam se abrirem para que invadisse sua boca sem pudor. Não estava ali para seduzi-la de forma suave. Simplesmente mostrava a ela a dimensão de sua raiva e do amor que sentia por ela. E diante disso, Radegund capitulou.

— Não percebe que não suporto a ideia de perder você? — Ele indagou, interrompendo o beijo, a boca ainda colada à sua.

— É inevitável, Mark.

— Não, não é! — Ele a segurou bem junto a si, cuidando para não a machucar — não quero que morra, Radegund. Não quero perder mais ninguém. Não quero outra laje fria como companhia, não quero apenas lembranças; quero você, viva, ao meu lado! Por quê? — Ele murmurou, enquanto a afagava — por que faz isso?

Depois de um silêncio prolongado, ela finalmente ergueu os olhos marejados para ele, revelando sua alma e um pedaço dela que há muito ficara esquecido. O pedaço mais obscuro e mais sombrio, que estivera ali desde que uma menina na Normandia enterrara a família com as próprias mãos. E desde aquele dia ela se perguntava: por que só ela sobrevivera? Por que *sempre* sobrevivia? Sorte? Destino? Ou pura ironia?

— É tão difícil... — foi o que conseguiu falar antes que os soluços a sacudissem.

Abraçando-a, embalando-a carinhosamente, Mark a consolou.

— Ah, garota! Eu estou aqui. Nossos filhos estão a nossa espera — segurando seu rosto entre as mãos, olhando-a nos olhos, ele declarou — nós estamos vivos, apesar de tudo. E alguma finalidade houve para termos sobrevivido a tanta coisa. Fique comigo, viva comigo, envelheça ao meu lado, é tudo o que peço. Eu amo você, Radegund. É parte de mim. Pertence a mim, como eu pertenço a você.

— Ah, Mark — as lágrimas corriam livres enquanto seus dedos tocavam o rosto amado — me perdoe. Perdoe minha imprudência. Perdoe-me por tê-lo feito sofrer. Eu prometo...

— Shh! — Ele a calou tocando a boca com a sua — sem promessas. Vamos viver um dia de cada vez.

— Está bem — ela sorriu — quero um beijo seu para selar nosso acordo.

— Um beijo apenas — ele a acariciou com ternura — pois está convalescente.

Ela acenou concordando. Um instante antes de seus lábios se tocarem, ele afirmou.

— Você é minha vida, garota.

— E você é minha paz.

CAPÍTULO
XXXII

"A lua já se pôs, as plêiades também:
Meia-noite; foge o tempo,
E estou deitada sozinha."

"A LUA JÁ SE PÔS", SAFO.

MESSINA, SICÍLIA,
29 DE AGOSTO DE 1196

A primeira visão que Ragnar teve ao pisar na alameda de conchas foi do ventre arredondado de Leila coberto pela delicada seda alaranjada. A segunda foi o sorriso largo no rosto moreno.

— *Liten*! — Seus braços envolveram seu mais precioso tesouro tão logo as largas passadas cobriram a distância entre eles — que saudades!

Os olhos cor de mel o fitaram com adoração.

— Ragnar — ela se aconchegou nos braços do marido, sentindo-se mais amada do que nunca —, rezei todos os dias para que regressasse são e salvo!

Segurando o rosto delicado entre as mãos, ele estudou cada traço da esposa, como se a visse pela primeira vez. Não havia mulher no mundo mais linda do que sua pequenina. Não havia voz mais doce, ou sorriso mais radiante do que o dela.

— Está linda — ele afirmou e afastou-a um pouco para olhar sua barriga — e nosso bebê está crescendo rápido aí dentro.

Leila tomou uma de suas mãos e a colocou sobre o ventre. Fascinado, ele sentiu o bebê se mover e sorriu para ela com emoção incontida.

— Ele lhe dá as boas-vindas, meu amor — o sorriso dela se tornou mais luminoso ainda — e eu também.

Tomando-a nos braços, ele continuou a andar em direção a casa, dizendo.

— Vou lhe dar a chance de me mostrar o quanto sou bem-vindo, esposa.

Aninhando a cabeça no ombro largo, ela o enlaçou pelo pescoço e segredou em seu ouvido.

— Vou me empenhar em convencê-lo, marido.

— Sven sempre some — resmungou Radegund quando Mark a desceu da montaria —, não sei como ele consegue fazer isso com todo aquele tamanho!

— Meu irmão praticamente voou do Freyja até em casa com a desculpa de avisar de nossa chegada — ajuntou Björn, que vinha logo atrás do casal. — Decerto já está na cama com minha cunhada. E provavelmente só os veremos amanhã de manhã.

— E pensar que quando se conheceram — comentou Mark —, aqueles dois brigavam como cão e gato!

— Mark, leve-me logo para dentro — pediu, ansiosa —, não vejo a hora de abraçar meus filhos!

— Acho que não vai ter que esperar muito por isso — ele falou, olhando emocionado para a entrada da casa.

Sob o arco pontudo, recortado contra as paredes caiadas e arrematadas com ladrilhos verdes e azuis, a ama trazia uma menininha ruiva pela mão, enquanto mantinha nos braços um bebê de cabelos pretos, que sacudia as mãozinhas, animado.

— Meus filhos... — ela murmurou. Em seguida pediu — ponha-me no chão, por favor. Quero estar de pé para abraçá-los.

— Você não pode...

Ela voltou os olhos para ele, suplicantes.

— Por favor...

Em silêncio ele a colocou de pé, amparando-a enquanto ela se equilibrava. Depois, ajudou-a a caminhar, devagar e meio curvada, pela trilha de conchas. Quando chegaram diante dos degraus onde a ama os esperava com as crianças, ela já estava com o rosto coberto de lágrimas.

— Filha... — sua voz falhou quando ela estendeu a mão para a menininha que era sua cópia.

— Mamãe — Lizzie tocou o rosto da mãe, como se custasse a acreditar que ela era de verdade — papai disse que ia trazer você para nós — ela sorriu para o padrasto, que permanecia com o braço protetor ao redor dos ombros da esposa. — Ele sempre faz o que promete.

— Sim, minha filha... — Radegund irrompeu em soluços e abraçou a filha, que se agarrou a ela — ele sempre faz — depois de longos instantes, em que afagou os cachos perfumados da menina, ela se endireitou e tocou o filho, que a ama, com lágrimas nos olhos, acabara de passar para o colo do pai — Luc... meu bebê — olhando para Mark, ela falou, um pouco tristonha — queria tanto pegá-lo no colo...

— Lá dentro — ele aproximou o menininho para que ela ficasse junto dele o máximo possível — quando estiver sentada.

Lizzie puxou a túnica da mãe.

— Mamãe! Mamãe!

— Sim, meu amor?

— Que cavalo é aquele? Ele é tão engraçado...

Radegund olhou para os portões, onde passavam os criados trazendo as bagagens e Sirocco, que era conduzido pelo cabresto. Orgulhoso, o animal mantinha a cabeça sinuosa e pequena bem erguida, como se estivesse se exibindo numa arena. Sua cauda alta agitava-se de um lado para o outro e as patas esguias andavam com graça e leveza. Seu porte, mais elegante e delicado, diferente dos animais que eles criavam, logo chamou a atenção de Lizzie. Pousando a mão no ombro da filha, ela explicou.

— Ele se chama Sirocco. É o nome de um vento do deserto, que sopra de *Ifriqiya*[56] e traz sua areia até nossas praias. Sirocco é um berbere puro, por isso é diferente. E se eu não tivesse galopado com ele, agora eu não estaria aqui junto de vocês.

Fascinada, Lizzie correu até bem perto do animal, que era conduzido ao cercado para onde iam os cavalos recém-chegados. Depois de acompanhá-lo com os olhos por um bom tempo, ela voltou para junto da mãe e do padrasto. Solene, ela puxou Mark e segredou no seu ouvido.

— Mamãe cavalgou o vento, papai.

Sorrindo, ele olhou para o rosto da mulher. Lembrando-se de sua fuga de Acre, murmurou.

— Eu não teria descrito melhor, minha filha.

Hrolf cavalgava calado ao lado de Jamila, acompanhando o grupo que, por causa da liteira que conduzia Abdul, deslocava-se mais lentamente. A amargura do meio-irmão de Jamila parecia colocado um véu sombrio sobre eles. A tristeza de Amira ampliava a sensação. Olhando novamente para a moça ao seu lado, o rastreador pensou no que os aguardava. Uma estranha apreensão apertava seu peito, unida à ansiedade em encontrar a mulher que dizia ser sua mãe. O pior de tudo era que, em meio a tantas atribulações, ainda não tinha contado à Jamila a respeito da senhora Gunnhild e sua incrível história.

— Tem certeza de que isso é o mais acertado? — Indagou Jamila, arrancando-o de seus pensamentos.

— O quê?

— Irmos para a casa da baronesa...

— Bakkar julgou ser melhor assim, para sua segurança — ele emparelhou a montaria com a dela — seu irmão tinha muitos inimigos. Sozinha em sua casa, você seria um alvo fácil, agora que Abdul...

Jamila olhou para trás com desgosto. Amira cavalgava em silêncio, os olhos esperançosos na liteira na qual seu meio-irmão, carrancudo e taciturno, evitava seu olhar ostensivamente.

— Ele não se conforma com o que houve. E crê que será um estorvo para Amira — a jovem voltou os olhos para Hrolf —, mas ela o ama tanto!

— Dê tempo a ele, Jamila. Não é nada fácil para um homem se ver numa situação dessas. No fundo, ele faz isso por que a ama demais, não quer vê-la presa ao que ele classifica como *"um homem inútil"*.

— Abdul jamais será inútil — ela afirmou imediatamente —, com sua experiência e inteligência, irá trabalhar comigo. Precisarei dele para cuidar do que meu irmão deixou.

Hrolf replicou.

— Um homem tem seu orgulho, Jamila.

Com doçura, ela retrucou.

— Acho que o orgulho deve ser irmão gêmeo da solidão.

Hrolf tomou uma das mãos dela e beijou. Com um sorriso largo, gracejou.

— Submeto-me ao julgamento de minha dama.

Encabulada, Jamila corou.

Apesar de toda a expectativa desde que o Freyja fora avistado à entrada do estreito, Terrwyn obrigou-se a manter a calma e não sair galopando promontório abaixo para pular nos braços do marido. Ao invés disso, ficou ao lado de Gunnhild, enquanto Leila e Iohannes davam instruções à criadagem e se encarregavam de preparar os filhos de Radegund para reencontrarem a mãe.

Agora, ao deixar a velha senhora aos cuidados das criadas, ela tentava medir seus passos pelos corredores, para que não fossem nem muito rápidos — a ponto de fazê-la chegar esbaforida diante de seu capitão — nem lentos demais, de maneira que o fizesse pensar que ela não se importava com ele.

No meio do caminho, no entanto, ao ouvir a algazarra do lado de fora e todas as exclamações festivas dos moradores da *villa* com o retorno de sua senhora, Terrwyn simplesmente atirou às favas sua premeditada compostura e disparou pelos corredores, conseguindo alcançar a varanda instantes depois de Radegund ter reencontrado os filhos. Emocionada, esperou que ela e o irmão começassem a subir os degraus da casa para só então aproximar-se e envolver sua mentora num caloroso abraço.

— Nem posso dizer o quanto estou feliz em vê-la de volta!

Radegund afastou-se um pouco da moça e estudou-a com carinhosa atenção.

— Está linda, Terrwyn. Mais do que já era.

Subitamente tímida, Terrwyn corou. Logo, seu irmão se aproximava e colocava a mão em seu ombro, atraindo sua atenção.

— Vai se lembrar de que tem um irmão?

— Mark! — Ela se atirou sobre ele e foi espremida entre seus braços.

— Senti sua falta, irmãzinha — ele baixou a voz e brincou —, e um certo capitão também.

Afastando-se do irmão, olhou por cima de seu ombro, no mesmo instante em que Björn alcançava a varanda onde estavam. Com um sorriso incerto, ela se afastou de Mark e da cunhada e caminhou até o marido, sem deixar de olhá-lo um só instante.

Seus cabelos estavam com as pontas bem mais claras e o rosto exibia um tom dourado por causa da exposição ao sol. Os olhos estavam meio cerrados, encarando-a, e pequenas rugas apareciam em seus cantos. Sorrindo, ele esperou que ela chegasse bem perto para só então estender o braço e tocar seu rosto, deixando que ela sentisse a aspereza da mão que conduzia o Freyja com habilidade e ousadia.

— Terrwyn...

Esfregando o rosto na palma calejada, segurou a mão dele com as suas. Olhando-o nos olhos, murmurou.

— Desculpe-me. — O capitão olhou para a esposa sem entender, fazendo com que ela explicasse. — Leila me contou tudo — Björn compreendeu e Terrwyn prosseguiu —, perdoe-me por ter duvidado de você.

O capitão a envolveu num abraço carinhoso, beijando-a suavemente, embora o que desejasse mesmo fazer era aquilo que seu irmão e sua cunhada certamente estariam fazendo em seus aposentos.

— Está tudo bem — ele mordiscou seus lábios, fazendo-a se arrepiar — para falar a verdade, eu até gostei de ser o alvo de seus ciúmes — prosseguiu ele, em tom de pilhéria —, talvez eu devesse cair de telhados de bordéis com mais frequência.

Furiosa, Terrwyn se agitou, tentando inutilmente se libertar de seu abraço.

— Seu cretino, sem vergonha! Experimente só colocar seus pés num antro daqueles de novo para ver só uma coisa!

— Mulher brava! — Ele gargalhou e levantou-a do chão — recolha suas garras e me dê um beijo! Estou louco de saudades de você e de nossa filha!

— Não mude de assunto, capitão — ela apontou o dedo para seu nariz.

— Ah, mudo sim, menina — ela nem notou que entravam na casa.

— Menina é a...

— Veja bem o que vai dizer — ele fingiu zanga —, ou vou lavar sua boca com sabão.

— Não se atreveria...

Ele finalmente alcançou um dos aposentos de hóspedes e fechou a porta atrás de si. Recostando-se no batente, ele a colocou no chão. Rindo de sua expressão exasperada, falou.

— Não, eu não me atreveria. Nem teria porque — puxou-a para si e completou —, já que tenho um jeito muito melhor de manter essa sua língua afiada bem ocupada.

Iohannes cumpriu suas tarefas de administrador da *villa* com a habitual diligência. Em pouco tempo todos os recém-chegados estavam bem instalados em seus aposentos e um batalhão de criados movia-se pelos corredores providenciando tudo que os hóspedes precisavam. Ao anoitecer, com a tranquilidade começando a se restabelecer, Hrolf foi finalmente levado por um sorridente Ragnar, acompanhado de Mark al-Bakkar, o anfitrião, aos aposentos que a senhora Gunnhild ocupava.

Esfregando as mãos suadas nas calças limpas, ele avançou solenemente e ajeitou mais uma vez os cabelos recém-lavados, sentindo-se como se estivesse prestes a ser apresentado à rainha da Noruega. Diante da passagem que ligava a saleta íntima ao dormitório, parou e inspirou profundamente. Ele não conseguia ver muito através da cortina delicada, ouvia apenas a voz de uma das criadas, que falava com alguém num tom baixo e respeitoso.

Parado ali, com os olhos fixos no tecido que balançava sob o efeito da brisa que entrava pelas amplas janelas, Hrolf viu toda sua vida, da infância até então, passar por sua mente. Viu-se novamente um menino nas florestas de Svenhalla, perseguindo suas presas junto com o pai. Viu-se também sentado diante da fogueira, numa noite fria, experimentando seu primeiro gole de *akevitt*, enquanto o avô tocava sua flauta e o pai cantava uma antiga canção pagã. Lembrou-se de quando, já um rapazinho, tornou-se homem nos braços de uma paciente e solícita criadinha, que rolara no feno junto com ele numa das cocheiras de Svenhalla. De tudo isso ele se lembrou no curto instante que antecedeu a abertura da cortina pela criada, que lhe deu passagem num silêncio respeitoso.

— Vá, meu amigo — a mão de Ragnar pousada em seu ombro era um frágil elo com a realidade de sua vida até então. Do limiar daquela porta em diante, tudo parecia um sonho.

Com mais uma inspiração profunda, caminhou na direção do leito. E encarou um par de olhos cinzentos iguais aos seus.

— Se eu tivesse dúvidas de que era mesmo meu filho — a voz da anciã sobre a cama parecia vir de muito longe, como o rumor de uma festa distante, onde ele desejava estar, mas não poderia ir — elas desapareceriam aqui e agora. — A mão magra e frágil estendeu-se para ele que imediatamente tomou-a entre as suas. Ajoelhou-se ao lado da cama, ainda sem conseguir falar. Gunnhild prosseguiu, emocionada — é como se eu estivesse diante dele, de seu pai. É como se meu Arn estivesse aqui de novo, vivo.

Saindo finalmente do estupor que o acometera, Hrolf pronunciou as palavras que jamais tivera o direito de dizer, e que muito invejara ao ouvir nos lábios dos rapazes Svenson.

— Minha mãe...

A mão delicada apertou a sua e lágrimas desceram pelas faces enrugadas, emolduradas pelos cabelos brancos e lisos.

— Meu filho.

Por uma questão de consideração ao cansaço de seus hóspedes, e também pelo fato de não poder ter Radegund à mesa naquela noite, Mark dispensara o jantar na sala de refeições e mandara que todos fossem servidos em seus aposentos. Assim, além de permitir que todos se acomodassem e descansassem, ele não se privaria da companhia da mulher e dos filhos. No entanto, após deixar Hrolf com a mãe e antes de se dirigir aos seus aposentos, ele se deteve no caminho para fazer algo que precisava ser feito. E não foi sem espanto que foi recebido por Jamila bint-Qadir. Parada no meio da saleta íntima, ela olhava para ele num misto de medo e incerteza.

— Senhorita — ele fez uma mesura e prosseguiu, algo formal —, espero que esteja satisfeita com suas acomodações.

— *Messire* al-Bakkar — ela se esforçou para não gaguejar —, está tudo muito bem arranjado. Eu — ela retorcia as mãos — agradeço pela hospitalidade.

— Era o mínimo que eu poderia fazer, depois de tudo o que a fiz sofrer, senhorita — ele falou sem desviar os olhos dos dela — eu lhe peço, humildemente, seu perdão.

Depois de um momento de estupor, Jamila apressou-se a dizer, desconfortável.

— Sou eu quem deve desculpas por tudo o que meu irmão o fez passar. Ao senhor e à sua família. Ele não está mais aqui, mas...

Mark ergueu a mão, impedindo-a de prosseguir.

— Ghalib está morto e o que ele fez não foi responsabilidade sua. E embora eu a tenha usado de maneira pouco honrosa, embora eu esteja pedindo que me perdoe pelo que sofreu... — ele fez uma breve pausa e sua voz se tornou mais grave ainda — eu faria tudo de novo se disso dependesse a vida de Radegund.

Depois de um prolongado silêncio, no qual aquelas palavras e seu significado foram sendo assimilados pela mente de Jamila, um luminoso sorriso abriu-se no rosto da moça. E para surpresa de Mark al-Bakkar, que achava que já tinha visto de tudo na vida, ela murmurou, emocionada.

— Deus me conceda um amor assim — com passos leves, cruzou a distância que os separava e estendeu sua mão para o mestiço, que logo a segurou com firmeza — e apesar de tudo, apesar de o senhor ter me deixado com um medo enorme, eu sempre soube que era honrado. Além disso, em meio a tudo o que passei, pude conhecer o homem a quem eu amo de todo coração. Então — ela apertou a mão calejada entre as suas —, talvez eu deva agradecê-lo por tudo o que aconteceu.

Abrindo um sorriso largo, que tornou ainda mais bonito o rosto moreno, ele falou.

— Obrigado por ser tão generosa, Jamila. Saiba que tem em mim um amigo e, se quiser, um conselheiro — sua fisionomia se tornou séria novamente. — Seu irmão era um homem poderoso e riquíssimo. Não será uma tarefa fácil administrar tudo o que ele deixou e manter-se a salvo dos caça-dotes que certamente choverão em seu quintal.

— Agradeço e aceito sua oferta, *messire* — ela soltou a mão dele e fez uma graciosa mesura — e quanto aos caça-dotes, eu não pretendo cair nas garras de nenhum deles. Até porque — ela baixou os olhos, tímida — não quero outro homem a não ser Hrolf. Por falar nisso, onde ele está? — Ela indagou, voltando a encará-lo.

— Brosa foi se se encontrar com a senhora Gunnhild — ele respondeu de forma natural. — Ela viajou desde a Noruega até aqui só para vê-lo. — Sem perceber o constrangimento da moça com suas últimas palavras, ele se despediu dizendo — agora, se me der licença, tenho que ir. Jantarei em meus aposentos com Radegund e minhas crianças. Tenha uma boa noite.

— Obrigada — balbuciou a moça, olhando para a porta por onde desaparecia o dono da casa, com um estranho sentimento de perda tomando conta de seu coração

Hrolf deveria ser muito importante para a tal senhora Gunnhild, fosse ela quem fosse. E parecia que ele também se importava muito com ela, embora jamais houvesse mencionado a dama em suas conversas. A única mulher da qual ele falara fora Saori. De qualquer forma, ela deveria ser mais importante para ele do que ela. Pois ele a deixara jantar sozinha em seus aposentos na sua primeira noite em Messina, mesmo tendo prometido ficar o tempo todo ao lado dela.

Amira deixara os aposentos que ocupava com Jamila e fora até os de Abdul, com a desculpa de saber se ele estava bem acomodado e se precisava de alguma coisa. Na verdade, desejava ficar ao lado dele. Mesmo sabendo que ele não a queria por perto. Na entrada do aposento ainda se encontrou com o administrador da *villa*, o solícito Iohannes, e com um homem de certa idade, que a cumprimentou de forma discreta.

— *Salam aleikum* — disse-lhe ele.

Amira ficou feliz por ouvir alguém que falava sua língua. Ela não falava a língua dos francos, que era o que todos praticamente haviam começado a usar desde que chegaram ali. Isso, aliado ao péssimo humor de Abdul, deixaram-na com uma grande sensação de solidão.

— *Aleikum as Salam...*

— Logo vi que era de nossa terra — o homem sorriu, enrugando ainda mais o rosto — sou Abu ibn-Yussuf al-Fakhr, médico e amigo de *sidi* al-Bakkar.

Sem rodeios, e com olhos esperançosos, Amira foi logo perguntando.

— Como ele está, mestre al-Fakhr?

— O corpo está sarando devagar. A perna não ficará perfeita — ele foi sincero —, mas não há motivo para que ele não volte a andar.

— O senhor disse isso a Abdul?

— Minha jovem — o homem sorriu, compreensivo diante de sua ansiedade —, dê tempo ao tempo. As feridas da alma demoram muito mais a parar de sangrar do que os machucados do corpo. Seja paciente — ele sorriu e baixou o tom de voz, como a fazer graça —, mas não muito.

Com um aceno o médico se despediu e seguiu Iohannes pelos corredores, deixando para trás uma confusa Amira.

Diante de Gunnhild, ouvindo sua voz e olhando em seus olhos, Hrolf se sentiu novamente um menino. Tendo sentado à beira do leito, ele sentia frequentemente a mão frágil, de pele branca e translúcida, afagar seus cabelos e seu rosto recém-barbeado. Pouco a pouco ia conhecendo a história do amor entre seus pais, uma história parecida com a sua, mas com um final triste, desesperançado.

— E agora que eu o encontrei, preciso que seja reconhecido diante do rei como meu herdeiro absoluto.

— Eu sei disso, minha mãe — ele sorriu, ainda que o sorriso não chegasse aos olhos —, Ragnar me contou.

Gunnhild suspirou e acariciou o rosto de Hrolf.

— Mesmo que eu não resista à viagem, que eu não chegue a Bergen com você, deverá se apresentar à corte sob a tutela dos Svenson. Também levará uma carta minha, com o selo do bispo e do barão de Messina, e também de D'Azûr. Tudo para que, de qualquer forma, não reste dúvida alguma sobre sua legitimidade como herdeiro de Mânehaug — a anciã fez uma pausa e olhou para ele com olhos sonhadores — sempre sonhei com este dia. O dia em que o meu filho e de Arn entraria pelos portões de Mânehaug como o herdeiro.

Em silêncio, Hrolf apenas sorriu e se deixou levar pelos devaneios de sua idosa mãe. Escutou-a pacientemente falar de sua infância nas colinas da propriedade ancestral da família, dos encontros com seu pai entre as faias e de como o esplendor do feudo seria restaurado com a volta do herdeiro. Em meio aos seus sonhos nostálgicos, Gunnhild não percebeu a amargura que se estampou nos olhos do filho. Nem notou o quanto seu coração estava dividido entre a ela e uma certa jovem de doces olhos castanhos.

O sol da Sicília entrou pelas frestas dos reposteiros apenas para encontrar uma insone Jamila recostada às almofadas do leito, olhando para o tecido que balançava suavemente enquanto a luz da manhã clareava a alcova. Junto com o amanhecer, também veio Amira, entrando pela porta com os olhos vermelhos e inchados, e não apenas pela falta de sono.

— Já acordada? — Ela perguntou a Jamila, parando de supetão, tentando disfarçar as lágrimas.

Ao invés de responder, Jamila se levantou da cama e parou diante de Amira.

— Abdul a magoou de novo, não foi?

Depois de um breve silêncio, Amira apenas suspirou e se deixou cair sobre uma das camas com o rosto entre as mãos.

— Ah, Jamila! Não sei mais o que fazer, nem o que dizer! Abdul sequer me olha quando falo com ele. Trata-me como a pior de suas inimigas. Além disso — ela olhou para a jovem, que se sentava ao seu lado — estou tão sozinha, sinto-me tão deslocada aqui, quase uma intrusa!

— Eu também tenho me sentido assim, Amira — concordou Jamila — embora *messire* al-Bakkar e sua família estejam fazendo de tudo para nos deixar à vontade.

— Você ainda é alguém, Jamila — Amira se levantou e apoiou-se no parapeito da janela, observando os pescadores puxando as redes na praia, lá embaixo — quem sou eu? Não tenho nada além da roupa de meu corpo.

— Mas, como concubina de Ghalib você não teria direito a alguns bens? Não é essa a lei[57]?

— Apenas se eu tivesse um filho dele... — Informou Amira, completando amargamente. — Ghalib me tirou a inocência, afastou-me de minha família, de meu mundo. Transformou-me num objeto de satisfação de sua luxúria e de decoração em sua casa, nada mais além disso. Ele nunca permitiu que eu engravidasse. Fairuz sempre se assegurou de que, ao menor sinal de que eu pudesse ter concebido, a gravidez não vingasse. Descobrir o que eu sentia por Abdul fez minha vida ter sentido. Mas parece que até isso Ghalib conseguiu tirar de mim.

Chocada com a sordidez do próprio irmão, Jamila a confortou com um abraço.

— Sinto muito.

Depois de ficarem por algum tempo caladas, Amira se afastou da moça e indagou.

— E você, como está? Parece preocupada.

— Não é nada, apenas...

As palavras de Jamila foram interrompidas por batidas na porta. Logo, uma criada apareceu para avisá-las do desjejum e para ajudá-las na toalete da manhã, impedindo qualquer conversa mais íntima que viessem a ter.

Apesar da noite mal dormida e do isolamento voluntário de Abdul, que se recusava a sair do quarto para fazer o desjejum com os outros, Amira foi agradavelmente surpreendida pela presença da esposa de Ragnar Svenson.

A sarracena, que logo notou a incapacidade de Amira em acompanhar as conversas, passou logo a falar com ela em sua língua materna, integrando-a ao grupo. Como nem todos dominavam o idioma tão bem quanto ela, o marido e Mark, e como este último estivesse tratando de assuntos práticos com Björn e Hrolf, Leila acabou enveredando numa animada conversa com a moça. Jamila, que também falava o idioma de seus pais, acabou por falar pouco, ansiosa que estava por se ver a sós com Hrolf, que lhe parecia distante e distraído naquela manhã. Por fim, a refeição terminou e enquanto Hrolf finalmente parecia se dar conta da presença de Jamila e a chamava para uma volta pelo pomar, Leila e Amira continuaram a conversa num passeio pelos jardins.

— Dizem que Jerusalém é uma cidade bonita — Amira falou, caminhando ao lado de Leila.

— É imponente — comentou a esposa de Ragnar, sorrindo — cheia, suja, barulhenta... um caos! Mas tenho boas lembranças de lá, embora a tenha deixado num momento muito difícil de minha vida.

— Soube que senhora saiu de lá quando Saladino tomou a cidade...

— Por favor, me chame apenas de Leila. E, sim. Deixei Jerusalém e toda a vida que eu conhecia até então para trás — os olhos sagazes de Leila fixaram-se nos de Amira —, mais ou menos como você.

A moça suspirou e baixou os olhos para as próprias mãos.

— Estou me sentindo tão perdida, tão sozinha! Não que eu não seja grata a Jamila e *sidi* al-Bakkar — ela se apressou em explicar — mas, tudo o que eu conhecia até há pouco tempo, deixou de existir. — Amira ergueu os olhos e pediu — diga-me, Leila, como fez para seguir adiante, para reconstruir sua vida?

— Não foi fácil, Amira — a sarracena sorriu ao se lembrar da viagem de Tiro a Jerusalém. — Eu era uma moça mimada, filha única, criada quase que numa redoma pelo meu pai. — Leila resumiu sua história para a moça e finalizou — mas, em meio a tudo isso, o que mais me deu forças para lutar e seguir em frente, foi o amor de Ragnar.

— É uma história linda — suspirou Amira, secando as lágrimas — se ao menos eu pudesse contar com o mesmo amor que uniu a senhora ao seu marido...

Leila franziu o cenho.

— Ora! Mas Ragnar me falou que você e Redwan...

— Ele não me quer mais — interrompeu-a a moça —, não depois do que Ghalib lhe fez. Abdul ficou amargo e revoltado. Simplesmente me tirou de sua vida, mesmo tendo dito que me amava. E mesmo sabendo que eu o amo.

— Querida, os homens são orgulhosos demais — Leila passou um dos braços em torno de Amira. — Não desista de seu amor assim tão rápido!

— Ele sequer fala comigo, Leila!

— Eu entendo. Mas, por que não tenta conversar com ele? Talvez num momento em que ele não esteja tão atormentado pela dor. Abra seu coração para ele, Amira. Fale de seu amor para Abdul. Mostre a ele que não se importa com o fato de ele ter ficado com uma perna defeituosa.

— Tenho medo de que ainda assim ele não me aceite — com um suspiro, a moça se sentou num dos bancos, sendo imitada por Leila. — E se for assim, o que farei? Pensei que, quando estivesse livre de Ghalib, eu poderia reconstruir minha vida junto com Abdul. Mas não haverá sentido em ficar aqui dessa forma, dependendo da caridade alheia, sem nenhum objetivo, caso ele não me aceite. — Amira soluçou alto e ocultou o rosto entre as mãos — ah, como eu fui cega por todos esses anos! Como fui tola ao não perceber que Abdul me amava! Agora, parece que é tarde demais!

— Não pense assim, Amira — admoestou-a Leila, para depois abrandar o tom e expor a ideia que lhe ocorria. — Façamos o seguinte. Converse com ele. Confesse seu amor a Abdul, diga tudo o que tem a dizer. Caso ele continue teimando em afastá-la, venha comigo para Svenhalla.

— Como? — Amira espantou-se — ir para onde?

— Svenhalla, minha casa. Iremos para a Noruega em breve, talvez ainda esta semana. Se Abdul permanecer irredutível, venha conosco. Ficarei feliz em ter sua companhia na viagem e você conhecerá muitas coisas novas. Garanto que será muito bem recebida. O que me diz?

— Eu... eu nem sei o que dizer...

— Pois então, não diga nada agora — Leila se levantou devagar, com uma das mãos sobre a barriga — pense com calma e, antes de mais nada, converse com Abdul. E saiba que tem em mim uma amiga.

Emocionada, Amira apenas acenou em agradecimento e acompanhou com os olhos a mulher pequenina, mas com enorme coração, que acabava de deixar o jardim.

Ragnar subia a alameda, vindo da praia lá embaixo, quando avistou Leila deixando o jardim. Observou a figura delicada da mulher, detendo o olhar em seu ventre arredondado. Sem perceber, acabou sorrindo e suspirando. Leila era e seria sempre seu enlevo, o amor de sua vida. E vê-la, a qualquer momento do dia, era sempre algo que aquecia seu coração. Apertou o passo e alcançou-a perto das escadas da casa.

— Bom dia, *liten*!

Sorrindo, Leila se voltou para o marido. Ragnar estava ensopado e os cabelos embaraçados desciam pelo rosto e pelos ombros. A camisa, assim como os calções de lã, fora colocada sobre o corpo molhado aderindo à pele, exibindo para quem quisesse ver o corpo fantástico do cavaleiro. Ela ficou imaginando o marido nadando nu nas águas do Mediterrâneo. Desejou ter feito o mesmo ao lado dele. Como seria fazer amor ao sabor das ondas?

Saindo de seu devaneio, notando os olhares admirados dos homens e os suspiros lânguidos das criadas, Leila ficou orgulhosa. Não só pelo fato de seu marido ser um belo homem, mas também por ter um coração tão grande quanto ele mesmo era.

— Bom dia, meu senhor — ela ensaiou uma mesura e o observou — esteve na praia?

— Sim — ele afastou os cabelos do rosto e passou a andar ao lado da esposa — fui dar um mergulho e nadar um pouco enquanto Brosa decide o que vai fazer da vida.

— A senhora Gunnhild espera que ele retorne a Bergen com ela.

— Eu sei — ele a ajudou a subir as escadas — mas ele está apaixonado por Jamila, e ela por ele.

— E por que não a levar junto?

— Jamila não poderá deixar a Sicília agora — ele explicou rapidamente a situação dos bens da moça — enfim, se ela sair daqui, tudo poderá ser usurpado por um aventureiro qualquer.

— Então — Leila entrou em seus aposentos seguida pelo marido —, temos um impasse.

— Sim, pequenina — Ragnar assentiu, apanhando uma toalha e procurando por roupas limpas —, um grande impasse.

Jogando a toalha sobre os ombros, Ragnar se dirigiu para a porta. Parou diante da esposa, inclinando-se para beijá-la.

— Vou até a sala de banhos — ele roçou os lábios nos dela, murmurando — sabe que tenho grande dificuldade em esfregar minhas costas?

— É mesmo? — Leila fingiu um tom surpreso, embora risse.

— Sim — ele passou a toalha por trás dela, puxando-a, fazendo-a cair sobre seu corpo ensopado — talvez eu precise de ajuda...

— Ragnar — ela reclamou —, agora estou toda molhada!

— Ah, isso é tudo o que um homem quer ouvir de uma mulher — ele mordiscou sua orelha, fazendo-a estremecer.

— Ouvir o quê? — Ela indagou.

— Que a está deixando molhada...

— Ora, Ragnar Svenson — ela se afastou —, você é incorrigível!

— Mas você me ama, *liten* — ele piscou, gaiato.

— Sim, eu o amo. E por isso — Leila apontou as roupas coladas ao corpo —, estou molhada e salgada como um peixe!

— Então, mulher — ele abriu a toalha sobre os ombros dela e a envolveu, escondendo as roupas desalinhadas. Em seguida, conduziu-a pela porta dos aposentos deles — nada melhor do que um banho para corrigir isso.

Olhando para ele, Leila retrucou, com o dedo em riste.

— Tenho certeza de que planejou tudo isso.

— Nos mínimos detalhes, amor — ele a ergueu no colo, fazendo-a soltar um gritinho, enquanto andava pelo corredor — nos mínimos detalhes!

A gargalhada estrondosa do norueguês ecoou por todos os corredores da *villa*.

CAPÍTULO
XXXIII

"Este beijo em tua fronte deponho!
Vou partir. E bem pode, quem parte,
Francamente aqui vir confessar-te
Que bastante razão tinhas, quando
Comparaste meus dias a um sonho."

"UM SONHO NUM SONHO". EDGAR ALLAN PÖE

amila piscou tentando afastar as lágrimas, mas não obteve sucesso. Olhando fixamente para Hrolf, ela tentava — além de assimilar toda a triste história de Gunnhild e seu malfadado amor — afastar a sensação de vazio que começava a tomar conta de seu coração. Ao seu redor, as folhas dos limoeiros balançavam ao sabor da brisa, espalhando seu perfume cítrico por todo o pomar, lembrando-a do odor aconchegante de sua casa em Catania. No entanto, mesmo a sensação familiar não foi suficiente para afastar a tristeza que a envolvia como um manto sufocante e pesado.

— Você terá que partir — ela disse simplesmente.

— Sim — ele respondeu, depois de um curto silêncio.

A reação apática de Jamila o decepcionava. Esperava que ela ao menos perguntasse se voltaria. Ou se poderia ir com ele. Até mesmo que lhe pedisse para ficar. Jamais imaginou que ela aceitaria os fatos de maneira tão fatalista, tão definitiva. Talvez fosse o resultado do retorno à realidade. Jamila estava de volta ao lar, as suas origens, a sua posição na sociedade siciliana. E ele, por enquanto, ainda era um simples rastreador, um plebeu. Um homem livre, sem um nome importante e sem fortuna, nativo de uma terra distante e gelada à qual os cosmopolitas sicilianos chamavam de *bárbara*. Talvez ela estivesse voltando à razão. Talvez o sonho terminasse ali.

Jamila inspirou profundamente e deu as costas à Hrolf, olhando para o mar lá embaixo. Só percebeu que ele se aproximara quando a mão dele tocou seu ombro, espalhando um estremecimento involuntário ao longo de seu corpo.

— Jamila... — ele começou, mas se calou ao notar que seus ombros tremiam. Com gentileza, fez com que se voltasse e ergueu seu rosto com uma das mãos — está chorando...

— Sinto muito — ela soluçou, sem conseguir dizer mais nada.

E o que diria? Pediria que ficasse com ela, que abandonasse a mãe, a mulher que atravessara o mundo em busca do filho? E depois, como lidaria com a condenação que veria nos olhos dele? Ou com a culpa que assolaria seu próprio coração, devastando-o ao longo dos anos como um vento seco, transformando o que existia entre eles num deserto árido e sem vida. Impotente, Jamila baixou a cabeça e se desvencilhou de seu toque. Arrebanhando as saias, fugiu correndo por entre as árvores do pomar. Desnorteado, Hrolf olhou para a própria mão, que ficara segurando o vazio.

Amira cruzou a saleta e passou para o aposento onde Abdul dormia, depois de avisar ao criado que não queria ser anunciada. Discreto, o rapaz fez uma mesura e saiu, deixando-a a sós com o hóspede que — corria à boca-pequena entre a criadagem da *villa* —, ficava mais rabugento a cada dia.

Sentado na varanda, com a perna ferida esticada à frente do corpo, Abdul tinha o cotovelo apoiado no joelho são e o queixo encaixado sobre o punho fechado. De cenho franzido, olhava fixamente a praia lá embaixo, mergulhado em suas cismas. Quieta, Amira o observou endireitar o corpo e apoiar as mãos nos braços da cadeira. Em seguida, com esforço e um pouco desajeitado, ele se ergueu até ficar de pé.

Com as mãos cerradas, Amira acompanhou atentamente cada movimento, emocionada ao ver o esforço que ele fazia para se equilibrar. Quase se denunciou quando ele oscilou perigosamente para frente, mas se conteve quando ele buscou apoio na balaustrada que cercava a varanda. De pé, ele soltou uma das mãos e ficou de lado para o parapeito, tentando dar alguns passos. Amira notava sua respiração difícil e o suor que brilhava em sua fronte, fazendo os caracóis negros grudarem à volta da cabeça e na base do pescoço. Arrastando a perna machucada, ele conseguiu dar dois passos lentos, sempre olhando onde pisava. Foi então que Abdul ergueu os olhos, encontrando os dela. Apanhada de surpresa, ela não teve como disfarçar a emoção. E não pode fazer nada quando Abdul, fechando a fisionomia, acabou interpretando equivocadamente sua expressão.

— Guarde sua piedade para quem precisa dela, mulher!

— Abdul — ela se aproximou e parou ao lado dele, ansiando por tocá-lo, por sentir os lábios dele contra os seus e as mãos dele em seu corpo. Podia sentir tudo por ele, e nenhuma daquelas sensações poderia ser chamada de piedade — eu não estou com pena de você. Eu estava apenas...

— Estava apenas satisfazendo a curiosidade de ver o aleijado tentando andar, é isso? — Ele vociferou, ainda com uma das mãos apoiada no parapeito. Sua perna doía insuportavelmente. Precisava se sentar e colocá-la para cima. Mas jamais deixaria que Amira o visse num momento de fraqueza. Voltou à carga, a raiva misturando-se à dor física, tornando-o mais duro em suas palavras — agora que já viu como é, pode virar as costas e ir embora!

— Por que está me tratando assim? — Ela perguntou — você disse que me amava, Abdul! Que espécie de amor é esse que me maltrata tanto, que só faz me magoar?

— Você não sabe de nada Amira! É uma criança tola!

— Não fale assim comigo — ela esbravejou, ao passo que ele virou obstinadamente o rosto para o outro lado. Amira tocou sua face e tentou fazê-lo se voltar. — Ao menos olhe para mim, Abdul! Não seja covarde!

Orgulhoso, Abdul tentou se desvencilhar como se a mão dela o queimasse. Foi tão brusco em seu movimento, que perdeu o equilíbrio. Sua perna, cansada e insuportavelmente dolorida, não aguentou o peso de seu corpo e ele se desabou no chão.

— Oh, meu Deus! — Amira abaixou-se para ajudá-lo e pousou a mão em seu ombro. Ele não podia se machucar de novo, não agora que conseguia ficar de pé e ensaiar alguns passos — você está bem?

Sentindo-se fraco e humilhado, Abdul trincou os dentes e ergueu os olhos para Amira. Neles, havia raiva e revolta. E ambos os sentimentos acabaram despejados sobre ela.

— Saia daqui! Eu não preciso de você — ele se apoiou no parapeito e se esforçou para se levantar, mesmo sentindo uma dor enorme. — Não preciso dessa piedade estúpida que vejo em seus olhos!

As palavras atingiram Amira como uma bofetada. Mesmo assim, ela ainda tentou ser paciente, tentou enxergar a dor que estava além da parede de revolta e frustração que Abdul erguera ao seu redor.

— O que eu sinto por você não é piedade — ajoelhada ao lado dele, tentava em vão fazer com que a deixasse ajudá-lo. — Eu amo você, Abdul. Foi por amor a você que corri sozinha por aquela estrada escura, foi por amor a você que venci o medo, a fome e a sede e encontrei a baronesa e seus homens. Será que não percebe que nada mudou para mim? Será que não percebe que continuo amando você, esteja seu corpo perfeito ou não?

— Cale-se, Amira! — Ele vociferou, conseguindo finalmente ficar de pé e apoiando-se na balaustrada — nada continua igual, é impossível que seja assim. — Segurando o braço dela com força, ele a sacudiu — eu estou aleijado, Amira! E serei assim, um inútil, um estorvo para quem quer que seja, pelo resto de minha vida!

O que restava da paciência de Amira foi pelos ares. Irritada, desvencilhou-se dele e explodiu.

— Chega, Abdul! Chega! Se quer ficar mergulhado em auto piedade, se quer morrer sozinho e amargo, o problema é seu! Você jamais seria um estorvo, um peso para mim. Eu ficaria para sempre ao seu lado, independentemente do que tivéssemos de suportar. E isso porque eu o amo. Mas parece que seu orgulho ocupou todos os espaços em sua vida. Sendo assim, eu o deixo livre. Vou aceitar o convite que Leila me fez. Partirei com os Svenson para a Noruega e o livrarei de minha incômoda presença!

Depois de terminar a frase aos gritos, Amira girou nos calcanhares e deixou o aposento pisando duro, tentando esconder as lágrimas que teimavam em escorrer. Atrás dela, parecendo pela primeira vez consciente do que perdia, Abdul caiu sentado sobre a cadeira, sentindo-se mais vazio e sozinho do que nunca. E apesar de ter alcançado o objetivo de afastar Amira definitivamente, ele estava muito longe de se sentir satisfeito com isso.

Hrolf sorriu para a mãe e colocou uma manta sobre seu corpo frágil. Apesar da temperatura amena do fim do verão, ela estremecia de frio até mesmo sob a brisa mais suave. Durante a última semana, em que os preparativos para a viagem eram feitos — e em que os documentos que reconheciam sua filiação foram redigidos e reconhecidos sob o selo tanto do bispo quanto do barão de Messina, além do da própria Gunnhild —, ele notou que a luz dos olhos cinzentos ia se apagando devagar. Era como se sua mãe tivesse apenas esperado para vê-lo e então começado, definitivamente, a se entregar à doença que a consumia. Aquilo o amargurava. Tanto quanto a distância silenciosa e polida de Jamila.

Ele a apresentara formalmente à mãe, era verdade. Depois da conversa entre eles, não soubera como agir. Como a apresentaria? Como sua noiva? Como a mulher com quem ele vivera os momentos mais doces de sua vida? Apesar da certeza do amor que sentia por ela, Hrolf não sabia o que pensar daquela distância imposta por Jamila. E assim, ele apenas a apresentara à Gunnhild como a rica refém que ele ajudara a resgatar e a proteger, nada mais.

Gunnhild, porém, era velha, mas não era tola. Notou na voz do filho um tom mais suave, e algo melancólico, ao apresentar a moça de olhos castanhos a ela. Notou também os furtivos olhares de adoração que a jovem lançava ao seu filho quando ele não a estava observando. E viu a tristeza presente em cada gesto dos dois.

Naquela manhã, depois que Jamila se despediu, seguindo Terrwyn num passeio pela praia, Hrolf ficou ao seu lado lhe fazendo companhia. E agora olhava por entre as árvores para as areias lá embaixo, como se tentasse ver a dona de seu coração através das espessas ramagens.

— Não deixe que a história se repita, meu filho — disse ela, sua voz suave penetrando na névoa de tristeza que envolvia o coração do rastreador.

— O que disse, minha mãe?

— Vejo em seus olhos que você ama esta jovem.

Com um profundo suspiro Hrolf se sentou à beira do divã onde Gunnhild estava reclinada e tomou a mão emagrecida na sua.

— É verdade.

— E o que o impede de declarar seu amor a ela, de se casar com ela?

Baixando o olhar para a mão frágil entre as suas, Hrolf pensou por muito tempo antes de responder.

— Minha mãe, Jamila é uma moça rica, refinada e bem mais jovem do que eu. Além disso... — ele se calou. O que iria dizer? Que não poderia ficar ali porque não queria decepcionar sua mãe, porque sabia que aqueles dias eram tudo o que restava para poder resgatar uma parte de si mesmo, de seu passado?

— Filho — a mão delicada pressionou a sua —, se vai deixá-la por minha causa, eu imploro que não o faça.

— Mas...

— Acredita mesmo que uma mãe colocaria a felicidade de um filho em segundo plano?

— A senhora atravessou o Grande Mar apenas para me levar de volta. Sacrificou-se por mim. Não posso desprezar isso.

— Não jogue seu amor fora, meu filho. Por mim, pelo seu pai, eu lhe peço. Procure Jamila e conte a ela sobre seu amor.

— E a senhora, minha mãe?

Ela deu de ombros, recostando-se nas almofadas. Seu olhar perdeu-se no mar lá embaixo. Depois de um longo silêncio, ela falou.

— Talvez eu não viva o suficiente para ver meus netos — os olhos cinzentos fixaram-se nos dele, marejados —, mas terei vivido o bastante para rever meu filho, vivo e feliz.

Oculta pelas árvores, Jamila conteve o choro. Cobriu a boca com as mãos e abafou os soluços. Subira a alameda que vinha da praia e dava direto no pomar. Sabia que, àquela hora, Hrolf e a mãe estariam ali. Queria se sentar ao lado deles, conversar com a velha senhora de olhos tão iguais aos do seu amor. Mas, enquanto se aproximava, ela ouvira as vozes dos dois. Sem querer interrompê-los, ficou à espera. E acabou não podendo sair, ao ouvir o que a idosa dizia. Por Deus! Gunnhild estava abrindo mão do pouco tempo que restava junto a Hrolf para que ele pudesse ficar com ela. Não era justo. Seria extremamente egoísta aceitar aquele sacrifício da mãe de Hrolf. Se ao menos pudesse ir embora... mas não podia. Além de toda responsabilidade que pesava sobre seus ombros, havia Abdul. Não poderia abandonar o irmão à própria sorte, não agora que ele rompera com Amira.

E embora uma parte de seu coração desejasse ardentemente que Hrolf ficasse, seus princípios morais jamais permitiriam que fosse a responsável por separar duas pessoas que a vida mantivera distantes por tempo demais. Ali ela soube o que teria de fazer. E embora isso lhe custasse o próprio coração, sabia que sua consciência ficaria em paz.

A noite estava fresca. Fregueses animados enchiam a Dama do Alaúde. Entre eles, um homem de pele negra, alto e forte, enfeitado com braceletes e anéis de ouro. Estava acompanhado por um genovês moreno e de cabelos pretos, que lembrava a Francesca alguém que ela conhecia, mas não se recordava de onde. Sorrindo, ela caminhou até a mesa onde estavam sentados e fez as honras da casa.

— Boa noite, *signori*[58]. Em que posso ajudá-los?

Bernardo ergueu o rosto para a mulher à sua frente. Morena, voluptuosa, vestida com um corpete escuro que comprimia os seios fartos sob a camisa branca, fazendo-os quase transbordar do decote, ela sorria com a naturalidade das mulheres livres. Os olhos escuros refletiam sagacidade e inteligência. Erguendo a caneca num brinde, ele respondeu.

— Talvez pudesse nos oferecer o prazer de sua bela companhia, *signora*.

Sem se fazer de rogada, Francesca sentou-se de frente para os dois homens, apresentando-se.

— Sou Francesca, dona do estabelecimento. A cerveja está boa?

— Excelente, senhora, — exclamou Kamau, depois de virar um generoso gole. — Sua taverna é muito agradável. E bem movimentada!

— Recebo gente de todos os cantos do mundo — ela afirmou — e de todas as classes. Como estamos muito próximos ao porto, os viajantes param aqui para se refrescar e comer antes dos seus navios seguirem viagem.

Kamau se inclinou, interessado.

— Aparece muita gente vinda do *Outremer* por aqui?

— A grande maioria, bonitão.

— Mulheres...?

Francesca se recostou na cadeira.

— Algumas — pausa —, de que tipo procura?

— De um tipo que não usa portas — ele resmungou baixinho. Mas a atenta taverneira não pôde deixar de ouvir. Logo, ele voltou a falar em voz alta — procuro uma rapariga baixinha assim — ele mostrou com a mão — de cabelos escuros, olhos claros e pele muito branca.

— Hum — Francesca tamborilou os dedos no tampo riscado da mesa —, uma namorada?

Kamau sorriu para o genovês antes de responder.

— Pode se dizer que sim.

A taverneira sorriu se levantou, chamando uma das atendentes para encher os canecos de cerveja.

— Sinto muito. Nunca vi uma garota assim por aqui. Divirtam-se.

Os dois ergueram as canecas num brinde. A taverneira se afastou da mesa e Bernardo avaliou o ondular de seus quadris enquanto falava.

— Ela mente.

O sorriso de Kamau se apagou quando ele respondeu.

— Eu sei. E Mahkim também saberá.

Francesca deixou o salão aos cuidados de Maria e subiu as escadas correndo. Passou pelo andar dos quartos e foi direto à água-furtada. Aflita, bateu à porta.

— Abra, sou eu — falou baixinho.

A porta se abriu e ela passou pela soleira, atravessando apreensiva o aposento mal iluminado.

— Alguém sabe que está aqui — ela se virou para a mulher que fechava a porta — ou pelo menos, desconfia.

— Como assim? O que houve para deixá-la tão aflita?

— Dois homens, estrangeiros — Francesca se sentou na cama estreita e tentou respirar mais devagar. — Um moreno, com sotaque genovês, e outro de pele negra.

— Inferno — Adela bateu o pé no chão, irritada. Em seguida, começou a arrumar seus alforjes. — Bernardo e o núbio insuportável!

— Conhece-os?

— Fomos apresentados, infelizmente. São homens de al-Bakkar. — Ela atirou uma camisa no saco de couro e esfregou o rosto com as mãos — tenho que sumir. Ou meu trabalho ficará comprometido.

Francesca se levantou da cama e pousou a mão no ombro dela.

— Está na hora de parar, Adela.

— Não! Nunca, Francesca! — Sibilou — nunca, ouviu bem? Eu darei minha vida pela Sociedade se com isso puder arrastar comigo o maior número possível de Templários, bispos, arcebispos... toda essa corja não vale nada! Eles acabaram com minha família, arrastaram seu nome na lama e me tornaram o que sou! Não me peça para parar. — Ela fez uma pausa e se acalmou — mas agora, é vital que eu desapareça. Se o filho de Anwyn puser as mãos em mim, meus objetivos serão comprometidos.

— *Seus* objetivos? — Estranhou Francesca — não os da Sociedade?

— Não seja cínica — ela vestiu a capa preta sobre o vestido — sabe muito bem que a Sociedade não conhece meus verdadeiros objetivos.

— Sim, Adela. Eu sei. Eles querem o equilíbrio. Você quer a destruição.

À soleira, com a bagagem nos ombros, Adela a corrigiu.

— Não apenas a destruição. Quero vingança.

Mesmo depois que ela desapareceu pelas escadas estreitas, Francesca permaneceu olhando para a porta, rezando fervorosamente para que Deus pusesse juízo na cabeça de Adela e paz em seu coração.

Jamila deixou os aposentos de Abdul com a certeza de que fizera o que era certo. Sua consciência estava em paz, embora seu coração estivesse despedaçado. A dor era tanta que chegou a sentir uma vertigem, obrigando-a se apoiar na parede para não cair. Respirou fundo, ergueu a cabeça e prosseguiu na direção dos seus aposentos. Ao passar pela porta do quarto que Hrolf ocupava, no entanto, ela parou. Atrás dela estava seu amor, o homem a quem ela se entregara de corpo e alma, o homem que a fizera mulher. Havia luz sob a porta, sinal de que ele ainda estava acordado. Ergueu a mão para bater e chamá-lo, mas parou o gesto na metade. Por que se torturar ainda mais? Por que torcer a faca dentro da ferida que sangrava em seu peito? Secando as lágrimas, baixou a mão e deu meia volta. Foi então que a porta se abriu. Foi então que a voz dele a chamou.

— Jamila?

O respeitável al-Fakhr tratara de muita gente em sua vida. Com a ajuda de Alá, o Clemente e Misericordioso, suas mãos trouxeram crianças ao mundo, fecharam os olhos de moribundos e trataram diversos males, graves e nem tanto. Mas para ele, o pior mal que poderia acometer uma pessoa não atacava o corpo. Era um mal que atacava o coração e a mente. A perda da fé em si mesmo. E seu relutante paciente parecia estar sofrendo desse terrível mal. Era tarde, ele sabia. Mas, com o precedente de ser médico — e médicos podiam quase tanto quanto as mães —, ele resolveu fazer uma visita a Abdul Redwan e levar um pequeno presente. Como o homem usaria — e entenderia aquele gesto — mostraria a al-Fakhr de que estofo ele era feito.

— Boa noite, meu jovem — disse assim que entrou nos aposentos e encontrou Abdul recostado numa cadeira, a perna ferida acomodada num coxim — vim ver como está.

— Al-Fakhr — um sorriso triste se abriu na face cansada —, *salam*[59]...

— Espero não estar atrapalhando seu descanso... — disse o médico, acomodando-se numa cadeira ao lado do paciente.

— De maneira alguma. Minha irmã acabou de sair daqui e eu estava sem sono — olhando para o objeto na mão do médico, ele indagou — o que é isto?

Al-Fakhr estendeu o que trouxe enquanto dizia.

— Uma bengala.

Abdul recuou, como se aquilo fosse uma serpente. Amargo, embora mantivesse o tom respeitoso, falou.

— Não espera que eu use isso...

— Não só espero como faço questão de ensiná-lo a usar — o médico estreitou os olhos e desafiou —, a não ser que não tenha coragem de tentar.

— Não é isso, al-Fakhr. É que eu... — Abdul baixou os olhos e não concluiu o que dizia.

A mão do médico tocou o ombro vergado do antigo guarda-costas de Ghalib.

— É que você tem vergonha do que se tornou. Tem vergonha de ser coxo, um aleijado, tem receio de não ser mais o que era. Teme que o apontem com pena e desdém por onde quer que vá. E, acima de tudo, teme ser um estorvo na vida daqueles que ama. Perdeu a fé na vida e em si mesmo.

Espantado, Abdul ergueu os olhos para o médico.

— Como...?

— Estou errado?

— Não! Mas como pode saber de tudo isso?

— Meu filho, eu já tratei de mais gente do que posso me lembrar. Já vi casos melhores e piores do que o seu. E pessoas na mesma situação. A minha pergunta é: um homem que fez tudo o que você fez, que derrubou o intocável ibn-Qadir, vai realmente deixar que algo tão ínfimo quanto esta pequena limitação o vença?

Em silêncio, Abdul o ouvia, enquanto pensamentos confusos passavam por sua cabeça. Al-Fakhr se levantou, encaminhando-se para a porta.

— Só você poderá saber o que é maior. Sua coragem ou seu orgulho — os olhos do médico cravaram-se diretamente nos do paciente. — Só você poderá decidir o que é melhor para sua vida. E só você colherá os frutos daquilo que semear — com uma vênia, ele abriu a porta e desejou — tenha uma boa noite, Abdul Redwan.

Sem ação, Jamila encrava Hrolf, tentando encontrar algo para dizer. Torceu as mãos e baixou os olhos, procurando ganhar tempo.

— Aconteceu alguma coisa? Está agitada. Abdul está bem?

— Sim — ela falou de modo vago — ele está bem. Eu já vou indo...

Hrolf segurou seu braço, estudando seus olhos. Sentia algo diferente em Jamila. Sentia o cheiro de seu nervosismo e de seu medo. Mas por que ela estaria com medo?

— Espere — ela parou, mas não o encarou —, o que está havendo, Jamila?

— Nada — ela finalmente olhou em seus olhos —, só estou preocupada com a senhora Gunnhild e com você.

— Comigo?

Subitamente, Jamila teve consciência de aquela noite seria sua despedida de Hrolf. Apesar da decisão tomada, somente agora se dava conta de que seu tempo ao lado dele se escoava como a areia numa ampulheta. Essa consciência despertou nela a necessidade de provar, pela última vez, o sabor dos beijos de Hrolf e o toque de suas mãos corpo. E ainda que o fizesse para evitar responder à pergunta, ela o segurou pelo pescoço e o beijou também para saciar a fome que sentia.

Apanhado de surpresa, Hrolf a envolveu nos braços e entrou no quarto, fechando a porta atrás deles. Mergulhou uma das mãos em seus cabelos, desfazendo sua trança, deixando que os fios sedosos descessem pelas costas. Sua boca cobriu a de Jamila com a fome represada há dias, e com a angústia que corroía a ambos. Seus lábios abriram os dela e sua língua provou toda a doçura de Jamila.

No fundo de sua mente, no entanto, uma sensação o incomodava. Algo intangível, mas intensamente presente, como um mau-presságio.

Afastando-se dela, ele a estudou por um momento. Seu olhar percorreu os olhos semicerrados, as faces coradas e os lábios inchados e entreabertos. Ela estava pronta para ele, assim como ele estava queimando por ela.

— Jamila, olhe para mim e me diga. O que está havendo?

Ela fixou os olhos nos dele por um longo tempo, parecendo uma corça assustada. Depois, aconchegou-se em seus braços, dizendo.

— Nada. Apenas a incerteza quanto ao futuro. Tanta coisa mudou!

— Nada mudou no que sinto por você, Jamila — ele a fez encará-lo — você é mais importante do que tudo para mim. Amo você, pequena.

A tristeza cravou-se como um punhal no coração de Jamila. Contendo um gemido, ela se agarrou mais ainda a ele, moldando a maciez de seu corpo à firmeza dos músculos dele. Depois, ergueu o rosto e pediu.

— Faça amor comigo.

Os olhos cinzentos escureceram. Hrolf aspirou profundamente o cheiro de Jamila, que o envolvia como um narcótico potente, roubando sua razão. O perfume que emanava dela o atingiu em cheio, como o cheiro da fêmea no cio atingiria seu parceiro. Todas as perguntas foram esquecidas. Suas mãos se fecharam em torno dos braços delicados enquanto ele a colava ao seu corpo. Um grunhido rouco escapou de sua garganta ao mesmo tempo em que sua boca se abria sobre a dela, como se fosse devorá-la. Sua língua procurou e desvendou cada recanto da boca de Jamila, provando seu gosto inebriante.

Apenas um gemido suave escapou dos lábios dela, numa rendição incondicional. Submeteu-se docilmente às mãos que a percorriam, arrancando as roupas, tirando-a do chão com facilidade e conduzindo-a até a cama. Era como se flutuasse num sonho.

— Jamila — ele sussurrou, entre beijos — tem noção do que faz comigo?

— Não — ela suspirou quando a língua dele percorreu a linha de seu pescoço — mas sei que você me faz sentir coisas que nunca imaginei sentir. E que me faz feliz.

Parando de acariciá-la, ele olhou em seus olhos.

— O que eu fiz para merecer um coração tão doce como o seu, minha pequena?

Jamila tocou o rosto dele com as mãos, memorizando cada detalhe das linhas severas. Num sussurro emocionado, respondeu.

— Você existe.

Sem palavras, Hrolf a beijou novamente, enquanto as mãos reverenciavam a delicadeza do corpo de Jamila. Seus dedos procuraram os seios arredondados, provocando-os sem pressa. Sua boca saboreou cada pedacinho da pele macia. Sugou demoradamente os bicos atrevidos, que se ofereciam a ele. Circundou-os com a língua, deixando-os mais intumescidos e rosados. Percorrendo o corpo dela com a boca, Hrolf chegou ao ventre e dali seus lábios seguiram numa trilha de beijos que culminou entre as coxas roliças. Jamila relutou e tentou juntar as pernas. Paciente, ele a estimulou e acalmou com sussurros e beijos, até que uma de suas mãos meteu-se entre suas coxas, afastando-as com delicadeza.

— Deixe-me, pequena — ele murmurou — deixe-me prová-la.

O cheiro dela o envolvia. Invadia suas narinas embotando todos os outros sentidos. Estimulava sua própria excitação, que latejava dolorosa sob os calções. Era um odor primitivo, o cheiro da fêmea pronta para ser possuída.

Jamila não conteve um pequeno grito de surpresa quando a língua úmida investiu no mais secreto recesso de sua intimidade. Era algo novo, estranho certamente pecaminoso, tal era a tremor que provocava em seu corpo. Sua pelve se elevou na direção dos lábios de Hrolf, independentemente de sua vontade. Seu corpo era um feixe de nervos absurdamente excitados, que se contorcia a cada nova investida. Até que todas essas sensações se fundiram numa só, única, poderosa e avassaladora, que a fez se arquear por inteiro. Um longo e agoniado gemido brotou do fundo de sua alma e escapou por seus lábios. E quando ela ainda se recuperava daquela onda vertiginosa de êxtase, Hrolf colocou-se de novo sobre seu corpo, sua sombra enchendo o campo de visão, dominando-a e protegendo-a.

— Venha para mim — ela soluçou, implorando — faça-me sua. Por favor!

— Eu acabei de fazê-lo, pequena — ele disse, enquanto se livrava dos calções — e farei de novo.

Enquanto ele se colocava entre suas coxas, Jamila sentia a palpitação entre elas aumentar. Era como uma fome que jamais seria saciada, como um vazio que nunca seria preenchido.

Despertado como um lobo no auge do inverno e da inanição, Hrolf investiu dentro dela, tomando-a, possuindo-a até o fim. Ambos gritaram e gemeram o nome um do outro, enquanto o ritmo primitivo do amor os arrastava num caminho sem volta. O êxtase cresceu dentro e ao redor deles, acompanhado pelo ruído do choque entre seus corpos, pelos gemidos e pelos sussurros, pelo cheiro de suor e dos amantes embriagados. No fim, só restou a tensão final e arrebatadora, o momento em que Hrolf despejou sua semente no corpo de Jamila, apertando-a contra si como se quisesse fundir-se com ela.

Na quietude que se seguiu, quando o som das ondas lá na praia preencheu todos os silêncios, Jamila teve a absoluta certeza de que jamais seria de outro homem. Sua alma e seu coração ficariam para sempre nas mãos de um silencioso rastreador da Noruega.

— Vim assim que recebi seu recado.

Mark ergueu o olhar dos papéis para a porta do gabinete e sorriu.

— Entre e sente-se Leila. Aliás, você nem precisaria esperar que eu lhe dissesse isso.

Leila sorriu e avançou, depois de trancar a porta atrás de si. Com a graciosidade das grávidas, sentou-se diante da mesa de trabalho e estudou o rosto do amigo de longa data.

— Está preocupado. O que aconteceu?

— D'Arcy — Leila se encolheu na cadeira. Mark prosseguiu — ele farejou a pista de Scholz. Ou algo com relação a ela.

— Pelo Profeta! — A sarracena se levantou, sua figura pequena e delicada andando de um lado para o outro no gabinete, arrancando um suspiro de Mark. — Depois de tudo o que fui obrigada a fazer, depois de tudo o que Einar sofreu... não é justo!

Apesar da aparência meiga e frágil, Leila era um poço de energia. E tinha um gênio que só se comparava ao de Radegund. Não era à toa que as duas eram como irmãs.

— Acalme-se, Leila — ele a admoestou —, lembre-se de seu bebê! Se algo acontecer a um de vocês dois, Ragnar espetará minha cabeça numa lança!

— Temos que fazer algo, Mark — ela apoiou as duas mãos sobre a mesa — D'Arcy não pode colocar as mãos em Scholz. Havia suspeitas de que ele estava de volta à caçada aos arquivos, mas não pensei que estivesse bafejando nos nossos pescoços!

— Sente-se — ele colocou as mãos em seus ombros — e ouça-me.

Leila se sentou e ele fez o mesmo, agora numa cadeira à frente dela.

— Eu soube de tudo enquanto procurava por Radegund. Uma agente da Sociedade me procurou — ele resumiu a história para Leila. — Como o perigo era grande, enviei uma carta avisando a Einar. A esta altura, ele deve estar ciente e se preparando para deixar Veneza.

— Para onde o mandou?

— Para um lugar acima de qualquer suspeita.

— Onde, Mark? Quero saber onde meu cunhado e Anne vão se meter!

— Mandei-os para Gilchrist.

Ela assentiu em silêncio e depois juntou as pontas dos dedos à frente do rosto, pensativa.

— É bem longe. Talvez o braço da Ordem não seja tão longo a ponto de alcançá-los na Irlanda — outra preocupação passou pelos olhos de Leila, fazendo-a erguê-los para Mark — e os documentos que compilamos em Svenhalla?

— Com Aswad.

A sarracena sorriu e estendeu a mão, apertando a do amigo.

— Pensou em tudo, não foi?

— Principalmente na segurança de nossos filhos.

— Muito bem — ela se levantou — então, deixe-me voltar para meu quarto. Antes que Ragnar comece a achar que desapareci.

Muito tempo depois de Leila sair pela porta, Mark ainda permanecia sozinho em seu gabinete, tentando imaginar como seria ter, realmente, um pouco de sossego.

A visão das linhas elegantes do Freyja trouxe um gosto amargo para Hrolf. Porém, ele logo abafou a dor e a contrariedade. Sorriu para sua mãe que, atenta ao seu lado, lia em sua expressão todo seu desalento.

— Ainda é tempo, meu filho — Gunnhild segurou a mão dele entre as suas —, vá atrás dela.

— Não, minha mãe. Jamila fez sua escolha sem sequer me dar a oportunidade de concordar ou não com ela. Meu lugar é aqui, ao seu lado.

Gunnhild deu um suspiro resignado, enquanto o filho se afastava da liteira para auxiliar no embarque. Fazia três dias que ele andava indócil como uma fera enjaulada, embora, ao lado dela, se mantivesse sereno e sempre solícito. Três dias desde que Jamila fugira da casa de Mark al-Bakkar e de Messina. Fora o próprio Mark quem dera a notícia a Hrolf. Uma carta onde Jamila o agradecia por tudo e desejava felicidades tanto para ele quanto para sua mãe. Curta, formal e distante.

Ao ler aquilo Hrolf teve tanta raiva de Jamila que julgou melhor que ela não estivesse por perto. Depois de tudo o que partilharam, depois daquela noite, ela simplesmente deixara sorrateiramente sua cama e fugira de Messina! E Abdul também partira, deixando para trás uma magoada Amira.

— Estamos prontos — avisou Ragnar ao passar por ele, tirando-o de suas lembranças amargas —, Björn quer aproveitar a vazante.

Afastando-se do marido, Leila foi até onde Terrwyn se despedia do irmão e da cunhada.

— Radegund — ela abraçou a amiga —, vou sentir saudades.

— Eu também — a ruiva recuou um pouco e acariciou a barriga da amiga. — Dê notícias, suas e do bebê.

— Darei sim. E espero que vocês se animem a deixar o sol da Sicília para fazer uma visita a Svenhalla — ela piscou um olho para Mark —, e quem sabe já levando mais um bebê para brincar com os meus.

Passando o braço pelos ombros da esposa, o mestiço sorriu.

— Prometo me dedicar com afinco a esta questão, Leila.

Björn acenou ao contramestre e as âncoras do Freyja começaram a ser puxadas para cima. Com um dos braços sobre os ombros de Terrwyn, ele sorriu ao sentir a madeira ranger sob os pés e ao ouvir os sons familiares de cordames sendo esticados e velas enfunadas. Em breve, leve e com pouco lastro, sua belezinha singraria o Mediterrâneo a toda velocidade.

Perto deles, debruçada sobre a amurada, Amira trazia os olhos fixos no porto, os pensamentos perdidos em seus sonhos desfeitos. Abdul a abandonara sem uma palavra de adeus. Junto com Jamila, deixara a casa de Mark al-Bakkar. Nunca em sua vida a sensação de solidão fora tão grande e tão esmagadora. Sem que se desse conta, as lágrimas começaram a rolar por seu rosto, enevoando a paisagem lá embaixo.

— Não fique assim, Amira — a voz suave de Leila atravessou a névoa de seus pensamentos. Com a mão pousada em seu ombro, ela tentava consolá-la — vai começar uma vida nova e, com certeza, encontrará a felicidade.

A resposta da moça foi um suspiro triste. Balançando a cabeça em desalento, Leila foi para o lado do marido, que trazia a sobrinha, Fiona, sobre os ombros.

— Dê tempo ao tempo, pequenina. Ela vai superar — ele olhou para um canto do convés, onde Hrolf fazia companhia à mãe —, já Brosa...

O tordilho resfolegava e se esforçava para manter o ritmo que o cavaleiro ditava. Com habilidade, ele conduzia o animal pelas ruas da cidade alta, descendo em disparada na direção do porto, os olhos grudados nos mastros cujas velas começavam a ser esticadas.

— Vamos, rapaz! Mais depressa!

Numa corrida vertiginosa, foi vencendo a multidão. Ao ouvir o galope, as pessoas automaticamente abriam passagem e imprecavam contra o louco que quase os atropelava. Na área aberta do porto, ele incitou o animal a um último esforço, até atingir a doca de onde o Freyja começava a se libertar. Erguendo os braços, berrou.

— Ei! Parem este navio!

Sobre Baco, do outro lado da praça, tendo Radegund à frente da sela, Mark observou o recém-chegado e sorriu.

— Pelo menos alguém recobrou o juízo...

— Vai ser uma cena e tanto... — completou Radegund, animada, acomodando-se entre as coxas do marido.

Descer da montaria com aquela perna não era fácil. Mesmo assim, ele se esforçou. Afinal, sempre fora exímio cavaleiro. Em suas veias corria um tanto de sangue beduíno, herdado de sua mãe. Depois do doloroso choque inicial e do esforço de apoiar o pé no chão, ele soltou a bengala da sela e respirou fundo. Em seguida, virou-se de frente e começou seu caminho na direção do Freyja.

Marchando resoluto, ainda que com dificuldade, Abdul parou no ancoradouro e apoiou-se firmemente na bengala que al-Fakhr arranjara, enquanto o capitão Björn Svenson erguia a mão, interrompendo o processo de soltarem as últimas amarras do Freyja.

Com as mãos crispadas sobre a amurada, Amira olhava diretamente para o homem lá embaixo. Por que fora até ali? Para ter certeza de que ela iria mesmo embora? Para machucá-la ainda mais? Para zombar do que ela sentia?

— Você tinha razão, Amira — gritou Abdul lá embaixo, sem se importar com a aglomeração de curiosos que se formava ao seu redor. — Tinha razão em tudo o que disse. Sou um idiota, um imbecil orgulhoso e arrogante que jogou fora a chance que a vida me deu de ser feliz!

— Aposto que a ruiva está lá embaixo dizendo — Ragnar cutucou o irmão, alguns passos atrás de Amira, imitando o sotaque normando e a voz de Radegund — *que ele é um asno cego e estúpido.*

Björn assentiu com uma risada e os dois continuaram prestando atenção no casal que se comunicava aos gritos.

— Você é mesmo um idiota, Abdul Redwan! E eu estou cansada de suas idiotices. Vá embora e me deixe em paz!

— Não vou embora coisa nenhuma, mulher — ele vociferou — vim como um louco de Catania até aqui para buscá-la e é isso o que vou fazer. Nem que tenha que nadar atrás deste maldito navio!

— Não vou a lugar nenhum com você. Você me destratou, escorraçou-me de sua vida e me mandou embora! Pois bem, é isso o que estou fazendo! Agora volte por onde veio, Abdul! Sua amargura já me feriu demais!

— Amira, saia já deste navio!

— Não saio! Não tenho razão nenhuma para fazê-lo.

— Tem sim, mulher tola! Eu amo você! E sei que também me ama!

— Não amo! — Teimou ela.

— Ama sim! Se não me amasse não teria me suportado quando nem eu mesmo me suportava — apoiando-se com mais força na bengala, ele falou num suplicante. — Perdoe-me Amira. Fique comigo, eu imploro. Eu amo você. Só estou vivo por você!

Atônita, Amira olhou ao redor. Vários rostos ansiosos e solidários a observavam. Pessoas que há pouco tempo eram desconhecidas, mas que a acolheram como se fosse da família. Entre elas, divisou Leila que, com um sorriso suave, encorajou-a a tomar a decisão que seu coração comandava. Com um olhar tímido, ela se voltou para Björn.

— Capitão...

O norueguês interrompeu sua fala com um gesto de mão e gritou para o contramestre.

— Desçam o escaler! — Voltando-se para Amira, tomou sua mão e beijou-a com galanteria, falando no idioma da moça — foi um prazer tê-la como passageira, mesmo que por tão pouco tempo.

Abdul pensou que seu coração fosse explodir, ou parar de bater, quando viu o escaler descendo com Amira a bordo. Um marinheiro vinha com ela, conduzindo os remos. Atracou o pequeno barco junto ao cais e ajudou a moça a desembarcar, colocando sua pouca bagagem sobre a doca. Depois, com um cumprimento em sua língua nativa, voltou ao barco. Parada a poucos passos dele, Amira o aguardava. Abdul sabia que o primeiro movimento teria que ser dele.

Orgulhosamente, apoiado na bengala, foi se aproximando dela. Mancando, sim. Mas andando com os próprios pés. E nada lhe deu mais orgulho em toda sua vida do que a pequena caminhada em direção à mulher que ele amava. Fixou os olhos nos dela, inundados de amor. Tomou sua mão, levando-a aos lábios num beijo reverente. Sua voz soou baixa e aveludada, como a mais doce das carícias.

— Perdoe-me. Por tudo o que a fiz sofrer, por todas as mentiras que disse sobre não querer você. Eu quis afastá-la de mim, achando que seria um estorvo em sua vida. Mas na verdade, eu estava sendo muito egoísta. Agora eu me coloco em suas mãos — ele engoliu em seco e seu olhar se tornou mais intenso — e imploro seu perdão e seu amor.

— Ah, Abdul — ela se atirou em seus braços, as lágrimas descendo pelo rosto — seu tolo, cabeça-dura! Claro que eu o perdoo! Eu te amo! E ficaria com você mesmo que jamais pudesse andar ou se mover de novo. Nada disso me importa, só quero ter você ao meu lado.

Encarando-a, ele perguntou.

— Quer ser minha esposa?

Os olhos verdes brilharam como um par de esmeraldas sob o sol. Ela ergueu uma das mãos e envolveu a face dele, marcada por cicatrizes, provas de tudo o que sofrera, do preço que pagara para libertá-la de Ghalib. Porém, além das marcas exteriores, Amira enxergava seu coração renascido, o homem que Abdul sempre fora e que sempre ocultara de todos. O homem que ela amava.

— Sim — disse apenas.

Exultante, Abdul a abraçou. Sua boca se uniu a dela num beijo que traduzia a incerteza de ser perdoado e o júbilo por tê-lo conseguido. Naquele beijo, ele entregou definitivamente seu coração à Amira. E enterrou de vez seu passado. Ao redor dele, e lá do convés do Freyja, uma profusão de palmas, gritos e assobios entusiasmados os embalou.

Bergen, Dezembro de 1196

Cara amiga, espero em Nosso Senhor que esta carta a encontre bem.

A paisagem da Noruega é aquela da qual deve se recordar. Uma mistura de branco, azul e cinza, estranha e assustadoramente bela. Meu bebê nascerá em janeiro, acho que algumas semanas depois do dia de Reis. E Ragnar praticamente não me deixa dar um passo sem que esteja em meus calcanhares.

Terrwyn envia lembranças. Com o inverno, meu cunhado e ela ficam em terra e este ano passarão o Natal conosco. Ela manda dizer que está grávida e que seu bebê virá na primavera.

Nosso amigo Hrolf agora é o senhor de uma herdade. Apesar de termos chegado após o Dia de Todos os Santos, ficou mais do que provado seu direito à herança. Naturalmente, o peso da influência svensoniana também falou alto junto ao rei e ao arcebispo. Afinal, embora ilegítimo, Ragnar ainda é um príncipe. Hrolf agora é o senhor de Månehaug e adotou o nome de Hrolf Arnsson.

Infelizmente, a senhora Gunnhild não viveu para ver o filho assumir o legado que lhe era de direito. A pobre faleceu ainda na costa da França, pouco depois de passarmos por Caen, sucumbindo à enfermidade que a consumiu desde que ainda estava na Noruega. E Hrolf, que já andava melancólico e taciturno, tornou-se ainda mais fechado. Temo por ele, temo que mergulhe de novo na amargura e jamais se recupere...

Que Alá, o Clemente e Misericordioso, a abençoe,

Leila

Messina, Novembro de 1196

...então, minha cara amiga, é esta a situação. Depois de muito refletir, decidi lhe escrever. Ainda aguardo notícias suas. Sabendo como demoram as correspondências, talvez uma carta sua cruze com a minha ainda no Grande Mar.

Mark avisa que a encomenda enviada a Gilchrist chegou em perfeito estado.

Vou aguardar as novidades. Nosso tempo é escasso.

Sua amiga e irmã no coração,

Radegund.

MESSINA, MARÇO DE 1197

Lúcifer resfolegou por trás da baia quando a dona se aproximou. Seu focinho negro debruçou-se sobre a trave de madeira e cutucou a túnica de Radegund. As ventas dilatadas estremeceram e ele soltou um relincho baixo.

— Não posso esconder nada de você, não é mesmo, seu malandro?

Revelando a maçã que escondera nas dobras da roupa, Radegund partiu-a com a mão e foi dando os bocados ao animal, que saboreou o petisco com gosto. Depois que terminou de comer, cheirou de novo as roupas de sua dona, a procura de mais agrados.

— Chega, rapaz. Senão vai ficar gordo e preguiçoso como um barão.

— Eu não sou gordo — sussurrou uma voz de barítono em seu ouvido, enquanto o braço de Mark a envolvia pela cintura, puxando-a para trás — nem preguiçoso.

— Mark!

— Queria que você me mimasse como mima este cavalo — ele esfregou o nariz em sua orelha. — Procurei por você e Iohannes me disse que estava aqui.

— Aconteceu alguma coisa? — Ela se voltou para ele, sem sair de seu abraço.

— Não, mas vai acontecer.

— Do que está falando? — Indagou, curiosa com o tom misterioso.

— Hum — ele fingiu pensar enquanto a empurrava para uma baia vazia —, talvez eu conte depois...

— Depois?

— Sim, depois que fizer algo que sempre quis fazer.

Radegund franziu o cenho.

— E o que seria, *sire*?

Ele fechou a baia, sem soltá-la. Depois, completou, com a boca quase grudada na sua.

— Sempre quis saber como era rolar no feno com uma baronesa.

Encostada à parede, Radegund ergueu o rosto e ofereceu a boca ao marido. Os lábios dele tocaram os seus, dando-lhe a sensação de que grandes labaredas afastavam o friozinho do final de inverno. Apartou as pernas para se equilibrar-se e uma das coxas dele meteu-se entre elas. As mãos dele insinuaram-se sob a túnica e a camisa de baixo, alcançando um seio. Radegund ofegou e agarrou os cabelos do marido, puxando-o mais para perto. A temperatura elevou-se ainda mais.

— Garota, adoro beijar você!

Segurando-a pelas nádegas, ele se esfregou nela. Radegund teve a certeza de que o feno iria incendiar. Um dos ombros da túnica desceu pelo braço e, de alguma forma, sem se afastar dela, ele conseguiu baixar a cabeça e cobrir um dos seios com a boca. Uma de suas pernas se enroscou na dele, oferecendo um contato ainda mais íntimo.

— Está me deixando louca, *sire*!

Fazendo o caminho de volta até sua boca, ele murmurou, mordiscando seus lábios.

— Ainda não viu nada.

Erguendo-a contra a parede, fez com que o envolvesse com as pernas e recomeçou a sessão de beijos e carícias.

— Isso seria melhor sem as roupas — ela resmungou.

— Esta é segunda parte do meu plano — respondeu ele, antes de beijá-la de novo, fazendo-a perder o fôlego.

— Santo Deus!

A voz chocada e o barulho estridente de metal se chocando contra as pedras interrompeu o interlúdio. Lúcifer relinchou na baia ao lado e esticou o pescoço por cima da divisória, encarando-os como se os repreendesse pela travessura.

Olhando por sobre o ombro, Mark viu o cavalariço que os flagrara com o rosto vermelho de vergonha, totalmente sem ação. Aos pés do rapazola, um balde jazia em meio a uma poça d'água. Sorrindo, ele ajeitou a túnica da mulher antes de se afastar um pouco e perguntar.

— O que foi, rapaz?

— *Me-messire*, pe-perdoe-me... — gaguejou o garoto — é que... mestre Iohannes mandou avisar... há uma visita... nos portões. Disse que é urgente.

— Diabos, esqueci completamente...

Com um suspiro resignado, Mark sorriu para o rosto afogueado da mulher. Ela lhe devolveu um olhar de troça, erguendo a sobrancelha. Divertido, ele retirou um fiapo de feno dos cabelos vermelhos e ofereceu-lhe o braço, perguntando.

— Por que será, garota, que tenho saudades da época em que éramos apenas soldados?

Com um sorriso maroto, ela respondeu.

— Sabe que às vezes me faço a mesma pergunta, *sire*?

Jamila aspirou os perfumes familiares do jardim e afagou o ventre crescido. Muitos meses haviam passado... Seis, para ser mais exata. Seis meses de solidão, tristeza e vazio em seu coração. A única coisa que preenchia aquele espaço e que lhe dava uma razão para viver era a certeza de ter feito a escolha certa. E, naturalmente, a presença do fruto de seu amor por Hrolf crescendo em seu ventre. Ainda assim, não houve como evitar as lágrimas derramadas noite após noite sobre o travesseiro. E foi impossível não achar a cama enorme e fria demais nas noites de inverno.

O bebê se mexeu em seu ninho aquecido e seguro, fazendo-a sorrir. O sorriso, no entanto, morreu em seus lábios ao se lembrar do pai daquela criança. Onde Hrolf estaria? Teria tomado posse de sua herança? Teria se esquecido dela? Teria encontrado uma mulher mais interessante em sua terra e a desposado, esquecendo-se de vez da jovem tola e apavorada que se entregara a ele numa noite de tempestade? Talvez tivesse se casado com uma conterrânea, tão loura e de olhos tão claros quanto os dele. Talvez sequer se lembrasse mais dela. Talvez até a odiasse por tê-lo abandonado sem maiores explicações.

Sua mão procurou automaticamente a bolsinha pendurada em seu pescoço. Em meio a tudo o que acontecera meses atrás, aquilo permanecera com ela. Uma espécie de amuleto, uma lembrança dos dias distantes em que estivera nos braços do homem que amava de todo coração. Com um suspiro, Jamila fechou os olhos, tentando reter as lágrimas que teimavam em rolar deles.

O som da fonte abafou o ruído dos passos vindo detrás dela. Apenas quando a mão firme e calejada tocou seu ombro, ela se voltou, sobressaltada. A figura máscula, envolta num manto de lã, encheu todo seu campo de visão. E ao mesmo tempo em que ela balbuciava seu nome, ele olhava para a evidência de sua gravidez.

— Hrolf...

Ele estava mais magro e abatido, foi a primeira coisa em que reparou. Seu desalinho espelhava o cansaço que via em seu rosto. A barba estava sem fazer há alguns dias e as roupas, apesar de caras, estavam amarrotadas e empoeiradas. Nos olhos dele ela podia ler estupefação, fadiga e dor.

— Co-como... — ela conseguiu balbuciar.

— Amira avisou Radegund, quando ela e seu irmão desconfiaram da gravidez. A ruiva, por sua vez, escreveu à Leila. E eu voltei direto de Bergen para cá. — Ele fez uma pausa — desembarquei ontem em Messina e passei a noite na casa de Bakkar.

Trêmula, Jamila só conseguia olhá-lo. Além de todos os traços evidentes de cansaço, havia também uma mágoa enorme e palpável, que tornava a atmosfera entre eles pesada, e o silêncio, constrangedor.

— Eu... — ela tentou falar, mas sua boca estava seca e as palavras lhe fugiam.

— Em todos esses meses — ele a interrompeu sem tirar os olhos dos dela — eu me perguntei o porquê. Desde o momento em que acordei sozinho, naquela manhã, até agora... por que, Jamila?

Aquela era a hora da verdade. Levantando-se, ela levou a mão ao colo, agarrando a bolsinha de couro como se fosse um amuleto de proteção. Seu coração batia num ritmo tão acelerado que parecia querer saltar do peito. Respirar tornou-se algo penoso, feito em longos haustos.

— Eu os ouvi, no pomar, naquela tarde. Ouvi a senhora Gunnhild dizendo que ficasse — as lágrimas voltaram a descer por seu rosto. — Não era justo, Hrolf. Não era justo que sua mãe abdicasse do tempo que lhe restava com você! Eu não podia me interpor entre vocês. Não podia separar você dela.

Dando um passo à frente, ainda com o rosto fechado numa expressão severa, ele a segurou pelos ombros e indagou.

— Por que não me deu o direito de escolher, Jamila? Por que não me perguntou o que *eu* queria? — Ele olhou para sua barriga crescida — e acima de tudo, por que negou ao meu filho o direito de ter um pai? Tem ideia do inferno em que vivi, do que passei para chegar aqui antes que essa criança nascesse bastarda? Se Radegund não tivesse escrito a Leila, se a carta se perdesse... eu jamais saberia!

Sem perceber, ele apertara as mãos em torno dos braços enquanto falava, fazendo-a se encolher e soltar a bolsinha.

— Eu sinto muito... — ela balbuciou no mesmo instante em que os olhos dele foram atraídos para o pequeno objeto.

Uma das mãos deixou os ombros dela e segurou o saquinho de couro, seu velho conhecido, um pequeno pacote de tristes lembranças que ele, numa época em que a esperança se reacendera em seu coração, deixara para trás.

— Você o tem... — constatou surpreso — como?

A mão delicada cobriu a dele, que ergueu o olhar novamente, reencontrando o dela.

— Nunca me separei dele, depois daquela noite. — Oh, Deus! Ele precisava acreditar nela! — Assim como, em meu coração, nunca me separei de você.

Uma emoção intensa brilhou no fundo dos olhos cinzentos. Vários pensamentos surgiram na mente de Hrolf ao mesmo tempo. Entre eles, apenas uma certeza.

A raiva se dissipou. Segurando o couro macio entre os dedos, ele ficou calado por muito tempo. E quando falou, o fez num tom baixo, como se o fizesse para si mesmo.

— Eu perdi tempo demais afogado na amargura. Tive tristeza demais para uma vida só — num gesto inesperado, ele passou a mão por trás do pescoço de Jamila e desatou o nó que prendia a bolsinha — está na hora de deixar o passado para trás e começar de novo. — Estendeu a mão para ela e pediu — venha comigo.

Ainda sem saber o que fazer, ela o seguiu. A mão presa na dele absorvia cada migalha de calor, desejando ardentemente que ele a estreitasse nos braços para sempre. Foram até um dos muros do jardim, que se debruçava sobre o rochedo no alto do qual a casa se erguia. Ali, ele ergueu a mão de Jamila e despejou em sua palma o conteúdo da bolsinha. O odor adocicado das cerejeiras penetrou nas narinas de ambos. As pequenas pétalas secas repousaram em sua mão, acariciando a pele. A voz de Hrolf atraiu seu olhar.

— Isso me acompanhou de Iga até aqui. Até aquela noite em que eu a amei. Pensei que nunca mais fosse vê-lo. E agora que o vejo...

Ele não concluiu a frase. Apenas sorriu e ergueu a mão de Jamila. Soprou as pétalas e a brisa se encarregou de levá-las embora. Emocionada, Jamila tomou as mãos grandes entre as suas e pediu.

— Perdoe-me.

— Ah, Jamila! — Ele finalmente a abraçou, afagando seus cabelos, sentindo seu perfume e seu calor — eu amo você! Posso ter estado magoado, até enraivecido por um tempo, mas nunca deixei de amar você. E não vou deixar que meu orgulho me tire a chance de ser feliz ao lado de você e do nosso filho. Uma vez você me disse que o orgulho é irmão gêmeo da solidão — ele a fez erguer o rosto — e eu me recuso a ter a solidão como companheira pelo resto da vida quando posso ter você.

— Hrolf — ela segurou o rosto dele entre as mãos, memorizando cada linha, cada traço — eu o amo. Fiz o que fiz por amar você, por que naquele momento, achei que era o melhor a fazer.

— Eu sei — ele a abraçou — seu coração é doce demais Jamila. E sua generosidade é a maior que já conheci em toda vida. E agora — ele beijou suavemente sua fronte — pode responder a uma pergunta?

Ela acenou com a cabeça, assentindo.

— Quer ser a esposa deste velho lobo solitário?

Um sorriso iluminou o rosto de Jamila.

— Sim — ela sussurrou, tão feliz que mal conseguia falar —, mil vezes sim!

EPÍLOGO

"Por teu amor com o tempo, então, guerreiro,
E o que ele toma, a ti eu presenteio."

SONETO Nº15, WILLIAM SHAKESPEARE.

ma onda mais forte lambeu a praia, fazendo Elizabeth correr para a areia seca dando gritinhos de alegria. Luc, num andar cambaleante, tentou alcançar a irmã, mas estatelou-se no chão. Sem nenhum pingo de orgulho, abriu a boca, onde havia já alguns dentinhos, e começou a chorar. Logo conseguiu o colo acolhedor do pai, que o ergueu nos braços, girando-o pelo ar. Em segundos, o choro sentido transformou-se em vibrante alegria, com Luc agitando os bracinhos, impaciente para se juntar à irmã em suas travessuras. Deixado sob o olhar da ama, agarrou um punhado de areia e o esfregou nos cabelos. As risadas dele e de Lizzie misturaram-se aos gritos das gaivotas e ao som das ondas.

— Eles se divertem demais quando vem aqui — comentou Radegund quando ele se juntou a ela numa caminhada à beira da praia.

Lançando mais um olhar aos filhos, Mark respondeu.

— Eu também. Hrolf mandou notícias?

— Não creio que tenha se lembrado disso em plena lua-de-mel. — Mark apenas sorriu e ela continuou — nem parece que faz um mês que se casaram!

— O tempo passa depressa demais — ele comentou de forma grave, o sorriso se apagando gradativamente.

Ela nem precisaria ter prestado atenção ao tom de voz dele para saber que havia algo de errado naquele dia perfeito. Sentia dentro de si a apreensão de Mark.

— Conte-me.

Passando o braço por seus ombros, ele continuou caminhando ao lado dela.

— A sombra de D'Arcy paira sobre nós. E quem poderia nos esclarecer a respeito dele, sumiu — ele fez uma pausa enquanto saltavam algumas rochas e depois prosseguiu, pegando sua mão. — Kamau perdeu a pista de Adela, mas vai continuar a busca. Parece que virou uma questão pessoal para ele. Einar e Anne estão em segurança com Gilchrist, em Cully, mas não sei até quando. E não posso contar com nossos contatos na Sociedade sem expor a identidade de Scholz e o ardil de Leila. Além disso...

— Ainda há mais? — Ela ergueu uma das sobrancelhas.

— Sim — ele parou e a envolveu num abraço, olhando em seus olhos —, há rumores de que, a cada dia que passa, a influência dos *bons-hommes*[60] cresce no Languedoc. Temo uma contrapartida de Roma.

O Languedoc, o coração da Sociedade. Uma *contrapartida*. Uma Hoste cristã lambendo a região como uma língua de fogo e sangue, devastando tudo o que estivesse pela frente. Mais guerra.

— Pressente problemas? — Ela perguntou, tensa.

— Talvez. Não agora, mas no futuro... — ele silenciou e sorriu, observando o sol que começava a se pôr. Voltou-se para Radegund, o olhar amoroso. A voz se tornou suave, tranquilizando-a — mas por enquanto, vamos viver o presente. Um dia de cada vez.

Porém, ainda havia uma pergunta.

— E se a Sociedade cair?

— Então... — ele deu de ombros, enquanto uma onda apagava as pegadas que eles deixaram na areia. Abraçando-a, encostou o queixo no alto de sua cabeça e murmurou — *maktub*. Será o que estiver escrito.

FIM

O SOL E A SOMBRA

Escrever **"Corações Sombrios"** foi um grande desafio. Desde sua primeira versão, finalizada em 2007, até agora, passaram-se treze anos. Daquele esboço muita coisa foi editada (leia-se: cortada sem dó!) e muitas outras foram acrescentadas para que a trama do livro ao menos refletisse parte do esplendor de um dos Reinos mais peculiares que já existiu. O Reino da Sicília. Seu brilho, sua exuberância, sua riqueza, sua política de tolerância e cooperação foram um exemplo ímpar que, ainda hoje, não possui paralelos. Não por acaso o historiador e documentarista inglês *John Julius Norwich* (1928-2018) intitulou o segundo volume de *"The Normans in Sicily"* de *'The Kingdon in the Sun'* – "O Reino ao Sol". Levar a trama do livro para a Sicília acabou sendo, por si só, um jogo de palavras e ideias, onde a luz do sol da ilha mediterrânea se opõe às sombras nos corações dos personagens, intensificando-as.

Desafiador também foi colocar personagens já tão conhecidos em papéis bem diferentes daqueles que as pessoas se habituaram a ler. Nesta história há vários antagonistas, além de Ghalib. A maioria deles estão dentro dos próprios personagens. E enquanto escrevo esse comentário, também percebo o quanto de mim entreguei a vocês. Pois a cada *sombra* revelada por um personagem, houve também uma parte de meu ser que foi iluminado.

Deixo minha gratidão à **Historiadoras e Historiadores** de todo o mundo. Graças a essas pessoas e aos trabalhos que li em variadas publicações e idiomas, consegui (re)construir um pedacinho daquele tempo.

Gratidão, novamente, à **Elimar Souza**, historiadora, revisora, amiga e consultora e à **Sara Vertuan**, designer e diagramadora responsável pela identidade visual da série, cujo carinho e dedicação ao projeto fazem toda a diferença.

Gratidão à minhas **parceiras, blogueiras e *instagrammers*** que ajudam na divulgação do trabalho por AMOR à Literatura.

Gratidão a você, **leitor ou leitora**, que chegou até aqui comigo nesta incrível viagem que é produzir um livro.

E GRATIDÃO a cada professora ou professor que me ensinou e incentivou ao longo de minha vida.

DRICA BITARELLO, PRIMAVERA DE 2020

Senhora dos
DRAGÕES

RADEGUND LIVRO VI

SICÍLIA, FRANÇA E IRLANDA, 1197

LEALDADES DIVIDIDAS, SEGREDOS REVELADOS.

A rede de intrigas entre o Templo e a Sociedade ameaça novamente a paz de Mark e Radegund. E o mal que jazia latente no coração de um bravo finalmente despertará, lançando sua terra numa era de escuridão e miséria.

Quando Gilchrist começa a se comportar de forma estranha, os sonhos voltam a assaltar Ulla. A chegada de uma mulher ao castelo Cully, salva por Dermott, o homem de confiança d'O O'Mulryan, trará à tona o maior pesadelo da norueguesa. O Dragão acordou de seu longo sono...

Uma mentira rompe a harmonia e anos de cumplicidade entre Mark e Radegund, levando o mestiço a abandonar o lar, a mulher e os filhos. Inconformada, a guerreira ruiva sai no encalço do companheiro, envolvendo-se num jogo arriscado que a levará da ensolarada Sicília à sombria Irlanda em busca do mais perigoso assassino do Templo, Chrétien D'Arcy.

Tomado pelo desespero após ser abandonado por Leila, Ragnar corre contra o tempo. Todas as pistas apontam para o coração da Sociedade, no Pays D'Oc. O maior segredo de sua mulher foi descoberto! A Sociedade clamará pelo sangue de Leila para lavar a própria honra.

Num romance épico e arrebatador, chega ao fim a saga de Radegund!

†

TIPPERARY, IRLANDA, INVERNO DE 1168

Por detrás dos carvalhos, seus olhos acompanharam o clamor das vozes iradas e o desespero da mulher atada à estaca. Ele se traduzia não por gritos desesperados, mas sim por um silêncio angustiante e opressivo. Lentamente as chamas envolveram a mulher. Sufocaram-na e queimaram sua pele de alabastro, desfiguraram seu rosto angelical. Consumiram aquela que era um exemplo de ternura e bondade para o povo de Cully, e também para seu próprio povo.

A mão da anciã, pousando em seu ombro magro, fez com que desse um salto, assustada. Mas nenhum som escapou de seus lábios. Desde que começara a engatinhar fora treinada para controlar as mínimas reações para que pudesse sobreviver.

Naquela época os mais velhos contaram a ela e às outras crianças que, há tempos atrás, antes dos cristãos chegarem àquela terra, os bosques eram deles, de sua gente. Caçavam, plantavam, dançavam e celebravam à luz do crescente e das fogueiras. Hoje, nada mais disso existia. A realidade era uma mescla de opressão e dor, ressentimento e desconfiança. Sua tribo se resumia a um punhado de gente faminta e cansada, que se esgueirava de gruta em gruta, tentando sobreviver.

— Olhe bem, menina. É uma das nossas, uma filha de nosso povo. Ela pensou que o amor dele fosse salvá-la. E veja só no que deu. — Os olhos sábios e profundos da velha encararam os seus, cor de violeta — venha, temos ainda uma missão. Daghda, o Pequeno Dragão, deve vir conosco.

— E o outro, avó? O outro menino? — Argumentou, lembrando do garoto de cabelos avermelhados. — Ele é bom. Deixa-nos pão e frutas perto das árvores.

— Esse deve seguir seu caminho — a anciã se abaixou e pousou a mão nos seus ombros esquálidos. — E você deve ficar longe dele, Nimue. Ele é um dos usurpadores. *Jamais* confie neles.

Dermott ocultou-se nas sombras por detrás de uma tapeçaria e observou a confusão que se instalara no grande salão dos O'Mulryan. Tentou enxergar por entre as lágrimas que teimavam em escorrer de seus olhos.

Por que haviam feito aquilo à Morgan? A esposa de seu tio era uma boa mulher! Por quê? E seu primo, Gilchrist, onde estaria? Correu pelos cantos, esgueirando-se com cuidado, até chegar às escadas. Subiu apressado. Localizou as portas do aposento onde Chris dormia e, ia caminhando para lá, quando sombras furtivas que vinham pelo corredor o fizeram recuar.

Uma anciã, vestida com roupas rústicas e com uma tira de couro prendendo os cabelos na testa, parou diante da porta. Tinha ao seu lado uma menina magra, de cabelos pretos, que aparentava ter não mais do que uns cinco anos de idade. A velha apontou a fechadura para a menina, que a tocou com as pontas dos dedos. Num passe de mágica, a porta se abriu. Dermott conteve uma exclamação abafada, enquanto seu primo aparecia à porta, já com um manto nos ombros, como se esperasse pela velha senhora. Sereno, mas ainda com os olhos inchados de tanto chorar, ele seguiu a anciã pelos corredores. Dermott fez menção de correr atrás dele, mas no momento em que deu um passo, a menina olhou diretamente para ele, como se soubesse, desde sempre, onde ele se ocultara.

Seu olhar cruzou com os olhos dela, límpidos, conhecedores, cristalinos. Olhos que guardavam o peso e a sabedoria de eras. Olhos de adulto numa criança, de um tom excepcional e único de violeta.

Um arrepio percorreu sua espinha, fazendo com que se encolhesse. Em sua mente ecoava uma palavra.

Destino.

Quando deu por si, os três já haviam sumido.

Dermott soube que jamais esqueceria aquela noite. Ou aquele olhar.

APÊNDICE

Os versos em latim que abrem as três partes deste livro são do poema *"O Fortuna"*, que faz parte dos manuscritos dos monges goliardos conhecidos como *"Carmina Burana"*, dos séculos XI e XII. O compositor alemão Carl Orff tornou-o famoso em todo o mundo ao incluí-lo no prólogo e no final de sua cantata *"Carmina Burana"* (1937) como *"Fortuna Imperatrix Mundi"*. Segue o poema completo em tradução livre.

I

O Fortuna
Velut luna
Statu variabilis,
semper crescis
aut decrescis;
vita detestabilis
nunc obdurat
et tunc curat
ludo mentis aciem,
egestatem,
potestatem
dissolvit ut glaciem.

I

Ó Fortuna
como a lua
mutável,
sempre crescendo
e minguando;
vida detestável
ora oprime
ora cura
para brincar com a mente,
a miséria
e o poder
ela os funde como gelo.

II

Sors immanis
et inanis,
rota tu volubilis,
status malus,
vana salus
semper dissolubilis,
obumbrata
et velata
michi quoque niteris ;
nunc per ludum
dorsum nudum
fero tui sceleris.

II

Sorte monstruosa
e estúpida,
roda volúvel,
sucedem-se a doença,
e a enganosa saúde
sempre dissolúvel,
nebulosa
e velada
também me atormentas;
agora por brincadeira
meu dorso nu
ofereço aos teus golpes.

III

Sors salutis
et virtutis
michi nunc contraria,
est affectus
et defectus
semper in angaria.
Hac in hora
Sine mora
corde pulsum tangite ;
quod per sortem
sternit fortem,
mecum omnes plangite !

III

A saúde
e a virtude
agora me são contrárias,
dá
e tira
mantendo sempre escravi-
zado.
Nesta hora
sem demora
tange a corda vibrante;
porque o destino
abate o forte,
chorai todos comigo !

NOTAS DE FIM

<1> — *Compagnia: do italiano. "Sociedades comerciais, gerais ou coletivas, de origem familiar onde todos tinham representação e respondiam pessoal e solidariamente pelos atos praticados em nome da sociedade, compartindo os riscos da atividade. ". Definição da Prof.ª Dr.ª Vera H. de Mello Franco.*

<2> — Samarcande: [Samarcanda] *uma das cidades mais antigas do mundo, fundada, aproximadamente, em 700 a.C. Conquistada pelos árabes em 712, foi invadida pelos chinesas e retomada em 751 pelos os árabes. Estes capturaram os artesãos chineses que dominavam a fabricação do papel. À partir de então esta atividade floresceu e tornou Samarcande o primeiro centro de fabricação deste item no mundo islâmico. A cidade é famosa também por estar no centro da Rota da Seda entre a China e a Europa e por ser um tradicional centro de estudos islâmicos. Atualmente Samarcanda é a segunda maior cidade do Uzbequistão.*

<3> — Liteira: *cadeira coberta e fechada, montada sobre duas longas hastes e carregada por duas pessoas ou dois animais. Usada como meio de transporte de pessoas abastadas desde a Antiguidade.*

<4> — Villa: *tipo de propriedade rural, cuja origem remonta ás casas de campo das famílias abastadas da Roma antiga. Na Sicília essas propriedades incorporaram à herança romana, traços das arquiteturas árabe e bizantina. Abrangiam, além da casa senhorial, pequenas residências de empregados e arrendatários, plantações, estábulos e algum nível de fortificação, como muros e portões guarnecidos.*

<5> — Bimaristan: *(ou maristan) palavra de origem persa que significa "hospital". Uma das maiores e mais originais realizações institucionais da sociedade islâmica clássica, o bimaristan oferecia uma ampla gama de serviços, às vezes sem pagamento de taxas, e também funcionava como uma escola de pesquisa médica e de ensino. O primeiro bimaristan foi estabelecido em Bagdá no califado de Harun al--Rashid (c. 786 — 809). Entre os mais ilustres estavam o hospital Adudi, do século XII, em Bagdá, e o hospital Mansuri, no Cairo, concluído em 1284. Este último contava com uma grande equipe administrativa, auditórios, uma mesquita, uma capela, uma rica biblioteca e atendentes masculinos e femininos. Também possuía redes separadas de enfermarias para febres, oftalmologia, cirurgia e disenteria; também tinha uma farmácia.*

<6> — Seculares: *do latim eclesiástico |saeculāris|: profano, mundano.* **Segundo definição do Dicionário Houaiss da Língua Portuguesa:** *"que ou aquele que vive no século, no mundo, que não fez votos*

religiosos, que não está sujeito à ordens monásticas (diz-se de eclesiástico ou freira que participa do século, da vida civil)".

<7> — Usurário: agiota. A doutrina da Igreja Católica Medieval condenava a prática da usura – empréstimo a juros. O Segundo Concílio de Latrão, em 1139, excluiu os usurários da Igreja e o Terceiro Concílio (1179) os excomungou. Apesar disso, e devido à escassez de crédito e à expansão do comércio, a prática era comum principalmente entre os não católicos.

<8> — Revoltas de 1161/1162 no Reino da Sicília: conforme descreve John Julius Norwich "...todos aqueles eunucos que não podiam compensar sua fuga foram esfaqueados; o harém — deixado sem defesa — foi arrombado, suas internas arrastadas gritando ou violadas no local. O massacre dos eunucos introduziu um elemento novo e sinistro na situação. O partido aristocrático há muito que se opunha ao que considerava uma influência desproporcional dos muçulmanos na corte. O sucesso inicial do golpe liberou um ódio reprimido contra toda a comunidade islâmica. De repente, nenhum sarraceno estava seguro. Mesmo aqueles que trabalhavam inocentemente no diwan, na casa da moeda e em outros escritórios públicos tiveram que fugir por suas vidas; vários artistas e sábios muçulmanos que William, como seu pai, acomodaram permanentemente no palácio — entre eles um dos mais ilustres poetas árabes de sua época, Yahya ibn at-Tifashi — foram caçados e mortos; enquanto na parte baixa da cidade uma multidão cristã desceu sobre o bazar, forçando todos os comerciantes e comerciantes árabes, que desde as derrotas africanas de 1159 a 60 tinham sido proibidos por lei de portar armas, a se retirarem para os bairros muçulmanos da cidade, onde as ruas estreitas lhes davam a proteção necessária."[...] "Os dois nobres responsáveis, Tancred de Lecce e Roger Sclavo, deixaram Caccamo a tempo e se retiraram para o sul da ilha, tomando Piazza e Butera e deliberadamente agitando as comunidades lombardas locais contra o campesinato muçulmano. O terror se espalhou até Catania e Siracusa. Em muitas áreas, os sarracenos escaparam do massacre apenas disfarçando-se de cristãos e fugindo; mesmo quando a ordem foi reestabelecida, poucos retornaram às suas casas anteriores."[...] "O respeito que, apesar de toda agitação, a maioria das populações locais sentira pelo governo central, foi doravante tingido com um novo medo doentio; a harmonia que os dois (reis) Rogers haviam trabalhado tanto para criar entre seus súditos cristãos e muçulmanos foi destruída para sempre." Em The Kingdon in the Sun: the normans in Sicily. Vol. II. Pp 226, 234-235 e 238.

<9> — Mamluk: palavra árabe que originalmente significava "escravo", mas que se tornou a denominação de uma classe guerreira muçulmana que perdurou por quase mil anos a partir do século VII. Significava um soldado originalmente comprado como escravo, educado e treinado e finalmente empregado como profissional em tempo integral.

Eram escravizados ainda jovens, às vezes meninos, entre povos turcos, coptas egípcios, circassianos, abkhazianos e georgianos. Havia também muitos mamluks nativos dos Bálcãs: albaneses, gregos e eslavos do sul. Por causa de seu status social isolado (sem laços familiares, sociais ou afiliações políticas na sociedade muçulmana) e seu treinamento militar austero, eles eram confiáveis para serem leais a seus governantes. Do século VIII ao século XVI, os mamluks formaram o núcleo da maioria dos exércitos muçulmanos. A arte da cavalaria dos mamluks era chamada furusiyya e abrangia a equitação e domesticação, a hipologia e o conhecimento veterinário, a arte e a tecnologia militares, a formação do cavaleiro, a arte da caça e os esportes de destreza, como a natação. A estas práticas se anexava ainda um código de virtudes cavalheirescas, além de formação em filosofia e o estudo do Alcorão.

<10> — Qara-Khitai: *também conhecido como Liao Ocidental, foi um império Kitai na Ásia Ocidental, onde hoje fica o Cazaquistão.*

<11> — Completas: *as completas fazem pare das horas canônicas, correspondendo às nove horas da noite. Essas horas canônicas eram marcadas por toques dos sinos e foram introduzidas pela Igreja Católica. Dividiam o dia em oito partes, que correspondiam aos momentos de serviços religiosos. São elas:* laudes *(alvorecer),* primas *(seis da manhã),* terças *(nove da manhã),* sextas *(meio-dia),* nonas *(três da tarde),* vésperas *(pôr-do-sol),* completas *(nove da noite) e* matinas *(meia-noite). A instituição dos toques regulares dos sinos, para avisar aos fiéis desses momentos dedicados ao Ofício Divino, é atribuída ao Papa Sabiniano (pontificado de 604 a 606).*

<12> — Sicilianu: *língua românica falada na Sicília e Régio-Calábria. Distinto o suficiente do italiano para ser mais do que um dialeto, é reconhecida pela UNESCO como um idioma minoritário. Bastante rica, reflete a multietnicidade da região. Apesar de antigo e falado pela maioria dos sicilianos, não é o idioma oficial da Sicília e nem possui uma norma regulamentar oficial.*

<13> — Tancred de Lecce: *neto ilegítimo do rei Roger II e sobrinho de Constance. Embora ilegítimo, Tancred tinha o apoio da aristocracia da Sicília, que relutava em ver o reino unido ao Sacro Império de Henry VI, marido Constance. Foi coroado em 1190, dando início a uma série de disputas e batalhas que terminaram somente com sua morte, em 1194.*

<14> — Saqāliba: *palavra árabe historicamente usada para denominar os nativos do Norte da Europa, abrangendo eslavos, escandinavos e germânicos.*

<15> — Hammam: *casa de banhos onde há piscinas tanto aque-*

das quanto frias para limpeza e relaxamento. Podem ser públicos ou privados. Sua origem remonta aos romanos e até hoje fazem parte da cultura do mundo árabe e turco.

<16> — Dinastia Hauteville: *de origem normanda, reinaram na Sicília de 1130 até 1194, quando a ilha caiu nas mãos da dinastia suábia dos Hohenstaufen. A era Hauteville foi marcada como a era de ouro da Sicília, com um grau de tolerância e crescimento cultural inigualável.*

<17> — Al-Andaluz: *termo que designa de forma ampla os territórios da Península Ibérica, e alguns do sul da França, que ficaram sob domínio muçulmano entre 711 (primeira investida) e 1492 (queda de Granada), não correspondendo necessariamente a uma unidade política ou governamental.*

<18> — Nihon: *o endônimo para Japão. Também é usado Nippon. A palavra Japão é um exônimo e é usado em português para se referir ao país.*

<19> — Mehfil: *do árabe; significa, em tradução literal, "círculo". Um mehfil seria um fórum, um encontro de sábios, geralmente homens, que congregam dos mesmos ideais. Na Sicília da época, sob o governo dos Hohenstaufen, qualquer notícia de uma reunião regular de grupos de muçulmanos levantaria a suspeita de insurreição.*

<20> — Languedoc: *Até o início do século XIII, a região do Languedoc não fazia parte do Reino da França. Constituía-se num grupo de estados mais ou menos independentes, cobrindo grande parte do sul do território ocupado pela França moderna. A língua da região era o occitânico, que acabou dando nome à região: a palavra Languedoc deriva de "langue d'oc". O feudo mais poderoso era o Condado de Toulouse, considerado uma grande encruzilhada comercial e cultural, terra de trovadores e poetas, onde o aprendizado era amplo, as minorias eram toleradas e as novas ideias recebidas. O Languedoc foi o epicentro do catarismo, despertando a fúria da Igreja Romana, que convocou uma Cruzada contra a região (Cruzada Albingense, em 1209). Após uma disputa sangrenta, o território foi anexado ao reino da França em 1244.*

<21> — Capítulo: *assembleia geral periódica de uma congregação ou ordem.*

<22> — Bona furtuna: *do sicilianu, "boa sorte".*

<23> — Tordilho: *denominação dada aos equinos cuja pelagem esbranquiçada é salpicada de manchas pretas e pequenas. O nome ven*

de sua semelhança com a plumagem de uma ave chamada tordo.

<24> — Outremer: *nome genérico dado pelos francos aos territórios conquistados pela Primeira Cruzada na Terra Santa, abrangendo o Condado de Edessa, o Principado de Antióquia, o Condado de Trípoli e o Reino Latino de Jerusalém.*

<25> — Liten: *do norueguês. Pequena.*

<26> — Iustitiarius: *magistrados regionais, oficiais da justiça do reino da Sicília, diretamente subordinados ao* Magister iustitiarius, *os Mestres Magistrados.*

<27> — Sennin: *derivação japonesa do termo chinês* sen-nyin *(pessoa imortal) usada para designar um sábio ermitão. Sua existência era comum no Japão medieval e sua presença inspirava respeito e reverência. Tratavam-se de pessoas sagradas, que destinavam suas vidas ao aprendizado, à reclusão e à meditação. No folclore japonês há o mito de que todos os sennins são imortais e adeptos de magia. Estes mitos dos "sennins místicos" surgiram provavelmente da imaginação popular a partir da especulação sobre a vida enigmática desses ermitões.*

<28> — Alcaide: *derivação do árabe* |قائد| qa'id *[transliterado]. Significa comandante ou líder. Na estrutura administrativa do reino normando da Sicília designava oficiais palatinos e membros da "curia regis". Também podia designar, em algumas regiões, um administrador de castelo, fortaleza ou província*

<29> — Humor: *do latim* humore, *que significa líquido. A Teoria Humoral, da tradição hipocrática-galênica, acreditava que a saúde era relacionada ao equilíbrio dos humores corporais. Se estivessem nas quantidades certas e nos lugares corretos, a pessoa estaria saudável. A doença seria uma consequência do excesso, falta ou acúmulo de humores em lugares errados. Essa teoria foi assimilada e utilizada entre os séculos II até meados do século XIX.*

<30> — Salam Aleikum: *[transliteração] do árabe* | معليكم السلام |. *"A paz esteja sobre vós". Cumprimento usado por muçulmanos.*

<31> — Aleikum as salam: *[transliteração] do árabe* | وعليكم السلام |. *"E sobre vós a paz". Resposta ao cumprimento anterior.*

<32> — Tabique: *designação náutica para parede ou divisão dentro de uma embarcação.*

<33> — Laila: *(ou Layla) a origem mais aceita para o nome é que seja uma corruptela da palavra* "allayl"*[transliteração], que quer dizer*

noite", alguém que vive à noite, nas trevas". Laila é a personagem famosa de uma história de origem árabe do século VII, "Majnun Layla" - "O Amante Louco de Layla".

<34> — Akevitt: ou aqvavit é uma bebida destilada a partir de cereais ou batatas e aromatizada com ervas ou especiarias. Seu sabor varia de acordo com a região onde é produzido e seu nome significa "água da vida". Em termos de tradição, está para os países escandinavos como o uísque para a Escócia.

<35> — Gaiuta: denominação náutica que para a armação que cobre a escotilha, espécie de janela numa embarcação.

<36> — Masbaha: do árabe. Cordão de contas similar à um rosário, tradicional entre os muçulmanos. Tem 33 ou 99 contas, divididas por nós. São usados para ritos devocionais.

<37> — Aimery de Lusignan: primeiro Rei de Chipre, coroado pelo Sacro Imperador Romano Henry VI, irmão mais velho de Guy de Lusignan, de quem herdou a ilha de Chipre após a morte deste em 1194. Em 1198, após a morte de Eschiva d'Ibelin, sua primeira esposa, casou-se com Isabella de Jerusalém, trazendo a coroa do Reino de volta à casa Lusignan.

<38> — Ninja: guerreiro mercenário do Japão feudal, especializado em espionagem, infiltração e diversas táticas de combate pouco ortodoxas.

<39> — Daimiô: senhor de terras no Japão feudal.

<40> — Jerusalém: o "Reino Latino de Jerusalém", criado pelos conquistadores cristãos europeus em 1099, continuou a existir como unidade autônoma após a conquista de Saladino em 1187, porém, governado a partir de Acre. Sua dissolução definitiva ocorreu com a queda de Acre em 1291, embora alguns monarcas europeus reinvindicassem o título ao longo dos séculos. A cidade de Jerusalém, no entanto, somente voltou às mãos de governantes cristãos em dezembro de 1917, quando o exército britânico tomou Jerusalém do Império Otomano.

<41> — Kaftan: tipo de túnica de mangas longas e comprido, tradicionalmente usado pelos povos árabes e persas.

<42> — Labneh: preparado principalmente a partir do leite de cabras, que é coalhado e tem o soro drenado por filtragem. No Brasil é comumente conhecido como coalhada seca.

<43> — Habibt i: "minha querida":

\<44\> — Jarl: *o equivalente a um título de conde da nobreza norue-guesa, embora a estrutura hierárquica deste reino divergisse conside-ravelmente da adotada entre a nobreza feudal da época, como França e Inglaterra.*

\<45\> — Franj: *alcunha dada pelos árabes aos invasores cristãos. Provavelmente um termo derivado de* franc *(franco, francês).*

\<46\> — Kunoichi: *termo usado para designar a* ninja *do sexo femi-nino. No Japão feudal eram treinadas de forma um pouco diversa dos* ninjas *masculinos e suas habilidades eram usadas principalmente para assassinato, espionagem e mensageria.*

\<47\> — Banu Khalidi: *uma das mais antigas tribos beduínas, cons-tituídas por várias famílias que se espalhas desde a península arábica até a Palestina.*

\<48\> — **Caravançará**: *estalagem pública destinada a acolher as caravanas que atravessavam as rotas comerciais. Comuns no Oriente Médio, na Ásia central e no Norte da África. Também serviam de en-treposto comercial, sendo fundamentais para a manutenção do comér-cio regular entre oriente e ocidente.*

\<49\> — Djinn: *ou Jinn. Da mitologia árabe pré-islâmica, uma clas-se de entidades místicas, imateriais. Um espírito que rege ou protege um lugar ou uma pessoa, vulgarmente conhecido como gênios.*

\<50\> — Djellaba: *veste tradicional usada principalmente pelos povos do Norte da África (Maghreb) e pelos árabes do Mediterrâneo. Consiste numa espécie de robe longo, de mangas largas, que se sobrepõe às outras peças. Atualmente é muito comum no Marrocos.*

\<51\> — Derbake: *instrumento de percussão tradicionalmente uti-lizado na música árabe, espécie de tambor com a base afunilada e som muito característico. Também conhecido como* tabla *ou* darbuka.

\<52\> — Nay: *instrumento musical tradicional do Oriente Médio constituído de um cilindro oco de madeira ou cana, com 6 orifícios para os dedos (5 à frente e 1 atrás), podendo possuir um bocal de osso ou chifre. Sua melodia é bastante característica. Um dos instrumentos musicais mais antigos do mundo ainda em uso, é considerado o pre-cursor da flauta.*

\<53\> — Skål: *do norueguês. Uma forma de brindar. Equivalente ao "tin-tin" ou "saúde" que acompanha o hábito de tilintar os copos em comemorações.*

<54> — **Banj:** *Em fontes árabes e persas antigas, o* banj *é aplicado a três plantas diferentes: cânhamo (Cannabis sativa ou indica), meimendro (Hyoseyamus niger) e trombeta ou figueira-do-diabo (Datura stramonium). Os efeitos dessas três plantas narcóticas variam. O* banj *é citado até mesmo num dos contos das "Mil e Uma Noites". Há relatos históricos diversos do uso recreativo do* banj *e do hashis (haxixe) não só pelos nativos da região, mas também pelos cristãos que ocuparam a Terra Santa.*

<55> — Wadi *(uádi): do árabe* □□□□□□. *Denomina o leito seco de* rios *temporários que correm apenas na temporada das chuvas. Enchem-se rapidamente durante as primeiras tempestades da estação, formando uma "cabeça-d'água" capaz de arrastar tudo pela frente.*

<56> — Ifriqiya: *do árabe. Antigo território do Norte da África que hoje corresponde à Tunísia, ao leste da Argélia e oeste da Líbia.*

<57> — Direitos das concubinas: *o escravo é tratado no Islã como um sujeito de direito, com personalidade jurídica equivalente à de um menor. Dentro da classe escrava islâmica, havia a das* jwari *ou* jawari, *escravas mulheres ou concubinas. Estas não tinham direito de herança e poderiam ser vendidas, ou sua propriedade poderia ser compartilhada com um ou mais mestres. As concubinas só poderiam ter seu* status *social modificado pela libertação ou por conceberem uma criança de seu mestre. Daí elas passavam ser* umm al-walad *(mãe da criança), não podendo ser vendidas e tendo seus direitos ampliados, tornando-se livres quando da morte de seu proprietário*

<58> — *Signori: "Senhores" em italiano.*

<59> — Salam: *forma reduzida do cumprimento "salam aleikum"*

<60> — Bons-hommes: *em francês, literalmente "bons homens". Era o termo utilizado pelos os fiéis cátaros quando se auto referiam. O catarismo foi um movimento cristão de caráter dualista gnóstico que floresceu na região do Languedoc — região famosa à época por sua tolerância e liberdade cultural —, em meados do século XII. O movimento foi esmagado pela Igreja Católica através da convocação de uma Hoste, em 1209, que ficou conhecida como Cruzada Albigense. Os princípios cátaros básicos consideravam amplamente homens e mulheres iguais e não tinham objeções doutrinárias à contracepção, eutanásia ou suicídio. Sua doutrina ridicularizava as práticas católicas, bem como o a hipocrisia do clero que pregava a pobreza entre o povo mas vivia no luxo.*

CORAÇÕES SOMBRIOS • DRICA BITARELLO

470